Das Buch

Die junge Springendes Reh weiß noch gut, wie hilflos sie war, als ihre Mutter vor nicht langer Zeit starb und der Vater noch vier Mal heiratete. Schon damals hatte sich die Halbwaise nichts sehnlicher gewünscht, als magische Kräfte zu besitzen. Nun ist sie zu einer schönen jungen Frau herangereift, die Beutetiere mit ihren Visionen heranlocken kann. Die Jäger im Stamm glauben fest an Springendes Reh mythische Kräfte, die sie aber auch zur Außenseiterin machen. Zu unabhängig und zu eigensinnig ist sie für ihre Stiefmütter außerdem. Dann trifft Springendes Reh bei einem Streifzug durch die Prärie auf den gut aussehenden Windrufer. Die verbotene Liebe zu dem klugen Einzelkämpfer, der sein Volk im Süden verließ, ist für Springendes Reh gefährlich. Doch als Hüter einer neuen Pflanze könnte Windrufer bald sehr wichtig für das Volk von Springendem Reh sein. Ein gnadenloser Kampf gegen Mißtrauen und hungrige Feinde beginnt …

Die Autorin

Amanda Cockrell hat bereits mehrere prähistorische Romanserien geschrieben. Sie ist außerdem die Herausgeberin der Literaturzeitschrift am Hollins College in Roanoke/Virginia, wo sie auch unterrichtet. Neben ihrer Tätigkeit als Autorin hat sie bereits als Journalistin und Texterin für eine Werbeagentur gearbeitet. Amanda Cockrell ist in Kalifornien geboren und lebt mit ihrem Mann und ihren drei Kindern in Virginia.

AMANDA COCKRELL

TOCHTER DES REGENS

Roman

Aus dem Amerikanischen
von Marion Koppelmann

WILHELM HEYNE VERLAG
MÜNCHEN

HEYNE ALLGEMEINE REIHE
Nr. 01/13409

Die Originalausgabe
DEER DANCERS – DAUGHTER OF THE SKY
(Band 1)
erschien 1995 bei Avon Books

Umwelthinweis:
Das Buch wurde auf
chlor- und säurefreiem Papier gedruckt.

Deutsche Erstausgabe 12/2001

Printed in Denmark 2001
Dieses Werk wurde vermittelt durch die
Literarische Agentur Thomas Schlück GmbH, 30827 Garbsen
Umschlagillustration: Heide Oberheide, New York
Umschlaggestaltung: Nele Schütz Design, München
Satz: Pinkuin Satz und Datentechnik, Berlin
Druck und Bindung: Nørhaven, Viborg

ISBN 3-453-19876-X

http://www.heyne.de

Für Marian

Einleitung

Man stelle sich vor, in einen Tunnel hineinzusehen, der den Blick zurück durch die Geschichte führt, an einen Ort, an dem Zauberkräfte sinnvoller sind als Vernunft und Wissenschaft und an dem man Gebete noch so tanzen kann, dass der gehörnte Gott – der menschgewordene Hirsch – einem erscheint und zu einem spricht.

Vor fünftausend Jahren an den Ufern des Rio Grande waren die Grenzen zwischen den Welten fließend; selbst ein Stein besaß übernatürliche Kräfte und selbstverständlich der Blitz, der Regen und die Tiere sowieso. Jedes Geschöpf, dem man begegnete, war womöglich Bote der anderen Welt. Wer damals gelebt hat, sah bei sich die Götter ein- und ausgehen, die einem manchmal übel wollten oder Gutes taten – wie besser gestellte Verwandte. Gott Coyote erschien einem in seiner Tiergestalt und kratzte sich das Fell, weil ihn die Flöhe juckten, brachte aber mit einem Schwanzwedeln die Sterne zum Leuchten.

Auch damals galt: Wissen ist Macht. Und aus neuem Wissen konnte ein neuer Gott entstehen. Darin liegt der Ursprung aller Mythen: seltsame Geschichten, die über die Jahrtausende weitererzählt werden und manchmal so unglaublich klingen, dass man darüber lachen möchte, während sie einem gleichzeitig einen Schauder über den Rücken jagen.

Prolog

Die alte Frau lässt sich am Feuer in der Schlucht nieder. Zwei junge Männer sind ihr dabei behilflich. Sie ist schon sehr alt und deshalb sehr wichtig für ihren Stamm. Von ihrem Platz auf dem Felsvorsprung aus kann sie sehen, wie ein Stern nach dem anderen mit seinem hellen Licht die Dunkelheit des Nachthimmels durchbricht. Die anderen Mitglieder des Klippenstammes gesellen sich zu ihr, Erwachsene wie Kinder. Die alte Frau bedeutet ihnen mehr als nur ein bisschen Unterhaltung an einem Winterabend. Sie ist ihr wandelndes Geschichtsbuch.

Nun blickt sie ins Feuer und damit zurück in der Zeit, bis jenseits des Erinnerungsvermögens, als sich die Welt immer wieder verwandelte und ihrem Volk die drei großen Gaben gewährt wurden: Mais, Musik und Kunst. Damals hatte der Große Geheimnisvolle Gott, *der dem Wind auf dem Wasser ähnelt, den Dingen gerade Leben eingehaucht, und die niederen Götter waren im Entstehen begriffen. Gott Coyote war natürlich längst da, aber ihn hatte es ja immer schon gegeben.*

»Am Anfang«, beginnt die alte Frau nun ihre Erzählung, »als unser Volk zum ersten Mal aus den Tälern hier heraufstieg, gab es noch riesenhafte Wildtiere. Hirsche, die so groß waren wie Berge, und seltsam massige Büffel. Mensch und Tier waren eins und besprachen, wie sie die Welt ordnen wollten. Die riesigen Wildtiere beugten sich willig dem Speer des Jägers, und ein einziger Hirsch genügte, um einen Stamm für ein ganzes Jahr zu ernähren. Dann kam die Eiszeit, und das Wanderleben begann, weil sich das Riesenwild zurückgezogen hatte. Unsere Urahnen versuchten, es aufzustöbern. Manche dachten, es habe sich in die Lüfte erhoben oder sei wieder zu den Tälern hinabgestiegen. Man konnte noch das Hufgetrappel auf felsigem Grund hören, während das Riesenwild durch geheime Gänge den Berg durchquerte. Aber man fand es nicht wieder. Es äste jetzt auf weit entfernten Auen.

Danach gab es nur noch kleinere Büffel und Hirsche, die kaum größer waren als ein Mensch, sowie Antilopen und Hasen. Es be-

durfte großer Zauberkraft, dieses Wild anzulocken und zu erlegen, und die alten Männer dachten lange darüber nach.«

Die Alte blickt immer noch ins Feuer und findet bald den ersten Erinnerungsfaden, den sie in ihre Geschichte flicht …

Für Tochter mit ihren fünf Jahren war die Welt noch in Ordnung. Im warmen regnerischen Sommer trug sie nicht mehr als einen blauen Stein an einem Lederriemen um den Hals, und ihre Fußsohlen waren hart vom Barfußgehen. Wegen der Hitze hatte sie das dichte schwarze Haar im Nacken zusammengebunden und war gerade im Fluss gewesen, um sich abzukühlen. Nun glitzerte ihre rotbraune Haut wie ein Fels des roten Sandsteingebirges, nachdem ein Regenschauer darüber gezogen war.

Tochter tat so, als sei sie tatsächlich ein Fels. Sie stand am Flussufer, die Arme weit ausgebreitet, und überragte ihr Volk aus Schildkröten und kleinen braunen Fischen. Aber die Flussbewohner nahmen keinerlei Notiz von ihr, sondern tummelten sich weiter im flachen Wasser. Hin und wieder glänzte eine Fischschuppe auf, oder der raue Panzer einer Schildkröte wurde sichtbar.

»Ich bin eure Göttin«, sagte Tochter nun zu den Flussbewohnern, »ich bringe euch das Wasser, deshalb müsst ihr zu mir kommen.« Sie schöpfte etwas Flusswasser mit der hohlen Hand, richtete sich wieder auf und ließ es auf ihr ›Volk‹ regnen. Während die Wassertropfen in der Sonne glitzerten wie Feuerschlangen im Gewitter, kletterte eine kleine Schildkröte unbemerkt von Tochter über den Rand des Binsenkorbes zu ihren Füßen und ließ sich ins Wasser fallen. Blitzschnell bückte sich das Mädchen nach der Schildkröte und legte sie zu den anderen, die am Boden des Korbes über- und untereinander krabbelten. Zufrieden über ihr vermeintliches Jadglück breitete sie wieder die Arme aus und versuchte erneut ihren Zauber. Aber es wollte keine Schildkröte mehr zu ihr kommen.

Nachdem sie eine Weile ungeduldig am Ufer hin und her getanzt war, beschloss sie, dass ihr nur noch richtige Magie helfen konnte – ein Zauber, wie er von Onkel Sehers Riesenzahn ausging. Der Zahn hatte die Form eines gebeugten Armes, und hätte man ihn gerade biegen können, wäre er größer gewesen als ein Mensch. Onkel Seher hatte Tochter erzählt, dass es ein Hauer von einem Riesenwild sei, und das kleine Mädchen versuchte nun, sich die Größe eines Tieres vorzustellen, das einen derartigen Zahn im Maul tragen konnte. Aber Tochter glaubte nicht, dass man allein damit Schildkröten anzulocken vermochte. Dazu musste man schon selbst so ein Riesentier sein. Das wusste doch jeder, und die Schildkröten würden das Riesenwild wahrscheinlich nicht einmal bemerken, weil es so hoch über ihnen äste.

Wieder bückte sich Tochter, krümmte ihren Rücken und stellte sich vor, eine Schildkröte zu sein, die dem steinernen Untergrund ähnelte, auf dem sie sich sonnte. In einiger Entfernung, am leicht abfallenden Ufer, entdeckte sie dabei auf Augenhöhe einen Stein, dessen raue Oberfläche ihn von den anderen deutlich unterschied. Es war auch kein Stein, sondern eine große Schildkröte, die wütend mit den Beinen zappelte, als das Mädchen sie hochhob. Jetzt hatte Tochter genug Schildkröten für einen Eintopf, und der Panzer des großen Tieres würde eine hervorragende Schale abgeben.

Tochter vollführte einen Freudentanz wie die Jäger, wenn sie mit ihrer Beute nach Hause zurückkehrten. Dabei hinterließen ihre bloßen Füße im gelbbraunen feuchten Sand vollkommene Abdrücke – Fersen, Ballen und leicht abgespreizte Zehen. Darin sammelte sich Wasser, und das Licht der untergehenden Sonne tauchte die Pfützen in ein feuriges Rot, als handelte es sich um kleine Feuertümpel.

Das Mädchen erfreute sich an dem Anblick, bis der Bergrücken die Sonne scheinbar verschluckte. Dann schnappte es sich den Korb mit den Schildkröten und rannte vom Ufer fort, zurück zu seiner Mutter und Tante Vier Finger, die Beeren lasen. Als sich Tochter unterwegs noch einmal umdrehte, erschien ihr der Fluss in der Abenddämmerung ganz anders – irgendwie grau und Angst einflößend, als könnte etwas Gruseliges daraus emporsteigen. Während sie weiter durchs raschelnde Gras lief, drehte sie sich ein letztes Mal um und rief mutig: »Ätsch, ich habe deine Schildkröten!«

»Jenseits der Welt, in der wir leben, gibt es noch viele andere«, sagt die alte Frau, zieht wieder einen Erzählfaden aus dem Feuer und flicht ihn in ihre Geschichte. »Dabei handelt es sich um Welten, die Tochter noch nie gesehen hat. Darin leben Nachkommen ihres Volkes, die während der Eiszeit gen Süden gezogen waren. Die verschiedenen Stämme wissen nicht, dass sie miteinander verwandt sind, weil es sie genauso über die Erde verstreut hat wie die Sterne über das Himmelszelt.

Damals gab es weit im Süden einen Regenwald, in dem die Kinder der Sonne an einem Fluss unter dem schützenden Dach des Urwalds lebten. Seine Blätter waren so dicht, dass man kaum den Himmel sehen konnte. Die Kinder der Sonne jagten die kleinen Waldhirsche und den Jaguar, wenn er nicht gerade hinter ihnen her war. Außerdem ernährten sie sich von Tukanen – bunten Spechtvögeln – und hell gefiederten Papageien, die im Blattwerk krakeelten. Sie holten Fische aus dem Fluss und fingen mit Schlingen den langbeinigen Reiher, der ebenfalls dorthin kam, um zu fischen. Zudem aßen sie Wurzeln, Beeren und Früchte und säten Maiskörner aus daumengroßen Kolben, die zwischen dem Wildgras außerhalb des Dschungels wuchsen.«

Ein zehnjähriger Junge saß in einem Baum und war kurz davor, eine Entdeckung zu machen. Gelangweilt beobachtete er seine Schlingen. Ihm war heiß und es juckte ihn überall. Unruhig rutschte er auf seinem Ast hin und her und kratzte sich unter dem Lendenschurz aus Blättern – seiner einzigen Bekleidung im Sommer. Schon wieder hungrig, schabte er auf dem Boden des Ozelotfellbeutels, den er um die Schultern trug, und klaubte die letzten Maisfladenkrümel zusammen. Dann zog er einen Knochen hervor, nagte nicht zum ersten Mal an diesem Tag daran und löste dabei auch noch die letzten Fleischfasern und Knorpelreste ab. Der Knochen war lang und dünn. Es handelte sich um den Vorderlauf eines Hirsches, und der Junge nahm nun einen Zweig, mit dem er das Mark herausstocherte und dann ableckte. Schließlich war noch ein Rest übrig, den er nicht herausbekam, und er blies ärgerlich in den fast hohlen Knochen.

»Und wie es manchmal geschieht, wenn die Götter sehen, dass wir vor Langeweile ganz unruhig werden und sie uns gerne wieder beruhigen würden – indem sie unsere Neugierde anstacheln –, gab der Knochen plötzlich einen Laut von sich.«

Der Ton, den der Junge dem Knochen entlockte, klang nicht etwa wie das Zwitschern eines Vogels, sondern eher wie das Pfeifen des Windes, wenn er versuchte, in eine Höhle einzudringen oder durch einen schmalen Felsspalt zu fegen. Interessiert blies der Junge ein zweites Mal hinein. An einem Ende des Knochens befand sich seitlich ein Loch von einer Obsidianklinge, mit der man das Fleisch heruntergeschnitten hatte. Diesmal erklang ein anderer Ton, weil der Junge den Finger vom Loch genommen hatte. Immer wieder blies er in den Knochen, mal mit dem Finger auf dem Loch, mal mit abgehobenem Finger. Dann neigte er den Kopf und wartete, ob der Knochen auch mit ihm sprach, wenn er nicht hineinblies. Dem war allerdings nicht so.

Neugierig geworden zog der Junge einen scharfen Kieselsteinsplitter aus seinem Beutel und bohrte noch ein Loch neben das erste. Wieder blies er in den Knochen, und diesmal erklang ein anderer Ton, aber der alte kehrte zurück, wenn er das neue Loch zuhielt.

In diesem Moment geriet ein bunter Papagei mit langen Schwanzfedern in eine der Schlingen, und der Junge ließ gerade noch rechtzeitig den Knochen fallen und zog die Lederschnur zu. Rasch kletterte er vom Baum, um dem rotblauen, wütend um sich flatternden Federvieh den Hals umzudrehen. Dann steckte er den toten Vogel in seinen Beutel und suchte zwischen den Blättern auf dem Waldboden nach dem Knochen, den er ebenfalls mitnahm. Auf dem Nachhauseweg behandelte er den Beutel sehr vorsichtig, als könnte etwas darin – die Musik oder der tote Vogel – in Mitleidenschaft gezogen werden.

»Woher kam die Musik?«, fragt nun ein kleines Kind, und die alte Frau antwortet: »Oh, von der Mondgöttin, nehme ich an. Du weißt doch, dass sie sich gerne mit neuen Dingen beschäftigt und

sich mit dem Sonnengott streitet, der keine Veränderungen mag. Die Mondgöttin verlacht ihn dann, weil sie zu viel Beerenwein getrunken hat, und legt sich mit jedem schlafen. Wenn der Sonnengott sie nicht bräuchte, damit sie für das Volk der Fischer sorgt und die Frauen fruchtbar macht, würde er so tun, als sei sie gar nicht da.

›Sieh dir doch all die Stämme an‹, sagt die Mondgöttin oft zu ihm, ›die sich während der großen Wanderung übers Land verteilt haben und mittlerweile verschiedene Sprachen sprechen. Die Mitglieder eines jeden Stammes denken, sie gehörten zum einzig wahren Volk. Und wenn sie doch einmal aufeinander treffen, versuchen sie, sich gegenseitig umzubringen. Die Menschen können sich an nichts erinnern.‹

›Und was hilft es da, diesem Jungen zu zeigen, wie man Musik macht?‹, fragt der Sonnengott.

›Das ist eine Möglichkeit, sich zu erinnern‹, antwortet die Mondgöttin. ›Im Norden lebt ein Mädchen, das gelernt hat, Bilder zu malen. Auch sie helfen der Erinnerung. Vielleicht bringe ich die beiden zueinander, und die Menschen erkennen, dass sie alle ein Volk sind.‹

›Sie werden nur versuchen, sich umzubringen‹, hält der Sonnengott dem entgegen, und die Mondgöttin greift mit langem Arm nach ihrem Beerenweinbecher. Dabei fallen ihr kleine Wölkchen aus den silbernen Ärmeln. Nachdem sie einen Schluck getrunken hat, gibt sie zu bedenken: ›Vielleicht besinnen sie sich mit Hilfe der Erinnerung eines Besseren.‹

Der Sonnengott schnaubt verächtlich und bläht dabei die feurigen Nasenflügel auf. ›Sie werden sich niemals ändern, nur mehr wissen, und das ist nicht gut für sie.‹

›Sie müssen dazulernen‹, widerspricht die Mondgöttin. ›Sonst können die Götter nicht geboren werden.‹«

Die alte Frau flicht ihre Erzählung weiter, die das Feuer ihr zuraunt, und die Kinder folgen gebannt ihren Worten …

1. Kapitel

Der Coyote

Die alten Männer lockten das Wild an und die jungen trieben es mit ihren Tanzschritten das Tal hinunter. Dann hinderten sie es am Davonlaufen, indem sie es umzingelten. Die Frauen und kleinen Kinder beobachteten, wie sich die Köpfe der Hirsche im Schein des Feuers hin und her bewegten. Man sah deutlich die geschwungenen Geweihe, die schön geformten Augen und die grazilen Schnauzen.

In Hirschlederhäute und Coyotenfelle gehüllt saß Tochter bei den Frauen und Kindern. Es war kalt geworden, und das Volk brauchte Fleisch für den Winter und Felle, um sich zu wärmen. Hund lag auf ihrem Schoß, und wenn er ausatmete, stiegen kleine Wölkchen auf. Er interessierte sich nicht für die Hirschtänzer und hatte nur Augen für Onkel Sehers läufige Hündin. Aber Tochter hielt ihn am Nackenfell fest, damit er nicht davonlief. Falls er zwischen den Beinen der Tanzenden hindurchjagen sollte, könnte das den Zauber stören, und die Hirsche kämen womöglich nicht. Dann würde man ihr die Schuld geben, weil sie nicht auf Hund aufgepasst hatte.

Die Hirsche schienen im Licht der Lagerfeuer zu schweben und warfen ihre langen Schatten über den Tanzboden. Dabei wiegten sie ihre großen Köpfe feierlich hin und her, und Tochter hatte den Eindruck, als würden sie sie direkt ansehen und wollten ihr ein Geheimnis verraten. Aber nur ihr allein. Am Anfang hatte sie mit einem Stock auf den Boden geklopft, um wie die Frauen den Takt vorzugeben. Aber jetzt versuchte sie, damit Linien auf dem Boden zu ziehen und die Hirsche mit ihren hoch aufgerichteten Geweihen und großen dunklen Augen abzubilden, so wie ihre Füße Abdrücke im feuchten Sand des Flussufers hinterlassen hatten.

»Was soll denn das sein?« Der Sohn des Medizinmannes saß neben ihr und rüttelte sie an der Schulter. »Was machst du denn da? Lass das lieber.«

»Geh weg!« Tochter entwand sich seinem Griff und rückte von ihm ab. Dann versuchte sie, in den Strichen, die sie im Sand gezogen hatte, die Jagdbeute zu erkennen.

»Du verdirbst noch den Zauber des Tanzes!« Der Junge war älter als sie und zerrte an ihrem Stock. Alle Zeichen enthielten Zauberkräfte. Vielleicht waren diese gefährlich.

»Das tue ich nicht!« Tochter schlug nach ihm, hob ihre Decke aus Hirschleder und Coyotenfell hoch und zog sie näher an die Tanzenden heran. Wieder begann sie, im Sand zu kratzen. Allmählich ließen die Striche einen Hirschkopf erahnen: zwei runde Augen und das Geweih mit den spitzen Enden. Andächtig betrachtete Tochter ihr Bild und fügte dem Ganzen noch vier Beine hinzu.

»Du kannst nicht hier bleiben.« Einer der Tänzer – vielleicht ihr Vater – zog sie am Ellbogen hoch und sah sie durch seine Hirschmaske böse an. »Geh zurück zu den Frauen.« Er zerrte sie mit sich und drückte sie jenseits der Tanzfläche unsanft auf den Boden.

»Na«, sagte der Junge, als sie wieder da war, »hab ich's dir nicht gleich gesagt?«

Tochter blickte sich um. »Wo ist Hund?«, fragte sie, und der Junge entgegnete: »Du hast nicht auf ihn aufgepasst.«

Tochter spähte zwischen den Beinen der Tanzenden hindurch, um festzustellen, ob die läufige Hündin des Medizinmannes sich noch auf der anderen Seite der Tanzfläche aufhielt. Aber auch sie war verschwunden. Vielleicht hatten sich die beiden Tiere zu den Tuffsteinhöhlen zurückgezogen, die die Leute vom Gelben Gras im Sommer als Unterkünfte nutzten. Die Höhlen lagen etwa hundert Speerlängen hinter der Tanzfläche, dort, wo sich die Berge in leicht ansteigenden Stufen vom Talboden erhoben.

»Du hast auch nicht auf deinen Hund aufgepasst«, sagte Tochter jetzt, und der Junge erwiderte hochmütig: »Das ist auch nicht meine Aufgabe.«

»Wozu bist du dann gut?«, fragte Tochter entrüstet und

rief gleich darauf freudig: »Sieh nur, da sind sie!« Zwei dunkle Schatten trotteten hintereinander zwischen den Tänzern hindurch, wobei der eine jetzt ganz mit dem anderen aufschloss und ihm zärtlich die Zähne in den Nacken grub. Die Tiere folgten ihrem eigenen Rhythmus.

»Komm!« Tochter wollte den Sohn des Medizinmannes mit sich ziehen, um die beiden zu trennen.

»Lass sie!« Tochters Mutter hatte sich bisher aus dem Streit der Kinder herausgehalten und legte ihrer Tochter nun eine Hand auf den Arm. »Das ist ein gutes Zeichen. Dadurch gibt es noch mehr Hirsche.«

Bisher war Tochter nur bewusst gewesen, dass es dadurch bald mehr Hunde geben würde. Aber offensichtlich animierte es auch das Wild, sich fortzupflanzen; genauso wie die Tänzer es lockten, hierher zu kommen, damit die Leute vom Gelben Gras zu essen hatten.

Tochter nahm wieder Platz und sah zu, wie sich die Hirsche in den Rauchschwaden spiralförmig ums Feuer bewegten. Hin und wieder trat einer in den Kreis hinein, als käme er nach Hause, um sich töten zu lassen. Dazwischen tanzte hin und wieder der überlebensgroße Schatten der sich begattenden Vierbeiner.

Dadurch gab es tatsächlich mehr Hunde – sechs winselnde Welpen – und vielleicht auch mehr Menschen. Der Bauch von Tochters Mutter wölbte sich bereits unter ihrem Fellkleid, und beim Gehen atmete sie schwer. Die Leute vom Gelben Gras zogen gerade hinauf in ihr Winterlager. Dort oben auf dem Hochplateau fand man jetzt, wo all das Gras, die Beeren und Knollen unter dem kalten Boden begraben lagen, noch Piniennüsse.

Die Menschen beförderten ihre Habe in Hirschlederhäuten, deren Enden sie zusammengebunden und auf Stöcke gesteckt hatten. In den Beuteln befanden sich all ihre Schätze: Körbe und Mahlsteine, Speere und Steine, mit denen man neue Speerspitzen abspalten konnte, sowie Knochennadeln, gegerbte Hirschlederhäute, Felle und natürlich die Hirschmasken der Tänzer.

Seher trug seinen gebogenen Riesenzahn, und seine Frau Mahlsteine und getrocknete Grassamen. Zwei andere Männer hatte man mit der Beförderung der Magie betraut: Sehers Medizinbeutel mit Federn und Amuletten, getrockneten Pflanzen gegen das Fieber und zur Heilung von Knochenbrüchen. Und natürlich hatten sie auch die Masken dabei, die der Medizinmann immer aufsetzte, wenn er mit den Göttern redete. Es gab viele Götter, und jeder wollte persönlich angesprochen werden. Da war der Donnergott, der für Regen und Blitz verantwortlich war; der Sonnengott, der die Menschen wärmte, und Gott Coyote, den es immer schon gegeben hatte. Onkel Schlange sorgte für das Wasser in den Flüssen. Man verehrte auch Hasen, Antilopen und zottige Büffel – die aber nur manchmal in guten Jahren erschienen –, und natürlich die Hirsche selbst.

Tochter trug ebenfalls einen Mahlstein und ging neben ihrer Mutter, Tante Vier Finger und Hirschlauscher her. Hirschlauscher war zwar ein Mann, aber wie eine Frau gekleidet, und das machte ihn heilig. Die drei Erwachsenen plauderten darüber, wo man die besten Piniennüsse finden konnte und wie viele Tage es wohl noch dauern würde, bis Faule Frau endlich ihre Hirschlederhaut geschabt und gegerbt hätte. Tante Vier Finger war der Meinung, dass die Haut bis dahin schon stinken und Gott Coyote sie, von dem Geruch angelockt, stehlen würde.

Im Winter kamen seine schlanken grauen Kinder auch in die Berge, um Piniennüsse zu fressen und was sie sonst noch zu fassen bekamen. Die Hunde des Stammes hielten zwar Wache, aber manchmal lockte ein läufiges Coyotenweibchen einen Rüden an, und das Rudel stürzte sich auf ihn. Später fand man dann nur noch seine Knochen. *Der Wunsch sich zu paaren, macht einen dumm und anfällig,* dachte Tochter, die sich anstrengen musste, um mit den Erwachsenen Schritt zu halten.

Es lag Schnee in der Luft, und das erinnerte sie an den vergangenen Winter und die wärmenden Lagerfeuer in den Höhleneingängen. In einer Höhle war ein Löwe gewesen, den Hirschlauscher mit einer Fackel und einem Pinienwedel vertrieben hatte. Hirschlauscher war sehr stark. Er hatte Tochter auch ihren ersten richtigen Namen gegeben. Am zweiten Abend der Hirschbeschwörung in ihrem Sommerlager war sie wieder an den Rand der Tanzfläche gegangen, um die Hirsche zu beobachten und zu versuchen, sie auf dem Boden unter den Füßen der Tänzer abzubilden. Wieder war sie davongejagt worden, weil man dachte, sie sei nur ein Kind, das bei etwas so Wichtigem im Sand spielte. Nachdem die Jäger am nächsten Tag im ersten Morgengrauen losgezogen waren, hatte Tochter starrköpfig die Hirschmasken aus ihren Lederbeuteln gezerrt, eine Maske auf einen Pfahl gesteckt und versucht, deren Umrisse im feuchten Sand nachzubilden.

Hirschlauscher hatte sie dabei erwischt, hatte ihr die heiligen Masken weggenommen und mit seiner großen Hand den Hintern versohlt. Aber er erkannte, was sie im Begriff zu tun gewesen war, nickte nachdenklich und verpasste ihr nicht nur eine Tracht Prügel, sondern auch einen neuen Namen. Nun hieß sie nicht mehr nur *Tochter,* sondern *Störrische Matschtochter.* Und es war eine Ehre, seinen Namen von jemandem wie Hirschlauscher zu bekommen. Außerdem gefiel Tochter ihr *neuer* Name, weil er sich genauso anhörte, wie sie sich fühlte.

Das *neue* Kind ihrer Eltern kam am Ende des Winters, in den letzten kalten Tagen, als alle Flüsse noch einmal zufroren und das Wasser, das manchmal aus den Höhlenwänden sickerte, trotz des Feuers zu Eis erstarrte. Tochters Mutter lag auf einem Lager aus Piniennadeln und Hirschlederhäuten, umgeben von Tante Vier Finger und den anderen Frauen. Hirschlauscher war auch dabei, weil er sich wie eine von ihnen kleidete.

Das war das vierte Kind von Tochters Mutter. Die beiden anderen waren bei der Geburt gestorben, und Tochter beschwor alle Zauberkräfte, die ihr einfielen, damit dieses heil auf die Welt käme. Die Frauen ließen sie nicht helfen, und so saß sie beim Feuer am Eingang der Höhle und beobachtete die Männer, die draußen im Schein der Fackeln ebenfalls Zauberkraft herbeibeschworen. Wenn ein Kind geboren wurde, ging das alle an. Ohne Nachwuchs würde der Stamm nicht fortbestehen und verschwinden wie das Riesenwild.

Bald kam auch Seher, der Medizinmann. Um die Handgelenke hatte er Federn gebunden und die Hände zu Fäusten geballt. Er hob die Arme, beugte sich vor und berührte mit den Knöcheln den Boden. Erst dann betrat er die Höhle, hielt die Hände übers Feuer und ließ Piniennadeln zwischen den Fingern in die Flammen rieseln – so wie Tochter das Wasser als Felsgöttin im Spiel hatte auf ihr eingebildetes Volk regnen lassen.

Tochter konnte ihre Mutter schreien hören, stand auf und ging weiter in die Höhle hinein, wich aber jedes Mal einige Schritte zurück, wenn eine der Frauen sie verscheuchen wollte. Hirschlauscher bemerkte sie. Ihm hing das lange schwarze Haar wirr ins Gesicht, aber er sah sie freundlich an und erklärte: »Das Kind will nicht herauskommen. Es mag den Winter nicht und möchte lieber im Warmen bleiben. Wir müssen es überlisten. Willst du uns dabei helfen?«

Tochter nickte. Wieder stöhnte ihre Mutter vor Schmerz, um gleich darauf laut zu schreien.

»Lauf zu meiner Höhle«, sagte Hirschlauscher, »und hol meinen Hasenfellbeutel. Dann suchst du einen ganz glatten Stein und einen frischen Grashalm. Tu sie in den Beutel und bring sie mir her.«

Tochter verließ die Höhle und ging an ihrem Vater und den anderen Männern vorbei, die versuchten, das Kind auf die Welt zu tanzen. Sie schlidderte ein Stückchen den eisigen Abhang hinunter, und der kalte Wind pfiff ihr um die Ohren wie gefrorene Geister. Kein Wunder, dass das Kind nicht herauskommen wollte!

Die Höhle, die Hirschlauscher für sich beanspruchte, war eine der besten. Nur Seher und der Häuptling hatten noch bessere. Sie verfügte über einen ebenen Boden und einen Überhang, der den Regen abhielt, und am Feuer fanden zwei oder drei Personen Platz. Es brannte immer noch, und Tochter blieb stehen, um einige Zweige nachzulegen, damit es nicht ausging, bevor Hirschlauscher wiederkam. Der Hasenfellbeutel lag auf einem Haufen mit Hirschlauschers Körben und Mahlsteinen. Tochter hob ihn auf und rieb die Wange daran. Er fühlte sich ganz weich an, noch weicher als Hunds Fell, aber es war kein Leben darin und keine Körperwärme.

Dann ging sie hinaus, um nach dem Stein und dem Grashalm zu suchen. Der Mond stand nur noch als Sichel am Himmel, und es war entsprechend dunkel. Tochter kniete auf dem steinigen Gefälle und tastete die Felsen nach einem glatten Stein ab. In der Nähe des Flusses würde es mehr geben, aber sie wagte sich nicht so weit vom Feuer und den anderen fort. Sie betastete zahlreiche Steine und legte sie wieder hin, weil sie zu rau waren. Dabei zitterte sie vor Kälte. Aber sie musste den vollkommenen Stein finden, nur der konnte etwas bewirken. Wenn man zaubern wollte, durfte man sich nicht mit weniger zufrieden geben. Allein das Vollkommene besaß Macht.

Schließlich erfühlte Tochter einen Stein, der keinerlei Ecken und Kanten aufwies. Nichts deutete darauf hin, dass er jemals von einem Menschen, einer Lawine oder einem Erdbeben gespalten worden wäre. Nur die Strömung des Wassers hatte ihn langsam, aber stetig gestreichelt und geglättet. Tochter tat ihn in ihren Beutel, stand auf und bewegte die steifen Knie. Am Wegesrand, ein wenig unterhalb der letzten Höhle, wuchs bereits frisches Gras. Bei den Höhlen gab es nur felsigen Untergrund, verkrüppelte Bäume und Piniennadeln, und so nahm Tochter den Beutel mit dem Stein und folgte dem Weg.

Je weiter sie sich von den Lagerfeuern entfernte, desto dunkler wurde es. Nichts rührte sich, als sei selbst die Luft zu Eis erstarrt. Das Gras wäre gefroren, aber die Kälte brachte es nicht um – nicht mehr so kurz vor dem Frühling. Tochter konnte nicht sagen, was Hirschlauscher mit dem Stein und dem Grashalm vorhatte, aber das war auch egal: Geheime Zauberkräfte wirkten am besten, und ihre, Tochters, Aufgabe bestand darin, den Stein und den Halm zu Hirschlauscher zu bringen.

Sie erreichte die Stelle, an der sie das frische Gras gesehen hatte, kniete sich wieder hin und tastete danach. Es war so ruhig, dass sie die Halme beinahe unter ihrer Berührung flüstern hörte. *Uns ist kalt,* sagten sie. *Uns ist kalt.* Eine dünne silbrige Schlange glitt über den Pfad. Das Geräusch, das ihre Schuppen verursachten, hörte sich an wie die Stimme des Grases. Tochter pflückte einen Halm und dann noch einen, falls sie einen verlieren sollte.

Gerade hatte sie das Gras in ihren Beutel getan, als sie flüchtig einen warmen Hauch spürte wie von einem Funken oder einem Tier, dessen Körper warm war und nicht kalt wie die Schlange oder der leere Hasenfellbeutel. Die Wärme kam von dem Wegstück, das zwischen ihr und den Höhlen lag. Als Tochter sich umsah, konnte sie allmählich Umrisse erkennen. Ein Coyote stand da. Ausgezehrt vom Winter stachen seine Rippen hervor, und in seinem stumpfen Fell glitzerten Eiskristalle. Er starrte sie mit gelben Augen an, in denen sich die dünne Mondsichel spiegelte. Sicher war er wohl auf der Jagd.

Coyoten jagten alles, sogar Menschen. Manchmal fraßen sie Kleinkinder, die sich zu weit von ihren unaufmerksamen Müttern entfernten, und Tochter erinnerte sich auch, dass sie einmal über einen Jäger hergefallen waren, der sich wahrscheinlich das Bein gebrochen hatte. Später fand man seine Überreste wie die Gerippe der Hunde, die sich von einer läufigen Coyotin anlocken ließen. Jetzt stampfte Tochter mit dem Fuß auf und hob drohend den Hasenfellbeutel.

»Geh weg!«, sagte sie. »Ich bin zu groß für dich und habe einen schweren Stein in meinem Beutel. Wenn du nicht verschwindest, ziehe ich ihn dir über!«

Nach wie vor sah der Coyote sie an. Nicht immer sprachen die Tiere mit den Menschen, aber Gott Coyote war ein sehr alter Gott und der Coyote hier Teil von ihm. Sein Fang stand offen und die Zunge hing heraus. Wieder drohte ihm Tochter mit dem Beutel.

»Darin ist ein Zauberstein«, sagte sie. »Los, verschwinde, sonst erschlage ich dich damit und mache mir aus deinem Fell eine Decke!« Noch einmal stampfte sie mit dem Fuß auf, und das Mondlicht spiegelte sich ein letztes Mal in den gelben Augen des Tieres, bevor der Coyote den Kopf wandte und zu den Höhlen und Lagerfeuern hinaufsah. Dann verließ er den Pfad und trottete zurück in die Büsche, wobei kleine Atemwölkchen von seinem Maul aufstiegen.

Erleichtert drückte Tochter den Beutel an sich und rannte zur scheinbaren Sicherheit der Feuer zurück. Aber irgendetwas war anders. Die Männer tanzten nach wie vor, doch ihr Rhythmus hatte sich verändert. Sie beschrieben ihre Figuren jetzt nur noch ganz langsam, als wollten sie etwas beenden. Auch Tochter verhielt den Schritt. Sie mochte die Höhle nicht betreten, wollte nicht erfahren, warum sich der Tanz verändert hatte. Sie ging zu Hirschlauscher, der davor stand, und reichte ihm den Beutel.

»Ausgezeichnet!«, rief er, nachdem er hineingesehen hatte. »Damit kann man hervorragend zaubern.«

»Ist das Kind schon da?«

»Nein.«

Tochter konnte ihre Mutter nicht mehr schreien hören, vernahm dafür aber Klagelaute der anderen Frauen, und Hirschlauscher erklärte behutsam: »Sie ist von uns gegangen. Das Kind hat sie mitgenommen.«

»Aber ich möchte sie behalten, sie gehört mir!«, rief Tochter verzweifelt, hob das Kinn und fing an zu zetern und zu wehklagen wie die Frauen in der Höhle.

Gleich darauf kam Tante Vier Finger heraus und schloss sie in die Arme. »Reisende soll man nicht aufhalten«, sagte sie und drückte Tochter so fest an sich, als könnte auch sie ihnen einfach entgleiten, ins Dunkle der Nacht hinein.

Mit schreckgeweiteten Augen blickte Tochter auf den Hasenfellbeutel. »Ich bin zu spät gekommen! Hättet ihr den Stein und den Grashalm gehabt, wäre das Kind jetzt da. Aber der Coyote hat mich aufgehalten.«

»Welcher Coyote?«, fragte Hirschlauscher aufmerksam.

»Ich bin ihm auf dem Pfad hierher begegnet«, schluchzte Tochter. »Ich habe ihm mit dem Beutel gedroht, aber er ist einfach stehen geblieben. Er wollte sich nicht bewegen. Doch dann habe ich ihn angeschrien, und er ist weggegangen, aber ich bin trotzdem zu spät gekommen!« Wieder weinte sie laut und barg ihr tränennasses Gesicht an Tante Vier Fingers Schulter. Die Löwenzähne an der Kette ihrer Tante stachen ihr in die Wange, aber das war ihr egal.

»Nein, Störrische Matschtochter«, sagte Hirschlauscher jetzt, »du bist nicht zu spät gekommen. Das Besorgen des Steines war der Zauber, nicht der Stein selbst. Aber manchmal ist die Zauberkraft des Todes eben stärker. Es wäre nicht gut für dich gewesen, dabei zuzusehen. Wenn Gott Coyote dich aufgehalten hat, wollte er dir damit einen Gefallen tun.«

»Aber sie darf nicht weggehen!« Flehentlich sah Tochter zu Hirschlauscher auf, als könnte er dafür sorgen, dass ihre Mutter und das neue Kind ihre Meinung noch einmal änderten. Hinter Hirschlauscher beendeten die Männer gerade ihren Tanz. Auch Tochters Vater war stehen geblieben. Das Gesicht verzerrt wie eine zum Trocknen aufgespannte Lederhaut kam er nun zum Höhleneingang und fragte Tante Vier Finger: »Ist es ein Junge gewesen?«

»Das wissen wir nicht. Es kam überhaupt nicht heraus.«

Tochters Vater nickte, und das Mädchen dachte: *Das Kind ist im Warmen geblieben.* Aber jetzt kühlte sein Versteck langsam aus, und wenn es zu kalt war, würde sein Geist zusammen mit dem ihrer Mutter endgültig davonziehen. Auf den Schwingen des Windes würden sie dorthin fliegen, wo die Toten lebten, und sie, Tochter, wäre allein. Ihr Vater zählte nicht. Männer kümmerten sich nicht um Kinder. Vielleicht nahm er sich irgendwann eine andere Frau, die auf sie aufpasste. Todtraurig sah Tochter ihn an und dachte: *Wehe!*

»Hier könnt ihr heute Nacht nicht bleiben«, erklärte Tante Vier Finger jetzt. »Ich nehme das Mädchen mit zu mir. Du kannst zu den alleinstehenden Männern gehen.«

Wieder nickte Tochters Vater nur. Einige Männer hatten zwei oder drei Frauen, aber er hatte bloß eine gehabt. Nun würde er in der Höhle bei den jungen Männern schlafen und versuchen, so zu tun, als sei er einer von ihnen und kein Mann mittleren Alters, der die Bequemlichkeit schätzte, die ihm nur eine Frau bieten konnte: ihre Körperwärme, wenn sie zusammen auf dem Felllager schliefen, und das mit heißen Steinen in Graskörben gekochte Essen. An der gemeinsamen Feuerstelle im Haus der jungen Männer würde er sich mit halb verkohlten Fleischbrocken begnügen müssen und allein unter seiner Decke frieren. Er warf seiner Tochter noch einen Blick zu, als wüsste er nicht, was er mit ihr anfangen sollte, und wandte sich zum Gehen.

Tochter erwachte mitten in der Nacht. Sie hatte geträumt, dass ihre Mutter noch lebte und sie im Arm hielte. Im Traum hatte Tochter das Gesicht in ihrem warmen dunklen Haar geborgen. Aber nun musste sie feststellen, dass es sich dabei um Hunds Fell gehandelt hatte, der neben ihr in einer Ecke von Tante Vier Fingers Höhle schlief. Die kleinen Kinder ihrer Tante hatten sich ebenfalls an sie gekuschelt, und Tantes Ehemann schnarchte genauso wie früher ihr Vater. *Vielleicht kann ich hier bleiben,* dachte Tochter und sah durch die Öffnung der Höhle zum Mond hinauf.

Als vier Tage verstrichen waren, ging der Stamm daran, den Körper von Tochters Mutter mit dem Kind darin zu verbrennen, damit die Geister der beiden nicht zurückkehrten. Dazu hüllten sie die Tote in ein Kleid aus Hirschlederhaut und legten ihr die Kette aus blauen Steinen und Truthahnfedern um, die Teil des Brautpreises gewesen war. Tochters Vater folgte dem Medizinmann und dem Häuptling, die die Totenbahre hinaustrugen. Er hieß Der einst Wasser fand, aber heute würden ihn alle nur *Mann der toten Frau* nennen, da es besonders anlässlich einer Bestattung Unglück brachte, wenn ein Geist erfuhr, wie man hieß. Bei Beinamen war das etwas anderes. Sie wurden oft gewechselt. Wenn Der einst Wasser fand nicht bald eine andere Frau nahm, würde man ihn vorübergehend wahrscheinlich Der seine Frau verloren hat nennen.

Man legte Tochters Mutter auf einen Holzstapel und beschmierte ihren Körper mit Lehm, damit er seinen Weg unter die Erde finden konnte, wo die Skelettleute lebten. Tochters Vater hielt als Erster eine Fackel ans Holz, und als sich seine Tochter an ihn schmiegte, legte er ihr eine Hand auf die Schulter. Sobald die Flammen das Lederkleid erreichten, stieg eine dunkle Rauchfahne auf, und Tochter fing wieder an zu schluchzen.

Der ganze Stamm hatte sich um das Feuer versammelt, und die anderen Kinder sahen betreten zu Tochter hinüber, während die Frauen ihren Vater beobachteten. Tochter wusste genau, dass selbst die Ehefrauen über einen Wechsel des Mannes nachdachten. Der einst Wasser fand sah immer noch stattlich aus und war obendrein ein guter Jäger. Außerdem hatte er nie mehr als eine Frau haben wollen und brüstete sich nicht mit seinen angeblichen Heldentaten wie die jungen Männer. Bestimmt würde er eines Tages eine andere Frau heiraten, und Tochter dachte grollend an Zauberkraft und Giftmischungen.

Doch zunächst kehrten die beiden allein in ihre Höhle zurück. Hätte Tochter das Alter gehabt, um selbst Kinder zu bekommen, wäre das nicht möglich gewesen, und sie hätten die Höhle aufgeben müssen. Aber so war Seher der Meinung, es bestünde keine Gefahr, dass der Geist, der ihre Mutter getötet hatte, auch sie heimsuchte. Tochter war froh, in die eigenen vier Wände zurückkehren zu können. Ein bisschen etwas von ihrer Mutter schien immer noch da zu sein.

Auch vorher schon hatte sie ihr Flüstern gehört, aber nur, wenn es ganz still war; was allerdings bei Tante Vier Finger und all den schreienden Kindern nur selten vorkam. In ihrer Höhle vermeinte Tochter manchmal auch den Geruch ihrer Mutter wahrzunehmen. Dann atmete sie tief ein und lauschte mit geneigtem Kopf auf ihr Flüstern, während sie versuchte, Essen zuzubereiten. Aber meistens verbrannte sie sich beim Kochen die Finger oder rieb sie sich beim Körnermahlen blutig.

Als Tante Vier Finger das sah, nahm sie Dem der einst Wasser fand an einem der nächsten Tage die Jagdbeute ab und bereitete sie für die beiden zu. Murrend erklärte sie dabei: »Das Mädchen ist noch zu jung, um Frauenarbeit zu leisten, du solltest dir eine neue Frau suchen.«

Als sich die Leute vom Gelben Gras zur Zeit des Vollmonds bereitmachten, ihr Winterquartier zu verlassen und den Hirschen ins Tal zu folgen, sagten alle, dass es mit Tochter und Dem der einst Wasser fand so nicht weitergehen könne. Denn während die anderen Familien gemeinsam ihre Habseligkeiten zusammensuchten, musste Der einst Wasser fand Tochters und seine Sachen allein packen, weil sie sich weigerte, ihm zu helfen. Schmollend saß sie auf einem flachen Stein und versuchte, das letzte Echo ihre Mutter zu bewahren.

In einem Anflug von Zorn – so hätte man meinen können – heiratete Der einst Wasser fand bis zum Ende des Sommers schließlich vier Frauen: eine alte fleißige Witwe; eine Frau mittleren Alters mit hervorquellenden Augen; eine junge Frau mit zwei kleinen Söhnen, die ihren gewalttätigen Mann verlassen hatte; und ein junges Mädchen, mit dem er das Lager teilte. Tochter hasste alle gleichermaßen. Aber da sich ihr Hass verteilte, verlor er seine beißende Schärfe. Sie schabte Tierhäute mit Altem Weib, mahlte Samen mit Glupschauge und beobachtete hämisch, dass Junges Weib auf Junge Füchsin eifersüchtig war, weil diese fast jede Nacht bei ihrem Vater liegen durfte. Er musste jetzt tagein, tagaus jagen, um sie alle satt zu bekommen, und wieder schüttelten die Leute den Kopf und sagten, er sei geisteskrank – der Geist seiner ersten Frau habe ihn verrückt gemacht.

Wenn sich Tochter einmal von ihrer neuen Großfamilie wegstehlen konnte, ging sie zum Flussufer, wo der Boden ganz weich war, und kratzte ihre Zeichen hinein: langbeinige Hirsche mit weit aufgerissenen Augen und Hund, der hinter ihnen hertrottete. Manchmal malte sie auch ihren Vater mit erhobenem Speer.

In diesem Sommer erlegte der Stamm einen Büffel, und Tochter sah sich das tote Tier lange an. Dabei versuchte sie, es im Geist wieder auferstehen zu lassen, damit sie es mit seinem gekrümmten Rücken und dem großen zottigen Kopf mit zum Fluss nehmen und in den feuchten Sand zeichnen konnte. Aber der Büffel tat ihr den Gefallen nicht und war auch zu schwer, um sich hochheben zu lassen. Deshalb malte sie schließlich den Coyoten, der ihr damals im Winter den Weg verstellt hatte. Mit seiner heraushängenden Zunge und dem buschigen Schwanz zauberte sie ihn aufs Flussufer und dachte einen Augenblick lang, seine Augen würden sie gefährlich anfunkeln.

Manchmal, wenn Hirschlauscher wusste, dass die anderen nach ihr suchten, kam er ans Ufer und sah ihr beim Malen zu. Einmal erklärte er: »Was du dir da beibringst, ist ein großes Geheimnis.« Aber Tochter entgegnete: »Katzenohr sagt, es sei nichts anderes als dummes Gekritzel im Matsch, und dass es Unheil brächte.«

»Katzenohr bildet sich nur etwas darauf ein, Sohn des Medizinmannes zu sein.« Hirschlauscher hockte sich im Schneidersitz ans Ufer, breitete seine Lederrockschöße um sich aus und stützte die Ellbogen auf die Knie. »Katzenauge sieht nicht, was Störrische Matschtochter sieht. Er weiß nicht, worauf er achten soll.«

»Altes Weib auch nicht«, sagte Tochter. »Sie hat behauptet, ich sei faul und hat mich geohrfeigt. Sie schlagen mich alle«, fügte sie düster hinzu.

»Gehorchst du ihnen denn?«

»Sie sind zu viert und möchten alle Ehefrau Nummer eins sein, deshalb will jede, dass ich für sie arbeite. Ich würde ihnen Gift ins Essen mischen, wenn ich wüsste, wo ich welches finden könnte.«

»Gut, dass du es nicht weißt«, meinte Hirschlauscher.

»Aber du weißt es doch«, erklärte Tochter verschmitzt. »Du könntest mir ein bisschen davon besorgen.«

»Ich werde mich hüten! Du hast eine Gabe. Vielleicht macht sie dich irgendwann einmal heilig. Du musst dich damit abfinden, dass es zu dieser Gabe gehört, anders zu sein.«

Tochter dachte darüber nach und vergaß einen Augenblick sogar den Groll in ihrem Herzen. »Meinst du *anders*, so wie du anders bist?« Sie berührte seine Rockschöße. »Bist du deshalb … heilig?« Es war sehr mutig von ihr, ihm diese Frage zu stellen. Auch wenn Männer wie Hirschlauscher gerne tratschten und sich benahmen wie eine Frau, fragte man sie nicht einfach, warum sie anders waren.

Doch Hirschlauscher schimpfte nicht mit ihr wie mit Jungem Weibs Sohn, der ihm die gleiche Frage gestellt hatte.

»Als ich noch sehr jung war, wurde mir klar, dass ich anders bin. Ich war damals vielleicht zehn Jahre alt und hatte eine Vision. Die Götter ließen mich wissen, dass ich dazu bestimmt sei, ein Vermittler zwischen Mann und Frau zu sein, ein Wesen dazwischen, weder ganz das eine noch das andere Geschlecht.«

Tochter nickte. Alle Jungen hatten Visionen. Wenn sie zum Mann wurden, schlossen sie sich im Haus der jungen Männer ein und zauberten, bis es so weit war. Katzenohr bildete sich eine Menge darauf ein. Mädchen nahmen auch an einer Zeremonie teil, sobald sie ihre Blutungen bekamen, aber sie hatten nur selten Visionen. Und wenn doch, waren sie sehr mächtig und womöglich Hexen. Tochter wünschte sich mehr als alles andere, eine Vision zu haben, die sie mit Katzenohr gleichstellte und über Altes Weib und die anderen Frauen ihres Vaters erhob. Wäre sie eine Hexe, würde sie von niemandem mehr geohrfeigt, und Katzenohr hätte Angst vor ihr. Eine äußerst befriedigende Vorstellung!

»Kannst du deshalb zaubern?«

Hirschlauscher lachte leise. »Ich kann doch nicht zaubern, aber ich kann Magie sehen, weil ich die Dinge von einer anderen Warte betrachte. Wir haben die Pflicht, die Gaben zu nutzen, die die Götter uns verleihen.«

»Wenn ich tatsächlich anders bin«, überlegte Tochter nun laut, »wie wird es dann sein?«

»Das ist schwer zu sagen«, erklärte Hirschlauscher. »Du bist jetzt noch sehr jung – und ungezogen. Du schabst keine Häute, und wenn du sagst, du suchst Schildkröten, malst du stattdessen Coyoten aufs Flussufer.«

»Was würde passieren, wenn ich Schildkröten malte?«

»Probier's aus!«

Tochter zeichnete ein Oval mit vier Füßen und herausgestrecktem Kopf neben den Coyoten.

»Das ist eindeutig eine Schildkröte«, befand Hirschlauscher und fügte hinzu: »Das müsste sogar Katzenohr sehen können.«

»Das glaube ich nicht.«

»Aber die Schildkröten erkennen sich auf jeden Fall wieder.« Hirschlauscher zeigte auf eine ganz große, die sich auf einem flachen Stein sonnte. Sie war wohl gerade erst aus dem Wasser gekommen und tropfte noch.

Tochter schlich sich an das Tier heran und packte es, bevor es sich wieder in den Fluss fallen lassen konnte. Dann legte sie die Schildkröte in ihren leeren Korb und grinste zu Hirschlauscher hinüber. Das war besser als ihr gespielter Schildkrötenzauber. Ob sie wohl auch ein Tier zeichnen konnte, das die Frauen ihres Vaters packte? Natürlich sollte es sie am Leben lassen. Vielleicht würde sich ja der Coyote dazu eignen.

»Ich glaube«, sagte Hirschlauscher nun, »du solltest es erst einmal bei Schildkröten bewenden lassen.« Anscheinend hatte er ihre Gedanken gelesen, wie es so seine Art war. Manchmal konnte er auch in die Zukunft sehen. »Es gibt einige Dinge, die du vielleicht nicht allzu früh haben willst«, fügte er noch hinzu und wischte den Coyoten vom Flussufer.

2. Kapitel

Der Schritt über den Fluss

»Es ist ein Hirsch«, sagte Seher, der Medizinmann, und betrachtete feierlich die Zeichen, um die er und die anderen Stammesältesten sich versammelt hatten.

»Es sind einfach nur Striche im Sand«, meinte Katzenohr verächtlich. Er war jetzt vierzehn Jahre alt und bildete sich ein, allwissend zu sein.

Seher achtete nicht weiter auf seinen Sohn. Jeder wusste, dass sie nicht gut miteinander auskamen, seitdem Katzenohr beschlossen hatte, alles besser zu wissen. »Weise ist, wer weiß, was er nicht weiß!«, hatte Seher ihm eines Tages im Streit entgegengeschleudert. Nun bekräftigte er noch einmal: »Es *ist* ein Hirsch.«

Tochter hatte in den vergangenen Jahren dazugelernt und konnte das Wild mittlerweile beinahe lebensecht darstellen. Die Beine des Tieres griffen aus und hingen nicht mehr wie steife Stöcke an seinem Körper. Man erkannte den Übergang zwischen Bauch und Hinterläufen und dass der Hirsch beim Rennen den Kopf zurückwarf.

Seher fuhr mit seinem Stock die Striche nach, die Tochter im Sand gezogen hatte, und zeigte den anderen, woran zu erkennen war, worum es sich handelte. Dann sagte er: »Darin sieht sich auch der Hirsch wieder.«

»So sei es«, ergänzte Blauer Stein, der inzwischen Häuptling geworden war, und die Stammesältesten nickten.

Der einst Wasser fand schien zufrieden, dass seine bis dahin unbedeutende Tochter in den Mittelpunkt des Interesses gerückt war, auch wenn dieser Umstand seinen vier Ehefrauen und deren Söhnen überhaupt nicht passte. Nachdem sie Tochter eine Weile böse angestarrt hatten, funkelten sie sich nun gegenseitig an.

Vielleicht werden sie heute Abend wieder miteinander streiten und mit dem Mahlstein werfen, dachte Tochter und war ebenfalls sehr zufrieden.

Blauer Stein besah sich Tochter nun genauer und fragte schließlich: »Wie alt bist du, Springendes Reh? Bist du schon eine Frau?«

»Ja«, sagte sie und stellte fest, dass der Häuptling ihr soeben einen neuen Namen gegeben hatte. Wollte sie ihn behalten? Darüber musste sie erst nachdenken. »Beim Großen Treffen werden Eulenküken, Kleinkind, Reiherfeder und ich in den Kreis der erwachsenen Frauen aufgenommen.« Tochter sah sich um. Jenseits der wichtigen Stammesvertreter, die einen Kreis um ihre Zeichnung bildeten, standen ihre Freundinnen auf Zehenspitzen, um mitzubekommen, was geredet wurde.

»Das Große Treffen ist eine günstige Gelegenheit für die Aufnahme in die Gemeinschaft der Erwachsenen«, erklärte Blauer Stein nun. »Wenn du eine richtige Frau bist, machst du wieder deine Striche in den Sand und hilfst uns am zweiten Tag des Großen Treffens mit den Tänzern, das Wild herbeizulocken.« Die anderen Stämme und Clans würden bestimmt in Ehrfurcht erstarren, wenn sie erfuhren, dass die Leute vom Gelben Gras eine Frau mit magischen Kräften in ihren Reihen hatten, dachte Blauer Stein, und er hätte dann einen großen Namen.

Während die anderen sich zerstreuten und untereinander noch weiter über Tochters neue Zauberkunst redeten, legte Hirschlauscher ihr eine Hand auf die Schulter. »Das ist ein großer Tag für dich. Aber deshalb wirst du dich nicht vor Wichtigkeit aufblähen wie ein alter Fisch.« Er beugte sich zu Tochter hinunter, die seinen Blick herausfordernd erwiderte, aber Hirschlauscher fuhr unbeirrt fort: »Und es auch nicht deinen Stiefmüttern unter die Nase reiben.«

Tochter schnaubte verächtlich. »Als ich einen Skorpion gezeichnet habe, hat Altes Weib einen in ihrem Wasserkorb gefunden und mir die Schuld dafür gegeben, obwohl ich ihn nicht hineingetan hatte.«

»Altes Weib ist nicht dumm«, sagte Hirschlauscher und lachte leise. »Aber die Zeit für solche Kindereien ist nun vorbei. Von jetzt an wirst du deine Gabe vernünftig einsetzen und zum Wohl aller nutzen.«

»Warum sollte ich? Sie gehört mir.«

»Weil sie sich sonst gegen dich wendet und beißt«, sagte Hirschlauscher, »genauso wie Gott Coyote.«

Am Tag vor dem Großen Treffen zog sich Tochter in eine Ecke der Höhle ihres Vaters zurück und zeichnete noch mehr Skorpione. Sie waren einfach darzustellen, und Tochter fertigte eine ganze Reihe. Sie war nicht sicher, wie viele, aber da war einer für jeden Finger und jeden Zeh, und es waren noch welche übrig. Sie krabbelten scheinbar aus einer Gesteinsritze und über den Sandboden der Höhle, wobei sie mit ihren Scheren zu wedeln schienen und den Schwanz mit dem giftigen Stachel hoch erhoben hielten. In dieser Nacht mussten Tochters Vater und seine Frauen in eine andere Höhle umziehen.

Am nächsten Morgen machte sich der Stamm zum Platz des Großen Treffens auf, das jedes Jahr am Ende des Sommers stattfand. Wenn die kalte Jahreszeit die warme ablöste, trafen sich die Stämme und Clans von Tochters Volk, um sechs Tage lang zusammen zu feiern und zu jagen. Die alten Männer erzählten dann Geschichten, aus denen die jungen etwas lernen konnten. Frauen wie Männer klatschten und tratschten – je schlüpfriger und peinlicher die Themen, desto besser. Die Häuptlinge tauschten Neuigkeiten über das Wild und die so genannten *Anderen* aus, die seit einiger Zeit hin und wieder in ihre Jagdgründe eindrangen, obwohl sie nicht zu ihrem Volk gehörten. Während des Großen Treffens wurden auch Ehen geschlossen, wobei die Männer den Frauen so lange den Hof machten, bis sie sie erhörten.

Die meisten Stämme waren zu klein, als dass ihre Nachkommen ausschließlich untereinander hätten heiraten können, zumal Ehen innerhalb einer Familie ausgeschlossen waren. Häufig suchten sich die jungen Männer deshalb eine Frau außerhalb des eigenen Stammes. Der Stamm, dem Tochter angehörte, die Leute vom Gelben Gras, setzte sich aus drei verschiedenen Clan-Familien zusammen, die jeweils etwa zwanzig Erwachsene zählten. Tochters verstorbene Mutter hatte einem Clan der Leute vom Roten Felsen angehört; Glupschauge kam vom Stamm der Blauen Steine und Junge Füchsin vom Stamm der Leute aus dem Rauch.

Während des Großen Treffens wurden auch so genannte Sechstageehen geschlossen – von Männern und Frauen, die sich anziehend fanden, aber eigentlich schon in festen Händen waren. Aber kaum jemand verließ wegen einer solchen Verbindung seinen ursprünglichen Gefährten. Vielmehr wurde die Sechstageehe als Möglichkeit angesehen, ein wenig Abwechslung in den Ehealltag zu bringen – und sie bot eine nie versiegende Quelle für Klatsch, Tratsch und Witze, die man sich während des langen Winters erzählen konnte.

Das Große Treffen war eine von vier Gelegenheiten im Jahr, bei der die Kinder, die in den Monaten zuvor die Geschlechtsreife erreicht hatten, offiziell in den Kreis der Erwachsenen aufgenommen wurden. Es konnte einem nichts Besseres passieren, als wenn diese Zeremonie anlässlich eines Großen Treffens stattfand. Deshalb hatte sich Tochter lange Zeit darauf konzentriert, dass ihr erstes Monatsblut rechtzeitig kam.

Über ihren Erfolg war sie vor Freude ganz außer sich gewesen, auch wenn es irgendwie unangenehm war. Man musste sich ständig waschen und in einer anderen Höhle schlafen, weil das Blut alles verschmierte. Zudem ging eine so starke Zauberkraft davon aus, dass Männer mit einem schwachen Herzen nicht in seine Nähe kommen durften. Aber das alles nahm Tochter gerne in Kauf, denn nun würden bei der Zeremonie, die sie zur Frau machte, Hunderte von Leuten zusehen. Und das wäre fast so gut, wie eine Vision zu haben.

Die Tage vor dem großen Ereignis hatte Tochter damit verbracht, sich schönzumachen. Zusammen mit ihren Freundinnen hatte sie sich immer wieder die Haare geflochten, mit Federn geschmückt und so lange ihr Spiegelbild im Fluss bewundert, bis sich Altes Weib und Junges Weib darüber bei Der einst Wasser fand beschwert hatten.

Als sich der Stamm nun dem Versammlungsplatz näherte, hielt es Tochter nicht länger neben Glupschauge, der hässlichsten ihrer Stiefmütter, aus und stürmte davon. Dabei schleifte sie den Sack mit getrocknetem Hirschfleisch, kunstvoll geflochtenen Körben und mühevoll geschnitzten Knochenlöffeln hinter sich her, den sie eigentlich vorsichtig auf dem Kopf hätte tragen sollen. Auch ihre Freundinnen kamen aufgeregt herbeigelaufen.

»Oh, seht nur!«

Der Versammlungsplatz war voll von Menschen und ihren provisorischen Unterkünften aus Unterholzgezweig. Hirsch- und Coyotenschwänze baumelten an Pflöcken und bezeichneten das Areal des jeweiligen Stammes. Während Seher und Blauer Stein ihre Leute auf den Versammlungsplatz führten und dabei ein bestimmtes Begrüßungsritual vollzogen, das anzeigte, dass sie in Freundschaft kamen, sahen sich Tochter und ihre Freundinnen begeistert um. Der Duft von gebratenem Fleisch, vermischt mit dem Rauch der Lagerfeuer, stieg ihnen in die Nase, und die Luft war gesättigt vom ungewohnten und ganz besonderen Geruch der Unbekannten.

Ein fremder, gut aussehender Junge mit ledernem Lendenschurz kreuzte ihren Weg, um zum Lagerplatz seines Stammes zu gelangen. Sein schwarzes Haar war kunstvoll zurückgebunden und mit so vielen Truthahnfedern geschmückt, dass sie ihm wasserfallartig über den Rücken fielen. Er warf den Mädchen einen verächtlichen Blick zu, schritt daraufhin noch weiter aus und nahm die Schultern zurück, während die Federn hinter ihm herzutanzen schienen. Er war eitel wie ein Pfau, aber sein Haar bewegte sich mit der sanften Anmut des Büffelgrases, wenn der Wind darüber strich. Für Tochter, die selbst erst auf der Schwelle zur Geschlechtsreife stand, verkörperte der Junge trotz seiner Arroganz und dem zur Schau getragenen Desinteresse alles, was sie am anderen Geschlecht bemerkenswert fand. Unwillkürlich fühlte sie sich zu ihm hingezogen, ohne dass es ihr dabei wirklich um den Jungen als solchen gegangen wäre.

Das Haus der Mädchen war ein mit Pfählen abgesteckter Bereich, um den man zusammengenähte Hirschlederhäute gespannt hatte. Sie sollten die Mädchen vor den Blicken der Männer schützen, bis die Zeit für die große Zeremonie gekommen war, die sie zu Frauen machte und den Männern gestattete, sie mit ganz anderen Augen zu betrachten.

Neben den vier Mädchen der Leute vom Gelben Gras waren noch zwei der Leute vom Roten Felsen, eines vom Stamm vom Ausgetrockneten Flussbett, sechs Mädchen von den Leuten aus dem Rauch und insgesamt fünf vom Stamm der Himmelsfeuerleute und derer vom Hohen Felsen anwesend. Tochter und ihre Freundinnen hatten sich bäuchlings auf den Boden gelegt, um unter den herabhängenden Lederhäuten hindurchzuspähen und das Geschehen auf dem Festplatz zu verfolgen. Sie beobachteten gerade, wie die Frauen eine Reihe bis zum Fluss hinunter bildeten und Wasserkörbe durchreichten.

Das Wasser war dazu gedacht, den Mädchen symbolisch die Kindheit abzuwaschen. Die Männer verliehen dem Geschehen mit ihren Medizinbeuteln und Zaubermasken, die nur bei besonderen Zeremonien getragen wurden, die nötige Feierlichkeit. Tochter stellte fest, dass Hirschlauscher zunächst mit den Frauen Wasser geschöpft hatte, sich nun aber zu den Männern gesellte und mit ihnen zum Haus der Jungen hinüberging. Sie befanden sich in einer anderen Umfriedung, und Reiherfeder, die neben Tochter auf dem Boden lag, fragte leise: »Was glaubt ihr, was sie da drin machen?«

»Mein Bruder hat gesagt, sie tanzen, bis sie eine Vision haben«, erklärte Eulenküken, »und dass es wehtut.«

Tochter seufzte. »Mir würde es nichts ausmachen, so lange zu tanzen, bis ich eine Vision habe. Auch wenn's wehtut.«

»Du hast doch schon … nun ja, was immer das ist«, sagte Kleinkind, die sich plötzlich davor scheute, Tochters Gabe beim Namen zu nennen, und auch ein wenig von ihr abrückte.

Einen Augenblick fühlte sich Tochter, als habe man sie ausgestoßen, aber dann kroch sie einfach wieder näher zu den anderen heran. »Habt ihr den Jungen gesehen, der uns bei unserer Ankunft über den Weg gelaufen ist?«, flüsterte sie nun. »Glaubt ihr, er wird heute auch in die Gemeinschaft der Erwachsenen aufgenommen?«

»Nein, dazu war er schon zu alt, und er hatte sein Haar zusammengebunden«, sagte Kleinkind, und ihr rundes Gesicht nahm einen sehnsüchtigen Ausdruck an. »Ich wünschte, ich würde ihn wieder sehen.«

»Vielleicht sind wir beim nächsten Großen Treffen alle schon verheiratet«, neckte Eulenküken sie, »und er ist dein Mann.« Daraufhin knuffte Eulenküken sie freundschaftlich in die Seite, und Kleinkind wollte wissen: »Was glaubt ihr, wie das ist?«

»Was?« Tochter musste wegen des Staubs niesen, den die draußen vorbeigehenden Menschen aufwirbelten und der ihr unter der Hirschlederhaut in die Nase gestiegen war.

»Sein Lager zu teilen – mit einem Mann, meine ich.«

»Nun, mit was anderem kannst du es wohl kaum teilen«, sagte Tochter. »Es sei denn, einer der Götter kommt und nimmt dich zur Frau, was bestimmt nicht der Fall sein wird, wenn du nicht aufhörst, am Daumen zu lutschen.«

Kleinkind nahm den Finger aus dem Mund, steckte ihn dann aber trotzig wieder hinein und nuschelte: »Du weißt genau, was ich meine. Also, wie stellst du dir das vor?«

»Ich glaube, ganz angenehm«, erklärte Tochter nachdenklich, »sonst würden es nicht alle ständig tun. Ich meine, die Menschen, die Hunde, die Büffel und was weiß ich noch.«

»Mein Vater zwingt Zweite Frau dazu«, erklärte Reiherfeder düster.

»Und Glupschauge zwingt meinen Vater dazu«, sagte Tochter und kicherte. »Sie droht ihm, ihn sonst zu verlassen, und sie kann am besten kochen. Also müssen Junges Weib und Junge Füchsin sich meinen Vater mit ihr teilen. Altes Weib ist ja schon zu alt, um jede Nacht bei einem Mann zu liegen.«

»Meine Mutter hat mir erzählt, dass dein Vater es mit keiner seiner Frauen mehr macht«, sagte Eulenküken, »und dass er immer müde ist. Sie hat mir auch erzählt, die Männer nennen ihn *Der zu viele Frauen hat.*« Sie prustete vor Vergnügen.

»Vielleicht geht es ihm wie dem Mann mit den acht Ehefrauen, und ein wichtiger Körperteil fällt ihm dabei ab«, warf Kleinkind ein, und Tochter entgegnete verärgert: »Das ist doch nur eine Geschichte! Ein Mann kann so viele Frauen haben, wie er will. Hauptsache, er ist in der Lage, sie zu ernähren.« Hochmütig fügte sie hinzu: »Und mein Vater ist ein sehr guter Jäger.«

»Ich habe gehört, Junges Weib schlägt dich«, sagte nun Eulenküken.

»Nicht mehr«, entgegnete Tochter und dachte: *Seitdem sie die Schlange auf ihrem Lager gefunden hat.* Die Schlange war einfach auf der Suche nach einem warmen Plätzchen gewesen, und Tochter hatte nichts damit zu tun gehabt. Aber das wusste Junges Weib nicht. Doch damit sie und die anderen Frauen ihres Vaters nicht vergaßen, dass ihre Stieftochter Zauberkräfte besaß, hatte Tochter die Skorpione gezeichnet. Es war ihr egal, dass Hirschlauscher gesagt hatte, sie dürfe so etwas nicht mehr tun. Hauptsache, die Frauen ihres Vaters glaubten fest daran, dass sie dazu in der Lage sei, alles mögliche Getier herbeizurufen, und ließen sie in Ruhe.

Nun klangen vom Haus der Jungen Gesänge herüber, und das Mädchen der Leute vom Ausgetrockneten Flussbett fing an zu schluchzen und jammerte: »Was werden sie bloß mit uns machen?«

»Nichts, wovor man Angst haben müsste«, sagte Tochter verächtlich, bevor sie hinzufügte: »Weiß du eigentlich, wie blöd du aussiehst, wenn du heulst?«

»Alle Mädchen, die das letztes Jahr über sich ergehen lassen mussten, haben gesagt, es wäre schrecklich!«

»Nun, das mag schon sein«, entgegnete Tochter, »ein Weiheritus würde einen ja auch nicht verändern, wenn es etwas ganz Einfaches wäre.« Das hatte Hirschlauscher ihr gesagt. »Es ist doch viel schöner, mit einem Mann zusammen zu sein, als sein Leben lang ein Kleinkind zu bleiben.«

Aber das Flussbett-Mädchen entgegnete: »Ich will nicht

heiraten und schon gar nicht bei einem Mann liegen und tun, was die Erwachsenen tun. Mein Onkel Schwimmer hat das schon mit mir gemacht, und du weißt überhaupt nichts! Es tut weh!« Schluchzend wandte sie sich ab.

Die anderen Mädchen erschraken, außer Reiherfeder, die aufmerksamer durchs Leben ging und achselzuckend feststellte: »Männer machen nun einmal, wozu sie Lust haben, egal, ob sie damit gegen ein Gesetz verstoßen oder nicht.«

»Ich weiß, was ich in einem solchen Fall mit meinem Onkel täte«, erklärte Tochter gerade, als eines der Rauch-Mädchen rief: »Sie kommen!«, und den Kopf unter der Zeltplane zurückzog. Nun eilten auch die Mädchen, die sich bisher im Hintergrund gehalten hatten, herbei und versuchten, durch die Nähte zu spähen, die die Lederhäute zusammenhielten.

Eine Prozession bahnte sich ihren Weg durch die Menge und kam über den Hauptpfad des Versammlungsplatzes auf das Haus der Mädchen zu, das ein wenig abseits errichtet worden war. Tochter entdeckte die Frauen ihres Clans. Tante Vier Finger, Altes Weib, Junges Weib, Glupschauge und Junge Füchsin bildeten zusammen mit den anderen Frauen der zu ihrem Volk gehörenden Stämme eine lange, sich windende Schlange. Die Frauen hatten sich Espenlaub um die Handgelenke gewunden und trugen Wasserkörbe und dunkle Obsidianmesser, die sie normalerweise zum Abhäuten verwendeten.

Die Flussbett-Tochter schrie laut auf, als sie die Messer sah, aber eines der Mädchen vom Hohen Felsen stieß sie unsanft in die Seite. »Sei ruhig!«

Das Gejammere des Mädchens ging in ein herzzerreißendes Schluchzen über, und Tochter kam zu dem Schluss, dass einem alles Sorge machte, wenn die eigene Welt nicht in Ordnung war. Das lag an der eigentlich unbegründeten Angst, die einen überkam, sobald man die Grundordnung störte, weil die Menschen glaubten, damit das Chaos heraufzubeschwören. Denn wenn etwas Unvorhergesehenes geschah, war alles möglich.

Tochter war gerade dabei, ein wenig von dieser Grundordnung zu verstehen, und überlegte nun, ob das völlig verwirrte Mädchen wohl wieder in Ordnung käme, wenn die Zeremonie vorüber war, und ob aus ihm eine selbstbewusste Frau werden konnte. Das wäre zumindest wünschenswert.

Das Mädchen wimmerte immer noch, und die Töchter vom Hohen Felsen fingen an, es zu knuffen und zu kneifen und an seinen Haaren zu ziehen. Aber jetzt wollte Tochter wissen, wie viel Macht ihr im großen Ganzen dieser allumfassenden Grundordnung zukam, und sagte: »Lasst sie in Ruhe!« Damit ergriff sie, bildlich gesehen, einen Zipfel dieser Grundordnung und versuchte, sie glatt zu ziehen wie eine Hirschlederhaut.

»Pah! Wer hat dich denn zum Häuptling gemacht?«, fragte eines der Felsen-Mädchen, aber sie ließen von ihrem Opfer ab, und Reiherfeder, Kleinkind und Eulenküken stellten sich schützend um das Flussbett-Mädchen.

Einen Augenblick lang sehnte sich Tochter danach, den Kreis, den sie erschaffen hatte, wieder zu zerstören – denn auch dadurch fühlte sie sich ausgeschlossen. Am liebsten hätte sie Kleinkind und Reiherfeder zur Seite gestoßen und das schniefende Mädchen selbst gekniffen. Aber wenn man Macht besaß und sie einsetzte, dann wurde man auch von der Macht benutzt, weil sie einen von den anderen absonderte. Das wusste Tochter von Hirschlauscher, und er hatte Recht behalten. Sie seufzte. Nun verstand sie auch, warum er ihr immer all diese Dinge erzählte.

In diesem Moment wurden die Lederhäute zur Seite geschlagen, die den Eingang zum Haus der Mädchen bildeten, und die verheirateten Frauen duckten sich darunter hindurch. Dabei stampften sie in einem schnellen Rhythmus mit den Füßen, sodass es sich fast anhörte, als würde getrommelt. Das Gras flüsterte unter den Tritten der Frauen, als hätte es etwas zu sagen und wüsste vom Wandel der Zeiten – vom Samen, aus dem eine Blume wurde, und vom Winter, dessen Tod einem langen grünen Frühling voranging.

Mehr und mehr Frauen strömten in das Haus der Mädchen, umringten sie und drängten sie in der Mitte zusammen wie Hunde das Wild bei der Jagd. Tochter wich Schritt für Schritt zurück, bis sie ganz dicht neben Kleinkind stand und ein fremdes Mädchen der Leute vom Roten Felsen vor ihr. Wie ein Bündel Stöcke standen die Mädchen nun da, während die Frauen um sie herumgingen und sie durch ihre Gesänge nur noch fester zusammenzufügen schienen.

Gerade als Tochter sich der allgemeinen Grundordnung ergeben und in den Gesang einstimmen wollte, fingen die Frauen an zu wehklagen, als sei jemand gestorben, und setzten sich aufs niedergetrampelte Gras. Die dicht gedrängt stehenden Mädchen hoben sich von den sitzenden Gestalten ab und starrten sie entgeistert an, völlig unfähig, sich zu rühren.

Ob wir jetzt sterben?, überlegte Tochter, der es ganz so vorkam.

Neben den zahlreichen gefüllten Wasserkörben hatten die Frauen auch glühende Kohlen mitgebracht, die in einem Stein mit einer Mulde lagen. Nun ließen sie Kräuter und Samen darauf fallen, denen ein dichter schwarzer, nach Harz riechender Rauch entströmte. Bevor er aufstieg, wand er sich, einer Riesenschlange gleich, um die Mädchen und brannte ihnen in Augen und Nase. Tochter kitzelte es im Hals, und sie versuchte, nicht zu husten. Aber schon bald tränten ihr die Augen so sehr, dass sie nicht mehr sehen konnte, was um sie herum geschah. Mittlerweile waren die Frauen wieder aufgestanden und wiegten sich hin und her wie Gras im Wind, wobei das Espenlaub an ihren Handgelenken zitterte.

Durch den Rauch konnte Tochter die Obsidianmesser blitzen sehen, und plötzlich überkam sie selbst eine unbegründete Angst vor dem Ungewissen, dem Chaos, bei dem alles möglich war. Einen Moment lang glaubte sie, einen Coyoten zu erkennen, der sie durch den Rauch mit seinen gelben Augen anstarrte. Dann schloss sich eine Hand um ihr Handgelenk und zog sie mit einem Ruck aus dem Verbund der Mädchen heraus. Tochter erkannte vage das Gesicht von Junges Weib und sah Tante Vier Finger hinter ihr. Junges Weib drehte ihr unsanft die Arme auf den Rücken, und Tante Vier Finger schnappte sich ihren dicken Zopf und durchschnitt ihn mit dem Obsidianmesser.

Dumpf fiel das schwere Haar zu Boden. Eine Weile blickte Tochter starr darauf, während sie eine merkwürdige Leichtigkeit im Nacken verspürte, als fiele ihr Kopf gleich nach vorn. Nun zerrte Junges Weib an den Riemen, die Tochters Hirschlederrock zusammenhielten und zog ihn ihr über die Hüften. Mit einem Knochenlöffel schöpfte Tante Vier Finger großzügig Wasser aus dem Korb und verteilte es über Tochters Bauch, bis es ihr in kleinen Rinnsalen über die Schenkel lief und zwischen den Beinen herabtropfte. Dann hob Tante Vier Finger den Korb hoch und goss ihrer Nichte den Rest des Wassers über den Kopf. Tochter hatte nicht damit gerechnet, prustete erschrocken, verschluckte sich und musste husten.

Auch die anderen Mädchen wurden aus der Gruppe hervorgezerrt, büßten ihre langen Zöpfe ein und wurden gewaschen. Als alle nass waren und sich zitternd zusammenkauerten, hüllten die Frauen sie in Felle und streuten noch mehr Harz und rostrote Federn, die an den Sonnenuntergang im Herbst erinnerten, auf die Kohlen.

Daraufhin rissen sie die als Sichtschutz gedachten Lederhäute herunter und bewegten sich wieder spiralförmig um die Mädchen, die sich ihnen diesmal anschlossen. Sie folgten der Schlange, gingen im Rhythmus der erwachsenen Frauen und wurden ihnen Schritt für Schritt ähnlicher. Tochter schnitt eine Grimasse, als sie feststellte, dass Junge Füchsin vor ihr lief. Sie wandte den Kopf, der sich so merkwürdig leicht anfühlte, fing durch den Rauch den Blick von Jungem Weib auf und erschrak. Aber dann erinnerte sie sich, dass sie jetzt selbst eine Frau war und ging erhobenen Hauptes weiter.

Die Prozession schlängelte sich zwischen den auf dem Festplatz versammelten Menschen hindurch, bis die Frauen sich allen Stämmen und Clans gezeigt hatten und der Tanzfläche zustrebten. Dort warteten bereits die Männer, die lüstern, beinahe gierig wirkten, sogar Hirschlauscher. Die Jungen aus dem Haus der Jungen waren bei ihnen und sahen mit ihren rußverschmierten Gesichtern aus wie soeben aus dem Bau ans Licht gekrochene Dachse. Männer wie Jungen stampften mit den Füßen und sangen, während die tanzenden Frauen und jungen Mädchen näher kamen.

Die Mädchen warfen die Fellumhänge ab und fingen an, nackt in der Abenddämmerung zu tanzen, die vom Schein der Fackeln erhellt wurde. Diesen Tanz kannten sie und gaben sich ihm mit der Anmut der Sorglosigkeit hin. Er war ihnen vertraut, weil sie ihn einen ganzen Mond lang geübt hatten. Sie kannten seine Schrittfolge auswendig, die sie in die Reihe der Jungen und wieder zurückführte. Die Köpfe mit den kurzen Haaren hoch erhoben, tanzten sie ihn für ihre noch unbedeutenden jüngeren Schwestern, für die Jungen mit den Rußzeichen auf dem Gesicht und die älteren Frauen, deren Körper nicht mehr schlank waren und deren Brüste herabhingen. Aber nur die tapfersten Mädchen tanzten ihn auch ein bisschen für die erwachsenen Männer. Sie waren so groß und erfahren und strahlten so viel Kraft aus, ließen aber die wilde Anmut und Weichheit der Jungen vermissen.

Tochter bemerkte, dass Blauer Stein, der Häuptling, sie ansah, und hätte am liebsten ihren Hirschlederrock angezogen und sich wieder in ihren Fellumhang gehüllt. Auch Katzenohr beobachtete sie, und Tochter machte ihm hinter dem Rücken ein rüdes Zeichen, weil sie ihn nicht wollte.

Die Tänzer drehten sich im Rhythmus der Trommeln, bis es dunkel war. Tochter hatte den ganzen Tag nichts gegessen, und vom Duft des gebratenen Fleisches auf den Kochstellen lief ihr das Wasser im Mund zusammen. Aber die feste Schrittfolge des Tanzes hielt sie in der Gruppe, mit Jungem Weib auf der einen und Junger Füchsin auf der anderen Seite.

Nachdem der Tanz der Jugend ausgeführt war, kamen auch die Älteren auf die Tanzfläche, um ihre eigenen Figuren in Form der Spirale zu tanzen, die gleichzeitig Leben, Tod und Wiedergeburt darstellte. Wenn einer starb, wurde ein anderer geboren, und ihr Volk würde ewig weiterleben. Tochter fühlte sich in diese Spirale hineingezogen wie in einen Strudel und drehte sich mit den Sternen und dem Mond über sich immer schneller. Ohne das Gewicht des Haares kam sie sich so leicht vor wie die Schwingen der Amsel und hatte den Eindruck, eine Handbreit über dem Boden zu schweben.

Atemlos ließ sie sich schließlich am Rand der Tanzfläche nieder und rollte sich mit Kleinkind und Reiherfeder durchs Büffelgras. Irgendwann lagen sie keuchend auf dem Rücken und betrachteten den Mond, der über den Bergspitzen schimmerte und aussah, als handelte es sich um einen gefüllten Wasserkorb kurz vor dem Umstoßen. Allmählich kehrten die Menschen zu ihren Kochstellen zurück, tranken vergorenen Beerensaft aus Lederbeuteln, aßen Hirschfleisch und warfen die Knochen und Knorpelreste über die Schulter. Begierig stürzten sich die Hunde darauf, schlangen sie hinunter und legten sich dann wieder in einigem Abstand zu den Feuern auf die Lauer.

Tochter legte den Kopf in Kleinkinds Schoß und seufzte selig, während sie sich streckte, um ihre vom Tanz verkrampften Wadenmuskeln zu lockern.

»Das ist das beste Große Treffen, das ich jemals erlebt habe«, sagte Kleinkind. »Ich habe diesen Jungen wieder gesehen. Er hat mich beim Tanzen beobachtet.«

»Alle haben uns dabei zugesehen«, sagte Tochter. Im Mittelpunkt des Interesses zu stehen war genauso erhebend gewesen, wie sie es sich vorgestellt hatte. Nun war sie glücklich, dass sie sich ein bisschen von dem Getümmel zurückziehen und das Geschehen aus der Ferne beobachten konnte. Ihren neuen Status empfand sie als sehr reizvoll, und gut war es auch, die Jungen anzusehen. Aber sie wollte das Ganze langsam auf sich zukommen lassen, so wie ihr Haar nachwuchs.

Da huschte eine Gestalt an ihr vorbei, deren quirliges Lachen ihr bekannt vorkam. Eulenküken hatte offensichtlich nicht lange gebraucht, um sich an ihre neue Stellung als Frau zu gewöhnen. Sie war die Älteste von ihnen. Kleinkind und Tochter sahen Küken noch nach, die sich nackt mit einem Jungen der Himmelsfeuerleute ins Büffelgras zurückzog. Wenn Küken für immer mit ihm ginge, würden sie sich nur noch zu den Großen Treffen sehen, und nichts wäre mehr wie zuvor.

Ohne zu tanzen, wurde einem rasch kalt. Zitternd und zähneklappernd stand Tochter schließlich auf und zog auch Reiherfeder und Kleinkind zu sich hoch. »Kommt, bevor euch noch die Winterkrankheit packt.«

Sie rannten zum Haus der Mädchen, um ihre Hirschlederröcke zu holen, die sie unterwegs auf dem Trampelpfad, der zu den Unterkünften ihres Stammes führte, stolpernd und hüpfend anzogen. In ihrer Unterkunft angekommen, hängte sich Tochter einen Umhang aus Coyotenfell über die Schultern und schlüpfte in ihre Fellmokassins. Mittlerweile kam sie beinahe um vor Hunger und gesellte sich mit ihren Freundinnen zu den Leuten am Lagerfeuer. Gierig riss sie Fleischbrocken vom gebratenen Hirsch und kreischte und lachte, wenn sie sich dabei die Hände verbrannte.

Da erschien Katzenohr auf der anderen Seite des Lagerfeuers. Lüstern sah er zu ihr hinüber, das Kinn vorgereckt, die massige Brust aufgebläht; er hielt einen besonders fleischigen Hirschknochen in der Hand. »Störrische Matschtochter«, sagte er, »bist du hungrig?«

»Ich heiße Springendes Reh«, entgegnete sie. Zu diesem Entschluss war sie erst jetzt gekommen, als Katzenohr sie bei ihrem alten Namen genannt hatte. Wie in einen Fellumhang hüllte sie sich nun schützend in den neuen Namen, brach sich selbst eine Rippe aus dem gebratenen Hirsch und hielt sie herausfordernd hoch.

»Dann iss mit mir! Ich habe geholfen, den Hirsch zu erlegen.« Katzenohr kam ums Lagerfeuer herum auf sie zu. Er war vor zwei Jahren in die Gemeinschaft der Erwachsenen aufgenommen worden und jagte nun mit den Männern. Groß, muskulös und unheimlich selbstbewusst baute er sich neben ihr auf und tat so, als seien Reiherfeder und Kleinkind gar nicht vorhanden. Dann sagte er: »Schließlich ist das Große Treffen dazu da, sich eine Gefährtin zu suchen.«

Springendes Reh biss in das Fleisch an ihrem Knochen und zeigte die Zähne. Es ärgerte sie, dass sie sich einerseits zu Katzenohr hingezogen fühlte, während sie ihn andererseits wegen seiner Aufgeblasenheit am liebsten geohrfeigt hätte. »Hau ab!«, sagte sie mit vollem Mund.

Beleidigt zog Katzenohr davon, und Reiherfeder gab zu bedenken: »Er ist ein guter Jäger«, wobei auch ein wenig Neid mitschwang. Kleinkind fügte ehrfürchtig hinzu: »Und Sehers Sohn.« Schon jetzt unterwarfen sie sich ihr, in Anerkennung ihrer Zauberkräfte.

»Ihr könnt ihn gern haben«, sagte Springendes Reh.

Aber Kleinkind und Reiherfeder schüttelten den Kopf. Katzenohr wollte nicht sie, sondern Springendes Reh.

Am nächsten Morgen zog Springendes Reh das neue Kleid an, das ihr, dem Wunsch ihres Vaters gemäß, zugedacht war. Sie trug es stolz wie ihren neuen Namen und ging zum Fluss hinunter, um sich zu betrachten. Wer immer da von der Wasseroberfläche zu ihr heraufsah war älter, hatte merkwürdig kurzes Haar, eine neue Halskette aus blauen und roten, vom Wasser glatt geschliffenen Steinen und trug ein sehr hübsches Kleid aus heller Hirschhaut, das Junge Füchsin gern behalten hätte.

Während Springendes Reh sich im Licht der Morgendämmerung bewunderte, kamen Seher und Blauer Stein auf sie zu, um sie zur Tanzfläche auf dem Festplatz zu bringen, wo sich bereits alle anderen versammelt hatten. Springendes Reh fühlte sich dort unbehaglich und war bemüht, sich nicht an der Nase zu kratzen. Der Häuptling und der Medizinmann des Stammes vom Gelben Gras sprachen mit feierlicher Stimme zu den Versammelten über eine neue Zauberkraft, die ihren Leuten gewährt worden war. Dann traten sie zurück, und Springendes Reh zeichnete Vertreter des Hirschvolkes in den Sand. Als sie fertig war, schienen die Hirsche mit geneigten Geweihen aus dem Boden hervorzuspringen und mit den Läufen auszugreifen, obwohl man ihren Hufschlag auf dem sandigen Boden nicht hören konnte.

Gewichtig schritten nun die Medizinmänner der anderen Stämme herbei, um sich den neuen Zauber anzusehen, woraufhin ein Raunen durch die Menge lief, als summten Bienen. Es kam nicht oft vor, dass jemandem eine neue Zauberkraft gewährt wurde, und man fragte sich laut, durch welche Tür diese wohl geschlüpft sein mochte. Die Übergänge zwischen den Welten waren fließend, und man konnte nicht vorhersehen, was geschah. Die Götter konnten jedem und jeder ihre Gunst gewähren.

Springendes Reh war jetzt wichtiger, als es ihr vom Alter und von ihrem Geschlecht her zukam, und wusste nicht, was sie als Nächstes tun sollte. Deshalb zeichnete sie einfach noch mehr Hirsche in den Sand, während die Tänzer nach und nach aus ihren Unterkünften auftauchten. Wenn der Zauber wirkte, würden die Hirsche darauf reagieren und anfangen, in großer Zahl auf den für sie bestimmten Pfaden zu erscheinen, die sich in unmittelbarer Nähe des *Ortes befanden, an dem das Wasser rückwärts fließt*. Das tat das Wild jedes Mal beim Jahreswechsel, wenn die Menschen des Volkes nach ihm riefen.

Als Springendes Reh der Meinung war, nun genug Hirsche gezeichnet zu haben, setzte sie sich zurück und lauschte Seher, der zu den Göttern sprach und dabei seinen großen Zahn schwenkte. Seher erinnerte die Götter an ihr Versprechen, dass das Land, auf dem die Menschen seines Volkes lebten, nur ihnen allein gehören sollte. Dann erzählte er den Göttern von den Fremden – den so genannten *Anderen*. Nur für den Fall, dass die Götter sie noch nicht bemerkt haben sollten, weil sie im Himmel so viel zu tun hatten. Nachdem er erklärt hatte, dass die *Anderen* die Hirsche stahlen, bat er die Götter, die Fremden dorthin zurückzuschicken, wo sie hergekommen waren, und seinem Volk – den wahren Menschen – das Wild zuzuführen.

Die Tänzer neigten sich nach vorn, schwankten hin und her und bewegten die Köpfe mit den Hirschgeweihen auf und ab in dem Bemühen, die Beutetiere zu imitieren und ihnen gleichzeitig zu huldigen. Das Wild wurde verehrt und respektiert, weil es gewillt war, die Menschen des Volkes zu ernähren. Genau in dem Augenblick, als sich die Sonne klar und deutlich über den Bergen im Osten erhob, beendeten die Hirschtänzer ihren Tanz mit dem Aufruf zur Jagd.

Springendes Reh erhob sich mühsam und streckte ihre vom Tanz der vergangenen Nacht steifen Glieder. Sie beobachtete, wie die dunklen Umrisse der Jäger sich übers Gras bewegten und wie ihnen die Hunde kläffend voranliefen. Springendes Reh war sich nur allzu bewusst, dass sie nun ganz allein auf dem Platz stand. Die anderen Frauen waren am Rand der Tanzfläche zurückgeblieben und sahen sie an, aber keine sprach mit ihr. Das lag an der magischen Aura, die sie umgab und die die anderen nicht zu durchbrechen wagten.

Bald kehrten die Frauen an ihre Feuerstellen zurück, um der Hauptbeschäftigung bei einem Großen Treffen nachzugehen, also weiter zu klatschen und zu tratschen. Aber Springendes Reh ging noch einmal zum Fluss hinunter und setzte sich ans Ufer. Sie pflückte Grashalme und verflocht sie miteinander, bevor sie die Halme in kleine Stücke riss. All die anderen neu in die Gemeinschaft der Erwachsenen aufgenommen Mädchen hatten die Köpfe zusammengesteckt und brüsteten sich mit ihren Erlebnissen der vergangenen Nacht. Aber irgendwie konnte sich Springendes Reh auch nicht zu ihnen gesellen. Die Mädchen waren nun alle gleich – sogar das vom Stamm der Leute vom Ausgetrockneten Flussbett gehörte dazu –, aber sie, Springendes Reh, war anders. Sie gehörte weder zu den erwachsenen Frauen noch zu den jungen Mädchen und überlegte, ob sich Hirschlauscher wohl auch so ausgegrenzt vorkam und ob das der Preis dafür war, auserwählt zu sein.

Und war sie das wirklich?

Als die Jäger mit ihrem Fang zurückkehrten, wusste Springendes Reh mit Gewissheit, dass ihr die Götter wohlgesonnen waren. Die Männer hatten so viele Tiere erlegt, dass es auch an diesem Abend ein Festessen geben und noch genug Fleisch übrig bleiben würde, um es für den bevorstehenden Winter zu trocknen. Natürlich mussten die erlegten Tiere zuvor gehäutet werden, und da drückte ihr Glupschauge auch schon ein Messer in die Hand und sagte: »Zieh das hübsche Kleid aus, sonst wird es ganz blutig.«

Springendes Reh lachte leise. Anscheinend hatte auch das Auserwähltsein seine Grenzen, auf jeden Fall machte es keinen Eindruck auf Glupschauge. Also schlüpfte Springendes Reh in einen Rock und ging daran, den Hinterlauf des Tieres abzuziehen, das aus dem Sand hervorgesprungen war, als sie es gerufen hatte.

Junge Füchsin ließ sich neben ihr nieder und sagte: »Nun, da du eine Frau bist, wirst du hoffentlich bald heiraten.« Offensichtlich war sie ihr immer noch böse.

»Aber dann hast du gar keine Hilfe mehr«, entgegnete Springendes Reh und täuschte einen erschrockenen Gesichtsausdruck vor. Junge Füchsin hatte mittlerweile drei Kinder. Sie war nicht mehr so hübsch wie früher und hätte das schöne Kleid gut gebrauchen können.

»Ich habe genug Hilfe«, erwiderte Junge Füchsin und zerrte wütend am Fell des toten Hirsches. »Auch wenn Altes Weib bald zu nichts mehr nutze ist.«

»Ich vergesse immer, dass mein Vater so viele Frauen hat«, sagte Springendes Reh, »denn als meine Mutter noch lebte, gab es nur eine.«

»Wenn es dich nicht gäbe, wäre ich die einzige Frau«, stieß Junge Füchsin hervor und hieb das Steinmesser unter die Haut eines Vorderlaufs. »Dein Vater hat mir gesagt, dass er nur deshalb vier von uns genommen hat, damit du nicht eifersüchtig bist.«

»Vielleicht wäre aber auch Junges Weib die Einzige geworden«, gab Springendes Reh zu bedenken. »Oder vielleicht Glupschauge, sie kann wenigstens kochen.«

»Kein Mann heiratet eine Frau, die Galle spuckt«, erwiderte Junge Füchsin.

»Vielleicht heirate ich überhaupt nicht«, sagte Springendes Reh. »Ich rufe einfach das Wild, und die Leute bringen mir zu essen.« Während sie ungerührt weiter den Hirsch abhäutete, spürte sie Junge Füchsins Hochmut neben sich zusammenschrumpfen wie Piniennadeln im Feuer.

Nachdenklich beobachtete Hirschlauscher Springendes Reh, die trotzig den Kopf über den erlegten Hirsch gebeugt hielt. Dann blickte er an ihr vorbei auf die Bergspitzen, bis ihn die untergehende Sonne alles dreifach sehen ließ und Gott Coyote aus den grün umringten Sonnen hervortrat.

Da Träume genauso real waren wie die Wirklichkeit, wusste Hirschlauscher nicht, dass er die Augen geschlossen hatte und die Leute respektvoll einen Bogen um ihn machten. Er sah nur Gott Coyote, der ihn zu sich herüberwinkte, und ging zu ihm. Dann blickte er auf die Mittagszeit zurück, als das Wild getötet worden war.

Die Hirsche zogen an der Stelle vorbei, an der das Wasser rückwärts floss, weil es dort eine große Schleife um einen riesigen Felsbrocken machen musste, den der Erste Mensch nicht richtig befestigt hatte. Als die Welt noch ganz neu gewesen war, war der Fels heruntergefallen, sodass es an dieser Stelle kein Ufer mehr gab. Die Hirsche staksten vorsichtig weiter und suchten sich ihren Weg zwischen den kleineren Gesteinsbrocken im Wasser. Die Wanderwege des Wildes waren geheimnisvoll und führten an dem Netz vorbei, das alles Leben zusammenhielt. Die Jäger des Volkes wussten nur, dass das Wild zum Jahreswechsel an dieses Flussbett kam.

Die Hirsche hatten den Lockruf der Tänzer vernommen und die Anziehungskraft gespürt, die von den Bildern im Sand ausging. Hirschlauscher beobachtete nun, wie das Wild mit Speeren – die erste große Erfindung der Menschen seines Volkes – erlegt wurden. Die Speere waren doppelt so lang wie der Unterarm der Speerwerfer und mit Obsidiansteinspitzen versehen. Hirschlauscher sah, wie den Hirschen die Eingeweide herausgenommen wurden, die die Hunde begierig verschlangen. Dann band man das erlegte Wild an Tragstöcke, um es zum Versammlungsplatz zu bringen. Frauen eilten herbei, um Jäger und Gejagte zu begrüßen, und man huldigte der Frau vom Stamm der Leute vom Gelben Gras, die mit ihren Zauberlinien für gute Beute gesorgt hatte.

»Sie ist gerade mal zur Frau geworden«, sagte Hirschlauscher zu Gott Coyote.

»Das ist egal. Wenn man die Gabe in sich hat, beherrscht sie einen.«

Und da die Zeit in den Träumen wie eine Sehne war, die man dehnen und zusammenschnurren lassen konnte, sah Hirschlauscher nach vorn und beobachtete, wie Springendes Reh älter wurde …

Sie war jetzt vierzehn und wurde fünfzehn. Am Anfang wies sie die Jungen ab, die ihr den Hof machten, weil sie noch nicht bereit dazu war, und Katzenohrs Werben würde sie niemals erhören. Aber dann, bevor sie überhaupt bei einem Mann gelegen hatte, gaben es die jungen Männer auf, sich um sie zu bemühen.

»Die Zeugungskraft ist zu mächtig«, erklärte Gott Coyote Hirschlauscher, »um sie noch mit einer anderen Kraft zu kreuzen.«

Alle Mädchen im Alter von Springendes Reh waren mittlerweile verheiratet, aber sie scheute davor zurück, sich mit einem Mann einzulassen. Sie hatte Angst, dann ihre Zauberkraft zu verlieren, von der sie inzwischen viel zu eingenommen war. Auch die Männer fürchteten sich nun ein wenig vor Springendem Reh. Sie war wie das Wild, das man verehrte und trotzdem erlegte.

»Sie ist unruhig«, sagte Gott Coyote, während er Springendes Reh allein in einer Ecke der Höhle ihres Vaters schlafen sah. »Kannst du ihre Träume sehen, Hirschlauscher?«

Träume waren den Geistern Verstorbener gleich, wie die Qualmkringel, die am Tag der Weihe die Rauchschlange gebildet hatten, und Hirschlauscher träumte sie mit Springendem Reh – Träume in einem Traum. Sie umschlangen die schlafende junge Frau, rieben sich beharrlich an ihr. Manchmal nahmen sie die Gestalt eines Mannes an, manchmal die eines Flusses, und Springendes Reh dachte, dass sie noch in den Fluten umkäme, wenn sie nicht aufwachte.

3. Kapitel

Der Bluttraum

Windrufer richtete seine ganze Aufmerksamkeit auf das Loch, das er in einen kleinen, bereits ausgehöhlten Knochen bohrte. Er hatte entdeckt, dass man auch bestimmte Riedgrassorten zum Anfertigen einer Flöte verwenden konnte, aber die aus Knochen waren besser. Er hielt den Kopf über seine Arbeit gebeugt, stieß immer wieder vorsichtig einen spitz zulaufenden Stein in das Loch, drehte ihn und zog ihn wieder heraus. Die Papageien krakeelten im Blattwerk des Zedernbaumes, unter dem Windrufer saß. »Ich kann besser Lärm machen als ihr«, sagte er, ohne den Kopf zu heben. So lange die Papageien zeterten, brauchte man sich nicht nach Gott Jaguar umzusehen. Denn wenn er kam, verstummten die Vögel.

Unter dem Blätterdach war es kühler als auf dem trockenen Gras der Savanne, die an den Dschungel angrenzte. Die meisten Kinder vom Stamm der Sonne waren gerade draußen auf dem Feld, das sie im Frühjahr abgeflammt hatten, um Mais zu pflanzen. Der Mais musste mit Grabstöcken gesetzt und die Schlingpflanzen mussten gejätet werden, die zwischen der Asche hervorkrochen, sobald das Gras nicht mehr da war. Es war heiß, und überall surrten Stechmücken und quälten einen, selbst wenn man sich die Haut mit Talg bestrichen hatte, um die lästigen Insekten abzuhalten.

Windrufer brauchte nicht aufs Feld zu gehen, um beim Herausziehen der Schlingpflanzen und Grashalme behilflich zu sein, weil er den Zauber der Flöte besaß. Ihm war er zuerst zuteil geworden, und eine neue Flöte für die Gebete des heutigen Abends zu fertigen war wichtiger, als das Unkraut im Mais zu jäten.

Morgen brach der Monat des Hasen an, und die Kinder der Sonne würden weiterziehen, wie sie es zu dieser Jahreszeit immer zu tun pflegten, wobei sie sich nach dem Wechsel des Wildes richteten. In den trockenen Monaten jagten sie die kleinen Dschungelhirsche, Warzenschweine und Tukane, in den feuchten wuchsen Kürbisse und Bohnen, und die Fische waren fett und träge und ließen sich leicht fangen. Morgen würde Windrufers Stamm den Fluss hinunterziehen, zu dem Platz, an dem die Hasen tanzten. Dann würde es so lange Hasenbraten geben, bis der Monat des Hasen vorüber war. Unterdessen wuchs der Mais und wäre reif, wenn sie im Monat des Heißen Regens zurückkehrten.

Es war sechs Jahre her, seitdem Windrufer entdeckt hatte, dass dem Knochen, aus dem er auch noch das letzte bisschen Mark hatte herausholen wollen, ein Geräusch innewohnte. Nun war Windrufer ein Mann und gehörte dem Rat an, der entschied, wann der Stamm weiterzog und wann er zurückkehrte. Mit sechzehn eine derartige Stellung innezuhaben, war ziemlich früh. Aber Windrufer besaß den Zauber der Flöte, der sich um ihn legte wie die gezähmte Stimme des Windes und der ihm die Gabe verlieh, damit zu sprechen.

Windrufer arbeitete weiter an der Flöte und war mit sich und seiner wichtigen Stellung in der Gemeinschaft sehr zufrieden. Er fand es angenehm, auf diese Weise von den Göttern auserwählt zu sein und war überzeugt davon, dass er es verdient hatte. Er verfügte über die gleiche Stärke und Schnelligkeit wie die anderen Krieger – manche behaupteten sogar, er sei noch stärker als Jaguarauge. Der Medizinmann, der gleichzeitig auch Stammesoberhaupt war, hatte einen der Geister mit den großen Flecken getötet, um sich seinen Namen zu verdienen.

Windrufer wusste von seinem Abbild auf der Oberfläche der ruhigen blauen Teiche her – die entstanden waren, nachdem die Götter die Felsen ins Erdinnere zurückgezogen hatten –, dass er gut aussah. Seine Nase war lang und gerade, sein dichtes schwarzes Haar lag in Schlingen um seinen Kopf geflochten. Seine Arme und seine Brust bedeckten zahlreiche kleine Narben, die auf das von den Göttern geforderte Blutopfer zurückzuführen waren.

Er hatte noch nicht geheiratet und auch kaum Grund dazu, da er mit jeder Tochter der Sonne durch die Farngräser unter den Schatten spendenden Bäumen am Rand der Savanne tollen konnte, wenn die Männer von der Jagd zurückkehrten. Und auch fast zu jeder anderen Zeit. Das lag an der Musik: Sie lockte die Frauen an, so wie seine eigene Lust ihn zu ihnen führte. Wenn ihm eine einen Sohn gebar, würde er sie heiraten. Das wäre ein Grund.

Plötzlich unruhig geworden, setzte Windrufer die Flöte an die Lippen und probierte sie aus. Seine Muskeln sehnten sich nach einem Kampf. Durchs Kämpfen halfen die Kinder der Sonne, das Universum im Gleichgewicht zu halten. Ohne Kampf und Blutvergießen konnten die Götter nicht ernährt werden, und alles Leben – Mensch und Tier – würde dahinsiechen, ja sogar Sonne und Mond selbst. Vom Blut ernährte sich die Welt. Deshalb floss es auch in den menschlichen Adern, und man wurde mit einer Vision belohnt, wenn man etwas davon abgab. Um die Götter auch weiterhin ernähren zu können, produzierte der Körper immer mehr davon, solange man vorher nicht alles verlor. Zu wissen, dass man das Leben der Welt in seinen Adern hatte und dafür sorgen konnte, dass alles im Gleichgewicht blieb, war eine Quelle tiefer Gläubigkeit. Deshalb sehnte sich Windrufer nach einem Kampf; und auch weil er gerne kämpfte.

Windrufer gelangte zu dem Schluss, dass mit höchster Wahrscheinlichkeit morgen oder in nächster Zukunft ein Kampf stattfinden würde. Im Dschungel der Kinder der Sonne jagten auch andere Stämme, die ebenfalls im Monat des Hasen weiterzogen. Es war unvermeidlich, dass sie sich irgendwann über den Weg liefen. Auf dieses Zusammentreffen richteten sich die Hoffnungen der Krieger. Denn die Götter schenkten nur dem gute Beute, der sich zuvor im Kampf bewiesen hatte und Gefangene mit nach Hause brachte. Beim letzten Mal hatte Windrufer drei Gefangene gemacht und sie beim Pflanzen des Maises getötet, um mit ihrem Blut den geheimnisvollen Maisgott zu ernähren. Er lebte in den kleinen, daumengroßen Ähren, hatte goldenes Haar, war in ein grünes Gewand gehüllt und immer durstig.

Unter dem Zedernbaum streckte Windrufer nun die überkreuzten Beine aus und stand auf. Er trug einen Lendenschurz aus Palmfasern, den er mit einem Gürtel aus Schlangenleder an der Taille befestigt hatte. Sein kunstvoll geflochtenes und in Schleifen zusammengenommenes Haar war mit Makaofedern geschmückt. Er sah sehr stattlich aus.

Lautlos ging er über den Waldboden der Lichtung entgegen, auf der sein Stamm lagerte. Die Nacht brach bereits herein, und die Frauen entzündeten die Feuer, um Gott Jaguar auf Abstand zu halten. Windrufer setzte sich zu seiner Mutter ans Feuer und blies einige Töne auf der neuen Flöte, die er dann in ein kleines, fragendes Trillern ausklingen ließ.

Missbilligend sah seine Mutter auf. »Du solltest dir eine Frau nehmen, die für dich kocht. Dann wüsste ich, dass ich im Alter versorgt bin.«

»Aber du bist doch noch nicht alt«, sagte er. »Und jage ich etwa nicht für dich?«

»Ich werde schon wissen, ob ich alt bin oder nicht«, erwiderte seine Mutter. »Und ich bin alt.« Sie hatte bereits viele graue Haare und fast keine Zähne mehr. Wenn sie jemand ihre Lebensjahre vorzählte, zeigte sie mehr als dreimal die Hände. Windrufers Vater war vor zwei Jahren bei einem Kampf mit dem Stamm vom Oberen Flusslauf getötet worden. Nun stand Windrufers Mutter auf, stemmte eine Hand in die Seite und hielt den Rücken gebeugt. »Mir tun die Knochen weh. Du heiratest mir, bevor Gott Jaguar dich noch frisst, weil du so stolz bist; dann würde ich ohne Schwiegertochter dastehen, deren Familie für mich sorgt.«

Windrufer lachte. Er war das Einzige ihrer Kinder, das überlebt hatte und erwachsen geworden war. Aber seine Mutter schimpfte immer noch so mit ihm, als sei er nicht längst ein Mann. Doch falls er tatsächlich sterben sollte, würde ihr Bruder Ameisenbär, dessen Frau die Schwester des Medizinmannes und Stammesoberhaupts war, für sie jagen. Aber Windrufers Mutter konnte ihren Bruder nicht ausstehen, besonders dann nicht, wenn er ihren Sohn kritisierte. Das kam nur ihr allein zu.

»Ich werde darüber nachdenken«, sagte Windrufer nun, »vielleicht am Platz, an dem die Hasen tanzen, nachdem wir gekämpft haben.«

»Du hast lang genug darüber nachgedacht«, stieß seine Mutter hervor, »und jedes Mädchen ausprobiert, das nicht mit uns verwandt ist. Jetzt ist es Zeit, sich zu entscheiden.«

Windrufer zuckte mit den Schultern. »Ja, aber erst, nachdem wir weitergezogen sind.«

Die Götter verlangten, dass das Weiterziehen gut vorbereitet wurde. Das Land der Kinder der Sonne war reich an Wild. Hirsche, Otter, Warzenschweine, Hasen, Tukane, rote Langschwanzpapageien und Ozelote – die kleineren Brüder des Jaguar – tummelten sich darin in großer Zahl. Man brauchte bloß ihren jahreszeitlichen Wildwechseln zu folgen, um genug zu essen zu bekommen. Mais ließ sich überall anpflanzen, außerdem gab es Beeren, wilde Kürbisse und Früchte, die man pflücken konnte. Der Fluss war voll von Fischen – schillernde Geschöpfe, die auch auf dem Grund der größeren Teiche gemächlich ihre Bahnen zogen.

Es war nicht schwer, genug zu essen zu finden, und nur ganz selten nahm sich der Dschungel einen Menschen als Ausgleich, durch Gott Jaguar oder die Große Schlange. Man hatte Zeit genug, sich darüber Gedanken zu machen, woher dies alles kam und die Wünsche der Götter zu ergründen. Alles Tun war vom Zeremoniell des Blutopfers durchdrungen, das die Götter verlangten; und Krieg führte man nicht wegen der Nahrungsmittel, sondern aus Gründen der Ehre.

Bevor der Stamm weiterzog, vollzog man alte, geheiligte Riten. In dieser Nacht würden die Götter zu ihnen sprechen, und keiner aß etwas vor dem nächsten Morgen, denn mit vollem Magen sah man keine Götter.

Am Abend kehrten die Krieger und die jungen Frauen vom Maisfeld zurück, schnatterten wie Affen und taten so, als gingen sie mit ihren Grabstöcken aufeinander los. Sie wurden schnell wieder ernst, als sie Windrufer sahen, der sich erhoben hatte, auf den Fersen balancierte und die Flöte an die Lippen hielt. Jaguarauge stand am anderen Ende der Lichtung und wartete, die Augen im Gebet geschlossen, sein

Banner aus Papageienfedern in der Hand. Es war schon fast ganz dunkel.

Die Männer verstummten gänzlich und machten sich fertig. Während Windrufer die Stimme seiner Flöte zu ihnen schickte, um ihnen zu sagen, dass es Zeit für die Zeremonie war, färbten sie sich die Füße und Hände mit rotem Lehm und schmückten sich das Haar mit bunten Federn. Dann umringten sie Windrufer, der starr auf den grauen Stein blickte, der am Rand der Lichtung aus dem Waldboden ragte und selbst über Musik zu verfügen schien.

Die Fackeln, die um den Stein herum brannten, erweckten ihn mit ihrem Flackern scheinbar zum Leben, sodass die Ströme alten Blutes, die ihn überzogen, hervorstachen wie dunkles Moos. Die Frauen standen abseits im Schatten der Dunkelheit. Die Krieger bewegten sich feierlich und merkwürdig erwartungsvoll auf den Stein zu.

Unter seinem Banner aus Papageienfedern richtete Jaguarauge den Blick nach vorn und streckte die Hände aus. Seine Gefährtin, Affenkönigin, war als einzige Frau berechtigt, aus dem Schatten hervorzutreten und sich hinter ihn zu stellen. Nur die Ehefrau des Häuptlings und Medizinmannes durfte beim Blutopfer dabei sein, obwohl man auch Frauen den Göttern opfern konnte, wenn keine geeigneten Gefangenen mehr zur Verfügung standen. Jaguarauge ging auf den Altarstein zu und erhob die Arme, während Windrufer dem Stein vorspielte, der mit seiner eigenen Melodie antwortete.

Windrufer lauschte Jaguarauges melodischem Singsang, mit dem er die Götter anrief. Das Gebet war Danksagung für das Wild und die Früchte der Natur, für die Luft, das Wasser und das Feuer – die ersten Gaben der Götter an die Menschen. Jaguarauge erinnerte an die Eigenschaften des Großen Jaguar, der sowohl Gott als auch Dämon sein konnte, er erzählte die Geschichte von der Geburt und vom Tod des grüngewandeten, gelbhaarigen Maisgottes und formulierte die Bitte, dass alles so weitergehen möge wie bisher. Schließlich kündete er das Opfer von Speise und Trank an und lud die Götter ein, sich am Tisch der Menschen niederzulassen.

Jaguarauge entnahm den Klauen des Jaguarfells, das seine Schultern umhüllte, einen Rochenstachel, der aus den salzigen Wassern jenseits des Dschungels und der Savanne stammte – dort, wo das Land endete. Der Stachel war sehr mächtig. Während die Krieger Jaguarauge aufmerksam beobachteten, brachte er sich mit dem Stachel zahlreiche kleine Wunden bei, indem er seine Brust mit schnellen Bewegungen einritzte. Das Blut quoll hervor und bildete bald kleine Rinnsale, die so rot waren wie Gott Makaus' Federn. Mit einem Glimmholz entzündete Ameisenbär das Kopalharz, das in dem nach innen gewölbten Schlund des grauen Steins lag.

Der mit Magie gesättigte Rauch stieg auf, und Jaguarauge zog das Ozelotfell, das er um die Hüften trug, herunter und nahm seinen Penis in die linke Hand. Mit der rechten stieß er den Rochenstachel durch die Haut und warf den Kopf zurück, bevor er den Stachel wieder herauszog und das Blut sich in den Kopalrauch ergoss. Seine Ehefrau kniete neben ihm nieder, nahm den Rochenstachel von ihm entgegen, durchbohrte sich damit die Zunge und beugte sich über den Stein.

Ihrer beider Blut lief aufs Kopalharz und machte den Rauch dunkel –, beinahe zähflüssig und klebrig, dachte Windrufer, der darauf wartete, an die Reihe zu kommen. Der Rauch, der Odem des Lebens, die Verkörperung der Gefederten Schlange, wand sich um das Stammesoberhaupt und die Frau. Er heftete sich den beiden an, umarmte sie und nahm ihre Opfergabe in sich auf. Die Flöte an Windrufers Lippen schien von allein zu spielen, während er langsam auf den Stein zuging. Die Musik war lieblich und sehnsüchtig, nicht zu vergleichen mit der schrecklichen Wut des Kampfes, vielmehr ein schmerzliches Sehnen, begleitet von dem drängenden Gefühl, zu den Göttern zu gelangen, um eins mit ihnen zu werden und Vollkommenheit zu erlangen.

Als Windrufer an der Reihe war, machte er einen letzten Schritt auf den Stein zu. Nur Onkel Ameisenbärs Blut durfte noch vor seinem geopfert werden. Mit finsterer Miene hielt ihm sein Onkel nun den Rochenstachel hin. Ameisenbär war der Meinung, dass es Windrufer nicht zukam, den Vortritt vor den älteren Kriegern zu haben. Feierlich übergab Windrufer ihm die Flöte und hegte den heimlichen Wunsch, sein Onkel möge sich zum Narren machen, wenn er versuchte, darauf zu spielen.

Es gab durchaus andere Männer des Stammmes, die das Flötespielen mittlerweile ebenfalls beherrschten, aber Ameisenbär gehörte nicht dazu. Sein Atem brachte nur dünne Klagelaute hervor, die sich eher anhörten wie das Miauen von Katzen denn wie Musik. Aber heute Abend verzichtete Ameisenbär auf einen neuerlichen Versuch. Äußerst würdevoll balancierte er die Flöte auf den Handflächen, während Windrufer sich die erforderlichen Schnitte auf der Brust beibrachte, bevor er sich den Penis durchbohrte, damit das Blut auf den Stein fließen konnte – ein Opferstrom aus dem Zentrum des Lebens. Die Wunden auf der Brust waren wie Mückenstiche, der Stich durch den Penis ein brennender Schmerz, der Windrufer in den Kopalrauch und die Umarmung der Götter einschloss.

Wie Jaguarauge warf auch Windrufer den Kopf zurück, das Gesicht dem Nachthimmel zugewandt, der sich über das Blätterdach spannte. Windrufer fühlte, wie der aufsteigende Rauch ihn verzehrte und sah die fantastischen Figuren, die er oberhalb der Bäume formte. Als Windrufer spürte, dass das Blut seiner Lenden zu versiegen begann, ließ er sich seine Flöte von Onkel Ameisenbär zurückgeben und ging leicht schwankenden Schrittes über die Lichtung, um sich im Schneidersitz am Stamm einer Zeder niederzulassen. Er hob die Flöte an die Lippen und sah die Töne aus ihr hervorquellen und sich windend aufsteigen wie den Rauch – blutrot und weiß. Während die weißen und roten Töne über seinem Kopf tanzten, fügten sie sich zusammen und trennten sich wieder, durchscheinend wie der Atem, aber sich immer spiralförmig umeinander drehend. Die blutrote Schlange umschloss die weiße, verschlang sie, erhob sich in die Lüfte, nunmehr mit zwei Köpfen, die sich hin und her bewegten.

Windrufer spürte die warme Lache unterhalb seiner Lenden, von wo das Blut immer noch herabtroff, und den stechenden Schmerz, der ihn an die Erde band. Nur dieser Sinneseindruck hielt ihn davon ab, sich wie der Rauch und die Musik in die Lüfte zu erheben und seiner irdischen Hülle zu entfliehen. Der Schmerz hielt Windrufer an seinen Körper gebunden und am Leben, weil die Zeit für seinen Geist noch nicht gekommen war. Ohne den Schmerz hätte er sich auf den Schwingen des aufsteigenden Rauches und der Visionen erheben und davonfliegen können.

Eine Wespe schwirrte aufgeregt durch den Rauch und landete auf einem verrottenden Baumstamm neben Windrufer. Er hörte auf zu spielen, hielt die Flöte aber weiterhin an die Lippen und beobachtete, wie die Flügel des Insekts und der Kopf mit den glatten Facettenaugen im Licht der Fackeln schimmerten. Aus irgendeinem Grund des inneren Leitsinns beraubt, hatte sich die Wespe im Rauch verirrt und bewegte nun scheinbar verwundert den Kopf hin und her wie die Schlangen in der Vision. Daraufhin fing das Insekt an, sich immer wieder mit den Vorderbeinen über den Kopf zu streichen, als wollte es die hervorstehenden Fühler kämmen. In ihrem Bemühen, sich zu putzen, erinnerte die Wespe irgendwie an eine Maus. Als sie fertig war, saß sie einen Augenblick ganz ruhig da und stieg dann plötzlich in den Rauch auf, als sei ihr die Bedeutung irgendeiner Vision klar geworden.

Das Insekt holte die zweiköpfige Rauchschlange ein und ritt auf ihr, während Windrufer leise dazu auf seiner Flöte spielte, um der Wespe den Weg zu weisen. Die echte Wespe war schon lange verschwunden, stellte Windrufer nun fest. Die, die er beobachtete, existierte nurmehr in seiner Vision. Sie war viel größer als ihre irdische Schwester und flog den Fluss entlang, der sich vom Körper der Schlange ablöste. Die Wespe schwebte gemächlich über der Wasseroberfläche und ließ die hinteren Beine herunterhängen, als dächte sie nach. Dann erhob sie sich plötzlich wieder surrend in die Lüfte, immer höher über den Fluss und die Schlange und verlor sich in der Sonne, die strahlend aufging und in der Nacht lichterloh brannte.

Gleich darauf fiel die Sonne in sich zusammen und ließ den Mond allein zurück. Unter Windrufers Flötentönen erhob sich die Schlange hoch über den Fluss und verwandelte sich tanzend in einen langen Pfad, dessen Verlauf Windrufer langsam folgte. Weil die Schlange zwei Köpfe hatte, teilte sich der Pfad mit einem Mal wie ein Schauder, der einem über den Rücken läuft. Windrufer blieb an der Gabelung stehen, einen Fuß auf jeder Abzweigung, und fühlte, wie ihm die Fußsohlen brannten. Die Wespe kehrte zurück; nun einem Quetzal gleich grün-rot gefedert, die langen Schwanzfedern hinter sich herziehend, folgte sie der westlichen Abzweigung.

Windrufer versuchte, ihr nachzulaufen, aber seine Füße klebten am Boden fest. Der Schmerz des Rochenstachelstichs hielt ihn zurück, band ihn wieder an seinen Körper und schloss ihn darin ein. Die Rauchpfade verschwammen Windrufer vor den Augen und verschwanden. Das Einzige, was blieb, war der vom Pech der Fackeln geschwärzte Rauch. Windrufer hob den Kopf und stellte fest, dass er immer noch unter der Zeder saß und die Flöte quer auf seinen Oberschenkeln lag.

Schwankend kam er auf die Beine und hielt sich mit der Hand am Stamm der Zeder fest, bis sein Kopf wieder einigermaßen klar war. Seine Muskeln fühlten sich zittrig an, als flösse in ihren Adern überhaupt kein Blut mehr. Beim Gehen hatte Windrufer Mühe, das Gleichgewicht zu halten. Er schwankte zur Hütte seiner Mutter, die aus drei Palmwedelwänden bestand, und legte sich am Feuer nieder, das auf der nach außen hin offenen Seite der Hütte brannte. Windrufer versuchte sich einen Reim auf die Vision zu machen, aber in seinem Kopf ging alles durcheinander wie bei den Fischen, die auf dem Grund der Flüsse seiner Träume ihre Kreise zogen.

Seine Mutter beobachtete ihn, ohne ein Wort zu sagen. Visionen zu haben war Sache der Männer. Die Frauen sorgten dafür, dass das Feuer nicht ausging. Wenn sie ihn fragen würde, was er gesehen hatte, könnte er es ihr ohnehin nicht sagen. Er würde vage von Blut und Kriegern und vielen Gefangenen reden, eindösen und am Feuer schnarchen, während sie darauf wartete, dass er wieder aufwachte. Und am nächsten Morgen erinnerte er sich wahrscheinlich an nichts mehr.

Der Morgen dämmerte blassgrün wie ein Glühwürmchen, das durchs Blattwerk leuchtet. Begleitet wurde der anbrechende Tag von den Vogelstimmen und dem Gekreisch der kleinen, langbeinigen Affen, die in den Urwaldbäumen lebten. Windrufer gähnte, setzte sich auf und ging hinter die Hütte, um Wasser zu lassen. Dabei stöhnte er vor Schmerz. Der Traum der Nacht fiel ihm wieder ein, und in seiner Vorstellung sah er ganz deutlich den vom Mond beschienenen Pfad.

Als er zu seiner Mutter zurückkehrte, sagte er: »Ich habe letzte Nacht etwas gesehen. Aber ich weiß nicht, was es zu bedeuten hat.«

»Erzähl Jaguarauge davon«, riet sie ihm. »Er wird es schon wissen.«

»Aber *ich* habe es doch geträumt!«, hielt Windrufer dem entgegen und dachte verstimmt, dass Jaguarauge alle Träume so deutete, dass sie seine Meinung widerspiegelten. Er war alt – älter als Windrufers Mutter – und ziemlich unbeweglich. Bestimmt wollte er am gleichen Platz wie sonst auf die Leute vom Oberen Flusslauf warten, und dann würden sie kämpfen und sehen, welcher Stamm die meisten Gefangenen machte, so wie immer. Es war Jaguarauge egal, dass sie viel mehr Gefangene machen könnten, wenn sie ihnen woanders auflauerten.

Windrufers Mutter breitete einen Fladen aus geriebenem Mais auf einem heißen Stein aus, und Windrufer wartete ungeduldig, dass der Maiskuchen gar wurde. Sein Duft ließ ihm das Wasser im Mund zusammenlaufen. Auch die anderen Männer wurden nun langsam wach und schlangen das Essen hinunter, das ihnen die Frauen vorsetzten. Windrufer holte seinen neuen Speer aus der Hütte und überprüfte noch einmal die Riemen, mit denen die Spitze befestigt war. Die abgeflachte Feuersteinspitze hatte die Form eines Blattes und schmeichelte Windrufers Auge. Sie saß ganz fest in ihrem Heft aus Zedernholz, war mit einer Hirschsehne befestigt und mit Tukanfedern und einem Ozelotschwanz geschmückt. Wenn man den Speer mit einem Wurfholz schleuderte, das den Arm eines Mannes verlängerte und die Wurfgeschwindigkeit erhöhte, wurde er zur tödlichen Waffe.

Onkel Ameisenbär kam vorbeigeschlurft, sah missbilligend auf Windrufers Speer und verkündete: »Die Spitze sitzt zu locker.«

»Fest genug, um fette alte Männer zu erledigen.« Windrufer stach mit dem Speer nach ihm und brach sich dann ein Stück vom halb garen Maiskuchen, wobei er sich die Finger verbrannte.

»Junge Männer, die die Stammesältesten beleidigen, wenden sich gegen die Götter«, erklärte Onkel Ameisenbär, und Windrufer gab zu bedenken: »Ich habe im letzten Kampf drei Gefangene gemacht, die wir den Göttern opfern konnten.«

»Bei diesem Kampf landest du vielleicht selbst auf dem Altar der Leute vom Oberen Flusslauf«, entgegnete Ameisenbär und sah ganz so aus, als käme ihm das gelegen. »Das passiert schon mal, wenn man nicht auf die Alten hört.«

»Ich habe meinem Vater gehorcht«, murmelte Windrufer.

»Sehr schade, dass er gestorben ist, vielleicht hätte er dir mehr Respekt vor dem Alter beibringen können.«

»Er hätte auf jeden Fall nicht immer alles so gemacht, nur weil es bisher immer so gemacht wurde«, sagte Windrufer. »Und die Spitze sitzt nicht zu locker. Sie ist einfach auf eine neue Art festgebunden. Und hält besser.«

»Man muss Dinge so machen wie immer«, sagte Onkel Ameisenbär, »denn sonst wären sie ja nicht immer so gemacht worden.«

»Heißt das, wir müssen auch die Leute vom Oberen Flusslauf immer am gleichen Platz bekämpfen?«

»Natürlich.«

Windrufer dachte an den Pfad mit der Gabelung in seiner Vision und wollte schon davon erzählen. Aber dann besann er sich eines Besseren. Der Traum hatte bestimmt zu bedeuten, dass man auch einen anderen Weg gehen konnte. Aber Windrufer wusste, dass es keinen Sinn hatte, Onkel Ameisenbär davon zu berichten. Er war genauso verknöchert wie Jaguarauge. Innerlich schrumpften die beiden schon langsam zu ihren Skeletten zusammen und waren kaum noch beweglich. Es sei denn, es ging über angestammte Pfade, die genauso alt und vertrocknet waren wie sie selbst. Windrufer stellte sich vor, wie Onkel Ameisenbärs Hängebauch langsam versteinerte und einen Hohlraum für seine Knochen bildete, und er lachte leise. Wenn das passierte, könnten sie ihn als Rassel benutzen.

Nun stopfte sich Windrufer auch noch den Rest des Maisfladens in den Mund und stand auf. Er hätte gerne über seine Vision gesprochen und sie sich deuten lassen. Aber dazu müsste er sie dem ganzen Stamm oder wenigstens dem Rat erzählen. Doch eigentlich wäre es ihm lieber gewesen, nur den jungen Kriegern davon zu berichten, die noch neugierig waren und wussten, dass Jaguarauge langsam alt wurde.

Die Mitglieder des Rats der Kinder der Sonne nahmen sich an diesem Morgen sehr wichtig. Jaguarauge trug seinen Umhang und seinen Lendenschurz aus geflecktem Fell sowie einen Jaguarkopf als Mütze, die ihm tief in der Stirn saß. Unter dem Umhang blitzte ein Hemd aus purpurnen und gelben Federn hervor. Onkel Ameisenbär hatte sich in seinen Umhang aus Ozelotfell gehüllt und eine Kette aus grünen Federn umgehängt, wie es dem Schwager des Medizinmannes und Häuptlings zukam. Die anderen alten Männer trugen ihren besten Schmuck und – wie Windrufer nicht umhin konnte festzustellen – teilweise mottenzerfressene Felle. Kein Wunder! Es handelte sich um Tierhäute, die vor vielen, vielen Jahren erbeutet worden waren. Nur der Anstand verbat es den Jüngeren, darauf aufmerksam zu machen.

»Letzte Nacht sind die Götter zu mir gekommen«, sagte Jaguarauge jetzt, und die anderen nickten. »Sie zeigten mir viele Gefangene, die wir unter den Leuten vom Oberen Flusslauf machen werden. Viele Blutopfer!«

Die Mitglieder des Rats nickten wieder feierlich, und Windrufer dachte: *Jetzt ist die Gelegenheit!* Er sah zu Onkel Ameisenbär hinüber, der ihn böse anfunkelte, und warf ein: »Erlaubt mir, dem Rat eine neue Vision zu unterbreiten, die ich letzte Nacht hatte.«

»Du hattest eine Vision?«, fragte Jaguarauge.

»Ja. Ich habe zwei Wege gesehen, die man einschlagen konnte. Und der Quetzal-Vogel in meinem Traum nahm plötzlich die Abzweigung, die nach Westen führte.« Windrufer sah in die Runde, um festzustellen, wie die jüngeren Ratsmitglieder reagierten. Dann versuchte er, sie mit seinen Worten auf seine Seite zu ziehen und ihnen ein stillschweigendes Einverständnis zu entlocken. »Ich glaube, das hatte zu bedeuten, dass wir beim Kampf mit unseren Feinden einen neuen Weg einschlagen sollten.«

»Den nach Westen?«, fragte Jaguarauge.

»Warum nicht?«, entgegnete Windrufer und fügte hinzu: »Ich habe lange darüber nachgedacht«, obwohl er in Wirklichkeit so von der unbestreitbaren Richtigkeit seiner Idee überzeugt war, dass er ganz vergessen hatte, sie auf Nachteile hin zu überprüfen. »Wenn man dem Fluss in westlicher Richtung folgt, gelangt man an einen hohen Felsüberhang. Und wenn unsere Krieger durch die kleine Schlucht gehen, die am Jaguarfelsen vorbeiführt, können sie die Leute vom Oberen Flusslauf dort überraschen.«

»Warum sollte sie das überraschen?«, wollte Onkel Ameisenbär wissen.

»Weil wir sonst immer nach Norden gegangen sind, um auf sie zu warten. Möglicherweise gehen sie davon aus, dass wir es dieses Jahr wieder so halten.«

Die Mundwinkel der jüngeren Ratsmitglieder zogen sich verräterisch nach oben, aber Onkel Ameisenbär brauchte man mit Ironie nicht zu kommen.

Jaguarauge schloss die Augen, und die anderen warteten ehrerbietig. Schließlich öffnete er sie wieder und verkündete: »Wenn wir die Leute vom Oberen Flusslauf an den Klippen überraschen, können sie sich uns nur noch ergeben, und das ist nicht gut. Das zerstört das Gleichgewicht. Wenn wir sie alle gefangen nehmen und opfern, was machen wir dann nächstes Jahr? Den Göttern würde das nicht gefallen.«

»Wir müssen sie ja nicht alle gefangen nehmen«, erklärte eines der jüngeren Ratsmitglieder zögerlich. »Aber wir könnten sie überwältigen, ohne so viele Opfer wie sonst in den eigenen Reihen zu haben.«

»Die Götter bestimmen, wer gefangen genommen wird«, sagte Ameisenbär. »Die Götter, nicht wir.«

»Ja, und vielleicht wählen die Götter diejenigen aus, die einfach zu töricht sind«, sagte Windrufer. »Haben sie uns vielleicht damit beauftragt, einen Boten zu den Leuten vom Oberen Flusslauf zu schicken, der ihnen die Namen unserer besten Krieger verrät? Warum machen wir es ihnen denn so einfach?«

»Der Feind ändert sein Verhalten nicht«, sagte Jaguarauge. »Er weiß, wie das Ganze abzulaufen hat, und wir auch.«

Aber seit wann ging das schon so, überlegte Windrufer. Wie lange musste man etwas wiederholen, bis alle der Meinung waren, dass es immer schon so gemacht wurde? Ewig? Oder nur so lange, wie sich die alten Männer zurückerinnern konnten? Hatten ihre Urahnen Dinge womöglich ganz anders getan? Und konnte man in Zukunft vielleicht doch neue Wege gehen?

»Windrufers Vision hat bestimmt eine ganz andere Bedeutung.« Jaguarauge war inzwischen eingefallen, wie er den Traum richtig auslegen konnte. »Die zwei Pfade symbolisieren die zwei Möglichkeiten, wie sich unser Stamm verhalten kann. Ein Pfad steht für den falschen Weg. Das wäre gleichzeitig auch der neue, den man nur aus Stolz und Unzufriedenheit mit dem einschlägt, was uns unsere Väter gelehrt haben. Der andere Pfad steht für den richtigen Weg, den auch unsere Ahnen schon immer gegangen sind. Das ist der Weg, den der Quetzal genommen hat.«

»Wie willst du denn beurteilen, welche Straße die bessere ist?«, wollte Windrufer nun wissen. »Bei allem Respekt, aber vielleicht hat der Quetzal ja auch die andere Richtung eingeschlagen.«

»Die Götter haben dir diese Vision geschickt, damit man

sie dir erklärt«, hielt Jaguarauge dem entgegen, und niemand sagte etwas dazu. Auch Windrufer waren die Argumente ausgegangen. Er war noch nicht so weit, sich als Einzelner gegen Jaguarauge zu stellen. Der Häuptling und Medizinmann war alt und schwerfällig, aber er besaß eine Macht, die nicht von körperlicher Stärke herrührte. Windrufer würde mehr Männer hinter sich brauchen, wenn er gegen ihn ankommen wollte.

Nun sah er zu den jüngeren Ratsmitgliedern hinüber. Sie blickten verschlossen und waren ärgerlich über Jaguarauges letzte Äußerung. Genauso empfänden sicher auch die ganz jungen Krieger – die Männer in seinem Alter, die in der ersten Reihe kämpften und sich noch nicht das Recht erworben hatten, zurückzufallen und die anderen die Beute treiben zu lassen. Sie würden ihm den Rückhalt geben, den er benötigte, um an Jaguarauge vorbeizukommen. Lange konnte das nicht mehr dauern. Er brauchte den jungen Männern nur von seiner Vision zu erzählen. Bestimmt würden sie sofort erkennen, dass es besser war, auf seine Art gegen die Leute vom Oberen Flusslauf zu kämpfen.

Während die jungen Männer ihre Speere und Speerschleudern fertig machten und sich die Gesichter mit rotem Lehm einrieben, legte Windrufer ihnen seine Vision dar. Er saß ein wenig erhöht auf der Astgabel eines entwurzelten Gummibaumes und zeichnete den Verlauf des Flusses in die Luft.

»Hierher kommen wir jedes Jahr. Wir schlagen mit unseren Kindern und Frauen das Lager auf, errichten Feuerstellen und machen einen Heidenlärm, damit die Leute vom Oberen Flusslauf uns auch ja bemerken. Und dann kommen sie den Fluss herunter und finden uns dort vor, wo wir immer sind.« Mit der rechten Hand tat er so, als schnappte er sich die Hinterläufe eines kleinen Tieres. »Erst uns und dann die Hasen.«

»Wie sollen wir sonst zu dem Platz kommen, wenn nicht am Fluss entlang?«, fragte Papageienschwanz.

»Über einen anderen Weg«, rief Windrufer ungeduldig, »damit wir die anderen überraschen!«

»Wir nehmen auch jedes Jahr den gleichen Weg zum Platz, an dem die Hasen tanzen, und fangen trotzdem welche.« Papageienschwanz war klein und sah sehr stur aus. Er erinnerte Windrufer an Onkel Ameisenbär.

»Hasen sind nicht wie Menschen«, gab Windrufer zu bedenken. »Menschen sind klüger und man muss sie überraschen.«

»Und viele Gefangene mit nach Hause bringen«, ergänzte Kletterer. Er sprach vor Aufregung ganz laut. Nun wandte er sein breites Gesicht den anderen zu. »Windrufer hat Recht. Es wird Zeit, die Dinge zu ändern.«

»Ich weiß nicht«, sagte Papageienschwanz. »Wir haben die Leute vom Oberen Flusslauf immer an diesem Platz getroffen. Dafür muss es doch einen Grund geben.«

»Das stimmt«, konnte Kletterer nicht umhin, ihm beizupflichten. »Jaguarauge hört auf das, was die Götter sagen.«

»*Ich* habe auch darauf gehört«, erklärte Windrufer jetzt. »Jaguarauge will mir nur nicht zuhören, weil ich – weil *wir* – jung sind.«

»Jaguarauge verliert seine Kraft«, murmelte ein anderer junger Mann.

»Es wird Zeit, dass sich die Jungen mal zu Wort melden«, sagte Speerbeißer, der das Geschehen bisher nur aufmerksam beobachtet hatte.

»Vielleicht gibt es bald einen neuen Häuptling«, murmelte Windrufer und tat, als sei ihm der Gedanke gerade erst gekommen.

Speerbeißer war sehr muskulös, verheiratet und drei Jahre älter als Windrufer. Ihm fehlte ein Zahn, weil er in den Speer eines Feindes gebissen und dem Mann dadurch die Waffe entrissen hatte. Jetzt sagte er: »Wollen wir ruhig zusehen, bis Jaguarauge ein alter Tattergreis ist und wir selber auch nicht mehr die Jüngsten sind?«

»Nein!«, rief jemand ärgerlich.

»Wollen wir es zulassen, dass die alten Männer uns auch weiterhin wie Beute in die Speere der Leute vom Oberen Flusslauf treiben, obwohl es einen besseren Weg gibt, Gefangene zu machen?«

Windrufer rutschte von seiner Astgabel. Es passte ihm nicht, wie Speerbeißer das Gespräch an sich gerissen hatte. Aber die anderen jungen Männer stießen jetzt ihre Speerschäfte auf den Boden und schrien zustimmend.

»Mir gefällt das nicht«, sagte Papageienschwanz, der direkt hinter Windrufer stand. »Jaguarauge spricht mit den Göttern und mit Gott Jaguar, bevor er eine Entscheidung trifft.«

Das stimmte die anderen nachdenklich. Windrufer trat in ihre Mitte und stellte sich neben Speerbeißer. »Es wäre nicht gut, einen Krieg in unseren eigenen Reihen anzuzetteln. Die Kinder der Sonne bekriegen die Leute vom Oberen Flusslauf und nicht einander. So wollen es die Götter. Deshalb werden wir nicht gegen Jaguarauge kämpfen.« Ein erleichtertes Raunen durchlief die Reihen der jungen Männer, und Windrufer fuhr fort: »Ich sage euch, wie wir es machen.« Er bedeutete ihnen, näher zu kommen, und nachdem sich alle um ihn geschart hatten, erklärte er: »Wir tun, was man von uns verlangt, und ziehen zum Lager Richtung Norden den Fluss hinunter. Bis wir an Ort und Stelle sind, ist es Nachmittag. Dann bauen wir den Frauen ihre Hütten und fangen kleinere Wildtiere.«

Kletterer nickte feierlich.

»Aber das machen wir doch immer«, widersprach jemand.

»Die Frauen werden ärgerlich, wenn wir nicht zuerst jagen. Aber wenn wir die Art und Weise ändern, in der wir die Leute vom Oberen Flusslauf bekämpfen, wird uns die Sonne nicht verschlucken und in Geschöpfe verwandeln, die nicht mehr essen müssen.«

Speerbeißer nickte. Die Arme hatte er vor der Brust verschränkt und schien ganz zufrieden damit, Windrufer das Reden zu überlassen.

»Und dann, am späten Nachmittag, wenn die alten Männer von den Jaguaren reden, die sie in grauer Vorzeit erlegt haben, gehen wir in einem großen Bogen nach Westen und warten, bis die Leute vom Oberen Flusslauf an den Klippen oberhalb des Flusses vorbei müssen. Sie werden morgen dort sein, genau wie wir. Sie sind schon unterwegs. Riesenohr hat dem Rat davon berichtet.«

»Und dann bringen wir ganz viele Gefangene mit zurück, und die alten Männer werden erkennen, dass wir Recht hatten.« Kletterer schlug sich auf die Schenkel und stand auf. »Das ist ein guter Plan.«

»Mir gefällt er gar nicht«, sagte Papageienschwanz verdrießlich.

»Aber du wirst Jaguarauge auch nicht davon berichten!« Drohend stand Windrufer neben ihm, und auch seine Stimme ließ keinen Zweifel daran, dass er Papageienschwanz hindern würde, ihren Plan auszuplaudern. Der sah nun zu ihm hoch, und Windrufer erwiderte seinen Blick mit einem Grinsen. »Falls du zu ihm rennst, pfeife ich ein Gewitter herbei, dessen Blitze deine Schwanzfedern versengen.«

»Ich gehe nicht zu ihm!«, rief Papageienschwanz ärgerlich. Aber man sah ihm an, dass er Jaguarauge am liebsten alles erzählt hätte. Doch er wusste auch, dass Windrufer mit seiner Flöte alles Mögliche aus dem Wind herbei zu zaubern vermochte.

Die Kinder der Sonne durchquerten den Dschungel mit der Zuversicht derer, die dort zu Hause waren. Trotzdem legten sie eine gewisse Vorsicht an den Tag. Es war zwar unwahrscheinlich, dass ihnen Jaguar oder die Große Schlange Probleme bereiteten, weil so viele Menschen unterwegs waren, aber es konnte nicht schaden, hin und wieder einen Blick über die Schulter zu werfen.

Die Frauen trugen, was sie immer trugen: die ganz Kleinen und ihre Mahlwerkzeuge, das Saatgut, die Fellkratzmesser und Knochennadeln – Dinge, die ihnen das Überleben sicherten. Vorsichtig balancierten sie alles in Lederbeuteln auf dem Kopf, während ein Teil der Männer vor ihnen und ein Teil hinter ihnen ging. Die Männer trugen nur das bisschen, was sie besaßen: ein zusätzliches Paar Kokosfasersandalen, Ersatzspeerspitzen, Federschmuck und die Zähne ihrer Beutetiere. All das hatten sie in Beuteln verschnürt, die ihnen über die Schultern hingen. Einen Speer hielten sie wurfbereit, und ein zweiter steckte zur Reserve in einem Beutel.

Unter dem Blätterdach war es warm und feucht, und die Kinder der Sonne hielten sich ganz dicht am steil abfallenden Flussufer, um den Sprühnebel zu spüren, der in nebligen Wolken vom tosenden Strom aufstieg. An dieser Stelle stürzte sich der Fluss scheinbar ärgerlich in eine Schlucht aus grauem Felsgestein und tobte dann lautstark über Stromschnellen, wobei die Fließgeschwindigkeit des Wassers nur hin und wieder von verstreut liegenden Findlingen unterbrochen wurde. Aber weiter flussabwärts verwandelte sich der Fluss dann plötzlich in einen breiten, ruhig dahinfließenden Strom, der sich in sanften Mäandern nach Norden wand. Dort befanden sich die Fischteiche und auch der Platz, an dem die Hasen tanzten. Der Dschungel folgte dem Flusslauf, war aber weiter unten nur noch ganz schmal, da sich das Gras der Savanne immer weiter ausdehnte.

Windrufer war schlecht gelaunt. Die ganze Zeit musste er seinen Schritt dem der Kinder anpassen, die gerade erst laufen gelernt hatten. Immer wieder griffen er und die anderen jungen Männer so weit aus, dass sie die Frauen bald hinter sich ließen. Aber dann kam auch jedes Mal ein Mädchen herbeigerannt, um ihnen von Affenkönigin auszurichten, dass sie zu schnell gingen.

Hoffentlich kommt Jaguar bald und frisst Affenkönigin, dachte Windrufer. Wenn sie in diesem Tempo weiterliefen, würde noch die Nacht hereinbrechen, bevor sie ankamen; und dann warteten die Leute vom Oberen Flusslauf sicher schon auf sie. Er tänzelte nervös herum und schimpfte vor sich hin, bis Speerbeißer ihn auslachte und sagte: »Gleich läufst du im Kreis und überraschst dich selbst, Baumfrosch.«

Windrufer mochte es nicht, wenn man ihn so nannte. Ein Baumfrosch machte einen Riesenlärm und blähte sich auf, aber hinter seinem großartigen Gehabe steckte nichts. Windrufer verlangsamte den Schritt und funkelte Speerbeißer an, der daraufhin den Mund hielt.

Schließlich gelangten die Kinder der Sonne an den Platz, auf dem sie im Monat des Hasen immer ihr Lager aufschlugen. Dabei handelte es sich um eine Lichtung mit ausreichend Palmbewuchs, um Hütten zu bauen, und mit einem nicht zu steilen Weg, der zum Fluss hinunterführte. Die Frauen begannen, ihre Körbe, Knochenlöffel, Mahlwerkzeuge und Mahlsteine auszubreiten, und während sie den Platz in ein Zuhause verwandelten, tratschten sie miteinander. Die ganz kleinen Kinder ließen sich neben ihren Müttern auf dem Boden nieder und schliefen, während die Erwachsenen vorsichtig über sie hinwegstiegen. Die älteren Kinder hatte man zum Fluss geschickt, um Wasser zu holen.

Windrufer schnitt für seine Mutter Palmwedel und flocht sie fachmännisch zu einer Schutzhütte zusammen. Belustigt beobachtete sie ihn. »Du hast's aber eilig.« Sie reichte ihm einen halben ausgehöhlten Flaschenkürbis mit zerstoßenen Bohnen und dem Fruchtfleisch eines kleinen bitteren Wildkürbisses.

»Ihr Frauen habt mich den ganzen Morgen gezwungen, langsam zu gehen«, sagte Windrufer ungehalten und fügte undankbar hinzu: »Ist das alles, was wir zu essen haben?«

»Ja, es sei denn, du gehst auf die Jagd.« Seine Mutter nahm es gelassen und verteilte ihre Körbe und Mahlsteine. »Ich kann nicht Körner mahlen und gleichzeitig laufen. Und du solltest mir endlich eine Schwiegertochter bringen, die mir hilft.«

»Ich bringe dir ein Meerschweinchen.« Aber die waren nicht besonders schmackhaft, und bevor seine Mutter noch etwas dagegen einzuwenden hatte, nahm er rasch seinen Speer und ging. Ein wohlschmeckenderes Tier zu erlegen würde viel zu lange dauern.

Am Ufer stieß er auf Kletterer und Speerbeißer, die sich ebenfalls auf der Jagd befanden. Gemeinsam spürten sie einen Meerschweinchenbau auf, dort, wo der Strom ein wenig langsamer floss. Sie töteten vier Tiere, während die anderen schreiend und pfeifend Männchen machten und dann versuchten, sich unter einem Felsen in Sicherheit zu bringen. Windrufer dachte dabei an Hasen. In einem Monat könnte er keine mehr sehen, doch im Augenblick erschienen sie ihm wie ein Festessen. Ohnehin hatte er im Moment fast alles satt, besonders das tägliche Einerlei. Er war bereit, das Leben mit all der Energie und dem angehäuften Wissen seiner sechzehn Jahre in andere Bahnen zu lenken.

Sein Meerschweinchen an den Hinterbeinen hochhaltend, grinste er Kletterer an. »Sag den anderen, dass es Zeit wird.« Jetzt würde er Jaguarauge zeigen, dass er nicht der Einzige war, den die Götter auserwählt hatten. Wozu wäre die Flöte sonst gut gewesen?

Speerbeißer, der einen ganzen Stall voll Kinder zu ernähren hatte, hielt in jeder Hand ein Meerschweinchen und fragte: »In welche Richtung sollten wir deiner Meinung nach gehen?«

»Hier entlang!« Windrufer war erfreut, dass sich Speerbeißer ihm so einfach unterordnete, und zeigte in die entsprechende Richtung. Vor seinem geistigen Auge sah er den Verlauf des Flusses wie in der Vision, sah, wo er breiter wurde und eine Insel in Schildkrötenform umfloss. »Wenn wir an der Biegung, an der der Fluss nach Westen fließt, schnurstracks geradeaus gehen, stoßen wir bei den Klippen wieder darauf. Heute Morgen sind wir vor den Leuten vom Oberen Flusslauf an der Stelle vorbeigekommen. Sie rechnen bestimmt nicht damit, dass wir noch einmal dort auftauchen.«

Und wenn sie mit Gefangenen zum Stamm zurückkamen, würde der Rat auf ihn aufmerksam und seiner Stimme endlich mehr Gewicht geben. Die jüngeren Ratsmitglieder waren ja jetzt schon schlecht auf Jaguarauge zu sprechen.

Rasch stieg Windrufer wieder die Böschung hinauf und ließ seiner Mutter das tote Meerschweinchen in den Schoß fallen.

»Vielen Dank für den leckeren Braten«, sagte sie mit spöttisch hochgezogenen Augenbrauen. Und wieder machte sich Windrufer schnell davon, bevor seine Mutter ihm noch etwas auftrug.

Alle jungen Krieger schlichen sich heimlich in den Dschungel und versammelten sich außer Sichtweite des Lagers um Windrufer. Zusammen waren sie zwanzig und bildeten damit den größten Teil der Kampfkraft ihres Stammes. Aber sie schienen sich nicht sehr wohl in ihrer Haut zu fühlen. Da half auch nicht, dass Windrufer verächtlich sagte, dass die Leute vom Oberen Flusslauf auch nicht mehr Krieger zählten und dass die Kinder der Sonne das Überraschungsmoment auf ihrer Seite hätten. »Während die alten Männer trinken und essen, zeigen wir ihnen, wie man Krieg führt!«

»Genau!« Kletterers Miene hellte sich auf. Selbst Papageienschwanz bekundete verdrießlich seine Zustimmung.

Beflügelt und aufgeregt, seinen ersten Überfall anzuführen, bedeutete Windrufer den anderen, ihm zu folgen. Die quäkenden Papageien im Blätterdach wurden ganz still, als die Krieger darunter durchzogen. Ihnen voran flüchtete kreischend ein Affe und brachte sich auf einem Feigenbaum in Sicherheit. In diesem Augenblick befiel Windrufer ein leichtes Unbehagen, aber noch bevor er sich dessen Ursache bewusst werden konnte, teilte sich der Dschungel direkt vor ihm, und Gott Jaguar trat ihm entgegen.

Er lief auf zwei Beinen, zeigte seine langen Reißzähne und schlug mit seinen Tatzen nach ihm. Windrufer hob den Speer, und der Zauber, der Jaguarauge umgab, riss auf wie ein Kürbis und offenbarte das Stammesoberhaupt in seinem Umhang mit passender Jaguarmütze. Die jungen Männer hinter Windrufer schienen alle gemeinsam den Atem anzuhalten, und da wusste Windrufer, dass sie Jaguarauge nach wie vor in seiner Tiergestalt sahen. Windrufer umklammerte seinen Speer noch fester und spürte, wie ihm der Schweiß vom Gesicht lief.

»Du hast dich meinen Befehlen widersetzt.« Die Alten und die Männer mittleren Alters hielten sich dicht hinter Jaguarauge, sodass sich die beiden Gruppen um den Häuptling und Windrufer böse anstarrten.

»Es wird Zeit, neue Wege einzuschlagen«, sagte Windrufer mit ruhiger Stimme. Sich reumütig zu zeigen, hätte ihm nicht weitergeholfen, außerdem war das nicht seine Art. Er blickte sich zu den jungen Männern um und sah dann wieder zu den älteren vor sich. Auch einige von ihnen wirkten unsicher. »Es wird Zeit für Jaguarauge, seine Entscheidungen denen zu überlassen, die jung genug sind, um klar zu sehen.«

Lautes Gemurmel erhob sich, das aber nicht daher rührte, dass man Windrufer zustimmte, sondern weil man die infrage gestellte Macht des Häuptlings und Medizinmannes fürchtete. So wie ein Stammesoberhaupt erstarkte, erstarkte auch der Stamm, und umgekehrt.

»Auf jeden Fall ist Jaguarauge nicht mehr in der Lage, alle Männer hinter sich zu vereinen«, erklärte Speerbeißer, und wieder ging ein Raunen durch die Reihen.

Windrufer sah Speerbeißer misstrauisch an. Hatte er sich auch unter den jungen Kriegern befunden, die mit ihm aufgebrochen waren? Windrufer erinnerte sich nicht mehr.

»Wie kann Windrufer es wagen«, schrie nun Jaguarauge, »sich dem Urteil des Häuptlings und Medizinmannes, mit dem die Götter gesprochen haben, entgegenzustellen?« Er zog sein Obsidianmesser aus dem Gürtel und starrte seinen Widersacher böse an. Der legte seinen Speer nieder und zückte ebenfalls das Messer. Jetzt musste Jaguarauge mit ihm kämpfen, und Windrufer blieb keine Wahl, als sich mit ihm zu messen, obwohl er sich damit in eine Zwickmühle begab.

Wenn er den Häuptling tötete, würden ihn die anderen dem Jaguar zum Fraß vorwerfen. Denn so wurde Macht nicht weitergegeben. Falls er den Häuptling aber nicht umbrachte, würde Jaguarauge ihn töten – jetzt oder später am Opferstein. Aber sie waren bereits in einem Tanz der Kräfte gefangen, der seine Bahnen immer enger um sie zog. Während sie sich mit den schwarzen funkelnden Steinmessern umkreisten, zogen die anderen Krieger einen Ring um sie und bedeuteten einander, ruhig zu sein.

Aus den Augenwinkeln sah Windrufer, dass Speerbeißer sie beobachtete. Aber da holte der Häuptling auch schon aus, und Windrufer drehte sich von ihm weg, tat, als wollte er ihn angreifen, duckte sich dann aber, und lief um ihn herum. Während Alter Jaguar und Junger Jaguar ihren Kampf austrugen, war es im Dschungel totenstill. Windrufers Kampfgeist war erwacht, und er pirschte sich an den Häuptling heran. Er hatte es auf die besonders empfindlichen Stellen an Kehle und Leiste abgesehen, wo der Blutverlust so groß wäre, dass ein Mensch sofort kampfunfähig wurde. Aber als er das Messer des Häuptlings auf sich zukommen sah, musste er zurückspringen, bevor er zustoßen konnte.

Gleich darauf zielte Windrufer wieder nach Jaguarauges Kehle, doch da bekam das Stammesoberhaupt sein Handgelenk zu fassen. Sie stolperten vor und zurück, schoben und zerrten einander hin und her, wobei keiner bereit war, nachzugeben. Windrufers Messer verfehlte Jaguarauges Hals, dafür spürte er die Messerspitze des Häuptlings an der Brust, ließ sich zurückfallen und versetzte ihm dabei einen Stoß. Der Häuptling wankte und hatte sein Gleichgewicht noch nicht wiedergefunden, als sich Windrufer erneut auf ihn stürzte und ihm das Messer in den Unterarm stieß. Blitzschnell zog er es heraus und brachte dem Häuptling und Medizinmann auch noch einen tiefen Schnitt im Oberschenkel bei. Mit schreckgeweiteten Augen sank Jaguarauge zu Boden.

Wie gebannt starrte Windrufer auf den vor ihm liegenden Häuptling, dem das Blut nur so aus dem Oberschenkel schoss. Dann gab er Fersengeld, durchbrach den Kreis der anderen und sprang wie ein Hase durch den Dschungel.

Speerbeißer beobachtete eine Weile untätig, wie Ameisenbär versuchte, die Wunde des sich windenden Jaguarauge abzubinden. Dann sah er die den Häuptling unschlüssig umstehenden Krieger an und wies in die Richtung, in die Windrufer davongelaufen war. »Tötet ihn!«, rief er und fügte mit Blick auf Jaguarauge hinzu: »Und bringt den alten Mann ins Lager.«

»Gib mir das Fleisch!«, Windrufer warf sich in die Hütte seiner Mutter und schnappte sich das über dem Feuer bratende Meerschweinchen, wobei er sich natürlich die Hände verbrannte und es fallen ließ.

Seine Mutter starrte entsetzt auf das Blut, das ihm aus dem Schnitt am Oberkörper tropfte. »Was hast du getan?«

Windrufer hob das Meerschweinchen vom Boden auf

und stopfte es in seinen Beutel. Dann schaufelte er mit beiden Händen die Reste des letztjährigen Maises dazu. »Ich muss fliehen«, sagte er.

Seine Mutter hörte das Rufen der sich nähernden Krieger und schlug erschrocken die Hände vor den Mund, um einen Schrei zu unterdrücken.

»Sie sind hinter mir her«, keuchte er, stand auf und hängte sich den Beutel um. Sein Speer lag auf der Lichtung, auf der er versucht hatte, Jaguarauge zu töten. Aber er hatte noch zwei Ersatzspitzen in seinem Beutel. Und die Flöte – wofür die jetzt auch immer gut war.

Seine Mutter barg das Gesicht in den Händen. »Du hast dich Jaguarauges Befehlen widersetzt«, jammerte sie. »Affenkönigin hat gleich gesagt, dass sie dir nicht traut! Und Ameisenbär auch, aber ich wollte nicht auf sie hören.«

»Du solltest dich mit Ameisenbär am besten wieder vertragen«, sagte Windrufer grimmig.

Wieder schluchzte seine Mutter auf und wiegte sich in der Hocke hin und her. »Er wird dich verfluchen. Jaguarauge wird dich verfluchen. Du kannst ihm nicht entkommen.«

Windrufer spürte, wie sich ihm die Nackenhaare stellten. Unsicher, ob der Fluch des Häuptlings oder seine Angst die Ursache dafür war, sagte er rau: »Wenn sie mich fangen, ist es völlig egal, ob er mich verflucht hat oder nicht. Bete zur Mondgöttin. Sag ihr, dass sie auf dich aufpassen soll.« Immerhin war sie es gewesen, die die Straße in seiner Vision beschienen hatte.

Das Rufen kam näher. Wieder nahm Windrufer die Beine unter die Arme und verließ den Platz, auf dem die Hasen tanzten. Er wich den Schlingpflanzen und großen hervorstehenden Baumwurzeln aus, während ihn die Affen kreischend mit Früchten bewarfen, als wüssten sie, dass er in Ungnade gefallen war. Er zwang sich zu einem gleichmäßigen Laufrhythmus und schlug sich zwischen den mannshohen Farnen und glänzenden Blättern durch, die so breit waren wie seine Brust. Dabei lief er immer tiefer in den Regenwald hinein.

In der Hoffnung, die Kinder der Sonne abzuschütteln,

verließ er den Weg, den sein Stamm sonst immer nahm, und stürzte sich kopfüber in ihm unbekanntes Gelände. Seine Schritte klangen ihm im Ohr, genauso wie sein Herzschlag. Er fühlte sich nackt und verletzlich und wusste, dass er sich unbedingt einen Speer anfertigen musste, sobald er ein Versteck gefunden hatte. Nach wie vor konnte er seine Verfolger hinter sich hören und machte sich auf den plötzlich stechenden Schmerz einer Speerspitze im Rücken gefasst oder auf die unbekannten Schrecken, die der Fluch des Häuptlings mit sich bringen würde. Seine Lunge schmerzte, aber das wilde Gebrüll seiner Leute wurde nicht leiser.

Würden sie irgendwann aufgeben oder ihn die Nacht hindurch bis zum Morgengrauen jagen? Womöglich für alle Zeiten?

Die Abenddämmerung hatte bereits eingesetzt, und Windrufer fühlte sich, als sei er einen ganzen Tag lang gerannt. Er stand auf einem Felsüberhang hoch über dem Fluss. Unter ihm schoss das Wasser wie ein geworfener Speer durch die Schlucht. Die steilen Wände waren mit Schlingpflanzen bedeckt, aber darin hatten Bienen ihre Nester gebaut, und im Fluss lebten Krokodile. Sie hielten sich an den seichteren Stellen direkt unterhalb der Klippen auf, wo das Wasser die Steilwände unterhöhlt hatte.

Das Gebrüll der Männer seines Stammes kam immer näher, und Windrufer blieb keine andere Wahl. Vielleicht würden seine Leute ihn im Wasser nicht sehen. Er zog die Lederriemen seines Beutels enger, schob ihn sich quer über die Schultern und sah sich noch einmal um. Da waren sie auch schon! Er wandte sich wieder der Schlucht mit dem reißenden Fluss zu und sprang.

Das Wasser floss hier viel zu schnell, um sich erwärmen zu können, packte Windrufer mit seiner Kälte wie eine riesige Hand und zog ihn nach unten. Mit aller Kraft kämpfte er dagegen an und versuchte, an die Oberfläche zu gelangen, indem er die schaumigen Riesenhände von sich schob. Als er schließlich aus dem Wasser auftauchte, sah er die Umrisse der Kinder der Sonne hoch oben auf den Klippen. Sie sandten ihm ihre Speere nach wie einen letzten Fluch, aber es hatte ihn schon viel zu weit flussabwärts getrieben. Die Speere klatschten oberhalb von ihm ins Wasser, und nur die Strömung trieb sie ihm zu.

Prustend hob er den Kopf und versuchte zu schwimmen, aber die Strömung war in der Mitte des Flusses besonders stark und heimtückisch und schien ihn an Fesseln und Handgelenken festzuhalten. Seine Lunge, die schon vom Rennen überanstrengt war, brannte wie Feuer, und er hustete und spuckte Wasser. Außerdem lähmte ihn die Angst vor Stromschnellen und Wasserfällen, sodass er das Gefühl hatte, immer nur einen Atemzug vom Tod entfernt zu sein. Doch sein Ziel war das gegenüberliegende Ufer. Langsam kam es näher, und die Strömung wurde ein wenig schwächer, doch Windrufer entdeckte keine Stelle, an der er hätte an Land klettern können. Hier ragten die Wände der Schlucht fast senkrecht nach oben. Aus Angst, wieder umkehren zu müssen, schwamm er weiter oder ließ sich treiben und hoffte auf eine ins Wasser hängende Wurzel oder eine weniger stark abfallende Böschung.

Schließlich wurde die Schlucht breiter, und am Fuß der mit Schlingpflanzen bewachsenen Steilwand zeigte sich ein schmaler Sandstreifen. Windrufers Arme fühlten sich ganz schwer an und seine Kehle war rau und trocken. Mit letzter Kraft kämpfte er sich ans Ufer und taumelte zwischen den Steinen und verrottenden Holzstücken hindurch, die dort verstreut lagen. Dabei scheuerte ihm sein vom Wasser schwerer Beutel die Schultern wund.

Plötzlich bewegte sich eines der Holzscheite, drehte sich blitzschnell um und riss den Rachen auf. Windrufer schrie entsetzt und stolperte rückwärts. Er bückte sich nach einem Stein, schleuderte ihn nach dem Krokodil und ließ einen zweiten, größeren Stein folgen. Die Riesenechse gab einen wütenden Laut von sich und schlug mit dem Schwanz.

Panisch sah sich Windrufer nach weiteren Steinen um. »Geh weg!«, schrie er, hob einen besonders schweren Felsbrocken hoch und zielte damit auf den Kopf des Krokodils. Er traf es an der Schnauze, und wieder gab die Bestie einen wütenden Krächzlaut von sich. Windrufer rannte auf die Steilwand zu und warf dabei noch mehr Steine nach dem Krokodil, das ihm aber trotzdem hinterherwatschelte. Als er es mit einem weiteren Felsbrocken an der Schnauze traf, hielt es kurzzeitig inne, und Windrufer fing an zu klettern.

Der Aufstieg gestaltete sich schwierig, und irgendwo oberhalb hörte er Bienen summen. Stück für Stück arbeitete er sich nach oben und sah hin und wieder zu dem Krokodil hinunter, das sich mittlerweile ins seichte Wasser zurückgezogen hatte. Einmal trieb ein Speer, den die Kinder der Sonne nach ihm geworfen hatten, an dem Krokodil vorbei. Es öffnete sein riesiges Maul und biss ihn krachend entzwei.

Einen Augenblick hing Windrufer bewegungslos in der Felswand und schöpfte Atem. Als er weiterkletterte, schlug ihm das Herz immer noch wie wild, und er machte sich darauf gefasst, jeden Augenblick dem flachen Kopf von Großer Schlange zu begegnen oder die Hand in einen Bienenstock zu stecken. Schließlich kam er oben an und zog sich über die Felskante. Seine Hände und Zehen waren aufgeschürft und bluteten. Erschöpft legte er sich bäuchlings auf den Boden, setzte sich aber schnell wieder auf, da er immer noch das Gefühl hatte, verfolgt zu werden.

Schließlich nahm er seinen Beutel vom Rücken und breitete dessen Inhalt auf einem Stein aus. An dem halb garen Meerschweinchen klebten Maiskörner. Den Rest des Maises hatte das Blut des Nagers verunreinigt, und Windrufer überlegte krampfhaft, was er zuerst tun sollte. Wenn er den Mais nicht ganz schnell säuberte und trocknete, würde er verderben. Aber ohne Speer kam er sich vor wie die Meerschweinchen am Flussufer und wäre ein gefundenes Fressen für jedermann! Schon bald würde es dunkel sein, und Windrufer entschied sich, zuerst nach einem Ast für den Speer zu suchen.

Immer auf der Hut vor Schlangen und größeren Raubtieren, kletterte er auf einen Baum. Als er einen passenden geraden Ast gefunden hatte, bearbeitete er dessen Ansatz eine Zeit lang mit dem Messer. Dann bewegte er ihn hin und her, bis er sich krachend vom Stamm löste. Dabei stellten sich ihm die Nackenhaare hoch, als hätte schon irgendein Tier seine Tatzen in ihn geschlagen. Sicherheitshalber blieb er auf dem Baum hocken, um mit dem Feuersteinmesser die Rinde vom Ast zu schälen. Verzweifelt dachte er dabei, dass er mehr Werkzeug benötigte. Bestimmt würde er zwischen dem Kalksteingeröll auf dieser Seite des Flusses Feuersteine finden, und auch Steine, mit denen er sie bearbeiten konnte. Aber es kam ihm so ermüdend und sinnlos vor, nun alles, was er einmal besessen hatte, neu herstellen zu müssen. Plötzlich schienen all die Besitztümer seines Stammes in unendliche Ferne gerückt.

Trotzdem arbeitete er weiter an dem Speer und schrägte das eine Ende des Astes dort ab, wo er die Spitze befestigen sollte. Windrufer hatte keinen zusätzlichen Lederriemen dabei und würde den von seinem Beutel nehmen müssen, um sie festzubinden. Mit dem Speer konnte er dann ein Beutetier erlegen und sich aus dessen Haut neue Riemen schneiden. Er dachte an das Meerschweinchen und das Feuer, das er nicht gemacht hatte, und brach auch noch ein paar abgestorbene, trockene Zweige für einen Feuerstab und Anmachholz.

Als er den Baum hinunterkletterte, verspürte er mit einem Mal das schier unbezähmbare Verlangen, laut zu schreien. Das hatte er nicht mehr getan, seitdem er erwachsen war. Am liebsten hätte er den Kopf zurückgeworfen und in die Wildnis hineingebrüllt. Aber stattdessen zog er den Lederriemen von der Öffnung seines Beutels und befestigte damit die Speerspitze – auf die neue Weise, die Onkel Ameisenbär nicht gutgeheißen hatte. Dann machte er sich an die ermüdende Arbeit, mit dem Feuerstab einen Funken zu erzeugen.

Während er das Stöckchen zwischen den Handflächen rollte, dachte er grollend darüber nach, was Speerbeißer jetzt wohl tat. Wahrscheinlich feist am Feuer des Rats sitzen und den Mitgliedern erklären, wieso Jaguarauge seine Stärke verloren hatte – und dass die Kinder der Sonne sich glücklich schätzen konnten, ihn, Speerbeißer, zu haben. Denn sonst hätten sie auch noch ihre jungen Krieger eingebüßt. Wütend sah Windrufer zum Mond hinauf und betete, dass Speerbeißer auf dem Altar der Leute vom Oberen Flusslauf enden möge. *Meinem Vater ist das nicht passiert,* dachte er dann. Wenigstens konnte Windrufer auf ihn stolz sein. Selbst im Kampf zu sterben war ehrenvoll, aber einen Feind im Kampf zu töten galt als Verschwendung. Es war besser, ihn gefangen zu nehmen und zu Hause den Göttern zu opfern.

Kurzzeitig glomm an der Spitze des Feuerstabes ein Funken auf, verlosch aber gleich wieder, und Windrufer konzentrierte sich jetzt ganz darauf, das Feuer zu entfachen. Dazu kehrte er dem Mond den Rücken, um einen etwaigen Funken rechtzeitig zu sehen. Bald begann das Reisig um den Feuerstab zu rauchen, und Windrufer legte einige trockene Zweige nach. Dabei wünschte er, er hätte Harz, um eine Fackel zu machen, und seine Mutter wäre da, um ihm das Meerschweinchen zu braten. Schließlich fing das Reisig richtig Feuer, und Windrufer nährte es vorsichtig, bevor er Steine darum legte und größere Zweige hinzufügte. Hier war alles feucht, und der Rauch des Feuers ließ ihm die Augen tränen. Aber wenigstens ging es nicht aus.

Er wandte sich ab und entdeckte einen flachen Stein, auf dem er den Mais trocknen konnte. Zum Erwärmen legte er ihn neben die Feuerstelle, aber das Blut des Meerschweinchens machte ihm Sorgen. Damit verunreinigtes Saatgut verdarb entweder oder trieb schon in den Aufbewahrungskörben. Windrufer sah sich nach etwas um, mit dem er Wasser holen konnte, und kam zu dem Schluss, dass er sich wohl mit seinem Beutel begnügen musste. Morgen wollte er versuchen, eine Flaschenkürbisranke zu finden, deren Früchte sich dann aushöhlen und als Gefäße benutzen ließen. Aber in diesem Gelände kannte er sich überhaupt nicht aus, und es schien ihm bereits jetzt mühsam zu sein, einfach nur am Leben zu bleiben.

Windrufer nahm den leeren Beutel und den neuen Speer und kletterte vorsichtig wieder zum Wasser hinunter. Es war jetzt fast ganz dunkel, und jedes Stück Holz sah aus, als hätte es einen Rachen und bedrohte ihn. Da er nicht wusste, wann er das nächste Mal Gelegenheit dazu haben würde, trank er so viel wie möglich. Dann füllte er den Beutel und kletterte die Felswand wieder hinauf, wobei er die Affen um ihren praktischen Greifschwanz beneidete. Der Beutel leckte wie ein schlecht versiegelter Korb und war nur noch halb voll, als Windrufer oben ankam. Rasch spülte er die Maiskörner ab, verteilte sie auf dem warmen Stein und achtete darauf, dass jedes Korn einzeln lag. Wenn sie schnell genug trockneten und nicht zu heiß wurden, wäre alles in Ordnung. Dann wusch er seine Flöte, die ebenfalls blutverschmiert war und bereits übel roch. Den Rest des Wassers goss er über das Meerschweinchen.

Danach schnitt er einen weiteren Stock, spießte das Meerschweinchen auf und legte die Stockenden auf zwei erhöhte Steinstapel links und rechts vom Feuer. Das Wasser lief an dem toten Tier hinunter, tropfte dampfend in die ohnehin schon rauchigen Flammen, und Windrufer musste sich hustend abwenden. Schnell war es ganz dunkel, und er hielt es vor Hunger nicht mehr aus. Das Meerschweinchen war außen zwar völlig verkohlt und innen noch roh, doch Windrufer aß es trotzdem mit Appetit und zog gierig mit den Zähnen das Fleisch von den Knochen. Als er fertig war breitete er seinen Beutel zum Trocknen neben dem Feuer aus und legte noch mehr Holz nach, damit es die ganze Nacht hindurch brannte und Gott Jaguar fernhielt. Vor dem Fluch des Häuptlings und Medizinmannes könnte es ihn allerdings nicht schützen. Doch Windrufer rollte sich trotzdem neben der Feuerstelle zusammen, den Rücken dem Abhang zugewandt, und beobachtete, wie der Nachtstern aufging. Nur ganz selten sah man hier auch noch andere Sterne, da immer eine feuchte Dunstglocke über dem Regenwald hing.

Windrufer war das erste Mal in seinem Leben ganz allein und fühlte die Leere um sich wie ein riesiges Loch in der Luft – eine Abwesenheit, wo doch jemand sein sollte. Um nicht an die Zukunft zu denken, biss er sich auf die Lippe und glaubte, vor Angst sicher nicht einschlafen zu können. Doch schließlich fielen ihm die Augen zu, und im Traum sah er Gevatter Tod mit seinen morschen Gliedern über den

Himmel schreiten und sich am unteren Ende der Mondsichel niedersetzen. Dann wandte er seinen glänzend weißen Schädel der Mondgöttin zu.

»Du bist früh dran«, hörte Windrufer sie so deutlich sagen, als säße er neben ihr.

»Ich habe mich gefragt, wer dich wohl gerade interessiert«, erklärte der Tod.

»Nur ein Mensch.« Die Mondgöttin ließ ihr Licht ein wenig schwächer werden, und es wurde etwas dunkler. »Er ist nicht besonders wichtig.«

Der Tod lachte leise, und Windrufer überlegte, wie das möglich war, wo er doch nur aus Knochen bestand.

»Du willst immer *meine* Spielzeuge haben – *meine* Menschen«, beschwerte sich nun die Mondgöttin.

»Oh, dieser hat noch einen weiten Weg vor sich, wenn er nicht freiwillig zu mir kommt.« Der Tod spähte zu der Gestalt am Flussufer hinunter, und Windrufer spürte, wie ihm die eigene Einbildungskraft die Kehle zuschnürte. Im Urwald gab es so viele Gefahren! Gott Jaguar, der womöglich schon auf ihn lauerte. Auch Große Schlange hatte immer Hunger. Selbst das beständige Scharren des Krokodils, das in seinem Traum vergeblich versuchte, die Felswand hochzuklettern, machte ihm Angst. Dabei drückte es sich nur die Schnauze platt und glitt schließlich wieder ins Wasser.

Als die Mondgöttin das sah, klatschte sie vor Freude in die Hände. Traumtiere waren sehr mächtig!

»Stell dir nur vor, er weiß sich nicht anders gegen ein Krokodil zu wehren, als mit Steinen nach ihm zu werfen«, sagte der Tod. »Wie hast du ihn überhaupt in all diese Schwierigkeiten gebracht?«

»Ich habe ihm eine Vision geschickt, aber der Narr hat sie falsch gedeutet.«

»Sich den Menschen über Visionen mitzuteilen ist ohnehin ein Fehler«, meinte der Tod jetzt, »weil man alles Mögliche daraus ableiten kann.«

»Wie soll ich denn sonst mit ihnen reden?«

»Ich, an deiner Stelle, würde ihnen gar nichts sagen.« Der Tod strich sich mit den Fingern übers knochige Kinn, und die Bewegung verursachte ein scharrendes Geräusch. »Sie hören sowieso nie auf einen. Du kannst von Glück reden, dass du mich hast, sonst würden sie das ganze Weltall verstopfen.«

Windrufer spürte, wie er die Aufmerksamkeit des Todes weckte, und wich unwillkürlich zurück. Von nun an hörte er immerzu ein leises, schwaches Klappern in der Dunkelheit.

Als Windrufer am nächsten Morgen erwachte, war er hungrig, aber es gab nichts zu essen. Er befühlte den Mais, der wieder ganz gut aussah. Doch wenn er ihn aß, hätte er keinen mehr zum Säen, und er wusste nicht, wohin es ihn verschlagen würde. So lutschte er ein bisschen an den Meerschweinchenknochen und steckte dann den Mais, die Flöte und seine Ersatzspitze in den Beutel. Daraufhin stieg er zum Fluss hinunter, um nach Feuersteinen zu suchen. Schon bald wurde er fündig und löste sie mit einem Felsbrocken von dem sie umgebenden Kalkstein. Wieder oben angekommen, entdeckte Windrufer einen getrockneten Flaschenkürbis und noch nicht ganz reife Guaven, von denen er Bauchschmerzen bekam.

In den folgenden Tagen zog er weiter, machte sich eine Speerschleuder und erlegte einen der kleinen Dschungelhirsche. Von dem Tier verwendete er alles: die Haut, die Sehnen, die Knochen, die Innereien, ja sogar das verzweigte Geweih, dessen Sprossen er mit seinen Feuersteinklingen bearbeitete.

Unterwegs machte sich Windrufer noch weitere Werkzeuge: ein steinernes Hack- und ein Kratzmesser, eine Steinklinge, um Holz zu schneiden, und eine etwas schiefe Knochennadel zum Zusammennähen von Hirschlederhäuten. Das war eigentlich Frauenarbeit, und er fluchte laut, wenn es nicht richtig klappte. Er schnitt auch Gras und Kokosfasern, aus denen er sich einen Korb flechten wollte, gab aber schließlich wütend auf.

Im Zickzack ging er dann weiter, hielt dabei nach Wildfährten Ausschau und mied den Kontakt zu Menschen, indem er einen großen Bogen machte, sobald er Zeichen ihrer Niederlassungen entdeckte. Er wusste nur zu gut, dass mit einem Fremden kurzer Prozess gemacht wurde. Bald war er etwa hundert Meilen in westlicher Richtung gegangen und fühlte sich unweigerlich an die Abzweigung des Pfades in seiner Vision erinnert.

Langsam veränderte sich der Lauf der Sonne, und auch die Umgebung wandelte sich. Windrufer hielt sich jetzt nördlich – aus keinem bestimmten Grund, aber irgendeine Richtung musste er ja einschlagen. Der Regenwald wich allmählich Pinien- und Eichenwäldern, manchmal sogar Hartriegel, Linden und wilden Pflaumenbäumen – alles Gewächse, die Windrufer noch nie gesehen hatte. Ihm war, als sei er aus seiner Welt herausgefallen und durch die Zeit und die Träume in eine andere katapultiert worden. Er wusste nicht, was man hier gefahrlos essen konnte und was nicht; einmal musste er sich von einer ihm fremden Frucht übergeben und bekam furchtbare Visionen. Danach war er vorsichtiger und nahm erst einen kleinen Bissen, und nur wenn ihm davon nicht schlecht wurde, aß er noch mehr.

Auch die Tiere veränderten sich. Die Hirsche hier waren größer als ihre kleinen Vettern im Dschungel und auch schwieriger zu erlegen. Einmal sah Windrufer ein ganz merkwürdiges Tier mit zottigem weißen Fell und gekrümmten Hörnern. In den Bergen begegnete ihm dann ein großes, behaartes Wesen, das wie ein Mensch auf zwei Beinen stand und ihn anbrüllte. Wie gebannt starrte Windrufer es an, bis es auf ihn zugelaufen kam. Erst da rannte er davon und kletterte auf einen Baum. Aber das Tier folgte ihm. Vielleicht war es ja ein Mensch, dachte er entsetzt. Vielleicht lebten hier Menschen, die so aussahen. Windrufer krabbelte höher und höher in das dünnere Geäst hinauf und war erleichtert, als das Tier von ihm abließ und auf allen vieren davontrottete. Aber er blieb bis zum nächsten Morgen im Baum sitzen und klammerte sich an einem Ast fest.

Sonst spielte er abends auf seiner Flöte – dem einzigen Ding weit und breit, das eine Stimme hatte und ihm zu antworten schien. Die Nächte wurden immer kälter, und Windrufer konnte sich gar nicht erklären, warum. Er hatte schon Geschichten von einer Eiszeit gehört, als die Welt neu gewesen war, aber bisher hatte er Kälte nie am eigenen Leib erfahren. Um sich zu wärmen, schlief er in Höhlen und machte sich aus dem Fell seines letzten Hirsches ein Kleidungsstück. Aber auch damit war ihm noch kalt; es sei denn, er bewegte sich. Das Fell war miserabel geschabt und gegerbt, sodass es sich ganz steif anfühlte und ihm die Schultern wund rieb. Außerdem stank es, und zum ersten Mal wurde ihm bewusst, welche Arbeit die Frauen seines Stammes leisteten.

Auch tagsüber wurde es jetzt immer kälter, und die Bäume starben. Als es zu eisig war, um sich längere Zeit draußen aufzuhalten, kauerte sich Windrufer in einer Höhle zusammen und zermarterte sich den Kopf darüber, was mit der Welt los war und ob es sich bei den Veränderungen wohl um die Auswirkungen von Jaguarauges Fluch handelte.

In dieser Zeit träumte er oft, dass ihn Gevatter Tod mit wachsender Aufmerksamkeit beobachtete.

4. Kapitel

Komm

Als der lange, kalte Winter zu Ende ging und sich die ersten Frühlingsboten zeigten, fühlte sich Windrufer ungemein erleichtert. Die Wärme kam so langsam zurück, dass er sie erst kaum bemerkte. Auf dem Rücken der dünnen Sonnenstrahlen drang sie durch das Geäst der toten Bäume. Obwohl er so oft unter den sterbenden Zweigen gebetet und die Stämme mit seinem Blut getränkt hatte, waren nur die Nadelbäume stark genug gewesen, die schreckliche Kälte zu überleben. An dem Tag, an dem er das erste Mal feststellte, dass sie sich zurückzog, stand er mit offenem Mund unter den nackten Zweigen und sah zu, wie sich auf ihnen scheinbar junge Grashälmchen entrollten. Innerhalb weniger Tage waren sie als Blätter zu erkennen.

Windrufer wusste ja, dass der Mais jedes Jahr neu geboren werden musste; aber dass das auch für Bäume galt, war ihm neu. Vielleicht war es ein Zeichen? Es musste doch irgendetwas geben, dass ihm seinen Platz in dieser neuen Welt zuwies. Lächelnd setzte er sich mit seiner Flöte unter einen Eichenbaum und rief ihn durch sein Spiel ebenfalls ins Leben zurück. Aber wenn die Bäume neu geboren wurden, war es nun auch Zeit für den Mais, und Windrufer sah sich nach einem geeigneten Platz für ein Feld um.

Er hatte in einer Höhle an einem leicht abfallenden Hügel überwintert. Nicht weit unterhalb befand sich flaches Gelände und ein kleiner Fluss. Es wäre leicht, das Gras abzuflammen, da der Flusslauf auf der einen Seite eine natürliche Barriere gegen das Feuer bildete. Windrufer füllte einen hohlen Stein mit Glut und nahm eine Fackel und seine Wasserkürbisse mit. Dort, wo das Feld enden sollte, verteilte er Wasser und durchfeuchtete die alten trockenen Grasbüschel. Aus dem Harz der merkwürdigen Nadelbäume, die den ganzen Winter über grün geblieben waren, konnte man hervorragende Fackeln machen. Windrufer hielt eine in die Glut, bis sie aufflammte wie die roten Federn der Urwaldpapageien.

Das Feld brannte gut, besser als die feuchteren Niederungen, in die die Kinder der Sonne ihre Maiskörner setzten. Windrufer ließ es nur innerhalb des Feldes brennen und schlug das Feuer an den Rändern aus; das nasse Gras tat ein Übriges, um es aufzuhalten. Eine schwarze Krähe setzte sich in die immer noch kahlen Zweige eines nahe stehenden Baumes und schien Windrufer krächzend auszuschimpfen, während ein Habicht auf das Feld hinunterstieß und sich die Feldmäuse schnappte, die vor den Flammen flüchteten. Eine Rauchwolke bildete sich, stieg hoch über das kleine Tal und schwebte über dem geschwärzten Grund, bis es dämmerte. Erst die Abendbrise fegte den Rauch hinweg wie eine Frau, die mit ihrem Palmwedel sauber machte. Der Tau löschte die letzte Glut. Am nächsten Tag würde man das Feld betreten können.

Windrufer hatte sich an die Einsamkeit gewöhnt, sprach kaum noch und gab nur hin und wieder einen Laut von sich so wie die Tiere. Aber während er einen Ast abschnitt und aus ihm einen Stock zum Umgraben schnitzte, sprach er die Gebete an den Maisgott laut vor sich hin. Seine Stimme hörte sich seltsam an, als würde sie einem anderen Geschöpf gehören. Er verstummte betrübt und schaute sich um. Aber auf dem Hügel sah er nur das junge Grün der Bäume und des Unterholzes, deren merkwürdiges Wachstum er nicht verstand. Dann spie er aus, fluchte und machte sich an die Feldarbeit, während er zum Trotz besonders laut sang.

Der Boden ließ sich gut bearbeiten. Er war trockener als das Land der Kinder der Sonne, aber kein Wüstenboden. Nachdem Windrufer ihn umgegraben hatte, häufte er ihn um die Maissamen an und ließ als Gabe für den Maisgott auf jeden Hügel einen Tropfen Blut fallen. Idealerweise sollte man dabei das Blut von Gefangenen verwenden, aber vielleicht hatte der Maisgott ein Einsehen mit ihm. Danach trug Windrufer mit den Kalebassen Flusswasser aufs Feld und goss die Hügel. Es regnete hier nicht besonders oft, und er überlegte, ob er wohl in der Nähe der Saat bleiben musste, um sie zu gießen. Doch gäbe es dann genug Wild zum Sattwerden? Als Windrufer noch bei seinem Stamm am Fluss gewohnt hatte, wusste er um solche Dinge. Jetzt wusste er gar nichts mehr. Hier war alles anders.

Sogar das Wasser. Als es kalt geworden war, hatte Windrufer jeden Morgen nach dem Aufwachen einen wässrigen Stein in seiner Kürbisschale gefunden, der sich nicht ausgießen ließ. Manchmal war auch der Fluss mit einer steinähnlichen Schicht überzogen gewesen. Wenn Windrufer Stücke davon ins Sonnenlicht legte oder übers Feuer hielt, verwandelten sie sich wieder in Wasser. Er verbrachte viel Zeit mit dem Eis, spielte damit und versuchte, es zu verstehen. Als die Nächte wärmer und die Wassersteine seltener wurden, war er richtig enttäuscht. Aber wenigstens hatte er etwas gelernt: *Wenn es kalt wurde, verwandelte sich Wasser in Stein, und wenn man den erhitzte, wurde der Stein wieder zu Wasser.*

Über den Winter hatte Windrufer auch gelernt, Körbe zu flechten, selbst wenn ihm die ersten noch sehr schief gerieten und er nur die Eicheln, die bitteren kleinen Pflaumen und Grassamen darin aufbewahrte, die er im Herbst gesammelt hatte. Die Pflaumen waren verfault, bevor er alle essen konnte, aber die Eicheln und der Grassamen hielten sich über die kalte Jahreszeit. Windrufer machte sich einen Mahlstein, stieß Eicheln und Samen zu Brei und buk den auf einem heißen Stein im Feuer, wie er es bei seiner Mutter gesehen hatte.

»Schon wieder Frauenarbeit«, hörte er dabei eine innere Stimme sagen. »Demnächst wirst du beim Blutopfer anstelle deines Schwanzes noch deine Zunge durchstechen müssen.« Windrufer war sich nie sicher, ob die Stimme ihm oder Häuptling Jaguarauge gehörte. Dabei war unerheblich, dass der alte Mann mittlerweile wahrscheinlich tot war oder wenigstens machtlos und auf den Tod wartete. Ein Fluch verlor sich nicht, wenn die menschlichen Überreste dessen verwesten, der ihn ausgesprochen hatte, oder dadurch, dass die Person ihren Einfluss verlor.

Windrufer stellte sich auch oft vor, wie Speerbeißer nun mit Jaguarfellumhang und neuem Namen die Götter anrief und das Opfer – womöglich Jaguarauge – darbrachte. Speerbeißers Frau war sicher ganz fett geworden und scheuchte seine, Windrufers, Mutter herum, und nichts war gekommen, wie Windrufer es in seiner Vision gesehen hatte. Jetzt konnte er alles ganz klar erkennen – auch ohne Traum. Er brauchte sich nur Speerbeißers Gesicht vorzustellen, um zu wissen, dass der von Anfang an geplant hatte, ihn zu hintergehen.

Inzwischen bin ich älter geworden, dachte Windrufer. *Jetzt würde ich es besser machen.* Aber sofort stellte sich ihm die Frage, ob dem tatsächlich so wäre. Und zum ersten Mal hinterfragte er auch sein eigenes Handeln. Er hatte nicht nur seine Vision falsch ausgelegt, sondern auch Speerbeißers Beweggründe, und zu allem Überfluss hatte er auch noch Jaguarauge falsch eingeschätzt. Der Häuptling und Medizinmann war stärker gewesen als Windrufer gedacht hatte.

Stirnrunzelnd überlegte er dann meist, ob seine derzeitigen Lebensumstände – allein zu sein und ständig Angst vor Verfolgung haben zu müssen – womöglich die Folge seines übertriebenen Stolzes waren. Oder handelte es sich dabei um die Strafe der Mondgöttin, weil er ihre Vision nicht richtig gedeutet hatte? War er deshalb aus dem Schoß des Stammes in ein chaotisches Land geworfen worden, wo ihm alles unbekannt war und wo alles passieren konnte?

Nach einigen Tagen stellte Windrufer erleichtert fest, dass die Maissaat aufging. Er blieb in ihrer Nähe, aß Grassamen und hortete das bisschen Mais, das er nicht gesät hatte – ein Talisman, ein Fetisch, eine magische Verbindung mit Zuhause, dem Ort, an den er nun nie wieder zurückkehren konnte. In seinen Tagträumen stellte er sich vor, wie Speerbeißer von Gott Jaguar gefressen wurde. Vielleicht war Jaguarauges rachsüchtiger Geist in eine der Bestien gefahren.

Das wäre durchaus möglich, und dann gäbe es einen Jaguarmenschen im Dschungel – einen sehr bösen Zauber. Windrufer dachte sich einige hübsche Geschichten aus, in denen der Jaguarmensch sich aus dem Rauch des Feuers erhob, an dem Speerbeißer saß, ihn in Stücke riss und seine blutigen Gliedmaßen zwischen den Hütten hindurchschleifte. Dann verschwand die gesättigte Bestie, und die Kinder der Sonne hatten alle die gleiche Vision, die ihnen nahe legte, Windrufer zu suchen, nach Hause zu bringen und zu ihrem Stammesoberhaupt zu machen.

Aber selbst Windrufer konnte nicht an den Ausgang dieser Geschichte glauben. Viel wahrscheinlicher war es, dass der Jaguarmensch es nach Speerbeißer auf ihn, Windrufer, abgesehen hatte. Die Bestie würde seine Fährte aufnehmen, zunächst in westlicher und dann in nördlicher Richtung gehen, und ihr Rachen würde in der Kälte der Berge dampfen. An dieser Stelle dachte Windrufer lieber nicht weiter über den Jaguarmenschen nach.

Gelegentlich sah er Rauch, der von den Feuern anderer Stämme herrühren mochte oder lediglich vom Blitz. Der Boden war hier viel trockener als zu Hause, und Windrufer hatte schon erlebt, wie ein Blitz einschlug und der Wald in einer rot glühenden Feuersbrunst aufging – gar nicht weit von ihm entfernt, vielleicht eine halbe Stunde zu Fuß. Das war vor dem langen kalten Winter gewesen. Damals hatten die Blätter gerade ihre grüne Farbe verloren und angefangen, über ihren eigenen Tod rote und goldfarbene Trauer zu tragen. Windrufer war vor dem Feuer davongelaufen und hatte schon den Rauch in der Nase gehabt. Die kleinen Wildtiere waren mit ihm durchs Gras geflüchtet, da sie mehr Angst vor dem Feuer hatten als vor seinem menschlichen Geruch.

Aber Windrufer hatte die Brandursache nie näher untersucht. Die Gefahr war zu groß. Wenn es sich dabei tatsächlich um künstliche Feuerstellen gehandelt hatte – was würden die Menschen dann mit ihm machen? Windrufer war sich nicht einmal sicher, ob es sich bei ihnen überhaupt um menschliche Wesen handelte. Noch gut erinnerte er sich an das Tier, das ihm auf den Baum gefolgt war. Nur die Kinder der Sonne waren richtige Menschen, und sie hatten ihn ausgestoßen.

Trotzdem beschloss Windrufer zu bleiben, wo er war, und bald wäre auch der Mais reif. Windrufer bildete sich ein, auf menschliche Gesellschaft verzichten zu können – da sie ihm sowieso nicht vergönnt war. Regelmäßig verlangte es ihn nach einer Frau, aber sich selbst zu befriedigen war leicht. Und was sollte er auch mit einer Frau? Frauen sorgten sich ja nicht um einen. Welche Tochter der Sonne war denn bereit gewesen, mit ihm zu fliehen? Wehmütig musste er sich allerdings eingestehen, dass keine die Gelegenheit dazu gehabt hatte. Außerdem bezweifelte er, dass eine Frau bereit gewesen wäre, sich ihm unter diesen Umständen anzuschließen.

Als er schließlich doch andere Menschen zu Gesicht bekam, ergriff ihn ein unsägliches Verlangen, mit ihnen zu reden. Eines Tages tauchten sie einfach oben auf dem Hügel auf, sprachen aufgeregt miteinander und zeigten auf sein Feuer. Zwei Hunde sprangen ihnen voran. Die Fremden sahen Windrufers eigenen Leuten ziemlich ähnlich, hatten dunkles Haar und rotbraune Haut. Gegen die Kälte trugen sie Fellkleidung, verfügten aber nicht über ein eigenes Fell – ganz anders als das pelzige Ungetüm, das ihn auf den Baum gejagt hatte. Sie waren zu fünft, wahrscheinlich auf der Jagd, hatten ihre Speerschleudern griffbereit und riefen ihm etwas zu. Er breitete die Arme aus, um ihnen zu zeigen, dass seine Hände leer waren. Aber als er etwas sagen wollte, sirrte auch schon ein Speer an seinem Ohr vorbei.

Gleich darauf kamen sie den Hügel herabgerannt, und Windrufer stopfte hastig so viel wie möglich in seinen Beutel. Ihre Hunde liefen ihnen ein gutes Stück voran und hatten Windrufer bald erreicht. Er griff sich den Speer, den die Fremden auf ihn geworfen hatten, und stach nach einem Hund, der daraufhin knurrend zurückwich. Dann rannte Windrufer los und ließ dabei seine Mahlsteine, sein Abendessen und eine frisch gegerbte Hirschlederhaut zurück, die viel weicher und besser bearbeitet war als die alte. Die Hunde schnappten nach seinen Fersen, und er drehte sich um und stach dem einen in die Kehle. Als er den blutigen Speer herauszog, lief der andere Hund jaulend davon.

Windrufer flüchtete zum Fluss hinunter und heulte vor Wut, als er an seinem Maisfeld vorbeikam. Der Mais war fast reif, und Windrufer wünschte, dass er Zeit hätte, ihn in Brand zu stecken. Aber letztendlich rettete der Mais ihm das Leben. Denn als die Fremden näher kamen, blieben sie stehen, riefen sich gegenseitig etwas zu und untersuchten aufgeregt ihre Entdeckung. Windrufer hatte in dieser Gegend nur ganz selten wilden Mais gesehen und kein einziges Feld gefunden. Wahrscheinlich gingen die Männer davon aus, der Mais würde hier von sich aus im Überfluss wachsen und freuten sich nun diebisch, ihn dem Fremden abgejagt zu haben. *Was für Narren,* dachte Windrufer ärgerlich. *Die wissen nichts!*

Er wartete im Unterholz, ob sie wieder abzogen, damit er seine Habseligkeiten zusammensuchen konnte. Aber seine Hoffnung schwand, als einer von ihnen in sein Blickfeld kam und die frisch gegerbte Hirschlederhaut hinter sich herzog. Dann rief ein anderer dem Hund etwas zu, und das Tier machte sich sofort auf die Suche nach Windrufers Fährte. Wieder gab Windrufer Fersengeld.

Nach diesem Zwischenfall hütete Windrufer die wenigen verbliebenen Maiskörner wie einen Schatz. Er hatte sie ganz fest in einem kleinen Hirschlederbeutel verschnürt und achtete besser auf sie als auf seine Flöte. Er konnte gar nicht so hungrig sein, um sie zu essen; denn damit würde er auch die Hoffnung aufgegeben, sie jemals säen und wieder unter Menschen leben zu dürfen. Und auf unerklärliche Weise sehnte er sich nach den Männern, die ihre Speere nach ihm geworfen hatten.

Während der Frühling in den Sommer überging, zog Windrufer weiter in nördlicher Richtung, bis er in eine Gegend mit felsigen Hügeln und niedrigem Buschwerk kam. Hier wuchsen keine richtigen Wälder, und nichts deutete auf größeres Wild hin, aber ein Bach schlängelte sich durch die Landschaft, und es gab Hasen. Windrufer erlegte einen mit der Steinschleuder und zog sich unter einen überhängenden Felsen zurück, der Teil eines zerklüfteten Hügels war. Mit der noch glimmenden Glut des Feuers der vergangenen Nacht entfachte Windrufer ein neues. Man konnte die Kohlen in einem ausgehöhlten Lehmklumpen am Glimmen halten. Manchmal brachte der Lehm die Glut zum Erlöschen, und manchmal trockneten die glimmenden Holzscheite den Lehm und brachen ihn auf, sodass man sich die Hände verbrannte. Aber manchmal – so wie an diesem Tag – funktionierte es.

Windrufer zog den Hasen ab, nahm ihn aus und spießte ihn auf einen Stock. In Erinnerung an die kalte Zeit, die wohl jährlich eintraf – falls es sich dabei nicht um einen Fluch gehandelt hatte –, behielt er das Fell. Während das Fleisch briet, machte er sich daran, es zu säubern.

Mittlerweile genügte sich Windrufer fast selbst und war zu einem merkwürdigen Geschöpf geworden, das sowohl Männer- als auch Frauenarbeit verrichtete. Nur noch ganz selten verbrannte er sich beim Zubereiten von Fleisch die Hände oder ließ es anbrennen. Das Fett des bratenden Hasen tropfte zischend ins Feuer und roch sehr einladend, aber Windrufer besaß die Geduld zu warten, bis der Braten gar war. Außerdem ließ sich gut durchgebratenes Fleisch länger aufbewahren, und von dem Hasen bliebe ihm noch mehr als genug für den nächsten Tag. Schließlich nahm er ihn vom Spieß und aß sich satt. Den Rest legte er auf einen sauberen Stein. Er war anspruchsvoll geworden und verabscheute Ruß am Essen. Dann rollte er sich auf einem Lager aus trockenen Blättern neben dem Feuer zusammen und zog seine Hirschlederdecke über sich.

Um ihn herum wurde es dunkel. Die Geschöpfe, deren Aufgabe es war, die Nacht zu beleben, raschelten durchs Unterholz. Wie ein körperloser Schatten zog eine Eule mit lautlosem Flügelschlag an ihm vorbei, und kurze Zeit später hörte man vom Fuße des Hügels ein schrilles Quieken. Von der anderen Talseite wehte ein merkwürdig gurgelndes Heulen zu ihm herüber. Dabei handelte es sich um den Jagdschrei einer kleinen hundeähnlichen Kreatur, die Windrufer hin und wieder schon einmal aus der Ferne in der Dämmerung gesehen hatte. Das leise Rascheln eines äsenden Tieres wurde für kurze Zeit unterbrochen und setzte sich dann fort. Käfer schwirrten und summten in den trockenen Blättern.

All diese Laute drangen zum schlafenden Windrufer durch, wurden von seinem Unterbewusstsein untersucht und als ungefährlich abgetan. Nur wenn er das Geräusch vernahm, das bekrallte Pfoten auf Stein hinterließen, während sich ein Raubtier an ihn heranschlich, entglitt er dem Schlaf. So wie jetzt! Ohne sich zu bewegen, öffnete er die Augen und spähte in die Dunkelheit, dabei umklammerte er mit der rechten Hand den Speer, den er nachts immer neben sich liegen hatte.

Im schwachen Schein des ausgehenden Feuers erkannte er einen grauen Schatten mit geduckt gehaltenem buschigem Schwanz. Das Tier hatte Windrufers halben Hasen im Maul, und am raschen Blinzeln seiner gelben Augen erkannte Windrufer: *Es weiß, dass ich wach bin.* So hinterlistig wie das Tier ihn ansah, fühlte sich Windrufer unwillkürlich an den Blick eines Menschen erinnert. Aber da drehte es sich auch schon um und rannte mit dem Hasenbraten davon. Wütend sprang Windrufer von seinem Lager auf und jagte dem Tier hinterher. Zielsicher strebte es den Hügel hinunter, und Windrufer warf ihm seinen Speer mit der geballten Wut eines Menschen nach, dessen Frühstück gerade im Gebüsch verschwand. Der Speer traf den Dieb am Rücken, und er überschlug sich.

Mit weit ausgreifenden Schritten eilte Windrufer den Abhang hinunter, bis er bei dem Tier anlangte, das ihn reglos anstarrte. Um sicherzugehen, dass es tot war, stieß Windrufer ein zweites Mal zu. Dabei verlor sich der Glanz der gelben Augen endgültig, und Windrufer hebelte die erschlaffenden Fänge auf, um seinen Hasenbraten zu befreien. Angeekelt wischte er ihn ab und nahm ihn mit zurück zum Feuer. Nachdem er einen Augenblick nachgedacht hatte, lief er wieder zu dem toten Tier und zog es an den Hinterbeinen den Hügel hinauf in seine Höhle. Wenn er es im Freien liegen ließ, wurde dadurch womöglich der Vetter von Gott Jaguar angelockt – eine große lohfarbene Katze, die Windrufer in der Gegend gesehen hatte.

Im schwachen Schein des Feuers erkannte er nun, dass es sich bei dem Dieb um eines dieser kleinen hundeähnlichen Geschöpfe handelte, die anscheinend nur nachts jagten. Aber das Tier war zu mager, um einen guten Braten abzugeben, deshalb nahm er es nicht aus, sondern schob es zur Seite und legte sich wieder schlafen.

Am Morgen aß er den Rest des Hasen und untersuchte die Beute der vergangenen Nacht. Er hatte noch nie eines dieser schreckhaften Tiere aus der Nähe gesehen. Sein Körper war stocksteif und der Fang aufgerissen, als hätte es ein letztes Mal die Zähne gefletscht. Es handelte sich um ein Weibchen. Aus den hängenden Zitzen, die jetzt kalt und fest waren wie Stein, schloss Windrufer, dass es Junge gehabt haben musste. Da kam ihm eine Idee. Er hatte ohnehin nichts Besseres vor, und um sich die Zeit zu vertreiben ergriff er seinen Speer und seinen Beutel und verfolgte die Spur der Coyotin zurück. Er nahm an, dass sie versucht hatte, mit dem Hasenbraten in ihren Bau zu gelangen, und ging zunächst einmal in die Richtung, in die sie geflüchtet war.

Aber da ließ sich nichts finden. Anscheinend hatte das Tier ihn von seinem Bau fortlocken wollen. Nicht ohne eine gewisse Bewunderung kam Windrufer zu dem Schluss, dass es klüger sein musste als ein Hund. Als er es in entgegengesetzter Richtung versuchte, stieß er schließlich auf die Fährte. Die Abdrücke des Coyotenweibchens waren auf dem staubigen Boden noch schwach zu erkennen, und hin und wieder sah Windrufer auf Kniehöhe auch kleine Fellbüschel an den knorrigen Sträuchern hängen. Die Dornen und verkrüppelten Zweige mussten sie dem Tier ausgerissen haben, als es daran vorbeigestrichen war.

Windrufer brauchte fast den ganzen Morgen, um den Bau zu finden. Schließlich entdeckte er ihn in einer kleinen Höhle, ein gutes Stück westlich von seinem Schlafplatz, aber doch nahe genug, dass das Coyotenweibchen die Witterung des Hasenbratens hatte aufnehmen können. Ob das Muttertier wohl im Unterholz gesessen und gewartet hatte, bis er sich schlafen legte? Rückblickend glaubte Windrufer jetzt, sich beobachtet gefühlt zu haben.

Der Bau war schmal und zu klein, als dass sich ein Mensch hätte hineinzwängen können. Auf dem Bauch liegend gelang es Windrufer lediglich, Kopf und Schultern hineinzustecken. Ganz hinten an der Wand hatten sich drei kleine Welpen zusammengerollt. Sobald sie ihn bemerkten, setzten sie sich knurrend und zähnefletschend auf. Windrufer packte einen, wurde kräftig gebissen, ließ aber nicht los, sondern steckte das Tier in seinen Beutel und zog ihn zu. Während er an seinem blutenden Finger lutschte, überlegte er, was er mit den anderen beiden Welpen tun sollte. Er wollte sich nicht noch einmal beißen lassen und beschloss, nur den einen mitzunehmen. Obwohl es ihm ein wenig Leid tat, schob er den Speer in den Bau und tötete die anderen beiden. Das war immer noch besser, als wenn sie verhungerten oder gefressen wurden. Bestimmt gab es zahlreiche Tiere, die sich liebend gerne über einen unbewachten Bau hermachten.

Windrufer nahm seinen Beutel und kehrte zum Feuer zurück. Dort rieb er sich zunächst das tote Coyotenweibchen über Arme und Brust, bevor er es den Hügel hinunterwarf. Bis zum Einbruch der Nacht würde es sich irgendein Aasfresser greifen. Dann öffnete Windrufer vorsichtig den Beutel und begutachtete seine Beute. Mit seinen gelben Augen starrte der kleine Coyote böse zu ihm hoch. Die Ohren hatte er angelegt und die Milchzähne gefletscht.

»Jetzt gibt's keine Milch mehr«, sagte Windrufer. »Wenn du Fleisch fressen kannst, überlebst du.« Er zog einige Fleischfasern von den Hasenknochen und hielt sie dem Kleinen hin.

Misstrauisch beschnüffelte der Welpe Windrufers Fingerspitze. Er schien verwirrt, aber sein Hunger war stärker. Nach kurzer Zeit stürzte er sich auf die Fleischfasern, als hätte er nie etwas anderes gefressen. Windrufer bot ihm noch mehr an, und der Welpe unterschied dabei nicht so genau zwischen Windrufers Finger und dem Hasenfleisch. Offensichtlich war der Kleine alt genug, um entwöhnt zu werden. Aber jetzt, wo er keine Milch mehr bekam, musste er Wasser trinken, und Windrufer hielt ihm den halben Kürbis hin.

Wieder schnüffelte der Coyote skeptisch daran, und Windrufer stellte die Schale auf den Boden und ließ ihn aus dem Beutel krabbeln. Noch einmal beschnüffelte er das Wasser, bevor er zu den Überresten des Hasen wackelte, sich in einen Knochen verbiss und das Gerippe in Windrufers Höhle zerrte. Als Windrufer ihm folgte, knurrte er, aber nachdem sich Windrufer ihm nicht weiter näherte, legte er sich auf den Höhlenboden, hielt das Gerippe mit den Vorderpfoten fest und bearbeitete es mit seinen spitzen Zähnchen.

Er trinkt schon, wenn er durstig ist, dachte Windrufer und sagte: »Ich bin jetzt deine Mutter.« Es war ein gutes Gefühl zu sprechen. Dabei schien es ohne Belang, dass er nur mit einem Tier redete. »Ich muss für uns jagen. Wenn du vernünftig bist, bleibst du hier drin und hältst dich vom Feuer fern. Aber ich glaube nicht, dass du so etwas wie Vernunft besitzt.« Der Coyote legte den Kopf schief und sah ihn an, ohne jedoch von den Knochen abzulassen. Windrufer grinste. »Na gut, du kannst mit mir kommen.« Schließlich hatte er den Welpen geholt, um Gesellschaft zu haben.

Er leerte seinen Beutel und polsterte ihn mit einigen Blättern der Schlafstatt aus, dann hob er den Welpen am Nackenfell hoch, ließ ihm aber seinen Hasenknochen. Trotzdem fletschte der Kleine wieder die Zähne, doch versuchte er nicht mehr, ihn zu beißen. Windrufer schulterte den Beutel, nahm seinen Speer, die Speerschleuder und Steine für die Schlinge. Es würde nicht leicht sein, um die Mittagszeit ein Beutetier zu finden, aber er war hungrig und das wäre der Welpe auch bald wieder. Vielleicht gelang es ihm ja, im Wald ein Eichhörnchen aufzuspüren oder im Bach eine Schildkröte zu fangen – denn Coyoten fraßen bestimmt keine Früchte.

Windrufer erlegte drei Eichhörnchen und band sie an den Schwänzen zusammen, danach ließ er den Welpen aus dem Sack und neben sich am Bachufer entlanglaufen. Zunächst blickte das Tierchen wie gebannt auf das fließende Wasser, aber dann trank es mit seiner kleinen Zunge davon. Als Windrufer leise pfiff, wandte ihm der Welpe seine Aufmerksamkeit zu. Windrufer pfiff noch einmal und hielt ihm die Eichhörnchen hin. Nun tappte der kleine Coyote auf ihn zu, und Windrufer ging in die Hocke, um ihn an seinen Händen und Armen schnüffeln zu lassen. Irregeführt vom Geruch des Muttertieres fing der Kleine an zu fiepen, und Windrufer kraulte ihn hinter den Ohren. Dann nahm er ihn wieder am Nackenfell hoch und stellte dabei fest, dass es sich um einen Rüden handelte.

Umso besser. Er wollte weder, dass ihm ein ganzes Coyotenrudel folgte – nur weil sein kleiner Freund läufig war –, noch hatte er vor, sich später um neue Welpen kümmern zu müssen. Windrufer sah dem Kleinen in die Augen, bis er erneut winselte, steckte ihn wieder in den Sack und tat eines der toten Eichhörnchen dazu. Dann machte er sich auf den Rückweg, und als er bei der Höhle ankam, hatte der Coyote das Eichhörnchen fast zur Hälfte aufgefressen.

Wie sich schließlich herausstellte, frass der Kleine doch Früchte. Eigentlich war nichts vor ihm sicher. Er machte sich über Windrufers Abendessen her, sobald dieser ihm den Rücken kehrte, und schien auch nicht beleidigt zu sein, wenn Windrufer ihn dann durch die Höhle jagte. Er frass auch gebackenen Eichelbrei, Fallobst und Gras. Am Anfang trug Windrufer ihn immer noch in seinem Beutel, aber später ließ er ihn neben sich herlaufen. Als der Coyote älter wurde, jagte er Mäuse und begann, die nähere Umgebung zu erkunden. Da Windrufer ihn irgendwie ansprechen musste, nannte er ihn *Komm* – ein Wort, das er ihm schon oft genug zugerufen hatte, wenn er wieder einmal im Unterholz verschwunden war.

Anfänglich befürchtete Windrufer, dass sein Coyote auf ein größeres Raubtier stoßen könnte und selbst gefressen würde. Aber mit der Zeit ließ diese Angst nach. Komm verfügte über die angeborene Scheu und Vorsicht seiner Art.

Als der Mond viermal zu- und abgenommen hatte, half Komm Windrufer beim Jagen. Zusammen trieben sie das Wild in die Enge. Dem Coyoten das beizubringen war leicht. Viel schwieriger gestaltete es sich dagegen, ihm bei seinem schier unstillbaren Hunger klarzumachen, dass er die Beute nicht aufreißen sollte, bevor sein Herrchen da war. Windrufer hatte anfänglich versucht, Komm mit Fußtritten oder Stockschlägen zu verscheuchen, aber schließlich verfiel er darauf, dem Coyoten erst einmal ein Stück des erlegten Tieres abzuschneiden. Komm lernte bald, dass er etwas bekam, und wartete schließlich darauf – zumindest eine Weile, bis der Hunger wieder übermächtig wurde.

Bei Tageslicht zu Jagen war kein Problem für ihn. Er hatte ja nie etwas anderes gekannt. Nachts schlief er an Windrufer gekuschelt, den buschigen Schwanz über der Schnauze. Aber er hatte Flöhe, und irgendwann zerrte ihn der mittlerweile selbst schon ziemlich zerstochene und zerkratzte Windrufer zu einem Fluss. Er tauchte Komm unter Wasser, sodass nur noch die graue Schnauze heraussah, und hielt ihn so lange fest, bis er der Meinung war, die Flöhe müssten nun alle tot sein.

Als sie sich danach am Feuer trockneten und Komm ihn immer noch böse anstarrte, erklärte Windrufer: »Wenn du nicht so viele Haare hättest, hätten die Flöhe auch keinen Platz zum Verstecken.«

Schnell brach die Nacht herein. Von der neuen Höhle aus, die weiter nördlich lag, wo es viel mehr Hirschfährten gab, beobachtete Windrufer den Sonnenuntergang. Der Horizont war purpurrot und die Luft eisig. Womöglich käme die kalte Zeit nun bald zurück. Auch die Blätter der Bäume waren schon wieder gelb geworden – zwar nur einige wenige, aber Windrufer wusste noch gut, dass es das letzte Mal auch so angefangen hatte.

Plötzlich erklang in der Dämmerung ein lautes Heulen, und Komm spitzte die Ohren. Andere Coyoten fielen ein, und zusammengenommen ergaben die Stimmen einen Missklang, der Windrufer die Haare zu Berge stehen ließ. Als Komm den Kopf in den Nacken legte und zu antworten versuchte, wurde der Ton von den Höhlenwänden zurückgeworfen, und Windrufer hielt sich die Ohren zu. »Sei still!«, rief er, aber Komm fiepte nur aufgeregt wie beim Jagen. Dann heulte auch er, und es hörte sich genauso leidend an wie die Rufe, die durch das Zwielicht zu ihnen herüberdrangen. Windrufer gab ihm einen Klaps, aber Komm ließ das Heulen nicht. Schließlich stand der Coyote auf und streckte sich, spreizte die Pfoten und tappte zum Höhleneingang. Er setzte sich davor und schickte seine neu entdeckte Stimme in die Nacht hinaus.

Das Geheul hörte sich irgendwie gruselig an und jagte Windrufer einen Schauer über den Rücken. Im Licht des Halbmondes wirkte Komm größer als sonst. Er hatte nicht nur seine eigene Sprache gefunden, sondern auch Verwandte, zu denen er zurückkehren konnte. Jetzt hockte er auf seinen Hinterbeinen, reckte die graue Schnauze in die Luft und redete mit ihnen. Es war eine ganz eigene Sprache, die Windrufer nicht verstand, die aber genauso ausdrucksstark sein musste wie seine eigene.

Er wird mich verlassen, dachte Windrufer, *und ich habe niemanden mehr zum Reden.* Dem Coyoten war egal, ob er mit ihm sprach – davon hing nur sein, Windrufers, Wohlbefinden ab. *Er geht zurück zu seinesgleichen, und ich bleibe allein.* Bei dem Gedanken ergriff Windrufer Panik, und er beobachtete niedergeschlagen, wie Komm schließlich in die purpurne Dämmerung davontrottete, bis sich das helle Leuchten seiner buschigen Schwanzspitze zwischen dem Geäst des Unterholzes verlor. Eigentlich hatte es keinen Sinn, ihn zurückzurufen. Das Heulen der anderen Coyoten war einfach zu mächtig. Aber Windrufer holte trotzdem seine Flöte hervor und versuchte verzweifelt, ihr ähnliche Laute zu entlocken. Doch es klang nur wie Gekreische und ließ sich nicht mit der vollkommenen Ausgewogenheit des Coyotengesangs vergleichen.

Die Flöte war dazu bestimmt, Menschen vorgespielt zu werden. Wahrscheinlich hatte sich irgendein Gott einen schlechten Scherz erlaubt, als er sie ihm geschenkt hatte. Windrufer gab auf, legte den Kopf auf die Knie und lauschte dem Chorgesang außerhalb der Höhle. Bestimmt waren die Coyoten gemeinsam auf der Jagd. Ob sie sich wohl gegen Komm wenden würde, weil er nach Mensch roch? Wusste Komm genug, um vorsichtig zu sein? Seine angeborene Scheu schützte ihn vor allen Tierarten außer seiner eigenen, und Windrufer sah ihn schon mit aufgerissener Kehle vor sich. Als das Coyotenlied verklang, schlief Windrufer mit dem Kopf auf den Knien ein. Zum Hinlegen war er viel zu traurig gewesen.

Kurz vor Mitternacht tappte eine graue Gestalt leise in die Höhle. Windrufers schlafendes Ich erkannte den Schritt, und er erwachte erst, als der Coyote an den Überbleibseln des Abendessens schnüffelte. Komm suchte sich einen Knochen zum Abnagen und kuschelte sich dann an den Oberkörper seines Herrchens. Empört setzte sich Windrufer auf, aber Komm rutschte einfach an seine Beine und knabberte zufrieden weiter am Knochen.

»Was bildest du dir eigentlich ein, einfach so zu mir zurückzuschleichen?«, rief Windrufer aufgebracht. »Wie kommst du auf die Idee, dass ich dich jetzt noch haben will und dich weiter durchfüttere?« Mit Blick auf den Knochen fügte er hinzu: »Du kannst Mäuse jagen.«

Aber Komm sah ihn nur an, und seine gelben Augen leuchteten schwach im Mondlicht. Dann legte er beide Vorderpfoten über den Knochen, neigte den Kopf und zerbiss das Knochenende.

»Wo bist du überhaupt gewesen? Hast dich wohl mit Mädchen rumgetrieben!« Unwillkürlich fühlte sich Windrufer daran erinnerte, wie seine Mutter mit seinem Vater geschimpft hatte, wenn der spät nachts von der Zeremonie der Männer nach Hause getorkelt war. Komm hatte jetzt den gleichen Blick wie sein Vater damals, und Windrufer fragte spitz: »Hast du dich wenigstens gut amüsiert?«

Als Antwort leckte der Coyote sich die Knochenmarkreste von den Lefzen, hob den Kopf und gähnte. Dabei sah man die weißen Zähne und das rosa Zahnfleisch.

»Du kannst von Glück reden, dass sie dich nicht aufgefressen haben.« Windrufer legte sich wieder hin und barg das Gesicht in Komms staubgrauem Fell. Er war froh, dass er ihn wieder hatte, aber trotzdem traurig, weil auch Komm bei seinen Artgenossen nicht willkommen zu sein schien.

»Sie haben dich nicht bei sich geduldet, stimmt's?«

Komm nieste, und dem folgte so etwas wie ein verächtliches Schnauben.

»Damit willst du mir wohl sagen, du seist aus freien Stücken zurückgekehrt«, murmelte Windrufer, »aber ich glaube dir nicht.« Dabei drückte er Komm noch fester an sich.

Als es richtig Winter wurde, versetzten Komm Eis und Schnee genauso in Erstaunen wie anfänglich Windrufer. Schließlich hatte der Coyote so etwas noch nie gesehen. Erst bellte er das Eis an und kratzte mit seinen Pfoten darüber, dann setzte er sich und drehte ihm den Rücken zu, als wollte er es nicht zur Kenntnis nehmen.

Wenn Komm nun die Coyoten heulen hörte, blieb er manchmal in der Höhle, trottete manchmal aber auch davon, egal was Windrufer sagte oder womit er ihn aufzuhalten versuchte. Doch er kam immer wieder, einmal zwar mit zerfetztem Ohr, aber sonst ganz in Ordnung.

Den wenigen Bisswunden nach zu urteilen verstand er es zu kämpfen. Auch dass ihm häufig Fellbüschel eines anderen Coyoten zwischen den Zähnen hingen, sprach dafür. Er war immer noch nicht ganz ausgewachsen, aber sein schlacksiger Körper wurde allmählich muskulöser und der Kragen am Hals noch dichter und länger. Als Windrufer Komm auf etwa ein Jahr schätzte, hätte der Coyote problemlos in jedem Rudel die Führung übernehmen und auch im Kampf gegen Windrufer siegen können. Er war größer als die anderen Coyoten und sein Fell glänzte. Das hatte er seinem menschlichen Jagdgefährten und dessen Speerschleuder zu verdanken.

Langsam glaubte Windrufer, dass Komm damals doch aus freien Stücken zurückgekehrt war, denn Komm war immer noch ständig hungrig, und bei ihm gab es immer etwas zu fressen. Trotzdem freute sich Windrufer, dass er bei ihm geblieben war. Sonst hätte er sich bestimmt doppelt so einsam gefühlt wie vorher.

Mit einsetzendem Tauwetter wurde Komm scheinbar wieder zum Welpen, sprang Käfern hinterher und jagte, sich im Kreis drehend, seine Schwanzspitze. Als er eines Nachts im Frühling für drei Tage verschwand, beschloss Windrufer, dass es an der Zeit war, weiterzuziehen. Von nun an sorgte Windrufer dafür, dass sie immer unterwegs waren, damit Komm nicht zu lange in der Nähe des gleichen Coyotenrudels blieb.

Sie hielten sich weiterhin in nördlicher Richtung und folgten dabei einem Flusslauf, dessen Bett sich tief in die Berge gegraben hatte. Wild war hier nicht mehr so häufig anzutreffen; das Gleiche galt für Zeichen menschlichen Lebens. Einerseits sehnte sich Windrufer nach anderen Menschen, andererseits fürchtete er sich aber vor ihnen. Er erinnerte sich noch gut an die letzte Begegnung mit seinesgleichen und war immer auf der Hut. Dazu trug vielleicht auch bei, dass er nun schon über ein Jahr mit Komm zusammen war.

Mit Ausnahme von Komms gelegentlichen Ausflügen blieben sie also allein. Bald kamen sie durch eine Gegend, die Windrufer so bizarr wie eine Traumlandschaft anmutete. Hier gab es keine großen Wälder, nur kleine Wäldchen, und hoch oben auf den Bergen wuchsen Pinien. Es regnete selten, und wenn doch, zogen purpurne Wolken über die rötliche Landschaft, und man konnte beobachten, wie der schräg fallende Regen mit ihnen wanderte. Dann war der Schauer plötzlich direkt über einem, und die ausgetrockneten Flussläufe füllten sich mit schlammigem Wasser, das tosend zu Tal stürzte und alles hinwegfegte, was sich ihm in den Weg stellte.

Einmal wurde Komm von einem solch plötzlichen Regenguss überrascht. In einem ausgetrockneten Flussbett hatte er nach Mäusen gebuddelt, und das Wasser riss ihn ein ganzes Stück mit sich. Schließlich fand Windrufer ihn japsend wie einen gestrandeten Fisch am Ufer. Komm war nass bis auf die Knochen und spie Wasser.

In dieser Gegend waren auch die Tiere ganz anders. Es gab Hasen mit langen Ohren und langen Beinen, die schneller rennen konnten als Komm. Das gefiel dem Coyoten gar nicht. Immer wieder versuchte er sein Glück, kam aber jedes Mal mit wunden Pfoten und heraushängender Zunge zurück. Einmal sahen sie eine Herde buckeliger Geschöpfe mit zottigem Fell und kurzen, gebogenen Hörnern. Die Tiere waren Windrufer zu groß, um sie allein zu jagen, außerdem beunruhigten ihn ihre Hörner. Auch die Schlangen hier waren anders, obwohl es zu Windrufers Erleichterung keine großen zu geben schien. Viele waren graubraun und auf dem Waldboden kaum zu erkennen, und einige gaben einen zischenden Laut von sich, bei dem Windrufer und Komm jedes Mal wie angewurzelt stehen blieben. Es hörte sich sehr böse an, und die beiden ließen die Kriechtiere lieber in Ruhe.

Im Jahresverlauf wurde es richtig warm, aber die Wärme ähnelte der trockenen Hitze des Feuers und war nicht mit der Schwüle zu vergleichen, die Windrufer von zuhause her kannte. Auch der Himmel war nicht verhangen, sondern strahlte so blau, dass einem die Augen schmerzten. Manchmal war das Blau durchsetzt von kleinen Wolkenfetzen, oder es bildeten sich riesige Wolkentürme über den zerklüfteten roten Bergspitzen, während sich eines der hier so häufig auftretenden Gewitter zusammenbraute. Nachts schimmerte der Himmel vom Licht so vieler Sterne, wie Windrufer es im Regenwald im Süden nie für möglich gehalten hätte.

Aber nicht nur die Gegend und der Himmel waren anders, auch Windrufer hatte sich verändert. Er war noch um eine Spanne gewachsen und schwerer geworden. Seine Schultern waren breiter, Arme und Brust muskulöser. Sein Gesicht hatte die letzten weichen Rundungen der Kindheit verloren, und seine Wangenknochen zeichneten sich jetzt deutlich unter der Haut ab. Das Haar trug er auch weiterhin geflochten und in Schlingen aufgesteckt so wie die Kinder der Sonne. Hin und wieder kämmte er es mit dem Knochenkamm, den er sich gemacht hatte und den er auch für Komms Fell benutzte. Sie waren ehrbare Leute – er und Komm – und würden es auch bleiben, obwohl man sie ausgestoßen hatte.

Noch ein Jahr zogen sie weiter gen Norden, bis sie an einen großen Fluss kamen, in dem es vor Schildkröten nur so wimmelte. An seinen marschigen Ufern wuchsen Binsen, die sich zum Flechten von Körben und Sandalen eigneten.

Neue Schuhe hatte Windrufer bitter nötig und beschloss, eine Weile zu bleiben. Er war jetzt drei Jahre unterwegs und des Wanderns müde. Es interessierte ihn auch absolut nicht mehr, was sich hinter dem nächsten Hügel zeigte. Wenn sie hier auf keine anderen Menschen oder Coyoten stießen, die Komm weglockten, konnten sie vielleicht sogar den Sommer in dieser Gegend verbringen.

Windrufer kraulte Komm hinter den Ohren, und der Coyote rollte gähnend seine Zunge auf. Komm wäre überall glücklich, solange es nur etwas zu fressen gab.

5. Kapitel

Im Regen

In der Gegend, in die es Windrufer und Komm verschlagen hatte, saß Springendes Reh zusammen mit Reiherfeder und deren Kinder vor einem behelfsmäßigen Unterschlupf aus Zweigen, die mit Hirschlederhäuten bespannt waren. Die Leute vom Gelben Gras benutzten sie, wenn sie unterwegs waren, und nannten sie Frühlingshäuser. Derzeit befand sich der Stamm gerade auf dem Weg zu seinen Sommerjagdgründen unterhalb des Roten Sandsteingebirges. Reiherfeders neuer Stamm, die Leute aus dem Rauch, hatten ihren Weg gekreuzt und Reiherfeder zu einem Besuch vorbeigeschickt.

Im Lager der Leute vom Gelben Gras herrschte reges Treiben. Alle hatten das Gefühl, endlich der Trägheit und dem Nichtstun des Winters entgehen zu müssen. Vor Springendem Reh lag ein Stapel der am Morgen frisch geschnittenen Yucca-Fasern, die sie zu Seilen flechten sollte. Aber sie hatte ihre Arbeit Arbeit sein lassen, um mit Reiherfeders Kindern zu spielen.

Das Kleinste, ein Junge, hatte gerade seine ersten beiden Zähne bekommen, aber nicht etwa Schneidezähne, sondern Eckzähne. Damit sah er aus wie eine fette Klapperschlange. Reiherfeder beschwerte sich denn auch lautstark, als sie das Kind stillte. Sie war mit dem Häuptlingssohn der Leute aus dem Rauch verheiratet und entsprechend gekleidet. Um den Hals trug sie eine Kette aus blauen Steinen, die ihr kleiner Sohn jetzt mit seinen Händchen festhielt. In ihrem Haar steckten Truthahnfedern, und auch das Vorderteil ihres Hirschlederkleides war damit geschmückt. Sie sah sehr gut aus und wirkte viel gesetzter; als hätte sie sich die Welt ganz nach ihrem Geschmack eingerichtet und sich dann mitten hineinfallen lassen.

Aber sie war immer noch Reiherfeder, und wenn Springendes Reh blinzelte, konnte sie das Gesicht des Mädchens, mit dem sie aufgewachsen war, hinter dem der Frau von heute erkennen. Auch das vertraute Gefühl zwischen ihnen war noch da. Ein Gefühl, das Springendes Reh für die jungen Mädchen, die in den Stamm einheirateten, nie so richtig aufzubringen vermochte.

Reiherfeder hatte Honigwaben mitgebracht, die sie nun mit den Kindern teilten. Dabei kreischten die beiden jungen Frauen vor Vergnügen, und als Katzenohr vorbeikam, sah er sie missbilligend an. Reiherfeders ältere Kinder, zwei Mädchen, untersuchten zwischen zwei Bissen das Frühlingshaus, wobei das Dreijährige immer wieder mit klebrigen Händen auf Springenden Rehs Schoß kletterte und dann wieder herunter. Als es ihr zu bunt wurde, hielt sie das Mädchen fest und goss aus einem Schildkrötenpanzer Wasser über das Kind. Dann rieb sie ihm mit einem Grasbüschel Gesicht, Bauch und Hände ab. »Da, du Zappel, sonst kommen noch die Ameisen und fressen dich auf.«

Das Kind grinste, entwandt sich ihrem Griff und tanzte ums Frühlingshaus herum. Seine ältere Schwester versuchte sich aus Zweigen und Grashalmen selbst eines zu bauen und verteidigte es gegen Junge Füchsins Kinder. Sie schmollten, weil sie nichts von den Honigwaben abbekommen hatten. Nun standen sie ein wenig abseits und versuchten, Zweige in das Frühlingshaus der Kleinen zu stecken. Springendes Reh hatte Mitleid mit ihnen und ließ jedes einmal von ihrer Wabe abbeißen. Aber so sehr sie sich über die Jahre auch bemüht hatte, Junge Füchsins Kinder lieb zu gewinnen, waren sie ihr nie so ans Herz gewachsen wie die Reiherfeders oder Kleinkinds. Die Kleinen ihrer Freundinnen waren für sie wie eigene Kinder; die ihrer Stiefmütter hingegen hatte sie von Anfang als Eindringlinge empfunden, und daran hatte sich bis heute nichts geändert.

Jetzt tat Springendes Reh so, als sei Junge Füchsin gar nicht da. Die jüngste Frau ihres Vaters hockte hinten im Frühlingshaus, mahlte Samen und hörte mit geneigtem Kopf zu, was Reiherfeder Springendem Reh zu berichten hatte. Es gab immer noch Neuigkeiten, aber irgendetwas in Reiherfeders Gesicht wollte nicht zu ihrem gelassenen Auftreten passen.

»Meine Schwägerin ist gestorben«, sagte sie jetzt und gab dem kleinen Jungen die andere Brust. »Die Frau des Mannes, der dich heiraten wollte«, fügte sie erklärend hinzu. Tote nannte man ja nie beim Namen, und wenn der Redner ganz besonders vorsichtig war, sprach er auch von allen, die noch vor kurzem in Kontakt mit dem Toten gestanden hatten, nur im Hinblick auf deren Verwandtschaftsgrad oder deren Beziehung zu sich oder zum Zuhörer. Es würde noch ein oder zwei Monate dauern, bis Reiherfeder ihre neuen Familienmitglieder wieder mit Namen nannte. »Meine Schwägerin bekam einen dicken Bauch, als sei sie schwanger«, fuhr Reiherfeder jetzt fort, »aber es hat nie ein Kind gegeben, und dann ist sie gestorben. Die Mutter meines Mannes sagt, da seien Hexen am Werk gewesen.«

»Eine ernste Angelegenheit«, murmelte Springendes Reh und fragte dann: »Glaubst du das auch? Hat sie irgendjemanden verrückt gemacht?«

»Nun, man weiß ja nie genau, wer eine Hexe ist«, erklärte Reiherfeder ausweichend, »auf jeden Fall hat meine Schwägerin zu Lebzeiten jeden verrückt gemacht. Aber meine Schwiegermutter schreibt ja immer alles den Hexen zu.«

»Hirschlauscher sagt, sie könnten einem nichts anhaben, wenn man sich nicht verletzlich zeigt.«

Reiherfeder schnaubte verächtlich. »Hirschlauscher hat leicht reden. Eine Hexe würde nie wagen, *ihm* ein Leid zuzufügen.«

Man durfte sich hin und wieder über Männer wie Hirschlauscher lustig machen, aber wer ihnen ein Haar krümmte, war verloren. Das hatte Springendes Reh schon mit eigenen Augen beobachtet. Doch sie glaubte nicht, dass Hirschlauscher selbst Unglück über diese Leute brachte. Die Ursache dafür musste woanders zu suchen sein. »Er wird langsam alt«, sagte Springendes Reh nun betrübt. »Sein Haar ist schon ganz grau, und die Knie tun ihm weh.«

»Ihr beide seid dicke Freunde, was? Das kann für dich

natürlich nur von Vorteil sein.« Das Ansehen von Springendes Rehs war schon fast so groß wie das Hirschlauschers und damit viel größer als das der anderen Frauen, selbst wenn diese viele Kinder hatten.

»Er hat mich unterrichtet, aber ich mag ihn auch so.«

»Einen Mann, der Frauenkleider trägt?« Reiherfeder rümpfte die Nase. »Das kann ich überhaupt nicht verstehen. Und du weißt doch, dass die anderen Männer mit ihm tun, was sie sonst nur mit Frauen machen.«

»So ist er eben. Das macht ihn heilig. Aber wieso regst du dich darüber auf?«

Reiherfeder blies die Backen auf. »Wir haben auch so einen Mann. Er ist jung, und mein Mann möchte ihn zu seiner zweiten Frau machen.«

»Dein Mann will nach deinem Schwiegervater Häuptling werden«, gab Springendes Reh zu bedenken. Sie hatte schon von Reiherfeders verworrenen familiären Beziehungen gehört und fügte nun hinzu: »Durch eine solche Ehefrau würde er noch viel mächtiger werden.«

Böse starrte Reiherfeder in die Ferne. »Warum heiratet ihn nicht mein verwitweter Schwager?«

»Weil er bestimmt Kinder möchte. Abgesehen davon könnte ich mir gut vorstellen, dass dein Mann den weibischen Jungen nur heiraten will, damit es sein Bruder nicht tut.«

»Warum heiratest du nicht meinen Schwager?«, fragte Reiherfeder jetzt. »Er hat mir aufgetragen, dir das vorzuschlagen.«

Springendes Reh lachte. »Das würde deinen Mann auch nicht davon abhalten, den anderen zu heiraten. Du solltest dankbar sein, dass die zweite Frau deines Mannes ein Mann ist. Er bekommt niemals Kinder, die versuchen, deinen den Rang abzulaufen. Er blutet auch nicht jeden Monat und muss ausgerechnet dann ins Frauenhaus, wenn du Arbeit für ihn hast«, fügte sie noch hinzu und sah sich vorsichtig nach Junge Füchsin um.

»Hirschlauscher hat auch nicht geheiratet!«

»Doch, als er noch jung war. Er hat mir davon erzählt.

Aber es hat ihn gelangweilt, immer nur mit einem Mann zusammen zu sein. Er lebt lieber allein und macht alles so, wie es ihm passt.« Sie grinste. »Hirschlauscher ist mit dem Alter auch immer wählerischer geworden. Doch die Männer kommen nach wie vor zu ihm, und er empfängt sie, wenn ihm danach ist.«

»Was ist mit dir?« Reiherfeder sah Springendes Reh aus den Augenwinkeln an. »Kommen die Männer auch zu dir?«

Bestimmt kannte Reiherfeder die Antwort bereits. Aber Springendes Reh wusste, warum ihre Freundin sich damit über sie lustig machen wollte. Mit einem Mann zusammen zu sein war das Einzige, was sie ihr voraushatte – das und ihre Kinder.

Nun kratzte Springendes Reh mit einem Finger im Sand und versuchte zu ergründen, warum sie nie bei einem Mann gelegen hatte. Dabei bemühte sie sich, ihr Verhalten zu rechtfertigen und die Angst nicht zuzulassen, die sich ihrer bei dem Gedanken bemächtigte, dass ihre Zauberkraft sie dann verlassen könnte. »Mir reicht meine Fähigkeit, das Wild herbeizurufen«, sagte sie schließlich. »Es ist besser, sich nicht zu verausgaben.«

Reiherfeder war schon wieder milder gestimmt und meinte: »Meistens will ich gar nicht so viel Zauberkraft haben. Ich hätte Angst, sie könnte mich verzehren. Besonders wenn ich dich bei den Großen Treffen sehe, wie du da vor all den Jägern stehst. Aber wenn ich dann dem Geschwätz meiner Schwiegermutter zuhören muss, das sich immer ums Gleiche dreht … um Hexen und dass die Hirsche alle viel größer waren als sie noch jung war – als hätte *ich* sie kleiner gemacht! Und wenn ich mir überlege, dass ich meistens müde bin und mir der Rücken wehtut, weil ich die Kinder tragen muss, und dann denke, dass womöglich schon wieder eins unterwegs ist und dass mein Mann jetzt auch noch einen Mann in Frauenkleidern heiraten will … Nun, wenn ich über all das nachdenke, würde ich gerne mit dir tauschen!«

»Das würde ich manchmal auch gerne mit dir«, sagte Springendes Reh, »nur um zu sehen, wie es ist. Ich könnte die ganze Zeit mit deinen Kindern spielen und du müsstest das Gezänk meiner Stiefmütter ertragen. Seit Altes Weib tot ist, liegen sie sich noch öfter in den Haaren. Die drei sind bestimmt schlimmer als deine Schwiegermutter.«

»Aber beklagen sie sich auch?«, fragte Reiherfeder. »Es zählt nicht, wenn sie sich nur zanken.«

Springendes Reh lachte. »Das könnte ich ihnen auch noch beibringen, damit du dich richtig zu Hause fühlst. Über mich beklagen sie sich jetzt schon.«

»Puh, dass sie sich über die jüngste Frau im Haus beschweren, ist doch normal. Um mich heimisch zu fühlen, müssten sie auch darüber meckern, dass die Sonne zu hell scheint.«

»Und die Nacht zu lang ist«, ergänzte Springendes Reh, die sich noch gut an Reiherfeders Schwiegermutter erinnerte.

»Und dass die Hirschlederhäuter schlecht gegerbt sind und ihnen davon übel wird.«

»Dass die Kinder zu viel Lärm machen …«

»Und wahrscheinlich von Dämonen besessen sind …«

»Oder nicht von ihrem Sohn stammen …«

»Oder beides.«

»Und dass jemand ihre Halskette gestohlen hat.«

»Und dass ihnen niemand Respekt zollt.«

Lachend fielen sich die beiden in die Arme, und Springendes Reh sagte: »Vielleicht möchte ich doch lieber nicht mit dir tauschen.«

Reiherfeder wischte sich mit dem Handrücken die Tränen aus den Augenwinkeln und lächelte. »Meistens bin ich ziemlich glücklich. Ich habe einen guten Mann. Im Moment ist er nur ein bisschen verrückt. Aber nicht so wie der von Eulenküken.«

Sie wurden wieder ernst. Eulenküken hatte den Jungen der Himmelsfeuerleute geheiratet, mit dem sie sich damals beim Großen Treffen ins Gebüsch zurückgezogen hatte. Aber er war irgendwie krank gewesen und hatte sie oft geschlagen, und nicht nur mal eben im Zorn. Einmal hatte er ihr dabei ein Bein gebrochen, und Eulenküken war ganz allein durch die Wildnis zurück zu ihrer Mutter gegangen. Drei Tage war sie unterwegs gewesen, und das mit einem gebrochenen Bein. Der Bruch war nie richtig verheilt, und jetzt hinkte Eulenküken. Ihre Mutter, Tante Vier Finger, war danach zum Häuptling der Himmelsfeuerleute gegangen und hatte sich von ihm die Erlaubnis geholt, den Jungen zu bestrafen. Keiner der Leute vom Gelben Gras konnte genau sagen, was sie mit ihm gemacht hatte, aber er war gestorben. Man erzählte sich, die Himmelsfeuerleute hätten nichts dagegen einzuwenden gehabt. Jeder wusste, dass man solche Männer nicht heilen konnte. Ihr Tod war für alle das Beste.

Reiherfeders Söhnchen ließ jetzt von ihrer Brust ab, und Springendes Reh wollte den Kleinen auch einmal auf den Arm nehmen.

»Warte!«, sagte Reiherfeder und hielt den Jungen von sich weg. Gleich darauf pinkelte er in hohem Bogen ins Gras, und Reiherfeder drückte ihn ihrer Freundin mit den Worten in die Arme: »Wenn du einmal nass geworden bist, denkst du immer daran.«

Springendes Reh nahm den Säugling und legte ihn sich an die Schulter, bis er aufstieß; die beiden kleinen Mädchen nutzten die Gelegenheit, um auf den Schoß ihrer Mutter zu klettern.

»Erinnerst du dich noch daran, als wir Mädchen waren?«, fragte Reiherfeder jetzt. »Weißt du noch, wie wir uns vorstellten, als Frauen tun und lassen zu können, was wir wollten?«

»Ja, wir dachten, wir seien dann groß und allwissend«, kicherte Springendes Reh. »Dem ist leider nicht so!«

»Aber es muss doch jemanden geben, der alles weiß!«, rief Reiherfeder empört.

»Seher vielleicht oder Blauer Stein oder Hirschlauscher.«

»Glaubst du das wirklich?«

Springendes Reh verlagerte das Gewicht des Kindes auf den anderen Arm. Es schlief jetzt mit dem Daumen im Mund, und sein schwarzer Haarschopf schimmerte wie die Schwinge einer Krähe. »Wenn du mich fragst, hat Tante Vier

Finger mehr Ahnung von den praktischen Dingen. Sie wusste sich auch mit Eulenkükens Mann zu helfen. Aber wenn du dich dafür interessierst, wie die Welt entstanden ist oder wohin wir gehen, wenn wir tot sind, dann kann dir Seher besser helfen.«

»Meinst du?« Offenbar dachte Reiherfeder zum ersten Mal über solche Dinge nach, und Springendes Reh bekräftigte: »Ich bin sicher, dass er dir das sagen kann.« Sie hatte keine Kinder zu versorgen und viel Zeit, über andere Dinge nachzudenken; besonders nachts, wenn die Einsamkeit sie am Einschlafen hinderte und sie sich der Leere, der sie sich als Zauberin gegenübersah, besonders bewusst war. Manchmal kam es ihr vor, als handelte es sich dabei um ein lebendes Wesen.

»Das hilft mir aber auch nicht weiter«, sagte Reiherfeder.

»Das habe ich auch nicht behauptet«, entgegnete Springendes Reh und legte dem schlafenden Säugling einen Finger in die Hand, den er sogleich umklammerte, bevor sie fortfuhr: »Seher sagt, Wissen zu haben bedeutet, sich darüber klar zu sein, was man nicht weiß.«

»Aber ich will Antworten auf meine Fragen!«, rief Reiherfeder ärgerlich. »Was etwa soll ich mit meinem Mann machen? Habe ich ihm nicht genug Kinder geschenkt? Habe ich ihn auch nur ein einziges Mal des Nachts von mir gestoßen oder mich jemals darüber beschwert, was er bei den Großen Treffen macht?«

Springendes Reh sah zu ihrer etwas behäbig gewordenen Freundin hinüber. Ihre Beine waren immer noch wohl geformt, und sie hatte ein hübsches Gesicht. »Hast du dich jemals selbst bei einem Großen Treffen vergnügt? Vielleicht solltest du die Kinder beim nächsten Mal deiner Schwiegermutter überlassen und mit einem der Männer von den Springenden Büffeln eine Sechstageehe eingehen.«

Reiherfeder kicherte. Die Männer dieses Stammes waren für ihre Manneskraft bekannt. »Meine Schwiegermutter würde es überall herumerzählen. Selbst die Leute vom Ausgetrockneten Flussbett würden davon erfahren.«

»Na und? Dann steht dein Mann ganz schön dumm da,

und solange du dich nur bei den Großen Treffen danebenbenimmst, kann er sich nicht von dir trennen.« Sie lachte leise. »Aber das tut er sowieso nicht. Er kann einfach nur nicht genug kriegen. Männer sind so.«

»Woher willst du denn das wissen? Du bist doch gar nicht verheiratet.«

»Aber ich könnte es sein«, sagte Springendes Reh entrüstet, »wenn ich nur wollte.«

»Die Männer haben doch Angst vor dir, außer denen, die einfach zu dumm sind, so wie der Bruder meines Mannes.«

Wieder schlenderte Katzenohr vorbei, diesmal mit einem neuen Speer, den er ausprobieren wollte. Aus den Augenwinkeln sah er zu den beiden Frauen hinüber, und Reiherfeder sagte: »Du könntest ja immer noch Katzenohr heiraten.«

»Katzenohr will mich nur, weil ich Hirsche herbeilocken kann. Er glaubt, alles, was nützlich ist, müsse ihm gehören.«

»Er kann einfach nur nicht genug kriegen«, sagte Reiherfeder und fügte lachend hinzu: »Männer sind so.«

»Sag deinem Mann doch, wenn er so weitermacht, endet er noch wie mein Vater: mit zu vielen Frauen und einer Tochter, die er einfach nicht los wird.«

»*Ich* habe gehört, du hättest einen heimlichen Verehrer«, sagte Reiherfeder jetzt verschmitzt, »und sein Name sei nicht Katzenohr.«

»Alles nur Blabla.« Mit der Hand ahmte Springendes Reh ein Klatschmaul nach. »Lass dich beim Großen Treffen bloß nicht mit einem Mann vom Gelben Gras ein; tratschen können die am besten. Ich unterrichte nur einen Jungen im Zeichnen von Hirschen.«

»Nicht in etwas anderem?« Reiherfeder zog spöttisch die Augenbrauen hoch, und Springendes Reh entgegnete hochmütig: »Nein, nur im Malen. Er heißt Der Angst vor seiner Mutter hat und besitzt eine Gabe.«

»Du meinst diesen hageren Jungen, der jünger ist als wir und den seine Mutter immer geschlagen hat?«

»Ja. Sie war eine schreckliche Frau und ist letzten Herbst gestorben. Sobald sie tot war, fing der Junge an zu leben und ist richtig aufgeblüht. Seher hat Steine und Krähenfedern ins Feuer getan, als ihr Leichnam verbrannt wurde, damit sie auch ja nicht zurückkommt. Alle hatten schließlich Angst vor ihr.«

»Tse, tse, tse«, machte Reiherfeder. »Mich würde mal interessieren, wie man so wird. Woher rührt Bosheit?«

»Sie ist irgendwann einfach da, glaube ich. Hirschlauscher sagt, sie kommt aus heiterem Himmel.«

Wieder schnaubte Reiherfeder verächtlich. »Und was soll das heißen?« Im Augenblick brauchte sie einfach genauere Antworten, damit sie sich ihre ins Wanken geratene heile Welt erklären konnte.

»Ich glaube, das soll heißen, dass es in der Welt beides gibt: Bosheit und Güte. Es ist wichtig, sie im Gleichgewicht zu halten. Aber manchmal sammelt sich all die Bosheit an einem Ort, und es bricht ein Stückchen davon ab. Dann gibt es Leute wie diese Frau. Wenn sie sterben, kehrt ihre Bosheit vielleicht dorthin zurück, wo sie hingehört, und alles kommt wieder ins Lot.«

Reiherfeder gab auf. Springendes Reh hörte sich schon genauso an wie Hirschlauscher und Seher. Das lag bestimmt an ihrer Kinderlosigkeit. »Wer weiß, was mein Mann macht, wenn ich jetzt nicht zurückgehe!«, sagte sie entschuldigend und erhob sich, woraufhin sich die kleinen Mädchen sofort an ihre Rockzipfel hängten.

»Noch mehr Frauen heiraten«, neckte sie Springendes Reh und reichte ihr den kleinen Jungen.

Reiherfeder steckte ihn in ihren Kindertragesack aus Leder, den sie immer auf dem Rücken trug, und meinte: »Vielleicht ziehe ich eine Zeit lang zu meinem Schwager. Dann kann mein Mann mal sehen, wie das ist, wenn man sich jemanden teilen muss.«

»Dein Mann ist einfach nur machthungrig«, versuchte Springendes Reh sie zu trösten. »Wie alle Männer.«

Genau in diesem Augenblick kam Katzenohr wieder mit seinem Speer vorbei und sagte: »Frauen sollten ihre Arbeit tun.« Mit Blick auf Reiherfeder fügte er böse hinzu: »Und zwar im Haus ihres Ehemannes.«

Aber Springendes Reh wies ihn sofort zurecht. »Dich hat

niemand nach deiner Meinung gefragt. Hier reden nur Frauen!« Erhobenen Hauptes stolzierte Katzenohr davon, und Springendes Reh erklärte: »Er ist viel zu aufbrausend, und Onkel Seher weigert sich, ihm die Dinge beizubringen, die er unbedingt lernen möchte, um nach ihm Medizinmann werden zu können.«

»O nein!«, rief Reiherfeder. »Das würde doch nur Unglück bringen.«

»Katzenohr hat auch mit den Geschichten über Den der Angst vor seiner Mutter hat und mich angefangen. Der Angst vor seiner Mutter hat hätte das Zeug zu einem guten Medizinmann; da bin ich mir ganz sicher, und Onkel Seher findet das auch.«

Reiherfeder lachte leise. »Armer Katzenohr.« Er war nicht weit von ihnen stehen geblieben und tat so, als würde er seinen Speer begutachten, während er in Wirklichkeit versuchte, sie zu belauschen. Als die beiden Frauen laut lachten, wirbelte er herum und ging davon.

Reiherfeder umarmte Springendes Reh zum Abschied und machte sich dann auf den Weg zurück zu ihrem Stamm. Noch rannten die beiden kleinen Mädchen hinter ihr her. Aber bald schon würde sie das jüngere tragen müssen.

Hinten im Frühlingshaus schüttelte Junge Füchsin wütend ihre Schalen mit Grassamen. Sie beneidete ihre Stieftochter um ihre Freiheiten als unverheiratete Frau und zischte: »Du solltest Katzenohr heiraten, bevor du zu alt bist und sich alle über dich lustig machen.«

Aber Springendes Reh zuckte nur mit den Schultern. »Das würde den Zauber zerstören.«

»Blödsinn! Katzenohr ist der Sohn des Medizinmannes. Das ist Zauber genug!«

Und ich wäre euch los, dachte Springendes Reh, *aber mit Katzenohr zu leben wäre wahrscheinlich auch nicht angenehmer.* Außerdem war da wieder die immer während Angst bei der Vorstellung, mit einem Mann zusammen zu sein, die sie einfach nicht abschütteln konnte. Um sich abzulenken, nahm sie einen Sammelkorb und ließ ihr halb fertiges Yucca-Seil, wo es war. Sollte Junge Füchsin es doch aufräumen.

Während Springendes Reh durchs behelfsmäßige Lager schlenderte, spürte sie, wie ihr die Blicke der anderen folgten. Sie wusste, dass sie schön anzusehen war und dass die Männer sie deshalb beobachteten. Aber ihr war auch klar, dass die meisten Angst vor ihr hatten. Es war, als zöge sie die Zauberkraft in Schlieren hinter sich her, die an den Spitzen ihres langen Haares und ihrer Fersen festgemacht waren. Vor Onkel Sehers Frühlingshaus blieb sie stehen und erwies dem dort in den Boden gerammten Riesenzahn ihre Ehrerbietung. Der Zahn steckte voller Zauberkraft; und die eine Zauberkraft sollte die andere anerkennen, sonst geriet die Welt aus dem Gleichgewicht. Das hatte sich Springendes Reh schon immer gedacht, aber Hirschlauscher hatte es ihr noch einmal bestätigt.

Als sie weiterging, sah sie Den der Angst vor seiner Mutter hat vor dem Frühlingshaus der jungen Männer sitzen. Er machte sich gerade aus einem jungen Zweig eine neue Speerschleuder. Tatsächlich war er wirklich sehr hager und dabei vielleicht anderthalb Mal so alt, wie er Finger an den geschickten Händen hatte. Vor dem Tod seiner Mutter hatte man ihm kaum Beachtung geschenkt. Auch als er bereits nicht mehr bei ihr, sondern im Haus der jungen Männer lebte, war das so geblieben. Aber mittlerweile beobachteten die verschiedenen Clans ganz genau, was er als Nächstes tun würde.

Nun sah er auf, obwohl Springendes Reh noch drei oder vier Speerlängen von ihm entfernt war. Er spürte immer, wenn sie sich ihm näherte, und brauchte sich nicht einmal großartig zu konzentrieren, um ihren Schritt von weitem zu erkennen.

Springendes Reh blieb vor ihm stehen und stieß unschlüssig eine Fußspitze in den Sand. Aber dann setzte sie sich doch zu ihm, auch wenn es sich für eine junge Frau nicht gehörte, sich beim Haus der jungen Männer aufzuhalten. Junges Weib und Junge Füchsin würden den Finger gegen sie schütteln, wenn sie jetzt vorbeikämen. Einen Augenblick dachte Springendes Reh grollend an Skorpione und Taranteln, riss sich dann aber zusammen. Seitdem Hirschlauscher ihr davon abgeraten hatte, ihre Rachegelüste in Zauberbildern auszuleben, hatte sie sich daran gehalten.

»Du bist ärgerlich«, sagte Der Angst vor seiner Mutter hat lächelnd, und Springendes Reh erklärte: »Ich musste mir mal wieder anhören, was die Frauen meines Vaters so zu sagen haben.«

»Oh!« Der Angst vor seiner Mutter hat sah nachdenklich drein. Die Frauen von Springendem Rehs Vater machten ihm Angst. Mit ihrem Gemecker erinnerten sie ihn an die Schimpfworte, mit denen seine Mutter ihn immer bedacht hatte, wenn sie ihn schlug. Er fand es bewundernswert, dass Springendes Reh keine Angst vor ihren Stiefmüttern hatte und schnitzte noch ein bisschen weiter an seiner neuen Speerschleuder. Dann fragte er: »Was haben die Frauen deines Vaters denn gesagt?«

»Dass ich ...« Springendes Reh biss sich auf die Lippe. Eigentlich hatten Junges Weib und Glupschauge gar nichts gesagt, nur Junge Füchsin, nachdem Reiherfeder gegangen war. »Ich glaube, es liegt einfach an mir. Ich rege mich gerne über sie auf.«

»Wenn es dir Spaß macht«, murmelte Der Angst vor seiner Mutter hat, und Springendes Reh schnitt eine Grimasse, bevor sie erklärte: »Ich war unhöflich zu Junge Füchsin und habe mich über Katzenohr lustig gemacht. Jetzt sind alle böse auf mich. Aber Reiherfeder war mit ihren Kindern da, und ich fand es so ungerecht, dass ich nicht auch welche haben kann.«

»Magst du kleine Kinder denn so sehr?« Dem Der Angst vor seiner Mutter hat kamen sie eher vor wie Plagegeister, die man ständig waschen und füttern musste. Natürlich brauchte der Stamm Kinder, aber es gab doch schon so viele.

»Nun, vielleicht geht es mir gar nicht so sehr um die Kinder«, sagte Springendes Reh und blickte düster zu Boden.

Der Angst vor seiner Mutter hat sah ein wenig unbehaglich von seiner Arbeit auf. Er wusste, was Springendes Reh meinte, und hoffte nur, dass sie jetzt nicht auf ihn anspielte. Jeder, der alt genug war, wollte sich mit dem anderen Geschlecht einlassen. Aber die Vorstellung, mit Springendem Reh zu schlafen, schlug ihm endgültig auf den Magen.

Er hatte gehört, was sich die Leute über sie beide erzählten, und sogar schon einmal davon geträumt, bei Springendem Reh zu liegen. Das war damals gewesen, als sie angefangen hatte, ihn im Zeichnen zu unterrichten. Aber nachdem sie in seinem Traum das Lager geteilt hatten, hatte sich Springendes Reh in eine Schlange verwandelt und ihn aufgefressen. Wenn er alt genug war, wollte er sich lieber mit jüngeren und weniger mächtigen Frauen einlassen und irgendwann ein nettes Mädchen heiraten, das nicht über Zauberkraft verfügte.

Mit einem Holzspan fing Springendes Reh jetzt an, einen Coyoten in den Sand zu zeichnen.

Der Angst vor seiner Mutter hat beobachtete sie, während er weiter an seiner Speerschleuder schnitzte, und sagte nach einer Weile: »Damit rufst du ihn.«

»Das ist mir egal«, antwortete Springendes Reh gereizt. Sie hatte Gott Coyote lange Zeit in Ruhe gelassen, weil Hirschlauscher ihr dazu geraten hatte. Aber jetzt glaubte sie, ihn anrufen zu müssen. Er hatte auf alles Lust und besonders auf die Sache, die ihr im Augenblick am meisten zu schaffen machte. Außerdem brachte er nicht nur Chaos, sondern sorgte auch dafür, dass danach alles wieder ins Lot kam. Trotzdem wollte ihn natürlich keiner in seinem Frühlingshaus haben, und Der Angst vor seiner Mutter hat sagte jetzt: »Vielleicht ist es *mir* nicht egal.«

Aber Springendes Reh zeichnete einfach weiter und stellte sich den Coyoten als dunkle Wolke vor, die zu ihrer ruhelosen Stimmung passte. Wenn sie malte, vermisste sie nichts. Der Zauber war zu stark und umgab sie, wie Bernstein ein darin gefangenes Insekt umschloss. Wenn sie allerdings nicht malte, wollte sie unbedingt haben, was die anderen Frauen auch hatten. Dieser Wunsch war so beherrschend, dass sie manchmal an nichts anderes denken konnte.

Als der Coyote fertig war, sah Springendes Reh Dem der Angst vor seiner Mutter hat bei der Arbeit zu. Die Speerschleuder wirkte genauso anmutig, glatt und jungfräulich wie er. Plötzlich wusste Springendes Reh, dass er sich noch nie mit einem Mädchen eingelassen hatte und dass ihm das wohl auch nie vergönnt sein würde. Wahrscheinlich zehrte auch ihn die Zauberkraft bereits auf, ohne dass er sich dessen bewusst war. Unvermittelt sprang Springendes Reh auf und wischte mit dem Fuß über ihr Coyotenbild. Dabei hinterließen die Sohlen ihrer Yucca-Sandalen ein korbartiges Muster, als sei der Coyote darin gefangen.

Der Angst vor seiner Mutter hat sah sie skeptisch an und zeichnete schnell einen Hasen in die unberührte Erde neben sich. Springendes Reh wusste, was das zu bedeuten hatte. Der Angst vor seiner Mutter hat war offensichtlich nicht mit ihrem draufgängerischen Verhalten einverstanden und hoffte, Gott Coyote würde wieder abziehen, wenn er etwas zu jagen hatte. Aber sie wollte, dass er kam und flüsterte nun atemlos dem am Boden sitzenden Jungen zu: »Es ist sinnlos, Macht zu haben, wenn man sie nicht einsetzt. Das wirst du schon noch feststellen.« Dann nahm sie ihren Korb und ging weiter durch das behelfsmäßige Lager zur anderen Seite – fest entschlossen, sich dem zu stellen, was sie durch das Herbeirufen von Gott Coyote herausgefordert hatte.

Die Leute vom Gelben Gras lagerten in der Nähe eines Flusses, dessen Verlauf sie folgten, um an den Fuß des Roten Sandsteingebirges zu gelangen. Ein wenig oberhalb des Lagers wand sich der Fluss durch sein felsiges Bett und stürzte einige kleinere Wasserfälle hinunter. Die Ufer waren von felsigen Hügeln gesäumt, auf denen frisches Gras und rote Bienenblumen wuchsen. Nicht weit entfernt gab es große Seen und den Bach mit den Schildkröten, an dem Springendes Reh zum ersten Mal erfahren hatte, dass sie Zauberkräfte besaß.

Überall summten Insekten, und Springendes Reh achtete darauf, wohin sie ihren Fuß setzte. Dabei schwenkte sie ihren Korb und freute sich schon auf die Brunnenkresse, die sie im Fluss finden würde. Ihre scharf schmeckenden, kleinen Blätter machten altes Fleisch aromatischer. Vielleicht gab es dort auch schon Wasserschlangen und Landschildkröten, die langsam flussabwärts wanderten. All das war

Frühlingsnahrung, die sich frisch auf der Zunge anfühlte und sehr aufregend schmeckte, wenn man den ganzen Winter nur Piniennüsse und zuvor gefrorenes Fleisch gegessen hatte. Die erlegten Beutetiere gefroren in der Kälte, und man hackte sich bei Bedarf einfach ein Stück heraus.

In der Nähe des Flussbettes wurden die Steine größer, und Springendes Reh musste noch genauer hinsehen, wohin sie ihren Fuß setzte. Alles erwachte und schnappte zu, wenn man darauf trat. Im Frühling schlüpften auch die Klapperschlangen und sonnten sich auf den warmen Steinen. Die Kleinen hatten nur einen Hornring und gaben noch kein rasselndes Geräusch von sich. Aber ihr Biss war bereits giftig.

Springendes Reh kletterte jetzt einen Abhang hinunter, folgte weiter dem Flusslauf und suchte nach einer Stelle, an der Kresse wuchs. Die Pflanze bevorzugte fließendes, nicht zu tiefes Wasser, und schließlich entdeckte Springendes Reh deren winzige Blätter direkt unterhalb der sonnendurchfluteten Wasseroberfläche. Sie kniete sich ans Ufer, schnitt mit ihrem Messer ein Bündel ab und biss gierig hinein. Der pfeffrige Geschmack wurde vom kühlen Nass abgerundet, und nachdem Springendes Reh ihren Korb mit Kresse gefüllt hatte, spielte sie ein bisschen mit dem Wasser.

Dabei tauchte sie die Finger hinein und beobachtete, wie es sich kräuselte und ihr Spiegelbild verzerrte, sodass Fetzen davon in die Strömung hineingezogen wurden. Die Luft war schon ziemlich warm, und Springendes Reh trug nur einen Lederrock sowie ihre Halskette aus blauen Steinen und Adlerfedern – Geschenke, mit denen man ihre Macht anerkannt hatte. Auch deren Spiegelbild tanzte auf der Wasseroberfläche, hob sich gegen ihr schwarzes Haar ab und verdeutlichte ihr noch einmal ihre herausragende Stellung.

Es wurde immer schwüler. Bestimmt regnete es bald. Noch bevor Springendes Reh zum Himmel hinaufsah wusste sie, dass sich die Wolkenfetzen des Morgens zu dunklen Gebilden zusammengebraut hatten. Bald würde es darin blitzen – Feuerschlangen nannte ihr Stamm diese Himmelserscheinung –, und wenn sich die Wolkenmassen erst einmal auftaten, regnete es sicher furchtbar. Trotzdem bedankte sich Springendes Reh bei den Wolken, denn sie ließen das Gras wachsen und brachten die Hirsche, und wenn es ein gutes Jahr wurde, kamen sogar die Büffel.

Für den Fall, dass das Gewitter früher losbrach als erwartet, blickte sich Springendes Reh schon einmal nach einem Unterschlupf um. In diesem Augenblick sah sie den Mann am Ufer stehen, nicht weiter als eine Speerlänge von sich entfernt. Es lief ihr eiskalt den Rücken hinunter, und sie hielt unwillkürlich den Atem an. Der Mann gehörte nicht zu ihrem Stamm. Sein Haar hing ihm in Schlingen um den Kopf, und sein bloßer Oberkörper war mit Narben bedeckt. Auch er hatte Kresse gesammelt und schien ebenfalls wie vom Donner gerührt. Der etwas schief geratene Korb war ihm entglitten, als er um einen großen Felsbrocken gebogen war und sie entdeckt hatte.

Jetzt lag die Kresse am Boden, und Gott Coyote schnüffelte daran herum, bevor er sich dem Mann zu Füßen setzte, den Schwanz um die Pfoten legte und wartete. Mit seinen gelben Augen musterte er Springendes Reh, die trotz der schwülen Luft unwillkürlich eine Gänsehaut bekam. Inzwischen schlug ihr das Herz bis zum Hals, und langsam ging sie von ihrer knieenden Haltung in die Hocke, bereit loszulaufen, sobald der Mann sich rührte.

Was hatte er wohl mit ihr vor? Und warum hatte er sich so nah an das Land ihres Volkes herangewagt? Jeder wusste doch, dass die *Anderen* keine richtigen Menschen waren. Würde sie weglaufen können, bevor er sie sich schnappte? Sie schluckte, aber der Mann machte keinerlei Anstalten, auf sie zuzukommen, sondern sah sie einfach nur an.

Der Himmel leuchtete schwefelgrau, während über dem Roten Sandsteingebirge in der Ferne bereits die Feuerschlangen schwammen. Da erstrahlte auch der Himmel bei ihnen kurzzeitig heller als die Sonne, und die Narben auf der Brust des Fremden traten hervor wie blasse Regentropfen. *Er kann keiner von den* Anderen *sein,* dachte Springendes Reh jetzt, *sie bringen sich nicht solche Male bei.* Sie hatte schon einmal Tote der *Anderen* gesehen, nachdem die Jäger ihres Stammes eine kleine Gruppe von ihnen beim Jagen überrascht hatten.

Die Beinkleider des Mannes waren schlecht zusammengenäht, als hätte er sie selbst gemacht – er und Gott Coyote. *Ich habe Gott Coyote herbeigerufen,* ging es ihr durch den Kopf, wobei sich Stolz mit Panik mischte. *Ich habe ihn vor dem Haus der jungen Männer gezeichnet und in einen Korb getan.* Sie verweilte in der Hocke, aber plötzlich erschien es ihr sinnlos, wegrennen zu wollen. Niemand konnte Gott Coyote entkommen. Vielleicht gelang es ihr, ihn zu besänftigen, wenn sie ihn noch einmal zeichnete. Gott Coyote war sehr eitel.

Vorsichtig strich Springendes Reh den Sand am Ufer glatt und sah sich dabei nach einem spitzen Stein um. Der Coyote beobachtete sie mit beinahe zusammengekniffenen Augen, während der Mann die seinen weit aufgerissen hatte. Springendes Reh erwies Gott Coyote mit einer Geste ihre Ehrerbietung, bevor sie sein Abbild mit raschen Strichen in den feuchten Sand kratzte. Um ihm zu schmeicheln, verpasste sie ihm einen besonders buschigen Schwanz, den er nicht wie sonst gesenkt, sondern hoch erhoben trug, und eine stattliche Halskrause. Vielleicht würde er sich damit zufrieden geben und sie in Ruhe lassen. Aber der Coyote zuckte mit keiner Wimper.

Wie gebannt hatte Windrufer die Frau am Ufer angesehen. Anfänglich wäre er an seiner Furcht beinahe erstickt. So plötzlich auf ein menschliches Wesen zu stoßen, versetzte ihn in Angst und Schrecken. Es war nur eine Frau, aber wo sie war, konnten die Männer nicht weit sein. Und dann ließ ihn der Gedanke, *dass* es sich um eine Frau handelte, nicht mehr los. Sie trug nur einen Lederrock und ihre rotbraunen Brüste waren unbedeckt, mit Ausnahme einiger dichter schwarzer Haarsträhnen, die ihr hier und da darüber fielen.

Als die Frau einen Stein in die Hand nahm, dachte Windrufer zunächst, sie wollte damit nach ihm werfen. Aber stattdessen tauchte sie ihn in den feuchten Sand am Ufer und schuf damit Komms Ebenbild, als läge er dort begraben. Komm ließ das Ganze unbeeindruckt; die Linien im

Matsch hatten nicht die Kraft, zu ihm zu sprechen. Aber Windrufer wusste, was sie bedeuteten, obwohl er noch nie zuvor ein Bild gesehen hatte. Die Linien bewegten sich auf der Erde, so wie sich seine Musik durch die Lüfte schwang, und Windrufer dachte: *Vielleicht ist das überhaupt keine richtige Frau, sondern ein Geist.*

Jetzt stand sie auf, aber Windrufer rührte sich immer noch nicht von der Stelle. Nach wie vor starrten sich die beiden an, während die Luft vor Hitze flirrte. Über dem Roten Sandsteingebirge in der Ferne gewitterte es bereits, und der Regen fiel schräg auf die purpurn leuchtenden Hänge. Hier unten am Fluss harrte alles dem bevorstehenden Regenguss entgegen. Die mit Energie geladene Luft berührte die bloße Haut der beiden jungen Menschen und ließ ihnen die feinen Härchen an den Unterarmen und im Nacken zu Berge stehen. Aber keiner bedrohte den anderen, und keiner von beiden floh. Wer konnte schon vor einem Geist davonlaufen?

Sie ist eine Zauberin, ging es Windrufer durch den Kopf, und Springendes Reh dachte: *Ich habe ihn herbeigerufen.*

»Bist du ein Mensch?«, fragte er schließlich, und Springendes Reh antwortete: »Ich verstehe dich nicht.«

Windrufer neigte den Kopf und versuchte, die Worte der Frau zu sich sprechen zu lassen so wie die Linien, die sie in den feuchten Sand gezeichnet hatte. Aber sie weigerten sich beharrlich, ihm irgendetwas zu sagen.

Immer noch sahen die beiden einander an – jetzt nicht mehr erschrocken, sondern verwundert, dass sie sich nicht verständigen konnten. Springendes Reh dachte: *Noch ein Grund, warum der Mann nicht von den* Anderen *sein kann.* Die Leute vom Gelben Gras verstanden deren Sprache ein wenig – das hatte ihr zumindest Hirschlauscher erzählt –, und dieser Mann redete ganz anders. Aber wenn er nicht zu den *Anderen* gehörte, war er bestimmt ein Gott.

Da die Frau bisher nicht zurückgewichen war, ging Windrufer jetzt einen Schritt auf sie zu – ganz langsam, um zu sehen, wie sie reagierte. Auch Springendes Reh machte einen Schritt auf den Fremden zu. Nur der Coyote rührte sich nicht, sondern saß wie angewurzelt am Ufer. Die Luft prickelte auf ihrer Haut, und Springendes Reh fühlte sich unwillkürlich zu dem Mann hingezogen. Sie verzehrte sich nach ihm, nach Gott Coyote in seiner Menschengestalt, nach all den Dingen, die die anderen Frauen hatten und sie nicht.

Sie waren beide jung und der Erregung gegenüber, die die Angst mit sich bringen konnte, nicht unempfänglich. Windrufer streckte einen Arm aus, um festzustellen, ob die Frau verschwand, wenn er sie berührte. Aber ihre Haut fühlte sich fest und warm an, und an ihrem Hals pulsierte eine Ader. Ungeschickt und zitternd vor Begierde schlossen sich seine Finger um ihre Brüste.

Springendes Reh drängte sich an ihn. Wenn sie ihn schon herbeigerufen hatte, wollte sie ihm auch gehören. Sie sah ihm in die Augen, deren Blick sie zunächst nicht deuten konnte, und hörte ihn Worte sagen, die sie noch weniger verstand. Er hantierte mit den Lederriemen seiner Hose und ließ sie heruntergleiten. Wahrscheinlich hatte er wohl gerade im Fluss gebadet, denn seine Kleider waren nass und seine Haut roch nach Kresse. Aber dem Leder entströmte noch ein älterer Geruch nach Rauch und irgendwie auch nach Coyote.

Windrufer nahm die Frau in die Arme und streifte dabei seine Beinkleider ab. Dann zog er ihr den Rock von den Hüften und dachte nur einen winzigen Augenblick an die Gefahren, die einem Mann drohten, der sich mit einer Geisterfrau einließ.

Das Ufer war zu steinig, und so stolperten sie die Böschung hinauf zu einem kleinen, mit Gras bewachsenen Hügel. Ein Steinüberhang bot ein wenig Schutz. Dort ließen sie sich nieder, und der Mann schob sich auf Springendes Reh und drückte mit seinem Gewicht ihren bloßen Rücken ins Gras. Die Hand, die er ihr zwischen die Beine schob, erinnerte sie an den Geschmack der Kresse: Sie brannte und wirkte zugleich kühlend wie das Flusswasser. An der Schulter des Mannes vorbei konnte Springendes Reh den Coyoten am Flussufer warten sehen.

Die sie umgebende Luft schien Funken zu sprühen, während die Feuerschlangen, begleitet vom rollenden Schlag des Donners am Himmel tanzten. Springendes Reh fühlte den Boden unter sich vibrieren, als wollte sich da etwas seinen Weg an die Oberfläche bahnen. Der Mann versuchte, in sie einzudringen. Seine Männlichkeit war hart wie Stein und größer als die irgendeines Mannes ihres Volkes. Mit einer unendlichen Gier verzehrte sie sich nach ihm, was jedoch die Tatsache nicht ganz auslöschen konnte, dass es wehtat. Er stöhnte und stieß fest zu, und dann war er in ihr, füllte sie ganz aus und brannte sich ihr ein wie eine Feuersäule.

Als er sich schließlich von ihr herunterrollte, brach das Gewitter los. Der Fremde wollte Springendes Reh festhalten und zum Bleiben bewegen, aber sie sagte etwas, das er wieder nicht verstand, und kroch unter dem überhängenden Fels hervor. Der Regen strömte auf sie herab und lief ihr übers Gesicht; schon bald klebte ihr das schwarze Haar an Schultern und Brüsten. Aber sie lief weiter in den Regen hinein, griff sich ihren Rock vom Flussufer und fing an zu rennen.

Windrufer wollte ihr nachlaufen, aber da konnte er sie bei dem strömenden Regen schon nicht mehr sehen.

6. Kapitel

Bitterer Nachgeschmack

Während Springendes Reh davonlief, regnete es weiter in Strömen, und die Wassermassen schienen ihre Welt auszublenden. Als ein Blitz den Himmel erhellte, konnte Springendes Reh ganz genau die einzelnen Regentropfen vor sich erkennen, als seien sie in der Luft erstarrt. Sie drückte sich den Lederrock an die Brust und stolperte weiter, während über ihr der Donner rollte.

Was war wohl auf der anderen Seite des Gewitters? Wo kam sie wieder heraus? Womöglich ganz woanders. Schreckerfüllt sah sie zum Himmel. Genau in diesem Augenblick schlug ein Blitz höchstens zehn Speerlängen von ihr entfernt ein. Seine Energie ließ sie zurücktaumeln, die nassen Haare standen ihr zu Berge. Schon möglich, dass ihre Welt sich jetzt von ihr abwandte, weil sie sich mit dem Coyotenmann eingelassen hatte. Ihre Scham schmerzte immer noch, und Blut und Sperma vermischt mit dem Regenwasser liefen ihr warm und klebrig die Beine hinunter.

Ob der Fremde wohl Gott Coyote gewesen war, der sich mit einem mächtigeren Gott überworfen hatte? Das war ihm durchaus zuzutrauen. Aber würde er sie auch beschützen können? Wollte er das überhaupt? Springendes Reh erinnerte sich nur an die verzweifelte Sehnsucht in seinen Augen. Ob sie wohl auch so empfand, wenn sie jetzt von der Welt der Menschen verbannt wurde? Das wäre immerhin möglich. Es gab Geschichten von Grenzgängern zwischen den Welten oder von Frauen, die von Geistern entführt wurden und dann nicht mehr zurückfanden.

Ich habe meinen Korb liegen lassen! Die Verärgerung überlagerte einen Moment ihre Angst. Es war ein guter Korb gewesen, an dem Junge Füchsin lange geflochten hatte. Springendes Reh drehte sich um, sah durch den strömenden

Regen und beschloss, dass ihr der Korb nicht so wichtig war. Der Flusslauf hatte sich in der Zwischenzeit vielleicht verändert oder war womöglich ganz verschwunden.

In der Nähe des Ufers entdeckte sie ein kleines Pinienwäldchen mit gedrungenen Bäumen, die nicht hoch genug waren, um die Feuerschlangen anzulocken. Sie zog ihren Rock an, duckte sich unter den Zweigen hindurch und kauerte sich auf dem nassen Nadelteppich nieder. Während über ihr das Wasser von den Zweigen tropfte, spähte sie durch den Regen, um festzustellen, ob ihr der Mann gefolgt war. Aber sie konnte noch nicht einmal sehen, ob sie sich noch in ihrer eigenen Welt befand. Da draußen wütete nur der Sturm. Dabei dachte sie an Reiherfeder, die jetzt mit den Kindern unterwegs war. Ob es bei ihr wohl auch regnete? Arme Reiherfeder! Aber die Götter bewarfen sie sicher nicht mit Feuer.

Während Springendes Reh so unter den Pinien hockte und das Gewitter mit seinem silbrigen Leuchten vor ihr niederging, ließ sie noch einmal in Gedanken an sich vorüberziehen, was geschehen war. Sie spielte es immer wieder durch, als würde sie ein Seil flechten, dessen einzelne Stränge sie in die Hand nehmen musste.

Schließlich ließ der Regen nach, und bald konnte Springendes Reh auch wieder den Fluss erkennen. Er war angeschwollen und führte ganz schlammiges Wasser. Dabei schien er sich genauso unvorsichtig sein Bett entlangzustürzen, wie sie sich in das Abenteuer mit dem Fremden gestürzt hatte. Rasch verließ sie ihr mittlerweile feuchtkaltes Versteck zwischen den Nadelbäumen und wusch sich in den gurgelnden Fluten. Nach wie vor konnte sie fühlen, wo sich ihr der Mann eingeprägt hatte – selbst noch als alle äußeren Zeichen davon beseitigt waren. Aber womöglich kamen sie wieder und wären dann wie blaue Flecken für jeden sichtbar.

Als sich Springendes Reh aufrichtete, spürte sie einen stechenden Schmerz und atmete tief durch. Sobald er nachließ, ging sie vorsichtig am Ufer zurück. Die roten Bienenblumen waren ganz flach gedrückt, ihre Blüten zerschlagen, und deren Blätter klebten jetzt einzeln am Boden. Die Bienen selbst waren längst verschwunden, genauso wie die sich sonnenden Schlangen. Sie hatten sich rechtzeitig in ihr Nest zurückgezogen oder unter die Erde verkrochen und saßen nun im Trockenen.

Springendes Reh kletterte die Böschung hinauf und hoffte, von hier aus die Biegung des Flusses zu sehen, wo er an einem Pappelwäldchen vorbeiplätscherte. Normalerweise flachte der Boden dort unvermittelt ab und ging in das Hochtal mit dem Lager der Leute vom Gelben Gras über. Sie rannte auf die Pappeln zu und war fast überzeugt, ihren Stamm nicht mehr im Tal dahinter anzutreffen. Womöglich erstreckte es sich jetzt genauso flach und unberührt wie ein See, in den alles ihr Bekannte versunken war. Um die Furcht in Schach zu halten, ärgerte sie sich wieder über den verlorenen Korb.

Aber die Leute vom Gelben Gras waren noch da. Der Rauch von nassen Feuern schickte kleine dunkle Wölkchen über ihre Frühlingshäuser, die Frauen hängten durchweichte Lederhäute zum Trocknen auf Pfähle, und die Kinder rannten schlammbeschmiert und kreischend durchs Lager und bewarfen sich mit erdigen Grasbüscheln. Springendes Reh wich einem solchen Klumpen aus, der knapp an ihrem Kopf vorbeiflog, und schnitt dem Kind, das ihn ausgerissen hatte, eine Grimasse. Aber eigentlich hätte sie vor Freude weinen mögen, dass sie ihren Stamm noch antraf.

Hirschlauscher baute gerade sein Frühlingshaus wieder auf, das der Sturm abgedeckt hatte. Noch vor ein oder zwei Jahren wäre ihm das nicht passiert, und sein Haus hätte einem derartigen Gewitter standgehalten. Aber inzwischen war er zu alt, um die Riemen richtig festzuzurren, und wenn er es versuchte, taten ihm nur die Hände weh. Also verbrachte er seine Zeit damit, die Enden miteinander zu verflechten, bis seine Behausung hübsch anzusehen war, aber genauso wackelig dastand wie ein morscher Baum. Auch jetzt band er übertrieben sorgfältig die Riemen, Lederhäute und nassen Zweige zu einem neuen Dach zusammen, und Springendes Reh blieb stehen, um ihm zu helfen. Dabei stellte sie fest, dass er genauso durchnässt war wie sie selbst.

Aus seinen grauen Haaren tropfte das Wasser, und das Coyotenfellkleid klebte ihm am Körper. Zu allem Überfluss war auch noch sein Feuer ausgegangen.

»Ich mache das allein«, sagte sie zu ihm. »Geh du ans Feuer meines Vaters und wärm dich auf.« Hirschlauscher sah sie an, als würde er ihr nicht zutrauen, seine Behausung wieder aufzubauen. Aber da stampfte sie mit dem Fuß auf und schimpfte: »Du bist nicht mehr jung genug, um mit nassen Kleidern herumzulaufen. Los jetzt, geh zu den Frauen meines Vaters und wärm dich auf!«

Er seufzte. »Du machst bestimmt alles falsch.«

»Hauptsache, du hast ein Dach über dem Kopf. Morgen ziehen wir sowieso weiter.« Bevor er ihr noch irgendwelche unangenehmen Fragen stellen konnte, scheuchte sie ihn davon. Man wusste nie, wie viel Hirschlauscher sah. Auf jeden Fall konnte er genau sagen, was zwischen Männern und Frauen ablief, weil er das Bindeglied zwischen ihnen darstellte.

Junge Füchsin und Junges Weib würden ihm etwas zu essen geben. Männer wie er waren immer willkommen. Sie kannten den neuesten Klatsch, aber auch Heilmittel gegen das Kindbettfieber und gegen Regelschmerzen. Wenn Reiherfeder nicht so aufgebracht gewesen wäre, hätte Springendes Reh sie dazu überredet, mit Hirschlauscher über die neuen Heiratsabsichten ihres Mannes zu sprechen. Er hätte gewusst, was sie dagegen unternehmen konnte.

Nachdem Hirschlauscher davongeschlurft war, verknüpfte Springendes Reh die Lederriemen der Rückwand und stemmte sich mit der Schulter gegen den Mittelpfeiler, um ihn wieder gerade zu rücken. Danach legte sie das Dach darauf und befestigte es an den Seitenwänden. Als das Frühlingshaus stand, brachte sie dessen Inneres in Ordnung und entdeckte dabei unter einer Hirschlederhaut auch genug trockenes Holz, um das Feuer neu zu entfachen. Tante Vier Finger gab ihr einen brennenden Stock, und auch Eulenküken kam herbeigehumpelt, um ihr beim Anzünden des Feuers behilflich zu sein.

»Ich soll dir von Reiherfeder ausrichten, dass sie dich vermisst«, sagte Springendes Reh, aber Eulenküken zog mürrisch eine Schulter hoch. »Sie kann mir gestohlen bleiben – mit ihren Kindern und ihrem Mann, der bald Häuptling wird.«

»Auch Reiherfeder hat ihre Probleme.« Springendes Reh erzählte lachend von Reiherfeders Ehemann, während Eulenküken mit den Händen die ersten Flammen abschirmte.

»Na, dann kann sie einem ja nur Leid tun«, erklärte Küken schließlich. »Alle Männer sind verrückt.«

Ob das der Wahrheit entsprach?, überlegte Springendes Reh. Ob der Mann, den sie oben am Fluss getroffen hatte, auch verrückt war? Und wenn ja, wie würde sich das äußern? Am Tun der Kinder des Volkes gemessen, mussten auch die Götter verrückt sein.

Es war Springendem Reh ein Bedürfnis, über den Fremden nachzudenken. Aber jedes Mal, wenn sie das tat, hatte sie den Eindruck, sein Gesicht legte sich über ihres, sodass die anderen ihr ansahen, was geschehen war. Wenn Küken davon erfuhr, würde sie sagen, dass sie jetzt befleckt und nicht mehr unversehrt sei, genau wie Küken selbst. Junge Füchsin würde nur kichern, und Hirschlauscher würde wissen, ob sie zur Strafe ihre Zauberkräfte verloren hatte. Aber das wollte Springendes Reh gar nicht erfahren.

Als das Feuer richtig brannte, ging sie zum Haus ihres Vaters und holte Hirschlauscher. Ihm war jetzt nicht mehr ganz so kalt, und seine Sachen waren trocken. Junges Weib hatte ihm heißes Wasser mit Honig zu trinken gegeben, aber seine Hände sahen aus wie Herbstlaub und zitterten so sehr, dass er kaum die Schildkrötenschale festhalten konnte.

»Dein Feuer brennt wieder«, verkündete Springendes Reh, und nachdem er sich daneben niedergelassen hatte, sagte sie: »Du bleibst jetzt hier, und ich bringe dir bald etwas zu essen.«

»Du rennst wohl ständig hin und her, nur damit ich dich nichts fragen kann, hm?«

»Wieso?«

»Ich bin zwar todmüde, aber ich sehe doch, dass mit dir irgendetwas nicht stimmt.«

»Du bist ein misstrauischer alter Mann. Bleib am Feuer und ruh dich aus«, erwiderte Springendes Reh kurz angebunden, und er drang nicht weiter in sie. Eigentlich hätte Springendes Reh gerne in Ruhe über den Fremden nachgedacht. Aber das sollte ihr erst viel später möglich sein, nachdem sie Hirschlauscher zu essen gebracht, ihren Teil der Arbeit im Haus ihres Vaters erledigt und sich mit Junger Füchsin wegen des verlorenen Korbes gestritten hatte.

Alle waren früh ins Bett gegangen, da es am nächsten Tag bei Sonnenaufgang weitergehen sollte. Es war jetzt ganz dunkel, und in der Stille der Nacht gelang es Springendem Reh, die Gestalt des Fremden wieder heraufzubeschwören. Sie betrachtete ihn ausgiebig; die Narben auf seiner Brust und den Unterarmen erinnerten sie an Regentropfen – als sei er vom Gewitter gezeichnet worden. Vielleicht war er auch daraus hervorgegangen. Sie erinnerte sich jetzt auch wieder an den Coyoten, der neben ihm gesessen und sie beobachtet hatte. Die Menschen waren immer böse auf Gott Coyote, weil er alles durcheinander brachte und dann lachend davonrannte. Aber er war kein Narr, sondern alt und weise. Er hielt die Dinge im Lot und beschwor das Chaos nur dann herbei, wenn es vonnöten war.

Das innere Auge von Springendem Reh wanderte jetzt wieder zu dem Fremden. Sie spürte die blauen Flecken am Rücken, die von den Steinen herrührten, auf denen sie unter ihm gelegen hatte. Dann stellte sie sich vor, wie der Mann ihre Brüste berührt und wie warm sich seine Haut im Gegensatz zum kühlen Gras angefühlt hatte. Unter ihrer Decke legte sie sich dabei eine Hand zwischen die Schenkel. Ihre Scham schmerzte immer noch, trotzdem würde sie jederzeit wieder mit dem Mann schlafen.

Als sie jenseits des Tales Coyoten bei ihrer nächtlichen Jagd heulen hörte, stellte sie sich vor, wie der Fremde mit ihnen rannte. Diesmal hatte er seine Coyotengestalt angenommen, und sein graues Fell schimmerte im Mondlicht.

Als Junge Füchsin am nächsten Morgen Springendes Reh wachrüttelte, war es draußen auf dem Lagerplatz noch dunkel. Lediglich einige rötliche Strahlen zeigten sich oberhalb der Bergwipfel, und die verbliebene Glut der Feuer leuchtete wie hungrige Augen.

Gähnend kroch Springendes Reh unter ihrer Decke hervor und reckte sich vorsichtig, um festzustellen, ob es ihr zwischen den Beinen immer noch wehtat. Allerdings. In diesem Augenblick kam Glupschauge mit einem Arm voll Feuerholz an ihr vorbeigestapft und sagte: »Geh Wasser holen, du Faulpelz!« Aber sie klang nicht so gereizt wie Junge Füchsin und Junges Weib sonst immer. Schließlich hatte sie keine Kinder bekommen und glaubte, sich den Platz am Lagerfeuer ihres Mannes nur sichern zu können, wenn sie seine Erstgeborene an Kindes statt annahm – insoweit Springendes Reh das zuließ.

Bevor Glupschauge sich noch Gedanken machen konnte, stand Springendes Reh schnell auf. Junges Weib rüttelte gerade die Kinder wach, während Der einst Wasser fand es kaum erwarten konnte, aufzubrechen; er fing bereits an, das Frühlingshaus um sie herum abzubauen.

Während Springendes Reh mit einem Wasserkorb loszog, beschwerte sich Junge Füchsin hinter ihr schon wieder lautstark über den verlorenen Korb. Es dämmerte jetzt richtig, und die Sonne zeigte sich als orangefarbener Feuerball am sonst grauen Himmel. Aber unten am Fluss war es noch dunkel. Unterwegs hatte Springendes Reh auch Hirschlauschers Wasserkorb mitgenommen, und als sie ins Lager zurückkam, war Hirschlauscher wach und hockte an den Überresten seines Feuers. Sie legte Holz darauf und blickte ihn misstrauisch an. »Du hast ja Fieber!«, rief sie, als sie seine ungewöhnlich glänzenden Augen sah.

»Möglich«, erwiderte Hirschlauscher und hustete, als ginge seine Lunge gleich in Stücke.

»Ich hole Seher.«

Wieder hustete Hirschlauscher und klopfte sich auf die Brust. »Ich weiß genauso viel wie er und kann mich wunderbar selbst heilen.«

Springendes Reh ging gar nicht darauf ein, sondern rollte saubere Steine ins Feuer. Dann sah sie in Hirschlauschers

Vorratskörben nach, was er noch an Kräutern und Pülverchen hatte. Seine Vorräte machten den Eindruck, als hätte er sie seit langem nicht mehr aufgeräumt. Das war ganz untypisch für ihn, und Springendes Reh schnalzte verwundert mit der Zunge. Doch den Kräutern entströmte nach wie vor ein berauschender Duft, den sie tief einatmete; sogleich spürte sie, wie dessen Zauber wirkte. Einige der getrockneten Pflanzen kannte sie nicht, aber sie entdeckte Pfefferminze und Weidenrinde und in einem Holztiegel sogar ein bisschen Honig. Er war schon ziemlich alt und ganz fest. Während sie ihn in einer Schale mit der Minze und der Weidenrinde mischte, saß Hirschlauscher still am Feuer und starrte in die Flammen.

»Sobald die Steine heiß sind, legst du sie ins Wasser und machst dir einen Tee.« Er murmelte etwas, dass man als Zustimmung deuten konnte, und Springendes Reh erhob sich. »Ich hole jetzt Seher.«

Inzwischen war es draußen schon so hell, dass sich der Zauberzahn des Medizinmannes gegen den flammenden Himmel am östlichen Rand des Lagers abhob. Sie ging zu seiner Behausung, blieb neben dem Zahn stehen und sprach in das noch düstere Innere hinein. »Du wirst gebraucht, Onkel.«

An Sehers Stelle steckte Katzenohr den Kopf heraus. »Mein Vater spricht gerade mit den Göttern.«

»Es ist dringend. Hirschlauscher hat Fieber«, erklärte Springendes Reh und dachte: *Warum bist du nicht im Haus der jungen Männer, wo du hingehörst?*

»Du wirst wohl warten müssen«, entgegnete Katzenohr, aber Springendes Reh funkelte ihn böse an und ging mit großen Schritten um das Frühlingshaus herum. Und da saß Seher auf einem Stein und aß ein Truthahnei.

»Entschuldige, Onkel, aber Hirschlauscher ist zu krank, um zu reisen. Gestern ist er ganz nass geworden, und jetzt hustet er furchtbar.«

»Und er hat nach mir geschickt? Was für eine Ehre!« Seher stopfte sich den Rest des Eis in den Mund.

Springendes Reh lachte. »Eigentlich hat er gesagt, dass

er genauso viel wisse wie du und sich sehr gut selbst kurieren könne.«

Seher kaute noch eine Weile an dem Ei, dann erklärte er: »Das hört sich schon mehr nach Hirschlauscher an.«

»Ich habe ihm alles für einen Weidentee vorbereitet, aber ich weiß nicht, ob er sich ihn auch macht. Er sitzt einfach nur da und tut nichts.«

»Wollen mal sehen, was wir dagegen unternehmen können.« Seher erhob sich und suchte seine Kräuterbeutelchen, Zauberfetische und die Masken zusammen, die er immer aufsetzte, wenn er mit den Göttern sprach. Jeder konnte Weidentee zubereiten, aber eine Krankheit war ein Dämon, den es auszutreiben galt. »Nimm meinen Zahn und komm mit!«, sagte er dann, und Springendes Reh zog den Zahn aus der weichen Erde und trug ihn ehrfürchtig vor sich her. Nicht jedem wurde er anvertraut. Katzenohr etwa durfte ihn nicht tragen, und als sie an ihm vorbeikamen, funkelte er sie böse an.

Hirschlauscher hockte immer noch reglos am Feuer. Sein Atem ging röchelnd, und sein Gesicht wirkte schmal und um die Nase herum eingesunken. Die Steine waren inzwischen heiß, aber er hatte sie nicht einmal ins Wasser gelegt, geschweige denn Tee gemacht. Verärgert holte Springendes Reh sie mit einem Knochenlöffel aus der Glut und blies sie sauber, bevor sie sie in den Wasserkorb fallen ließ und mit einem Stock hin und her bewegte. Währenddessen breitete Seher seine Medizinbeutel aus, und Hirschlauscher beobachtete ihn wortlos. Als Seher ihm schließlich den Kopf auf die Brust legte und zu husten befahl, bekam Hirschlauscher einen Hustenanfall, der seinen gesamten Oberkörper erschütterte.

»Du bist zu alt, um dich nassregnen zu lassen«, sagte Seher und entnahm seinen Medizinbeuteln einige Kräuter: Schafgarbe gegen den Husten; Immergrün, das zusammen mit der Weidenrinde gegen die Schmerzen wirkte; und Eisenkraut, um das Böse aus den Lungen zu vertreiben.

Mittlerweile war das ganze Lager auf den Beinen, und Seher sagte zu Springendem Reh: »Hol jemanden, der ihn tragen kann.« Wider Erwarten verwehrte sich Hirschlauscher nicht dagegen, und das machte Springendem Reh Angst. Sie ging zu ihrem Vater und Tante Vier Fingers Ehemann und bat sie, eine Hirschledertrage anzufertigen. Keiner widersetzte sich ihrem Wunsch, stattdessen sahen alle betrübt drein. Wenn ein Mann wie Hirschlauscher starb, verlor der Stamm etwas Heiliges – einen Puffer zwischen sich und den Geheimnissen der Götter. Er durfte nicht böse aus dem Leben scheiden, denn sein Geist konnte auch im Nachhinein noch Unheil anrichten.

Springendes Reh wollte sich weder das eine noch das andere vorstellen müssen und lief weiter, um auch Den der Angst vor seiner Mutter hat um Hilfe zu bitten. Bei der Sorge um Hirschlauscher verblasste der Coyotenmann ein wenig, aber er ging ihr nicht aus dem Kopf. Sie konnte ihn fühlen, ohne an ihn zu denken. Er stand am Rande ihres Wahrnehmungsvermögens, auch wenn sie jetzt keine Zeit für ihn hatte.

Als sie zurückkam, lag Hirschlauscher neben seinem Feuer. Man hatte seinen ausgemergelten Körper mit dem Coyotenkleid bedeckt, und wenn er hustete, bewegte es sich, als würde sich Gott Coyote gleich darunter erheben. Erschrocken schlug sich Springendes Reh die Hand vor den Mund. War sie schuld an Hirschlauschers Krankheit? Sie flüsterte: »Bitte nimm mich, nicht ihn«, aber niemand hörte, was sie sagte, wahrscheinlich nicht einmal Gott Coyote.

Seher stand neben Hirschlauscher und sprach mit dem Donnergott. Offenbar glaubte er nicht, dass Gott Coyote die Schuld an Hirschlauschers Krankheit trug. Er hatte das Gesicht mit der Maske dem Himmel zugewandt und schwenkte seinen heiligen Zahn wie einen Zauberstab. Den Zahn schmückten Adlerfedern und eine Klapperschlangenhaut mit acht Ringen, die rasselnd gegen Sehers Handgelenke schlugen, während er den Donnergott im Namen der Leute vom Gelben Gras bat, Hirschlauscher wieder gesund zu machen. Dann neigte er den Kopf, um besser zu verstehen, was der Donnergott ihm antwortete, dessen Stimme auf der leichten Brise mitschwang, die jetzt durchs Tal getragen wurde.

»Alter Freund Donnergott spricht heilende Worte.« Seher setzte seine Maske ab, mit der er ganz fremd ausgesehen hatte, und wandte sich direkt an Hirschlauscher. »Der Geist des Donnergottes bringt ein Heilmittel für diesen Mann.«

Hirschlauscher nickte. »Der alte Mann dankt dem Donnergott.«

Springendes Reh biss sich auf die Lippe. Ein Heilmittel bedeutete nicht unbedingt, dass die kranke Person wieder gesund wurde. Manchmal entschloss sich der Geist des Donnergottes, nur die Seele zu heilen, um den kranken Menschen für seine Reise in eine andere Welt vorzubereiten. Um sich abzulenken, überprüfte Springendes Reh, ob das Wasser schon heiß war, und goss ein wenig in die Schale mit den Kräutern. Während der Tee zog, begann Der Angst vor seiner Mutter hat, das Frühlingshaus abzubauen und die Männer machten aus einer Hirschlederhaut und zwei Stöcken eine Trage. Nachdem man Hirschlauscher darauf gelegt hatte, gab Springendes Reh ihm von dem Tee zu trinken. Obwohl sie sehr viel Honig hineingetan hatte, konnte die Süße den bitteren Geschmack der Kräuter aus Sehers Medizinbeuteln nicht überdecken.

»Ich habe dir gleich gesagt, dass ich Seher nicht hier haben wollte. Seine Medizin trinken zu müssen ist schlimmer als der Tod.« Hirschlauscher zog eine Grimasse, überwand aber den Würgereiz und trank den Tee in kleinen Schlucken. Als er Springendem Reh die Schale zurückgab, sagte er lächelnd: »Jetzt hör auf, dir Sorgen um mich zu machen. Ich werde schon wieder gesund.« Dabei strich er sich über die Kehle, und Springendes Reh fragte erschrocken: »Tut dir etwa auch der Hals weh?«

»Nein«, antwortete Hirschlauscher und presste die Lippen aufeinander. Offensichtlich wollte er nicht weiter darüber reden.

Wieder überkam Springendes Reh die Angst, womöglich schuld an seiner Krankheit zu sein. Als ihr Vater und die anderen Männer die Trage aufnahmen, ging sie neben Hirschlauscher her und überlegte, wie sie ihn danach fragen konnte, ohne ihm zu erzählen, was geschehen war. Nachdenklich sah sie auf seine dünnen Hände, die er über der Brust gefaltet hatte. »Glaubst du … glaubst du, dass jemand böse ist?«, fragte sie schließlich.

»Nein«, antwortete Hirschlauscher. »Ich glaube nur, dass ich alt und faul werde und getragen werden möchte.«

Wieder biss sich Springendes Reh auf die Lippe. Bestimmt wüsste Hirschlauscher, wenn ein Zauber schuld an seinem Zustand war. Krankheit hatte immer mit Zauberei zu tun. Woher sollte sie sonst kommen?

»Geh jetzt und hilf deinen Müttern«, sagte da ihr Vater. »Sie sind bestimmt schon wieder böse.«

»Ja, geh ruhig«, bekräftigte Hirschlauscher, und Springendes Reh tat, was man von ihr verlangte. Dabei versuchte sie sich damit zu beruhigen, dass schon viele Leute krank geworden waren, ohne dass es ihre Schuld gewesen wäre. Außerdem hatte Junges Weib letztes Jahr auch den Husten gehabt und war wieder gesund geworden.

»Es hat zwei Monde gedauert, bis mir beim Atmen nichts mehr wehtat«, sagte sie stolz, nachdem Springendes Reh ihr von Hirschlauschers Krankheit erzählt hatte. »Und habe ich mich deswegen vielleicht beschwert?«

»Ununterbrochen«, entgegnete Springendes Reh, die keine Lust hatte, höflich zu sein.

»Aber sie ist den Husten wieder losgeworden.« Glupschauge schulterte ein Bündel und setzte sich ein weiteres auf den Kopf. »Hirschlauscher ist zäh wie eine alte Lederhaut«, erklärte sie und fügte grinsend hinzu: »Er ist wie eine Frau und wird nicht sterben, solange er noch von Nutzen sein kann.«

In dieser Nacht befiel die Krankheit auch Hirschlauschers Hals, und er konnte kaum noch atmen. Die Leute vom Gelben Gras dachten schon, er würde sterben, aber schließlich hustete er den Halsschmerz heraus. Seher verordnete ihm noch mehr Eisenkraut und eine weitere Heilzeremonie. Danach schien es Hirschlauscher besser zu gehen, aber der Husten blieb.

Während die Leute vom Gelben Gras ihren Sommerunterkünften entgegenzogen, war Hirschlauscher sogar zu schwach, um sich selbst zu versorgen. Jeden Tag brachte Springendes Reh ihm die Mahlzeiten und machte ihm Tee. Dabei klammerte sie sich an den winzigsten Hoffnungsschimmer auf Besserung. Am liebsten hätte sie ihm die Krankheit abgenommen. Sie war jung und würde den Husten bestimmt überleben. Mehrmals versuchte sie, mit allerlei Zaubersprüchen die Krankheit auf sich zu ziehen. Und eines Morgens, als ihr der Magen drückte und sie ihr Frühstück erbrach, dachte sie, das sei ihr auch gelungen. Aber weder bekam sie Husten, noch wurde Hirschlauscher gesund. Sie musste sich allerdings auch weiterhin übergeben und glaubte zunächst, sie hätte in ihrer Gier zu viele Frühlingskräuter gegessen. Aber sie konnte zu sich nehmen, was sie wollte, am nächsten Morgen erbrach sie es doch wieder, und allmählich kam ihr ein schrecklicher Gedanke.

Als ihre Blutung einen ganzen Mond überfällig war, ging sie trotzdem ins Haus der Frauen. Dort blieb sie fünf Tage und zitterte vor Angst. Womöglich brachte es Unheil, sich im Haus der Frauen aufzuhalten, wenn man gar nicht blutete. Falls sie schwanger sein sollte – und zu diesem Zeitpunkt war sie sich dessen beinahe sicher –, was brachte sie dann wohl zur Welt? Ein Ungeheuer? Einen Gott? Ein Kind der *Anderen?*

Sie kauerte sich zusammen und ging immer wieder die Geschichte durch, die sie sich inzwischen zurechtgelegt hatte. Gott Coyote war zugleich Mensch und Tier, so wie es alle Geschöpfe am Anfang der Welt gewesen waren. Aber er hatte den Himmel verärgert und war zur Strafe in zwei getrennte Körper geteilt worden, die jetzt nicht mehr zueinander fanden. Vielleicht hatte ihn eine Feuerschlange gespalten, so wie sie manchmal in einen Baum einschlug. Sein Kind würde natürlich über Zauberkräfte verfügen. Diesem tröstenden Gedanken gab sich Springendes Reh ganz hin und hüllte sich darin ein wie in eine Decke.

Als sie aus dem Frauenhaus kam, ging sie wieder ihrer Arbeit nach und sorgte dafür, dass keine ihrer Stiefmütter mitbekam, wenn sie sich erbrechen musste. Sie waren nicht dumm und würden noch früh genug von ihrer Schwangerschaft erfahren. Aber vielleicht sagte ihr Gott Coyote vorher, was sie tun sollte. Er hätte doch bestimmt Interesse an seinem Kind.

Manchmal gelang es Springendem Reh, eine Weile nicht daran zu denken, dass da etwas in ihr heranwuchs. Hirschlauscher war immer noch sehr schwach und nahm oft ihre Aufmerksamkeit in Anspruch. Außerdem sprach manches dafür, dass die *Anderen* sich in die Jagdgründe der Leute vom Gelben Gras gewagt hatten. Deswegen wurden zahlreiche Versammlungen mit Blauem Stein, Seher und den Jägern des Stammes abgehalten, bei denen sich Katzenohr immer lautstark Gehör verschaffte und ärgerlich mit seinem Speer herumfuchtelte. Da er nun ihr bester Jäger war, musste man damit rechnen, dass er sich zu Wort meldete, und bei jeder Zusammenkunft rang er mit seinem Vater darum, wer das letzte Wort hatte.

Schließlich erreichten die Leute vom Gelben Gras ihre Höhlen, die wie Bienenwaben am Fuß des Roten Sandsteingebirges hingen. Die Mitglieder des Stammes schwirrten denn auch herum wie Bienen, die in ihren Stock zurückkehrten. Über einen ähnlich guten Leitsinn musste man allerdings verfügen, wenn man in dieser Gegend überleben wollte. Die jungen Männer verbrachten ihr ganzes Leben damit, die verschiedenen Wildfährten lesen zu lernen und dem Geheimnis auf die Spur zu kommen, wie sich der Wildwechsel im Land ihrer Väter vollzog. Dieses Wissen durfte dem Stamm nicht verloren gehen, und deshalb wechselte eine Frau zum Stamm ihres Ehemannes und nicht umgekehrt.

Und wohin wird es mich einmal verschlagen?, schoss es Springendem Reh plötzlich durch den Kopf, während sie Hirschlauscher behilflich war, sich in seiner Höhle neu einzurichten. *In die Einsamkeit?* Bevor er ihr etwas anmerkte, wandte sie sich rasch ab und fing an, für seinen Tee Eisenkraut und Immergrün in einer Schale zu zerstoßen. Hinter sich hörte sie ihn rasselnd ein- und ausatmen. Das wurde anscheinend nie besser. »Katzenohr und Seher streiten schon wieder«, sagte sie nun – zum einen, um sich abzulenken, aber auch weil Hirschlauscher gerne wusste, was im Lager vor sich ging.

»Die beiden streiten miteinander, seitdem der Junge sprechen kann. Worum geht es diesmal?«

»Die *Anderen* waren in unseren Jagdgründen. Katzenohr will gegen sie kämpfen, aber Seher möchte vorher herausfinden, warum sie hier sind.«

Hirschlauscher verzog den Mund. »Und was sagt Blauer Stein?«

»Er hat schon im letzten Mondviertel mit Seher gestritten, wo das behelfsmäßige Lager aufgeschlagen werden sollte. Deshalb hört er jetzt auf Katzenohr.«

»Wenn Seher sagt, dass ein Platz verflucht ist, sollte Blauer Stein sich danach richten.« Hirschlauscher lachte leise. Der Häuptling hatte zwar seinen Kopf durchgesetzt, war dann aber in den Fluss gefallen und hatte seinen besten Speer eingebüßt. »Das mit dem Speer sollte ihm eine Lehre sein.«

»Blauer Stein glaubt, Seher habe dafür gesorgt, dass er in den Fluss fiel«, erklärte Springendes Reh. »Kein Mensch kann mehr einen klaren Gedanken fassen. Alle sind völlig aufgeregt wegen der *Anderen.*«

Hirschlauscher nickte. »Ich verrate dir jetzt mal ein Geheimnis: Die *Anderen* sind auch Menschen.«

»Nein, das sind sie nicht! Sie stehlen das Wild.«

»Sie sind Menschen wie wir und haben Hunger.« Hirschlauscher legte sich auf sein Lager, um sich ein wenig auszuruhen, und Springendes Reh goss heißes Wasser auf die zerstoßenen Eisenkraut- und Immergrünblätter. Während der Tee zog, döste Hirschlauscher ein. Dabei flatterten seine Lider, und auch seine Lippen bewegten sich ein wenig. Er hatte einen sehr leichten Schlaf, denn der Schmerz in seiner Brust ließ ihn nicht zur Ruhe kommen.

Nachdenklich hielt sich Springendes Reh die Hände auf den Bauch. Ihr Taillenumfang nahm allmählich zu, obwohl es bisher noch niemand bemerkt zu haben schien. Was immer da in ihr war, es wuchs heran, während Hirschlauscher immer schwächer wurde. Einen Augenblick war sie deswegen wütend und hätte das Leben in sich am liebsten herausgerissen. Aber dann beruhigte sie sich wieder. Als das Wasser eine grünlich braune Färbung angenommen hatte, fischte sie die zerstoßenen Blätter heraus und hob Hirschlauschers Kopf an. »Trink jetzt!«

Er öffnete die Augen und nahm den Tee in kleinen Schlucken zu sich, ohne zu murren. Dann wollte er wissen: »Wann erzählst du es mir endlich?«

»Was denn?« Beinahe hätte Springendes Reh die Schale fallen lassen.

»Du siehst aus wie ein Hase, den die Meute hetzt.«

»Das liegt nur daran, dass ich mir Sorgen um dich mache. Du isst nicht.«

Hirschlauscher seufzte. »Ich habe einfach keinen Hunger. Die Krankheit hinterlässt einen ekelhaften Geschmack auf der Zunge, und das verdirbt mir den Appetit.«

»Der Tee wird dem abhelfen.«

»Nein, das tut er nicht.« Hirschlauscher rollte sich unter den Decken zusammen. Sogar an einem so warmen Tag wie heute war ihm kalt. »Ich bin müde«, sagte er ungehalten, denn die Krankheit hatte seine Laune so unbeständig gemacht wie das Wetter. Ob er sich wohl noch daran erinnerte, was er sie soeben gefragt hatte?, überlegte Springendes Reh, während sie die Schale mitnahm, um sie auszuspülen.

Eulenküken half Springendem Reh, sich um Hirschlauscher zu kümmern, und Seher hielt fast jeden Abend feierliche Zeremonien an seinem Lager ab. Aber Hirschlauscher wurde nicht wieder gesund, doch er starb auch nicht. Wenn sich Springendes Reh morgens die Hände um die Taille legte, um festzustellen, wie viel sie zugenommen hatte, klammerte sie sich an die bloße Tatsache, dass Hirschlauscher lebte. Dann schlich sie davon, um sich unbemerkt von Junge Füchsin, die schon misstrauisch geworden war, zu übergeben.

Immer wenn Springendes Reh für die Jäger zauberte, fühlte sie die Quelle der Magie in ihren Fingerspitzen kribbeln, als hätte sie sie in die Glut gehalten. Ihre Zauberkraft war also noch da, und Springendes Reh dachte trotzig: *Immerhin habe ich damit Gott Coyote herbeigerufen.* Eine Zauberkraft, die das vermochte, konnte auch das Wild anlocken, wenn man schwanger war.

Eines Tages erlegten die Jäger drei Hirsche und kehrten mit Geschichten über die *Anderen* zurück, deren frische Spuren sie auf dem Wildwechsel entdeckt hatten. Springendes Reh brachte sie dazu, die Lebern der Tiere Hirschlauscher zu überlassen und stand dabei, als er sie aß. Aber noch am selben Abend erbrach er sich davon.

In dieser Nacht lag Springendes Reh in der Höhle ihres Vaters, umgeben von ihren Stiefmüttern und deren Kindern, und überlegte, wie es wohl wäre, selbst ein Kind zu bekommen. Würde sie sterben wie ihre Mutter? Was, wenn sie den bösen Geist der Höhle doch auf sich gezogen hatte? Sie konnte niemanden um Rat fragen und träumte von grauen Fängen, die sie auseinander rissen, und von einer Schlange, die danach aus ihr hervorkroch.

Als es dämmerte, schlich sie sich auf Zehenspitzen zu Hirschlauschers Höhle. Es war an der Zeit, ihm von der Sache zu berichten. Der Coyotenmann hatte ihr kein Zeichen geschickt, und sie hatte Angst vor der Geburt. Hirschlauscher könnte ihr sagen, worauf es dabei ankam. Er war immer zugegen, wenn eine Frau des Stammes in den Wehen lag, und half, das Kind auf die Welt zu bringen, indem er ihm Geheimisse erzählte, die es zum Herauskommen bewegten.

Alle Höhlen waren noch dunkel. Nur hier und da schwelte die Glut eines fast erloschenen Feuers, und von der Sonne war lediglich ein leichter Schimmer am östlichen Horizont zu sehen. Vorsichtig ging Springendes Reh zu Hirschlauschers Höhle, blieb davor stehen und flüsterte: »Mit allem Respekt, Onkel.«

Als von drinnen nichts zu hören war, kroch sie hinein und kniete sich neben Hirschlauscher. Er röchelte nicht mehr, und ein Gefühl der Leere ließ Springendes Reh tief einatmen, bevor sie ihre Hand unter seine Coyotenfelldecke schob. Seine Brust fühlte sich kalt an, und Springendes Reh warf heulend den Kopf zurück und ballte die Hände zu Fäusten. Draußen näherten sich Schritte, und kurz darauf steckte Seher den Kopf in die Höhle. Er sah noch ganz vom Schlaf benommen aus, und die an den Seiten seines Kopfes grau nachwachsenden Haare standen steil ab. Auch Blauer Stein kam herbeigelaufen und befestigte sich unterwegs seinen Kragen aus Adlerfedern. Dann bahnte er sich mit den Ellbogen einen Weg durch die Stammesmitglieder, die verwundert herangekommen waren. Nach dem Häuptling duckte sich auch Der Angst vor seiner Mutter hat in die Höhle und kniete sich neben Springendes Reh. Er legte ihr tröstend einen Arm um die Schultern, und sie barg das Gesicht an seiner Brust. »Ich hätte hier sein sollen«, schluchzte sie. »Ich habe ihn allein sterben lassen.«

»Er wollte es so«, versuchte Der Angst vor seiner Mutter hat sie zu beruhigen, und Seher erklärte seufzend: »Er war müde, mein Kind. Du musst ihn gehen lassen.«

Daraufhin zog Der Angst vor seiner Mutter hat Springendes Reh hoch und verließ mit ihr die Höhle.

»Ich hätte bei ihm sein sollen.«

»Möchtest du etwa, dass dir ein anderer beim Sterben zusieht?«

Noch einmal blickte sich Springendes Reh um, aber Der Angst vor seiner Mutter hat zog sie weiter.

»Sie gehen immer von mir, wenn ich nicht da bin. Bei meiner Mutter war es genauso.«

»Reisende soll man nicht aufhalten.«

»Das hat Tante Vier Finger beim Tod meiner Mutter auch gesagt«, erklärte Springendes Reh böse, »und dann war ich allein.«

Inzwischen hatte sich der ganze Stamm vor Hirschlauschers Höhle versammelt; auch ihr Vater und ihre Stiefmütter waren gekommen, um der Ursache für den Tumult auf den Grund zu gehen. Der Angst vor seiner Mutter hat brachte Springendes Reh zu ihrer Höhle, und ihre Familie folgte den beiden aufgeregt tratschend. Ein Mann wie Hirschlauscher verdiente eine aufwendige Bestattung. Man musste ihm die letzte Ehre erweisen und viel Zauberei mit auf den Weg geben. Sehers Frau und die Frau des Häuptlings würden den Leichnam aufbahren, und dann gäbe es einen üppigen Leichenschmaus, zahlreiche Gebete und noch mehr zu essen, damit Hirschlauscher sich nicht mit leerem Magen auf den Weg zum Skeletthaus machen musste. Bei dem Gedanken, dass Springendes Reh so nah bei dem Toten gewesen war, lief es Junger Füchsin, Jungem Weib und Glupschauge eiskalt den Rücken hinunter, und sie beschlossen im Stillen, ihre Stieftochter den kommenden Monat nur *Tochter dessen der einst Wasser fand* zu nennen.

Niedergeschlagen ließ sich Springendes Reh gegen die Höhlenwand fallen und vergaß vor lauter Verzweiflung sogar, den Bauch einzuziehen, wie sie es sich in letzter Zeit angewöhnt hatte. Als Junge Füchsin, die hinter ihr in die Höhle getreten war, ihren Taillenumfang sah, stieß sie einen so spitzen Schrei aus, dass Der einst Wasser fand ihr eine schallende Ohrfeige verpasste. Aber sie ließ sich nicht beirren. »Seht nur!« Junge Füchsin wies auf Springendes Reh. »Deshalb war ihr jeden Morgen schlecht.« Dann zischte sie Springendes Reh an: »Glaub ja nicht, dass ich dich nicht gesehen hätte.« Zu den anderen gewandt fuhr sie fort: »Die ganze Zeit tut sie so heilig, und dann schläft sie doch mit einem Mann. Warum hat er nicht für sie bezahlt?«

»Lasst mich in Ruhe!«, fuhr Springendes Reh ihre Stiefmütter an. Trotzdem kam Junges Weib zu ihr und drückte ihr einen Finger in den Bauch, und Glupschauge stieß Junges Weib mit dem Ellbogen weg und verkündete: »Nun, damit war ja zu rechnen. Zu welchem Clan gehört der Vater deines Kindes?«

»Und warum hat er *deinen* Vater nicht bezahlt?«, ergänzte Junges Weib, die sich wieder an Glupschauge vorbeigedrängelt hatte.

»Vielleicht will er sie nicht. Wenn ich ein Mann wäre, hätte ich auch Angst vor ihr«, erklärte Junge Füchsin spitz. Springendes Reh höhnte: »Du hast doch vor allem Angst. Vor Hexen und vor Flüchen … und vor Spinnen«, fügte sie noch hinzu, um Junge Füchsin daran zu erinnern, dass sie sehr wohl ihr handtellergroße Spinnen im Traum erscheinen lassen konnte.

Der einst Wasser fand nahm seine Tochter beim Handgelenk und sah seine Frauen so streng an, dass sie zurückwichen. Dann zog er Springendes Reh mit sich hinaus ins Freie, als könnte er damit die Wahrheit ans Licht zerren. »Wer ist der Vater?«

»Das muss ich dir nicht berichten!« Stolz hob Springendes Reh den Kopf.

»Ist es Katzenohr? Das kannst du mir ruhig sagen. Er wäre ein guter Mann für dich.«

»Nein, nicht Katzenohr.«

»Etwa Der Angst vor seiner Mutter hat?« Missbilligend kniff Der einst Wasser fand die Augen zusammen.

»Nein.«

»Gut. Falls du heiraten solltest, ist es wichtig für unseren Stamm, wer dein Mann ist. Es wäre vielleicht besser gewesen, du hättest dich gar nicht erst mit einem Mann eingelassen. Aber wie ich sehe, ist es dazu nun zu spät.« Seine Miene hellte sich auf. »Es ist Seher oder Blauer Stein, habe ich Recht?«

»Nein, weder noch, und mehr erfährst du auch nicht von mir.« Wenn er sie weiter nach Männern vom Gelben Gras fragte, würde er irgendwann herausfinden, dass es keiner von ihnen war.

Aber Der einst Wasser fand gab nicht so schnell auf. »Eine Tracht Prügel wird dir die Zunge schon lösen. Wenn du den Vater deines Kindes verheimlichst, gibt es nur Ärger. Womöglich verdächtigen sie noch mich.« Auf der Suche nach einem Stock, zerrte er Springendes Reh, die vergeblich versuchte, sich aus seinem Griff zu befreien, hinter sich her. Dabei sah der ganze Stamm interessiert zu.

»Ich habe gestern für unsere Leute die Hirsche herbeigerufen«, murmelte sie.

»Aber sie sind nicht alle gekommen. Einige sind zu den *Anderen* gegangen. Die Leute vom Gelben Gras werden nichts dagegen haben, wenn ich dich schlage.« Beim Feuerholz vor Tante Vier Fingers Höhle fand er einen passenden

Stock und hob ihn auf, ohne das Handgelenk seiner Tochter loszulassen. Aber bevor er zuschlagen konnte, holte Springendes Reh mit der freien Hand aus und hieb ihm damit so heftig aufs Kinn, dass er zurücktaumelte. »Wenn du mich schlägst, rufe ich das Wild nie mehr!« Sie kniff die Augen zusammen. »Nicht für dich, nicht für Blauen Stein und auch für sonst niemanden. Schlag mich, und ich sage den Hirschen, sie sollen verschwinden.«

Böse funkelte ihr Vater sie an, und sie erwiderte seinen Blick. Tante Vier Finger sah den beiden mit großen Augen zu, während sich die anderen Stammesmitglieder hinter ihr hielten.

»Ungehorsame Töchter verdienen eine Tracht Prügel!«, rief Der einst Wasser fand.

»Na los, schlag mich!«, zischte Springendes Reh. »Du weißt ja, was ich dann tue.«

Alle, die sie gehört hatten, hielten erschrocken den Atem an. Keiner bezweifelte, dass Springendes Reh dazu in der Lage war, und ganz langsam, als müsste man ihm die Finger aufhebeln, lockerte Der einst Wasser fand seinen Griff.

Springendes Reh rieb sich das Handgelenk, auf dem sich weiß abzeichnete, wo ihr Vater sie festgehalten hatte. Dabei ließ sie den Blick über die Leute vom Gelben Gras wandern und sah einen nach dem anderen an. Die Ehefrauen ihres Vaters blickten erschrocken und missbilligend drein. Der Angst vor seiner Mutter hat starrte sie an, als hätte sie sich soeben in die Schlange seiner Albträume verwandelt, und Katzenohr erwiderte ihren Blick mit zusammengekniffenen Augen und vorgerecktem Kinn. Es sah aus, als hätte er die Ohren angelegt wie eine Wildkatze und fauchte nun: »Die Tochter von Dem der einst Wasser fand hat kein Recht, den Namen des Vaters ihres Kindes für sich zu behalten.«

Alle wussten, dass er sie begehrte, und warteten nun gespannt auf seinen nächsten Schritt. Aber Springendes Reh kam ihm zuvor. Hoch erhobenen Hauptes ließ sie ihn stehen und setzte dabei ganz vorsichtig einen Fuß vor den anderen, als ginge sie einer unsichtbaren Spur nach. Die anderen wichen erschrocken zurück und blieben, wo sie waren.

Springendes Reh hatte schon viel zu viel Zauberkraft freigesetzt. Womöglich markierte sie nun einen Weg, der sich auftat und jeden verschluckte, der es auch nur wagen sollte, ihr zu folgen.

Auch Katzenohr folgte ihr nicht, warf aber Dem der einst Wasser fand einen verächtlichen Blick zu und sagte: »Ein Mann, der seine Frauen nicht mehr unter Kontrolle hat, wird zu alt.«

»Und ein Mann, der versucht, sie mit dem Stock zu kontrollieren, wird vielleicht gebissen.« Das kam von Tante Vier Finger, und die anderen Frauen murmelten mit Blick auf Eulenküken ihre Zustimmung. Sie brauchten ja nur daran zu denken, was mit deren Mann passiert war.

»Trotzdem sollten wir wissen, wer der Vater ist«, zischte Junge Füchsin. Sie war ihrem Mann und ihrer Stieftochter gefolgt, um ja nichts zu verpassen, und stand jetzt ganz vorne.

»Wir erfahren es schon noch rechtzeitig«, sagte Eulenküken, und alle sahen sie erstaunt an, weil sie sich so selten zu Wort meldete.

»Pah!«, rief jemand. »Vielleicht war es Der der uns gerade verlassen hat.« Die Blicke der Leute vom Gelben Gras wanderten zu Hirschlauschers Höhle.

»Niemals!«, rief ein anderer, und es folgte allgemeines Gelächter, trotz der Macht des erst kürzlich Verstorbenen.

»Aber es muss jemand gewesen sein, der über eine große Zauberkraft verfügt«, ließ sich da eine andere Stimme hören, und die Blicke aller Frauen streiften die anwesenden Männer.

»Das ist kein Thema, über das man sich öffentlich auslässt«, meldete sich plötzlich Blauer Stein zu Wort. Er stampfte böse mit dem Fuß auf, und die Menge zerstreute sich.

»Also muss es Blauer Stein gewesen sein.« Beigabe saß mit den anderen Frauen unten am Fluss und flocht Körbe. Sie sah zum Häuptling hinüber und senkte die Stimme. »Du hast doch immer gesagt, er wolle sie haben, Vier Finger.«

»Das habe ich auch von Katzenohr behauptet.« Vier Finger wob mit geschickten Fingern Yucca-Fasern in das Korbgrundgerüst aus Binsen, und Mondfängerin, Beigabes Schwester, erklärte feierlich: »Ich habe gehört, dass Springendes Reh mit Dem der Angst vor seiner Mutter hat vor dem Haus der jungen Männer gesehen wurde.«

»Pah!«, schnaubte Vier Finger verächtlich. Die beiden Schwestern waren mit demselben Mann verheiratet und die schlimmsten Klatschtanten des ganzes Stammes. Außerdem verstanden sie immer alles falsch. »Der Angst vor seiner Mutter hat fürchtet sich sogar vor seinem eigenen Schatten. Er lässt sich bestimmt nicht mit meiner Nichte ein.«

»Wir könnten ihn auch Der Angst vor Springendem Reh hat nennen«, sagte Läuferin kichernd. Sie war noch jung, hatte gerade erst in den Stamm eingeheiratet und fürchtete sich selbst auch vor Springendem Reh. Aber mit Freuden hörte sie, was die Gerüchteküche über die Frau, die die Hirsche anlockte, verbreitete. So etwas Aufregendes hatte sie noch nie erlebt.

»Blauer Stein könnte es durchaus gewesen sein«, meinte nun Vier Finger nachdenklich. »Als er noch jung war, konnte nichts auf zwei Beinen vor ihm sicher sein.«

Alle lachten. Es trug zur Macht eines Häuptlings bei, die Wildmengen aufgrund seiner eigenen Zeugungsfähigkeit zu vermehren. Aber Blauer Stein genoss das Zusammensein mit einer Frau viel zu sehr, als dass es der Würde eines Häuptlings zuträglich gewesen wäre.

»Vielleicht war es Bärentöter.«

»Oder Der komisch läuft.«

»Oder Der nur einen Hoden hat. Er hat zwar nur einen, aber der ist in Ordnung.«

Die Frauen vom Gelben Gras flochten weiter Yucca-Blätter in die Binsen und überlegten kichernd, wer Springendes Reh noch geschwängert haben könnte. Einige Vorschläge waren nur halb ernst zu nehmen, andere aber so abwegig, dass sie lauthals lachten.

»Sie wird den Namen irgendwann preisgeben müssen«, erklärte Mondfängerin schließlich.

»Warum sollte sie?« Das war Eulenkükens erster Beitrag zu diesem Thema.

»Also, weißt du! Weil es nicht normal ist. So wird das bei uns nicht gehandhabt.« Mondfängerin runzelte die Stirn und schob die Unterlippe vor.

»Man kann doch nicht Kinder in die Welt setzen, ohne dass die anderen wissen, zu welchem Clan sie gehören«, ergänzte Beigabe. »Wen soll ein solches Kind denn heiraten?«

»Und woher sollen wir wissen, dass der Vater nicht zu ihrem eigenen Clan gehört?« Mondfängerin schnalzte mit der Zunge. »Das wäre ganz schön schlecht.«

»So dumm ist sie nicht«, schnaubte Vier Finger.

»Ach ja? Und woher wollen wir *das* wissen?«

»*Ich* weiß es.«

»Warum sagt sie dann nicht, wer der Vater ist?«, fragte Läuferin und genoss den Schauer, der ihr dabei über den Rücken lief. Hinter vorgehaltener Hand meinte sie noch: »Ich glaube, es ist Eichhörnchen.«

»Wenn du das noch einmal sagst, reiße ich dir die Ohren ab.« Eichhörnchen war Eulenkükens Bruder, und sie gehörten zum gleichen Clan wie Springendes Reh.

Läuferin machte rasch eine Geste, um Unheil abzuwenden. Jeder, der so entstellt war wie Eulenküken mit ihrem Bein, konnte Tummelplatz für das Böse sein. Aber da beugte sich Vier Finger auch schon vor und schlug ihr auf den Mund. Heulend hielt sich Läuferin die Oberlippe, und Beigabe meinte zu ihrer Schwester: »Habe ich dir nicht gleich gesagt, das gibt Ärger?«

Seher hörte, worüber sich die Frauen unterhielten, so wie er alles mitbekam, was im Stamm der Leute vom Gelben Gras geschah. Er überlegte, ob er zu ihnen gehen sollte, um ihnen den Mund zu verbieten. Aber man brauchte nicht Medizinmann zu sein, um zu wissen, dass sie sofort wieder mit dem Thema anfingen, wenn er ihnen den Rücken kehrte. Es hing einfach zu viel in der Luft. Da weilte der Geist von Hirschlauscher noch unter ihnen, und jetzt auch noch das. Schließlich kam Seher zu dem Schluss, dass die Frauen nur so schnatterten, weil sie nervös waren. Und sicher erwarteten sie jetzt, dass er etwas unternahm.

Er zog sich in seine Höhle zurück und schloss die Augen. Beim Träumen fand man immer Antworten …

Bald sah Seher einen weißen Büffel. Zweifellos handelte es sich dabei um Hirschlauscher. Im Traum waren Mensch und Tier wieder eins. Der weiße Büffel nickte ihm mit seinem schweren Kopf zu und trottete davon. Nachdem er gegangen war, saß Gott Coyote mit heraushängender Zunge am Höhleneingang, und Seher fragte misstrauisch: »Ist das dein Werk?« Das wäre nicht das erste Mal, dass sich ein Gott mit einer Menschenfrau eingelassen hatte. Am Anfang der Welt war der Sonnengott häufig unter den Menschenfrauen auf der Suche nach einer Gespielin gewesen.

»Vielleicht ist das tatsächlich mein Werk«, sagte Gott Coyote, aber im Traum war ›vielleicht‹ gleichzusetzen mit ›ja‹. Er ließ sich an Sehers Feuer nieder und legte den Kopf auf die Pfoten. Den gelbgrauen, nur leicht behaarten Bauch hatte er den Flammen zugewandt, und die Geschichte begann als Atemzug aus seinem Maul …

Als Gott Coyote vor ewigen Zeiten einmal bei den Menschen vorbeikam, hörte er von der Tochter von Dem der am Fluss wohnt. Sie sollte sehr schön und stolz sein, und ihr Haar schimmerte angeblich wie die schwarzen Glassteine, die aus den Vulkanen kamen. Man erzählte sich auch, dass sie ihrem Vater Hirsche und Hasen brachte, indem sie einfach den Namen des gewünschten Wildes rief. So eine Frau wollte Gott Coyote gerne haben. Aber sie hieß Tod bringende Frau, und jeder meinte, dass nur ein Verrückter sie heiraten würde. Außerdem läge neben dem Haus ihres Vaters ein Stapel Knochen, der von den Männern herrührte, die sie begehrt hatten.

Aber Gott Coyote mit seiner selbstgefälligen Art lachte nur. Der Große Geheimnisvolle Geist, *der allen Wesen Leben einhauchte, hatte ihm ja viele Leben gegeben. Und so ging er weiter und kam schließlich an einen Ort, wo eine alte Frau nach Esslilien grub. Weil er hungrig war, steckte er sich drei der süß schmeckenden Knollen in den Mund.*

›Wer stiehlt mir da meine Esslilien?‹«, fragte die alte Frau und zog den Korb, in den sie sie sammelte, näher zu sich heran.

»Gott Coyote! Hast du denn keine Augen im Kopf?«

»Jetzt kann ich dich riechen«, sagte sie, »ich bin nämlich blind.«

Gott Coyote kaute ein bisschen Pinienharz und spie es der Frau in die Augen. »Siehst du nun wieder, altes Weib?«

»Ja, ich sehe, dass du meine Esslilien beschnüffelst. Du darfst dir aber noch eine nehmen, weil du mich wieder sehend gemacht hast. Was führt dich überhaupt hierher?«

»Ich will die Tochter von Dem der am Fluss wohnt heiraten.«

»Oho«, machte die alte Frau. »Pass lieber auf! Sie hat Zähne in ihrer Scheide und beißt dir dein bestes Stück glatt ab.«

»Davor habe ich keine Angst«, sagte Gott Coyote. »Ich nehme diesen Knochen mit und breche ihr die Zähne aus.«

Und dann ging er als Mensch verkleidet weiter und kam an den Ort, an dem Tod bringende Frau mit ihrem Vater lebte.

»Was willst du?«, fragte ihn Der der am Fluss wohnt.

»Deine Tochter heiraten.«

Der Mann grinste. »Und welchen Brautpreis kannst du zahlen?«

»Ich habe eine Esslilienknolle und drei Hirsche.« Er gab dem Mann von dem Hirschfleisch, das er zuvor aus Holz gemacht hatte.

»In Ordnung«, meinte Der der am Fluss wohnt, »du kannst sie heiraten.«

Gott Coyote sah sich noch einmal nachdenklich den Knochenstapel vor dem Frühlingshaus an und ging dann hinein. Im Inneren sah er Tod bringende Frau und wusste, warum draußen so viele Knochen lagen. Sie war noch schöner, als man sie ihm beschrieben hatte, und er sagte: »Ich bin hier, um dich zu heiraten.«

»Dann willst du bestimmt auch mit mir schlafen.« Tod bringende Frau legte sich auf ein Graslager, das mit einer Hirschlederhaut bedeckt war, und zog eine weitere über sich. Gott Coyote hörte unter der Decke Zähne knirschen und schlüpfte vorsichtig ins Bett.

»Schnell, schnell!«, rief die Frau, und ehe sie sich's versah, hatte Gott Coyote den Knochenmeißel zwischen ihre Schenkel gescho-

ben und ihr die Zähne ausgebrochen. Sie war sehr überrascht, aber nicht ernsthaft böse, da sie bisher noch nie richtig mit einem Mann geschlafen hatte. Das holten sie jetzt nach.

Am nächsten Morgen entledigte sich Gott Coyote seiner Verkleidung und sagte ihr, wer er war, und sie blieben sehr lange verheiratet.

Als Seher erwachte, war er fast sicher, dass Hirschlauscher ihm Gott Coyote geschickt hatte, um ihm mitzuteilen, dass er hinter Springendem Rehs Schwangerschaft steckte. Aber was das zu bedeuten hatte, war irgendwie zu beunruhigend, um es weiterzugeben. Besser er behielt es für sich, damit sich die anderen nicht vorzeitig aufregten.

h hem
as Kin
est«

7. Kapitel

Wodurch Hunger entsteht

»Du musst immer mit dem Lauf der Sonne ums Feuer gehen«, sagte Junges Weib zu Springendem Reh, »sonst legt sich die Nabelschnur um den Hals des Kindes und erdrosselt es.«

»Meine Mutter kannte eine Frau, die falsch herumgegangen ist«, ergänzte Junge Füchsin, »und als das Kind herauskam, war es ganz blau und schon halb verwest.«

»Ist sie gestorben?«, wollte Glupschauge wissen.

»Natürlich. Der Geist des Kindes war so verärgert, dass er sie getötet hat.«

Springendes Reh aß eine Hand voll der Grassamen, die sie gerade mahlte. Dabei taten ihr zwar die Zähne weh, aber sie hatte immer Hunger. Gierig blickte sie zum Trockenfleisch hinüber, um das sich Glupschauge kümmerte, und als ihre Stiefmutter wegsah, schnappte sie sich einen Streifen.

»Wenn du zu viel Fleisch isst, tritt dich dein Kind tot«, erklärte Junge Füchsin. »Ich kannte eine Frau, der das passiert ist.«

»Ihr wisst immer alles besser«, sagte Springendes Reh mit vollem Mund.

»Ich kenne mich mit dem Kinderkriegen aus!« Junge Füchsin wandte sich an Junges Weib. »Als ich meine bekommen habe, hatte ich auch die ganze Zeit Hunger. Aber ich war klug genug, mich nicht zu überfressen, so wie diese Närrin hier.«

»Je mehr man gegessen hat, desto länger dauern die Wehen«, meinte Glupschauge. Und als die anderen sie hochmütig ansahen, weil sie keine Kinder hatte, fügte sie hinzu: »Das hat mir meine Mutter erzählt.«

Die Stiefmütter von Springendem Reh sprachen von

nichts anderem seitdem die Jäger aufgebrochen waren. Zuvor hatte Springendes Reh den Hirschzauber für die Jagd vollzogen, obwohl ihr furchtbar schlecht gewesen war. Teilweise weil ihr morgens immer noch übel wurde, aber auch vor Aufregung. Der ganze Stamm hatte sie angestarrt und sich seine Gedanken gemacht.

Jetzt schnalzte Glupschauge mit der Zunge und stellte fest: »Manchmal wächst das Kind auch gar nicht, egal wie viel man isst. Bewegt es sich schon?« Als Springendes Reh nicht antwortete, fuhr Glupschauge fort: »Ich kannte mal eine Frau, deren Kind nicht wuchs. Sie spürte auch nie, dass es sich bewegte. Und dann wurde es eines Tages geboren, aber es war nur ein Blutklumpen um einen kleinen leeren Hautsack.«

»Wie eine Blase, ganz ohne Knochen.« Junges Weib schüttelte sich.

»Das ist die Schuld der Hexen«, fuhr Glupschauge fort, »oder es ist schon etwas nicht in Ordnung mit dem Kind, noch bevor der Mann es hineintut.«

Alle sahen nun fragend zu Springendem Reh hinüber, und Junges Weib meinte: »Ich weiß überhaupt nicht, warum sie sich weigert, ihrem Vater zu sagen, bei wem sie gelegen hat.«

»Und dabei lebt sie auch noch unter seinem Dach und isst sein Essen«, ergänzte Junge Füchsin. »Gar nicht davon zu reden, dass sie den Mann nicht dazu bringt, den Brautpreis für sie zu zahlen. Es ist ja nicht so, dass wir alles im Überfluss hätten. Der einst Wasser fand sollte eine gut gegerbte Hirschlederhaut von ihm verlangen. Bald wird meine älteste Tochter zur Frau, und wir brauchen ein neues Kleid für sie. Unser Mann kann ja selbst nicht genug nach Hause bringen, weil wir so viele sind.«

»Und weil ihr so gierig seid«, zischte Springendes Reh. »Vielleicht sollten meine Mütter ihre Söhne auf die Jagd schicken.«

»Meine Söhne wissen wenigstens, wer ihr Vater ist«, fauchte Junges Weib, deren beide Älteste als Einzige infrage kamen, um mit den Jägern hinauszuziehen. Die anderen durften nur helfen, die Jagdbeute zu zerlegen. »Warum sollten meine Söhne für ein schlechtes Mädchen jagen?«

»Warum sollte ich den Namen eines Mannes nennen, nur weil du es mir sagst?« Springendes Reh schnappte sich das Hackmesser von Junges Weib und kritzelte eine zusammengerollte Klapperschlange auf den Höhlenboden neben das Bett des jüngsten Kindes ihrer Stiefmutter. »Kannst du das auch?«

»Hör auf damit! Nimm die Schlange weg, du Hexe!« Junges Weib wischte mit dem Fuß darüber, bevor sie sich auf Springendes Reh stürzte und sie von dem Bett wegzerrte.

»Ich wollte sie ja gerade wieder fortnehmen«, keuchte Springendes Reh, aber Junges Weib kreischte wieder: »Hexe!« Springendes Reh verpasste ihr einen Kinnhaken, woraufhin Junges Weib sie mit Füßen trat, und als Springendes Reh zu Boden ging, kniete sich Junges Weib auf ihren Bauch und schlug schreiend auf sie ein.

»Das reicht jetzt!« Glupschauge zog Junges Weib an den Haaren von Springendem Reh herunter und gab ihr eine Ohrfeige. Nachdem Springendes Reh sich aufgerappelt hatte, bespuckte sie Junges Weib, bevor sie eine Schlange auf den Höhlenboden zeichnete, die sich ins Sonnenlicht hinausschlängelte. Dabei lief ihr Blut aus der Nase, und sie sagte schniefend: »Ich wollte dich nur daran erinnern, dass ich es tun könnte. Soll ich auch dafür sorgen, dass die Hirsche weiterziehen?«

»Nein!«, rief Glupschauge und schob ihre Leibesfülle zwischen die beiden. »Du wäscht dir jetzt das Gesicht und benimmst dich.«

Junges Weib hielt sich jammernd das Kinn, und Springendes Reh stellte zufrieden fest, dass die Lippe ihrer Stiefmutter aufgesprungen war. Als Springendes Reh aufstand, spürte sie einen ziehenden Schmerz, hielt sich die Hände auf den Bauch und verzog das Gesicht. Junges Weib sah ängstlich drein, denn wenn man dafür sorgte, dass eine Frau ihr Kind verlor, hatte der Häuptling das Recht, einen dafür zu bestrafen. Es war nicht ganz so schlimm wie Mord, aber schlimmer als Stehlen und kam unter eifersüchtigen Ehefrauen oft genug vor, sodass die Leute vom Gelben Gras es ernst nahmen.

»Leg dich hin«, sagte Glupschauge zu Springendem Reh, »bis es vorbeigeht.«

Springendes Reh versuchte, sich das Blut von der Nase zu wischen, aber es lief ihr nur so über die Hände. Noch einmal bespuckte sie Junges Weib und verließ dann die Höhle. Die Sonne brannte heiß, und der Himmel schien sich in goldenen und blauen Spiralen um sie zu drehen. Mühsam schleppte sie sich zu Tante Vier Fingers Höhle.

Eule sah sie kommen, humpelte ihr entgegen und legte ihr einen Arm um die Schultern; gemeinsam schlurften sie zu Eules Mutter. Tante Vier Finger schnalzte mit der Zunge als sie Springendes Reh sah und rieb ihr mit sonnenwarmem Wasser das Gesicht ab. »Schon als Kind dachtest du, du könntest tun und lassen, was du willst. Alles und jedes sollte sich immer deinem Willen beugen. Hier, Sturkopf, halt dir das an die Nase!«

»Ich habe etwas damit bewirkt«, sagte Springendes Reh zwischen dem Grasbüschel hindurch, das Tante Vier Finger ihr gegeben hatte. »Glupschauge hat Junges Weib geohrfeigt.«

»Gut«, befand Eule.

»Glupschauge wird es im Alter jetzt besser haben. Nachdem sie Junges Weib geschlagen hat, besitzt sie mehr Macht im Haus meines Vaters.«

»Daran hast du natürlich gedacht, als du den Streit vom Zaun gebrochen hast«, spottete Tante Vier Finger, und Springendes Reh lachte. Sie nahm das Grasbüschel von der Nase und betrachtete es. Es war scharlachrot, aber anscheinend hatte das Nasenbluten aufgehört. Probehalber atmete sie durch die Nase ein. »Nein, aber Glupschauge hält immer zu den Guten.« Sie rieb sich den Bauch.

»Blutest du?«

»Ich denke nicht, Tante.« Springendes Reh schob sich eine Hand unter den Rock. »Nein, aber es tut weh.«

»So lange nur du Schmerzen hast und nicht das Kind,

brauchen wir uns keine Sorgen zu machen. Heute Abend könntest du den Geist dessen, der gerade von uns gegangen ist, darum bitten, dass es leichter auf die Welt kommt.«

»Das werde ich.« Wieder schniefte Springendes Reh – diesmal, weil sie weinte – und legte das Grasbüschel weg. »Ich weiß gar nicht, was ich zu ihm sagen soll. Am liebsten würde ich ihn bitten, zurückzukommen!«

»Nein!«, rief Tante Vier Finger aufgeregt. »Das ist keine gute Idee.«

»Aber ich vermisse ihn so«, jammerte Springendes Reh. »An dem Morgen, an dem er uns verlassen hat, wollte ich ihm von dem Kind erzählen. Und jetzt kann ich mit niemandem mehr darüber reden.«

»Du hast mehr Leute zum Reden, als ich Finger an der rechten Hand habe«, entgegnete Vier Finger schroff.

Unwillkürlich blickte Springendes Reh auf die verstümmelte Hand ihrer Tante. Wo einmal der kleine Finger gesessen hatte, verlief jetzt eine gezackte Narbe. Mit vier Jahren war ihr der Finger von einem Hund abgebissen worden, dessen Herrchen – ein älterer Junge – seinen Hund zuvor auf ihren Welpen gehetzt hatte. Das wusste Springendes Reh noch von ihrer Mutter. Nun sah sie ihrer Tante direkt in die Augen und sagte: »Bei allem Respekt, Tante, aber nicht die, mit denen ich reden möchte.«

»Sag das bloß nicht zu Seher, er ist ohnehin schon schlecht gelaunt.«

»Sie denken alle, er wäre der Vater.« Eule grinste. »Wenn er es abstreitet, müsste er zugeben, dass ein anderer mehr Macht besitzt. Außerdem möchte er Katzenohr glauben machen, er sei es gewesen. Aber seine Frau wird schon langsam böse.« Ein Hund kläffte in einiger Entfernung, und Eule neigte lauschend den Kopf. »Sie sind zurück.«

»Du bleibst hier und legst dich hin«, sagte Vier Finger zu Springendem Reh und stand auf. Dann eilte sie mit ihrem Metzgermesser und dem Abhäutemesser geschäftig hinaus, und Eule humpelte ihr hinterher.

Auch die anderen Frauen kamen aus den Höhlen, um

den Jägern dabei zu helfen, das Fleisch zu zerlegen. Was immer sie gefangen hatten, würde heute Abend zu Hirschlauschers Ehren zubereitet, dessen Leichnam aufgebahrt in seiner Höhle lag. Man hatte ihn mit roter Erde bemalt und die Augen mit einer Paste aus zerstoßenen blauen Steinen bedeckt. Wenn der Festschmaus beendet war, würden seine sterblichen Überreste verbrannt.

»Die *Anderen* waren vor uns da!«, rief Katzenohr aufgebracht. Er war müde und schmutzig von der Jagd und hatte keine Beute gemacht. Die anderen Männer standen niedergeschlagen hinter ihm, ebenfalls mit leeren Händen. Ihre Hunde lagen ihnen hechelnd zu Füßen und schnappten gelegentlich nach einander.

»Überall wo wir hinkamen, sind die *Anderen* schon gewesen.« Blauer Stein rieb sich nachdenklich das Kinn. Man konnte kaum übersehen, dass auch er schlechter Laune war. »Wir haben Blutspuren gefunden, und am Wasserloch beim Schwarzen Felsen die Fährte der Hirsche entdeckt. Aber das Wild war verschwunden.«

Einer der Jäger drehte sich zu Dem der einst Wasser fand um. »Deine Tochter hat es weggeschickt.«

»Unsinn! Du warst doch dabei, als sie es gerufen hat.«

»Ja«, höhnte Katzenohr, »aber die Hirsche werden von ihrem Ungehorsam abgeschreckt.«

»Oder von den *Anderen*«, warf Vier Finger ein.

»Vorher hat Springendes Reh es fertiggebracht, das Wild auch von ihnen wegzulocken.«

»Vorher haben sich die *Anderen* auch nicht in unseren Jagdgründen breit gemacht.« Böse funkelten Vier Finger und Katzenohr einander an.

Irgendjemand hatte Seher bereits die Nachricht überbracht, und er war mit seinem Riesenzahn den Hügel heruntergestampft, auf dem er immer mit den Göttern Zwiesprache hielt. »Darüber denken wir später nach«, sagte er jetzt und fügte mit Blick auf Katzenohr hinzu: »Blauer Stein und ich. Aber nun müssen wir erst einmal an den denken, der gestorben ist. Die vier Tage sind um, und ich habe den ganzen Tag mit den Göttern geredet, um den Skelettweg für ihn freizumachen.«

»Wie können wir ihn denn ohne Beute zu den Skelettleuten schicken?« Dem der Angst vor seiner Mutter hat taten die Füße genauso weh wie den anderen, und auch er klang entsprechend ungehalten.

»Wir müssen ihn losschicken, sonst kehrt womöglich sein Geist in seinen Körper zurück, und der Skelettweg bleibt offen.« Die anderen nickten. Wenn das geschah, wären sie alle dem Tod geweiht. »Wir benutzen, was wir an Fleisch noch übrig haben, und auch alle anderen Vorräte.«

Vier Finger sah sich unbehaglich um. Wenn sie die letzten Vorräte aufbrauchten, mussten die Männer am nächsten Tag wieder zur Jagd und erfolgreich sein. Oder der Stamm fing an zu hungern. Auch so schon lebte ihr Volk von der Hand in den Mund und war vom Wildwechsel und dem, was die Natur hervorbrachte, abhängig. Aber wenn sie Hirschlauschers Geist hungrig gehen ließen, würde er sie verfolgen und auf sein Festessen lauern.

Inmitten des Tanzbodens glühten düster die Feuergruben, aber der Mond schien ganz klar. Er stand direkt oberhalb des Bergrückens und sah so weiß und reingewaschen aus wie ein Totenschädel. Wenn Springendes Reh zu ihm hinaufsah und die Augen zusammenkniff, konnte sie Hirschlauschers Gesicht darin erkennen. Der Mond war den Frauen vorbehalten, aber Hirschlauscher konnte wahrscheinlich ebenfalls dorthin gehen, wenn er wollte. Sie stellte sich vor, wie ihn die leichenblassen Frauen willkommen hießen. Sie wären glücklich, ihn bei sich zu haben, und würden ihm Samen zum Mahlen geben, Körbe zum Flechten und ihre Kinder, um auf sie aufzupassen. Die Vorstellung tröstete Springendes Reh ein wenig.

Der Geruch von Gebratenem wehte zu ihr herüber, und ihr knurrte der Magen. Aber sie wollte jetzt noch nicht an dem Fest teilnehmen, das zu Ehren des Toten gegeben wurde. *Warte, bis alle essen,* hatte Tante Vier Finger ihr geraten. *Warte, bis der Leichnam aufgebahrt ist.* Niemand würde Hirschlauschers Geist beleidigen wollen, indem man sie während des Essens wieder beschuldigte, die Hirsche vertrieben zu haben.

Springendes Reh schlang die Arme um die Knie und beobachtete von Hirschlauschers Höhle aus ihre Stammesmitglieder, die sich vom Feuer angeleuchtet wie schwarze Schatten hin und her bewegten. Der Bauch tat ihr nicht mehr weh, und sie hatte auch nicht geblutet. Vielleicht ging es dem Kind ja gut. Jetzt, wo ohnehin alle wussten, dass sie schwanger war, brachte es ihr auch nichts mehr, wenn sie es verlor. Außerdem wollte sie es inzwischen unbedingt haben. Es gehörte ihr, was immer es war. Wieder dachte sie an den Fremden und das graue Gesicht des Coyoten, und in ihrer Vorstellung verschwammen die beiden miteinander.

Ob Hirschlauscher wohl gewusst hatte, dass sie zu töricht gewesen war, um ihm davon zu erzählen? Sie konnte seinen Geist nicht erspüren, und der kalten Abendluft war auch keinerlei Nachricht von ihm zu entnehmen. Ihr war klar, dass sie das ohnehin nicht versuchen sollte. Geister, die zurückkehrten, waren gefährlich.

Schließlich trugen Blauer Stein und Seher den mit Federn geschmückten Toten aus seiner Höhle, und Springendes Reh hielt sich so nah wie möglich bei der Bahre. Damit nahm sie nur ihren rechtmäßigen Platz neben Seher ein, wusste aber, dass sie ihn unter den gegebenen Umständen herausforderte, sich dagegen zu verwehren. Doch er sagte nichts.

Der Häuptling und der Medizinmann legten den Toten auf einen vorbereiteten Feuerholzstapel, und der Mond leuchtete über ihm wie eine weiße Muschelhälfte. Dabei dachte Springendes Reh daran, wie man ihre Mutter mit dem toten Kind im Bauch verbrannt hatte, und an all die anderen Feuer, die entzündet worden waren, um Leute vom Gelben Gras auf den Weg ins Skeletthaus unter dem See zu schicken.

Der Duft des kärglichen Festessens hing in der Luft und wurde vom süßlichen, unangenehmen Geruch des Verfalls überlagert. Den Leichenschmaus verzehrte man immer vor der Feuerbestattung, damit der Geist des Toten auch seinen Anteil bekam.

Das letzte Trockenfleisch, einige Hasen, Eichhörnchen und kleine Vögel sowie geröstete Esslilienknollen und Beeren hatte man oben auf Kürbisschalen gelegt. Sie waren zuvor mit Steinen gefüllt worden, um es nach mehr aussehen zu lassen. Springendes Reh setzte sich neben Eule und Tante Vier Finger und steckte sich eine Esslilienknolle in den Mund. Dabei versuchte sie, nicht zu schlingen. Dann kostete sie mit einem Knochenlöffel von dem zerstoßenen Trockenfleisch und den Kräutern, die man in einer Kürbisschale zu Mus gerührt hatte.

Alle beobachteten sie, und am liebsten hätte Springendes Reh völlige Dunkelheit um sich heraufbeschworen. Irgendetwas lag im Argen, aber das betraf nicht sie. Es gab zwar keine Geisterstimme, die ihr das erzählte, doch sie hätte es gewusst, wenn ihre Zauberkraft von ihr gewichen und wenn sie verflucht wäre. Das hätte Hirschlauscher ihr bestimmt gesagt.

Als der Leichenschmaus vorüber war und nur noch Steine in den Kürbishälften lagen, nahmen Katzenohr und die anderen Jäger Fackeln aus Gras und Teer und hielten sie ins Feuer. Sobald sie brannten, entzündeten die Männer das eine Ende der Bahre und die Frauen das andere. Springendes Reh steckte ihre Fackel in den Feuerholzstapel und war fast böse, als die aufzüngelnden Flammen Hirschlauschers Kleid erreichten. Währenddessen hielt Seher seinen Zahn dem Mond entgegen und sprach mit den Himmelsgeistern und den Skelettleuten. Blauer Stein streute Truthahnfedern und eine Hand voll Samen ins Feuer.

Schließlich brannte der Holzstoß lichterloh, und die Leute vom Gelben Gras ließen sich in einigem Abstand davon nieder, um zuzusehen und die Kürbisschalen, Körbe und Steine, die unter dem Fleisch gelegen hatten, abzulecken. Dabei mutmaßten sie weiter mit gesenkter Stimme über den Vater von Springendem Rehs Kind, während die den Eindruck hatte, die Worte stießen gegen ihre Haut wie fliegende Käfer.

»Vielleicht war es Der Angst vor seiner Mutter hat«, grummelte Katzenohr, »das kleine verlogene Aas.« Wenn die Hirsche zurückkamen, würde der Vater des Kindes einen gewissen Machtzuwachs erlangen. Aber keiner hielt Katzenohr für den Vater, und das war einer der Gründe, warum er böse war.

Der Angst vor seiner Mutter hat sah ängstlich drein, stritt aber nicht ab, Springendes Reh geschwängert zu haben. Die anderen würden wahrscheinlich über ihn lachen, wenn er es täte. Womöglich sahen sie seine Träume und wussten dann, dass er Angst vor ihr hatte. Auch keiner der anderen Männer, die in Erwägung gezogen wurden, stritt es ab. Niemand wollte zugeben, dass ein anderer Mann mächtiger war.

»Ich setze eine gute Speerschleuder auf Blauen Stein«, sagte Der komisch läuft. »Wenn er es war, ist alles in Ordnung.«

Die anderen murmelten ihre Zustimmung. Falls ein mächtiger Mann das Kind gezeugt hatte, würden die Hirsche zurückkommen, und der heutige Misserfolg bei der Jagd wäre kein böser Zauber, sondern lediglich auf die *Anderen* zurückzuführen.

Der einst Wasser fand sagte nichts dazu. Er wollte die Stammensmitglieder nicht auch noch darauf stoßen, dass er nicht wusste, wer mit seiner Tochter geschlafen hatte. Seiner Meinung nach hatte er sich deswegen ohnehin schon zum Narren gemacht. Er hoffte verzweifelt, dass Seher oder Blauer Stein sie geschwängert hatten. Vielleicht gab es ja magische Gründe, die es ihnen verbaten, jetzt schon darüber zu sprechen, und es lag nicht nur an der Halstarrigkeit seiner Tochter, die für eine Frau immer schon ganz schön aufmüpfig gewesen war.

Die Frauen vom Gelben Gras fingen an, die Kürbisschalen und Körbe wegzuräumen und entrissen sie denjenigen, die versuchten, auch noch die letzten Krümel herauszuklauben, weil sie meinten, am nächsten Tag nichts zu essen zu bekommen. Aber trotz Sehers Anordnung gab es keine Frau, die nicht ein bisschen Essen beiseite geschafft hatte. Schließlich konnten sie ihre Ehemänner und Söhne nicht mit leeren Mägen auf die Jagd schicken. Und da die Jäger bei Sonnenaufgang losziehen würden bliebe keine Zeit, um Knollen und Kräuter zu sammeln.

Die Männer standen auf und verschwanden im Dunkel der Nacht. Nach einer Weile kehrten sie als Hirschtänzer zurück, bewegten ihre Geweihe hin und her und klatschten beim Tanzen mit den Füßen auf den festgetretenen Boden. Springendes Reh fühlte ihre Blicke auf sich gerichtet und betete zu den Tänzern, als seien es richtige Hirsche. *Kommt zurück. Kommt zurück.* Die Männer bildeten einen Kreis um sie und den rauchenden Holzstoß mit der verkohlten Totenbahre. Dabei stießen sie mit den Vorderläufen der Hirsche auf den Boden und ließen Springendes Reh nicht aus den Augen.

Am nächsten Morgen roch es beim Tanzboden nur noch nach verbranntem Fleisch, und der süße, stechende Geruch der Verwesung war in Rauch aufgegangen. Die Frauen schoben die verkohlten Knochen in die Mauerritzen zwischen den Höhlen, und die Jäger nahmen ihre Speere auf. Wenn der Körper eines Menschen nicht mehr da war, verschwand auch der Geist, der darin gelebt hatte, für immer, und der Name dieses Menschen wurde für alle Zeiten nie mehr ausgesprochen.

Springendes Reh trat aus der Höhle ihres Vaters. In den Händen hielt sie ihre Zeichenstöcke, und ihr Haar hatte sie mit Federn und versteinerten Muscheln geschmückt. Vor langer Zeit war bei den Tuffsteinhöhlen einmal ein Ozean gewesen, und seine ehemaligen Bewohner tauchten gelegentlich wieder auf. Ihren Wert schätzte man noch höher ein als den der Muscheln, die man an der jetzt weit entfernten Küste fand. Denn je älter etwas war, desto mehr Macht besaß es.

Während Springendes Reh zum Tanzboden ging, setzte sie ganz vorsichtig einen Fuß vor den anderen, als balancierte sie auf einem Stamm. Stolz streckte sie dabei den Bauch heraus. Sie konnte ihre Schwangerschaft ohnehin nicht länger leugnen, und abgesehen davon lag allein in diesem Zustand Macht. Aber das war auch das Problem: Es bestand die Gefahr, dass die Fortpflanzungskraft andere Magien zerstörte. Allerdings konnte eine Schwangerschaft sie manchmal auch stärker machen. Springendes Reh sah die Jäger an und hüllte sich in ihre Zauberkraft. Angestrahlt von der Morgensonne versuchte sie, das Wild herbeizulocken, egal, wohin die *Anderen* es getrieben hatten. Sie kratzte die Ebenbilder der Hirsche in die Erde und erzählte ihnen, wie schön sie waren und wie mächtig und wie sehr das Volk sie verehrte. *Kommt*, betete sie wieder, *kommt zurück*.

Aber was immer da im Argen lag, störte nach wie vor das Gleichgewicht. Da war eine Art Vibrieren zwischen den atmenden Gestalten, die den Spuren des Wildes folgten, zwischen dem Heißhunger der *Anderen* und dem aufgeschreckten Wild. Es ging auf leisen Sohlen und war gelbgrau wie die Steine im ausgetrockneten Flussbett unterhalb der Wassertränke am Schwarzen Felsen.

In der Abenddämmerung kehrten die Jäger zurück, und Springendes Reh hörte schon am heiseren Gebell der Hunde, dass sie wieder keine Beute gemacht hatten.

»Die Hexe ist schuld!«, rief Katzenohr den Frauen zu, die den Jägern erwartungsvoll entgegenliefen. »Die Hexe hat die Hirsche weggeschickt!« Als er sich nach einem Stein bückte, glitt Springendes Reh entsetzt in die Höhle ihres Vaters zurück und kauerte sich an der Wand zusammen. Katzenohr schrie weiter und fuchtelte dabei mit seinem Speer und dem Stein herum. Die Jäger und die Frauen trafen auf dem Abhang unterhalb der Tuffsteinhöhlen aufeinander und brüllten gemeinsam ihre Wut hinaus.

»Wir haben leere Mägen, weil Springendes Reh nicht auf ihre Zauberkraft aufgepasst hat!«, rief Sehers Frau.

»Da prahlt sie mit ihrem dicken Bauch, und es ist kein Mann weit und breit, der ihrem Vater den Brautpreis zahlt!«, schimpfte die Frau des Häuptlings und warf ihrem Mann einen missbilligenden Blick zu.

»Dann soll *er* eben für die Hirsche bezahlen!« Katzenohr

bahnte sich einen Weg zwischen den Jägern hindurch und riss Den der Angst vor seiner Mutter hat herum. »Hier ist der Übeltäter!«

»Nein!«, rief Der Angst vor seiner Mutter hat entsetzt. »Nein, ich war's nicht.«

»Bisher hast du es nie abgestritten«, fuhr Katzenohr ihn an. »Hältst du mich für einen Narren?«

»Ja!«, bellte Seher, der den ganzen Tag mit den Jägern unterwegs gewesen war. Auch ihn plagte der Hunger, und die Füße taten ihm weh. Aber er versuchte, Katzenohr von Dem der Angst vor seiner Mutter hat wegzuzerren. Doch sein Sohn stieß ihn mit dem Ellbogen zur Seite. Der Angst vor seiner Mutter hat versuchte, sich aus Katzenohrs Griff zu befreien, aber da holte Katzenohr mit dem Stein aus und schlug ihn bewusstlos.

»Lass gut sein!«, schrie Seher, aber die anderen Jäger scharten sich noch enger um Katzenohr. Ihre leeren Mägen verlangten geradezu nach einem Schuldigen.

Die Frauen fuhren sich aufgeregt und ängstlich mit der Zunge über die Lippen, aber keine schritt ein. Die Frau des Häuptlings und die des Medizinmannes tauschten sogar zufriedene Blicke, als seien die Geister ihrer womöglich fremdgegangenen Männer in Den der Angst vor seiner Mutter hat gefahren, damit man sie bestrafen konnte. Inzwischen war Der Angst vor seiner Mutter hat wieder zu sich gekommen und hielt auf Knien verzweifelt Ausschau nach seinem Speer. Als ihn ein weiterer Stein am Rücken traf versuchte er, zwischen den Beinen der Jäger hindurchzukriechen und sich in Sicherheit zu bringen. Was ihm zunächst auch gelang. Die Arme schützend über den Kopf haltend stürzte er auf eine Gruppe von Kindern zu, aber da flog bereits wieder ein Stein hinter ihm her.

»Tötet ihn!« Katzenohrs Stimme durchfuhr die Anwesenden wie ein Blitz. Männer und Frauen gleichermaßen bückten sich nach Steinen und warfen sie auf Den der Angst vor seiner Mutter hat.

Entsetzt sah Vier Finger zu Blauem Stein hinüber, dessen Gesicht teilnahmslos wirkte. Sie wusste, was das zu bedeuten hatte. Wenn die Leute vom Gelben Gras Den der Angst vor seiner Mutter hat töten wollten, konnte auch ihr Häuptling sie nicht aufhalten. Sie waren Jäger und hatten Angst. Nur Seher vermochte vielleicht noch etwas dagegen auszurichten.

Springendes Reh hörte, wie sie Dem der Angst vor seiner Mutter hat hinterherschrien, und sah ihn in einem Steinhagel den Abhang hinauftaumeln. Sie rannte aus der Höhle und ihm entgegen, dabei rutschte sie mit ihren Grassandalen auf dem Felsen aus. »Nein!«, schrie sie. »Er war es nicht!« Aber niemand achtete auf sie.

Schwankend lief Der Angst vor seiner Mutter hat weiter durch den Steinhagel. Jetzt war ihm der ganze Stamm auf den Fersen. Beim Gehen hoben die Leute vom Gelben Gras noch mehr Steine auf.

»Nein! Er war es nicht!«, schrie Springendes Reh wieder, doch die anderen stürmten einfach an ihr vorbei, dicht gefolgt von den knurrenden Hunden. Schluchzend versuchte sie, die Meute einzuholen. Blauer Stein und Seher gingen den anderen gemessenen Schrittes nach. Sie warfen keine Steine, sondern bemühten sich, das Ganze ein wenig unter Kontrolle zu halten.

Springendes Reh rannte zu Blauem Stein und ergriff seinen Arm. »So tu doch was! Er war es nicht!« Aber Blauer Stein schüttelte sie ab, und Seher sagte wütend zu ihr: »Versteck dich lieber!« Dann lief er los, um Katzenohr aufzuhalten. Eule und Tante Vier Finger zogen Springendes Reh zu den Höhlen. In Panik wandte Springendes Reh den Kopf und sah, wie Der Angst vor seiner Mutter hat von einem großen Stein am Kopf getroffen wurde. Er sank zu Boden, und die anderen stürzten sich auf ihn, noch bevor Seher bei Katzenohr angelangt war.

Springendes Reh hatte sich in der Höhle ihres Vaters eingeschlossen, soweit das ohne Türen überhaupt möglich war. Aber als ihre Stiefmütter kamen, schuf sie eine Zaubertür, über deren Schwelle sie sich nicht wagten. Die drei wollten ihr schadenfroh mitteilen, was Dem der Angst vor seiner

Mutter hat ihretwegen zugestoßen war. Doch Springendes Reh warf Steine nach ihnen, spuckte ins Feuer und verfluchte sie, bis ihre Stiefmütter Angst hatten, hereinzukommen. Beleidigt zogen sie schließlich davon und beschwerten sich untereinander über ihre ungezogene Stieftochter. Dabei warteten sie nur darauf, dass ihr Ehemann zurückkehrte und sie ihre Geschichten über das unverantwortliche Verhalten seiner Ältesten auf ihn loslassen konnten.

Der einst Wasser fand war mit Blauem Stein und Seher zu den Hügeln gegangen, um sich mit den Göttern über die Tat der Leute vom Gelben Gras zu beraten. Auch Eule und Vier Finger hatten Springendes Reh allein gelassen. Nun kauerte sie ganz hinten in der Höhle und grübelte darüber nach, warum man Den der Angst vor seiner Mutter hat getötet hatte, obwohl er doch gar nicht der Schuldige war. Vielleicht sollte sie aus Rache mit Katzenohr schlafen, damit ihn das gleiche Schicksal ereilte.

Während die Männer auf der Jagd waren, hatten die Frauen Kräuter und halb reife Beeren gesammelt sowie eine kleine Schildkröte entdeckt; Vier Finger hatte mit einer Schlinge einen Hasen gefangen. Aber Springendes Reh war immer noch hungrig. Sie gierte nach etwas Essbarem wie Katzenohr nach einem weiteren Opfer. Er war draußen und versuchte die Leute vom Gelben Gras davon zu überzeugen, als Nächstes die Hexe – wie er sie nur noch nannte – zu töten. Springendes Reh konnte hören, wie er den Stamm gegen sie aufwiegelte. »Wer glaubt schon, was eine Hexe sagt?«

Die jüngeren Jäger nickten. Gerade sie hatten nicht glauben wollen, dass ihnen ein Unschuldiger zum Opfer gefallen war. Zumal dieser Mann womöglich Zauberkräfte besessen hatte. Bevor Seher auf den Hügel gegangen war, um sich deswegen mit den Göttern zu beraten, hatte er sie wütend große Narren geschimpft und seinen Zahn gegen sie geschüttelt.

»Was, wenn Der der jetzt tot ist tatsächlich nicht der Vater gewesen ist?«, fragte Eichhörnchen, dem inzwischen ganz anders zumute war.

»Dann ist es jemand, den Springendes Reh geheim halten will – höchstwahrscheinlich einer von den *Anderen.*« Katzenohr stellte sich auf einen Findling, um besser gesehen zu werden. »Dahin sind nämlich unsere Hirsche gezogen! Zu den *Anderen!*«

»Niemals!«, rief Eichhörnchen. Immerhin gehörte Springendes Reh zu seinem Clan. »Das ist eine Beleidigung.«

»Na, na, na, sie könnte ja auch vergewaltigt worden sein«, meinte Der der komisch läuft. »Das passiert schon mal, wenn sich eine Frau allein draußen herumtreibt. Und Springendes Reh ist sowieso viel zu unabhängig.«

»Ist es denn wichtig, wie sie geschwängert wurde?«, fragte Katzenohr und fügte angeekelt hinzu: »Sie ist befleckt und ihre Zauberkraft hat Schaden genommen. Das kann sie nie wieder gutmachen, und das Kind wird keiner von uns sein. Wir hätten *sie* zuerst töten sollen und nicht Den der jetzt tot ist.«

Zunächst erklang zustimmendes Gemurmel, aber dann wurden die Leute unsicher.

»Sie könnte uns verfluchen«, sagte Der der komisch läuft unbehaglich. »Das Wild hört auf sie. Wenn wir sie töten, verschwindet es womöglich ganz.«

»Die Hirsche sind doch auch so schon nicht mehr da!«, rief Katzenohr wütend.

»Warten wir bis morgen«, schlug jemand vor. »Vielleicht reicht ja schon, was wir bisher getan haben.«

»Ja.« Auch die anderen klammerten sich an diesen Gedanken.

»Wir könnten tatsächlich bis morgen warten und nach einem Zeichen Ausschau halten«, sagte nun auch Der der komisch läuft, und Katzenohr wurde noch ungehaltener. »Sie bringt nur Unglück über uns. Ihr seid *Narren,* wenn ihr sie jetzt nicht tötet!«

»Warum sollten wir das tun? Nur weil dein Stolz verletzt ist?«, fragte Eichhörnchen.

»Seitdem Katzenohr weiß, dass ein anderer Kerl auf ihr war, ist er genauso eifersüchtig wie eine vierte Frau«, erklärte Der nur einen Hoden hat, und einige der älteren Jäger lachten. Ihrer Meinung nach war Katzenohr viel zu eingebildet, und sie missgönnten ihm die Zeugungskraft und Arroganz seiner Jugend.

»Katzenohr kann sich vielleicht glücklich schätzen, dass er sie nicht bekommen hat«, warf Schlangenfänger ein. »Sie bringt Unglück. Da hat er Recht.«

»Wenn sie verflucht ist, wäre es vielleicht doch besser, sie zu töten«, gab Der der komisch läuft zu bedenken. Dann stapfte er mit seinen krummen Beinen an ihre Spitze und zeigte in die Menge. »Wer will es tun? Du etwa? Wie wär's mit dir?«

Ein Raunen ging durch die Leute vom Gelben Gras, und sie wichen erschrocken zurück wie ein Rudel Hirsche, das vor lauter Unruhe mit den Ohren wackelt.

»Ich habe keine Lust, dass sie mir auch noch den einen Hoden zusammenschrumpfen lässt«, sagte Der der nur einen Hoden hat. »Katzenohr kann einen erübrigen.«

Die an tierische Nahrung gewöhnten Männer hatten nur Kräuter und saure Beeren gegessen und waren deshalb leicht reizbar. Auch wenn sie sich allmählich wieder auf sich selbst besannen, waren sie immer noch kurz davor, jemanden umzubringen. Irgendetwas bewegte sie zum Töten, wenn sie sich gemeinsam aufregten. Wahrscheinlich war es das gleiche Gefühl wie bei der Jagd oder dem Hirschtanz. Es schien sie zu einem größeren Organismus zu machen und zum Teil dieser Wesenheit zu werden.

Doch als jetzt Der Angst vor seiner Mutter hat von seinen wehklagenden Tanten aufgebahrt wurde, beruhigten sich die erhitzten Gemüter allmählich, und eine gewisse Niedergeschlagenheit machte sich breit. Schließlich kehrten auch Blauer Stein, Seher und Der einst Wasser fand von dem Hügel zurück, und der Häuptling verkündete: »Manchmal wollen die Götter, dass so etwas geschieht. Wenn Der der jetzt tot ist das Böse nicht auf sich gezogen hätte, hätte er es ja sagen können.«

Das hörten die Stammesmitglieder mit Erleichterung, denn nun war ihr Tun von den Göttern abgesegnet.

»Trotzdem ist es falsch, nach dem vermeintlichen Willen

der Götter zu handeln, ohne sie vorher gefragt zu haben«, ergänzte Seher und warf Katzenohr einen bösen Blick zu.

»Vielleicht geben dir die Götter keine Antworten mehr, alter Mann«, entgegnete Katzenohr, »sondern sprechen lieber mit mir.«

»Halt den Mund!« Seher wies mit seinem Zahn auf seinen Sohn. »Du machst mir nur Schande.« Er hatte Frieden mit Blauem Stein geschlossen, damit sie gemeinsam für Ordnung sorgen konnten. Aber ihr Abkommen schloss Katzenohr nicht ein.

Blauer Stein hob eine Hand, um sich Gehör zu verschaffen. »Der einst Wasser fand bittet darum, dass ihr euch vom Blut reinwascht und heute Abend noch einmal tanzt. Ihr wisst, dass er schon seit vielen Jahren für die Leute vom Gelben Gras jagt und deshalb ein Recht hat, diese Bitte zu äußern. Vielleicht haben wir ja gestern etwas falsch gemacht.«

»Und seit wann entscheidet Der zu viele Frauen hat, dass ein Tanz nicht richtig getanzt wurde?«, höhnte Katzenohr. »Ist der Medizinmann jetzt doch bereit, seinen Platz aufzugeben?«

Die Frauen, die den Leichnam aufgebahrt hatten, drängten sich nun in die Menge um den Häuptling und den Medizinmann, und bevor Seher reagieren konnte, fuhr Glupschauge Katzenohr an: »Eines Tages wirst du dir noch die spitze Zunge abbeißen!« Sie hatte an Selbstvertrauen gewonnen, seitdem sie Junges Weib geschlagen hatte, und es gefiel ihr, den auffahrenden jungen Mann zu maßregeln, der sich immer über sie lustig machte.

»Seher weiß, ob Der einst Wasser fand Recht hat«, sagte Mondfängerin.

»Ganz sicher sogar«, fügte Beigabe hinzu. Sie und ihre Schwester brachten keine Geduld für Katzenohr auf, der immer so groß tat und zu allem seinen Kommentar abgeben musste. »Wenn der Medizinmann sagt, dass Der einst Wasser fand womöglich Recht hat, dann ist es auch so.« Herausfordernd sah Beigabe Katzenohr an und schnalzte mit der Zunge. »Junge Männer bilden sich immer ein, allwissend zu sein. Was sagt denn Schildkrötenpanzer dazu?« Erwartungsvoll sahen die Schwestern zu ihrem Mann hinüber, der sie beide geheiratet hatte, weil ihr Vater ihm nicht nur ein Mädchen geben wollte.

Jetzt blickte er beinahe erschrocken drein. Langsam wurde er alt und war auf dem linken Ohr fast schon taub. Aber als ehemaliger Jagdbegleiter von Blauem Steins Vater verdiente er es, gehört zu werden. »Die Götter sagen«, setzte er an und sah ehrerbietig zu Seher hinüber, »dass der richtige Weg der der Eintracht ist. Wenn wir diesen Weg verlassen, gerät die Welt aus dem Gleichgewicht, und alles geht schief. Nun haben unsere jungen Leute den Pfad der Tugend verlassen und hören nicht mehr auf die Alten. Was sollen wir dagegen tun? Die Götter sagen, dass wir uns wieder auf den richtigen Weg zurückbegeben müssen.«

»Na, vielen Dank«, fiel ihm Katzenohr ins Wort, aber Schildkrötenpanzer ließ sich nicht beirren. »Die jungen Leute müssen auf die Älteren hören. Die junge Frau muss auf den Medizinmann hören, der weiß, was sie tun soll. Das ist ganz wichtig.«

Mondfängerin und Beigabe strahlten Schildkrötenpanzer an, obwohl auch sie Steine in Händen gehalten hatten, als der, dessen Name jetzt nicht mehr genannt wurde, vom Stamm zu Tode gehetzt worden war. Grollend sah Katzenohr zu den beiden Frauen hinüber. Er wusste, dass seine Chance vertan war. Jetzt würde es schwer werden, die Gemüter noch einmal so weit zu erhitzen, dass die Menschen bereit waren, ein zweites Mal zu töten.

»Wir müssen auf den Medizinmann hören«, sagten die Leute vom Gelben Gras zueinander. »Wir müssen auf den Medizinmann hören.«

»Geht und reinigt euch. Geht euch waschen!«, rief Seher und fügte angeekelt hinzu. »An euren Händen klebt Blut.«

8. Kapitel

Gott Coyote folgt einem Zeichen

Die Frau aus dem Gewitter kam nicht wieder. Sie schickte auch nie ihren aufgebrachten Ehemann oder ihre Brüder oder ihren Stamm, um Windrufer zu töten. Komm schien ihr Auftauchen gleich wieder vergessen zu haben und zog erst einmal davon, um sich drei Tage lang um seine eigenen Angelegenheiten zu kümmern. Dadurch hatte Windrufer viel Zeit zum Nachdenken. Bestimmt war ihm die Frau von einem Gott geschickt worden. Sie war der erste Mensch, den er in drei Wintern berührt hatte – und dann auch noch eine so schöne Frau, deren Haarspitzen Magie versprühten und die am Ufer eines Flusses auf ihn gewartet hatte. Bestimmt war sie ein Zeichen. Als Komm zurückkehrte, hatte Windrufer bereits drei Nächte in Folge von ihr geträumt und machte sich auf, um nach ihr zu suchen.

Die Leute vom Gelben Gras waren inzwischen weitergezogen, aber er entdeckte den Platz, an dem sie gelagert hatten. Also war die Frau ein Mensch aus Fleisch und Blut und kein Wesen, das der Regen erschaffen hatte. Windrufer beschloss, dass sie trotzdem ein Zeichen für ihn darstellte. Sie sollte ihn in die menschliche Gesellschaft zurückführen.

Mehrere Stämme durchstreiften die miteinander verbundenen breiten Täler. Sehr vorsichtig folgte Windrufer der Spur der Leute vom Gelben Gras. Er wusste ja nicht, ob er bei ihnen willkommen wäre. Wenn man auf ein göttliches Zeichen vertraute, gab man gleichzeitig auch eine gewisse Sicherheit auf, selbst wenn diese vergänglich gewesen war wie Morgennebel. Falls er auf einen der anderen Stämme stieß, würde man ihn sicher umbringen. Womöglich würden auch die Leute vom Stamm der Frau so handeln. Nur die schreckliche Einsamkeit trieb Windrufer voran. Das Alleinsein erschien ihm plötzlich so unerträglich wie die Kälte im Winter ohne wärmende Felle.

Auf der Hut, aber fest entschlossen, folgte er der Frau – seinem Zeichen – und ihrem Stamm. Aus Angst, im falschen Lager zu landen, las er mehrere Wochen sorgfältig die Spuren. Dabei stellte er fest, dass zwei Gruppen auf den gleichen Wildpfaden jagten und dass es böses Blut zwischen ihnen gab. Offensichtlich verstört irrte das Wild umher und schien seinen angestammten Wasserlöchern nicht mehr zu trauen. Er und Komm fanden heraus, dass die Hirsche in den südöstlich führenden Schluchten einen neuen Pfad beschritten. Es gelang den beiden, dort eine alte Hirschkuh zur Strecke zu bringen.

Nachdem sie sich satt gegessen hatten, schnürte Windrufer den Rest des Fleisches in die abgezogene Haut und sagte zu Komm: »Du brauchst nicht mitzukommen.« Der Coyote kratzte sich am Ohr und ließ seine Zunge heraushängen. »Aber ich kann dir auch nichts von dem Fleisch dalassen.« Klappend schloss Komm den Fang, stand auf und reckte sich. »Na, dann komm mit.« Windrufer schulterte das Hirschfleischbündel zusammen mit seinem Beutel und seinen Speeren und machte sich mit Komm auf den Weg nach Westen, wo er die Spuren der Leute vom Gelben Gras das letzte Mal gesehen hatte. Diesmal beabsichtigte er, ihnen bis zu ihrer Bleibe zu folgen.

Die Sonne stand schon tief am Himmel. Bald würde es dämmern. Bestimmt hielten sich die Leute jetzt alle in ihrem Lager auf. Er musste sicherstellen, dass die Frau auch da war. Wenn sie Coyoten aus der Erde zaubern konnte, wäre sie auch in der Lage, ihren Stamm davon abzuhalten, ihn zu töten. Abgesehen davon durfte man jemanden, der Fleisch brachte, nicht den Göttern opfern. Das war bei seinem Stamm und den Leuten vom Oberen Flusslauf so gewesen. Warum sollte es hier anders sein?

Gegen das Abendrot über dem Roten Sandsteingebirge sah Windrufer den Rauch der Lagerfeuer aufsteigen. Es lag kein Geruch von gebratenem Fleisch in der Luft, nur der von verkohlten Knochen. Im Schein der flackernden Feuer warfen die Menschen lange Schatten, während sie sich über den Platz bewegten oder sich in ihre Höhleneingänge duckten. Windrufer schlich ein bisschen näher heran, um festzustellen, ob die Frau auch da war – seine Frau. Er machte sich darauf gefasst, dass die Hunde anschlagen würden, sobald sie Komms Witterung aufnahmen. Zwei Kinder jagten sich durchs Lager, und er beobachtete, wie sich eine Frau im Schein der untergehenden Sonne über einen Mahlstein beugte. Hinter ihr stand ein Mann und bewegte mit hoch erhobenem Arm eine Speerschleuder, um festzustellen, ob sie richtig ausbalanciert war.

Von Sehnsucht nach diesem Leben überwältigt, verspürte Windrufer plötzlich einen Kloß im Hals und Tränen stiegen ihm in die Augen. Komm beobachtete die Leute misstrauisch und warf auch Windrufer einen zweifelnden Blick zu. Aber sein Herrchen verlagerte einfach nur das Gewicht des Bündels und ging weiter. Die Kinder sahen ihn zuerst. Sie hörten auf, einander zu jagen, und deuteten kreischend auf Windrufer. Die Hunde verließen die Feuer und schnüffelten in der Luft. Drei bellten wütend, und einer rannte winselnd in seine Höhle. Die Menschen am Feuer hatten sich erhoben und starrten Windrufer entgeistert an.

Einer rief etwas, und im gleichen Augenblick kamen die anderen aus den Höhlen herbeigelaufen. Mit wachsendem Unbehagen sah sich Windrufer nach der Frau aus dem Gewitter um. Ein Mann seines Alters stieß mit einem Speer nach ihm und rief aufgeregt etwas, das Windrufer nicht verstand. Ein alter Mann, der einen riesigen gebogenen Zahn trug, mit dem er Kreise in der Luft beschrieb, fragte ihn ganz langsam und ernst etwas, das er genauso wenig verstand. Derselbe Mann wies schließlich auf Komm und machte eine feierliche Geste, dann murmelte er etwas. Aber weder er noch sonst jemand näherte sich dem Coyoten.

Vorsichtig ließ Windrufer das Bündel mit dem Hirschfleisch von der Schulter gleiten und legte es auf den Boden. Die Speere behielt er griffbereit auf dem Rücken, aber der Stamm der Frau war so groß, dass man ihn töten konnte, ob er nun eine Waffe hatte oder nicht. Er zeigte auf das Bündel zu seinen Füßen und streckte den Leuten die Hände entgegen, um ihnen zu bedeuten, dass er ihnen etwas geben wollte. Dann band er die Hirschlederhaut auf.

Wieder stieß der junge Mann mit dem Speer nach ihm und rief etwas, dass sich wie eine Frage anhörte. Aber Windrufer hatte keine Ahnung, was er wissen wollte. Der ganze Stamm hatte sich mittlerweile um ihn geschart, doch die Frau konnte er nirgends entdecken. Der Mann mit dem Zahn, den Windrufer für das Stammesoberhaupt hielt, kam langsam näher. Er war alt, hatte aber leuchtende, klug blickende Augen. Sein Haar war aufgesteckt, der Knoten mit Truthahnfedern umgeben, und in der Mitte prangte die Schwanzfeder einer Krähe. Jetzt zog er sie heraus und zeigte damit auf Komm. Als Komm gähnte, sah der Mann mit der Feder sehr besorgt drein.

Plötzlich brach ein Streit los. Der alte Mann schrie auf den jungen Mann mit dem Speer ein, und die Frauen redeten alle durcheinander. Ein anderer Mann mit einer Halskette aus blauen Steinen rief den Frauen etwas zu, und Windrufer schob das Fleisch, das er in die Lederhaut gewickelt hatte, in ihre Richtung.

Wo war bloß die Frau? Sie musste einfach hier sein.

Springendes Reh saß hinten in der Höhle ihres Vaters.

Nachdem er nach Hause gekommen war und ihr laut schreiend mitgeteilt hatte, was Blauer Stein und Seher gesagt hatten, war sie bereit gewesen, seine Ehefrauen hereinzulassen. Zur Erleichterung ihrer Stiefmütter war sie aber auf dem Lager hinten an der Wand geblieben. Die drei hatten gerade das bisschen, das es noch zu essen gab, zubereitet, als die Hunde anschlugen. Zusammen mit ihrem Mann waren sie dann hinausgegangen, um nachzusehen, was los war. Auch sämtliche Kinder hatten die Höhle verlassen. Aber erst als niemand zurückkehrte, wurde Springendes Reh neugierig.

Jetzt stürmte eines der Kinder in die Höhle und rief atemlos: »Vater will seinen Speer!«

Springendes Reh nutzte die Gelegenheit und hielt das Kind am Arm fest. »Wofür braucht er ihn denn?«

»Da draußen ist ein Mann. Er hat fast einen ganzen Hirsch mitgebracht, aber wir kennen den Mann nicht, und er sagt auch nichts. Vielleicht ist er von den *Anderen.* Katzenohr will ihn töten.«

Springendes Reh stand auf. Zweifellos war das einer von den *Anderen,* aber warum sollte er ihnen Fleisch bringen? Vielleicht hatte Hirschlauscher doch Recht gehabt, und die *Anderen* waren auch Menschen. Vielleicht wollte er ja Frieden schließen. Wenn sie sich über die Wildwechsel einigten, kehrten die Hirsche womöglich zurück. *Na klar, und vielleicht ging nachts die Sonne auf!*

Neugierig, wie der Mann wohl aussehen mochte, lief Springendes Reh zum Höhleneingang. Außerdem wollte sie ihren Anteil, wenn er tatsächlich Fleisch dabei hatte. »Hat er sonst noch etwas mitgebracht?«

Das Kind sah sie mit großen Augen an und antwortete: »Ja, Gott Coyote.«

Schnell eilte Springendes Reh nun auf den Tanzboden, wo sich der ganze Stamm versammelt hatte. Einige der Frauen trugen das Fleisch bereits davon, um es zu braten.

»Er ist keiner von uns«, sagte Beigabe, als Springendes Reh an ihr vorbeikam, »aber das Fleisch ist wunderbar, ob sie ihn nun umbringen oder nicht.«

Springendes Reh bahnte sich einen Weg durch die Menge, und sobald die Leute sahen, dass sie es war, wichen sie zurück, als könnten sie sich an ihr verbrennen. Womöglich sprang das Unheil, das diese Frau angezogen hatte, noch auf sie über.

Katzenohr hielt dem Fremden seine Speerspitze an die Kehle, und der Fremde hatte den Kopf zurückgebeugt. Aber er sah Katzenohr so böse an, dass die Umstehenden einander zuraunten, dass es vielleicht keine gute Idee wäre, ihn umzubringen. Seher und Blauer Stein standen neben Sehers gebogenem Zahn. Der Häuptling war außer sich, dass ihm jetzt schon wieder jemand Probleme machte, und der Medizinmann sah besorgt drein. Er dachte an die Geschichte von Gott Coyote und erschauerte. Die anderen Männer traten nervös von einem Bein aufs andere, während ihre Hunde den Coyoten mit gesträubtem Nackenfell anstarrten.

Springendes Reh schob sich zwischen Vier Finger und Glupschauge hindurch und blickte dem Fremden ins Gesicht. Er wirkte erleichtert, bewegte sich aber wegen Katzenohrs Speer nicht.

»Nimm den Speer weg!« Springendes Reh stampfte mit dem Fuss auf und sah Katzenohr böse an, der hochmütig erwiderte: »Das ist nicht deine Angelegenheit. Frauen haben sich da rauszuhalten!«

Aber Springendes Reh ließ sich davon nicht beeindrucken. Sie stolzierte zu ihm hinüber, baute sich vor ihm auf und sah ihm direkt in die Augen, auch wenn sie dazu den Kopf in den Nacken legen musste. Sie wusste genau, dass Katzenohr es nicht leiden konnte, wenn man ihn so ansah. »Und ob das meine Angelegenheit ist!«, zischte sie. Dabei versammelte sie so viel Macht um sich wie irgend möglich. Aus den Augenwinkeln sah sie den Coyoten und glaubte, dass ein Teil der Macht von ihm stammte. Hirschlauscher hatte immer gesagt, man müsse sich erst einmal eine Machtstellung sichern, wenn man etwas erreichen wollte, und so sagte sie jetzt zu Seher und Blauem Stein: »Pfeift euren Welpen zurück, bevor der Mann hier böse wird. Ich habe bisher nicht über den Vater meines Kindes gesprochen, da die Zeit dafür noch nicht gekommen war. Jetzt ist es soweit.«

»Ich hab's ja gleich gesagt!«, rief Katzenohr. »Ich wusste von Anfang an, dass es einer von den *Anderen* ist!«

»Ja, du bist ja auch blind wie ein Maulwurf«, höhnte Springendes Reh. »Sieh ihn dir doch an, dann wirst du feststellen, dass er nicht zu den *Anderen* gehört. Nimm jetzt deinen Speer weg.«

Aber Katzenohr nahm nur die Schultern zurück, hob den Kopf und ließ die Speerspitze, wo sie war.

Springendes Reh sah zu Seher hinüber und wiederholte: »Pfeif ihn zurück, Onkel!« Bedeutungsschwanger fügte sie hinzu: »Bevor Gott Coyote böse wird.«

Als der Name fiel, hielten die Umstehenden unwillkürlich den Atem an. Zufrieden wartete Springendes Reh, bis die Nachricht bei den Leuten vom Gelben Gras angekommen war. Schließlich bedeuteten Seher und Blauer Stein Katzenohr, von dem Mann abzulassen. Sich an seine Vaterpflichten erinnernd, kam jetzt auch Der einst Wasser fand herbeigeeilt. »Nun, Tochter?«

»Bei allem Respekt, Vater«, sagte Springendes Reh, um den anderen anzuzeigen, dass hier etwas höchst Wichtiges im Gange war, »das ist Gott Coyote, mein Ehemann und Vater meines Kindes. Er ist mir im großen Gewitter erschienen. Weil er den Himmelsgott verärgert hat, wurde er von ihm mit Hilfe der Feuerschlangen in seine tierische und seine menschliche Hälfte gespalten. In die zwei Teile seines Wesens«, ergänzte sie noch und beendete damit die Geschichte, die sie sich zurechtgelegt hatte. Dann sah sie den Mann an.

Katzenohr war ein wenig von ihm abgerückt, aber er hatte seinen Speer immer noch mit beiden Händen gepackt und funkelte den Fremden böse an. Der beobachtete ihn aufmerksam und sah nur hin und wieder zu Springendem Reh hinüber, die seinen Blick erwiderte und darauf wartete, dass er ihre Geschichte in irgendeiner Form bestätigte. Aber der Mann gab keinen Ton von sich.

Windrufer hörte die Frau und ging davon aus, dass das, was sie sagte, mit ihm zu tun hatte. Anscheinend hielt sie ihre Leute davon ab, ihn zu töten. Denn sie keifte den Mann mit dem Speer böse an, bevor sie mit ruhigen Worten auf den alten Mann einredete.

Windrufer konnte beinahe sehen, wie die Funken von ihrem langen dunklen Haar stoben. Jetzt wurde die Speerspitze an seinem Hals ein wenig zurückgenommen, und der alte Mann, der womöglich ein Priester war, blickte zum Himmel hinauf, als spräche er zu den Göttern. Der Mann mit den blauen Steinen um den Hals hörte der Frau weiter zu. Hin und wieder sah er eindringlich zu Komm hinüber, der zu Windrufers Füßen saß und sich nicht rührte.

»Na, dann soll er doch beweisen, dass er dein Ehemann ist!«, rief Katzenohr ärgerlich, weil sich die Leute schon wieder von ihm abwandten und er sie trotz seines unbändigen Willens nicht dazu bringen konnte zu tun, was er wollte.

»Dir würde der Beweis nicht gefallen«, sagte Springendes Reh, und Der nur einen Hoden hat und Der der komisch läuft bestätigten das mit einem wissenden Kopfnicken. Gott Coyote war berüchtigt dafür, trickreich zu spielen. Er war nicht immer feindselig, aber auch nie wirklich wohlwollend. Man vermied es wirklich besser, sich von ihm etwas beweisen zu lassen.

»Dann töte ich ihn«, sagte Katzenohr. »Er kann unmöglich Gott Coyote sein, wenn es mir möglich ist, ihm das Lebenslicht auszublasen.«

Seher schnaubte höhnisch. »Wenn du auf die Älteren gehört hättest, anstatt dir so viel auf dich einzubilden, wüsstest du jetzt, dass Gott Coyote schon viele Male gestorben ist. Er wird so oft getötet, weil er häufig etwas riskiert, so wie heute.« Sicherheitshalber fügte er hinzu: »*Falls* der Mann hier Gott Coyote ist.« Damit wollte er den Leuten vom Gelben Gras zu verstehen geben, dass man ihm nicht so leicht etwas vormachen konnte. »Aber es ist besser, nicht derjenige zu sein, der ihn tötet.«

»Pah, ich habe schon öfter einen Coyoten erlegt.« Katzenohr schüttelte die Arme, sodass alle auf seine mit gelblich grauem Pelz verbrämten Hirschlederärmel aufmerksam wurden. Dadurch bewegte er natürlich auch den Speer in der Hand, und der Coyote verfolgte ihn aufmerksam.

»Wenn ich du wäre, würde ich mich nicht gerade jetzt damit brüsten«, sagte Seher, und die anderen blickten unbehaglich an sich herunter, um festzustellen, ob sie auch Coyotenfell trugen. Gott Coyotes zahlreiche Kinder waren eine ergiebige Pelzquelle und lagen mit den Menschen im Wettstreit um das Wild; deshalb töteten die Menschen sie, wenn sie konnten. Das war ja auch verständlich. Selbst Gott Coyote verstand das, nur vielleicht nicht gerade jetzt.

»Hast *du* auch schon mal einen Coyoten gezähmt, Katzenohr?«, fragte Springendes Reh. »Geht ein Coyote neben dir her? Ach, was rede ich! Du verstehst ja doch nichts.«

»Seht doch nur, wie er da sitzt!«, rief jetzt Vier Finger und zeigte auf den Coyoten. »Wie ein Hund.«

»Das stimmt. Ich habe noch nie einen zahmen Coyoten

gesehen«, sagte jemand. »Ich habe mal von einem Mann gehört, der einen gezähmt hat!«, rief ein anderer, und ein Dritter ergänzte: »Ich habe gehört, dass man das mit einem Wolf machen kann, aber dass es auch mit einem Coyoten geht, noch nie.«

»Das liegt daran, dass Gott Coyotes Kinder sich nur zähmen lassen, wenn er es will«, erklärte Springendes Reh stolz. »Gebt mir diesen Mann. Er gehört mir. Ich zaubere heute Nacht noch einmal, und Gott Coyote wird dann dafür sorgen, dass euch die Hirsche morgen früh in die Speere laufen.«

»Das hat die Hexe gestern Abend auch gesagt!«, schnauzte Katzenohr.

»Tötet ihn, und Gott Coyote treibt das Wild ins Meer!«, rief Springendes Reh. »Dann rufe ich ihn wieder herbei, damit er euch verfolgt, noch bevor ihr verhungert seid. Und wenn ihr *mich* tötet, verfolgen wir euch beide!« Sie breitete die Arme aus, als wollte sie einen Fluch aussprechen, und die Leute vom Gelben Gras wichen erschrocken zurück. Auch der Häuptling machte unwillkürlich einen Schritt nach hinten, trat dann aber ganz entschieden wieder vor.

Seher nickte nur – Macht erwies Macht die Ehre. »Wir haben jetzt schon vieles hier gehört. Aber der Mann hat noch nichts gesagt.«

»Das kann er auch nicht«, erklärte Springendes Reh. »Die Feuerschlangen haben ihn für unsere Sprache taub gemacht.«

Seher kratzte sich am Kinn. »Oh, schon möglich. Ich habe selbst einen Mann gekannt, der vom Blitz getroffen wurde und danach ganz wirr im Kopf war. Einfältig wie ein Kind. Ist der hier einfältig?«

»Nein, er kann nur nicht so sprechen wie wir.« Wieder sah Springendes Reh den Fremden an und dachte: *Eigentlich weiß ich gar nichts von dir. Du könntest dumm wie getrocknete Binsen sein, aber auch genauso gut klug wie Gott Coyote.*

»Ich habe den Himmelsgott wegen deiner Geschichte befragt«, sagte Seher plötzlich, und Springendes Reh zuckte zusammen. Ob der Himmelsgott ihrem Onkel mitgeteilt hatte, dass das alles nur ihrer Fantasie entsprang? Aber es könnte doch auch die Wahrheit sein.

»Und was hat der Himmelsgott dir erzählt, alter Mann?«, wollte Katzenohr jetzt wissen.

»Dass die Hirsche die Antwort kennen. Also werden wir warten.«

»Die Hirsche sind nicht mehr da!«, rief Katzenohr erzürnt. »Bis sie zurückkommen und es uns sagen, können wir ja ewig warten.«

»Nur bis morgen«, erklärte Seher, und Springendes Reh fühlte einen Stich in der Magengrube. Nun blieb ihr nur eine Nacht, um das Wild zurückzulocken. Sie legte dem Fremden eine Hand auf den Arm, damit er sie begleitete. Vielleicht wüsste er ja eine Lösung.

»Nehmen wir diesen Mann etwa bei uns auf?«, brüllte Katzenohr.

»Er hat uns Fleisch gebracht«, sagte Der der komisch läuft. Man konnte schon riechen, wie es über den Feuern briet.

»Was hat er noch dabei?«, fragte Läuferin und deutete auf Windrufers Beutel. »Wir sollten einen Blick da hineinwerfen.« Ihre Augen leuchteten. Das war noch aufregender, als darüber zu spekulieren, wer der Vater von Springendem Rehs Kind war. Und wer hätte schon gedacht, dass es sich dabei um einen Fremden mit einem gezähmten Coyoten handelte und dass die beiden womöglich die zwei Wesenheiten eines Gottes darstellten?

Katzenohr wollte schon nach dem Beutel greifen, aber der Fremde legte ihm die Hand auf die Brust und schob ihn zurück. Daraufhin zog Springendes Reh den Fremden am Arm und dann an seinem Beutel. Er nahm ihn von der Schulter und reichte ihn ihr vorsichtig, wobei er Katzenohr nicht aus den Augen ließ.

Springendes Reh öffnete den Beutel, während Seher, Blauer Stein und ihr Vater sich neben sie knieten. Der Coyote fing an zu hecheln, und sie spürten seinen feuchtwarmen Atem. Teils winselnd, teils knurrend krochen die Hunde näher heran. In dem Beutel war ein grob zusammengenähtes zweites Lederhemd, zwei schiefe, aber eng geflochtene Körbe, eine Hand voll Trockenfleisch und zwei Speerspitzen. Die Knochenflöte machte alle stutzig, und Seher nahm sie Springendem Reh aus der Hand, drehte sie hin und her und sah dann hindurch. Vielleicht handelte es sich dabei um ein Werkzeug, mit dem man seine Feinde aus der Ferne mit einem Fluch belegen konnte. Der einst Wasser fand schien verärgert. Da war nichts, das als Brautpreis hätte herhalten können, zumindest nichts, das seine Frauen zufrieden stellen würde. Und bestimmt behielt Seher den Fluchwerfer.

Der Fremde bückte sich nach dem Röhrenknochen, aber Seher hielt ihn fest, selbst als der Fremde daran zog. Doch schließlich ließ Seher los, und der Fremde setzte sich den Knochen an die Lippen und blies hinein. Sein Atem schwang darin, und der Knochen sang. Mit offenem Mund starrte Springendes Reh den Mann an. Wenn sie nicht von Anfang an gewusst hätte, dass er Zauberkräfte besaß, wäre sie spätestens jetzt davon überzeugt gewesen. Selbst Seher war ungemein beeindruckt, und die anderen Leute vom Gelben Gras machten Gesten, damit der Fremde seinen Zauber bei sich behielt. Katzenohrs Mund klappte auf, aber dann schloss er ihn wieder – ausnahmsweise ohne einen Kommentar abzugeben.

Jetzt glaubte Windrufer schon eher, dass er überleben würde – zumindest dieses erste Treffen mit dem Stamm der Frau. Zufrieden stellte er fest, wie verblüfft sie über sein Flötespiel war. *Das ist etwas, dass ich kann und du nicht.* Nun, da ihm niemand mehr den Speer an die Kehle hielt, betrachtete er die Frau interessiert und sah zum ersten Mal richtig ihren Taillenumfang. Für einen Augenblick hatte er den Eindruck, als säße ihm die Speerspitze wieder am Hals. War die Frau heilig? Wahrscheinlich. Schließlich konnte sie lebende Tiere aus dem Sand zaubern. Auf jeden Fall besaß sie Macht. Hatte sie ihrem Stamm erzählt, dass er für ihre Schwangerschaft verantwortlich war? Hatte man ihn deshalb töten wollen? Einen Augenblick glaubte Windrufer, die Einsamkeit wäre doch besser gewesen.

Der Fremde hörte zu spielen auf, und Der einst Wasser

fand schüttelte den Beutel auf den Kopf, um festzustellen, ob noch etwas Interessanteres darin wäre.

»Was bringt Windrufer noch mit?«, fragte Seher und gab ihm, ohne es zu wissen, den gleichen Namen wie die Kinder der Sonne. Springendes Reh hielt Seher einen Beutel mit kleinen gelben Körnern hin, die sie noch nie gesehen hatte. Während der Medizinmann sie untersuchte, setzte sich Der einst Wasser fand angewidert zurück. Nichts als Zauberei! Und Zauberkräfte wirkten nur bei demjenigen, der darüber verfügte, oder vielleicht noch bei einem Medizinmann.

»Was sind das für Körner?«, fragte Seher, und Windrufer anwortete etwas, das keiner verstand.

»Gift«, sagte Katzenohr, woraufhin ein aufgeregtes Raunen durch die Menge ging.

»Vielleicht sind die Körner auch Glücksbringer«, mutmaßte Springendes Reh, und Windrufer dachte: *Die Menschen hier haben das noch nie gesehen. Bei ihnen wächst kein Mais.* Dann sagte er: »Mais. Das ist Mais.«

»Wie bitte?«

»Was hat er gesagt?«

»Mais.«

»Was?«

Windrufer legte die Flöte zurück in den Beutel und nahm den Frauen sein Hemd und die Körbe aus den Händen, um sie ebenfalls zurückzutun. Ihren Mienen nach zu urteilen, hatten sie über deren schlechte Qualität gesprochen. Schließlich bedeutete er Springendem Reh, ihm das Körnersäckchen wieder zu geben. Er nahm ein Korn heraus und legte die anderen ebenfalls zurück in den Beutel. »Das ist Mais«, sagte er dann. »Ich werde ihn für euch säen. Die Körner wachsen in so großen Kolben.« Er hielt den Daumen hoch, um zu zeigen, was er meinte.

Wieder begannen die Leute, miteinander zu streiten. Aber natürlich verstand Windrufer immer noch kein Wort. Er nahm das Maiskorn und tat so, als steckte er es in die Erde. Die Menschen sahen ihn an, als sei er verrückt geworden. Auch als er die Hände hob und versuchte, ihnen zu verstehen zu geben, dass die Pflanze wuchs, schien man ihn nicht zu begreifen. Da fiel ihm wieder ein, dass er seit seiner Flucht nach Norden keinerlei Anzeichen für den Anbau irgendwelcher Früchte gesehen hatte. Offensichtlich pflanzten die Menschen hier nichts, sondern lebten nur von dem, was die Natur ihnen auch so bot.

Vielleicht wusste das Nordvolk nicht, dass man säen konnte. Womöglich wäre er sogar in der Lage, den alten Medizinmann mit all seiner Zauberkraft auszustechen, wenn er für den Stamm Mais anbaute. Aber ganz bestimmt konnte er den jungen Mann mit dem Speer übertrumpfen. Windrufer bückte sich, grub diesmal ein richtiges Loch in die Erde und legte das Maiskorn hinein. Er wies zum aufgehenden Mond und hob drei Finger hoch. Dann hielt er die Hand über den Boden, um zu zeigen, wie groß die Pflanze werden würde. Schließlich tat er so, als mahlte er etwas. Diese Bewegung zumindest schienen die Leute vom Gelben Gras wieder zu erkennen.

»Man kann es essen!«, rief Läuferin, und die Frauen drängten sich neugierig, aber auch misstrauisch näher an ihn heran.

»Er ist mit einer großen Gabe zu uns gekommen«, sagte Springendes Reh und dachte: *In seinen verschrumpelten Körnern steckt Macht, so ehrfürchtig wie er damit umgeht.* Sie zeigte auf den Beutel mit den Körnern, damit Windrufer ihr noch einmal sagte, wie er sie nannte.

»Mais«, sagte er.

»Mais«, wiederholte sie und fuhr an ihre Stammesbrüder und -schwestern gewandt fort: »Gott Coyote ist zu uns gekommen, um uns Mais zu bringen. Wir müssen damit so umgehen, wie er es uns gezeigt hat. Dann können wir davon essen.«

»Sind wir denn Narren?«, rief Katzenohr.

»Du vielleicht«, fuhr Springendes Reh ihn an. »Aber wir sind hungrig, und er hat uns Fleisch gebracht, und mit diesen Körnern bringt er uns etwas ganz Neues. Gott Coyote zeigt sich den Leuten vom Gelben Gras gegenüber sehr großzügig, und der Narr bist du, wenn du das nicht begreifst.«

»*Du* bist eine Närrin, wenn du glaubst, dich wie eine läufige Hündin von einem Fremden schwängern lassen zu können, um ihn uns dann als Geist des mächtigen Gott Coyote zu verkaufen.«

»*Das reicht jetzt!*« Seher grub das Maiskorn wieder aus und gab es Blauem Stein, um ihm Respekt zu zollen. Dann stand er auf und stieß Katzenohr aus dem Kreis derer, die sich um den Fremden versammelt hatten. »Du bringst Gefahr über uns. Wenn Gott Coyote dich fressen will, ist es besser, der Stamm muss es nicht mit ansehen.«

»Gott Coyote – dass ich nicht lache! Ihr werdet euch noch wundern!«

Wieder beriet der ganze Stamm darüber, ob Gott Coyote ihnen tatsächlich eine Gabe gebracht hatte und ob sie sie wirklich annehmen sollten. Konnte man ihm denn überhaupt trauen? Man würde ja sehen, ob er ihnen morgen früh die Hirsche zutrieb.

Auch Blauer Stein erhob jetzt die Stimme und brüllte seine Leute an, ruhig zu sein, woraufhin das Gemurmel verebbte. Dann steckte er das Maiskorn in den Beutel an seinem Gürtel und wandte sich Springendem Reh zu. »Seher sagt, dass uns die Hirsche morgen zeigen werden, was es mit dem Mann auf sich hat. Heute Nacht kann er bei dir bleiben.«

Springendes Reh nickte, nahm den Beutel und zog Windrufer am Arm mit sich durch die Menge. Dabei wich der Coyote ihm nicht von den Fersen. Einige der Leute streckten die Hände nach dem Fremden aus, um festzustellen, wie er sich anfühlte. Aber keiner berührte seinen Coyoten. Als Komm an Jungem Weib vorbeikam, hob sie schnell ihr Jüngstes hoch.

»Solange er satt ist, frisst er keine kleinen Kinder«, sagte Windrufer, aber keiner verstand ihn. Er fragte sich, ob Blauer Stein wohl wusste, dass man das Maiskorn in die Erde legen musste. Die anderen Körner waren in dem Beutel, den jetzt die Frau trug. Plötzlich überkam Windrufer die Angst, dass der Mais womöglich gar nicht aufging. Die Körner waren schon alt. Insgeheim betete er zum Maisgott und versprach, ihm seine Ehrerbietung durch ein besonders üppiges Blutopfer zu beweisen. Vielleicht konnte er ihm den Mann mit dem Speer opfern. Fragte sich nur, ob der Maisgott im Süden seine Gebete von hier aus hörte.

Springendes Reh führte Windrufer in eine Höhle, und er stellte verwundert fest, dass ihnen ein Mann – der, der auch seinen Beutel untersucht hatte –, drei Frauen und eine ganze Schar Kinder folgten. Sie bedeuteten ihm, sich auf ein Lager aus Binsen im hinteren Bereich der Höhle zu setzen. Als die Kinder ihn halbkreisförmig umstanden und anstarrten, klatschte Springendes Reh in die Hände und rief: »Geht weg! Bringt uns was zu essen!« Komm hatte sich neben Windrufer auf dem Fußende des Lagers zusammengerollt, als wäre er hier zu Hause, und Springendes Reh fügte hinzu: »Bringt dem Coyoten auch etwas.«

Ihre Stiefmütter schnatterten untereinander, bis Junges Weib schließlich erklärte: »Ich weigere mich, mit einem Coyoten zusammenzuwohnen.«

»Die Hunde hast du doch auch um dich«, sagte Springendes Reh.

»Aber die Hunde kommen nicht in die Höhle«, meinte Ältester Bruder, und Komm blinzelte. Er hatte sich an Windrufer gekuschelt, und Springendes Reh setzte sich auf Windrufers andere Seite. »Heute Nacht bleiben wir hier. Morgen suchen wir uns eine andere Unterkunft.« Sie rückte ein wenig näher an Windrufer heran und stellte ihn und den Coyoten ihren Stiefmüttern vor. Nun konnten sie nichts mehr gegen die beiden einwenden. Windrufer verstand zwar kein Wort, aber es war offensichtlich, was geschehen war. Die Frau hatte die anderen davon abgehalten, ihn zu töten, und nun gehörte er ihr.

»Es gibt viele Möglichkeiten, zu zaubern«, hatte Seher Springendem Reh einmal erklärt. »Zunächst sind da Dinge, die Glück bringen. Die Macht des Universums steckt in allem, und einige Gegenstände stellen ihre Macht den Menschen zur Verfügung. Dann kommen die Zaubersprüche und die Gebete zu den Tieren, die man töten will. Als Nächstes wäre die Macht der Veränderungen des Lebens zu nennen, die sich im Tod und im Ausbleiben des Monatsblutes der Frauen zeigt. Eine weitere Möglichkeit, Zauberkräfte wirken zu lassen, geht von Dingen aus, die wir kennen: Gleiches steht für Gleiches. Der Blitz ähnelt den Schlangen, und Schlangen bringen Regen. Einmal Verbundenes kann nie wieder getrennt werden, und wenn du meine abgeschnittenen Haare oder Fingernägel verbrennst, tust du mir weh.«

An all das glaubte Springendes Reh, ohne es zu hinterfragen. Es bildete die tragenden Säulen ihrer Welt, damit konnte man die Funktionsweise des Universums erklären. Allem wohnte Macht inne. Wichtig war es nur zu erkennen, ob die Macht einem Gutes oder Böses brachte. Seher kannte sich damit aus, aber Springendes Reh war sich nie so sicher. Im Augenblick hatte sie den Eindruck, ganz schön unvorsichtig gewesen zu sein. Der Mann und der Coyote waren wie Anfang und Ende eines Zauberspruches, den sie nicht kannte – wie ein Amulett fremden Ursprungs. Mit Sicherheit wusste sie nur, dass den beiden Zauberkräfte innewohnten. Aber welche? Und was wuchs da gerade in ihr heran?

Der Mann saß neben ihr und aß. Es gab nicht viel: eine Hand voll Fleisch und gekochtes Gemüse. Jeder hatte nur ein Stückchen von dem Hirsch bekommen, und der Coyote kaute zufrieden an den Knochen und Knorpelresten.

Die Sonne war inzwischen ganz untergegangen, und auf dem Tanzplatz brannte ein großes Feuer. Dadurch erschien das vor ihrer Höhle nicht mehr ganz so hell, aber es ließ das Weiße in Windrufers Augen leuchten wie helle Steine und die zahlreichen kleinen Narben auf seiner Brust hervortreten. Neugierig berührte Springendes Reh sie mit ihrem Finger.

Bestimmt will sie wissen, worum es sich dabei handelt, dachte Windrufer. Die Männer hier trugen keine Blutopfernarben. Aber er wusste nicht, wie er der Frau die Narben erklären sollte. Opferten die Leute ihres Stammes ihr Blut denn nicht den Göttern? Wovon lebten die Götter dann? Sie mussten ja am Verhungern sein. Vielleicht waren die Leute hier deshalb so rückständig.

Wieder nahm die Frau ihn beim Arm und führte ihn aus der Höhle. Aber Windrufer machte sich von ihr los und ging noch einmal zurück, um seinen Beutel zu holen. Er wollte ihn nicht allein lassen; darin war alles, was er besaß. Komm trottete hinter ihm her. Auch er wollte nicht allein zurückgelassen werden. Als sie beim Tanzplatz ankamen, spähte Komm an Windrufers Beinen vorbei und hielt misstrauisch schnüffelnd die graue Schnauze in den Wind.

Vor dem Feuer auf der Tanzfläche hatte Seher den Boden einen Speerbreit gewässert und glatt gestrichen. Das war sonst immer Aufgabe von Dem der Angst vor seiner Mutter hat gewesen. Nun war der Boden bereit, hervorzubringen, was Springendes Reh daraus zaubern konnte. Der Medizinmann stand neben seinem gebogenen Riesenzahn und erzählte den Leuten von den Tagen des Überflusses und des Großen Wildes. Die Frauen und Kinder und einige wenige Männer saßen im Schneidersitz am Rand der Tanzfläche. Die Männer hielten ehrfürchtig mit Hirschlederhaut bezogene, hohle Baumstümpfe im Schoß und schlugen leicht darauf, um den entfernten Hufschlag des begehrten Wildes nachzuahmen.

Windrufer beobachtete sie und wurde seinerseits beäugt – aufmerksam von den Frauen, neugierig von den Kindern, und die Männer taten so, als sei er gar nicht da, schielten aber doch zu ihm herüber. Abgesehen vom Trommeln herrschte feierliche Stille. Die Zeremonie war eine ernste Angelegenheit und würde die Hirsche Schritt für Schritt wieder aus der Erde hervorbringen, so wie sie schon einmal von *da unten* gekommen waren und sich vermehrt hatten. Windrufer wusste nicht, was es mit dieser Zeremonie auf sich hatte. Aber daraus, dass sich ihm die Haare auf den Handrücken stellten und die Narben auf der Brust leicht schmerzten, schloss er, dass es sich um etwas Wichtiges handeln musste. Was immer es auch sein mochte – womöglich ernährten die Menschen hier auf diese Weise ihre großen Götter.

Springendes Reh setzte sich im Schneidersitz auf eine Hirschlederhaut vor den vorbereiteten feuchten Boden und zog Windrufer am Arm, damit er sich neben sie hockte. Komm ließ sich auf seiner anderen Seite nieder, und sein graues Fell leuchtete rötlich im Schein der Flammen. Abgesehen vom großen Feuer in der Mitte der Tanzfläche hatte man auch noch in Pech getauchte Fackeln um die Tanzfläche gesteckt. Ihre Flammen züngelten nach oben wie sich im Abendrot kräuselndes Wasser und beleuchteten die Gesichter der Menschen. Die Luft war trocken und vom Geruch des brennenden Nadelholzes erfüllt.

Aufmerksam verfolgte Windrufer das Geschehen, aber das Wild nahm Gestalt an, ohne dass er es kommen sah. In der Dunkelheit schienen die Hirschtänzer aus der Erde zu springen und wirkten wirklichkeitsgetreuer als echte Tiere. Sie hoben und senkten die Köpfe mit dem Geweih und stießen mit den Vorderläufen rhythmisch auf den Boden. Immer mehr kamen aus den Höhlen, und einige hatten anstelle der Vorderläufe Rasseln aus Hirschhufen dabei. Während sie im Rhythmus der Trommeln tanzten, hörte es sich an, als klapperten Knochen.

Sie gingen dem Lauf der Sonne folgend ums Feuer und hielten sich dabei zunächst am äußeren Rand der Tanzfläche. Die Kinder streckten die Hände nach ihnen aus. Angeführt wurden sie von einer Frau ohne Kopfputz, aber mit einem weißen Hirschlederumhang, dessen Enden in Hinterbeine und Schwanz ausliefen: die Mutter der Hirsche. Ihr langes schwarzes Haar wurde von Schmuckspangen zusammengehalten und fiel ihr über den weißen Umhang. Auch sie schüttelte Hirschhufrasseln, während sie sich hin und her wiegte und mit den Füßen stampfte.

Als Springendes Reh erkannte, dass es sich bei der Frau um Vier Finger handelte, hielt sie das für ein gutes Zeichen. Die verstümmelte Hand ihrer Tante war nie als nachteilig für ihre Zauberkräfte angesehen worden; schließlich hatte sie damit den Hund verteidigt, dem sie ihre Macht verdankte. Vier Finger war die mächtigste Frau, die Springendes Reh kannte – von sich selbst einmal abgesehen. Jetzt hielt auch

Springendes Reh sie für einen großen weißen Hirsch, der über den Himmel lief.

Anstatt bis zum nächsten Morgen zu warten, wollte auch Springendes Reh ihre Zauberkräfte schon heute Abend wirken lassen, um wieder gutzumachen, dass der Stamm einen der seinen grundlos getötet hatte. Die Leute glaubten, die Macht der Frauen sei dem Jagderfolg abträglich. Aber an diesem Abend schien die Zeugungskraft die Dinge wieder ins Lot zu bringen. Offensichtlich war auch Seher dieser Meinung. Manchmal konnte sich Zauberkraft gegen sich selbst wenden und musste dann zu ihren Ursprüngen zurückgeführt werden.

Windrufer sah nur eine Frau mittleren Alters in einem weißen Hirschlederumhang. Aber ihm stockte der Atem, als sie an ihm vorbeikam, während sie die Hirsche spiralförmig ins Innere der Tanzfläche führte und sich dem Feuer dabei immer weiter näherte. Da wusste er, wen sie darstellte, und dass sie so alt war wie das Wild und dass die Hirsche aus ihr hervorgingen.

Als die Spirale ganz eng war, entfernte sich die Hirschmutter wieder vom Feuer, und ihre Kinder folgten ihr. Dabei leuchteten die polierten Geweihe, und viele schwarze Augenhöhlen schienen über die Tanzfläche zu blicken. Die Bewegungen der Tänzer waren wie eine Geräuschwoge, wie ein Trommel- und Rasselwirbel, wie Hufschlag auf hartem Untergrund. Es war ein Lied, und Windrufer nahm die Flöte aus seinem Rucksack und setzte sie sich an die Lippen.

Anfänglich konnte man die Musik kaum hören. Nur Springendes Reh, Komm und Seher, der neben ihnen stand, nahmen sie wahr. Dann wurde sie lauter, tanzte mit den Hirschen und rief sie ans Feuer zurück, als sänge sie sie nach Hause. Die Melodie schien beinahe sichtbar, sie ähnelte einem dünnen Silberband, das sich im Fackelschein bewegte, auf- und niederstieg, sich um die Tanzenden wand, ihre Köpfe und Füße in Bewegung brachte und ihnen zurief: *Kommt zurück, kommt zurück!*

Wieder näherten sich die Hirsche spiralförmig dem Mittelpunkt der Tanzfläche, herbeigelockt von der Flöte. Immer dichter drängten sie sich ans Feuer und berührten beinahe den Rand von Springendem Rehs feuchtem Zeichenboden. Sie hoben die Köpfe, bewegten sie auf und ab und bäumten sich schwer atmend auf. Die Hirschmutter hielt die Hirschhufrasseln dem dunklen Himmel entgegen, an dem mittlerweile die Sterne leuchteten, und rief ihnen zu: »Wir kommen! Wir sind genauso zahlreich wie ihr! Ihr seid unser Spiegelbild!«

Die Hirsche scharten sich um Springendes Reh und den Mann, drängten sich an sie heran und schienen sie um etwas zu bitten. Springendes Reh wusste nicht genau, worum es sich dabei handelte, aber irgendetwas war anders; etwas, das aus dem Lot geraten war, hing wieder in der Balance. Sie nahm ihren Zeichenstock und fing an, ihren Zauber wirken zu lassen. Der Mann neben ihr setzte erneut die Flöte an die Lippen und schenkte den Hirschen Musik, in deren Rhythmus sie sich bewegen konnten. Schon bald stolperten sie aus dem feuchten Boden, sprangen auf und rannten tanzend los. Vornübergebeugt spürte Springendes Reh immer mehr Tiere auf, die sich dann spiralförmig aus der Mitte herausbewegten. Jetzt war Springendes Reh die Hirschmutter, die ihre Kinder befreite und sie an die Oberfläche der Welt brachte, damit das Volk zu essen hatte. Wenn sie starben, würden sie nach *da unten* zurückkehren, um wieder geboren zu werden, auf dass sie ewig lebten und das Volk nie Hunger leiden müsste.

Es kamen immer mehr, bis der gesamte feuchte Boden voll von ihnen war. Springendes Reh stand auf und sah ihre hirschgewordenen Stammesmitglieder an, die sich um sie versammelt hatten. Dann blickte sie auf den Ring der Frauen und Kinder dahinter. Abgesehen von Vier Finger konnte sie niemanden erkennen. Auch die Männer waren mit ihren Hirschköpfen, deren Geweihspitzen sich dem Himmel entgegenstreckten, nicht zu unterscheiden.

»Geht jetzt«, sagte sie zu ihren Geschöpfen, »geht zurück auf eure Pfade, und morgen früh trifft sich das Volk mit euch.« Die Hirsche mit ihren beeindruckenden Geweihen gehorchten und zogen sich in die Dunkelheit zurück, Vier

Finger mitten unter ihnen. Plötzlich war die Tanzfläche leer, als hätte ein Windstoß alle Tänzer davongefegt. Auch die Frauen zogen sich zurück, und nur Springendes Reh und Windrufer blieben übrig. Seher war schon längst gegangen. Er wusste, dass noch etwas geschehen würde, das aber nicht seiner Zauberkraft oblag. Springendes Reh und Windrufer sahen, wie sich sein großer Zahn in der Dunkelheit den Abhang zu den Höhlen hinaufbewegte, eine schwankende weiße Linie jenseits der Fackeln.

Die waren mittlerweile nahezu abgebrannt, und Springendes Reh bedeutete Windrufer, sie mit ihr aus dem Boden zu ziehen. Die beiden schüttelten die Glut ab und rollten die Fackeln im Sand, bis sie ganz erloschen. Während Springendes Reh und Windrufer die Tanzfläche umrundeten, tappte Komm eine Weile hinter ihnen her und tappte dann in die Dunkelheit hinaus. Nachdem auch die letzte Fackel erloschen war und nur noch das Feuer in der Mitte glomm, nahm Springendes Reh Windrufer erneut bei der Hand, und sie näherten sich der wärmenden Glut.

Das sterbende Licht fiel auf den nackten Bauch der Frau und zeigte Windrufer die ersten leuchtenden Umrisse des Kindes darin. Seines Kindes. Er wusste, was gleich passieren würde. Die Energie, die sie bei ihrer ersten Vereinigung heraufbeschworen hatten, mussten sie jetzt wieder anrufen, indem sie sich hier auf der Tanzfläche miteinander vereinigten – für das Kind, für das Wild und für die Leute, unter denen er jetzt lebte.

In der Nacht vor der Jagd näherten sich Windrufers Leute ihren Frauen normalerweise nicht, auch bei Springendem Rehs Stamm war das nicht anders. Man hatte Angst, die Zauberkraft der Frauen könnte die Stärke der Jäger bezwingen, denn die Vereinigung von Mann und Frau war die älteste und stärkste Kraft überhaupt. Aber heute Nacht mussten sie sie beschwören und das scheu gewordene Wild herbeirufen, indem sie dessen Verschwinden durch ihre Vereinigung entgegenwirkten.

Windrufer verstand das nicht so deutlich wie Springendes Reh, aber er wusste, was sie von ihm wollte. Beharrlich zog sie an seinen Beinkleidern und dem Lendenschurz und fasste darunter, um ihn zu fühlen. Er war bereit. Er hatte jede Nacht von ihr geträumt, seit dem Tag, da sie aus dem Gewitter zu ihm gekommen war. Ohnehin war er schnell zu erregen. Nicht einmal die Geister, die ihm ihren kalten Atem über den Rücken schickten, konnten ihn jetzt noch von der Vereinigung mit der Frau abhalten. Er fühlte die leichte, feste Wölbung ihres Bauches und die sanfte Rundung ihrer Brüste. Sie war pulsierendes Leben – so schön – und ihre Haut ganz warm vom Feuer, als sie ihn an sich zog.

Da lag er nun mit ihr unter den Sternen und zeigte ihnen, wie man sich vermehrte. Ineinander verschlungen gaben sie den Abbildern der Hirsche am Himmel zu verstehen, dass auch sie fruchtbar sein sollten.

9. Kapitel

Der Krieg

Windrufer erwachte, als ihn die ersten Sonnenstrahlen im Gesicht kitzelten. Er lag auf dem festgetretenen Boden der Tanzfläche und spürte vage die Steine darunter, wie ein von Sand und Staub umgebenes Skelett unter der Erde. Natürlich erinnerte er sich an die stürmische Vereinigung mit der Frau und wusste, dass darin Macht gelegen hatte. Aber jetzt, im hellen Morgenlicht, fühlte er sich eher als Opfertier denn als Liebhaber. Sein Atem ging schneller. Irgendetwas sagte ihm: *Diese Frau wird dich besitzen, wenn du nicht vorsichtig bist.*

Sie lag neben ihm, zusammengerollt unter der Hirschlederdecke, auf der sie gestern Abend gesessen hatten. Ihr Kopf ruhte auf seinem ausgestreckten Arm, der sich mittlerweile ganz taub anfühlte. Als Windrufer ihn unter ihr hervorzog, erwachte sie, aber hinter dem dichten Haargewirr blieb ihm ihr Gesichtsausdruck verborgen.

Vorsichtig stützte sich Windrufer auf einen Ellbogen und sah sich um. Komm saß neben den Überresten des Feuers und beobachtete sie, wie er es auch schon einen Großteil der Nacht über getan hatte. Nun kratzte er sich ein Ohr, als wollte er seinem Herrchen zu verstehen geben, dass es besser für ihn wäre, im Ausleben seines Triebes nicht so unvorsichtig zu sein. Nichts rührte sich, aber Windrufer wusste, dass die Leute oben in den Höhlen wach waren und sich auf die Jagd vorbereiteten. Er wusste auch, was für eine Bedeutung dem Tanz des vergangenen Abends und der Vereinigung mit der Frau zugrunde lag.

Als Windrufer sich aufsetzte, folgte Springendes Reh seinem Beispiel. Dann schlüpfte sie in ihren Rock und zog sich die Hirschlederdecke schützend um die Schultern. Sie bedeutete ihm, sich ebenfalls anzuziehen. Immer noch nackt, beugte er sich zu ihr hinüber und schmiegte sich an sie, um sie wissen zu lassen, dass er sich genau an die vergangene Nacht erinnerte. Erst dann legte er seine Beinkleider und den Lendenschurz an.

Seine zärtliche Geste veranlasste Springendes Reh nicht, weniger gebieterisch zu erscheinen. Sie sagte etwas, das er als ›Komm mit!‹ deutete; ihre Worte gaben ihm das Gefühl, nur ein Symbol der Macht für sie zu sein, so wie der alte Mann seinen Riesenzahn immer bei sich hatte. Aber Windrufer ging gehorsam hinter ihr den Hang zu den Höhlen hinauf, während die Leute vom Gelben Gras so taten, als sähen sie die beiden nicht kommen. Als sie an ihnen vorübergingen, machten sie abwehrende Gesten, als sei die Zauberkraft der beiden ansteckend. Doch Springendes Reh ließ sich davon nicht beirren und stolzierte hoch erhobenen Hauptes weiter, wobei der Saum der Hirschlederdecke ihre Knöchel umspielte.

Sie nahm Windrufer mit in eine leere Höhle und bedeutete ihm, ihr den Beutel zu geben. Komm schlüpfte hinter ihnen in die neue Unterkunft und ließ sich in einer Ecke nieder. Dann löste Springendes Reh die Speere, die an Windrufers Beutel befestigt waren, und reichte sie ihm.

Erwartungsvoll stellte Komm die Ohren, und Windrufer grinste ihn an. Vermutlich erwartete der Stamm jetzt, dass er und der Coyote ihre Nützlichkeit bewiesen. Aber so schwer konnte das nicht sein. Sie wussten ja, wohin das Wild gezogen war.

Springendes Reh bedeutete Windrufer zu warten und ging zur Höhle ihres Vaters. Der einst Wasser fand überprüfte gerade die Befestigung seiner Speerspitze und zeigte den für ihn typischen Gesichtsausdruck, mit dem er seinen Frauen zu verstehen gab, dass er sehr beschäftigt war und nicht gestört werden wollte. Als Springendes Reh hereinkam, verstummten ihre Stiefmütter und sahen sie misstrauisch und neugierig zugleich an. Ein Schauer überlief die Frauen. Hatte ihre Stieftochter da etwa Bissstellen auf dem Arm und weichen grauen Flaum an den Fesseln? Konnte sie sich jetzt auch in einen Coyoten verwandeln? Und wie würde das

Kind aussehen, das sie zur Welt brachte? Misstrauisch roch Junge Füchsin an ihr.

Aber Springendes Reh achtete nicht weiter darauf, sondern nahm einen der Kochkörbe und tat eine Hand voll Gemüse hinein. Junges Weib wollte schon etwas sagen, doch Springendes Reh kam ihr zuvor. »Halt den Mund, oder ich schicke den Coyoten, um die Sachen zu holen.« Doch als ihre Stieftochter auch noch einen Knochen mit Fleischresten vom vergangenen Abend und eine Hand voll Esslilienknollen dazupackte, konnte sich Junges Weib nicht länger zurückhalten und kreischte wütend: »Gib das sofort wieder her! Wir haben so schon nicht genug zu essen!«

»Die hier habe *ich* ausgegraben!«, sagte Springendes Reh und nahm noch ein paar Knollen.

»Nimm nur so viel, damit ihr heute Morgen zu essen habt«, warf Glupschauge ein. »Jetzt, wo du einen Ehemann hast, sollte er auch für dich jagen, und *in Zukunft* suchst du ihm neue Esslilienknollen. Und zwar dort, wo sie wachsen, und nicht hier bei uns.«

Springendes Reh lächelte. »Wie du willst, Mutter: *in Zukunft*.«

»Er hat nicht einmal für Springendes Reh bezahlt!«

»Das geht dich nichts an, Junge Füchsin«, schaltete sich nun Der einst Wasser fand ins Gespräch der Frauen ein, wobei ihm die Begegnung mit seiner Tochter unangenehm zu sein schien. Springendes Reh war ihm auf einmal ganz fremd geworden, und er musste erst ergründen, warum. »Wir sprechen über den Brautpreis nach der Jagd. Hirsche zu erlegen ist wichtiger.« Und falls sie das Wild nicht wieder fanden, würden wahrscheinlich ohnehin alle den Coyotenmann *und* seine Tochter töten wollen.

Springendes Reh stellte den Kochkorb in einen Wasserkorb und beides auf ihren Mahlstein, dann fügte sie dem Ganzen noch ihren Knochenkamm und einen langen Knochenlöffel hinzu. Sie hob alles auf einmal hoch und trug es hinaus. Dabei spürte sie die Blicke ihres Vaters und seiner Frauen im Rücken.

Windrufer wartete noch in der Höhle und lachte, als sie

ihre Beute vor ihn hinstellte. Springendes Reh legte die Hirschlederhaut ab und nahm den Wasserkorb. Dann zeigte sie auf den geschwärzten, nicht mehr ganz vollständigen Steinring am Boden, in dem die letzten Bewohner der Höhle Feuer gemacht hatten, und bedeutete Windrufer, mit ihr zu kommen.

Eigentlich war es Frauenarbeit, ein Haus einzurichten, aber nicht an diesem Morgen. Heute war alles anders. Ihre Arbeit vermischte sich mit seiner, so wie ihre an sich verbotene Vereinigung in der Nacht vor der Jagd die Magie umgekehrt und verformbar gemacht hatte. Sie war nun wie langes biegsames Gras, aus dem man einen neuen Korb flechten konnte, der dann Dinge beinhalten würde, an die man bisher noch gar nicht gedacht hatte. Springendes Reh bewegte die Schultern, hatte aber nicht das Gefühl, dass ihr dazwischen etwas krabbelte. So überprüfte sie immer, ob alles in Ordnung war. Der Morgen fühlte sich nicht komisch oder gefährlich an, es sei denn durch die Kraft, die ihm innewohnte.

Wie jedes neu vermählte Paar gingen Windrufer und Springendes Reh gemeinsam zum Fluss. Komm folgte ihnen auf dem Fuß und brachte die Hunde durch seinen Geruch zum Bellen. Er fing eine Maus und verspeiste sie, während Springendes Reh den Korb mit Wasser füllte und Windrufer einen Arm voll Feuerholz vom Stapel neben der Tanzfläche nahm. Es war Aufgabe der Jungen, dafür zu sorgen, dass immer genügend Holz dort lag. Die Frauen, die ebenfalls hergekommen waren, um welches zu holen, verstummten und starrten Windrufer entgeistert an. Dann erhoben sie ihre Stimmen wieder wie ein Schwarm aufgeregt zwitschernder Vögel. Holzholen war *ihre* Aufgabe.

»Dumme Gänse«, sagte Springendes Reh. »Quak, quak, quak.«

Windrufer lachte. Der Spott in ihrer Stimme machte ihm deutlich, was sie meinte, ohne dass er die Worte an sich verstanden hätte.

»Ich sollte mit dir reden«, sagte sie jetzt zu ihm, »dann wirst du unsere Sprache schon lernen.«

»Du glaubst wohl, ich kann dich verstehen?«, murmelte Windrufer. »Denkst du etwa, alle Leute reden in der gleichen Sprache miteinander?« Vielleicht war das ja hier im Norden so.

»Wir kommen jedes Frühjahr zu den Tuffsteinhöhlen«, plauderte Springendes Reh nun drauflos. »Das hier ist unser Sommerlager. Im Herbst gehen wir dann zum Großen Treffen, und danach dorthin, wo man die Piniennüsse für den Winter findet.«

»Ich verstehe dich nicht«, sagte Windrufer.

Für Springendes Reh klangen seine Worte nur wie Lärm, und sie dachte: *Das war zu schnell. Ich muss ihm einzelne Wörter beibringen wie eine Mutter ihren kleinen Kindern.* Sie zeigte auf das Bündel in seinem Arm und sagte: »Holz.«

»Holz«, wiederholte Windrufer gehorsam. Dann wies er auf einen Baum. »Holz.«

»Nein, Baum.«

Erstaunt sah Windrufer sie an. Er verlagerte seine Last so, dass er einen Arm frei hatte, und steckte einen Finger in den Korb mit Wasser.

»Wasser«, sagte Springendes Reh.

»Wasser«, wiederholte er.

Sie zeigte noch auf andere Dinge, aber sie wollte ihm zu viel auf einmal beibringen, und er warf deshalb alles durcheinander.

Als sie zur Höhle zurückkamen, waren die Männer vom Gelben Gras für die Jagd bereit, und Seher sprach bereits mit den Göttern. Windrufer ließ das Feuerholz auf den Boden fallen und nahm Springendes Reh bei den Schultern. »Ich weiß, wohin das Wild gegangen ist.«

Sie schüttelte den Kopf, um ihm zu bedeuten, dass sie nichts verstanden hatte. Da hielt er sich die Hände seitlich an den Kopf und spreizte die Finger ab, um Geweihspitzen darzustellen wie bei einem Hirsch.

»Hirsch«, sagte sie.

»Hirsch«, wiederholte er, bückte sich und tat mit Zeige- und Mittelfinger so, als liefe jemand davon. Dann stand er wieder auf und mimte einen Jäger, der verzweifelt nach

Wild Ausschau hielt, aber keines fand. Daraufhin deutete er sich auf die Brust und dann in die Richtung, in die das Wild gegangen war.

Verwundert neigte Springendes Reh den Kopf, aber schließlich dämmerte ihr, was er meinte. Sie stürzte aus der Höhle und rannte über das steinerne Gefälle zu Seher. Windrufer hörte, wie sie aufgeregt mit ihm sprach.

Ob sie wohl wusste, was er ihr hatte sagen wollen? Seine kleine Vorstellung hätte ja auch bedeuten können, dass ihm nachts tanzende Bäume aus den Fingern wuchsen, die dann nach Südosten wanderten. Wie sich die Menschen wohl verständigt hatten, bevor es das gesprochene Wort gegeben hatte? War ihnen irgendein Gott dabei behilflich gewesen? Oder hatten sie sich zusammengesetzt und selbst beschlossen, welche Tonfolge was bedeuten sollte? Darüber hatte sich Windrufer bisher noch nie Gedanken gemacht.

»Hirsch«, sagte er nun noch einmal für sich und hoffte, dass es bedeutete, wovon er ausging.

»Er weiß, wo die Hirsche sind!«, rief Springendes Reh aufgeregt. Mit Blick auf Katzenohr stampfte sie auf den Boden; er sollte gar nicht erst daran denken, sie zu unterbrechen. »Er weiß, wohin sie gegangen sind, und ihr müsst ihm folgen.«

»Na klar«, sagte Katzenohr, als sie Atem schöpfte, »er schickt uns in die Steppe, und die *Anderen* können unsere Hirsche in aller Ruhe erlegen!«

»Er kennt ihr Versteck«, beharrte Springendes Reh. »Du weißt doch, dass sie manchmal weiterziehen!«

»Ja, wenn das Gras nicht so gut ist«, sagte Seher.

»Oder wenn es kein Wasser gibt«, ergänzte Der nur einen Hoden hat, »aber wir hatten bisher ein feuchtes Jahr.«

»Sie ziehen auch weiter, wenn sie Angst haben«, gab Springendes Reh zu bedenken, »und mein Mann hat gestern einen Hirsch erlegt und weiß, wohin die anderen gegangen sind.«

»Hat er dir das erzählt?«, fragte Seher.

»Ja! Nun, das glaube ich zumindest«, erwiderte Springendes Reh und überlegte, was Windrufer sonst hätte meinen können.

»Er ist doch taub für unsere Sprache«, sagte Katzenohr. »Erzähl mir bitte mal, wie du ihn da verstehen willst, du Hexe?«

»Sag das noch einmal, und du wirst ja sehen, ob ich eine Hexe bin!« Böse funkelten sie einander an, bis Seher dazwischenging. »Es gibt andere Möglichkeiten, sich verständlich zu machen, als die Sprache der Zunge«, klärte er seinen Sohn auf. »Manchmal sogar bessere, obwohl man schon ziemlich weise sein muss, um sie zu verstehen.« Er wandte sich wieder an Springendes Reh. »Welche Art von Verständigung hat er benutzt?«

Sie dachte nach, hielt sich dann die Hände an den Kopf, so wie der Mann es getan hatte, um das Wild darzustellen. Daraufhin bückte sie sich und ließ die Tiere mit den Fingern davonlaufen.

»Das sollen Hirsche sein!«, rief Der komisch läuft aufgeregt.

»Ganz schön schlau«, pflichtete Schildkrötenpanzer ihm bei, klang aber, als läge allein in dieser Darstellung des Wildes schon eine Gefahr. »Warum sollten wir dem Fremden trauen?«

Wieder begannen die Männer vom Gelben Gras miteinander zu streiten.

»Weil er uns gestern Wildbret mitgebracht hat.«

»Das könnte auch eine Falle gewesen sein.«

»Vielleicht aber auch Zauberei.«

»Woher willst du denn wissen, wie ein Zauberhirsch schmeckt?«

»Wenn das ein Zauberhirsch war, hat er aber verdammt wie ein echter geschmeckt.«

»Wenn der Fremde *einen* Hirschen herzaubern kann, kann er bestimmt auch noch mehr holen. Ich werde sie auf jeden Fall essen.« Laut knurrte der Magen des Sprechers, und die anderen Jäger lachten, trotz der ernsten Angelegenheit.

»*Ich* glaube, er kommt von den *Anderen*«, grummelte Katzenohr und sah Seher böse an, als wollte er ihn davon abhalten, ihm zu widersprechen. Dann fügte er hinzu: »Der Meinung sind wir alle.«

»Der Fremde weiß, wo die Hirsche sind!«, rief Springendes Reh wütend. »Ich habe sie für euch herbeigelockt, und er wird euch zu ihnen führen. Wenn ihr heute Abend hungrig nach Hause zurückkehrt ...«, sie hielt inne und wandte sich wieder an Katzenohr, »...ist das dein Fehler, und dann macht der Stamm mit dir vielleicht, was er mit dem, der jetzt tot ist, getan hat!«

»Das reicht!«, rief Seher in die Runde. »Seid jetzt mal ruhig!« Er setzte seine Himmelsmaske auf, um sich mit den Göttern über die Angelegenheit zu beraten. Die Maske bestand aus rechteckig zusammengefügter Baumrinde, und aus ihren vier Seiten, die die Himmelsrichtungen symbolisierten, wuchs Gras. Die Augenlöcher waren mit blauen Steinen gerahmt, wodurch die Maske noch geheimnisvoller wirkte.

Von den Höhlen aus beobachtete Windrufer die Jäger und die Frau und beschloss, dass es besser war, sich zu ihnen zu gesellen, als die Frau für ihn sprechen zu lassen. Er hatte von den Kräutern gegessen, die sie mitgebracht hatte, und in die kalten, glitschigen Esslilienknollen gebissen. Aber sein Magen knurrte immer noch, und er beneidete Komm um die Maus. Nun nahm Windrufer seine Speere und die Speerschleuder, pfiff nach seinem Coyoten und ging zu den versammelten Jägern. Respektvoll blieb er außerhalb ihres Kreises stehen, bis ihn jemand bemerkte. Als Seher auf ihn aufmerksam wurde, hielt sich Windrufer wieder die Geweihhände an den Kopf, sagte: »Hirsch«, und wies nach Südosten.

»Da hast du's, Katzenohr!«, rief Springendes Reh. »Ich hab's dir ja gleich gesagt.«

Wütend verschränkte Katzenohr die Arme vor der Brust und hob das Kinn. Aber noch bevor er etwas sagen konnte, erklärte Blauer Stein: »Wir folgen diesem Mann.« Es war wichtig, derjenige zu sein, der die Entscheidung traf. Katzenohr hatte Einfluss bei den jungen Jägern, und das machte ihn nützlich. Aber Blauer Stein war darauf bedacht, Katzenohrs Einfluss nicht zu groß werden zu lassen. Er selbst war noch nicht alt; die Leute vom Gelben Gras brauchten keinen neuen Häuptling.

Blauer Stein hob seinen Speer, nickte Windrufer zu und wies nach Südosten. Feierlich sahen sie einander an und marschierten dann los.

Springendes Reh blickte den Jägern nach, bis sich ihr Magen verkrampfte und sie sich von den rohen Kräutern und Esslilienknollen erbrechen musste. Fleißige Frauen waren schon vor Sonnenaufgang aufgestanden, um ihren Männern eine gekochte Speise für die Reise vorzusetzen, während sie wie eine Schlampe auf der Tanzfläche geschlafen hatte. Zauberkräfte hin oder her: Eine Schlampe blieb eine Schlampe.

Sie wusste, dass den Frauen genau das durch den Kopf ging, während sie sich darüber unterhielten, ob die Männer nun auf Wild stießen oder nicht. Sie sah es ihnen an den Augen an und dachte: *Dumme Gänse!* Da schnatterten sie aufgeregt herum, bis die Männer ihnen sagten, was sie tun sollten. Was würden sie nur ohne Männer anfangen? Aufgeregt schnattern, bis die *Anderen* kamen und sie alle holten?

Springendes Reh wischte sich mit dem Handrücken über den Mund und stand auf. Die Frauen wichen ein wenig zurück – auch sie konnten ihre Gedanken lesen.

»Ihr braucht gar nicht so zu gaffen«, sagte da Vier Finger kalt, »und hört auf, so laut zu schnattern. Geht lieber eurer Arbeit nach.«

»Ganz recht.« Sich an ihre Stellung erinnernd, legte sich die Frau des Medizinmannes einen Finger auf die Lippen, und die Frau des Häuptlings verkündete: »Eine faule Frau zieht Unheil an.« Beide warfen Springendem Reh einen triumphierenden Blick zu und kehrten an ihre Arbeit zurück, die darin bestand, Esslilien auszugraben, Beeren zu lesen oder nach Kräutern zu suchen, Schildkröten aus dem Fluss zu fangen und Sandalen zu machen, Kleider zu nähen und zu kochen – was es zu kochen gab –, und das alles, bis die

Männer zurückkehrten und ihnen sagten, was als Nächstes zu geschehen hatte.

»Wo bringt er uns hin? Blauer Stein muss verrückt geworden sein, dass er diesem Kerl folgt!«

»Du hast die Spuren doch gesehen.«

»Die Hirsche sind noch nie hier entlanggegangen.«

»Unsere nicht, aber vielleicht die der *Anderen.*«

»Ich habe schon davon gehört, dass das Wild einmal weggezogen ist und jemand ihm nachspüren musste, um festzustellen, wohin.«

Windrufer mutmaßte, dass man hinter ihm darüber stritt, ob es klug gewesen war, diesen Weg einzuschlagen, während der Mann mit der blauen Kette seinem Gesichtsausdruck nach zu urteilen überlegte, ob es klug gewesen war, einen Fremden den Weg wählen zu lassen. Windrufer hielt ihn inzwischen für das Stammesoberhaupt. Offensichtlich waren Häuptling und Medizinmann hier zwei verschiedene Menschen. Kein Wunder, dass sich die Mitglieder des Stammes die ganze Zeit stritten.

Im Osten der Höhlen wuchs Gras und Krüppelholz, und in der Ferne erhoben sich allmählich die ersten Ausläufer des Gebirges. An manchen Stellen bildete das Land davor leicht gewellte Hügel, an anderen ragte es plötzlich mit steilen Tafelbergen oder Klippen in die Höhe; mit ihren abfallenden Felswänden bildeten die letzteren Schluchten ohne Ausgang. Vor einer dieser Schluchten hatten Komm und Windrufer das Wild entdeckt und die Hirschkuh zur Strecke gebracht. Dabei hatte Windrufer noch gedacht, dass man mit vielen Jägern alle Hirsche in die Schlucht treiben könnte. Die sie abschließende hohe Felswand würde die Tiere am Entkommen hindern.

Jetzt hielt er an, ging in die Hocke und besah sich die Hirschfährten. Einer der Männer vom Gelben Gras kniete sich neben ihn. Im selben Augenblick entdeckten die beiden den Sandalenabdruck, und der Mann vom Gelben Gras sah Windrufer böse an.

Windrufer betrachtete den Abdruck von allen Seiten.

Vielleicht war es ja sein eigener, aber eigentlich glaubte er das nicht. Wem er auch immer gehörte, der Mann war ebenfalls den Hirschen auf der Spur und wahrscheinlich heute Morgen hier vorbeigekommen. Windrufer hielt eine Hand hoch, und die Männer direkt hinter ihm raunten den anderen zu, stehen zu bleiben. Windrufer wollte unbedingt wissen, wer da vor ihnen war, bevor der Betreffende auf sie aufmerksam wurde.

Er wartete noch, bis der Häuptling den Fußabdruck begutachtet hatte, und schlich dann leise weiter. Die Wildfährte war frisch und noch nicht vom Wind abgetragen, sodass man die menschlichen Fußabdrücke dazwischen nur schwer erkennen konnte. Die Spuren schlängelten sich durchs gelbe Gras und an einer hohen Sandsteinwand entlang. Windrufer glaubte, vor sich etwas gehört zu haben, und lauschte. Da war ein leises Geräusch wie das Murmeln von Stimmen zwischen all dem Vogelgezwitscher und dem Gurgeln des Wassers in der Ferne.

In der Hoffnung, die Ursache des Geräusches zu entdecken, beschattete sich Windrufer die Augen und sah zur Morgensonne. In diese Richtung waren die Hirsche auf ihren harten Hufen gelaufen, vielleicht sogar gerannt – aufgeschreckt vom Geruch der Menschen. Die Leute vom Gelben Gras hatten Glück, dass der Wind ihnen entgegenwehte und die Hunde den Wildgeruch wahrnehmen konnten. Sie jaulten jetzt und blickten sich suchend um.

Komms graue Schnauze kräuselte sich. Er wich Windrufer nicht von der Seite und hielt sich in sicherer Entfernung von den Hunden. Wahrscheinlich ahnte er, dass sie ihn gerne töten würden – zahlreich genug waren sie dazu. Wieder schnüffelte er, und aus seiner Kehle drang das leise Geräusch, das er immer machte, wenn er böse war.

Windrufer warf ihm einen Blick zu und ging dann vorsichtig weiter. Er glitt an der Felswand vorbei in ein kleines, flaches Tal, das schließlich in eine Schlucht mündete. Es wurde von einem Fluss durchzogen, und ein Stück weit in die Schlucht hinein säumten Wildpflaumenbäume einen kleinen See, der von dem Fluss gespeist wurde. Die Fährte im Gras führte in diese Richtung. Dorthin zog es die Hirsche, um zu äsen und die wilden Pflaumen zu fressen, wenn sie reif waren. Windrufer blieb so unvermittelt stehen, dass Blauer Stein auf ihn stieß und leise fluchte.

Wenn die Hirsche im Augenblick überhaupt da waren, mussten sie weiter in die Schlucht hineingezogen sein. Aber als Blauer Stein mit den Augen der Richtung von Windrufers ausgestrecktem Arm folgte, sah er keine Hirsche, sondern ganz deutlich einen Mann der *Anderen*. Er kam gerade aus der Schlucht und zwei seiner Stammesbrüder folgten ihm. Blauer Stein zischte den anderen Jägern zu, still zu sein. Sie standen immer noch im Schatten der Steilwand und hatten nach wie vor Gegenwind, sodass die Hunde der *Anderen* ihre Witterung nicht aufnehmen konnten.

Windrufer schob seinen Speer in den Bund seines Lendenschurzes. Er hatte nur zwei Speere und wollte sie erst werfen, wenn er wusste, wie zahlreich der gegnerische Trupp sein würde.

Blauer Stein blickte betroffen drein, und während die anderen sich flüsternd berieten, zuckte es unentschlossen auf seinem Gesicht. »Kämpfen wir denn nicht gegen sie?«, fragte Windrufer leise, der ganz vergessen hatte, dass ihn keiner verstand. Was war bloß mit diesen Leuten los? Lag auf ihnen irgendein Fluch, der sie davon abhielt, gegen ihre Feinde anzutreten?

Bevor Windrufer all seinen Mut zusammengenommen hatte, um der Einsamkeit zu entfliehen, hatte er ja beide Stämme lange Zeit heimlich beobachtet. Bei den *Anderen* gab es dieses Zaudern nicht. Sie griffen an, wenn es sein musste, und waren auch die Angreifer, wenn sie auf einen anderen Stamm stießen. Um sein wachsendes Unbehagen zu bekämpfen, dachte Windrufer jetzt mit Blick auf die Männer vom Gelben Gras: *Was seid ihr doch für Narren!*

Wenn sie ohne Fleisch zurückkehrten, nachdem die Frau so großartige Versprechungen gemacht hatte, sollte er besser jetzt gleich die Beine unter die Arme nehmen. Andererseits hätten die Leute vom Gelben Gras sicher keinerlei Skrupel, ihn zu töten, wenn sie ihn erwischten. Und selbst wenn er ihnen davonkam, gab er damit die Hoffnung auf, jemals wieder mit anderen Menschen zu jagen und ihre Sprache zu erlernen. Es würde auch keine Nächte mehr im warmen Grasbett mit der Frau geben, und wahrscheinlich würde ihr Stamm sein Kind töten. Das gab schließlich den Ausschlag.

Ob er nun hier von der Hand der Männer des anderen Stammes starb, weil die Leute vom Gelben Gras so wenig Kampfgeist zeigten, oder später irgendwo in der Einsamkeit, war egal. Schnell nahm er Blauem Stein die Speerschleuder aus der Hand und steckte sie ihm in den Gürtel. Damit wollte er ihm zu verstehen geben, dass es besser war, sie nicht zu benutzen. Blauer Stein sah ihn völlig entgeistert an, war aber viel zu verwundert, um etwas dagegen einzuwenden. Daraufhin schritt Windrufer die Reihen der Jäger ab und machte bei jedem genau dasselbe. Irgendwie ermutigte sie das. Als er bei Katzenohr ankam, hielt er inne; dieser Mann war bereit zu kämpfen. Er hatte seinen Speer zurückgerissen und schien damit auf Windrufer zielen zu wollen. Der lächelte nur und ließ Katzenohr stehen, der ihm unverständliche böse Worte hinterherrief und seinen Speer auf die Speerschleuder steckte.

Inzwischen hatte sich Blauer Stein entschieden und sagte leise etwas zu seinen Leuten, woraufhin diese sich in Bewegung setzten und geduckt durchs hohe Gras schlichen. Seher hielt kurz Zwiesprache mit den Göttern, bevor er mit den anderen aufschloss. Katzenohr drängelte sich vor, bewies aber Vernunft genug, um nicht auch noch Blauen Stein zu überholen. Die *Anderen* waren wieder in die Schlucht hineingelaufen und nicht mehr zu sehen. Vorsichtig und in der Hoffnung, sie zu überraschen, folgten die Männer vom Gelben Gras ihren Spuren.

Windrufer hatte ein wachsames Auge auf das Gebüsch am Hang. Falls die *Anderen* sie kommen sahen, wäre die Überraschung womöglich auf der falschen Seite. Er bezweifelte, dass Blauer Stein das in Erwägung gezogen hatte. Diese Leute verstanden nicht zu kämpfen. *Wie merkwürdig,* dachte Windrufer, während er nach vorn lauschte. Es war kein Rufen zu hören, und daraus schloss er, dass die *Anderen* immer noch hinter dem Wild herschlichen. Sie würden die Hirsche vorsichtig weiter in die Schlucht treiben, bis die Tiere zu eng beieinander standen, um sich umzudrehen und an ihnen vorbeizuspringen.

Auch das Tal wurde immer schmaler, je weiter sich die Männer vom Gelben Gras dem Eingang der Schlucht näherten. Bald kamen sie an dem See vorbei, den das Wild als Tränke benutzte. Davon ging ein Rinnsal ab, das in die Schlucht hineinführte und an dessen Ufern Huf- und Sandalenabdrücke zu erkennen waren. Demnach zu urteilen zählten die *Anderen* etwa zwanzig Mann, so wie die Männer vom Gelben Gras auch. Nachdem die Jäger die Spuren begutachtet hatten, setzten sie ihren Weg zwischen den verkümmerten Pflaumenbäumen fort. In der Schlucht fielen die Sonnenstrahlen zwischen den zerklüfteten Felsen und verkrüppelten Bäumen oberhalb der Steilwände hindurch und blendeten Windrufer und die anderen Jäger. Bei diesem Halbschatten konnten sich Mensch und Wild gleichermaßen ungesehen in der Schlucht bewegen.

Plötzlich blieb Windrufer wieder stehen, aber es war zu spät. Unverhofft waren sie auf den letzten Mann der *Anderen* gestoßen, und auch er hatte sie bemerkt. Jetzt schrie er seinen Leuten etwas zu, blickte sich noch einmal um, um festzustellen, wie zahlreich der Gegner war, und rannte davon. Die Männer vom Gelben Gras stürzten ihm hinterher, und Katzenohr schleuderte seinen Speer, der den Flüchtenden im Rücken traf. Der Mann verhielt in der Bewegung, drehte sich einmal um sich selbst und fiel dann hin. Katzenohr stürmte auf ihn zu, während die Jäger der *Anderen* das Wild Wild sein ließen und heulend durch die Schlucht gerannt kamen. Noch bevor Windrufer den Männern vom Gelben Gras hätte verständlich machen können, wo sie Stellung beziehen sollten, stürzten sich die Gegner auf sie.

Windrufer sah einen Speer, der auf ihn zustieß, und wehrte ihn mit dem eigenen ab. Die Spitze ging so haarscharf an seinem Kopf vorbei, dass ihre Bindung sein Ohr streifte. Er sprang zurück, um auszuholen. Dann stieß er selbst zu. Die Spitze traf den *Anderen* in der Schulter, und Windrufer zog den Speer heraus, damit er ihn nicht verlor. Gleich darauf sah er einen Mann vom Gelben Gras allein stehen, der aufgeregt nach links und rechts blickte und offensichtlich nicht wusste, was er tun sollte. Einer der *Anderen* näherte sich ihm von hinten, und Windrufer stieß dem Angreifer seinen Speer ins Bein. Erst als dieser vor Schmerz aufschrie, begriff der Mann vom Gelben Gras, dass er nur knapp dem Tod entronnen war. Erschrocken sah er Windrufer an und stürzte sich dann mit erhobenem Speer ins Kampfgetümmel. Auch Der einst Wasser fand lief keuchend an Windrufer vorbei. Der Mann musste schon schwer atmen, nur um mit den anderen Schritt zu halten.

Gott Jaguar würde sie alle auffressen, dachte Windrufer. Die Leute vom Gelben Gras verstanden einfach nicht zu kämpfen. Wie wild stießen sie auf die *Anderen* ein und schienen überhaupt nicht zu wissen, wie man einen Stoß abwehrte. Wenn sie ihren Speer einbüßten, stürzten sie sich völlig kopflos auf den Feind, versuchten ihn zu Fall zu bringen und ihm mit einem Stein den Schädel einzuschlagen.

Jetzt sah Windrufer, wie Blauer Stein wieder und wieder seinen Speer in einen bereits toten Mann stieß. Der Tote hing in dem Dickicht, in das der Häuptling ihn getrieben hatte. Auch einen der Männer vom Gelben Gras hatte es erwischt, und die anderen trampelten auf ihm herum. Die Hunde beider Stämme kämpften gegeneinander, nur Komm schoss durch den Staub und biss einem der *Anderen* in die Kniekehle. Der Coyote bewegte den Kopf hin und her, bis das Bein des Mannes nachgab, und wich zurück, damit Windrufer ihm die Kehle durchbohren konnte. Sofort kam ein Kampfgefährte des Toten mit einem schweren Speer in beiden Händen auf Windrufer zu. Der hob selbst die Waffe, verfehlte aber den Gegner und ließ seinen Speer gerade noch rechtzeitig los, um den des anderen abzufangen.

Einen Augenblick rangen sie miteinander. Jeder hielt ein Ende des Schaftes fest, und sie knurrten sich an wie Hunde, die sich um einen Knochen stritten. Während sie durchs Gebüsch und zwischen den verkrüppelten Bäumen hindurchstolperten, erhob sich eine wabernde Staubwolke. Die Sonne schien inzwischen heiß vom Himmel, und beim Luftholen hatte man den Eindruck, Sand zu atmen. Windrufer rutschte auf dem Blut am Boden aus und ließ den Speerschaft los. Als der Mann der *Anderen* so plötzlich keinen Gegenzug mehr verspürte, stolperte er rückwärts und fiel ebenfalls hin. Sofort stürzte sich Windrufer auf ihn, zückte das Abhäutemesser und durchschnitt ihm die Kehle.

Blut spritzte, und bald waren Windrufers Hände ganz klebrig. Er rieb sie sich mit Sand ab und suchte nach seinem Speer. Dabei bemühte er sich, den Blutlachen am Boden auszuweichen, um nicht noch einmal auszurutschen, und stellte fest, dass noch ein Mann vom Gelben Gras sein Leben hatte lassen müssen und zwei der *Anderen* ebenfalls tot waren. Nachdem Windrufer den Speer gefunden hatte, tötete er einen der gegnerischen Hunde, der sich auf Komm stürzen wollte. Komm schlug gerade wieder einem Mann der *Anderen* die Zähne ins Knie. Der Mann schrie auf, trat nach dem Coyoten, und Komm flüchtete ins Dickicht.

Wieder im Kampfgetümmel stellte Windrufer fest, dass Katzenohr direkt neben ihm stand und verzweifelt mit dem Messer auf einen Mann einstach, der gerade mit Katzenohrs Speer zurückwich, um auszuholen. Aber noch bevor er zustoßen konnte, rammte ihm Windrufer seinen Speer in den Bauch. Katzenohrs Angreifer stöhnte erstaunt auf und sank nach einem letzten Atemzug zu Boden. Wütend darüber, dass ihm ausgerechnet der Fremde das Leben gerettet hatte, drehte sich Katzenohr zu Windrufer um, keifte ihn an und bespuckte ihn, sodass sich Windrufer genötigt sah, ihn mit dem Speer in Schach zu halten.

Als Katzenohr von ihm abließ, stellte Windrufer erleichtert fest, dass sich die *Anderen* zurückzogen. Sie stolperten an den Männern vom Gelben Gras vorbei auf den Ausgang der Schlucht zu und schleppten ihre Verwundeten mit sich. Da der Feind ihnen nun nicht mehr gefährlich werden konnte, zog Windrufer dem Toten der *Anderen* Katzenohrs Speer aus der Hand und bedrohte Katzenohr damit. »Deshalb solltest du im Kampf keine Speerschleuder benutzen. Noch bevor du den Speer abschießen kannst, reißt ihn dir ein Mann der Gegenseite aus den Händen und spießt dich damit auf.«

Wütend erwiderte Katzenohr etwas, das keiner Übersetzung bedurfte, und Windrufer bewegte den Speer ein wenig nach unten, hielt ihn aber immer noch mit beiden Händen fest, darauf bedacht, außerhalb der Reichweite von Katzenohrs Arm mit dem Abhäutemesser zu bleiben. Dann sagte er: »Du weißt nicht, wie man kämpft, Hitzkopf. Bis es so weit ist, solltest du lieber auf Leute wie mich hören.« Auch das bedurfte keiner Übersetzung. Katzenohr schlug gegen den Speerschaft und humpelte davon. In seinem linken Bein klaffte eine tiefe Wunde.

Beflügelt von ihrem Sieg, jagten die Männer vom Gelben Gras den *Anderen* nach. Windrufer versuchte, sie aufzuhalten und packte Den der nur einen Hoden hat und den alten Schildkrötenpanzer am Arm, hielt sie fest und rief: »Lasst sie gehen!« Verständnislos sahen die beiden ihn an, während Der einst Wasser fand keuchend zu ihnen aufschloss. »Lasst sie gehen, es sei denn, ihr wollt sie essen! Jagt lieber die Hirsche!«, rief Windrufer und deutete in die Schlucht hinein.

Auch Blauer Stein gesellte sich jetzt heftig atmend zu ihnen. Der größte Teil seines Speerschafts war blutig.

Da fiel Windrufer das Wort wieder ein, das ihm die Frau beigebracht hatte. »Hirsch!«, sagte er. »Hirsch!« Ärgerlich verfiel er aber gleich wieder in seine eigene Sprache. »Wenn ihr den Männern hinterherjagt, lauern sie euch irgendwo auf. Lasst sie ziehen, ihr habt sowieso keine Ahnung vom Kämpfen.«

Blauer Stein wusste auch so, was Windrufer damit sagen wollte: Die Männer vom Gelben Gras waren genauso unberechenbar wie nicht abgerichtete Hunde und jeden Augenblick bereit, dem falschen Wild nachzuhetzen. »Lasst die *Anderen* laufen«, rief er.

»Ich will aber noch mehr von ihnen töten«, widersprach Katzenohr. »Wir sollten ihnen nach.«

Auch Der nur einen Hoden hat und Schildkrötenpanzer sahen enttäuscht aus. Beide hatten einen der *Anderen* getötet und wollten, davon ermutigt, jetzt weitermachen. »Ich finde auch, dass wir sie jagen sollten«, sagte Der der nur einen Hoden hat.

»Wir haben sie doch schon vertrieben«, antwortete Seher. »Nachdem sie uns die Hirsche weggenommen haben, sollten wir uns das Wild jetzt zurückholen.«

Die Jäger nickten murrend, und Der komisch läuft fragte stirnrunzelnd: »Was ist mit unseren Toten?« Drei der Gefallenen gehörten zu den Leuten vom Gelben Gras, und einer davon war der Bruder von Dem der komisch läuft.

Blauer Stein dachte einen Augenblick nach und zeigte dann auf den jüngsten Jäger. »Du versteckst dich im Dickicht und passt auf, falls die *Anderen* zurückkommen sollten, um ihre Toten zu holen, während wir das Wild jagen. Wenn sie auftauchen, sagst du uns Bescheid. Aber ich glaube eher, dass sie warten, bis wir abgezogen sind. Wir tragen unsere Toten nach Hause, wenn wir mit der Beute zurückkommen.«

»Falls es dort überhaupt etwas zu erbeuten gibt.« Katzenohr war böse, weil er lieber gekämpft hätte. »Lass mich hier bei den Toten bleiben.«

»Nein!«, entschied Blauer Stein, und um seiner Aussage die Schärfe zu nehmen, fügte er hinzu: »Du bist unser bester Jäger. Die *Anderen* waren bestimmt hinter dem Wild her, denn warum hätten sie sonst herkommen sollen. *Da gibt's Hirsche* in der Schlucht, und wenn wir sie erlegen wollen, brauchen wir dich.«

Katzenohr ließ sich von dem Kompliment besänftigen und sagte hochmütig zu den anderen: »Na, dann los!« Er entriss Windrufer seinen Speer und hakte die Speerschleuder in dessen Ende.

Windrufer lachte. Wenn man Hirsche jagte, war eine Speerschleuder sehr nützlich. Schließlich konnte das Wild mit Speeren nicht zurückwerfen. Katzenohr hörte ihn lachen, wirbelte herum und zeigte auf ihn. »*Er* hat die *Anderen* hergebracht! *Er* hat sie mit diesem Knochen herbeigerufen!«

Ärgerlich blieb Blauer Stein stehen. »Windrufer hat gegen sie gekämpft. Ihr Blut klebt an seinen Händen. Er hat zwei, vielleicht sogar drei von ihnen getötet.«

»Und einen davon abgehalten, Katzenohr zu töten«, ergänzte Der der nur einen Hoden hat. »Ich habe es gesehen.«

»Du hast deinen Hintern gesehen!«, fuhr Katzenohr ihn giftig an.

»Das reicht!« Blauer Stein blickte zwischen Windrufer und Katzenohr hin und her. Die beiden mussten etwa gleichaltrig sein, und jeder wusste, dass Katzenohr ein Auge auf Springendes Reh geworfen hatte. Es war nur eine Frage der Zeit gewesen, bis die beiden jungen Männer in Streit gerieten. »Halt deine Zunge im Zaum, bis wir für unseren Stamm gejagt haben«, sagte Blauer Stein nun zu Katzenohr. »Das ist wichtiger. Ich bin auch einmal jung und lüstern gewesen, aber erst muss man was im Bauch haben.«

»Besonders wenn man alt wird und noch seinen Mann stehen will«, sagte Der einst Wasser fand, und alle lachten. Er war völlig erschöpft, aber unversehrt. Als die Jäger sich nun in der Schlucht verteilten, nahm er erleichtert seinen Platz in ihren Reihen ein. Vielleicht würde das drängende Gefühl, jemanden töten zu müssen, damit der für ihre Probleme büßte, jetzt verschwinden, und die Leute vom Gelben Gras konnten wieder ein friedliches Leben führen. Vielleicht gab der Fremde sogar einen annehmbaren Schwiegersohn ab. Er konnte kämpfen, und das würde ihnen womöglich noch einmal nützlich sein. Die Leute vom Gelben Gras und das Volk, dem sie angehörten, waren keine Krieger. Es hatte immer genug Platz und Wild für alle gegeben und keinen Grund, den Kampf zu suchen.

Unter ihresgleichen gehörte es sich nicht, gierig und habsüchtig zu sein, und Der einst Wasser fand verstand überhaupt nicht, dass die *Anderen* offensichtlich gerne kämpften. Es war einleuchtend, dass sich zwei junge Männer wegen einer Frau stritten. Aber dass sich ein Clan so angriffslustig verhielt, wie es bei den *Anderen* der Fall war, ergab einfach keinen Sinn. Nicht, wo es doch so viele schönere Dinge auf der Welt zu tun gab. Man konnte Jagen oder Kinder zeugen oder sich die Geschichten vom Anfang der Welt anhören, die

Seher manchmal erzählte, wenn sie am Feuer saßen. Der einst Wasser fand mochte die Welt, wie sie war – wären da bloß nicht die *Anderen* gewesen.

Vielleicht konnte der neue Mann ja dafür sorgen, dass sie verschwanden. Wenn ihm das gelang, würde auch er, Der einst Wasser fand, an Wichtigkeit gewinnen.

Die Jäger vom Gelben Gras waren schon tief in die Schlucht hineingeschlichen, bevor sie auf die Hirsche stießen. Das Wild hatte sich erschreckt von dem Kampfgetöse ins Unterholz der Hänge geflüchtet. Weiter oben wurden sie allerdings zu steil, und als die Hirsche die Jäger kommen sahen, sprangen sie zurück in die Schlucht und verteilten sich im niedrigen Gebüsch. Sie hatten die gleiche erdbraune Farbe wie die Felswände, und es fiel nicht schwer zu glauben, dass ein Zauber das Wild aus feuchtem Sand hervorgebracht hatte. Die hellen Augen der Hirsche leuchteten im Schatten der graugrünen Beifußbüsche und spitzen Yucca-Blätter, während Seher für das Wild sang, um sich so bei ihm für den Kampf zu entschuldigen, der die Streitigkeiten der Menschen in ihre Welt hineingetragen hatte.

Die Jäger gingen nun dichter beieinander und bildeten eine Reihe quer durch die Schlucht. An den Ufern des kleinen Baches wuchsen Unterholz und niedrige Bäume. Dornenbüsche zerkratzten den Männern Arme und Beine, und Windrufer machte einen großen Bogen um eine Pflanze mit merkwürdig dicken ovalen Blättern, die mit kleinen Nadeln besetzt waren. Er hatte schon einmal eine derartige Pflanze berührt und dann tagelang gelitten. Wie alle Landschaften war auch diese gegen Fremde gewappnet und durchaus in der Lage, den Durchreisenden aufzuhalten.

Komm sah immer noch misstrauisch drein, aber Windrufer war ungemein erleichtert, wieder unter Menschen zu sein. Bei dieser Jagd empfand er ein Glücksgefühl, das er seit seiner Flucht von zu Hause nicht mehr gekannt hatte. Nun beschleunigten die Jäger den Schritt, und die Hirsche vor ihnen rannten mit schreckgeweiteten Augen und erhobenen Köpfen weiter ins Dickicht hinein. Doch am Ende der

Schlucht blockierte ihnen eine Felswand den Weg. Hier entsprang auch der Bach. Schmelzwasser von einem entfernten Gletscher trat als dünnes Rinnsal aus einem Spalt in der Felswand.

Als die Hirsche bemerkten, dass sie in der Falle saßen, wurde das Hufgetrampel lauter. Erst schwenkten sie ihre Geweihe zu den Jägern, zogen sich dann aber wieder in die Sackgasse zurück. Panisch sprangen sie herum, stiegen mit den Vorderläufen in die Höhe, liefen wie wild im Kreis und bissen einander, wenn sie sich dabei im Weg standen.

Die Jäger kamen immer näher und warfen Steine, um die Hirsche noch weiter in die Enge zu treiben, hinein in einen Strudel aus Hufen und Geweihspitzen. Windrufer legte seinen Speer in die Speerschleuder, warf den Arm zurück und schoss den Speer mit einem raschen Vorschnellen ab. Summend wie ein Insekt flog der Speer davon. Kurz darauf ging ein Hirsch zu Boden, und die anderen Tiere sprangen über ihn hinweg.

Nun flog ein Speer nach dem anderen in das Rudel, das in der Falle saß. Einer der Hirsche versuchte auszubrechen, aber ein dünner grauer Schatten trieb ihn wieder zurück: Komm. Er biss dem Hirsch in die Lende, und das Tier konnte nur noch hinken. Laut schreiend kamen die Jäger näher und verhielten sich dabei für Windrufers Geschmack gefährlich unvorsichtig. Dieses Wild war viel größer als die kleinen Dschungelhirsche, die die Kinder der Sonne jagten. Die Geweihspitzen der männlichen Tiere konnten einen Menschen genauso leicht durchbohren wie dessen Speer den Hirsch. In dieser Gegend war keine Mahlzeit umsonst. Aber bald sah Windrufer, wie geschickt die Männer vom Gelben Gras den scharfen Hufen und Geweihspitzen auswichen.

Sie erlegten sechs Tiere – eine unerhört große Zahl für einen einzigen Jagdtag. Schließlich rannten die verbliebenen Hirsche, von Panik getrieben, den Jägern direkt in die Arme. Aber die Männer vom Gelben Gras zogen sich zurück, um sie fliehen zu lassen. Man durfte nicht alle töten, damit sie sich wieder vermehren und ihren Teil des Paktes erfüllen konnten, den sie am Anfang der Welt mit den Menschen geschlossen hatten. Die Männer vom Gelben Gras umzingelten ihre Beute und gaben den noch lebenden Tieren den Gnadenstoß.

Dann wurden die Tiere ausgenommen; den Hunden überließ man die Eingeweide. Komm steckte seine graue Schnauze in die Innereien des Hirsches, den Windrufer ausweidete, und schlang sie ohne zu kauen hinunter, weil er nicht mit den Hunden teilen wollte. Leber, Herz und Blase legte Windrufer wieder in den ausgenommenen Hirsch. Den ersten beiden wohnten Zauberkräfte inne, und Letztere konnte zum Aufbewahren von Flüssigkeiten verwendet werden. Man zerschnitt zwei Lebern, und jeder Jäger bekam ein Stück davon. Hungrig biss Windrufer in seines. Im Dschungel des Südens, wo es Nahrung im Überfluss gab, war ihm nie bewusst geworden, wie schnell man verhungern konnte. Aber in dieser trockenen Gegend war ihm alles so fremd, als befände er sich zwischen den Sternen am Himmel. Dort oben wüsste er sicher auch nicht, was man gefahrlos zu sich nehmen konnte.

Die Jäger banden die Hufe der ausgenommenen Tiere zusammen, sodass man sie zu zweit auf einem Speerschaft tragen konnte. Der Transport der drei Toten war nicht so einfach, denn man musste ihnen Respekt zollen und durfte sie nicht einfach an einen Speerschaft hängen. Je zwei Männer trugen abwechselnd einen Toten, und es blieben nur noch zwei Mann übrig, die vorausgehen konnten, um nach den *Anderen* Ausschau zu halten.

Fünf von ihnen waren tot und lagen ausgestreckt im Gebüsch. *Bestimmt hat es sie überrascht, dass die Leute vom Gelben Gras gegen sie gekämpft haben,* dachte Windrufer. Ihm war auch bewusst, dass er einen Großteil zum Ausgang der Schlacht beigetragen hatte. Auch den Jägern vom Gelben Gras war das nicht entgangen. Ein Umstand, der ihm sowohl nützlich sein als auch gefährlich werden konnte. Denn wenn Blauer Stein der Meinung war, dass er, Windrufer, dadurch zu viel Einfluss gewann … Nun, Windrufer erinnerte sich noch gut, was Jaguarauge getan hatte, als er seine Stellung bedroht sah.

Jetzt wies Blauer Stein auf ihn, damit er beim Tragen eines Hirsches behilflich wäre, und Windrufer dachte: *Wenn ich meinen Speer brauche, kann ich den Hirsch immer noch fallen lassen.* Wie immer hatte er ihn griffbereit hinten am Beutel stecken. Katzenohr musste nichts tragen und stolzierte hochmütig neben der Prozession her. Belustigt stellte Windrufer fest, dass er den Speer diesmal nicht in die Speerschleuder gehakt hatte, sondern in der Hand hielt.

Das Gewicht der Hirsche und der Toten ließ die Männer nur langsam vorankommen. Außerdem war die Schlucht viel weiter von den Sommerhöhlen entfernt als die Wildwechsel, auf denen die Männer vom Gelben Gras sonst jagten. Aber so blieb ihnen Zeit genug, über ihren Sieg zu frohlocken.

»Ja, wir sind großartige Kämpfer!«

»Wir haben alle *Anderen* getötet.«

»Sie kommen bestimmt zurück, um ihre Toten zu holen«, sagte Katzenohr und lauschte erwartungsvoll, ob sich im Gebüsch vor ihm etwas bewegte. »Wir sollten umkehren, auf sie warten und noch mehr töten.«

»Vielleicht kommen sie ja auch nicht wieder«, mutmaßte Der komisch läuft.

»Um die Toten einfach dazulassen?« Der nur einen Hoden hat sah unbehaglich drein. Wenn die *Anderen* das taten, wozu wären sie dann sonst noch in der Lage?

»Sie sind eben keine Menschen«, sagte Schlangenfänger. »Vielleicht ist es ihnen egal, was mit ihren Toten geschieht.«

»Wenn sie keine Menschen sind, dann können wir sie auch töten«, beharrte Katzenohr stur.

»Das Geistervolk sagt, man soll nicht grundlos töten«, erklärte Schildkrötenpanzer, »und junge Männer sollten Respekt vor den Befehlen der Geister haben.«

Verächtlich spie Katzenohr aus, und Der nur einen Hoden hat fragte Schildkrötenpanzer kichernd: »Wolltest du ihnen nicht auch hinterherjagen, Onkel?«

Aber Schildkrötenpanzer entgegnete würdevoll: »Ich war aufgewühlt vom Kampf.«

»Wir haben das Volk der Dämonen vertrieben und uns die

Hirsche zurückgeholt!«, sagte Der komisch läuft und machte daraus ein Siegeslied. »Wir haben das Volk der Dämonen vertrieben, und unsere Toten werden einen triumphalen Einzug ins Skeletthaus halten. Wir haben das Volk der Dämonen vertrieben, und nun bringen wir reiche Beute nach Hause!« Immer wieder sangen die Männer vom Gelben Gras diese Strophen und schufen damit ein neues Ritual – eine Möglichkeit, um den Göttern von ihren Heldentaten zu erzählen und einen Zauber zu schaffen, der ihnen auch das nächste Mal den Sieg bescheren würde. Mit der Zeit gelang es Windrufer, einzelne Wörter zu unterscheiden. Er wusste nicht, was sie bedeuteten, aber auch er fiel in den Singsang ein. Alles in allem bedeuteten sie sicher: Sieg.

Mit ihrem Gesang begleiteten die Männer vom Gelben Gras die Hirsche und die Toten nach Hause. Als sie den letzten Hügel vor den Tuffsteinhöhlen erreicht hatten, strömten ihnen die Frauen, alten Männer und Kinder neugierig entgegen, um sich von der Jagd und dem Kampf berichten zu lassen.

10. Kapitel

Brandrodung

Die Hirsche zu zerlegen war Aufgabe der Frauen und Kinder – in der Spätnachmittagshitze eine heiße und klebrige Angelegenheit, die die Fliegen anzog. Mit der Armbeuge strich sich Springendes Reh einige Strähnen aus dem Gesicht, darauf bedacht, die blutige Hand von sich abzuhalten. Die Lebern und Herzen lagen zum Braten in Körben bereit, und eine der kleinen Halbschwestern von Springendem Reh hob jetzt einen Korb hoch und trug ihn zu den Feuerstellen. Unter dem Gewicht watschelte das Kind wie eine Ente. Die Männer hatten sich in die kühlen Höhlen zurückgezogen. Nach der Jagd und dem Kampf ruhten sie sich aus und ehrten die Toten. Dabei erzählten sie sich wahrscheinlich immer wieder, wie sie den Feind überlistet und das Wild zur Strecke gebracht hatten. Springendes Reh überlegte, wie der Fremde wohl mit ihnen zurechtkam ... Aber vielleicht waren die Menschen überall gleich, und er brauchte gar nicht zu verstehen, was die Männer vom Gelben Gras redeten, um zu wissen, worüber sie sprachen. Sie hatte ihn mit den anderen davongehen sehen, während der Coyote es vorgezogen hatte, sich in die Büsche zu schlagen und dort auf ihn zu warten.

»Ist der Fremde wirklich der Vater deines Kindes?«, flüsterte Eulenküken jetzt. Sie saß Springendem Reh gegenüber und arbeitete am gleichen Hirsch. Da Eulenküken sie bisher noch nie danach gefragt hatte, antwortete Springendes Reh ihr nun ohne Umschweife mit ›ja‹.

Eulenküken stach ihr Messer in den Hals des Tieres und trennte ihm vorsichtig den Kopf ab. Das war ein besonders kapitaler Brocken, der es verdiente, beim Hirschtanz wieder zu erstehen. »Eichhörnchen hat mir erzählt, dein Mann hätte einen Riesenstreit mit Katzenohr gehabt«, sagte sie, als das Schwierigste geschafft war.

»Katzenohr kann ihn nicht leiden. Warum sollte er da Katzenohr mögen können?« In ihrem Ärger, dass die Männer auf die Jagd gingen und den Frauen die Drecksarbeit überließen, schor Springendes Reh alle über einen Kamm.

»Eichhörnchen hat gesagt, der Fremde habe sich über Katzenohr lustig gemacht.«

Springendes Reh lachte und fragte, jetzt doch neugierig geworden: »Und warum?«

Eulenküken drehte den Hirschkopf um und nahm ihn aus. Zunächst schnitt sie die Zunge heraus und legte sie in den Korb mit der Leber und dem Herzen. Das Gehirn wurde nicht gegessen, da man es zum Gerben benötigte. »Eichhörnchen hat gesagt, dass sie sich vor und nach dem Kampf gestritten haben. Katzenohr wollte seine Speerschleuder benutzen und hat wohl nicht daran gedacht, wie er den Speer dann wieder bekommen soll oder dass er ihm von einem Gegner herausgerissen werden könnte. Schließlich hat er ihn dann verloren, und dein Mann musste ihm das Leben retten.«

Springendes Reh pfiff durch die Zähne. »Kein Wunder, dass Katzenohr aussieht, als hätte er Ameisen gegessen. Ich glaube allerdings, mir wäre so etwas auch nicht eingefallen.« Sie zerrte den Rest der Haut von den Hinterläufen. »Ich kann mich nicht einmal daran erinnern, dass unser Stamm jemals gegen die *Anderen* gekämpft hat. Der alte Mann in Frauenkleidern war der Meinung, sie seien auch Menschen. Aber das ist doch unmöglich! Menschen stehlen kein Wild und kämpfen auch nicht gegeneinander.«

Eulenküken warf ihr einen düsteren Blick zu. Sie wusste, was Menschen einander antun konnten, und das nicht nur wegen ihres Mannes. »Denk doch nur mal daran, was unser Stamm gestern mit dem gemacht hat, der jetzt tot ist.«

»Das ist nicht das Gleiche. Ich meine Kriege. Seher hat gesagt, es hätte früher einmal welche gegeben. Du hast ihn doch bestimmt auch schon davon erzählen hören. Aber das war in den Ersten Tagen, am Anfang der Welt. Jetzt führen die Angehörigen unseres Volkes keinen Krieg mehr.«

»Wenn die *Anderen* uns angreifen, wird uns wohl keine

Wahl bleiben. Seher hat auch gesagt, die Männer, die gestern Steine gegen ›du weißt schon wen‹ geworfen haben, seien jetzt unrein und müssten sich waschen. Haben sie das vielleicht getan?«

»Sie werden es tun, sobald es drangeht, die Hirschlederhäute zu schaben«, murmelte Springendes Reh. »Ist dir schon einmal aufgefallen, dass sich die Männer immer dann reinigen müssen, wenn es unangenehme Arbeit zu tun gibt? Oder dass sie sich immer irgendwo in Trance begeben, wo es schön kühl ist?«

»Was tust du nur mit einem Mann?« Vor Zorn war Eulenkükens Gesicht ganz verzerrt. »Ich dachte, du wolltest dich mit keinem einlassen.«

»Das wollte ich auch nicht. Er war einfach da.« Eine bessere Ausrede fiel Springendem Reh nicht ein. »Ich weiß nicht, was genau passiert ist.«

»Du kannst dich nicht mehr daran erinnern?«, höhnte Eule.

»Doch, natürlich erinnere ich mich noch daran. Ich wollte mich ja auch mit ihm vereinigen.« Sie sah Eule an, die gerade den Hirschschädel ausschabte, und sagte mit fester Stimme: »Das wolltest du damals auch und konntest es kaum erwarten, mit dem Himmelsfeuer-Jungen in die Büsche zu gehen. Woher solltest du auch wissen, dass er dich schlagen würde. Aber sie sind nicht alle so.«

»Nein«, sagte Eule betrübt, »das sind sie nicht, aber meiner war es.«

»Es tut mir Leid«, sagte Springendes Reh.

»Du hast leicht reden, du bist ja nicht betroffen.« Eule klang sehr verbittert.

»Nein, ich wäre nur beinahe zusammen mit Dem der Angst vor seiner Mutter hat getötet worden. Und an seinem Tod waren nicht nur die Männer schuld.«

»Jetzt verteidigst du sie auch noch. Ich glaube, du weißt gar nicht, was du willst. Es geht dir nur darum, einen Mann zu haben. Dieses Verlangen sorgt dafür, dass die Menschen unvorsichtig werden. Es ist zu stark. Ich habe gesehen, wie der Junge, den ich geheiratet habe, seine kleine Schwester geschlagen hat. Aber ich hätte nie gedacht, dass er seine Wut eines Tages auch an mir auslassen würde.«

Springendes Reh wusste nicht, was sie darauf erwidern sollte, und begann, das Fleisch von den Keulen zu schneiden und in einen Korb zu legen. Dabei trennte sie die Sehnen heraus und tat sie zur Seite. Alles würde Verwendung finden. Aus den Knochen konnte man Werkzeuge machen, aus den Blasen Wasserhäute und aus den Sehnen Fäden. Es wäre respektlos, nicht alles von einem Tier zu verwenden, das sein Leben für die Menschen geopfert hatte.

Die kleine Halbschwester von Springendem Reh kam zurück, um den nächsten Korb mit Fleisch zu holen, und Springendes Reh konnte schon riechen, wie es über den Feuern briet, die ebenfalls von Frauen geschürt wurden. Wieder wischte sie sich mit dem Arm über die Stirn und verscheuchte die Fliegen. Es war immer noch sehr warm, und der Schweiß sammelte sich in ihren Augenwinkeln, während der Bratengeruch ihren Magen zum Knurren brachte. Als das Kind beim nächsten Mal mit fettigem Mund wiederkam, raunte sie ihm zu: »Stibitz mir auch ein Stück – wenn möglich, ohne dich erwischen zu lassen.«

Das kleine Mädchen grinste breit, trottete davon und kam mit einem halb durchgebratenen Stück Fleisch zurück, das es im leeren Korb versteckt hatte. Springendes Reh biss gierig hinein und zerrte an dem Muskelfleisch, bevor sie dem Mädchen mit fettiger Hand durchs Haar fuhr. Nun, da sie bald ein eigenes Kind haben würde und nicht mehr gezwungen war, mit denen ihrer Stiefmütter zusammenzuwohnen, war sie ihnen gar nicht mehr so böse.

»Kann ich ein Stückchen rohes Fleisch für meinen Welpen bekommen?« Sehnsüchtig sah das Mädchen auf die Reste des Hirsches, und Springendes Reh erfüllte ihm den Wunsch. Glücklich lief das Kind davon – wahrscheinlich zu irgendeinem Versteck –, wobei ihm sein Welpe hinterherwackelte. Es gab viele Möglichkeiten, sich zwischen den Höhlen, die wie Bienenwaben in den gelben Tuffsteinfelsen saßen, zu verstecken. Als Kind hatte Springendes Reh die meisten davon gekannt und fragte sich nun, welches

Schlupfloch sich ihre kleine Schwester wohl ausgesucht hatte.

Vom Bratengeruch angezogen, tauchten die Männer allmählich wieder aus ihren Höhlen auf. Springendes Reh sah, dass Windrufer zu ihr herüber schaute, aber er kam nicht näher. Wahrscheinlich wusste er nicht, wie er sich verhalten sollte, und folgte lieber den Männern.

Eule und Springendes Reh legten die Knochen, die man noch benutzen konnte, zur Seite und taten den Rest für die Hunde auf einen Haufen. Kurz darauf tauchte der Coyote aus dem Gebüsch auf und bediente sich. Aber er ließ sich von Springendem Reh nicht anlocken, selbst nicht, als sie ihm Fleisch hinhielt.

»Na, dann verschwinde eben und friss deinen Knochen«, sagte sie beleidigt.

Bevor sich der Coyote wieder ins Gebüsch zurückzog, sah er sich noch einmal zu ihr um. Springendes Reh hatte den Eindruck, dass er sie nicht leiden konnte, und rief ihm hinterher: »Ich mag dich auch nicht!«

»Du wirst mit ihm um die Gunst deines Mannes kämpfen müssen«, sagte Eule. »Ich wollte nicht, dass ein Coyote mit mir in einer Höhle schläft.«

Springendes Reh fiel wieder ein, wie der Coyote sie letzte Nacht beobachtet hatte. Das war ganz anders gewesen, als wenn ein Hund bei einem lag, eher so, als ob einen ein Mensch anschaute. Auch die Hunde wussten, dass der Coyote keiner von ihnen war. Zwar knurrten sie ihn nicht mehr an, hatten aber damit begonnen, den Schwanz einzuziehen und sich davonzuschleichen, sobald er in ihre Nähe kam. Anstatt mit der Zeit die Angst vor ihm zu verlieren, fürchteten sie sich immer mehr, als begründete allein die Anwesenheit des Coyoten seine Vorherrschaft.

Springendes Reh stand auf und rieb sich den schmerzenden Rücken. Sie hatte anderes zu tun, als über den Coyoten nachzudenken. Spätestens morgen müsste man die abgezogenen Häute aufspannen, abschaben und mit Holzasche einreiben, um die Haare und Fleischreste zu entfernen. Angewidert sah sie auf die Tierhäute. Die, die man für den

Hirschtanz aufheben wollte, bedurften einer ganz besonderen Behandlung, damit das Fellkleid sich nicht ablöste. Dann müsste man alle Häute mit den Gehirnen einreiben und durchkneten, um sie geschmeidig zu machen. Es dauerte viel länger, das Hirschleder zu gerben, als das Wild zu töten, und entsprechend verdrießlich sah Springendes Reh drein.

»Das reicht für heute«, verkündete nun Eule. »Iss, bevor dir noch vor lauter Ärger der Appetit vergeht.«

Heute und morgen könnten sich die Leute an frischem Fleisch so richtig satt essen. Was übrig blieb, würde man in schmale Streifen schneiden und für den Winter trocknen. Das Trockenfleisch wurde dann zu feinem Mehl gemahlen und bei Bedarf mit Fett vermischt. Eine Hand voll davon in einem Behälter mit heißem Wasser aufgelöst, ergab eine kräftige Brühe. Es schmeckte natürlich nicht wie frisches Fleisch; da konnte nichts heranreichen. Deshalb sprachen die Leute am Feuer jetzt auch aus Erleichterung über die Rückkehr des Wildes ganz laut.

Springendes Reh sah sich nach Windrufer um und setzte sich zu ihm. Als er sie anlächelte, lief ihr ein wohliger Schauer über den Rücken. Er kaute an einer Rippe und gab ihr auch eine, in die sie hungrig biss. Aber das Hungergefühl ging überhaupt nicht weg, und sie stopfte sich zusätzlich noch eine gebratene Kaktusscheibe in den Mund, die mit anderen auf einem heißen Stein gestapelt wurde. Dann erinnerte sie sich an ihre Manieren und bot auch Windrufer feierlich von dem Kaktus an.

Angeekelt blickte er darauf und dann misstrauisch zu Springendem Reh. Sie war kurz davor, beleidigt zu reagieren, bis sie seinen Gesichtsausdruck aufmerksam betrachtete und verstand, was er damit meinte. Als Kind hatte sie auch einmal in einen Kaktus gefasst und wusste seitdem, wie böse man sich an den Stacheln verletzen konnte. Um Windrufer zu zeigen, dass keine Gefahr bestand, tat sie so, als entfernte sie die Stacheln mit zwei an einer Seite zusammengebundenen und vorne abgeschrägten leicht gebogenen Stöckchen. »Die Stacheln isst man nicht mit«, sagte sie und lachte hilflos, als er sie immer noch irritiert ansah. »Du bist wohl nicht von hier, hm?« Sie drückte ihm ein Stück in die Hand und nahm sich selbst auch noch eins, bevor alle weg waren. Windrufer biss vorsichtig hinein.

Mit hereinbrechender Dunkelheit wurde es bei dem trockenen Klima, das in der Gegend herrschte, selbst im Sommer rasch kühl, und Windrufer rutschte näher ans wärmende Feuer heran. Nie hätte er gedacht, dass man die widerlich stacheligen Pflanzen essen könnte. Aber wahrscheinlich wäre Springendes Reh in seinem Land genauso verloren wie er in ihrem. Vielleicht sogar noch mehr. Fast jedes Tier war essbar, und als Mann konnte man überall jagen, auch wenn man erst lernen musste, die Fährten neuer Wildarten zu lesen. Aber zu wissen, welche Pflanzen genießbar waren, war Aufgabe der Frauen und viel schwieriger. Windrufer erinnerte sich noch gut, wie oft er während seiner Wanderschaft Wahnvorstellungen gehabt hatte oder sich übergeben musste, weil er nicht vorsichtig genug gewesen war.

Wieder lächelte er. Die Frau schien gar nicht satt zu werden. Hätte er nicht gewusst, dass sie schwanger war, dann wäre es ihm spätestens jetzt klar geworden. Nur eine schwangere Frau konnte mehr essen als ein Mann, und wie er so mit vollem Bauch am warmen Feuer saß, machte ihn das sehr zufrieden. Am Himmel leuchteten mittlerweile die Sterne, derer es hier so viel mehr gab als im Land der Kinder der Sonne. Am Anfang hatte Windrufer Angst vor ihnen gehabt, aber nun beobachtete er mit entzücktem Staunen, wie sie strahlten. Die Leute vom Gelben Gras waren keineswegs verwundert darüber. Hätte er ihre Sprache verstanden, hätte er sie tuscheln hören, dass er sich damit nur an vertrauten Geschöpfen erfreute. Denn es war allgemein bekannt, dass Gott Coyote die Sterne in den Himmel gesetzt hatte.

In dieser Nacht verbrannten die Leute vom Gelben Gras den Leichnam von Dem der Angst vor seiner Mutter hat und ließen ihm eine wesentlich aufwendigere Zeremonie zukommen, als ihm normalerweise zugestanden hätte. Aber als die Leute gehört hatten, dass nicht ihr Stammesbruder, sondern der Fremde der Vater von Springendem Rehs Kind wäre, war ihnen ganz anders zumute geworden.

»Möglicherweise hat sein Tod die Hirsche zurückgebracht«, hatte Seher feierlich erklärt, als die Tanten des Toten auf Wiedergutmachung bestanden. »Unser toter Bruder besaß Macht; vielleicht gehörte auch er zur Hirschmutter und ist nach seinem Tod zu ihr gegangen, um mit ihr zu reden.«

Die Kinder der Sonne hätten das sofort verstanden: Sie schickten die Toten immer als Boten zu den Göttern. Aber die Leute vom Gelben Gras glaubten, dass nur ein Mensch mit übernatürlichen Fähigkeiten mit den Göttern sprechen konnte. Trotzdem hatten sie erleichtert ausgesehen und waren sich wegen ihrer Tat nicht mehr ganz so schlecht vorgekommen wie am Anfang, als Seher sie deswegen gerügt hatte. Der Drang, sich zu rechtfertigen, war so alt wie die Menschheit.

»Wir müssen das Richtige tun, damit der Geist des Toten nicht böse wird und zurückkommt«, hatte Blauer Stein noch erklärt, und die Leute vom Gelben Gras hatten dem schnell zugestimmt. Jeder Geist eines Verstorbenen konnte zurückkehren und versuchen, einen Angehörigen mit sich zu nehmen. Aber wenn der Geist auch noch Rachegelüste hegte, brachte er womöglich Krankheit und schreckliche Visionen, die den ganzen Stamm heimsuchten. Und keiner, der Steine auf den jungen Mann geworfen hatte, wollte das.

Man beschloss, dass Seher und der Fremde die Totenbahre tragen sollten. Die Macht des Medizinmannes vermochte jeglichem bösen Einfluss entgegenzuwirken, und der Fremde war nicht nur unmittelbar nach dem Tod des jungen Mannes erschienen, sondern auch entbehrlich, falls ihm etwas zustoßen sollte.

Windrufer widersetzte sich nicht, als Seher auf ihn zeigte. Zunächst dachte er, dass man ihn damit ehren wollte, aber dann bemerkte er, wie alle zurückwichen, als sie mit der Totenbahre den Hang hinunterstiegen. Die Frauen gingen mit Fackeln neben ihnen her, und Windrufer bekam den Toten zum ersten Mal richtig zu Gesicht. Als er sah, dass der

Leichnam blutverkrustet war und an manchen Stellen blaue, fast schwarze Flecken aufwies, hätte er die Bahre beinahe fallen lassen, und Seher schimpfte mit ihm. Doch das beantwortete Windrufers drängende Fragen nicht.

Er richtete sich wieder auf und stellte fest, dass auch Springendes Reh neben der Bahre herging. Ihr Gesicht war tränenüberströmt, und sie sah wütend drein. Wieder drängte es ihn, Fragen zu stellen, und das Bewusstsein, dass man ihn ohnehin nicht verstehen würde, machte ihn fast verrückt. Genauso gut hätte er mit Komm tauschen können, dem es im Hinblick auf Menschenohren nur möglich war, zu winseln und zu heulen. Aber auf jeden Fall war hier vor seiner Ankunft etwas Böses geschehen. Ob das auch etwas mit dem Empfang zu tun gehabt hatte, der ihm zuteil geworden war? Bei Menschen, die sich so merkwürdig verhielten wie die Leute vom Gelben Gras, konnte man das nie wissen.

Windrufer und Seher legten die Bahre auf einen Holzstoß, und der Medizinmann setzte seine Skelettmaske auf. Erleichtert stellte Windrufer fest, dass auch Jaguarauge eine solche benutzt hatte. Seher legte dem Toten eine schwarze Krähenfeder in die gefalteten Hände, damit sein Geist nicht aus der Dunkelheit zurückfliegen konnte. Dann steckte er noch eine seiner wertvollen Adlerfedern dazu, damit der Geist sich nicht beleidigt fühlte, weil man ihn in der Welt der Menschen nicht mehr haben wollte. Abschließend bedeckte Seher den Leichnam mit einer Hirschlederhaut, falls Der Angst vor seiner Mutter hat tatsächlich zur Hirschmutter gehören sollte.

Neugierig sah Windrufer dem Medizinmann zu. Würde man den Toten etwa erst einmal so liegen lassen, bevor man ihn begrub? Er fing ja jetzt schon an zu stinken. Bei dem Geruch verzog Windrufer unwillkürlich das Gesicht. Auch die Pinienzweige und Beifußblätter, die man seitlich unter den Leichnam gesteckt hatte, überlagerten den Geruch der Verwesung nicht. Bestimmt lockte er allerlei Getier an. Mit gemischten Gefühlen dachte Windrufer an Komm, der jede Art von Aas fraß. Vielleicht wäre es besser, den Coyoten festzubinden. Aber das hatte er schon einmal versucht, und Komm hatte sich in einen wütenden Wirbelwind verwandelt, der durch den Staub gestoben war und das Seil innerhalb von wenigen Augenblicken mit Klauen und Zähnen entzweigerissen hatte. Dann war er außerhalb von Windrufers Reichweite geblieben und hatte so lange sein hohes Heulen hören lassen, bis Windrufer sämtliche Haare zu Berge standen.

Jetzt reichte Springendes Reh ihre Fackel Seher, und ehe sich's Windrufer versah, fing der Holzstapel unter dem Leichnam Feuer. Verbrannten sie ihre Toten etwa? Wie sollte man denn ohne Körper zum Platz der Toten kommen? Entgeistert sah Windrufer zu, wie die Bahre von den Flammen erfasst wurde. Dabei überlegte er angestrengt, wie er den Leuten hier verständlich machen konnte, dass man mit ihm nicht so verfahren sollte, wenn seine Zeit gekommen war.

Die Flammen verzehrten rasch die Pinienwedel und Beifußbüschel, die man unter den Leichnam gesteckt hatte, und schickten beißende Rauchwolken in den Himmel. Ein kleiner Feuerrand hatte sich bereits an der Hirschlederhaut gebildet, und der Rauch wurde noch dunkler. Bald roch Windrufer auch den süßlichen Geruch von verbranntem Menschenfleisch. Es würgte ihn, und er wich unwillkürlich zurück und bahnte sich einen Weg durch die Menge. Die Menschen machten ihm Platz, ohne ihn zu beachten. Sie hatten nur Augen für die Totenbahre. Einige unter ihnen machten abwehrende Gesten, indem sie den Mittelfinger über den Zeigefinger legten. Das hätte Windrufer am liebsten auch getan.

Als er sich weit genug von den Leuten entfernt hatte, kam Komm aus der Dunkelheit mit einem Knochen im Maul auf ihn zu, sah zur Bahre und schnüffelte neugierig.

»Nein!«, sagte Windrufer bestimmt. »Davon bleibst du weg!« Dann ging er in die Höhle, die die Frau ihm am Morgen gezeigt hatte, und stellte fest, dass sie richtiggehend bewohnbar geworden war. An einer Wand befand sich jetzt ein großes Lager aus Süßgras, an einem Stöckchen in einem

Felsspalt hing eine Wasserblase und in der Feuergrube, deren Steinkranz ergänzt worden war, glomm Glut. Zudem standen an der Höhlenrückwand einige Vorratskörbe und Ledertiegel, und Windrufer überlegte, wie lange sich die Frau wohl mit ihrer Familie hatte streiten müssen, um die Sachen aus dem Haus ihres Vaters mitnehmen zu dürfen.

Dann ging er hinaus, um Wasser zu lassen, kam zurück und setzte sich auf das mit einer Hirschlederhaut bezogene Grasbett, auf dem zusätzlich eine Decke aus Otterfell und eine aus Coyotenfell lagen. Komm schnüffelte an den Fellen und beschloss wohl, sie nicht weiter zu beachten. Denn mit einem Satz war er auf dem Bett, rollte sich am Fußende zusammen und legte den Schwanz über die Schnauze.

»Ich weiß nicht, ob sie will, dass du neben ihr schläfst«, sagte Windrufer, aber Komm gähnte nur, ließ dabei seine weißen Zähne sehen und schloss klappend den Fang. Auch Windrufer legte sich hin, froh, der Totenverbrennung da draußen entronnen zu sein. Doch der Rauch trieb den Hang hinauf und kroch mit seinem unangenehm süßlichen Geruch in die Höhle. Angeekelt barg Windrufer das Gesicht in den Felldecken.

»Er hat an meinen Füßen geschlafen«, sagte die Frau, sobald Windrufer am nächsten Morgen die Augen öffnete. Sie saß neben ihm und sah aus, als hätte sie nur darauf gewartet, dass er aufwachte. Die Füße hatte sie unter sich gezogen, und Komm lag knurrend am Fußende des Bettes. Bei jedem Atemzug zitterte seine Spürnase und die Enden seiner Eckzähne wurden sichtbar.

»Als ich mich bewegt habe, hat er nach mir geschnappt«, fügte sie noch hinzu, aber Windrufer schüttelte nur verständnislos den Kopf. »Ich weiß nicht, was du mir sagen willst.«

Die Frau stand auf, zog die Coyotenfelldecke um sich und stapfte aus der Höhle, während Windrufer versuchte, richtig wach zu werden. Es war schon lange her, dass er in einem ordentlichen Bett geschlafen hatte und sich nicht nur mit Komms Körperwärme begnügen musste. Das Wohlgefühl, das ihm der Körper der Frau beschert hatte, war dazu angetan gewesen, ihn träge zu machen.

Nach einiger Zeit kam sie mit Feuerholz zurück und fing an, in der Glut herumzustochern. Der Geruch von verbranntem Fleisch lag immer noch in der Luft, war jetzt aber schwächer geworden, und der Rauch des Kochfeuers in der Höhle fegte ihn schnell hinweg. Windrufer freute sich schon auf ein gutes Frühstück, aber die Frau legte nur wilde Trauben und halb getrocknete Beeren vor ihn hin und sagte: »Wir könnten einen Hasen gebrauchen.«

Windrufer zuckte Unverständnis bekundend die Schultern und aß eine Hand voll Trauben, während Springendes Reh einen Hasen in den Höhlenboden kratzte. »Hase«, sagte sie und suchte in Windrufers Beutel nach einer Schlinge, die sie ihm dann hinhielt.

»Ah!« Windrufer neigte den Kopf und legte sich den Zeigefinger der rechten Hand an die Stirn. »Ich verstehe und gehorche, wichtigste aller Frauen.«

Daraufhin zog Springendes Reh auch das Beutelchen mit den Maiskörnern hervor und schüttete sie sich in die hohle Hand. »Seher sagt, es wird Zeit, festzustellen, worum es sich dabei handelt.« Was das zu bedeuten hatte, wurde Windrufer bewusst, als gleich darauf Seher und Blauer Stein am Höhleneingang erschienen und sich die anderen Leute vom Gelben Gras hinter den beiden drängten.

Wo Windrufer herkam, wuchs der Mais fast jederzeit. Aber Windrufer hatte gelernt, dass das hier anders war. Pflanzen mussten reifen, bevor die kalte Jahreszeit kam, und Mais brauchte dazu drei Monate. Eigentlich schien es ihm schon zu spät, um in diesem Jahr noch Mais zu säen. Aber als er in die erwartungsvollen Gesichter der Menschen blickte, die sich am Höhleneingang versammelt hatten, wusste er, dass er ihnen unmöglich erzählen konnte, dass man damit bis nach dem Winter warten musste. Einerseits konnte er sich auch so schon kaum verständlich machen, und andererseits würden sie ihm das nie durchgehen lassen.

Er nahm den Stock, den Springendes Reh sonst zum Ausgraben von Esslilien benutzte, und begab sich den Hang hinunter. Alle folgten ihm und starrten so ehrfürchtig auf den Beutel mit den Maiskörnern, dass er ärgerlich sagte: »Das ist keine Zauberei, das sind nur Samen!« Er führte den Stamm ein ganzes Stück von den Höhlen weg und ging durchs bereits gelb werdende Gras zu einer flachen Stelle am Flussufer, an der es gleich unter der Erdoberfläche Wasser geben würde. Dann schritt er eine Fläche ab, die auf jeder Seite etwa dreißig Schritt maß, und sagte: »Verbrennt das Gras auf diesem Stück.«

Aber die Leute vom Gelben Gras sahen ihn nur verständnislos an. Da hätte er genauso gut mit Eidechsen reden können. Ärgerlich kehrte er zum Hang zurück, und die Menschen folgten ihm schon wieder, um ja nichts zu verpassen. Dabei wollte er nur eine Fackel holen, mit der man in der vergangenen Nacht den Holzstoß entzündet hatte. Er machte einen großen Bogen um die verkohlten Reste der Totenbahre, ging zur Höhle zurück und steckte die Fackel in die Glut, die Springendes Reh dort geschürt hatte. Als die Fackel brannte, nahm er noch einen Wasserkorb mit, und während er zum Fluss zurückkehrte, folgte ihm sein neuer Stamm, als zöge er einen Kometenschweif hinter sich her. Dabei unterhielten sich die Leute darüber, ob der Fremde nun verrückt war oder gefährlich oder dabei, etwas Großes zu vollbringen.

Windrufer reichte Springendem Reh die Fackel, die sie verwundert entgegennahm, aber gehorsam festhielt, während ihr Mann Wasser aus dem Fluss schöpfte und damit die Begrenzungen des Feldes befeuchtete. Diese Arbeit allein zu machen war sehr aufwendig, und Windrufer wurde ihrer schnell müde, tippte drei Männern auf die Schulter – darunter Schildkrötenpanzer – und zeigte auf den Fluss. »Holt Körbe und helft mir.«

»Was hat er gesagt?«

»Will er noch mehr Wasser?«

»Ich bin sicher, dass es sich dabei um einen Fluch handelt, mein Gatte«, sagte Mondfängerin und hielt Schildkrötenpanzer am Arm fest. »Tu nicht, was er sagt.«

»Er will einfach nur Wasser, du dummes Huhn!«, fuhr

Springendes Reh sie an, und Mondfängerin plusterte sich entrüstet auf.

»Wasser!«, rief Windrufer, der das Wort von gestern aus der Rede von Springendem Reh herausgehört hatte. Er zeigte zuerst auf seinen Korb und dann wieder auf den Fluss. »Wasser!«

»Ich glaube, ich habe nichts zu befürchten, wenn ich ihm helfe«, sagte Schildkrötenpanzer feierlich und machte sich von seiner Frau los. »Hol uns etwas, womit wir das Wasser tragen können.«

Seine Frau rannte den Hang hinauf, und die anderen Männer warteten, bis sie mit zwei Wasserkörben und einer Wasserblase zurückkehrte. Nachdem sie alle Behälter gefüllt hatten, zeigte Windrufer auf die anderen Seiten des Feldes. Die Männer beobachteten eine Weile, wie er das niedergetretene Gras, das die Begrenzung des Feldes bildete, befeuchtete, und machten es ihm nach.

»Warum tut er das?«, wollte Beigabe von Springendem Reh wissen.

»Damit das Feuer nicht über den Teil hinausspringt, den er verbrennen möchte«, antwortete Springendes Reh und gab ihr mit Blicken zu verstehen, sich jeder weiteren Frage zu enthalten. Manchmal schlugen die Leute vom Gelben Gras Schneisen in den Wald, um das Feuer aufzuhalten, mit dem sie das Wild zum Herauskommen zwingen wollten. Für eine kleine Fläche eignete sich Wasser bestimmt genauso gut, dachte Springendes Reh. Aber *warum* Windrufer die Fläche abbrennen wollte, vermochte auch sie nicht zu sagen.

»Warum will er denn das Gras überhaupt abbrennen?«, fragte da Mondfängerin, als habe sie die Gedanken von Springendem Reh gelesen.

»Weil es ihm der Feuergott befohlen hat«, erklärte Springendes Reh feierlich und hoffte, dass sie ihrem Mann bald beigebracht hatte, mit der Zunge ihres Volkes zu reden, damit sie nicht mehr sämtliche Antworten auf die Fragen der anderen erfinden musste.

Nachdem die Männer die Abgrenzungen des zukünftigen Feldes befeuchtet hatten, nahm Windrufer Springendem Reh die Fackel aus der Hand und setzte die Halme im Inneren des Areals in Brand. Das trockene Gras brannte wie Zunder, und Windrufer hielt eine Hand in den Wind, um festzustellen in welche Richtung er wehte. Dann goss er für den Fall der Fälle an die betreffende Feldseite noch mehr Wasser. Das Feuer brach aber nicht aus, sondern verzehrte lediglich das Gras auf der begrenzten Fläche und schickte blasse Rauchwolken in den Himmel. Dabei schienen die Flammen heiser zu flüstern, während sich die Menschen aufgeregt unterhielten.

In der Mitte des Feldes liefen die Flammen aufeinander zu und bildeten eine rot glühende Feuersäule, die in sich zusammenfiel, sobald der letzte Grashalm verzehrt war. Noch einmal stoben helle Funken, erloschen und waren nicht mehr. Nur hier und da rauchte es jetzt noch über der geschwärzten Erde, und hin und wieder brach ein verkohltes Holzstückchen auf, zeigte kurzzeitig sein rot glühendes Inneres und verglomm.

Neugierig, was nun geschehen würde, drängten sich die Leute vom Gelben Gras um Windrufer. Um ihnen deutlich zu machen, dass man noch warten musste, bis der Boden erkaltet war, tat er so, als wollte er auf das heiße Feld gehen, und die Leute vom Gelben Gras sahen ihn erstaunt an. Aber dann setzte er den Fuß wieder auf den Boden und hüpfte herum, als hätte er sich die Fußsohlen verbrannt. Das verstanden sie: nur ein Medizinmann konnte auf Feuer laufen. Anfänglich hatten sie überlegt, ob Gott Coyote wohl auch auf Feuer gehen konnte und der Fremde das Gras abbrannte, um ihnen das zu beweisen. Aber dem schien nun nicht mehr so.

Stattdessen zeigte Windrufer zu den Bergen im Osten, über denen gerade die Sonne stand, dann zum Westen, wo sie untergehen würde. Daraufhin deutete er auf das abgeflämmte Feld und den Grabstock, den er neben die Wasserkörbe gelegt hatte, woraufhin Seher verkündete: »Er sagt, dass er das Korn begräbt, wenn der Boden abgekühlt ist.« Der Medizinmann überlegte einen Augenblick und fügte erklärend hinzu: »Sonst keimt es nicht.«

»Ach so«, riefen die anderen, »natürlich!« Wenn sie wilde Grassamen sammelten, dörrten sie sie extra kurz über dem Feuer, damit sie in den Vorratskörben nicht austrieben. Aber das durfte bei diesen Körnern ja nicht geschehen, weil man doch wollte, dass aus ihnen Pflanzen wurden.

Am Spätnachmittag kehrten Windrufer und Komm zufrieden von der Jagd zurück. Sie hatten einen jener langbeinigen, langohrigen Hasen erlegt, die so schnell rennen konnten wie der Wind, und waren stolz auf die Geschicklichkeit, mit der sie ihn überlistet hatten. Es war ihnen auch ein Truthahn in die Schlinge gegangen, aber Springendes Reh weigerte sich, ihn zuzubereiten, zeigte sich allerdings glücklich über die Federn.

»Von diesem Tier essen wir nur die Eier«, gab sie Windrufer mit Händen und Füßen zu verstehen, obwohl Windrufer gar nicht einsah, warum. Schließlich überließ er den Truthahn seinem Coyoten, der da weniger Skrupel hatte als seine Frau. Dann stellte er belustigt fest, dass Springendes Reh inzwischen an der anderen Höhlenwand noch ein Bett gebaut hatte – in Coyotengröße. Aber Komm tat so, als sei es gar nicht vorhanden, legte sich mit dem gerupften Truthahn aufs große Bett und begann laut schmatzend zu fressen, wobei er dem Vogel zunächst den Kopf abbiss.

Als Windrufer schließlich den Maisbeutel nahm, um sich damit hinaus aufs Feld zu begeben, folgte Springendes Reh ihm erwartungsvoll. Einige der anderen Stammesmitglieder waren schon da und sahen auf die kalte Asche, als würden gleich die lohfarbenen Vettern von Gott Jaguar daraus hervorspringen. Windrufer nahm einen Stock, spaltete ihn an einem Ende in dünne Streifen und harkte damit die Asche glatt. Als er keine Lust mehr dazu hatte, drückte er zwei Männern Stöcke in die Hand und bedeutete ihnen, damit das Gleiche zu tun. Sie wollten sie schon an ihre Frauen weiterreichen, aber das ließ Windrufer nicht zu. Maissäen war Männerarbeit.

Als der Boden glatt war, nahm Windrufer den Grabstock und grub im Abstand von jeweils zwei Fußlängen in einer

Reihe Löcher in die Erde. Es gab nicht genug Maiskörner, um das ganze Feld einzusäen, aber beim nächsten Mal würden sie den Platz gebrauchen können. Windrufer wusste, dass die Leute vom Gelben Gras davon ausgingen, dass er nach dem Setzen der Körner irgendeinen Zauber wirken ließe, und blieb stehen, um darüber nachzudenken. Es gab eine festgelegte Zeremonie, die beim Säen von Mais vollzogen werden musste, aber Windrufer hatte sie nie selbst durchgeführt, sondern immer nur Jaguarauge dabei zugesehen. Jetzt stand er so lange reglos da und versuchte, sich daran zu erinnern, dass die Leute schon unruhig wurden.

»Was er da macht, ist gefährlich«, sagte Katzenohr grimmig und verschränkte die Arme vor der Brust. »Alles Neue ist gefährlich.«

»Es geht nur um etwas zu essen«, beschwichtigte ihn Springendes Reh. »Du isst doch gerne, oder nicht?«

»Oje!«, rief da Beigabe plötzlich und hielt sich erschrocken eine Hand an die Wange. »Was machen wir denn, wenn es wirkt wie Tollkraut? Wir essen es und sterben womöglich daran.«

»Das war von Anfang an meine Befürchtung!«, rief Katzenohr, und Schildkrötenpanzer ergänzte: »Es hat schon viel zu viele Veränderungen gegeben. Bestimmt ist es nicht gut, jetzt auch noch etwas Neues zu essen.« Mit Blick auf Springendes Reh fuhr er fort: »Eine neue Zauberkraft hin und wieder mag ja ganz gut sein. Aber es ist unklug, wenn wir zulassen, dass unerfahrene Leute wie die Fremden hier zu sehr die Aufmerksamkeit der Geister auf uns lenken. Nur der Medizinmann weiß, wie das richtig geht.«

Seher nickte zufrieden über diese Betrachtungsweise. Dann musterte er Windrufer, der inzwischen mit erhobenen Händen auf dem Feld stand und in einer ihm unverständlichen Sprache zum Maisgott betete. »Ich habe sichergestellt, dass seine Zauberkräfte gebunden werden«, sagte Seher. »Es besteht keine Gefahr. Dieser neue Mann hat Macht, aber sie riecht nicht böse.«

»Vielleicht ist die Nase des Medizinmannes zu alt«, meinte Katzenohr. Aber alle sahen ihn missbilligend an, und er machte »pf«, um ihnen zu zeigen, dass er keine Angst habe und genauso viel Macht besäße wie sein Vater. Entsprechend düster schaute Seher ihn an.

Schließlich stellte Windrufer seinen Singsang ein und wandte sich den Leuten vom Gelben Gras wieder zu. Eigentlich bräuchte er jetzt einen Gefangenen, dessen Blut er dem Boden geben konnte, aber er hatte nicht daran gedacht, sich einen Mann der *Anderen* zu schnappen, und bestimmt ließen es die Leute vom Gelben Gras nicht zu, dass er einen der ihren opferte. Sehnsüchtig blickte er zu Katzenohr hinüber, bevor er mit Bedauern sein Messer aus dem Gürtel zog und sich damit den Daumen einritzte. Dann ließ er ein, zwei Blutstropfen in jedes Loch fallen, und die Leute vom Gelben Gras beobachteten ihn sprachlos. Während er die Reihen abschritt, ging die Sonne unter, und sein langer Schatten folgte ihm über den verbrannten Boden. Dabei fiel der Widerschein des Abendrots auf ihn, und es sah aus, als habe er in Blut gebadet.

Unwillkürlich hielt Springendes Reh den Atem an. Das hier war nicht nur ein einfaches Ritual, das über die Jahre von Generation zu Generation weitergegeben wurde. Hier war etwas Neues im Werden begriffen, etwas, das es in ihrer Welt noch nicht gegeben hatte und das mit Blut – dem Wasser des Lebens – begossen werden musste. Unermüdlich bewegte sich der Fremde die Reihen entlang und bückte sich dabei immer wieder – scharlachrot und schwarz zwischen der Asche –, um die Maiskörner zu tränken. *Was wird wohl Wunderbares oder Schreckliches aus ihnen erwachsen?*, fragte sich Springendes Reh. Rührten die Narben auf der Brust des Fremden und die kleinen festen Erhebungen, die sie mit der Hand auch auf seinem Penis festgestellt hatte, etwa daher, dass sein Volk regelmäßig Blut opferte?

Plötzlich kam ihr der Mann so fremd und entrückt vor wie die Sterne am Himmel.

In den Wochen nach der Maissaat gewöhnte es sich Springendes Reh an, auf ihrem immer ermüdender werdenden Weg zum Fluss oder auf der Suche nach Beeren und Grassamen am Feld auszuruhen. Sie setzte sich dann im Schneidersitz daneben und betrachtete es. Dabei legte sie sich eine Hand auf den gewölbten Bauch und dachte, dass sie und der Mais beide etwas Neues hervorbringen würden, auch wenn man am Anfang vom Mais nur winzige grüne Sprösslinge sah.

Als dazwischen auch Unkräuter durch die Asche stießen, schnitzte Windrufer aus einem Stück Holz eine Hacke und befestigte sie mit einer Sehne an einem Stock. Er zeigte den Leuten vom Gelben Gras, wie man sie benutzte und machte ganz deutlich, dass er nicht dazu da war, Unkraut zu hacken. Stattdessen war es seine Aufgabe, die Flöte zu spielen und den Mais mit seinen Melodien schneller wachsen zu lassen. Das teilte er den anderen stockend mit den wenigen Worten mit, die er inzwischen von ihrer Sprache gelernt hatte. Die Männer überließen die Arbeit schnell den Frauen. Schließlich war der Sommer die beste Jahreszeit zum Jagen, und manchmal waren sie drei, vier Tage unterwegs. Da hatten die Frauen Zeit genug für die Feldarbeit.

»Frauen sammeln nur Pflanzen«, beschwerte sich Springendes Reh, »aber diese Pflanze hat ein Mann gebracht. Warum sollen sich jetzt die Frauen darum kümmern?« Vorwurfsvoll sah sie Windrufer an, der ihr immer noch genauso geheimnisvoll vorkam wie am Anfang. Er war ein Mensch und hatte doch etwas vom Großen Schöpfer an sich, der eine neue Pflanze aus der Erde hervorbringen konnte. Immer wenn Springendes Reh den Mais betrachtete, erhoffte sie sich dadurch auch mehr über Windrufer zu erfahren.

Jetzt antwortete er ihr nicht gleich, sondern überlegte noch, obwohl er ihre Sprache allmählich ganz gut beherrschte. Als er genug davon verstanden hatte, dass man ihm sagen konnte, was von ihm erwartet wurde, hatte er dem Vater von Springendem Reh drei Hirschlederhäute gegeben. Danach hatte er auch den Coyoten mit Fußtritten aus dem gemeinsamen Bett verbannt und dazu gebracht, in seinem eigenen zu bleiben, von wo aus er Springendes Reh grollend beobachtete.

»Männer säen Mais, Frauen hacken ihn«, sagte Windrufer schließlich.

»Und warum?«, wollte Springendes Reh wissen.

»Warum esst ihr keine Truthähne?«

»Weil wir das eben nicht tun. Sie sind …« Sie suchte nach dem passenden Wort, denn Truthähne waren weder giftig noch tabu. Aber man konnte einen Ausschlag davon bekommen, auch wenn das noch keinem der Leute vom Gelben Gras passiert war, weil, wie Springendes Reh jetzt erklärte, sie eben einfach keine Truthähne aßen. »Das haben uns schon unsere Mütter beigebracht.«

Erstaunt über die Gebräuche des anderen sahen sie sich an, bevor Windrufer erklärte: »Wo ich herkomme, sagen uns die Götter, was wir tun sollen.«

»Sind das die Götter, die Blut wollen?«, fragte Springendes Reh. Sie hatten schon einmal über die jeweiligen Glaubensgrundlagen gesprochen, wobei jeder zu dem Schluss gekommen war, dass die Götter des anderen so fremd waren, dass man sie gar nicht begreifen konnte. Gerade deshalb zollten sie ihnen aber großen Respekt und verhielten sich vorsichtig im Hinblick auf die Zauberkräfte oder Fähigkeiten des Partners. So betrachtete Springendes Reh Windrufers Flöte mit Ehrfurcht und war insgeheim sehr stolz, wenn er sie am Abend für sie spielte. Dabei stellte sie sich immer vor, wie die anderen Frauen, die das Flötespiel natürlich auch hörten, sie darum beneideten. Ihr ließ es das Blut singen und brachte sie dazu, bei Windrufer liegen zu wollen – selbst noch als sie sich bereits dem sechsten Schwangerschaftsmonat näherte.

Von dem Coyoten hielt sie sich lieber fern, obwohl sie immer noch dachte, er sei die andere Hälfte ihres Ehemannes. Aber Komm weigerte sich beharrlich, ihr aus der Hand zu fressen, und deshalb tat Springendes Reh so, als sei er gar nicht da. Als er eines Abends jedoch die graue Schnauze in den Korb steckte, in dem sie Yucca-Wurzeln zu Seife kochte, schlug sie mit dem Rührlöffel nach ihm, und er packte sie am Handgelenk und stieß dabei den Korb um.

So entdeckte Windrufer die beiden und rief im gleichen

Ton, den er auch anwandte, wenn Komm Fleisch vom Feuer stahl: »Aus!« Gehorsam öffnete der Coyote den Fang, beschnüffelte die Yucca-Wurzeln in der Asche und beschloss wohl, dass er sie jetzt nicht mehr mochte. Dann sprang er aufs große Bett, um sich die Flöhe aus dem Fell zu kratzen, und Springendes Reh sah böse zwischen Windrufer und Komm hin und her. Auch die Tatsache, dass der Coyote ihre Haut kaum geritzt hatte, besänftigte sie nicht, genauso wenig wie Windrufers Lachen.

»Die Hunde meines Volkes schlafen auch nicht im Bett«, schimpfte Springendes Reh, und Windrufer zog Komm reumütig vom großen Bett und legte ihn auf sein eigenes, wo er krachend Knochen knackte.

Aus den Augenwinkeln sah Springendes Reh, dass Windrufer nun seine Flöte aus der Nische nahm, die er extra dafür in die Höhlenwand geschlagen hatte. Dort lag sie sonst immer mit einem Beifußsträußchen und einer braun-weißen Truthahnfeder. Als er sie an die Lippen setzte, schwang die Musik durch die Höhle, und Komm stellte die Ohren, während Springendes Reh die verbrannten Yucca-Wurzeln wegräumte und auch die Hirschlederhaut, aus der sie gerade einen Tragesack für das Kind nähte. Für heute hatte sie sowieso genug davon, und ihre Fingerspitzen taten schon weh. Dann setzte sie sich hin, faltete die Hände über ihrem Bauch mit dem ungeborenen Kind und betrachtete den Mann, dem sie es zu verdanken hatte. Im Schein des Feuers sah Windrufer sehr schön aus, und die geheimnisvollen, überirdisch anmutenden Narben vermittelten den Eindruck, als wäre seine Haut vom Regen gesprenkelt. Die Musik ließ Springendes Reh die Schwangerschaft vergessen. Bald spürte sie, wie es sie nach Windrufer verlangte, und sie ging zu ihm.

Während sie sich vereinigten, konnte Windrufer das Kind unter seinen Händen fühlen. Er hatte vorher noch nie mit einer schwangeren Frau geschlafen, und irgendwie machte ihn das allmählich nervös. Ihre Zärtlichkeitsbekundungen waren immer noch genauso intensiv wie am Anfang, als sie sich unter dem Frühlingsgewitter geliebt hatten, oder in der Nacht vor der Jagd auf dem Tanzplatz. Aber jetzt hatte Windrufer immer das Gefühl, als hielte er noch mehr im Arm als nur die Frau und das ungeborene Kind. Er vermochte nicht zu sagen, worum es sich dabei handelte. Vielleicht hatte es mit den Tieren zu tun, die die Frau aus der Erde zaubern konnte.

Sobald Windrufer die Sprache der Leute vom Gelben Gras gut genug verstanden hatte, um auch mitzubekommen, was um ihn herum getuschelt wurde, war ihm bewusst geworden, dass Springendes Reh sein Leben mit Zauberkraft erkauft hatte. Was für ein Kind würde eine solche Frau wohl auf die Welt bringen? Ein Ungeheuer? Einen Gott? Die Götter gingen normalerweise aus Steinen, Wasserquellen oder Federbällen hervor, und das machte es womöglich noch gefährlicher, mit der Frau zu schlafen. Denn die Götter waren nicht immer wohlwollend.

Diese Gedanken halfen ihm aber weder Springendes Reh besser zu verstehen, noch hielten sie ihn davon ab, sich nach ihr zu verzehren. Jedes Mal, wenn er sie sah, lief ihm ein wohliger Schauer über den Rücken.

Je heißer es wurde und je schwerer das Kind, desto unbeständiger wurde auch die Laune von Springendem Reh. Mit der Leichtigkeit fließenden Wassers konnte sie in dem einen Augenblick Windrufer ihr Entzücken ins Ohr flüstern, wenn sie miteinander schliefen, und gleich darauf herrisch nach einem Hasen, einer Wachtel oder einer Hirschleber verlangen, oder wonach ihr sonst der Sinn stand. Zudem lieferte sie sich mit Komm so etwas wie einen heimlichen Krieg, und wenn sie deswegen ganz außer sich war, verließ sie einfach die Höhle.

Irgendwann stellte Windrufer fest, dass sie dann zum Maisfeld ging, um die Stauden zu beobachten. Dort saß sie ganz ruhig am Feldrand, die Hände so leer wie der Himmel, während andere fleißige Frauen sich wenigstens Arbeit mitgenommen hatten, ob sie nun schwanger waren oder nicht.

An diesem Tag hatte sich eine Stunde zuvor ein Gewitter seinen Weg durchs Tal gebahnt und den – wie die Leute vom Gelben Gras ihn nannten – männlichen Regen mitgebracht.

Dabei handelte es sich um heftige Regenfälle, die die trockenen Flussläufe tiefer aushoben und mit rollenden braunen Wassermassen füllten. Inzwischen hatten sich die Wolken verzogen, und die Maisblätter dampften im Sonnenschein. An den Spitzen der kleinen Kolben, die zwischen den Blättern und den Stengeln wuchsen, bildeten sich allmählich kleine gelbe Haarbüschel.

»Wenn du ihm zusiehst, wächst er auch nicht schneller«, sagte Windrufer, als er seine Frau dort sitzen sah.

»Das hier auch nicht.« Springendes Reh klopfte sich ärgerlich auf den Bauch. »Vielleicht bin ich deshalb so gerne beim Mais. Wir haben etwas gemeinsam.«

»Oh«, machte Windrufer, schon wieder verwundert über ihre merkwürdigen Anschauungen. »Bekomme ich heute denn auch etwas zu essen?«

»Vielleicht«, sagte Springendes Reh, »wenn der Coyote es nicht gestohlen hat.«

»Hast du ihn etwa mit unserem Abendessen allein gelassen?« Um seine Verärgerung zu unterstreichen, stampfte er mit dem Fuß auf. Er war kurz zuvor zum Fluss gegangen, um zu baden, und Komm hatte ihn nicht begleiten wollen. Kein Wunder, wenn es in der Höhle etwas zu fressen gab. »Mist!«, sagte Windrufer zähneknirschend. »Wenn ich Eichhörnchen für uns jage, lässt du sie unbewacht über dem Feuer braten, obwohl du genau weißt, dass dieser Schleichdieb nur auf die passende Gelegenheit wartet! Und wenn ich dir einen Truthahn mitbringe, weigerst du dich, ihn zuzubereiten.«

»Wir essen einfach keine Truthähne«, sagte Springendes Reh, »die schmecken nicht.«

»Pah«, machte Windrufer. »Ich habe schon einmal Truthahn gegessen. Der war lecker.«

»Bestimmt hast du davon Ausschlag bekommen. Aber du wusstest es ja nicht besser«, fügte sie großzügig hinzu.

Windrufer stand im seichten Wasser am Ufer, wo sich die Wellen brachen, und das kühle Wasser umspielte seine Knöchel. Spontan bückte sich Springendes Reh und bespritzte ihn, um zu sehen, wie er darauf reagierte.

Er bückte sich ebenfalls und schaufelte Wasser über Springendes Reh, bis sie triefte. Sie prustete, war aber entzückt, dass Windrufer so mit ihr herumalberte. Eine weitere Hand voll Wasser bescherte ihr eine neue Dusche, und lachend stürzte sie sich auf ihn und genoss die Erfrischung im kühlen Nass, während sie versuchte, Windrufer zu Fall zu bringen.

Aber anstatt ihr den Gefallen zu tun, fasste er sie bei den Schultern und sagte: »Sei vorsichtig. Denk an das Kind.« Dann sah er sie zärtlich an und fügte hinzu: »Jetzt siehst du so aus, wie ich dich immer in Erinnerung hatte: tropfnass.«

»Erzähl mir noch einmal, warum du damals am Fluss gewesen bist.« Springendes Reh war sich immer noch nicht sicher, ob sie seinen Geschichten von einem merkwürdigen Volk weit unten im Süden Glauben schenken sollte.

»Ich habe nach dir gesucht«, sagte Windrufer, dem jedes Mal das Herz höher schlug, wenn er daran dachte.

»Warum?« Windrufer hielt sie immer noch fest und hatte die Arme um ihre mittlerweile sehr ansehnliche Taille geschlungen. »Mein Vater hat mir erzählt, Gott Coyote hätte dir geraten, mich zu heiraten.«

»Vielleicht hat er das«, sagte Windrufer, der schon davon gehört hatte, dass man ihn hier teilweise für Gott Coyote hielt. Dieser Gott nahm in der Götterwelt der Leute vom Gelben Gras wohl einen ähnlichen Platz ein wie Gott Jaguar bei den Kindern der Sonne – und das sowohl im buchstäblichen als auch im übertragenen Sinne. Wenn jemanden ein unerwartetes oder schreckliches Schicksal ereilte, sagten die Leute vom Gelben Gras, Gott Coyote habe ihn gefressen. Deshalb misstraute man ihm und tötete ihn manchmal. Aber er besaß auch große Macht. »Vielleicht hat er mir wirklich geraten, dich zu heiraten, weil er das Gefühl hatte, dass du dich an Katzenohr nur verschwenden würdest.«

»Katzenohr, pah! Glaubst du etwa, ich hätte ihn jemals als Ehemann akzeptiert?«

»Das kommt ganz darauf an, wie einsam du dich gefühlt hättest«, meinte Windrufer, beugte den Kopf und küsste sie ganz unerwartet auf die Stirn. Normalerweise liebkoste er sie nur, wenn er mit ihr schlafen wollte. »Wir beide sind wie Fremde unter den Leuten unseres Volkes«, sagte er dann leise. »Vielleicht war Gott Coyote der Meinung, dass wir einander nötig hatten.«

Springendes Reh lehnte ihre Stirn an Windrufers Brust. Unter den Regentropfennarben auf seiner Haut fühlte sie sein Herz schlagen. Sie hatte das Gefühl, als befände sie sich mit ihm in einem Gespinst. Abgeschirmt und sicher vor der Außenwelt waren sie in der Lage, sich in aller Ruhe Geheimnisse anzuvertrauen. Aber dann war der Augenblick vorbei, und Springendes Reh konnte nicht sagen, was ihn beendet hatte – vielleicht lag es einfach nur daran, dass er zu unwirklichlich gewesen war.

Beigabe und Mondfängerin tauchten mit ihren Sammelkörben voller Kräuter und Gemüse auf und hatten wie so häufig flüsternd die Köpfe zusammengesteckt. Als die beiden ein Stück weit gegangen waren, ahmte Windrufer den Ruf des Coyoten nach, sodass selbst Springendes Reh erschrocken zusammenzuckte. Beigabe und Mondfängerin rissen die Köpfe herum wie Hasen, und Windrufer grinste breit, als würde Komm die Zähne zeigen, woraufhin die beiden entsetzt davonstürzten.

Windrufer lachte und heulte noch einmal, aber Springendes Reh sah ihn böse an. »Vielleicht hätte sich Gott Coyote die Mühe auch sparen können, uns zusammenzubringen«, murmelte sie immer noch ärgerlich, dass der Augenblick der Zweisamkeit vorüber war. Plötzlich fühlte sie sich auch wieder sehr unförmig und schwer. Sie watete aus dem Fluss und ging zu den Tuffsteinhöhlen zurück.

Windrufer sah ihr nach und fühlte sich bei ihrem Gang unweigerlich an eine Ente erinnert. Aber dann lief auch er zu den Höhlen, überholte Springendes Reh und machte sich schon einmal auf den Anblick gefasst, der sich ihm dort bieten würde. Aber die Eichhörnchen brieten unbehelligt auf ihrem Stock über dem Feuer, und Komm war nirgends zu sehen.

Springendes Reh kam verschmitzt lächelnd herein und erklärte: »Die Hündin von Schildkrötenpanzer ist läufig, ich habe gesehen, wie Komm zu ihr gegangen ist.« Windrufer lachte und hockte sich neben Springendes Reh ans Feuer. Sie prüfte mit dem Finger, ob die Eichhörnchen schon gar waren und rührte dann in einem Tiegel mit Brei, den sie aus Grassamen gemacht hatte.

Ihre Laune war genauso wechselhaft wie das Wetter, und Windrufer dachte, wer immer bei den Leuten hier auf die Idee gekommen war, den ungestüm fallenden Regen *männlich* und den weichen, benetzenden *weiblich* zu nennen, hatte sich mit Frauen wahrscheinlich nicht besonders gut ausgekannt.

»Vielleicht verlangt Schildkrötenpanzer drei Hirschlederhäute für seine Hündin«, sagte Springendes Reh, und Windrufer erwiderte: »Mein Volk sieht es als Ehre an, wenn eine Hündin einen guten Jagdhund anlockt.«

»Schildkrötenpanzer aber nicht – nicht wenn die Welpen nachher aussehen wie Coyoten. Was soll er denn dann mit ihnen anfangen? Sie würden ja noch nicht einmal eine Last ziehen wollen.« Die Leute vom Gelben Gras und die anderen Stämme ihres Volkes bedienten sich der Hunde, damit sie ihre Habseligkeiten in Hirschlederhäute gehüllt hinter sich herzogen. Als man versucht hatte, Komm das Geschirr anzulegen, war er so ähnlich außer sich geraten wie beim Anbinden. Und selbst Windrufer war nicht bereit gewesen, es noch einmal zu versuchen.

»Dafür werden die Welpen ziemlich schlau sein«, gab Windrufer zu bedenken.

»Verschlagen, würde ich sagen.« Und das war keine Eigenschaft, die man an Hunden schätzte.

»Wenn ich mit dir schlafe, soll auch Komm sein Weibchen haben.«

»Aber du kannst jetzt nicht mit mir schlafen«, erklärte Springendes Reh, schon wieder ärgerlich. »Es ist viel zu heiß, mich juckt es überall, und mein Rücken tut weh.« Unheilvoll sah sie ihn an. Sie vermisste nichts, wenn Windrufer nicht mit ihr schlief, aber es war ihr auch nicht unangenehm, wenn er es tat. Vorausgesetzt, sie war nicht zu müde. Aber das war sie in letzter Zeit fast immer. Außerdem kam sie sich dick und hässlich vor und der Beischlaf befriedigte sie nicht mehr richtig. Deshalb wies sie Windrufer oft ab. Sie hatte schon daran gedacht, Tante Vier Finger zu fragen, ob sie sich richtig verhielt, schämte sich aber, weil sie sich mit Windrufer am Anfang so wichtig getan hatte.

Da sie den eigentlichen Grund ihrer Unlust nicht zugeben wollte, sagte sie jetzt verdrießlich: »Ich habe den ganzen Tag im Maisfeld Unkraut gehackt.«

Als Komm später bei Vollmond in die Höhle trottete, beobachtete Windrufer ihn schläfrig, bevor er ganz neidisch erklärte: »Ich gehe einmal davon aus, dass wenigstens du deinen Spaß hattest.« Komm gähnte und schloss klappend den Fang. Dann neigte er den Kopf und sah Windrufer an, der daraufhin fortfuhr: »Der alte Schildkrötenpanzer hat dir seine Hündin bestimmt anvertraut, wie?«

In der Höhle war es düster, nur ein wenig Mondlicht fiel herein und auf Komms Nackenhaare. Springendes Reh schlief schon, und auch Windrufer schloss jetzt die Augen. Als er sie im Traum wieder öffnete, sah er, dass Komm zum Maisfeld hinausgegangen war, um dort mit ihm zu sprechen.

»Wenn man warten will, bis der Mais fertig ist, kann man auch gleich Felsbrocken beim Spazierengehen zuschauen«, sagte der Coyote schlecht gelaunt und stieß mit den Pfoten gegen eine Maispflanze, um festzustellen, ob sie dadurch schneller wuchs. Aber das führte nur dazu, dass der Stängel mit dem Kolben abknickte.

»Jetzt sieh nur, was du angerichtet hast!«, rief Windrufer. »Alles bedarf der richtigen Behandlung, und manche Dinge brauchen eben Zeit.«

Gott Coyote in Komm grinste. Er konnte die Zeit umkehren, und da er keine Geduld hatte, darauf zu warten, bis der Mais reif war, zeigte er Windrufer jetzt schon einmal, wie die gereifte Saat aussehen würde. Die Maiskolben wären genauso vielfarbig wie die Steine – schwarz und rot, gelb, weiß und blau, und einige Kolben würden sogar alle Farben auf einmal aufweisen wie gesprenkelte Truthahnfedern.

Jetzt waren die Kolben, die Windrufer gepflanzt hatte, noch daumengroß und würden kaum für eine Mahlzeit reichen. Aber es wäre immerhin ein Anfang. Man würde zu Ehren des Maises tanzen und Zeremonien abhalten, die heiligen Masken damit füttern und mit den Kolben Tiere aus dem Sand zaubern und Segnungen aussprechen. Es würde das Leben der Leute vom Gelben Gras und der anderen Stämme ihres Volkes von Grund auf verändern. Außerdem würde der Mais auch noch weitere Götter entstehen lassen. Aber das lag alles noch in ferner Zukunft, die Gott Coyote Windrufer nähergebracht hatte, indem er die dazwischenliegenden Jahre an Lichtfäden heranzog.

Auch Windrufer glaubte zu wissen, was in der Zukunft geschehen würde. Seiner Meinung nach steckte in den Leuten vom Gelben Gras aber zu viel von Gott Coyote, als dass alles so glatt verliefe, wie Gott Coyote ihm glauben machen wollte. Und dann erzählte Windrufer Gott Coyote, wie er die Zukunft sah, während der vierbeinige Gott zwischen den Sternen tanzte.

Vor langer, langer Zeit, als alle Tiere noch wie Menschen sprachen, hörten Gott Truthahn und Gott Bär wie sich das Volk der Menschen beklagte, weil es unzufrieden war. Da gab es einiges, das Gott Coyote und der Große Schöpfer nicht bedacht hatten. Es existierten zwar zweierlei Geschlechter und Wild im Überfluss, aber das Volk der Menschen wollte mehr.

Also schüttelten sich Gott Truthahn und Gott Bär, und alles nur Mögliche fiel aus ihrem Federkleid und Fell. Da waren Wacholderbeeren und Feigendisteln, Maulbeeren, Kaktusfrüchte, Piniennüsse, Eicheln, wilde Pflaumen, Yucca-Früchte und kleine bittere Kürbisse.

Dann schüttelte sich Gott Truthahn noch einmal, spreizte dabei die Schwanzfedern, und es rieselten Maiskörner heraus. Er zeigte zwei Kindern des Volkes, Bruder und Schwester, wie man Grabstöcke machte, um Löcher für die Maiskörner auszuheben. Die beiden ließen die Samen hineinfallen, und am nächsten Tag stand der Mais kniehoch. Nach vier Tagen konnte man ihn ernten, aber Gott Truthahn sagte den Menschen, dass dies allerdings das einzige Mal wäre, dass der Mais in so kurzer Zeit sprießen und reifen würde.

Das Urvolk bat Gott Truthahn, ihm noch mehr Maiskörner zu schenken, und er gewährte ihnen die Bitte, bekräftigte aber noch einmal: »Von nun an wird es länger dauern.« Und so war es auch.

Als Bruder und Schwester schon drei Mal Mais angebaut hatten, begannen sie, die Körner an die anderen Menschen zu verschenken. Es war viel Arbeit, bis der Mais reif war. Man musste das Unkraut zwischen den Stängeln hacken, damit die Maispflanze ausreichend Licht und Wasser bekam, und wenn es nicht regnete, mussten die Stauden gewässert werden. Aber nach einigen Tagen war ihr Feld eine richtige Augenweide.

Zu diesem Zeitpunkt kam Gott Coyote vorbei, blieb stehen und sah sich um. Er roch den Brei, den Schwester von dem Mais zubereitete. Dabei lief ihm das Wasser im Maul zusammen, und er leckte sich die Schnauze. »Der Maisbrei, den du da kochst, sieht sehr gut aus«, sagte er. »Ich hätte gerne ein bisschen davon.«

Schwester ließ ihn probieren, und ihr Bruder gab Gott Coyote einige Maiskörner und versuchte ihm zu erklären, wie man Mais säte und aufzog. Aber Gott Coyote hörte gar nicht richtig zu, weil er immer alles besser wusste und außerdem sehr faul war. Stattdessen dachte er bei sich: »Die Leute hier säen den Mais und machen sich so viel Arbeit damit, und dann wenn er reif ist, müssen sie ihn auch noch kochen. So werde ich es nicht halten. Ich werde den Mais zuerst kochen und dann pflanzen. Und wenn er reif ist, brauche ich ihn nicht mehr zuzubereiten.«

Also kochte er seinen Mais und aß eine ganze Menge davon. Er hätte bestimmt vergessen, noch etwas zum Pflanzen aufzuheben, wenn er nicht vorher satt gewesen wäre. Aber er hatte schon drei Mäuse, eine Schlange und Küchenabfälle gefressen. Nun kratzte er Löcher in den Boden, legte ein bisschen von dem Maisbrei hinein, den er übrig gelassen hatte, und war sehr zufrieden mit sich.

»Ihr müsst euren Mais ja auch noch kochen, wenn er reif ist«, sagte er zu allen, »aber die Mühe habe ich mir erspart.«

Niemand widersprach ihm, denn er war ja Gott Coyote. Am nächsten Tag machte sich das ganze Volk auf, um Kaktusfrüchte zu sammeln, die sie vergären lassen wollten, und Gott Coyote ging mit ihnen. Als sie zurückkamen, hatten sie viele Körbe mit Früch-

ten dabei und beschlossen, ein großes Fest zu geben und die Gaben zu feiern, die sie von Gott Bär und Gott Truthahn erhalten hatten. Aber auf Gott Coyotes Feld wollte gar nichts wachsen.

Darüber war Gott Coyote sehr verstimmt, und er erzählte überall herum, dass Bruder wohl die Herzen aus seinem Saatgut entfernt habe.

»Wir haben dir doch erklärt, wie man Mais richtig sät«, sagte Schwester. »Aber du wolltest ja nicht hören. Beim Kochen hast du die Herzen in den Samenkörnern zerstört. Mais muss man zuerst säen und dann kochen, so wie Gott Truthahn es uns gezeigt hat. Du willst immer alles auf den Kopf stellen.«

»Davon hat er mir nichts gesagt«, sagte Gott Coyote. »Wenn ich Gott Truthahn treffe, beiße ich ihn. Bitte gib mir noch einmal Samen.«

Schwester erfüllte ihm den Wunsch, und Gott Coyote säte und pflegte den Mais. Sozusagen. Denn anstatt richtige Löcher zu graben, kratzte er nur flache Mulden und legte das Korn hinein. Er hackte auch nur einmal Unkraut. Aber der Mais wuchs trotzdem und stand schon bald einen Fuß hoch. Gott Coyote war sehr zufrieden mit sich, weil er seine Zeit nicht mit all den anderen Dingen verschwendet hatte, die er, wenn es nach Schwester gegangen wäre, noch hätte tun sollen.

Aber Bruder und Schwester und die anderen Leute, denen sie Samen geschenkt hatten, waren schon dabei, ihren Mais zu ernten und in Bündeln zum Trocknen aufzuhängen. Gott Coyote konnte bereits riechen, wie er gekocht wurde, und wieder lief ihm das Wasser im Maul zusammen. Er ging herum und erbettelte sich so lange etwas zu essen, bis die Leute böse wurden.

»Ich möchte doch nur ein paar Kolben für meine Kinder«, sagte er immer. »Ich zahle es euch auch zurück, sobald mein Mais reif ist.« Aber jedes Mal, wenn er um Mais bettelte, schien er mehr Kinder zu haben.

Inzwischen hatten die anderen den gesamten Mais geerntet, und Gott Coyote schlich sich nachts in ihre Vorratslager und stahl sich, was er zum Essen brauchte.

Schließlich kamen die Leute zu Gott Coyotes Lager und fragten: »Hast du unseren Mais gestohlen? Die Spuren des Diebes sehen genauso aus wie deine Fußabdrücke.«

Gott Coyote leckte sich gerade den Rest des Maisbreis von den Pfoten, und auch am Maul sah man, was er gefressen hatte. »Ich verstehe überhaupt nicht, warum ihr mich verdächtigt. Immer habt ihr etwas gegen mich. Hier in der Gegend gibt es doch noch viele andere Lager. Warum beschuldigt ihr nicht die Leute, die da wohnen?«

»Weil du Maisbrei zwischen den Pfoten hast.«

»Und an deinen Fängen.«

»Bleib von unserem Lager weg!«

»Genau! Verschwinde und bau deine Sachen woanders an. Von jetzt an wollen wir dich nicht mehr in unserer Nähe haben!«

Die Leute waren sehr böse, schimpften ihn aus und drohten ihm mit ihren Grabstöcken.

»Wie ihr wollt«, seufzte Gott Coyote schließlich. »Ich hatte eigentlich die Absicht, euch die doppelte Menge zurückzugeben, wenn mein Mais erst einmal reif ist. Aber nachdem ihr mich so behandelt, bin ich nicht mehr bereit dazu.«

»Damit haben wir kein Problem«, sagten alle. »Hauptsache, du verschwindest!«

Und seitdem hat Gott Coyotes Familie immer ein sehr unstetes Leben geführt und sich nie die Mühe gemacht, etwas zum Essen zu kochen.

Windrufer drehte sich im Schlaf um und murmelte leise vor sich hin, während er Komm schnarchen hörte.

11. Kapitel

Beerenwein

In den letzten Sommertagen, kurz vor dem Großen Treffen, fing der Mais an zu reifen. Springendes Reh wollte schon in die Fruchtstände sehen, die, wie Windrufer ihr erzählt hatte, Kolben genannt wurden, aber er ließ es nicht zu. Jeden Tag ging er zum Feld hinunter, um den Mais zu begutachten. Dabei richtete er sein Augenmerk auf die Kolbenspitzen mit den kurzen blassen Haaren, die erst braun wurden und dann allmählich trockneten. Meist wurde Windrufer dabei von einer Hand voll Neugieriger begleitet, darunter auch Katzenohr, der den Mais misstrauisch untersuchte, als könnten jeden Augenblick Skorpione herauskriechen.

»Wenn ich den Mais pflücke, solange seine Haare noch grüngelb sind, keimt er nächstes Jahr nicht«, erklärte Windrufer den Leuten immer wieder. Aber keiner wusste, was er damit meinte, und Springendes Reh erinnerte ihn, dass sie die Tuffsteinhöhlen beim nächsten Vollmond verlassen würden. »Bis dahin ist er reif«, sagte Windrufer und hoffte das zumindest. Denn sonst würden die Leute vom Gelben Gras die Kolben einfach aufreißen, um festzustellen, was darin war, und die Körner wären zum Säen nicht mehr geeignet.

Die Notwendigkeit, Fleisch für den Winter zu beschaffen, lenkte die Menschen ein wenig ab. Bald würde das Wild zu den Eichenwäldern ziehen, um Eicheln zu fressen, und dann höher hinauf zu den Piniennüssen. Die Hirsche waren in den Bergen schwerer zu jagen und auch nicht mehr so fett wie in den Tälern. Deshalb verließ Windrufer die Höhlen noch einmal für drei Tage, um auf die Jagd zu gehen, und zu seiner Erleichterung begleiteten ihn alle Männer, die dem Mais am ehesten gefährlich werden konnten. Als sie zurückkehrten, berichteten sie, dass sie auf die Spuren der *Anderen* gestoßen wären, es aber keine Auseinandersetzung gegeben hätte. Doch die Hirsche waren nicht mehr so zahlreich wie im vergangenen Herbst, weil sie jetzt auch von den *Anderen* gejagt wurden.

Windrufer hatte Springendem Reh einen völlig verdreckten Hirsch zum Abziehen mitgebracht, und als er mit ihr allein war, sagte er, dass der Mais jetzt reif sei. Sie ließ den Hirsch liegen und eilte mit ihm zum Feld hinunter. Auch die anderen Leute vom Gelben Gras kamen, alarmiert von ihrem sechsten Sinn, den Menschen, die in kleinen Gemeinschaften lebten, oft besaßen. Als sie sahen, dass Windrufer einen Korb bei sich hatte, holten sie auch welche.

Windrufer drehte einen der Maiskolben von seinem Stengel und hielt ihn in der Hand wie einen in grüne Windeln gepackten Säugling. Dann zog er die Blätter ab. Das an der Spitze des Kolbens bereits braune Haar umschloss ihn im Innern wie die Strahlen der Sonne. Darunter war er etwa eine Hand lang und mit goldenen Körnern besetzt. Windrufer reichte ihn herum, und die Leute vom Gelben Gras betrachteten ihn von allen Seiten. Beigabe roch sogar daran.

»Wie isst man das denn?«, fragte sie dann und besah sich zweifelnd die Frucht in ihrer Hand.

»Man kann die Körner abbeißen oder herunterschneiden oder den Maiskolben braten. Aber meistens trocknet man ihn, löst die Körner heraus, mahlt und kocht sie.«

»Wir kochen den Mais jetzt«, sagte Blauer Stein. »Dann wissen wir, ob er uns schmeckt.«

»Nein«, widersprach ihm Windrufer, »dieses Jahr noch nicht.«

»Er will ihn nur für sich behalten!«

»Ich habe euch ja gleich gesagt, dass es ein Trick war!«

»Vielleicht ist der Mais giftig!«

»Seid still!«, rief Windrufer. Inzwischen beherrschte er ihre Sprache gut genug, um auch mitzubekommen, was gesagt wurde, wenn alle durcheinanderredeten. »Den Mais hier brauchen wir zum Säen! Es gibt nicht einmal genug, um euch alle einen Monat lang satt zu machen. Wir müssen die

Körner aufheben und nächstes Jahr noch einmal säen. Den Mais, der daraus entsteht, können wir dann essen.«

»Aber wir haben uns so viel Arbeit gemacht!«, widersprachen die Leute vom Gelben Gras. »Du hast dich nur hingesetzt und Flöte gespielt, während wir Unkraut jäten mussten.«

»Der Mais wächst nicht, wenn man ihm nichts vorspielt«, sagte Windrufer, obwohl er sich da nicht so sicher war. »Außerdem kann man die erste Ernte von einem neuen Feld sowieso nicht essen«, fügte er noch hinzu. Den Einfall hatte er gerade erst gehabt, und er war sehr zufrieden mit sich. Seine Frau war nicht die Einzige, die eine Geschichte erfinden konnte, die ihr zum Vorteil gereichte. »Den Mais hier kann man nur zum Säen benutzen, und wenn ihr trotzdem davon esst, macht euch der Maisgott krank. Dann verknotet er eure Därme, damit nichts mehr hindurchgeht.«

»Pah! Das ist überhaupt nichts zu essen, sondern ein böser Zauber«, sagte Katzenohr. »Der Fremde hat ihn mitgebracht, um uns Leid zuzufügen. Wenn es etwas zu essen wäre, könnten wir es auch vertilgen!«

»Dürfen wir nicht wenigstens ein bisschen davon probieren?«, fragte jetzt Blauer Stein. »Dann wüssten wir, ob es uns schmeckt, und wir hätten noch genug zum Säen.«

»Das geht nicht, weil wir alles für die Aussaat brauchen, wenn wir nächstes Jahr genug zum Säen *und* Essen haben wollen.« Windrufer machte ein ernstes Gesicht, bevor er fortfuhr: »Bei allem Respekt, Häuptling, aber dann ist da auch noch das Verbot des Maisgottes – die Mitglieder meines ursprünglichen Stammes wissen das schon seit vielen Jahren. Natürlich kann ich den Häuptling der Leute vom Gelben Gras nicht davon abhalten zu tun, was ihm beliebt.«

Blauer Stein stöhnte. Er war nicht mehr der Jüngste, und in letzter Zeit bereiteten ihm eine Menge Dinge Bauchschmerzen.

Windrufer sah an Blauem Stein vorbei zu Katzenohr, als würde es ihm gefallen, wenn der Maisgott dessen Eingeweide verknotete, und Katzenohr fragte in die Runde: »Fürchten wir uns etwa vor einem Gott, von dem wir noch nie etwas gehört haben?«

»Wir könnten ihm gegenüber zumindest Vorsicht walten lassen«, merkte Seher an.

Windrufer wertete die Worte des Medizinmannes als Zustimmung und erklärte: »Ihr müsst die Blätter so vom Maiskolben abziehen.« Er bückte sich, um Beigabe und Mondfängerin zu zeigen, was er meinte. »Ihr Frauen habt doch unheimlich geschickte Finger und werdet es bestimmt schnell lernen.« Er gab jeder einen Kolben und sah ihnen zufrieden nickend zu, während sie die Blätter vom Kolben schälten. »Genau! Und dann bindet ihr die Kolben hinten an den abgezogenen Blättern zusammen und hängt sie zum Trocknen an einen Stock. Und da es die erste Ernte ist, müsst ihr ganz vorsichtig sein, dass ihr kein Korn in den Mund bekommt.«

Mit großen Augen sahen ihn die beiden an, und er klopfte ihnen lächelnd auf die Schultern. »Frauen wissen, wie man mit Mais umgeht und hungrige Ehemänner dazu bringt abzuwarten.

Schüchtern lächelnd schlossen sie die Hände um ihre Maiskolben, und Mondfängerin sah sich vorsichtig nach ihrem Ehemann um. Der Fremde von Springendem Reh machte sie nervös, wenn er so mit ihr redete, aber irgenwie war es auch aufregend. Von den merkwürdigen Narben einmal abgesehen, sah er sehr gut aus – zu gut. Vor Aufregung zitterten ihr sogar die Hände, und sie hätte beinahe den Maiskolben fallen lassen.

»Ich will auch wissen, wie es geht!«, rief Läuferin, die sich ebenfalls zu Windrufer hingezogen fühlte. Ob es wohl stimmte, was man sich von ihm erzählte? Angeblich sollte er sich nachts in einen Coyoten verwandeln. Etwa auch auf dem Lager?

Windrufer zeigte ihr, wie man den Kolben abzog und wo sich die Körner lockerten, wenn sie getrocknet waren. Es dauerte nicht lange, und auch die anderen Frauen hatten sich um ihn geschart, während die Männer noch miteinander stritten. Springendes Reh stand ein wenig abseits und beobachtete das Geschehen. Die Frauen horteten die Nahrungsmittel und teilten sie ein, wenn sie knapp wurden. Kein Mann würde es in einem solchen Fall wagen, sich dagegen aufzulehnen. Aber man würde Windrufer auch nicht verzeihen, dass er die Frauen um den Finger gewickelt hatte. Ein ehrbarer Mann schmeichelte Frauen nicht, er gab ihnen Befehle. Das andere Geschlecht war auch so schon zu mächtig.

Wütend gingen die Männer schließlich davon und überließen den Mais den Frauen.

Springendes Reh lernte schnell, wie man den Maiskolben mit zwei Handgriffen von der Schale befreite, als zöge man einem Kind das Lederkleidchen über den Kopf. Mit den anderen Frauen trug sie die Kolben in Körben zu den Höhlen, band sie dort zusammen und hängte sie vorsichtig zum Trocknen auf, eingedenk Windrufers Warnung.

»Stimmt das eigentlich?«, fragte sie, als sie einen Augenblick mit ihm allein war. »Wird man krank, wenn man den Mais jetzt isst?«

»Vielleicht, aber Katzenohr auf jeden Fall.«

»Er hat irgendetwas vor.«

Windrufer pfiff durch die Zähne. Er passte gerade einen Stein in der großen Vorratsgrube ein, die er in den Höhlenboden geschlagen hatte. »Wie lange dauert es noch, bevor wir aufbrechen? Wir können den Mais erst einlagern, wenn er trocken ist, und wenn wir ihn nicht einlagern, fressen ihn die Mäuse.«

Es war spät am Nachmittag, und Springendes Reh sah zur Mondsichel, die schimmernd wie das Innere einer Muschel am wasserblauen Himmel stand. »Höchstwahrscheinlich in sieben Tagen.«

»Das reicht. Hier trocknet alles so schnell, wie das Wasser verdunstet. Was, glaubst du, hat Katzenohr vor?«

»Ich weiß es nicht. Aber da ist etwas im Busch. Bestimmt wird er Probleme machen und versuchen, dich als Lügner hinzustellen. Er sitzt am Feuer im Haus der jungen Männer und schwingt große Reden, die jedes Mal verrückter werden. Er sagt, du seist ein Hexer oder einer von den *Anderen.* Er behauptet auch, er hätte gesehen, wie du den alten Mann in Frauenkleidern mit einem Fluch belegt hast.«

»Der alte Mann, der gestorben ist, bevor ich herkam?«

»Ja. Katzenohr behauptet, du seist schon vorher da gewesen, und er hätte dich gesehen.«

»Und woher weißt du, was im Haus der jungen Männer gesprochen wird?«

»Von Eichhörnchen.«

»Sag ihm, er soll nichts von dem Mais essen, der bei ihnen eingelagert wird«, erklärte Windrufer und lächelte verschlagen.

Am liebsten hätte Springendes Reh das Sommerlager nicht verlassen. Normalerweise freute sie sich auf die Großen Treffen, aber dieses Jahr fühlte sie sich mit dem Kind im Bauch so schwerfällig und die Hitze setzte ihr dermaßen zu, dass sie am liebsten nirgends hingegangen wäre.

Inzwischen war auch der letzte Fang zerlegt, getrocknet und in Hirschlederhäute gehüllt worden. Den Mais hatte man auf die Steingruben in den verschiedenen Höhlen verteilt, und wenn die Leute vom Gelben Gras nächstes Frühjahr wiederkamen, würden sie ihn säen. Springendes Reh vermutete, dass Seher seine Frau dazu gebracht hatte, ein wenig davon zu mahlen, um ihn zu probieren. Aber der Medizinmann sagte kein Wort. Zwischen ihm und Windrufer schien ein stillschweigendes Einverständnis zu bestehen, das mit dem Netz der Autoritäten zu tun hatte, das die Leute vom Gelben Gras umgab. Es bestand aus den Fäden der Macht, die sowohl in körperlicher als auch in magischer Hinsicht den Einzelnen davon abhielten, in eine Welt zu entfliehen, in der er tun und lassen konnte, was er wollte. Dieses Netz bewahrte sie alle vor dem Chaos und vor Gott Coyote, der selbst Teil dieses Netzes war.

Im Augenblick sah es ganz so aus, als ritte Gott Coyote auf Katzenohr. Der Sohn des Medizinmannes hatte den verschlagenen Ausdruck eines Luchses, der kurz davor war, eine Maus zu fangen. Er beobachtete Windrufer, als müsste er die anderen vor ihm beschützen, und hatte mehr als nur einem Jäger weisgemacht, dass dessen entkommenes Beutetier oder dessen Zahnschmerzen auf den Fremden zurückzuführen waren.

»Mit dem Mais hat es noch etwas auf sich, das wir nicht sehen können«, sagte Katzenohr, »wegen dem Hexer. Es wird schon einen Grund geben, warum er etwas dagegen hat, dass wir das neue Nahrungsmittel kosten. Vielleicht verfügt es über Zauberkräfte, und er will sie für sich behalten.«

»Was, glaubst du, könnte der Mais denn bewirken?«, fragte einer der jungen Männer, und Katzenohr antwortete: »Bestimmt macht er einen besonders stark. Warum sollte der Hexer den Mais sonst für sich behalten wollen?«

»Aber er hat uns die Körner doch zum Aufbewahren überlassen!«, warf ein anderer ein.

»Ja, aber nur, weil er uns dazu bringen wollte, die Vorratsgruben auszuheben! Und sind jetzt nicht deine Finger wund vom Graben? Der Fremde verhält sich, als sei er der Häuptling. Blauer Stein sollte ihn vertreiben.«

»Aber zunächst müssen wir den Fremden dazu bringen, uns zu sagen, welcher Zauber den verbotenen Körnern innewohnt«, erklärte jemand, und aller Augen schauten erwartungsvoll Katzenohr an. Am nächsten Morgen würde der Stamm die Höhlen verlassen und nicht vor Ende des kommenden Frühjahrs zurückkehren. Es war also keine Zeit mehr zu verlieren, und Katzenohr hob den Steindeckel von der Vorratsgrube in der Höhle der jungen Männer und zog einen der getrockneten Maiskolben heraus.

»Darin steckt große Zauberkraft«, verkündete er, während er den Kolben mit beiden Händen umschlossen hielt und wartete, dass er die ihm innewohnende Magie spürte. So wurde das gehandhabt: Man entdeckte einen Zauber, nahm ihn in Besitz und ließ ihn für sich arbeiten. Wenn er den Mais jetzt aß, wäre er bestimmt genauso mächtig wie der Fremde und Seher, sein Vater und Medizinmann, der sogar über Feuer gehen konnte.

Ein wenig unschlüssig drehte Katzenohr den Kolben in den Händen und biss dann in das eine Ende, worauf ihm aber die Zähne schmerzten. Da er ansonsten unversehrt blieb, kamen die anderen ein wenig näher und beobachteten ihn ehrfürchtig. Kurz entschlossen legte Katzenohr den Kolben auf den Deckel der Grube und zerrieb ihn mit einem Mahlstein. Dann steckte er sich eine Hand voll Maisschrot in den Mund und schluckte.

Der Zauber wirkte ganz langsam und begann mit einem leichten Unwohlsein, nachdem sich die jungen Männer in ihrer Höhle schlafen gelegt hatten. Es war nur so ein Gefühl, dass da vielleicht etwas nicht stimmte. Ein Kribbeln im Hals Katzenohrs, ein kaum spürbares Rumoren der Gedärme. Es tat sich auf merkwürdige Weise kund, und die meisten jungen Männer wachten auf und wunderten sich, was los war. Bis der Maisgott schließlich seine Zähne in Katzenohrs gesamten Körper schlug und der junge Mann sich heulend und spuckend auf dem Boden wälzte.

Gleich darauf rannte Eichhörnchen aus der Höhle durch die Dunkelheit, als hätte es der unbekannte Gott auch auf ihn abgesehen und schon die Hand nach ihm ausgestreckt, um sich auch seines Magens zu bemächtigen. Ganz aufgelöst hüpfte er vor Sehers Höhle herum und schrie so laut er konnte: »Katzenohr geht es gar nicht gut! Er ist krank und gibt ganz schreckliche Geräusche von sich!«

»Was ist mit meinem Sohn?« Schlaftrunken kam der Medizinmann heraus und blinzelte Eichhörnchen an. Seine Frau stand hinter ihm, in einen Umhang aus Fuchsfell gehüllt.

»Es ist genauso gekommen, wie Windrufer gesagt hat«, stammelte Eichhörnchen. »Katzenohrs Eingeweide haben sich verknotet, sodass nichts mehr hindurchgeht und alles wieder oben herauskommt.«

Erschrocken schlug sich Katzenohrs Mutter eine Hand vor den Mund, und Seher brüllte: »Hat er also doch etwas davon gegessen, und jetzt ist er krank!« Dann brach er in schallendes Gelächter aus.

Entrüstet zog ihn seine Frau am Ärmel. »Schande über dich! Schande über dich! Sieh lieber nach deinem Jungen.«

»Wahrscheinlich kann ich gar nichts tun«, erklärte Seher, der es überhaupt nicht eilig zu haben schien. »Ich weiß nicht, wie sich der Gott, der diesem neuen Nahrungsmittel innewohnt, versöhnlich stimmen läßt. Ich muss erst mit Windrufer sprechen.«

»Dann *sprich* mit ihm!«, kreischte seine Frau.

Seher zog würdevoll seine Hirschlederhaut enger um sich und sagte zu Eichhörnchen: »Hol mir eine Fackel.« Gemessenen Schrittes gingen sie zu Windrufers Höhle, während Katzenohrs Mutter zum Haus der jungen Männer eilte. Inzwischen war der halbe Stamm wach, und als Seher und Eichhörnchen bei der Höhle von Windrufer und Springendem Reh ankamen, steckte Komm zähnefletschend die Schnauze heraus.

»Bei allem Respekt, Onkel«, sagte Seher zu ihm, »aber wir müssen mit deinem Herrn sprechen.«

Komm setzte sich brav hin und ließ den Medizinmann herein. Die beiden schienen sich zu verstehen.

Inzwischen hatte sich Windrufer aufgesetzt und rieb sich die Augen. Er musste blinzeln, wenn er den Medizinmann ansehen wollte, weil Eichhörnchen mit der Fackel immer noch draußen stand und ihn blendete. Der junge Mann war sich wohl nicht sicher, ob die Einladung des Coyoten auch ihm gegolten hatte.

»Was gibt's?«, fragte Windrufer. Im Lager wurde inzwischen laut gerufen und alle schienen auf den Beinen. Aber offensichtlich richtete sich die Aufregung nicht gegen ihn, denn sonst hätte sich bestimmt der ganze Stamm vor der Höhle versammelt. Auch Springendes Reh war inzwischen vom Lager gekrochen, und Windrufer legte ihr beruhigend eine Hand auf den Arm.

»Oh, bitte, komm mit!«, rief Eichhörnchen ihm zu. »Katzenohr hat von dem Mais gegessen, und jetzt stirbt er!«

»Wie viel hat er davon zu sich genommen?«

»Zwei ganze Kolben, weil ... weil da Zauberkraft drin wäre, hat er gesagt, und dass er uns das beweisen wollte ... und deshalb hat er ...«

»Hast du auch davon gegessen?«

»Nein«, sagte Eichhörnchen erleichtert. »Keiner von uns. Ich glaube, das wollte er nicht.«

»Und wie geht es ihm jetzt?«

»Er wälzt sich am Boden und schreit, und es kommt alles oben wieder heraus, weil seine Eingeweide verknotet sind, genau wie du gesagt hast.«

Windrufer nickte, und Seher bedankte sich bei Eichhörnchen und erklärte ihm, dass er jetzt gehen könne. Dann wandte er sich an Windrufer: »Bei allem Respekt, aber ich bin zu dir gekommen, um dich zu fragen, was man dagegen tun kann. Meine Frau ist völlig verzweifelt.«

In der Ferne hörte man eine Frauenstimme wehklagen, und Windrufer verkündete feierlich: »Der Maisgott muss versöhnt werden.«

»Und wie kann das geschehen?«

Windrufer zögerte mit der Anwort und verwarf die Idee, Katzenohr nackt ums Maisfeld kriechen oder ihm seine Hoden mit Ruß schwärzen zu lassen, obwohl es ihm Genugtuung verschafft hätte. »Wenn sich die Knoten lösen sollen, muss er drei Tage fasten.« Katzenohr würde wahrscheinlich eine Zeit lang ohnehin keinen Hunger haben. »Dann muss er sein Inneres mit Fettholz reinigen.«

»Ich danke dir«, sagte Seher. »Sprichst du mit deinem Gott und sagst ihm, dass alles so geschieht, wie er es wünscht?«

»Das werde ich.« Windrufer legte Seher eine Hand auf den Arm und fügte hinzu: »Katzenohr muss sich auch mit dem Messer den Daumen ritzen, so wie ich, als ich den Mais gesät habe, und das Blut auf den Deckel der Vorratsgrube tropfen lassen. Das ist wichtig.« Da sich Windrufer langsam Sorgen machte, ob er sich mit seinem Handeln dem Maisgott gegenüber nicht schon fast respektlos verhalten hatte, erklärte er noch: »Das werde ich auch tun.«

Dann gingen sie zur größten Höhle, in der die unverheirateten Männer wohnten. Die Mitglieder des Stammes, die nicht schon dort versammelt waren, folgten ihnen. Frauen war der Zutritt verwehrt, und damit natürlich auch Katzenohrs Mutter. Sie stand draußen und sprach laut jammernd mit ihrem Sohn. Katzenohr war immer noch in der

Höhle, aber gut zu sehen. Er kniete auf allen vieren und ließ den Kopf hängen. In kurzen Abständen wurde er von heftigen Krämpfen geschüttelt, wälzte sich am Boden und erbrach sich. Die anderen jungen Männer hielten großen Abstand von ihm, falls der Gott es auch auf sie abgesehen haben sollte.

Windrufer und Seher bahnten sich ihren Weg durch die Menge und taten dabei sehr wichtig. Nachdem sie die Höhle betreten hatten, breitete Windrufer die Arme über dem Mais in der Vorratsgrube aus und sprach in seiner Muttersprache mit dem Maisgott. »Nimm Blut als Opfer. Labe dich daran und gib uns wieder zu essen.« Er schnitt sich in den Daumen und ließ das Blut auf den Steindeckel tropfen. Dann wandte er sich an Katzenohr, der immer noch am Boden kniete. »Ich habe dir doch gesagt, du sollst nichts von dem Mais essen. Kannst du aufstehen?«

Katzenohr funkelte ihn nur böse an, also griffen ihm Windrufer und Seher unter die Arme und schleppten ihn zur Vorratsgrube. Als sie ihn losließen, erbrach er sich erneut.

»Schneide dir über dem Stein in den Daumen«, sagte Windrufer. »Du musst es selbst tun, sonst …« Er machte eine geheimnisvolle Pause und fügte dann mit unheilvollem Flüstern hinzu: »… kommt bei dir unten nie wieder etwas heraus, und auch in Zukunft wirst du alles, was du isst, erbrechen.« Er hielt Katzenohr das Messer hin, der es murrend entgegennahm, den Daumen aber brav über den Stein hielt. Mit zitternden Händen ritzte er sich ganz leicht die Haut, und es gelang ihm gerade so, vier Blutstropfen herauszuquetschen. Dann sah er Windrufer noch einmal hasserfüllt an und kroch davon.

Seher warf Windrufer einen wissenden Blick zu, bevor er sich mit ernster Miene den Leuten vom Gelben Gras zuwandte und feierlich verkündete: »Dem Unbekannten sollte man immer Respekt zollen.«

Es dauerte vier Tage, um zum Platz des Großen Treffens zu gelangen, und am Anfang dachten die Leute vom Gelben Gras, sie müssten Katzenohr tragen. Aber angetrieben von seiner Wut und seinem Stolz gelang es ihm, sich voranzuschleppen. Am ersten Tag musste er sich kaum noch erbrechen und am zweiten war er eigentlich ganz wiederhergestellt, aber hungrig und übelster Laune, weil er gezwungen war zu fasten.

Als sie an diesem Abend ihr Lager für die Nacht aufschlugen, führten Windrufer und Seher ein langes Gespräch, während sie die Fettholzblätter kochten, die Katzenohr am kommenden Abend verabreicht werden sollten. Dabei spielte um Sehers Mund ein merkwürdiger Zug, als müsste er sich ein Lachen verbeißen.

Als Windrufer später in den Unterschlupf aus Zweigen und Hirschlederhäuten kroch, den er und Springendes Reh auf der Reise als Hütte benutzten, ergriff Springendes Reh ihn beim Arm und fragte neugierig: »Was habt ihr mit Katzenohr gemacht? Du brauchst es gar nicht abzustreiten. Ihr habt wie verrückt gelacht – zwei Männer mit eurem Ansehen, das ist einfach schändlich. Und jetzt lächelst du genauso verschlagen wie der da.« Mit dem Kopf wies sie auf Komm, der sich in der behelfsmäßigen Unterkunft für ihren Geschmack viel zu nah bei ihr aufhielt. Aber der Coyote zog nur die Lefzen hoch und zeigte damit das vermeintliche Lächeln, auf das sie angespielt hatte.

Auch Windrufer grinste jetzt breit. »Ich habe Katzenohr doch gesagt, er soll nichts von dem Mais essen.«

»Du hast gesagt, der *Maisgott* würde ihn dann krank machen.«

»Ich bin nur der Diener des Maisgottes.«

»Was hast du getan?«

»Ich habe die Kolben mit grüner Erlenrinde eingerieben. Sie kann den Körnern nichts anhaben.«

»Oje, armer Katzenohr!«, prustete Springendes Reh. »Was hätte ich gegeben, um ihn im Haus der jungen Männer zu sehen, während er dachte, dass sich seine Eingeweide verknotet hätten.«

»Wahrscheinlich hat es sich auch ganz so angefühlt. Und es wäre natürlich gar nicht infrage gekommen, dass du ins Haus der jungen Männer gehst. Das gehört sich nicht.«

»Leute vergiften auch nicht. Wenn das irgendjemand herausbekommt, werden sie dich für einen Hexer halten. Ich will nicht, dass man von mir sagt, ich sei mit einem Hexer verheiratet.«

Windrufer lachte. »Wenn du nicht gewollt hättest, dass die Leute über dich reden, hättest du auch nicht mit einem hergelaufenen Fremden draußen im Gewitter geschlafen.«

»Ich wünschte, das hätte ich auch nicht getan.« Mit düsterem Gesichtsausdruck rieb sich Springendes Reh den Bauch. Bevor sie eine Liegeposition gefunden hatte, die einigermaßen bequem war, drehte sie sich inzwischen genauso oft herum wie der Coyote. Jetzt murmelte sie: »Wenn ich gewusst hätte, dass ich mich danach so fühlen würde, hätte ich bestimmt nicht mit dir geschlafen.«

Beim Großen Treffen rammte Seher seinen Zahn in die Erde, damit man schon von weitem sah, wo die Leute vom Gelben Gras lagerten. Windrufer blickte sich neugierig um. Er hatte noch nie so viele Menschen vom Volk Springenden Rehs auf einmal gesehen. Inzwischen wusste er, dass einem die alten Frauen ganz genau erklären konnten, wer in welchem Stamm geboren und wessen Vater wessen Neffe oder Bruder war. Die Menschen hier waren wie Körbe, und die alten Frauen hielten die Flechten zusammen. *Wie werden sie mich wohl da hineinflechten?*, überlegte er, während er Zweige für die Reisehütte seines Schwiegervaters schnitt. Der einst Wasser fand und Blauer Stein hatten Wichtigeres zu tun. Sie sprachen mit drei Fremden, die weder wie sie noch wie Windrufer aussahen. Sie trugen ihr Haar ganz kurz, und ihre Nasen waren scharf geschnitten und spitz wie Habichtsschnäbel.

»Oh«, schnaubte Glupschauge, »was sollen wir mit denen?«

»Vielleicht haben sie rote Farbe mitgebracht«, meinte Junges Weib.

»Wer ist das?«, wollte Windrufer wissen, und die beiden sahen ihn an, als hätte ein Frosch mit ihnen gesprochen. Aber dann antworteten sie ihm doch. »Sie gehören zu den

Anderen.« Glupschauge überkreuzte die Finger, um das Böse abzuhalten, das womöglich mit dem Wind von den fremden Männern zu ihr herübergetragen wurde. »Und unsere Männer handeln auch noch mit denen.« Angewidert spuckte sie auf den Boden.

»Was hast du denn gegen sie, Schwiegermama?«

»Sie jagen unser Wild. Warum sollten wir sie an unserem Großen Treffen teilnehmen lassen? Damit sie uns hier auch noch bestehlen?«

»Ich will ein bisschen rote Farbe«, sagte Junges Weib. »Die *Anderen* wissen, wo man sie finden kann.«

»Es sind nur drei«, schaltete sich jetzt auch Springendes Reh in das Gespräch ein, »und sie gehören nicht dem Stamm an, gegen den du gekämpft hast. Die hier kommen aus dem Norden. Ich habe sie schon einmal gesehen.«

»Das sind keine Menschen.« Wieder spie Glupschauge aus. »Es hat doch keinen Wert, mit Leuten zu handeln, die keine Menschen sind.«

»Erzähl das mal deinem Mann«, sagte Springendes Reh und reichte Glupschauge eine Schale mit vergorenem Beerensaft, der bei einem Großen Treffen immer in Strömen floss. Glupschauge trank aus und bewegte ihre Leibesfülle zurück zu ihrem Kochfeuer.

Es gab Hunderte solcher Feuerstellen, von denen Rauch aufstieg, während sich die Totempfähle der verschiedenen Stämme gegen die tief stehende Sonne abhoben: Da waren Hirschschädel mit Geweihen, Coyotenschwänze und Adlerfedern, die – auf Lanzen gespießt – den jeweiligen Lagerplatz eines Stammes anzeigten. Es dauerte nicht lange, bis Reiherfeder Sehers Zahn entdeckt hatte und mit ihren Kindern im Schlepptau vorbeikam.

Als sie sah, dass Springendes Reh schwanger war, kreischte sie überrascht: »Was ist denn mit dir passiert?«

»Na, wonach sieht das wohl aus?«, grummelte Springendes Reh, klopfte Reiherfeder dann aber freundschaftlich auf die Schulter. »Schön, dich zu sehen. Ist Kleinkind auch hier?« Ihre gemeinsame Freundin hatte einen Mann vom Ausgetrockneten Flussbett geheiratet.

»Sie kommt gleich. Und wo ist Eule? Diesmal will ich sie aber sehen!«

»In meiner Hütte. Achte einfach nicht auf ihr Bein.«

»Daran kann man doch gar nicht vorbeisehen«, sagte die praktisch veranlagte Reiherfeder, »aber dabei denkt sich doch keiner etwas. Und wo ist dein Mann?«

»Da drüben.« Springendes Reh zeigte auf Windrufer, der ihren Stiefmüttern nach wie vor pflichtschuldigst half, den Verschlag aus Zweigen und Hirschlederhäuten aufzubauen. Reiherfeder machte große Augen, als sie Windrufer sah, aber da kam auch schon Kleinkind angelaufen. Auch sie war schwanger und etwa genauso weit wie Springendes Reh. Kleinkinds Dreijähriges wich ihr nicht von den Fersen. »Oho!«, machte sie, als Reiherfeder sie an der Schulter packte, um ihr Windrufer zu zeigen.

»Seid still!«, rief Springendes Reh lachend und zog die beiden in ihre Hütte, wo Eule schon auf sie wartete. Die Frauen ließen sich auf den gefalteten Fellen nieder, und Springendes Reh sagte: »Eine Neuigkeit gegen die andere! Hat dein Mann den weibischen Jungen geheiratet, Reiherfeder?«

»Nun ...«, meinte Reiherfeder, als Springendes Reh gerade vier Schildkrötenschalen mit Beerenwein füllte und sie ihren Freundinnen reichte. Reiherfeder nahm einen Schluck, kicherte und fing noch einmal an: »Nun, der weibische Junge wollte schließlich nicht mehr. Er war der Meinung, dass die Ehe zu viele Probleme macht.«

Die Frauen kreischten vor Vergnügen, sogar Eule, und Springendes Reh fragte: »Dann musst du dir jetzt also keinen Liebhaber mehr bei den Springenden Büffeln suchen, oder?«

»Warum eigentlich nicht?«, fragte Reiherfeder zurück, und wieder lachten alle.

Kleinkind hielt Springendem Reh ihre leere Schale hin. »Woher kommt dein Mann?«

»Das weiß ich auch nicht so genau. Er ist mir im Gewitter erschienen und lebt mit einem Coyoten zusammen.«

»Was?«

»Das tue ich inzwischen auch«, sagte Springendes Reh. »Der Coyote heißt Komm und ist gerade weggelaufen, weil ihm hier zu viele Leute sind.« Springendes Reh füllte auch ihre Schale nach.

»Du lebst mit einem *Coyoten* zusammen?«, fragte Kleinkind entgeistert, und um ihre Verwirrung komplett zu machen, erklärte Eule: »Die Leute vom Gelben Gras glauben, ihr Mann sei der Coyote.«

»*Was?*«

»Wir glauben, dass er halb Tier und halb Mensch ist«, fügte Eule feierlich hinzu.

»Was wirst du denn dann auf die Welt bringen?« Kleinkind drückte Springendem Reh einen Finger in den Bauch. »Welpen?«

Aus irgendeinem Grund musste Springendes Reh lächeln, obwohl sie manchmal schon geträumt hatte, dass sich eines Tages kleine behaarte Fellungeheuer aus ihr herausbissen. Aber jetzt, da sie mit ihren besten Freundinnen zusammensaß – Frauen, mit denen sie zur Frau geworden war –, kam ihr das ganz unwahrscheinlich vor. »Ich erzähle euch von ihm«, sagte sie schließlich und bekam einen Schluckauf.

Als Windrufer die Reisehütte seines Schwiegervaters aufgebaut hatte, lauschte er auf das Gelächter, das aus seiner eigenen drang. Bei einem Großen Treffen betranken sich alle. Auch er hatte schon ein bisschen zu viel geschlürft. Die Nacht brach herein, und im Dämmerlicht sah man die Feuer immer deutlicher lodern. Windrufer überlegte, worüber Springendes Reh wohl lachte. Irgendwie hatte er dadurch das Gefühl, ausgegrenzt zu sein, und fragte sich, wann die anderen Frauen wohl wieder abzogen. Wenn er in letzter Zeit mit Springendem Reh zusammen gewesen war, hatte sie sich nie so gut gelaunt gezeigt. Ganz im Gegenteil. Je näher der Geburtstermin rückte, desto seltener wollte sie mit ihm schlafen und desto häufiger machte sie ihm Vorwürfe wegen ihres Zustandes. Er sehnte sich nach ihr – oder nach irgendeiner anderen Frau.

Als er den Kopf in die Reisehütte steckte, verstummte das Gelächter sofort, und die Frauen sahen ihn mit großen Augen und offenen Mündern an, bevor sie wieder loskicherten und die Gesichter in den Händen bargen. Beleidigt zog sich Windrufer zurück und nahm im Weggehen noch einen zweiten Beutel mit vergorenem Beerensaft mit. In einigen Tagen würde er ohnehin zu Essig, da konnte man ihn genauso gut gleich trinken. Der alte Schildkrötenpanzer kam vorbeigeschlurft, hielt ebenfalls ein Gefäß mit Beerenwein in der Hand und musste schon von seinen beiden Frauen gestützt werden, die darüber ganz und gar nicht erfreut waren.

Bestimmt hat Springendes Reh mit ihren Freundinnen über mich gelacht, dachte Windrufer jetzt. Sollte sie doch die ganze Nacht mit ihnen verbringen, wenn sie es unbedingt wollte. Er nahm einen großen Schluck Beerenwein und hängte sich den Beutel über die Schulter. Die meisten Leute gingen jetzt zur Tanzfläche, um den Mädchen und Jungen, die heute in den Kreis der Erwachsenen aufgenommen worden waren, zuzusehen. Das wollte er auch. Er konnte schon die Trommeln und das Stampfen der Füße hören und dachte, dass sich bei der Tanzfläche sicher genug Frauen aufhielten, die nicht ständig schlechter Laune waren und es ihm gegenüber auch nicht an Respekt mangeln ließen. Außerdem gab es dort auch eine Menge zu essen und zu trinken.

Der Schein der Fackeln, die die Tanzfläche umgaben, beleuchtete die jungen Tänzerinnen, deren kurz geschnittene Haare ihre Gesichter umspielten. Plötzlich wurde Windrufer von zwei jungen Mädchen auf die Tanzfläche gezogen, er setzte die Flöte an die Lippen und ließ sich vom Trommelrhythmus inspirieren. Eine Frau, die ihm gegenüber zusammen mit den anderen in einer Reihe tanzte, beobachtete ihn. Er wusste, dass er außergewöhnlich aussah und die Blicke auf sich zog. Aber nun, da er die Sprache der Leute vom Gelben Gras beherrschte und unter dem Schutz seines neuen Stammes stand, begegnete ihm niemand mehr feindselig. Eher wurde er als Sonderling betrachtet, der womöglich heilig, aber auf jeden Fall mächtig war.

Nach wie vor hatte die Frau den Blick auf ihn geheftet und bewegte sich mit katzenartiger Anmut. Sie war groß und schlank, und Windrufer ließ sich vom Muskelspiel ihrer bloßen Arme und fast nackten Beine faszinieren. Beim Tanzen umwehte sie ihr langes Haar wie ein Schleier. Dann entfernten sich ihre und seine Tanzreihe voneinander, und in der von Rauch geschwängerten Dunkelheit verlor Windrufer die Frau aus den Augen.

Als der Tanz zu Ende war, blieb er noch eine Weile auf der Tanzfläche stehen und sah zu den Sternen hinauf, die sich zwar bewegten, aber dermaßen langsam, dass man es nicht sehen konnte. Doch Windrufer legte den Kopf in den Nacken und blickte so lange zum Himmel hinauf, bis er den Lauf der Gestirne zu erkennen glaubte. Dann nahm er noch einen Schluck Beerenwein und ging zu den Feuern, an denen die Frauen aller Stämme Fleisch brieten.

Während er mit langen Zähnen an einem fettigen Stück vom Hasen kaute, blickte er sich um. Springendes Reh war nirgends zu sehen, aber Blauer Stein redete eifrig mit dem Häuptling der Leute aus dem Rauch. Jeder der beiden hielt einen Beutel mit Beerenwein in der Hand und nahm in regelmäßigen Abständen einen Schluck davon; denn es war unter der Würde eines Häuptlings, sich von einem anderen beim Trinken übertrumpfen zu lassen. Die beiden schwankten schon sehr und hatten Mühe, sich aufrecht zu halten.

Ganz in ihrer Nähe war Eichhörnchen dabei, ein Stück Fleisch aus einem gebratenen Hirsch herauszuschneiden, das er dann einem Mädchen vom Roten Felsen reichte, die erst heute die Weihen einer Frau erhalten hatte. Sie war noch sehr jung und zierlich, hatte große Augen und dichtes schwarzes Haar, das ihr nun, auf Ohrenhöhe abgeschnitten, wie eine Mütze um den Kopf lag. Feierlich aß sie das Fleisch und ging dann Hand in Hand mit Eichhörnchen davon.

Als Windrufer in die andere Richtung blickte, zog sich gerade die Frau von Dem der komisch läuft mit einem Mann der Himmelsfeuerleute in die Büsche zurück. Windrufer hatte schon davon gehört, dass sich beim Großen Treffen so genannte Sechstageehen bildeten, die manchmal auch nur eine Nacht dauerten. Es lag einfach in der Luft, sich mit dem anderen Geschlecht zu vereinen, damit die Welt gedieh, die Pflanzen wuchsen und das Wild zahlreich wurde. Darum ging es auch bei dem Weihetanz der jungen Männer und Frauen. Und genau das hatten auch Windrufer und Springendes Reh in jener Nacht vor der Jagd erreichen wollen, obwohl sich Windrufer damals schon selbst wie ein Opfertier vorgekommen war.

Jetzt saß seine Frau in ihrer gemeinsamen Reisehütte und lachte mit ihren Freundinnen über ihn. Erzürnt trank er so lange vom Beerenwein, bis sich seine Verärgerung in Luft aufgelöst hatte und es ihn wieder nach einer Frau verlangte.

Die, die er beim Tanzen gesehen hatte, trat jetzt ins Licht des Feuers und rief jemandem über die Schulter etwas zu. Dann wollte sie sich ein Stück Fleisch nehmen, verbrannte sich dabei aber die Finger. Spontan zückte Windrufer sein Messer, schnitt ihr ein Stück ab und hielt es ihr hin. Die Frau machte große Augen und fragte erst einmal: »Von welchem Stamm kommst du?«

Sie sprach ein bisschen anders als Springendes Reh, doch Windrufer verstand sie trotzdem und antwortete: »Von den Leuten vom Gelben Gras.«

»Du siehst aber nicht wie einer von ihnen aus.«

»Ich bin … Ich war …« Windrufer suchte nach Worten und sagte schließlich: »Ich komme von woanders her, lebe jetzt aber unter ihnen.«

»Ah, dann habe ich schon einmal von dir gehört.« Die Frau musterte ihn erneut von Kopf bis Fuß und nahm dann das Fleisch. »Ich gehöre zu den Leuten vom Hohen Felsen.«

Windrufer schnitt sich selbst auch noch ein Stück ab, und die beiden verließen kauend die Feuerstellen. Das Gras im Tal raschelte unter einer leichten Brise; überall tummelten sich zahlreiche Pärchen. Schließlich entdeckten Windrufer und die Frau einen freien Platz unter einer knorrigen Eiche und ließen sich dort nieder. Windrufer trank noch einmal aus seinem Beutel und reichte ihn dann der Frau. Sie nahm lachend einen tiefen Zug, wobei ihr der rote Saft übers Kinn lief, bis sie ihn mit der Hand wegwischte.

»Ich weiß gar nichts von dir«, sagte Windrufer. »Hast du einen Ehemann?«

»Ja, er ist irgendwo, aber nicht hier.«

Windrufer lachte erleichtert. Er wollte nicht noch eine Frau. Schon die eine war ihm heute Abend fast zu viel. »Ich habe auch eine Frau«, sagte er dann, »irgendwo, aber nicht hier.« Dabei dachte er: *Sie ist in unserer Hütte und macht sich über mich lustig.*

Die Fremde wischte sich die fettigen Hände am Gras ab und trank noch einmal aus dem Beutel. So weit weg von den Feuern erhellte nur der Mondschein die Umgebung und ließ die Haut der Frau silbrig glänzen, als wäre sie aus hellem Sand oder Espenlaub gemacht. Windrufer verzehrte sich nach ihr, wollte den Augenblick der Vereinigung aber so lange wie möglich hinauszögern – wie in einem Traum – und zog die Flöte aus dem Gürtel. Er hoffte, nicht so betrunken zu sein, dass ihm sein bestes Stück den Dienst versagte, nahm aber trotzdem noch einen Schluck aus dem Beutel und begann dann, eine neue Weise zu spielen, die ihm gerade erst eingefallen war.

Die Melodie wurde übers Gras getragen, wand sich um die anderen Paare dieser Nacht und war – trotz des Stimmengemurmels und Gelächters – auch noch beim Tanzplatz des Großen Treffens zu hören. Auch Springendes Reh vernahm sie, als sie sich von ihren Freundinnen verabschiedete. Reiherfeder und Eule gähnten, und Kleinkind trug ihre schlafende Tochter über der Schulter. Reiherfeders Mädchen waren schon früher zu ihrem Stamm zurückgekehrt. Die Frauen hatten gerade die Hütte verlassen, und Reiherfeder und Kleinkind hakten sich unter und schwankten nun wie sonst immer Eule davon. Die Stille, die sie hinterließen, war wie klares Wasser und verstärkte den Klang der Flöte nur noch, der von jenseits der Tanzfläche zu Springendem Reh herübergetragen wurde.

Gekränkt darüber, dass Windrufer da draußen wahrscheinlich einer anderen Frau vorspielte, straffte Springendes Reh die Schultern und blickte Eule nach, um festzustellen, ob sie es auch gehört hatte. Aber Eule war schon in Tante Vier Fingers Hütte verschwunden, die nur wenige Schritte entfernt stand. Zitternd vor Wut und Kälte ging Springendes Reh zurück in ihre eigene Behausung, schnappte sich ihre Coyotenfelldecke und wickelte sich darin ein. Ihr Zorn rührte zum Teil von verletzter Eitelkeit her, aber auch von der Wirkung, die der ungewohnte vergorene Beerensaft auf sie hatte.

Von der Decke gewärmt lief sie zur Tanzfläche, um nach Windrufer Ausschau zu halten. Neben der Tanzfläche spielte ihr Vater mit Dem der komisch läuft, Dem der nur einen Hoden hat und einigen Männern vom Fallenden Wasser ein Spiel, bei dem man Knöchelchen werfen musste. Die Männer waren so beschäftigt, dass sie nicht einmal aufsahen, als Springendes Reh sich einen Zeh anstieß und an ihnen vorbeihumpelte. Dabei schleppte sie die Enden ihre Coyotenfelldecke hinter sich her und hielt den Blick auf die Tanzfläche gerichtet. Ganz vom Trommelrhythmus eingenommen wirbelten die Tänzer mit glänzenden Augen an ihr vorbei, aber Windrufer war nicht unter ihnen. Ein Pärchen löste sich aus den Reihen der Männer und Frauen und rannte in die Dunkelheit hinein, als würde es von der perlenden Stimme der Flöte angezogen.

Auch Springendes Reh verließ die Tanzfläche und ging ein wenig unsicher in die Richtung, aus der sie die Flötentöne zu hören glaubte. Alle konnten sie hören. *Aber Windrufer scheint es nicht einmal Leid zu tun, dass er mich damit beleidigt,* dachte Springendes Reh grollend und ging, auf ihre Würde bedacht, aber doch unter dem Gewicht des ungeborenen Kindes und dem Einfluss des Beerenweines schwankend, weiter. Halt suchend umklammerte sie dabei ihre Felle.

Und dann verstummte das Flötenspiel plötzlich.

Zufrieden stellte Windrufer fest, dass er genau die richtige Menge getrunken hatte. Sein bestes Stück stand wie eine Eins, und er drückte die Frau vom Hohen Felsen, die ihm die Arme um den Hals legte und die Beine um die Hüften schlang, unter sich ins Gras. Während sie sich an ihn klammerte, fühlte sie sich genauso warm an wie der Beerenwein in seinem Bauch. Nun bewegte sie sich, als würden sie wieder tanzen, diesmal beflügelt von der silbrigen Melodie der Flöte, die immer noch in der Luft hing, auch wenn man sie nicht mehr hören konnte. Dabei dachte Windrufer, dass er heute Nacht endlich einmal wieder tat, wozu er Lust hatte.

Die Frau stöhnte, biss ihm zärtlich ins Ohr und raunte ihm Dinge zu, die nur geflüstert werden konnten. Er drückte sie noch fester an sich, kam kurz darauf zum Höhepunkt und barg das Gesicht am Halsansatz der Frau, während die Ekstase ihres Tanzes ausklang wie die Flötentöne, die scheinbar von irgendeinem fernen Felsen zurückgeworfen wurden. Windrufer hob den Kopf, atmete tief die Nachtluft ein und war erstaunt, seinen Atem zu sehen. Aber er wollte sich jetzt noch nicht bewegen. Ihm war überhaupt nicht kalt, und er ging davon aus, dass auch die Frau nicht fror, da er sie mit seinem Körper wärmte.

Gerade als er sich auf die Ellbogen gestützt hatte und dachte, dass er gleich noch einmal mit ihr schlafen könnte, traf ihn ein Stein im Rücken. Stöhnend schreckte er von der Frau hoch und blickte wild um sich. Aber im Schein des Mondlichtes konnte er nur vage eine Gestalt erkennen, die etwas durchs Gras hinter sich herzog und gelegentlich darauftrat. Die Person warf noch einen Stein und rief: »Na, treiben wir es in den Büschen wie die Tiere? Dreckiger, stinkender Coyote!« Wieder kam ein Stein geflogen, und die Frau vom Hohen Felsen lief kreischend davon.

Als Windrufer zur Zweighütte zurückkehrte, schlief Springendes Reh schon oder tat zumindest so. Auf jeden Fall hatte sie ihm den Rücken zugekehrt und sich in die Felle gehüllt wie eine Raupe in ihren Kokon. Sobald sich Windrufer neben sie setzte, zog sie die Felldecken noch enger um sich, als wollte sie ihm nichts davon abgeben. Windrufer hielt den Beutel hoch und ließ die letzten Tropfen Beerenwein die Kehle hinunterrinnen. Abgesehen von den blauen Flecken, die er durch die Steinwürfe davongetragen hatte, fühlte er sich hervorragend – richtig zufrieden. Vielleicht wäre Springendes Reh ja nicht mehr böse, wenn sie aufwachte und die Sonne lachte.

Nachdem der Beerenweinbeutel ganz leer war, ging Windrufer hinaus, um Wasser zu lassen. Dann kuschelte er sich vorsichtig an Springendes Reh und hoffte, dass sie unter den Fellen kein Messer verbarg.

Am nächsten Morgen erwachte er mit Kopfschmerzen und dem unangenehmen Gefühl, etwas verpasst zu haben. Immerhin hätte er die Nacht mit der Frau vom Hohen Felsen verbringen können, die wollte wenigstens mit ihm schlafen.

Springendes Reh saß am Eingang der Reisehütte, starrte ihn an und aß dabei offensichtlich den Rest ihrer gemeinsamen Vorräte. Während sie das Trockenfleischmus mit den Fingern aus der Schildkrötenschale schabte und leckte, machte sie nicht den Eindruck, als wollte sie ihm auch etwas davon abgeben. Windrufer sah Katzenohr und Den der nur einen Hoden hat draußen vorbeigehen und wusste, dass er verschlafen hatte. »Warum hast du mich nicht geweckt?«, fragte er seine Frau.

»Weil du offensichtlich noch andere Dinge zu tun hast als zu jagen – wie etwa dein Ding in andere Frauen zu stecken.«

Er setzte sich auf, schnappte sich seine Speere und die Sandalen und fragte: »Wie kommst du denn darauf?« Wieder ärgerte es ihn, dass er nicht ein zweites Mal mit der Frau vom Hohen Felsen geschlafen hatte. Er wusste, dass ihm das von Springendem Reh mit ihren Steinwürfen vereitelt worden war, konnte sich aber nicht erklären, wie sie ihn gefunden hatte.

»Ich habe dich gehört«, sagte sie nun, als hätte sie seine Gedanken gelesen. »Das hat jeder! Wie Komm hast du dich da draußen herumgetrieben und mit deiner Flöte für eine andere Frau gespielt!« Wütend hob Springendes Reh die Röhrenknochenflöte neben dem Bett auf und warf sie Windrufer an den Kopf. Dann überkreuzte sie die Arme vor der Brust und sah zum Hütteneingang hinaus.

»Du hattest ja so viel zu tun«, rief Windrufer verstimmt, »und musstest dich mit den Frauen betrinken und Lügen über Männer erzählen!«

»Das waren alte Freundinnnen.«

»Und ich bin dein *neuer Ehemann*. Um wen muss man sich wohl mehr kümmern?«

»Offensichtlich um dich!«, kreischte Springendes Reh. »Du hast doch nur nach einer Ausrede gesucht, um dich mit deiner Schlampe ins Gebüsch zu verziehen!«

»Du wolltest mich ja nicht einmal hereinlassen – in *meine* Hütte, von *mir* erbaut, nachdem ich auch noch die Hütte für deinen Vater gebaut habe.«

»Pah!«

»Nichts, pah!«

»Dreckiger Coyote!«

»Wenn du mir nachts den Rücken zukehrst, suche ich mir eben eine andere!«

»Wenn ich dir öfter den Rücken zugekehrt hätte, würde ich jetzt vielleicht nicht so aussehen und du hättest nicht mit irgendeiner Schlampe in den Büschen gelegen«, kreischte sie, »und ihr auf diesem Ding vorgespielt, damit jeder weiß, dass du es bist.« Noch einmal schnappte sie sich die Flöte, um sie diesmal in eine Ecke zu feuern, aber Windrufer fing das Instrument auf und sagte: »Vielleicht warst du schon schwanger, als ich zu euch gekommen bin. Woher weiß ich überhaupt, dass es mein Kind ist?«

»Was soll denn das heißen?« Springendes Reh war außer sich. »Glaubst du etwa, es ist von Gott Bär oder von Gott Büffel, oder vielleicht ist ja auch der Windgott im großen Gewitter über mich gekommen! Ich hasse dich, du dreckiger Coyote. Steckt sein Ding beim Großen Treffen in jede Schlampe und behauptet dann, sein Kind wäre nicht von ihm! Warum steckst du es nicht gleich in ein Astloch?« Wütend kroch sie zu ihm hinüber und begann seine Brust mit Fäusten zu bearbeiten; als er sich von ihr abwandte, schlug sie ihm auf den Rücken. »Raus mit dir!«, schrie sie dann und trat ihm ins Kreuz, bevor sie auch noch an seinem Ohr zog.

Auch Windrufer holte jetzt nach ihr aus und rollte sich dann mit den Speeren in der einen und den Sandalen in der anderen Hand aus der Hütte. Draußen setzte er sich aufs niedergetrampelte Gras, während sehr vielen Leuten, die

Zeuge des Streits geworden waren, plötzlich einfiel, dass sie auch noch etwas anderes zu tun hatten.

Der einst Wasser fand stand vor seiner Hütte und sah mitleidig zu seinem Schwiegersohn hinüber, bevor er schulterzuckend erklärte: »Störrische Matschtochter war schon immer so.« Dann nahm er seinen Speer und folgte den anderen Jägern, während Windrufer sich die Sandalen zuband. Als er aufgestanden war, kam Der der komisch läuft zu ihm und klopfte ihm verständnisvoll auf die Schulter. »Wenn sie schwanger sind, werden sie immer so. Meine Frau hat drei Kinder bekommen, und jedes Mal war sie unausstehlich, und ich konnte ihr nichts recht machen.«

»Pah«, sagte eine Frau, die leere Schalen einsammelte und in ihren Korb stellte, um sie später am Fluss zu waschen. »Erst machen die Männer einer Frau einen dicken Bauch und brüsten sich damit. Dann ziehen sie mit einer anderen davon und überlassen die, die sie geschwängert haben, sich selbst!« Energisch nickte sie einer alten Frau zu, die vorbeiging, und die alte Frau erwiderte ihr Nicken. Die beiden schienen alles darüber zu wissen.

»Sie hat mit ihren Freundinnen über mich geredet«, murmelte Windrufer entschuldigend, »und gelacht. Sie wollte mich nicht einmal hereinlassen.«

»Deine Frau hat sich immer schon viel zu viel herausgenommen«, sagte Der der komisch läuft. »Du musst ihr beibringen, dich zu achten.«

»Und wie?«

Der der komisch läuft zuckte mit den Schultern. Offensichtlich konnte er Windrufer in diesem Punkt auch nicht weiterhelfen. »Was ist denn schon dabei, wenn man beim Großen Treffen ein bisschen fremdgeht?«, meinte er schließlich lächelnd. »Frag Springendes Reh das mal.«

Bei Einbruch der Nacht hatte sich die Geschichte im ganzen Lager herumgesprochen. Windrufer hätte schwören können, dass Katzenohr dafür verantwortlich war, aber eigentlich hätte es seiner Einmischung gar nicht bedurft. Klatsch war das am meisten gehandelte Gut bei einem Großen Treffen. Muscheln, Vulkangestein, blaue Steine und gute Feuersteine für Speerspitzen wurden gegen Hirschlederhäute und Felle eingetauscht. Den Klatsch gab es umsonst dazu, und zwar so viel, dass man für den ganzen Winter ausgesorgt hatte. Windrufer war eine auffällige Erscheinung, selbst die Leute vom Ausgetrockneten Flussbett und vom Roten Felsen, die ihn noch nie gesehen hatten, wussten inzwischen, wer er war. Und wenn er an ihnen vorbeiging, riefen sie ihm gute Ratschläge zu, wie er sich nun verhalten sollte und wo er beim nächsten Mal ganz bestimmt vor seiner Frau sicher wäre.

Bald musste Windrufer feststellen, dass die Frauen ausnahmslos auf der Seite von Springendem Reh standen. Schon als er sich von der Jagd mit immer noch schwerem Kopf nach Hause schleppte, sahen sie ihn böse an. Springendes Reh dagegen empfing ihn übertrieben freundlich, reichte ihm aber nur eine Schale mit Brei.

»Ist kein Fleisch da?«

»Bei den Feuerstellen gibt's genug davon. Ich nehme mal an, dass du sowieso bald dort hingehst, um festzustellen, was sonst noch für dich abfällt.« Danach tat sie so, als sei er gar nicht da.

Windrufer aß den Brei, drückte ihr die Schale in die Hand und stand auf.

»Wohin gehst du?«

»Zu den Feuerstellen, um zu sehen, was da für mich abfällt.« Eigentlich hatte er Frieden schließen wollen, aber wenn sie nicht wollte – auch gut. Der komisch läuft hatte wohl Recht: Man konnte mit Frauen nicht auskommen, wenn sie schwanger waren.

Bei den Feuerstellen aß er schlecht gelaunt sein Fleisch, und einige Frauen beobachteten ihn aufmerksam. Aber er hätte nicht sagen können, ob sie sich nun über ihn lustig machten oder an ihm als Mann interessiert waren. Er erkannte Reiherfeder und Kleinkind, zwei der Frauen, die in seiner Hütte gesessen hatten. Zunächst grüßten sie ihn feierlich, aber als er aufstand, hörte er sie hinter sich kichern und drückte die Schultern durch. Er schnitt sich noch ein

Stück Fleisch ab und füllte seinen Trinkbeutel bei einem großen, mit Pech versiegelten Korb nach, in dem sich eine Flüssigkeit befand, die aussah, als könnte man davon betrunken werden.

Schnell entfernte er sich von den Feuern und hoffte, nicht über irgendein Pärchen zu stolpern. Wieder einmal war das Gras voll von ihnen wie von Grashüpfern im Sommer. Nachdem sich Windrufer unter den Baum gesetzt hatte, unter dem er die Nacht zuvor mit der Frau vom Hohen Felsen gelegen hatte, gesellte sich Komm überraschend zu ihm.

»Wo bist du denn gewesen? Hast dich wohl heimlich bei den Feuerstellen bedient?«

Komm gähnte nur und war sichtlich gut genährt. Trotzdem schnitt Windrufer ihm ein Stück von seinem Fleischbrocken ab, das der Coyote sofort hinunterschlang.

Windrufer aß selbst und trank einen Schluck aus seinem Beutel. Er war sich nicht sicher, worum es sich bei dem Getränk handelte, vielleicht um Kaktus- oder Yucca-Saft. Fast alles konnte vergoren werden. Als er Komm auch davon anbot – um festzustellen, wie der Coyote darauf reagierte –, schlug der das freundliche Angebot mit dem für Tiere typischen Mangel an Takt ab und knurrte.

Seufzend machte es sich Windrufer unter dem Baum bequem, streckte die Beine aus und nahm die Flöte zur Hand, während Komm sich mehrmals um sich selbst drehte und schließlich neben Windrufer im Gras niedersank. Wieder musste er gähnen und zeigte dabei alle Zähne. Dann legte er den Kopf auf die Pfoten und stellte die Ohren auf, als gefiele ihm das Flötenspiel. Windrufer spielte die Melodie, die er für die Frau vom Hohen Fels erdacht hatte.

Er hätte heute Abend bestimmt wieder eine Frau gefunden, vielleicht sogar die von gestern, aber danach stand ihm eigentlich nicht der Sinn. Lieber saß er hier mit seinem Coyoten. Vielleicht glaubte Springendes Reh ja auch so, dass er mit einer Frau zusammen war. Am liebsten wäre ihm gewesen, sie ginge davon aus, er säße hier mit drei Frauen.

12. Kapitel

Wintersonnenwende

Nachdem die sechs Tage des Großen Treffens vorbei waren, zogen die Leute vom Gelben Gras weiter durch ihre Herbstjagdgründe. Sie folgten langsam den Hirschen die Schluchten und Bergausläufer hinauf zu den höher gelegenen Hängen, wo die Piniennüsse wuchsen und die tief stehende Wintersonne die löchrigen Felswände nur noch wenig erwärmen konnte. Sobald sich Windrufer ein bisschen von den anderen absonderte, kam Komm aus dem Unterholz und trottete neben ihm her, worüber sich Springendes Reh nicht gerade erfreut zeigte.

Sie war Windrufer immer noch böse, dass er sich wie sein vierbeiniger Freund aufgeführt hatte, selbst wenn sie inzwischen wieder mit ihm sprach und auch das Lager mit ihm teilte. »Es gibt überhaupt keinen Grund, sich zum Gespött der Leute zu machen«, hatte sie am zweiten Morgen des Großen Treffens erklärt, und Windrufer dabei hochmütig angesehen, während sie sich das Haar aufsteckte: »Besonders dann nicht, wenn das jemand anders schon so umfassend für einen besorgt hat.«

Bis das Große Treffen vorbei war, hatte sich Springendes Reh ablenken können, aber es war schwer, die Reisehütte mit Windrufer auf- und abzubauen und mit ihm auf demselben Lager zu schlafen, ohne sich dabei wirklich entspannen zu können. Manchmal näherten sie sich einander auch wieder an, bis Springendem Reh einfiel, dass sie böse auf ihren Mann war. Doch einmal rollte er sich nachts zu ihr hinüber und nahm sie in die Arme. Obwohl sie gleich darauf richtig wach war, ließ sie es geschehen, behauptete am nächsten Morgen allerdings, er habe sie gezwungen, mit ihm zu schlafen.

»Ich hatte ja keine andere Wahl«, sagte sie, während sie

Feuer machte, nachdem sie sich zuvor darüber beklagt hatte, wund zwischen den Beinen zu sein. »Nachts sind alle Männer gleich.«

»Woher willst du das denn wissen?«, fragte Windrufer misstrauisch, und Springendes Reh schnaubte verächtlich: »Was glaubst du wohl, worüber sich Frauen unterhalten? Aber vielleicht probiere ich ja mal einen anderen Mann aus, nur um sicherzugehen, ob stimmt, was man sich so erzählt.«

»Damit solltest du aber warten, bis das Kind da ist.« Windrufer zog die Bindung an seinem Speer fester. »Dann hast du vielleicht wieder bessere Laune. Denn im Augenblick bin ich der Einzige, der bereit ist, mit dir zu schlafen.«

»Ich schlage dich, wenn du es noch einmal versuchst. Du tust mir dabei weh.«

»Ich habe verstanden und gehorche, o du Mächtigeste aller Frauen«, sagte Windrufer und ging hinaus, um mit einigen Männern eine Hirschfährte zu verfolgen, die sie am Vortag gesehen hatten.

Das Wild wurde immer weniger, und der Druck, vor dem Winter noch einmal gute Beute zu machen, wuchs. Schlangen fielen als Nahrungsersatz leider aus, da sie sich so tief wie nie unter die Erde verkrochen hatten und dort reglos vor Kälte verharrten. Auch mit Samen und Nüssen stand es in diesem Jahr nicht zum Besten, denn bevor die Menschen gekommen waren, hatten Eichhörnchen und Vögel das meiste schon abgesucht.

Schließlich erreichten die Leute vom Gelben Gras ihre Winterhöhlen und zogen sich darin zurück, während beinahe zur gleichen Zeit der erste Schnee fiel. Blauer Stein überlegte, wem er es zumuten konnte, als Wächter in der Kälte auszuharren. Die Menschen machten sich darauf gefasst, dass es böses Blut geben würde, denn das war immer so, wenn sie über den Winter drei Monde so eng zusammenrücken mussten. Doch Katzenohr beschwerte sich jetzt schon.

»Wir haben einen Fehler gemacht, als wir den Fremden bei uns aufnahmen«, sagte er, als er mit seinem Vater, dem Medizinmann, am Feuer des Häuptlings hockte. Als Erster

Jäger hatte Katzenohr ein Recht darauf. Die Frau des Häuptlings saß hinten in der Höhle und tat so, als bekäme sie von der Unterhaltung der Männer nichts mit. Das war so üblich, aber es würde sie nicht davon abhalten, der Frau des Medizinmannes und Tante Vier Finger morgen früh alles brühwarm zu erzählen.

»Wir hätten ihn töten sollen«, sagte Katzenohr jetzt, »oder wenigstens zum Sklaven machen, wie die *Anderen* es mit Fremden tun. Es war keine gute Idee, ihm Springendes Reh mit ihren Zauberkräften zu geben.«

»Sie hat sich *ihn* genommen«, gab Seher zu bedenken.

»Ja, und jetzt sind die beiden böse aufeinander!«, rief Katzenohr sichtlich zufrieden, fügte dann aber hinzu: »Das ist gefährlich. Groll setzt viel zu viel Kraft frei, die das Gleichgewicht stört, und dann geht alles schief.«

»Ist das wahr?«, wandte sich Blauer Stein an Seher.

»Nur, wenn die beiden ihre Kräfte gegeneinander richten«, entgegnete Seher lachend. »Bisher hat Springendes Reh aber nur Steine nach Windrufer geworfen.«

»Das wird sich schon noch ändern«, meinte Katzenohr und klang sehr überzeugend, »und sowieso ist da zu viel Macht im Spiel. Vielleicht richtet der Fremde seine Kräfte demnächst gegen jemand anderen. Ein Mann, der *mich*«, er deutete sich auf die Brust, »krank machen kann, ist gefährlich.«

Aber Seher erwiderte unbeeindruckt: »Die Götter haben dich krank gemacht. Du bist zwar ein großer Jäger, wie wir alle wissen, aber mit dem Denken hast du's nicht so. Man hat dir doch gesagt, du sollst die Maiskörner nicht essen.«

»Ich lasse mir doch von diesem Windrufer nichts vorschreiben!«, erklärte Katzenohr, als sei das Rechtfertigung genug.

»Und was schlägst du vor?«, fragte Blauer Stein, der als Häuptling mit dem Ersten Jäger nicht so umspringen konnte wie dessen Vater.

»Ihn zu verstoßen! Wenn du mir nicht erlaubst, ihn zu töten, verstoßen wir ihn eben, und der Schneesturm besorgt den Rest.«

»Nur, damit du die Frau bekommst?« Seher zog entrüstet die Augenbrauen hoch. »Springendes Reh wollte dich doch schon vorher nicht.«

»Ich will sie ja gar nicht mehr.«

»Das ist auch besser so«, erwiderte sein Vater, während Blauer Stein dazu schwieg und nachdenklich ins Feuer blickte. Dann sah er wieder auf und erklärte: »Wir warten ab. Schließlich sind wir nicht wie die *Anderen.* Wenn wir jemanden aufgenommen haben, dann gehört er zu uns; weder dürfen wir ihn töten, noch stoßen wir ihn aus.«

»Das wird dir noch Leid tun!«, rief Katzenohr erbost und stand auf. »Und sag dann nicht, ich hätte dich nicht gewarnt.« Daraufhin verließ er erhobenen Hauptes die Höhle und ließ den Häuptling mit dem Medizinmann allein.

»Ich bin alt«, sagte Blauer Stein, sobald Katzenohr außer Hörweite war, »aber nicht so alt, dass ich die Leute vom Gelben Gras nicht mehr anführen wollte. Trotzdem weiß ich nicht, was ich tun soll.«

»So alt wie ich bist du noch lange nicht, und deshalb werde ich dir jetzt sagen, was du tun sollst: abwarten. Es wird schon etwas geschehen, das dir die Entscheidung abnimmt.«

»Und wenn Katzenohr Recht hat und die Kraft des Fremden das Gleichgewicht ins Wanken bringt?«

»Dann hat er eben Recht«, sagte Seher. »Darüber brauchen wir uns aber jetzt noch nicht den Kopf zu zerbrechen.«

»Wenn Katzenohr noch einmal dreckige Lügen beim Häuptling erzählt, verknoten sich ihm wieder die Eingeweide. Aber diesmal, bis er tot ist«, verkündete Springendes Reh unheilvoll. Sie hatte Katzenohr am Eingang zur Höhle der jungen Männer aufgelauert und ihn gegen die Wand gedrängt. Dabei stand sie ganze zwei Fuß innerhalb der Höhle, aber niemand wollte sich mit ihr anlegen, um ihr das mitzuteilen. Sie war jetzt am Ende des achten Monats und ihr Bauch schon so gewölbt, dass man hätte meinen können, sie sei im zehnten. Eine Frau, die so kurz vor der Niederkunft stand, galt als heilig – und gefährlich. Sie war in der Lage, einen Mann zu verfluchen oder ihm die Hoden zusammenschrumpfen zu lassen.

»Keine Frau hat das Recht zu wissen, worüber der Erste Jäger mit dem Häuptling und dem Medizinmann spricht«, sagte Katzenohr.

»Aber ich weiß es trotzdem«, erwiderte Springendes Reh. »Frauen wissen immer alles. Du bist ein Narr, wenn du anderer Meinung sein solltest. Und wenn du noch einmal über meinen Mann herziehst, belege ich dich mit einem Fluch.« Sie hielt sich die Hände auf den Bauch, als täte ihr etwas weh, trat aber nicht zurück.

»Weiche von mir!«, sagte Katzenohr, dem ganz anders zu Mute wurde, aber Springendes Reh verzog nur das Gesicht und unterdrückte einen Schrei.

»Weiche von mir!«, wiederholte Katzenohr, und Springendes Reh stellte zufrieden fest, dass es um seinen Mund nervös zuckte.

»Pah! Du bist ja so blöd. Männer sind einfach blöd.« Dann wandte sie sich von ihm ab und wankte durch die sacht vom Himmel schwebenden Schneeflocken, um nach Tante Vier Finger zu suchen. Das Kind kam. Oder was auch immer da in ihr war. Wieder durchfuhr sie ein Schmerz, der sich über ihren Bauch zog und dann auf Höhe des Steißbeines heftiger wurde; am liebsten hätte sie laut geschrien.

Tante Vier Finger sah sofort, was los war. »Das habe ich mir schon gedacht. Es ist zwar noch fast einen Mond zu früh, aber du bist dick genug. Vielleicht hast du dich verzählt.«

»Nein, bestimmt nicht«, keuchte Springendes Reh. »Wie auch?«

»Mach dir keine Sorgen«, sagte Tante Vier Finger, während sie Springendes Reh zu ihrer Höhle begleitete. Allerdings überlegten beide Frauen dabei, wie das Kind wohl aussehen würde. Bei der Höhle angekommen, riet Vier Finger ihrer Nichte: »Geh so lange auf und ab wie du kannst, das erleichtert die Geburt.«

Immer mehr Frauen drängten herein, und Windrufer wurde höflich, aber bestimmt hinausgeschoben. Eine Geburt war nichts für Männer, mit Ausnahme des Medizinmannes und Männern wie Hirschlauscher. Springendes Reh wünschte, ihr väterlicher Freund wäre da. Jedes Mal, wenn sie eine Wehe überkam, glaubte sie ihn zu sehen. Aber natürlich war er nicht hier. Mit Entsetzen dachte sie daran, was ihrer Mutter geschehen war, und blickte sich in der Höhle nach deren Geist um, den sie aber glücklicherweise nirgends entdecken konnte.

Schließlich erschien Seher und streute Piniennadeln ins Feuer, so wie er es auch für ihre Mutter getan hatte. Draußen hörte Springendes Reh die Männer tanzen, um dem Kind auf die Welt zu helfen. Ihr Vater war bestimmt auch dabei. Wahrscheinlich beherrschte er die Schritte inzwischen im Schlaf – nach all den Kindern, die seine Frauen ihm geboren hatten. Ob sich Windrufer auch unter den tanzenden Männern befand?

Als Springendes Reh eine neuerliche Wehe überrollte, schrie sie auf, krümmte sich zusammen und kniete sich dann auf das Lager, das man für sie vorbereitet hatte. *Warum habe ich mich überhaupt mit einem Mann eingelassen?*, dachte sie dabei und war wütend wegen der Schmerzen und der demütigenden Situation. Erst als ihre Schwangerschaft schon verhältnismäßig weit fortgeschritten war, war ihr richtig bewusst geworden, dass es für das Kind nur eine Möglichkeit zum Herauskommen gab. Jetzt fielen ihr all die Gruselgeschichten von Junger Füchsin und Jungem Weib wieder ein, über Frauen, die Ungeheuer ohne Knochen zur Welt gebracht hatten.

Erschöpft legte sich Springendes Reh schließlich aufs Lager und rollte sich zusammen, als wäre sie selbst ein Kind, das erst noch geboren werden musste. Vier Finger gab ihr die Hand, damit sie sich bei der nächsten Wehe daran festhalten konnte, aber Springendes Reh drückte so fest zu, dass ihre Tante ihr schließlich einen Stein in die Hand schob.

»Es tut so weh!«

»Beim ersten Kind ist es immer am schlimmsten«, sagte Vier Finger, und Springendes Reh erwiderte: »Ich werde bestimmt kein zweites Mal schwanger!« Dabei wünschte sie verzweifelt, sie könnte dafür sorgen, dass Windrufer an ihrer Stelle das Kind zur Welt brachte.

»Du musst den Schmerz kommen lassen und darfst nicht dagegen ankämpfen«, riet ihr Vier Finger. »Ich weiß doch, dass du dich immer gegen alles auflehnen musst.«

Springendes Reh fiel wieder ein, wie sie in der Nacht, in der ihre Mutter gestorben war, versucht hatte, sie zurückzuholen. Aber gegen den Tod war nichts auszurichten, und vielleicht auch nicht gegen Geburtsschmerzen. Also versuchte Springendes Reh, sich zu entspannen und von den Wehen überrollen zu lassen. Dadurch wurde es zwar nicht besser, aber auch nicht schlimmer.

»Gut so«, sagte Tante Vier Finger.

Jetzt kamen die Wehen immer häufiger, bis Springendes Reh den Eindruck hatte, sie würden gar nicht mehr aufhören. Doch schließlich begann sich etwas in ihr zu verändern, und kurz darauf war auch schon der Kopf des Kindes zu sehen. Inzwischen war das Lager ganz rot von ihrem Blut, und mit einer letzten Presswehe kam das Kleine auf die Welt. Nachdem man ihm die Nabelschnur abgebunden und mit einem Vulkangesteinsmesser durchtrennt hatte, gab es einen leisen Klagelaut von sich, und Springendes Reh atmete erleichtert auf.

»Es ist ein gesundes Mädchen!«, erklärte Vier Finger und drückte ihrer Nichte auf den Bauch, um die Nachgeburt zu beschleunigen. Das tat weh, aber nicht so sehr wie die Geburt selbst. Als Springendes Reh das Kind sah, lächelte sie unter Schmerzen und meinte: »Es hat ja gar kein Fell!«

»Sei ruhig. Die Götter könnten dich hören«, sagte Vier Finger wie abwesend und tastete mit verwundertem Gesichtsausdruck weiter den Bauch ihrer Nichte ab. »Pressen! Da ist noch eins!«, sagte sie dann plötzlich, genau in dem Augenblick, als Springendes Reh von einer neuerlichen Wehe überrollt wurde.

Sie kreischte und tat ihr Bestes, aber das Kind wollte nicht auf die Welt kommen. Doch Vier Finger sah schon den Kopf und zog es vorsichtig heraus. Während man ihm die

Nabelschnur durchtrennte, kreischte es denn auch besonders wütend und japste in der Kälte nach Luft.

»Das hier ist ein Junge!«, verkündete Vier Finger und betastete für alle Fälle noch einmal den Bauch ihrer Nichte. »Nein«, erklärte sie dann, »das war's! Kein Wunder, dass du ausgesehen hast wie eine Büffelkuh.« Als sie Springendem Reh wieder von oben auf den Bauch drückte und ihre Nichte ihr jammernd die Hände wegschob, meinte sie: »Die Nachgeburt muss unbedingt herauskommen.«

Glupschauge und die Frau des Medizinmannes kümmerten sich um die Kinder. Die Stiefmutter von Springendem Reh wusch den Jungen mit Wasser, in das man zuvor heiße Steine gelegt hatte. Das Mädchen war schon gebadet worden und steckte jetzt in der Fellhülle mit Kapuze, die Springendes Reh genäht hatte.

Schließlich kam die Nachgeburt, und danach durfte die Mutter aufstehen und sich waschen. Seher nahm den Blutklumpen und die Nabelschnüre und warf sie ins Feuer, während Vier Finger die Höhle verließ, um den Männern vom freudigen Ereignis der Zwillingsgeburt zu berichten.

Die Männer drängten sich am Höhleneingang. Die Geburt von Zwillingen war ein Zeichen der Götter, und die Leute vom Gelben Gras warteten nun darauf, dass Seher ihnen sagen würde, was es zu bedeuten hatte. Windrufer bahnte sich seinen Weg zwischen ihnen hindurch. Die Augen hatte er weit aufgerissen und seine Nasenflügel bebten, aber die Frauen ließen ihn herein. Aufgeregt kniete er sich neben Springendes Reh und fragte: »Was geschieht denn jetzt?«

»Ich hoffe, all die Leute gehen endlich nach Hause«, erwiderte sie mit schwachem Lächeln. »Ich bin ganz schön müde. Außerdem hat es sehr wehgetan«, fügte sie ein wenig vorwurfsvoll hinzu.

»Was ist mit den Kindern? Welches ist zuerst gekommen?«

»Das Mädchen.«

Hinter ihm lachte Vier Finger und erklärte spöttisch: »Ganz die Mutter, würde ich sagen.«

Seher beendete gerade seine Zwiesprache mit den Göttern, bei der er sie darum gebeten hatte, die Nachgeburt und die Nabelschnüre wieder an sich zu nehmen, damit sie später nicht verwendet werden konnten, um den Kindern Schaden zuzufügen. Draußen schneite es jetzt immer heftiger, aber vor dem Höhleneingang harrten die Leute vom Gelben Gras nach wie vor in der Kälte aus, um zu erfahren, was die Zwillingsgeburt zu bedeuten hatte.

Schließlich hob Seher die Arme und verkündete: »Mit den Zwillingen ist unserem Stamm etwas Heiliges widerfahren. Ich kann noch nicht sagen, was daraus entstehen wird, aber diese Kinder werden eines Tages für unser Volk sehr wichtig sein.« Er sah zu Blauem Stein hinüber, als wollte er ihm mitteilen: *Habe ich dir nicht gleich gesagt, dass die Antwort kommen würde?*

Blauer Stein grinste. Durch die Zwillinge gewann sein Stamm ernorm an Wichtigkeit, besonders wenn sie überlebten, und deshalb fragte er Vier Finger: »Ist mit den beiden Kleinen alles in Ordnung?«

»Im Leben ist nichts sicher. Aber es scheint ihnen gut zu gehen, und sie sind kräftig. Springendes Reh kann von Glück reden, dass sie nicht noch früher gekommen sind.« Dann wandte sie sich an die anderen. »Aber nun bitte ich euch alle, in eure Höhlen zurückzukehren und die Mutter schlafen zu lassen.«

Doch davon ließ sich Der einst Wasser fand nicht abhalten. »Ich bin der Großvater von Zwillingen! Was sagt ihr dazu?«, erklärte er strahlend und kam herein. »Ich gebe dir Felle für eine zweite Kinderhülle«, sagte er lächelnd zu seiner Tochter und klopfte seinem Schwiegersohn anerkennend auf die Schulter.

»Man könnte fast meinen, *er* hätte sie bekommen«, murmelte Springendes Reh, nachdem ihr Vater die Höhle wieder verlassen hatte. Dann wandte sie sich an ihren Mann, der genauso unbehaglich dreinsah wie der Coyote, wenn zu viele Menschen in der Nähe waren. »Und was ist dir über die Leber gelaufen? Du musstest die beiden ja schließlich nicht zur Welt bringen.«

»Bei meinen Leuten ... äh ...« Er verstummte, bevor er

herausplatzte: »Wird es hier als gute Sache angesehen, Zwillinge zu bekommen?«

»Natürlich«, erwiderte Springendes Reh. »Hast du denn nicht gehört, was Seher gesagt hat? Es bedeutet, dass die Kinder heilig sind.« Es war doch normal, dass Coyoten mehrere Welpen zeugten, deshalb beunruhigte es Springendes Reh überhaupt nicht, zwei Kinder zu haben. Sie hatte nur befürchtet, die Kleinen könnten ein Fellkleid tragen. Verwundert sah sie ihren Mann an. »Wird es bei deinen Leuten denn nicht als gutes Zeichen gewertet?«

»Nein!«

»Und was sagen eure Götter dazu?«

»Dass das erste das richtige Kind ist und das zweite ein Dämon. Deshalb töten sie es.« Er bemerkte gar nicht, dass er ›sie‹ anstatt ›wir‹ gesagt hatte, aber Springendes Reh war trotzdem außer sich.

»Was sind denn das für Leute, von denen du abstammst? Das sind ja überhaupt keine Menschen, sondern Hexen oder noch etwas Schlimmeres. Du lässt die Finger von meinen Kindern, verstanden?« Beschützend drückte sie die Kleinen an sich.

»Ich habe doch gar nicht gesagt, dass ich ihnen etwas antun will«, verteidigte sich Windrufer, aber Springendes Reh meinte nur: »Götter zu haben, die Blut trinken! Du bist ja ein Wilder!«

»Ach, ich bin also ein Wilder? Deine Leute wissen noch nicht einmal, wie man ein Feld bestellt.«

»Wir trinken wenigstens kein Blut.«

»Das tun wir auch nicht! Das Blut ist für die Götter. Schließlich ernähren sie uns, da müssen wir ihnen auch etwas zu essen geben. Kannst du das denn nicht verstehen? Sonst werden sie doch ganz schwach, und es gibt keinen Mais und kein Wild mehr.«

»Du lässt die Finger von meinen Kindern«, beharrte Springendes Reh. »Wenn du sie anfasst, verfluche ich dich.«

»Es sind auch meine Kinder. Und ich will ihnen ja gar nichts tun, du zänkisches Weib. Ich hatte doch nur Angst, deine Leute könnten böse werden.«

»Aha. Aber was kann man denn von jemandem erwarten, dessen Götter Blut trinken?« Doch sie lockerte den Griff um die Kleinen und wickelte zuerst den Jungen und dann das Mädchen aus, damit Windrufer sie sich ansehen konnte. Dabei beobachtete sie ihn aus den Augenwinkeln, um festzustellen, was er dachte.

Windrufer legte einen Finger in die winzige Hand des Mädchens, das ihn sofort umklammerte und festhielt. Der Junge schlief, wachte aber auf, als sich sein Vater über ihn beugte, und erwiderte anscheinend dessen Blick.

Nun, da sich die Aufregung gelegt hatte, glitt auch Komm durch die Höhlenöffnung und tappte vorsichtig zum Bett. Sofort drückte Springendes Reh die Kinder wieder an sich. »Geh weg!«

Komm sah sie misstrauisch an, wich aber nicht zurück. Stattdessen steckte er die Nase in die Fellbündel mit den Kindern und schnüffelte daran, während Springendes Reh ihn böse anfunkelte und ihrem Mann zurief: »Scheuch ihn weg!«

»Er ist doch nur neugierig.«

»Er ist ein Coyote.«

»Aber nicht hungrig. Hat er vielleicht jemals ein Kind im Lager angefallen? Davon hättest du sicher sofort erfahren.«

»Kann schon sein«, sagte Springendes Reh, »aber er soll trotzdem auf seinem eigenen Lager schlafen.« Inzwischen hatte Komm es sich an ihren Füßen bequem gemacht.

Windrufer zeigte auf das andere Lager und sagte zu Komm: »Du kannst nicht bei uns schlafen. Los, beweg dich!« Als sich der Coyote nicht vom Fleck rührte, nahm ihn Windrufer beim Nackenfell und schleifte ihn durch die Höhle. Komm legte sich danach zwar auf sein Lager, ließ die Kinder aber nicht aus den Augen.

Der älteste Sohn von Jungem Weib kam mit einem Arm voll Otterfellen herein. »Vater hat gesagt, ich soll dir das hier bringen«, sagte er zu seiner Stiefschwester und spähte zu den Kindern hinüber. »Die sehen ja aus wie abgezogene Hasen.«

Springendes Reh schnitt ihm eine Grimasse, und Windrufer scherzte, erleichtert darüber, dass seinen Kindern keine Gefahr drohte: »Du bist selbst auch nicht gerade eine Schönheit.«

Aber Ältester Bruder zuckte nur die Schultern und streckte dann genauso neugierig wie Komm die Hand aus, um eines der Kinder zu berühren. Aber im nächsten Augenblick schrie er wie am Spieß. »Au! Au! Nehmt das Vieh weg!« Komm hatte ihm die Zähne in den Arm geschlagen und knurrte.

»Aus!« Windrufer drückte Komms Nase hoch und rief: »Dummes Tier!« Aber Komm lockerte den Fang nur gerade so weit, dass Ältester Bruder den Arm herausziehen konnte. Danach knurrte er immer noch und zog die Lefzen dabei so hoch, dass alle Zähne sichtbar wurden.

»Er hat beschlossen, dass die Kinder ihm gehören«, sagte Windrufer belustigt zu Springendem Reh. »Du solltest die Leute besser vorwarnen.«

Springendes Reh wollte eigentlich nicht, dass Gott Coyote zum Schutzgeist ihrer Kinder wurde, aber da sagte eine innere Stimme zu ihr: *Du hast ihn doch herbeigerufen.*

Ja, aber jetzt will ich ihn nicht mehr hier haben.

Das will keiner, doch er wird trotzdem bleiben.

Ältester Bruder rieb sich gekränkt den Arm, und Windrufer versicherte ihm aufgeräumt, dass Junges Weib ihm schon etwas auf die Wunde tun würde, damit sie nicht eiterte. Währenddessen blickte Komm mit seinen gelben Augen um sich, als hätte er nur seine Pflicht getan, und Springendes Reh dachte: *Vielleicht sollte ich Frieden mit ihm schließen, wenn ihn doch nichts zum Weggehen bewegt.*

Bald nach diesem Ereignis brach der Winter endgültig über die Leute vom Gelben Gras herein, und für lange Zeit konnte man nicht einmal mehr auf die Jagd gehen. Die Frauen wachten über die Essensvorräte und gingen sehr sparsam damit um, damit sie so lange wie möglich vorhielten. Im Winter waren die Leute immer hungrig, und da Springendes Reh zwei Säuglinge zu stillen hatte, magerte sie rasch ab. Doch beide Kinder überlebten, und Seher erklärte, dass auch das ein gutes Zeichen sei. Säuglinge starben so schnell, und zu früh geborene noch leichter.

Als zur Wintersonnenwende die Sonne stillstand, zogen sich die Männer in die heilige Höhle zurück, die ganz tief in den Felsen hineinführte, und tanzten die Zeremonie, die die Sonne dazu brachte, weiter zu wandern. Frauen war der Zutritt verwehrt – denn ihre Zauberkraft hätte dem Sonnengott gefährlich werden können –, aber Windrufer nahm seinen rechtmäßigen Platz unter den Männern vom Gelben Gras ein. Dazu löste ihm Seher die Schlingen und entflocht auch seine Zöpfe, um ihm die Haare zu einem Knoten aufzustecken, wie es unter den Stämmen, die zu ihrem Volk zählten, üblich war. Springendes Reh ging allerdings davon aus, dass ihr Mann sein Haar nach der Sonnenwende wieder flechten und in Schlingen um den Kopf legen würde, weil es ihm so besser gefiel.

Von der Kälte eingeschlossen, unterhielten sich die Leute den ganzen Winter über und erzählten von der Jagd, während sie neue Speere machten, und vom Frühling, damit er schneller kam. Auch die Klatschgeschichten, die man beim Großen Treffen aufgeschnappt hatte, belebten den Kreis der ums Feuer Versammelten. Hungrige Kinder wurden mit Geschichten über den Himmelsgott, den Regengott und Großmutter Spinne in den Schlaf gewiegt. Oder man erzählte ihnen, wie die Welt gemacht worden war.

Auch tagsüber saßen die Frauen zusammen, um Gesellschaft zu haben und ihren Töchtern gemeinsam beizubringen, wie man nähte und Körbe flocht. Im Winter war Zeit genug, um die noch ungeschickten Finger der Mädchen zu führen. Die Frauen nahmen in ihrer Gegenwart kein Blatt vor den Mund, als handelte es sich bei ihnen bereits um Erwachsene. Ohnehin gab es kaum etwas, dass die Kinder des Volkes nicht schon längst wussten.

Alle wollten natürlich die Zwillinge sehen, und Springendes Reh wandte sich mit den Worten an Komm: »Wenn du die Güte hättest, die Frauen hereinzulassen.« Der Coyote zog sich zurück und legte sich in einiger Entfernung vom Feuer auf den Höhlenboden. Er schien nichts dagegen zu haben, dass die Frauen die Kinder anfassten. Aber als Blauer Stein die beiden hatte auf den Arm nehmen wollen, musste Windrufer Komm im Nacken packen und sich richig Mühe geben, ihn an seinem dichten gelbgrauen Fell festzuhalten.

Jetzt reichten die Frauen die Kinder herum, herzten sie und sahen nach, ob sie irgendwelche Hinweise auf ihre zukünftigen Zauberkräfte trugen. Immer wieder wollten sie dabei wissen: »Und das Mädchen ist wirklich zuerst gekommen?«

»Als ich noch klein war, kannte ich auch eine Frau, die Zwillinge hatte«, sagte Beigabe. »Es waren beides Jungen, und sie sahen ganz gleich aus. Alle Männer wollten die Frau nach der Geburt zu ihrer zweiten Frau machen – für den Fall, dass sie wieder Zwillinge bekommen sollte.«

»Und, hat sie sich einen neuen Ehemann genommen?«

»Ja, aber nur, weil der Erste sie geschlagen hat. Sie war nicht besonders hübsch, und vorher hatte sie sonst niemand haben wollen.«

»Was hat ihr alter Ehemann dann getan?«

»Er schrie und brüllte, so wie es Männer immer tun, wenn die Frau diejenige ist, die geht. Aber sonst hat er nichts unternommen. Dafür hat der Häuptling schon gesorgt.«

Die anderen nickten. Das Volk, dem sie angehörten, kannte ebenso wenig Trennungs- wie Trauzeremonien. Man lebte einfach mit dem anderen Menschen zusammen, und wenn man irgendwann unglücklich war, ging man. Das kam gelegentlich vor, aber nicht so oft. Männer oder Frauen, die ihre Partner zu häufig wechselten, wurden als unbeständig und flatterhaft angesehen. Manchmal floss bei einer Trennung auch Blut, aber das wurde bestraft.

»Hat sie denn noch mehr Zwillinge bekommen?«, wollte Springendes Reh jetzt von Beigabe wissen.

»Nein, aber ihr neuer Mann war trotzdem glücklich mit ihr. Sie gebar ihm noch zahlreiche andere Kinder, und sowieso bleibt niemand ewig hübsch.«

Wieder nickten alle. Die Schönheit der Jugend verwelkte genauso schnell, wie sie erblühte. Als Erstes wurden die

Zähne der stillenden Mütter in Mitleidenschaft gezogen, und dann kamen auch schon bald die Falten. Aber die respektierte man, und nun schnalzten die Mütter mit den Zungen und sagten ihren Töchtern, dass man in der Jugend ohnehin meist sehr unvernünftig sei.

Während die anderen Frauen die Zwillinge herumreichten, nahm Springendes Reh einen halb fertiggestellten Yucca-Korb und flocht weiter daran. Dabei tanzten ihre flinken Finger um die Grundstruktur aus Binsen, und ihr Auge erfreute sich an der breiten flachen Form des Korbes. Einen Korb zu flechten, war fast wie Tiere aus dem Sand zu zaubern, nur dass durch den Korb nichts herbeigerufen wurde und man darin später lediglich Grassamen sammeln und abspleißen konnte. Aber in gewisser Weise brachte das Körbeflechten Springendem Reh einen Platz am Feuer der Frauen ein, weil sie dadurch etwas tat, das Frauen normalerweise machten. Es war so gemütlich und friedlich in ihrem Kreis und auch schon lange her, dass sich Springendes Reh wie eine von ihnen gefühlt hatte. Sonst war sie sich meist ausgeschlossen vorgekommen, wegen ihrer Zauberkraft oder weil sie in Ungnade gefallen war.

»Meine Knochen sehnen sich nach dem Frühling«, sagte Vier Finger jetzt und wiegte den Sohn von Springendem Reh auf den Knien. Dann kitztelte sie ihn ein wenig und erklärte: »Wenn sich das Wetter nicht bald bessert, damit die Männer auf die Jagd gehen können, werden beim nächsten Großen Treffen ganz viele Kinder geboren, die du dann anführen kannst, kleiner Gernegroß.« Sie wandte sich wieder den Frauen zu. »Stimmt's nicht? Im Winter sind Männer doch alle gleich. Sogar mein alter Ehemann will ständig.«

»Meiner auch!«, rief eine andere, und wieder eine ergänzte: »Meiner wacht morgens mit einem Ständer auf, und abends, wenn er nach Hause kommt, steht ihm schon wieder einer. Gibt es denn keine Möglichkeit, sie müde zu machen?«

»Nur, indem man mit ihnen schläft«, sagte Vier Finger und küsste das Kind auf die Nase. »Und dann kommt so ein kleiner Wonneproppen dabei heraus«, fügte sie noch hinzu und reichte das Kind an Läuferin weiter.

»Ich mag den Winter«, sagte die kichernd.

»Weil du noch jung bist und keine Kinder hast, um die du dich sorgen musst!«, riefen die anderen Frauen.

Läuferin wickelte den Jungen aus seinen Fellbündeln und besah ihn sich neugierig. »Er ist sehr hübsch und ganz schön groß für sein Alter.« Dann schielte sie zu Springendem Reh hinüber und wollte wissen: »Wie war es, die beiden zu machen?«

»Was meinst du damit?«, fragte Springendes Reh, nahm Sohn und Tochter wieder auf den Schoß und gab ihnen die Brust. Die beiden waren immer hungrig.

Beigabe kicherte. »Verwandelt sich dein Mann nachts wirklich in einen Coyoten?«

»Und beißt er?«, wollte Mondfängerin wissen.

»Natürlich nicht«, sagte Springendes Reh und verzog das Gesicht.

Aber Läuferin ließ nicht locker. »Komm, erzähl schon! Was geht denn vor sich, wenn ihr miteinander schlaft? Ich habe gehört, dass sich Windrufer verwandelt, sobald die Sonne untergeht.«

»Wo hast du denn den Quatsch her?«, rief Springendes Reh empört, und die Frau des Häuptlings sagte: »Das hast du uns selbst erzählt.«

Schon möglich, dachte Springendes Reh, irgendwie veränderte sich Windrufer ja auch, wenn er mit ihr schlief. Aber nicht so, wie die Frauen sich das vorstellten. »Die Coyotenhälfte von ihm …«, versuchte sie nun zu erklären, biss sich dann aber auf die Zunge. Komm beobachtete sie von seinem Platz außerhalb des Feuers aus, während er an einem Knochen nagte. Dabei hatte sie den Eindruck, als würde er ihr zuhören, und das gefiel ihr gar nicht.

Beigabe war Springendem Rehs Blick gefolgt und erklärte kichernd: »Oh, wir wissen schon, was der Coyote macht – er ist hinter sämtlichen Hündinnen her.«

Genau in diesem Augenblick ging Windrufer am Höhleneingang vorbei, war aber ganz ins Gespräch mit Seher vertieft, und Läuferin sagte sehnsüchtig: »Wenn ich eine Hündin wäre, würde ich mich von ihm fangen lassen.«

Oh, tatsächlich, dachte Springendes Reh und wäre ihr am liebsten an die Kehle gegangen. Aber dann sah sie die junge Frau einfach nur misstrauisch an und erklärte: »Er ist gefährlich.«

»Dann beißt er also doch!«, rief Mondfängerin, und Springendes Reh erklärte geheimnisvoll: »Da gibt es einige Dinge, über die ich lieber nicht sprechen möchte.«

Sohn und Tochter schliefen. Eigentlich hatte Springendes Reh den Eindruck, dass sie nie zur Ruhe kamen, aber jetzt schlummerten die beiden Kleinen in ihren Fellkissen und gaben leise Schnarchgeräusche von sich. Der Schnee fiel in großen fedrigen Flocken und wurde vom Mondlicht angeleuchtet, sodass es aussah, als rupfte sich ein Vogel hoch über ihnen das Gefieder. Es war nicht mehr ganz so kalt, und Windrufer stand am Höhleneingang und beobachtete, wie es schneite, weil es so schön aussah.

Auch er selbst war schön, befand Springendes Reh. Das hatte sie schon gedacht, als sie ihm im Gewitter begegnet war. Es ärgerte sie nur, dass sie beide, nachdem sie sich auf diese Weise kennen gelernt hatten, nicht das perfekte Paar abgaben und lediglich auf ihrem Lager harmonierten. Wieder dachte sie an die neugierigen und eifersüchtigen Frauen, die sie den ganzen Morgen ausgehorcht hatten. Dabei bewegte sie unter den Felldecken die Zehen, die sich beinahe warm anfühlten, da ganz in der Nähe das Feuer brannte und die Kinder neben ihr lagen. Springendes Reh wünschte nur, Windrufer käme zu ihr. »Du wirst noch krank«, sagte sie leise, und er drehte sich erstaunt um.

»Bist du wach?«

»Ausnahmsweise einmal.« Sonst nickte sie beim Stillen immer ein und fiel dann in einen tiefen, traumlosen Schlaf, aus dem sie nur das Geschrei der Kleinen wecken konnte. Aber heute Abend hielt sie Läuferins Bemerkung munter.

Windrufer ließ die Hirschlederhaut fallen, die er um sich geschlungen hatte, und kroch zu Springendem Reh unter die Felle. Er war nackt und sie auch. So war es am wärmsten. Vorsichtig legte er den Arm um sie, um festzustellen, wie sie darauf reagierte, und diesmal stieß sie ihn nicht von sich wie sonst immer, seitdem die Kinder auf der Welt waren.

»Ist es denn die Möglichkeit, oh, du Wichtigste aller Frauen, dass all deine wunden Stellen abgeheilt sind?«, raunte er ihr ins Ohr, und sie erwiderte: »Ist es denn die Möglichkeit, oh, du Unersättlichster aller Männer, dass dein bestes Stück jetzt auch einmal für mich tanzt, nachdem du dir nach allen Frauen das Maul geleckt hast?«

Windrufer streichelte mit einer Hand ihre Brüste und ließ die andere zwischen ihre Schenkel gleiten. »Was denn für andere Frauen?«

»Na, diejenigen, die sich nach dir verzehren und unbedingt von mir hören wollen, wie es ist, mit einem Coyoten zu schlafen. Sie wollen wissen, wie lang deine Zähne dann werden und ob dir nachts Fell an den Beinen wächst.«

»Die Frauen soll der Jaguar holen«, sagte Windrufer lächelnd in seiner eigenen Sprache, von der Springendes Reh inzwischen so viel verstand, dass sie das Wort *Jaguar* heraushörte. Windrufer hatte ihr erzählt, dass es sich dabei um eine große Bergkatze handelte, die Flecken besaß wie ein Luchs, und vor allem im Süden lebte. Jetzt hoffte sie, der Jaguar käme zu ihnen in den Norden, um dann Läuferin zu fressen.

»Was hast du ihnen denn von mir erzählt?«, wollte Windrufer nun wissen.

»Dass es ganz gefährlich ist, mit dir zu schlafen, weil du mich jedes Mal ins Genick beißt und mich dann so lange nach unten drückst, bis die Sonne aufgeht.«

Daraufhin drehte Windrufer sie auf den Bauch, biss ihr zärtlich in den Nacken, drehte sie wieder herum und schob sich auf sie. Als er ihr die Beine spreizte, ließ sie es lachend geschehen.

Sie legte ihm die Hände auf den Po und spürte das Spiel seiner Muskeln. Erregt versuchte sie sich vorzustellen, er hätte ein Fell und ein hervorstehendes Rückgrat wie ein

Coyote und dass sein buschiger Schwanz jetzt zwischen ihren Beinen läge. Sie schloss die Augen, um zu sehen, was dann passierte, spürte aber nur Windrufers warme Haut. Seher, der Medizinmann, konnte sich in einen Bären ohne Pelz verwandeln; Springendes Reh hatte zwar nur seine langen Zähne gesehen, aber gleich gewusst, dass er ein Bär war. Vielleicht geschah das auch mit Windrufer.

»*Du* hast dir die Geschichte ausgedacht«, sagte er jetzt, während er in sie eindrang und sich rhythmisch zu bewegen begann. »Du solltest aufpassen, was du erfindest. Am Ende wird es noch wahr.«

Am Anfang schmerzte es ein wenig, ihn in sich zu haben – so wie damals im Gewitter –, aber nach einer Weile war es ein schönes Gefühl. Ohne die Kinder im Bauch fühlte sich Springendes Reh nicht mehr unförmig und schwerfällig, sondern leicht wie eine Feder. Als könnte sie mit Windrufer auf der kalten Luft segeln, so wie die Coyoten mit ihrem buschigen Schweif einander über den Himmel jagten, während ihr Fell vom Schnee weiß glänzte.

Windrufer barg das Gesicht in ihrem Haar, nachdem er zuvor zum Höhepunkt gekommen war, und Springendes Reh spürte etwas Ähnliches, als fielen in ihr sorgsam ausbalancierte Steine durcheinander wie bei einem Erdbeben. Mit einem kleinen Schrei stöhnte sie auf und stellte fest, dass sie unwillkürlich den Atem angehalten hatte. Windrufer drückte sie noch einmal an sich, seufzte dann zufrieden und fing an zu schnarchen.

Mit ihrem Schrei hatte sie die Kinder geweckt. Sohn verzerrte schon das Gesichtchen und würde jeden Augenblick losgreinen. Also kroch Springendes Reh unter Windrufer hervor und befreite das Kind aus seiner Fellhülle. Sie zog auch das inzwischen beschmierte Heu heraus, das sie ins Fellbündel gesteckt hatte, und wischte ihrem Sohn damit den Hintern ab, bevor sie ihn sich an die Brust legte. Auch Tochter verlangte ihren Anteil, und Springendes Reh nahm sie auf den anderen Arm. Während sie die beiden stillte, durchlief sie ein wohliges Kribbeln – fast wie bei dem erdbebenähnlichen Gefühl, das Windrufer in ihr hervorgerufen hatte und das jedes Mal wiederkehrte, wenn Sohn oder Tochter an ihren Brustwarzen sogen. Plötzlich sah Springendes Reh Windrufer mit ganz anderen Augen, auch wenn sie ein wenig verärgert darüber war, dass er schlafen durfte, während sie die Kinder stillen musste.

Aber sie mochte das Kribbeln, das sie dabei überlief, als perlten Regentropfen an ihr ab. Wieder dachte sie an Läuferin und beruhigte sich damit, dass es ja auch noch andere Männer gab, falls Windrufer mit der jungen Frau durchbrennen sollte. Doch vielleicht erzeugten die anderen Männer bei ihr nicht dieses schöne Kribbeln.

Am nächsten Morgen erwachte Springendes Reh vor Windrufer, stillte die Kinder und erhitzte ein wenig Wasser, um Trockenfleisch und verschrumpelte Kürbisse aus ihren Wintervorräten zu Brei zu kochen. Dann holte sie noch einen mit Pech versiegelten Korb, füllte ihn mit Schnee und tat heiße Steine hinein, damit der Schnee schmolz. Sie wollte sich die Haare waschen und kam sich deswegen unerhört verwegen vor. Die anderen Leute wuschen sich meistens nur bei warmem Wetter im Fluss oder gar nicht.

Während sie das Wasser erhitzte, summte sie eine Melodie vor sich hin, die Windrufer immer auf der Flöte spielte. Dann befeuchtete sie sich das Haar, rieb sich Yucca-Seife hinein und knetete es mit den Fingern gut durch. Damit ihr Kleid nicht nass wurde, beugte sie sich über den Wasserkorb und sah ihren Vater nicht kommen.

»Hast du nichts Besseres zu tun?«, fragte er, als er auf seinem allmorgendlichen Rundgang bei seinen Verwandten auch bei ihr hereinsah, um festzustellen, ob es ihr gut ging und sie sich ordentlich benehme.

»Wenn ich sauber sein will, ist das ja wohl meine Sache.«

»Das ist aber sehr ungesund«, meinte Der einst Wasser fand. »Bei diesem Wetter fängst du dir noch was ein.«

Aber Springendes Reh achtete nicht weiter auf ihn, schöpfte Wasser mit einer Schildkrötenschale und goss es sich über den Kopf. Sie brauchte drei Körbe voll, um ihr dichtes Haar auszuspülen. Danach setzte sie sich mit einem

Knochenkamm ans Feuer, entwirrte die langen Strähnen und trocknete sie. Das Haar knisterte in der kalten trockenen Luft, und im Dunkeln hätte man bestimmt Funken gesehen. Mehrmals fuhr sich Springendes Reh mit den Händen durchs Haar, damit es ihr nicht mehr am Kopf klebte.

Windrufer war aufgewacht und beobachtete sie. Ihre langen Haarsträhnen sahen aus wie das Netz, das das Universum zusammenhielt, und mit dem Knochenkamm schien sie sich zusätzliche Zauberkraft hineinzukämmen. Dann zog sie ihr bestes Fellkleid an. Heute würden die Kinder, die nach dem letzten Großen Treffen die Geschlechtsreife erreicht hatten, in den Kreis der Erwachsenen aufgenommen, und es gäbe eine zusätzliche Mahlzeit: die letzten Trockenfrüchte vom Sommer und Hirschfleisch von der letzten Winterjagd, das man unter dem Schnee verscharrt hatte. Die Frauen würden dem Fleisch Piniennüsse zugeben, damit es schneller satt machte, aber es wäre trotzdem ein Festessen. Und wer wusste denn schon, was bei so einer Feier alles passieren konnte?

Während Windrufer seine Frau beobachtete, überlegte er, was sie sich wohl von dem bevorstehenden Fest erwartete.

Springendes Reh vermied es, ihn anzusehen. Sie hielt den Blick auf einen Pulk Männer gerichtet, die den Schnee auf der Tanzfläche niedertrampelten und sich dabei wunderschön rhythmisch bewegten. Es erweckte fast den Eindruck, als seien sie schon Teil des bevorstehenden Tanzes. Nachdem die Kinder jetzt auf der Welt waren, würde auch Springendes Reh wieder an der Weihezeremonie teilnehmen, genauso wie Windrufer. Natürlich hatte er sich das Haar wieder geflochten und in Schlingen um den Kopf gelegt, aber in jeder anderen Hinsicht gehörte er nun ihrem Volk an. Sie würden sich auf der Tanzfläche wieder sehen, dachte Springendes Reh, und es erfasste sie freudige Erregung.

Nachdem die jungen Männer im Haus der Jungen an diesem Abend ihre vom Fasten inspirierten Visionen gehabt hatten, tanzte Springendes Reh mit den neuen Frauen, die ihr gerade bis zur Schulter reichten. Von seinem Platz in der

Reihe der Männer aus konnte Windrufer sehen, wie sie sich vor zwei jungen Männern drehte, die nicht zu ihrem Clan gehörten. Daran war an sich nichts Anstößiges, aber Windrufer hatte sofort etwas dagegen.

Springendes Reh beobachtete die beiden genauso interessiert wie die Frau vom Hohen Felsen ihn beim Großen Treffen angesehen hatte. Und die jungen Männer, deren Interesse zuvor den jungen Mädchen gegolten hatte – kleinen, schlanken Kindern mit abgeschnittenen Haaren und keimenden Brüsten –, hatten jetzt nur noch Augen für Springendes Reh. Das wäre jedem so gegangen: Seine Frau bewegte sich viel aufreizender als die jungen Mädchen, und ihr langes glänzendes Haar wehte in der fackelbeschienenen Kälte.

Aus dem Augenwinkel erhaschte Springendes Reh einen Blick auf Windrufers schmollendes Gesicht und dachte: *Es würde ja auch keinen Spaß machen, wenn er mir nicht dabei zusähe.* Während sie sich überlegte, mit welchem der beiden jungen Männer sie lieber eine Nacht verbringen würde, fiel ihr ein, dass sie Windrufer deshalb mit Steinen beworfen hatte. Nun war sie im Begriff, dasselbe zu tun. *Aber die Hirschkuh darf auch mal haben, was sich der Bock sonst immer nimmt,* versuchte sie sich zu rechtfertigen. Wieder sah sie die jungen Männer an und überlegte, ob sie überhaupt einen von ihnen wollte. Eigentlich nicht, aber wer wusste schon, was an einem solchen Fest alles geschah?

»Wo hast du deine Kinder gelassen?«, fragte Windrufer, als der Tanz zu Ende war.

»Bei Tante Vier Finger.«

»Dann kannst du dich also ganz so aufführen wie eine läufige Hündin.«

»Arme Hündinnen«, kicherte Springendes Reh. »Sie können nur zweimal im Jahr Spaß haben.«

»Vielleicht sollte das bei Frauen auch so sein«, meinte Windrufer, und Springendes Reh entgegnete: »Das würde euch Männern aber schnell Leid tun. Eine Hündin beißt einen Rüden nämlich weg, wenn sie nicht heiß ist. Du kannst ja deinen grauhaarigen Freund mal dazu befragen.«

»Er findet normalerweise immer eine, die läufig ist«, sagte Windrufer, um Springendes Reh zu ärgern. Aber sie brach in schallendes Gelächter aus und fragte nur: »Säubern sie ihm dann auch seine Jagdbeute und machen ihm neue Sandalen? Und sagen sie ihm, welche Welpen von ihm sind?«

»Das ist einem Coyoten egal.«

Springendes Reh sah ihm tief in die Augen. »Und wie steht's da bei Männern?«

Die beiden jungen Männer taumelten an Windrufer vorbei. Im Feuerschein wirkten sie noch schmalbrüstiger und sehr viel jünger als er. »Männern ist es nicht egal«, erklärte er dann, »ganz im Gegenteil. Weißt du, ich habe nachgedacht, und ich glaube, dass es nicht gut war, wie wir uns kennen gelernt haben. Ich weiß nie, ob ich mit dem Schattenbild schlafe, das mir die Götter geschickt haben, oder mit einer Frau aus Fleisch und Blut.«

Springendes Reh seufzte und war schon nicht mehr so vergnügt. »Ich glaube auch nicht, dass es gut war. Wenn du nicht da bist, habe ich immer den Eindruck, der Coyote beobachtet mich, und dann weiß ich nicht mehr, mit wem ich eigentlich verheiratet bin.«

Windrufer nickte. »Wenn wir uns damals nicht aus freien Stücken gewählt haben, könnten wir uns doch jetzt für einander entscheiden. Vielleicht hörst du dann auf, dich nach jungen Männern umzusehen, deren Gehirne nach wie vor unter dem Lendenschurz sitzen. Wir könnten die Kinder noch ein bisschen bei Tante Vier Finger lassen und uns zurückziehen.«

»Mhm«, machte Springendes Reh, »vielleicht sollten wir das tun.«

Gemeinsam entfernten sie sich von dem großen Lagerfeuer in der Mitte der Tanzfläche und gingen in die Dunkelheit hinein, wo man ihre Gesichter vor Zufriedenheit leuchten sehen konnte. Als sie dabei an Läuferin vorbeikamen, warf Springendes Reh ihr heimlich einen triumphierenden Blick zu.

Seher beobachtete die beiden und dachte, dass sie von einer schimmernden Aura umgeben wurden – einem dünnen Schleier aus Mondlicht nicht unähnlich. Er saß am Feuer und war kurz davor einzudösen. Bald träumte er vor sich hin und erkannte in der Frau die Mondgöttin, die Hand in Hand mit Gott Coyote davonging.

Die beiden waren das Licht und die Dunkelheit, verkörperten die Vereinigung der Geschlechter und die daraus erwachsenden Kinder. Damit das Chaos die Dinge wieder ins Lot bringen konnte, bedurfte es sowohl des Gottes Coyote als auch der Mondgöttin. Ihr Licht ließ sein Fell silbrig glänzen und ihn ganz ehrbar erscheinen. Während Gott Coyote die Zunge aus dem Maul hing, und er den Mann und die Frau unten auf der Erde beobachtete, schien er zu grinsen. Die Mondgöttin neben ihm beugte sich ebenfalls vor und sah interessiert zu, was die Menschen da unten machten. Dann erklärte sie: »Ich nehme mal an, dass du sehr zufrieden mit deinem Werk bist. Immerhin bist du jetzt Vater von Zwillingen!«

»Ich habe viele Kinder«, sagte Gott Coyote, und Seher sah Komm auf der Suche nach der nächsten läufigen Hündin zielstrebig durchs Lager seiner Träume trotten.

»Es ist eine gute Sache, Kinder zu zeugen«, meinte die Mondgöttin und versuchte, das Paar auf der Erde besser sehen zu können. »Und ihr Volk hat ihn nicht getötet.«

»Aber es war kurz davor. Vielleicht bringen sie ihn doch noch um, aber da mittlerweile seine Kinder unter ihnen leben, glaube ich das eigentlich nicht.«

»Und was geschieht jetzt?«, wollte die Mondgöttin wissen.

»Was für eine Frage! Die Welt dreht sich weiter«, sagte Gott Coyote, als sei das sein Verdienst.

»Das tut sie doch immer.«

»Aber nun gehen die Veränderungen schneller vonstatten – immer schneller –, und bald wird es viele Neuerungen geben.«

»Und wieso ist das gut?«

»Das ist nicht gut. Es wird einfach nur so sein.«

Die Mondgöttin beobachtete weiter die beiden kleinen Gestalten und spürte ein Kribbeln zwischen den Beinen, das von den Zehenspitzen ihrer bloßen Füße ausging.

Auch Gott Coyote sah dem Paar zu, rückte ein wenig näher an die Mondgöttin heran und legte ihr eine Hand in den Schoß. Er war haarig, im Mondschein aber nicht unattraktiv.

Die Mondgöttin ließ sich von ihm streicheln und spürte, wie seine Hand ihre intimsten Stellen berührte. »Ist das auch Teil des Wandels?«, fragte sie.

»Natürlich«, antwortete Gott Coyote und schob seine Hand noch ein bisschen tiefer. »Dadurch passiert doch etwas, oder nicht?«

Die Mondgöttin umarmte ihn, und das war ein ziemlich wunderliches Gefühl, als wärmte man sich im Winter an einer heißen Kohle die Hand. Körperliche Liebe gehörte zu den Kräften, die das Universum zusammenhielten, ähnlich dem Blitz oder der Erdanziehung. Dadurch verlangte es Männer und Frauen nach einander, deswegen mussten sie nicht allein durch die Welt wandeln. Liebe schuf Leben und sorgte jetzt dafür, dass Gott Coyotes Penis stand wie ein Maiskolben. Er leckte der Mondgöttin das Ohr, und dann rollten sich die beiden über den Himmel und vergaßen ganz, die Menschen weiter zu beobachten, weil sie sich genauso vereinten wie sie – und damit die Sterne zum Leuchten brachten.

Im Schlaf lächelte Seher vor sich hin.

13. Kapitel

Ausgestoßene

Auch nach der Wintersonnenwende blieb es noch lange kalt. Die Leute vom Gelben Gras wurden deswegen schon unruhig, und Windrufer war überzeugt, dass die Wärme dieses Jahr nicht zurückkehren würde. Das sagte er Seher, und der Medizinmann stellte feierlich fest, dass diese Möglichkeit immer bestünde und dass sich die Männer deshalb in die heilige Höhle zurückziehen und der Sonne beim Umkehren behilflich sein müssten. Aber, fügte er dann noch hinzu, bisher sei die Wärme noch in jedem Jahr, das er erlebt hatte, wiedergekehrt.

»Wo ich herkomme, gibt es keine Kälte«, erklärte Windrufer, und Seher nahm die Information erst einmal so hin, um später in Ruhe darüber nachzudenken. Natürlich wusste er, dass es beim Geistervolk immer warm war und Gott Coyote Schuld am Winter trug, weil er die Sonne und den Mond aus ihrer Verankerung gerissen hatte. Seitdem waren die beiden gezwungen, herumzuwandern – so wie Windrufer früher.

»Du lebst jetzt unter uns«, sagte Seher, um ihm – was immer er war – zu verstehen zu geben, dass er sich mit dem Leben der Leute vom Gelben Gras abfinden musste, wenn er ein Mensch sein wollte. »Sei froh, dass du noch jung bist und dass deine Knochen die Kälte nicht so spüren.«

Den Alten – den über Vierzigjährigen – setzte sie am meisten zu. Im Winter starben immer vier oder fünf der Leute vom Gelben Gras, am häufigsten alte Menschen und kleine Kinder. Deshalb drehte sich das erste Gespräch bei einem Großen Treffen stets darum, wer im vergangenen Jahr gestorben war. Danach trauerte man um Menschen, deren Knochen man teilweise schon vor zehn oder elf Monden hatte verbrennen müssen.

Mit dem Frühling kam auch die Hoffnung, dass nun eine Zeit lang niemand mehr an Hunger und Kälte sterben würde. Aber es gab noch viele andere Möglichkeiten, aus dem Leben zu scheiden. Als Jäger konnte man vom Geweih eines Hirsches aufgespießt oder von einem Puma angefallen werden. Frauen starben gelegentlich im Kindbett, und generell bestand für alle immer die Gefahr, sich zu verletzen und einer eiternden Wunde zu erliegen. Das Leben der Menschen des Volkes war kurz, doch sie hingen alle sehr daran und genossen die ihnen verbleibende Zeit bewusst in vollen Zügen.

Als die Sonne schließlich doch hoch genug stieg, um die eisige Kälte aus den tiefen Tälern zu vertreiben, packten die Leute vom Gelben Gras und die anderen Stämme ihres Volkes ihre Habe zusammen, eilten die Hänge hinunter und ließen den Schneematsch und die feuchten Höhlen hinter sich. Der Himmel war so blau wie die Steine, die manchmal von ihm herabfielen. Sonnenfarbene Mohnblumen und blaue Lupinen bedeckten den Boden, und Eidechsen sonnten sich auf warmen Steinen, um das Leben in sich neu zu entfachen.

Während Springendes Reh mit einem Kind auf dem Rücken und Windrufer neben sich mit dem anderen durchs frische Gras lief, vermisste sie nichts. Sie fühlte sich wie damals mit fünf Jahren, als sie in der heißen Sommersonne mit ausgebreiteten Armen am Flussufer gestanden hatte, um es auf ihr vermeintliches Volk von Schildkröten und Fischen regnen zu lassen.

Auch die Büsche trieben aus und wiesen blasse Knospen an den Zweigen auf, aus denen später Beeren wurden. Der Fluss, dessen Verlauf die Leute vom Gelben Gras folgten, mündete in einen See, in dem glitzernde Forellen im Sonnenlicht zwischen glänzenden Kieselsteinen standen. Weiden, Erlen und Wildpflaumenbäume bekamen bereits Blätter, und über ihnen flog mit lautem Flügelschlag ein großer Schwarm Wildenten auf seinem jährlichen Einzug ins Land der Leute vom Gelben Gras. Weiter flussabwärts, wo die Strömung nicht mehr so stark war und sich das Flussbett verbreiterte, würden die Enten ausruhen. Wer gut mit der

Steinschleuder umzugehen wusste, konnte einen dieser schmackhaften Vögel erlegen.

Die Leute vom Gelben Gras kamen nur langsam voran, weil sie unterwegs mitnahmen und sammelten, was sie an Nahrungsmitteln und anderen Dingen gebrauchen konnten. Sie jagten auch die Frühlingshirsche, sobald sie deren Wildwechsel kreuzten. Hin und wieder trafen sie auf andere Stämme ihres Volkes, die sich ebenfalls auf dem Weg zu ihren Sommerjagdgründen befanden; natürlich rastete man dann und tauschte Neuigkeiten aus. Einige vom Stamm der Springenden Büffel erzählten, dass die *Anderen* inzwischen überall wären wie eine Krankheit, die das Land befallen hätte. Die Springenden Büffel hatten gegen sie gekämpft, und dabei war die kleine Gruppe, die nun auf die Leute vom Gelben Gras gestoßen war, abgesprengt worden.

»Hat es tatsächlich Kämpfe gegeben?«, fragte Seher nach.

O ja, das hatte es, bestätigte man ihm, und deshalb würden die Büffel dieses Jahr auch nicht so weit nach Westen vordringen. Es waren heilige Tiere, die auf den Ebenen im Osten lebten, wo sich das Geistervolk tummelte. Nur hin und wieder zogen die Büffel westwärts, damit das Volk der Menschen auch etwas von ihnen hatte. Dann schlossen sich immer alle Stämme, die zum Großen Treffen kamen, zur Jagd zusammen. Aber nun, da die *Anderen* aufgetaucht waren, würden die Büffel wohl fortbleiben.

Auch die Hirsche hielten sich mittlerweile von den Menschen fern. So wie sie im vergangenen Sommer ihre angestammten Pfade gemieden hatten, waren sie auch jetzt nicht zu den Wildwechseln zurückgekehrt, die sie sonst immer im Frühling benutzten. Die Jäger hatten das Gefühl, als habe sich die Landschaft unter ihren Füßen weiterbewegt, und entweder sie oder die Hirsche hätten dabei stillgestanden. Die Männer waren deswegen sehr ungehalten und manchmal tagelang unterwegs, um neue Wildfährten zu suchen.

Schließlich kamen die Leute vom Gelben Gras bei den Tuffsteinhöhlen an und stellten erleichtert fest, dass hier nichts auf Fremde hindeutete. Die Frauen richteten sich in ihren angestammten Höhlen ein und unterhielten sich dabei mit ungutem Gefühl über die *Anderen.* Wenn die Männer nicht auf Wild stießen, wäre der ganze Stamm gezwungen weiterzuziehen und so lange in Frühlingshäusern zu leben, bis man sich in der fremden Umgebung gut genug auskannte, um einen neuen Sommerplatz zu finden.

Springendes Reh hatte jeden Sommer ihres Lebens bei den Tuffsteinhöhlen verbracht und dachte besitzergreifend, dass sie wahrscheinlich niemals einen Platz finden würden, der so gut war wie dieser. Außerdem würde hier bald der Mais wachsen, den der Stamm gestern unter Windrufers Aufsicht gesät hatte. Katzenohr hatte natürlich wieder etwas dagegen gehabt, aber Windrufer war dabei geblieben, dass man damit in drei Monden etwas zu essen hätte, ohne wie sonst erst Samen und Körner suchen zu müssen.

Was wurde denn aus dem Mais, wenn sie weiterzogen? Und was bildeten sich die *Anderen* überhaupt ein, ihr diesen Sommer zu verderben? Springendes Reh drehte sich zu den Tuffsteinhöhlen um, die golden im Licht der Nachmittagssonne glänzten, und versuchte, sich einen Zauber auszudenken, der die *Anderen* vertrieb. Aber es war schwieriger, etwas wegzuschicken, als es herbeizurufen. Das hatte sie schon öfter feststellen müssen.

Ihre Kinder hatte sie bei Tante Vier Finger gelassen, der selbst in der frühsommerlichen Wärme noch die Knochen wehtaten; jetzt ging sie mit Eulenküken und Läuferin zum Fluss hinunter. Die drei hatten ihre Steinschleudern dabei und wollten Enten jagen. Eulenküken und Läuferin durchquerten die Furt, während sich Springendes Reh ihren Weg durch die Büsche am Flussufer bahnte und sich in einem kleinen Weidenhain versteckte, wo sie in aller Ruhe auf die Enten warten konnte. Um sich die Zeit zu vertreiben, legte sie einen Kreis aus Steinen, in dessen Mitte sie eine Ente zeichnete, als sei sie dort gefangen. Das sollte die anderen anlocken. Wie an jedem Spätnachmittag würden die Vögel bald von Süden her kommen, den Himmel verdunkeln und auf dem Fluss landen, während sie mit den Flügeln schlugen, als klatschten Hirschlederhäute aneinander.

Springendes Reh hatte eigentlich erwartet, dass die Männer bis dahin von ihrer Jagd zurückgekehrt wären. Dann hätten sie sich alle zu beiden Seiten des Flusses verstecken und viele Enten töten können. Aber die Männer waren noch nicht wieder da. Wahrscheinlich hatten sie heute wieder keine Beute gemacht. Jetzt harrten also nur sie, Läuferin und Eulenküken in den Büschen aus, die beidseitig das Flussufer säumten. Keine der anderen Frauen war sonst noch in der Lage, richtig mit einer Steinschleuder umzugehen.

Von ihrem Platz zwischen den Weiden aus konnte Springendes Reh ein Stück Himmel erkennen, sodass sie die Enten kommen sehen würde. Als sie deren Flügelschlag hörte, kniete sie sich hin und versuchte, die Vögel mit ihrem Willen zum Landen zu zwingen. Die Enten schwebten vom Himmel und kamen mit ausgestreckten Füßen und ausgebreiteten Flügeln auf der von leichten Wellen gekräuselten Wasseroberfläche auf, wo sie sich dann treiben ließen und laut vor sich hin quakten. Springendes Reh legte einen Stein in ihre Schleuder, nahm noch zwei in die Hand und glitt vorsichtig die Böschung hinunter. Dann ließ sie die beiden Ersatzsteine auf den Boden fallen. Wenn sie die erste Ente verfehlte, würden wahrscheinlich alle davonfliegen.

Sie wirbelte ihre Schleuder über den Kopf und ließ ein Ende los. Läuferin und Eulenküken würden das Geräusch hören und ebenfalls ihr Glück versuchen. Ohne zu warten und nachzusehen, ob sie die Ente getroffen hatte, legte Springendes Reh einen weiteren Stein in die Schleuder. Es blieben ihr nur wenige Augenblicke, um Beute zu machen, denn die Enten waren bereits dabei, sich laut quakend und wild mit den Flügeln schlagend in die Lüfte zu erheben. Springendes Reh ließ den zweiten Stein fliegen und legte noch einen ein, obwohl der schon keinen Vogel mehr treffen konnte. Trotzdem schleuderte sie ihn dem flüchtenden Schwarm hinterher.

Als die Enten weg waren, stellten Springendes Reh, Läuferin und Eulenküken fest, dass sie zusammen vier Enten erlegt hatten.

»Ja!« Springendes Reh vollführte einen kleinen Freudentanz am Ufer, während Läuferin und Eulenküken durch die

Furt wateten. Dann lief auch Springendes Reh ins Wasser, und die drei fischten die auf der Oberfläche treibenden Vögel heraus, bevor die Strömung sie mit sich nahm. Zwei davon waren Erpel mit einem glänzend grünen Federkranz am Hals, der in der Sonne schillerte. Die Frauen grinsten sich an. Die Federn würden sie untereinander aufteilen und ihre Kleider damit schmücken oder sich auch die Schwanzfedern ins Haar stecken. Da kein Mann an der Jagd beteiligt gewesen war, konnte er die Federn auch nicht für sich beanspruchen.

Springendes Reh nahm die Enten, während Läuferin Eulenküken ans Ufer half. Zähneknirschend war Springendes Reh zu dem Schluss gekommen, dass Läuferin eigentlich ganz vernünftig war, auch wenn sie es nach Windrufer gelüstete. Kein Wunder! Ihr Mann war ein ernster Mensch und verfügte über viele Fertigkeiten.

Sie kletterten die Böschung hinauf und schüttelten sich oben angekommen wie nasse Hunde. »Ja, wir sind großartige Jäger«, sagte Eulenküken lachend, stieß dann aber einen spitzen Schrei aus, sodass Springendes Reh unwillkürlich herumwirbelte. Da kamen Männer durchs Tal, mehr Männer als sie Finger und Zehen hatte. Zuerst dachte sie, es seien die Jäger vom Gelben Gras, aber dem war nicht so.

»Die *Anderen*«, flüsterte Läuferin und stand wie angewurzelt da.

Springendes Reh ließ die Enten fallen und packte Läuferin am Arm. »Bleib hier bei Eule. Versteckt euch zwischen den Büschen.« Dann drehte sie sich um und rannte nach Hause, zu den Höhlen und zu ihren Kindern. Vor Angst geriet sie außer Atem und blickte sich nur ein einziges Mal um. Sie wusste nicht, ob die Männer sie sehen konnten und sie eilte am Schildkrötensee vorbei und am Fischteich und an dem leeren Stück Land, wo die Maiskörner immer noch unter der Erde lagen. Die Frauen bei den Höhlen hatten gerade damit begonnen, das Abendessen vorzubereiten, und zwei kleine Jungen trotteten mit den Armen voller Feuerholz den Abhang hinauf.

»Fallen lassen!«, kreischte Springendes Reh. »Lasst das

Holz liegen und kommt mit!« Sie packte die beiden bei der Hand und zog sie stolpernd hinter sich her.

Die Frauen sahen sie rennen und standen auf, um festzustellen, wovor sie flüchtete.

»Die *Anderen* kommen!«, rief Springendes Reh ihnen zu. »Sie kommen hierher! Zu den Höhlen!«

Tante Vier Finger eilte ihr mit den Kindern auf dem Arm entgegen. »Behalt sie,«, sagte Springendes Reh, »und lauf weg, so schnell du kannst!«

»Wo ist Eulenküken?«

»Sie versteckt sich mit Läuferin unten am Fluss. Versuch, zur Furt zu gelangen, und nimm die beiden mit.« Springendes Reh wünschte jetzt, sie hätte Läuferin nicht unten bei Eule gelassen. Die junge Frau konnte einigermaßen mit einem Speer umgehen und wäre hier oben von Nutzen gewesen. Springendes Reh rannte in ihre Höhle und holte den Speer, den Windrufer dagelassen hatte. Die alten Männer griffen ebenfalls nach ihren Waffen, und Springendes Reh schrie den jungen Frauen zu: »Gebt euren Müttern die Kinder und nehmt euch einen Speer!«

Einige hörten auf sie, andere schnappten sich ihre Kleinsten und liefen davon. Auch ältere Frauen rannten wehklagend an ihr vorbei zum Fluss hinunter. Sie trugen Körbe, Felle und wovon sie sich sonst nicht trennen wollten.

Es blieben vielleicht fünfzehn Leute vom Gelben Gras zurück, alte Männer und junge Frauen, die den *Anderen* nicht sehr gefährlich werden konnten, sie aber wohl eine Zeit lang aufhalten würden. Jetzt erkannte man die *Anderen* bereits ganz deutlich. Es waren Jäger oder Krieger, ausschließlich junge Männer, die zielstrebig durchs hohe Gras liefen. Als einer den flüchtenden Frauen hinterher wollte, schrie ihm ein anderer etwas zu, und er kehrte um. Unbeirrt rannten sie weiter auf die Höhlen zu.

»Diebe!«, rief Springendes Reh ihnen entgegen. Es war eindeutig, was sie wollten, nicht das Wild, sondern die Sommerunterkünfte ihres Volkes mit ihrem fischreichen Fluss und den zahlreichen Höhlen. Sie schüttelte ihren Speer gegen die Männer und vergaß vor Wut beinahe, dass sie Angst hatte. »Ja, ihr seid elende Schleichdiebe! Ein schleichendes Volk von stehlenden Ratten ohne Anstand! Das sind *unsere* Höhlen!« Sie redete sich in Wut, damit sie besser kämpfen konnte, und hoffte, dass Vier Finger und die Kinder in Sicherheit waren, genauso wie Läuferin und Eulenküken.

»Wir wollen, dass auch die jungen Frauen weggehen, bevor wir gegen die *Anderen* kämpfen«, sagte da der alte Wolkenfänger zu ihr. Er war Schildkrötenpanzers Vater und einer der Stammesältesten. Besorgt sah er auf seine von Gicht gekrümmten Finger, mit denen er den Speer umklammert hielt. »Wir sind ohnehin nicht genug, um sie lange genug aufzuhalten.«

»Ich will sie aber töten«, sagte Springendes Reh erzürnt. »Hier leben *wir!*« Die einzige Möglichkeit, nicht Reißaus zu nehmen, war, den Hass gegen die *Anderen* in sich immer stärker zu schüren.

Mit verzerrten Gesichtern kamen sie jetzt den Abhang herauf, fuchtelten mit ihren Speeren und schrien in einer Sprache, die so ganz anders klang als die der Kinder des Volkes. Es waren junge, starke Männer, die mit erhobenen Waffen auf die Leute vom Gelben Gras zugestürmt kamen, um sie zu vertreiben. Aber Springendes Reh blieb, wo sie war. Auf halber Höhe des Abhangs stieß und hackte sie auf die Eindringlinge ein und versuchte, sie das Gefälle vor den Höhlen nicht heraufkommen zu lassen. Da die *Anderen* nicht mit Gegenwehr gerechnet hatten, wichen sie zunächst ein wenig zurück, aber dann griffen sie erneut an und stachen nieder, wer sich ihnen in den Weg stellte.

Während neben ihr zwei Frauen die Angreifer mit Steinen bewarfen, zielte Springendes Reh immer wieder mit dem Speer nach dem Gesicht eines Mannes, der ihre Stöße beharrlich mit seinem Speer abwehrte und jedes Mal einen Schritt weiter nach oben kam. Für Springendes Reh beschränkte sich der Kampf bald nur noch auf das Stück Boden, auf dem sie stand – dem Bereich vor ihrer Sommerhöhle, den sie nun mit Zähnen und Klauen zu verteidigen suchte. Aber langsam war sie gezwungen, immer mehr zurückzuweichen.

Der Boden schien unter ihren Füßen zu wanken, da stolperte der Mann unterhalb von ihr, ging auf die Knie, und Springendes Reh trieb ihm den Speer in die Brust. Er fiel nach vorn, tiefer in den Speer hinein, und Springendes Reh hatte Mühe, die Waffe wieder herauszuziehen. Zu ihren Füßen bildete sich eine Blutlache, aber in ihrer Wut dachte sie nur: *Stirb!* Doch auch wenn dieser Mann tot war, drängten immer mehr der *Anderen* nach.

Während sie Schritt um Schritt in einer Dunstwolke aus Staub und Blut näher kamen, wurden die Leute vom Gelben Gras immer weniger. Der alte Wolkenfänger war bereits tot, und auch ein Mädchen, das erst bei der letzten Wintersonnenwende zur Frau geworden war. Ihr Haar hatte nicht einmal Zeit gehabt, nachzuwachsen.

Die *Anderen* hatten den Abhang, der zu den Höhlen hinaufführte, jetzt fast überwunden, und es wurde langsam Zeit zu fliehen. Springendes Reh fühlte einen Stich in der Brust, und ihr Atem ging nur noch stoßweise. Sie entdeckte Blut an ihrem Bein und wusste gar nicht, woher es stammte. Aber sobald sie es sah, schmerzte der Schnitt in ihrem Unterschenkel auch schon.

»Sie dürfen euch nicht umzingeln!«, schrie sie den verbliebenen Leuten vom Gelben Gras zu. »Bleibt zusammen! Lauft zum Fluss!« Sie wusste nicht, ob die *Anderen* einfach nur die Höhlen einnehmen wollten, um selbst dort zu wohnen, oder ob sie sie verfolgen würden, um den ganzen Stamm zu töten oder alle zu Sklaven zu machen. Hirschlauscher hatte sich geirrt: Die *Anderen* waren keine Menschen.

Die Leute vom Gelben Gras flüchteten, bevor der Feind sie endgültig gegen die Felsen oder in die Höhlen zurückdrängen konnte, wo sie dann endgültig in der Falle säßen. Sie waren gezwungen, ihre Toten zurückzulassen, und rannten den östlichen Abhang hinunter. Springendes Reh spürte, wie ihr das Blut an der Wade hinunterlief und dass sich ihr immer noch feuchtes Hirschlederkleid ganz kalt anfühlte. Alles empfand sie stärker als sonst – angefangen bei dem wilden Klopfen ihres Herzens bis hin zu dem Schmerz in ihrer Brust beim Atmen. Sie hörte die *Anderen* hinter sich schreien, während sie sich mit den Leuten vom Gelben Gras an der Furt in den Fluss stürzte und so schnell wie möglich durchs Wasser watete. Dabei bemühte sie sich verzweifelt, wieder zu Atem zu kommen. Ein Speer flog ganz dicht an ihrem Kopf vorbei und traf Junge Füchsin in den Rücken. Springendes Reh versuchte noch, sie mit sich zu ziehen, aber es war zu spät: Ihre jüngste Stiefmutter war tot.

Mit den anderen jungen Frauen und alten Männern rannte Springendes Reh aus dem Wasser und lief weiter, während Junge Füchsins Leichnam von der Strömung davongetragen wurde. Vor sich konnten sie jetzt in der Ferne die vorausstolpernden Frauen und Kinder erkennen, die bei all den Dingen, die sie bei sich hatten, nur langsam vorankamen. Bald hatten sie sie eingeholt, griffen sich irgendetwas zum Tragen und rannten weiter. Springendes Reh entriss einer alten Frau einen schweren Mahlstein und warf ihn weg. »Lauf!«, sagte sie dann und rannte zu Tante Vier Finger, um selbst eines der Kinder zu nehmen.

Hier im Tal wuchs das Büffelgras so dicht, dass man den Eindruck hatte, es wolle einem die Beine festhalten. Bei jedem Schritt trat mehr Blut aus der Wade von Springendem Reh, und sie fragte sich unwillkürlich, wie viel man eigentlich verlieren konnte, bevor man starb. Unter den Füßen der Menschen rannten Mäuse in Panik davon. Springendes Reh kam sich selbst vor wie eine Maus, hinter der ein Coyote her war, und spürte schon seinen heißen Atem im Nacken.

Wo sollten sie überhaupt hin? Darauf wusste sie keine Antwort. Im Augenblick liefen sie in östliche Richtung. Es blieb ihnen nichts übrig, als so lange weiterzulaufen, bis die *Anderen* aufgaben. Aber als sich Springendes Reh umsah, war der Feind immer noch hinter ihnen her. Die Sonne ging bereits unter, und Springendes Reh hatte den Eindruck, als spränge ihr langer dunkler Schatten vor ihr her. Sie drückte das Kind, das sie trug, enger an sich und arbeitete sich weiter durchs hohe, dichte Büffelgras. Mit schmerzverzerrtem Gesicht lief Eulenküken neben ihr. Dabei tat ihr doch schon ganz normal zu gehen weh.

Von weiter vorn rief ihnen Beigabe etwas zu, das Springendes Reh nicht verstand. Ein Kind fiel hin, aber niemand bemerkte es, denn alle sahen nach vorn. Im Abendrot konnte man nur schemenhaft Gestalten erkennen, die auf sie zukamen. Die Schatten schwankten und schienen genauso wenig fest umrissen wie Geister, aber dann wuchsen sie zusammen, und man sah, dass dort Menschen durchs Unterholz am Rande des grasbewachsenen Tales liefen. Springendes Reh hatte schon Angst, es könnten noch mehr von den *Anderen* sein, aber bald erkannte sie, dass es sich um die Männer vom Gelben Gras handelte.

Sofort fielen die Verfolger zurück. Sie hatten es wohl doch nur auf die Tuffsteinhöhlen abgesehen und so lange gewartet, bis die Frauen und alten Männer dort allein waren. Verächtlich lachend ließen sie die Leute vom Gelben Gras jetzt entkommen und schrien ihnen nur noch durchs Tal hinterher. Springendes Reh brauchte die Worte gar nicht zu verstehen, um zu wissen, was sie bedeuteten: *Hier wohnen jetzt wir!*

Schluchzend stolperten die Frauen weiter auf die Männer zu, die sie bald darauf in ihre Mitte nahmen, wütend und niedergeschlagen wegen des Angriffs der *Anderen* und völlig erschöpft von der erfolglosen Jagd.

Bis zum Einbruch der Nacht gelang es den Leuten vom Gelben Gras, im Unterholz auf einem niedrigen Tafelberg notdürftig Schutz zu suchen. Sie kletterten auf den Berg, bauten Verschläge aus Gestrüpp und legten neue Feuerstellen an. Dabei verfluchten die Männer die *Anderen* und die Frauen jammerten laut. Auf der Flucht hatte der Stamm drei Kinder verloren, und ihre Mütter musste man festhalten, damit sie nicht umkehrten, um sie zu suchen.

Abgesehen von zwei Hasen, einer Schildkröte, die das Unglück gehabt hatte, ihnen über den Weg zu laufen, und einem Dachs, den sie aus seinem Bau geholt hatten, gab es nichts zu essen. Die Leute vom Gelben Gras waren jetzt Ausgestoßene ohne jede Habe, und ein leises, verzweifeltes Murmeln ging durch das behelfsmäßige Lager.

»Die Hirsche sind weg«, verkündete Windrufer unheilvoll. Er hockte am Feuer vor ihrem hastig errichteten Unterschlupf und zitterte mehr vor Erschöpfung als vor Kälte. Springendes Reh stillte die Kinder, nachdem Windrufer ihr zuvor den Schnitt an der Wade verbunden hatte. Es gab keine Kräuter, mit denen man die Wunde hätte bedecken können, und es blieb ihr nur zu hoffen, dass sie nicht zu eitern anfing.

»Die *Anderen* haben die Hirsche vertrieben«, antwortete Springendes Reh, »damit sie leichtes Spiel mit uns Frauen hätten, während ihr Männer auf der Jagd wart. Aber ich habe einen von ihnen getötet.«

Anerkennend sah Windrufer zu ihr hinüber und streichelte ihr über die tränenfeuchte Wange.

»Wir mussten sogar unsere Toten zurücklassen«, fuhr sie fort. »Die jüngste Frau meines Vaters ist tot, und die *Anderen* stellen bestimmt etwas ganz Furchtbares mit unseren Kindern an. Das sind keine Menschen, da hat sich der alte weibische Mann geirrt«, fügte sie noch hinzu, und Windrufer dachte: *Für die Leute vom Gelben Gras sind die* Anderen *eine Naturgewalt wie eine Springflut oder ein Erdbeben.* Sie glaubten, nichts dagegen tun zu können, und diese Hilflosigkeit ärgerte ihn.

Während die Tage und Wochen verstrichen, waren die Leute mehr und mehr überzeugt davon, verflucht zu sein. Dieses Gefühl breitete sich in ihnen aus wie ein Geschwür. Schließlich machten sie sich halbherzig auf den Weg zu ihrem Winterlager, aber die Sonne stand tagsüber noch hoch am Himmel, und das Wild blieb knapp. Auch für die Hirsche war es nicht die richtige Jahreszeit, auf diesen Pfaden zu wandeln, und so waren die Männer vom Gelben Gras gezwungen, dem Wild in Gegenden zu folgen, die sie zuvor noch nie gesehen hatten. Nachts konnten sie in weiter Ferne an den Sandsteinfelsen die Feuer der *Anderen* vor ihren Höhlen brennen sehen. Einmal schlichen sich Katzenohr und Der nur einen Hoden hat zurück, um die Eindringlinge zu zählen. Jetzt lebten in den Tuffsteinhöhlen doppelt so viele Menschen wie früher.

»Was ist mit dem Mais?«, fragte Windrufer. »Gedeiht er?«

»Der Mais wächst, worum es sich dabei auch immer handelt.« Katzenohr machte eine abwehrende Geste in Windrufers Richtung, bevor er Blauem Stein zuzischte: »Ich hab's dir doch gesagt. Letzten Winter habe ich dir gesagt, dass er ein Hexer ist. Das *Zeug*, das er da gepflanzt hat, hat die *Anderen* hergebracht.«

»Die *Anderen* kamen schon zu Zeiten unserer Großväter in unser Land«, sagte Der nur einen Hoden hat. »Ich kann mich gar nicht erinneren, dass es eine Zeit ohne sie gegeben hätte.«

»Aber haben die *Anderen* jemals vorher unsere Höhlen bewohnt und unsere Hirschlederhäute, Körbe und Feuerstellen benutzt? Der da hat sie herbeigerufen!« Katzenohr vermied es absichtlich, Windrufer beim Namen zu nennen, und zeigte nur auf ihn.

»Was hast du dazu zu sagen?« Feierlich sah Blauer Stein zu Windrufer hinüber.

»Dass ihr Narren seid«, erwiderte er in seiner Muttersprache, und Springendes Reh, die mittlerweile ein wenig davon verstand, stieß ihm in die Seite, als wollte sie sagen: *Sei ernst, damit ist nicht zu spaßen!*

Die Jäger beobachteten Windrufer unschlüssig, und er fragte ärgerlich: »Wie lange noch muss ich eigentlich unter euch leben, um nicht ständig beweisen zu müssen, dass ich kein Hexer bin? Gibt es dazu ein Gesetz? Eine festgelegte Zeitspanne? Oder soll ich schon einmal einplanen, den Rest meines Lebens damit zu verbringen, Geschenke zu verteilen und diesen und jenen Beweis zu liefern, um Leute zu beschwichtigen, die sogar glauben, ihr eigener Schatten sei eine Hexe, die sie verfolgt?« Angewidert blickte er um sich.

»Warum kommen die *Anderen* denn dann?«, fragte Seher, der Windrufer damit wohl die Möglichkeit geben wollte, offen mit den Leuten vom Gelben Gras zu reden. Wahrscheinlich war es ihm lieber, wenn er selbst ihnen die Wahrheit sagen musste, denn die wurde nicht immer gut aufgenommen.

»Sie kommen, weil sie hungrig sind«, meinte Windrufer,

»und weil unsere Wohnplätze besser sind als ihre.« Er hatte absichtlich ›unsere‹ gesagt. »Sie kommen, weil sie etwas aus ihren Lagern vertrieben hat, das stärker ist als sie, und weil wir uns verjagen lassen wie dumme Hasen.«

»Wir sind keine Hasenfüße!«, widersprach Der nur einen Hoden hat. »Und außerdem sind die *Anderen* uns zahlenmäßig weit überlegen.«

»Sie sind gar keine Menschen, denn die bestehlen einander nicht!«, rief jemand, und die anderen Jäger waren ganz seiner Meinung.

»Unser Volk hat immer in dieser Gegend gejagt. Die *Anderen* wollten nur manchmal Jagd auf unser Wild machen.«

»Ja, aber jetzt nehmen sie sich mehr«, erklärte Windrufer. »Sollen wir uns etwa auf den Rücken legen wie Schildkröten und sie gewähren lassen?« Was war bloß mit diesen Leuten los? Sie wollten ihre Feinde nicht bekämpfen und überlegten sich lieber Geschichten von Hexen und Flüchen, die sie für ihre Lage verantwortlich machen konnten, um sich dann in die Steppe zurückzuziehen und Sand zu fressen. *Pfui!*

»Was können wir denn dagegen tun?«, fragte Eichhörnchen.

»Sie bekämpfen!«, brüllte Windrufer. »Oder uns Asche aufs Haupt streuen und darauf hoffen, dass die Götter sie vertreiben. Was wird wohl besser sein?«

»Aber die *Anderen* sind viel mehr als wir«, betonte Der nur einen Hoden hat noch einmal.

»Und warum bitten wir unsere Bruderstämme nicht um Hilfe?«

»Weil sich das nicht gehört«, sagte Blauer Stein. »Wir müssen selbst sehen, wie wir zurechtkommen, sonst lacht man uns aus.«

»Den Leuten wird das Lachen schnell vergehen, wenn die *Anderen* auch ihr Land in Besitz nehmen«, gab Windrufer zu bedenken und überlegte, wie viel feindliche Stämme es wohl gab.

»Die Springenden Büffel haben uns auch nicht um Hilfe gebeten«, sagte Blauer Stein, und Windrufer dachte zähneknirschend, dass die Götter wohl vergessen hatten, den Leuten vom Gelben Gras beizubringen, wie man kämpfte. Angewidert warf er die Arme in die Höhe. »Dann lasst uns eben gehen und Sand fressen. Das tun die Springenden Büffel jetzt bestimmt auch. Aber wir haben wenigstens unseren Stolz bewahrt, und keiner wird über uns lachen. Unglaublich! Ihr seid wie Affen, wenn Große Schlange kommt, um sich einen auszusuchen.«

»Was sind Affen?«, fragte Eichhörnchen.

»Dumme Geschöpfe, die auf Bäumen leben und sich gegenseitig mit Früchten bewerfen.« Aufgebracht blickte Windrufer in die Runde. »Aber macht euch um mich keine Sorgen, ich habe vorher allein gejagt und kann es wieder tun.«

Springendes Reh packte ihn beim Arm. »Hör auf damit! Das ist eine ernste Angelegenheit. Es gibt ein Gesetz, das uns verbietet, die anderen Stämme um Hilfe zu bitten. So werden die Dinge bei uns nicht gehandhabt. Du hast es auch nicht geschafft, die Gewohnheiten *deiner* Leute zu ändern.« Er hatte ihr erzählt, warum man ihn ausgestoßen hatte, und Springendes Reh war geneigt zu verstehen, warum. »Wieso glaubst du, uns ändern zu können? Sind wir etwa Kinder und nicht so wichtig wie du?«

»Nein, Wichtigste aller Frauen, aber euer Erster Jäger«, mit dem Daumen wies er auf Katzenohr, »will mich umbringen, weil er mich für einen Hexer hält. Und die anderen Leute deines Stammes erkennen nicht einmal, was doch auf der Hand liegt: dass sie sich die Höhlen und den Mais zurückerobern müssen, bevor sie dieses Geschenk der Götter auch noch verlieren. Ich könnte mich ohrfeigen, dass ich euch den Mais überhaupt gebracht habe.« Jetzt sagte Windrufer nicht mehr ›wir‹ und ›unser‹, da er sich mit der Denkweise der Leute vom Gelben Gras einfach nicht anfreunden konnte. Um das auch äußerlich deutlich zu machen, verschränkte er die Arme vor der Brust.

»Willst du uns damit sagen, dass du einen Weg weißt, wie wir gegen einen zahlenmäßig weit überlegenen Gegner ankommen können?«, fragte Seher.

»Aber nein, ich will damit nur sagen, dass wir uns hier auf einen Stein setzen sollen und darauf warten, bis wir verhungern«, höhnte Windrufer, und Seher rief ärgerlich: »Wenn du weißt, wie wir die *Anderen* besiegen können, dann sag es!«

»Wollt ihr eure Bruderstämme immer noch nicht um Hilfe bitten? Nicht einmal die Springenden Büffel?«

»Nein.« Auch Seher verschränkte jetzt ärgerlich die Arme. Das war das erste Mal, dass die beiden unterschiedlicher Meinung waren, und Springendes Reh dachte: *Seher ist genauso stur wie Windrufer.* Sonst hatte der Medizinmann immer Partei für ihren Mann ergriffen, aber vielleicht nur, um Katzenohr zu ärgern. Dann versuchte sie noch einmal, Windrufer zu überzeugen: »Ich habe dir doch schon erklärt, dass wir unsere Bruderstämme nicht um Hilfe bitten können. Das ist eine Frage der Ehre.«

»Nun gut, trotzdem wüsste ich noch einen Weg, wie sich die *Anderen* vertreiben ließen. Allein wird es natürlich schwieriger sein. Gibt es bei euch eigentlich auch ein Gesetz, dass euch zwingt, immer den steinigeren Weg zu gehen?«, fragte er, während er überlegte, ob das wohl daran lag, dass die Leute vom Gelben Gras den Göttern kein Blut opferten. Aber dann drängte sich ihm unweigerlich der Gedanke auf, dass der Überfall womöglich mit Jaguarauges Fluch zusammenhing, dessen Auswirkungen ihn nun doch ereilten. Jaguarauge würde sich bestätigt fühlen, wenn er sah, dass man diese sturen, rückständigen Leute, die nicht einmal wussten, wie man richtig kämpfte, nicht ändern konnte. Vielleicht saß Jaguarauges Geist jetzt irgendwo im Unterholz und lachte über ihn.

»Wir werden die *Anderen* nie vertreiben, bevor wir *den hier* nicht ausgestoßen haben!«, rief Katzenohr, während er sich einen Weg durch die Menge bahnte, bis er bei den sich streitenden Jägern angekommen war. Dabei stieß er die Frauen zur Seite, nur Springendes Reh verstellte ihm den Weg und beschrieb mit einem Stock Zeichen in der Luft.

Katzenohr machte eine abwehrende Geste, wich aber nicht zurück. Hinter ihm stand Tanzender Bär – ein großer kräftiger Junge, der bei der letzten Wintersonnenwende in den Kreis der Erwachsenen aufgenommen worden war – und Schlangenfänger, Katzenohrs gehorsamster Jünger. Schlangenfänger würde alles unterstützen, was Katzenohr sagte. Die drei stellten sich jetzt zwischen Windrufer und die Jäger, und Springendes Reh legte Windrufer beschwichtigend eine Hand auf den Arm. Währenddessen fädelte sich Komm zwischen den Beinen der Leute vom Gelben Gras durch, bis er bei Windrufer ankam, und setzte sich ihm zu Füßen.

»Wenn wir ihn getötet haben«, Katzenohr deutete auf Windrufer, »werden die *Anderen* gehen. Sie sind nur hier, weil er sie angelockt hat. Wenn er tot ist, verschwinden sie wieder.«

»Und dann verbrennen wir das Zeug, das er gepflanzt hat«, fügte Schlangenfänger hinzu und sah beinahe flehentlich zu Katzenohr hinüber, damit der ihm zustimmte.

Doch bevor Katzenohr noch etwas sagen konnte, erklärte Springendes Reh wütend: »Dann werdet ihr verhungern! Auf dem Feld wächst etwas zu essen, und das wird euch Macht über die *Anderen* verleihen, weil sie nicht wissen, wie man es anbaut.«

»Wenn der Mais reift, werden sich die *Anderen* schon denken können, wozu er gut ist«, sagte Windrufer. »Im Gegensatz zu euch sind sie nämlich in der Lage, neue Wege zu beschreiten! Deshalb sitzen sie jetzt auch in euren Höhlen!« Als er sich an Katzenohr wandte, bewegte auch Komm den Kopf in dessen Richtung. »Und du kannst gerne versuchen, mich umzubringen. Aber bedenke: Mir hat man beigebracht zu kämpfen. Ich werfe meinen Speer nicht auf den erstbesten Feind, der mir über den Weg läuft, um dann zu versuchen, den Rest zu töten, indem ich herumprahle.«

Einige der Jäger grinsten, und Katzenohr spie aus. »Einen Hexer töte ich mit der linken Hand!«

»Aber kommst du auch gegen einen Mann an, der besser kämpft als du?«

»Einen Hexer zu töten ist nicht so einfach«, gab Der nur einen Hoden hat zu bedenken, und Springendes Reh rief: »Mein Ehemann ist kein Hexer! Das hat Katzenohr nur erfunden, um sich bei den Leuten vom Gelben Gras wichtig zu machen.«

»Warum sind dann die *Anderen* gekommen und die Hirsche weggegangen?«, fragte Katzenohr in die Runde, und aus seinem Mund hörte es sich so an, als trüge Windrufer an beidem die Schuld.

»Das stimmt«, sagte Tanzender Bär. »Bevor *er* bei uns aufgetaucht ist, gab es genug Hirsche und wir lebten unbehelligt in unseren Höhlen.«

»Bevor man dich zum Mann gemacht hat, auch«, sagte Springendes Reh. »Vielleicht liegt es an dir, vielleicht bist *du* verflucht.«

»Bei dieser Auseinandersetzung haben Frauen nichts zu sagen«, erklärte Tanzender Bär, und Springendes Reh erwiderte höhnisch: »Ich bin älter als du, und selbst wenn ich das nicht wäre, hätte ich mehr Verstand im Kopf.«

»Du bist eine Frau«, sagte Tanzender Bär, als ob das alles erklärte.

»Ich rufe das Wild. Was machst du, außer hinter Katzenohr herzulaufen wie ein gezähmter Büffel?«

Aber Tanzender Bär verzog keine Miene. »Über diese Angelegenheit entscheiden Jäger und nicht Frauen.«

Keiner widersprach ihm, und Springendes Reh blickte wütend in die Männerrunde, die ihr keine Stimme einräumte, obwohl sie sonst immer die Hirsche für sie gerufen hatte. Aber jetzt, wo das Wild ausblieb, war sie für alle nur noch eine Frau wie jede andere. Das tat weh wie salziger Schweiß in einer Wunde. Hatte sie denn nicht gegen die *Anderen* gekämpft? Hatte sie nicht einen der *Anderen* getötet? Das war mehr, als Katzenohr oder irgendeiner der Jäger getan hatte, die ihr jetzt kein Stimmrecht einräumen wollten. Ihr lief eine purpurne Narbe über die Wade, die bewies, dass sie ein Recht hatte, gehört zu werden. Aber die Männer interessierten sich überhaupt nicht für ihre Meinung.

»Es hat schon genug Gerede über das Töten gegeben«, sagte nun Seher und stieß mit dem Speerschaft auf den Boden. Sein Zahn war bei den Höhlen geblieben und schwor jetzt Zauberkräfte für die *Anderen* herbei. »Wenn der Fremde in der Lage ist, uns zu zeigen, wie wir uns zurückholen können, was unser ist, sollten wir ihn gewähren lassen. Denn was wiegt schwerer – unser Eigentum oder der Stolz der jungen Männer?« Er sah zu Katzenohr hinüber.

Aber Katzenohr tat so, als sei sein Vater gar nicht da. Die beiden hatten sich noch nie verstanden, doch seitdem Katzenohr der Erste Jäger war, lagen sie sich nur noch in den Haaren und buhlten um die Zustimmung des Häuptlings. Der Medizinmann war alt und hatte seine vorgefertigte Meinung, aber Katzenohr wollte Veränderung – allerdings eine, die durch ihn und nicht durch Windrufer herbeigeführt wurde. »Hören die Jäger vom Gelben Gras etwa auf alte Männer und junge Frauen?«, wandte er sich jetzt an alle.

Daraufhin ging ein Raunen durch die Reihen. Natürlich waren alte Männer weise und verdienten, gehört zu werden. Aber die Jäger vom Gelben Gras sahen ja, wohin sie das gebracht hatte! Vielleicht sollten sie in Zukunft lieber auf Katzenohr hören.

Springendes Reh wusste, was in den Männern vorging: sie wollten ihren Mann verstoßen und die Tuffsteinhöhlen den *Anderen* überlassen. Dann sähe sie den Platz, an dem sie so viele schöne Sommer verbracht hatte, nie wieder. Sie würde auch niemals wieder Mais anbauen, in dem Macht steckte, die sie fühlen konnte, wenn sie die Kolben berührte.

Sie warf Blauem Stein einen flehentlichen Blick zu, aber seine Miene blieb ausdruckslos. Er dachte nach und hörte sich alles an. Seher hob die Arme und deutete auf die dunkelblauen gezackten Gebirgsformationen, die den Abhang mit ihren ehemaligen Tuffsteinhöhlen bewachten. Springendes Reh wusste genau, dass die Leute vom Gelben Gras es niemals zulassen würden, dass sie Windrufer und den Coyoten begleitete – nicht, solange man ihr noch zutraute, das Wild herbeizurufen. Und selbst falls man sie gehen ließe, würde man ihr bestimmt nicht gestatten, die Zwillinge mitzunehmen. *Ich bin auch ein Mensch!*, hätte sie am liebsten geschrien. *Was ich will, ist genauso wichtig wie das, was ihr wollt!* Aber sie wusste, dass die Männer das anders sahen. Die Wünsche einer Frau waren ihnen völlig egal.

Die anderen Frauen hielten sich im Hintergrund und warteten darauf, dass die Männer eine Entscheidung trafen. Dann würden sie ihre Mahlsteine nehmen und die neuen Körbe und hoffen, dass die Männer genug Beute machten, damit ihre Kinder den Winter überlebten.

Nun wandte sich Seher wieder den Leuten vom Gelben Gras zu. »Der Fremde soll uns zeigen, wie man die anderen Fremden vertreibt. Das ist der Wille der Götter.« Um das zu bekräftigen, stieß er wieder mit seinem Speerschaft auf den Boden.

Blauer Stein blickte von einem Jäger zum nächsten, in der Hoffnung, ihren Gesichtern zu entnehmen, was sie dachten. Dann erklärte er: »Auch wenn meine Worte nicht so mächtig sind wie die des Medizinmannes, bin ich doch stark genug, um jeden, der sich gegen mich auflehnt, zu verfluchen. Wir können es uns jetzt nicht leisten, uns zu zerstreiten. Also hört euch meinen Entschluss an! Wir lassen uns von dem Fremden, den wir Windrufer nennen, berichten, wie er die *Anderen* besiegen will. Wenn er uns damit den richtigen Weg weist, will ich kein Gerede mehr über Hexerei hören. Wenn nicht, entscheide ich, was mit ihm zu geschehen hat. Damit ist diese Unterredung beendet.«

Wenn der Häuptling einmal einen Entschluss gefasst hatte, durfte man nichts mehr dagegen einwenden. Die Jäger und Frauen gingen davon und ließen Springendes Reh mit ihren gemischten Gefühlen allein. Sie war sowohl erleichtert als auch wütend. Ihr Mann hatte noch eine Chance bekommen, aber das hatte nichts mit ihren Argumenten zu tun gehabt. Wenn sie oben im Himmel gewesen wäre, um zusammen mit den Fledermäusen durch die Lüfte zu fliegen und Insekten zu jagen, hätte das am Ergebnis der Unterredung auch nichts geändert. Männer hörten einfach nicht auf das, was Frauen sagten. Während sie den Männern nachsah, dachte sie grollend: *Ihr solltet morgen alle in einem Frauenkörper aufwachen, dann wüsstet ihr einmal, wie das ist, wenn man ständig gegen die Wand anredet.*

14. Kapitel

Blut und Steine

Springendes Reh saß in der dürftigen Reisehütte, stillte die Kinder und beobachtete Windrufer. Schon den ganzen Abend hockte er einfach so da und starrte ins Feuer. Die Zweige und Blätter, die sie zum Bau der Hütte verwendet hatte, waren zu trocken, um das Feuer direkt vor dem Eingang zu entfachen, und so zitterte Springendes Reh, während die Kleinen jammerten, weil die Milch ihrer Mutter einfach zu dünn war, um ihren Hunger zu stillen.

Windrufer hatte das Kinn in die Hände gestützt und starrte ins Feuer, als sähe er darin Menschen. Hin und wieder nahm er seinen Speer und die Speerschleuder und betrachtete sie, als hätte er sie noch nie gesehen. Einmal sammelte er Kieselsteine, die er in eine Reihe und einen Halbkreis legte und dann sehr schnell bewegte. Das tat auch Der nur einen Hoden hat mit Schneckenhäusern und einem Steinchen, bis man vergessen hatte, unter welchem Häuschen sich der Stein befand.

Windrufer kam Springendem Reh an diesem Abend vor wie alle Männer zusammengenommen, fast so, als gehörte er irgendwie auch zu den *Anderen,* die in ihre Welt eingedrungen waren und sie ihr gestohlen hatten.

Nach einer Weile beobachtete sie ihn nicht weiter, sondern legte sich schlafen, wobei sie die Kinder der Wärme wegen an sich drückte. Selbst im Sommer wurde es in dieser Gegend rasch kalt, sobald die Sonne unterging. Grollend dachte Springendes Reh an die Frau der *Anderen,* die jetzt unter ihren Felldecken schlief, und wünschte, sie hätte Zeit gehabt, eine Klapperschlange in die Höhle zu zeichnen.

Am Morgen ging Windrufer zu Blauem Stein, der am gleichen Knochen nagte wie am Abend zuvor und dessen normalerweise sorgfältig aufgestecktes und mit zahlreichen Federn verziertes Haar noch nicht einmal gekämmt war. Seine Frau mahlte unreife Samen auf einem viel zu flachen Stein, sodass die besonders festen Körner ständig in den Schmutz stoben. Darüber war sie so verärgert, dass ihr Tränen über die Wangen liefen.

»Ich brauche zwei Männer, die mich begleiten, weil wir uns die Landschaft hier genauer ansehen sollten«, sagte Windrufer.

»Erzähl mir nicht, was du brauchst, während mir der Magen knurrt. Setz dich erst einmal hin.«

Windrufer nahm Platz und erklärte dann: »Bei allem Respekt, der Magen des Häuptlings wird so lange knurren, bis wir uns unsere Jagdgründe zurückerobert haben oder an einen anderen Ort ziehen, an dem es Wild, aber keine Menschen gibt. Doch ich versichere dem Häuptling, dass wir einen solchen Platz nicht finden werden.«

Blauer Stein nickte. »Das Leben wird immer härter. Die Welt ist so schlecht geworden.«

»Gewiss«, sagte Windrufer und zwang sich, Geduld zu bewahren. Er war es müde, ständig hören zu müssen, wie über den Wandel der Zeiten lamentiert wurde, den man als gegebenes Übel hinnahm, anstatt dagegen anzukämpfen. »Vielleicht leben heutzutage einfach mehr Menschen als früher.«

»Wenn du sowieso nicht daran glaubst, einen Ort zu finden, an dem nicht schon andere Menschen sind, warum brauchst du dann zwei Männer, die mit dir die Gegend erkunden?«

»Um einen Platz zu finden, an dem wir die *Anderen* in die Falle locken können. Sie sind uns zahlenmäßig überlegen, und wir müssen sie deshalb jagen wie Wild.«

Erstaunt sah Blauer Stein ihn an und fragte dann: »Weißt du denn, wie wir das anstellen könnten?«

»Gewiss«, sagte Windrufer wieder und hoffte, dass dem auch so wäre. Jetzt wollte er in die Tat umsetzen, woran Jaguarauge ihn gehindert hatte. Aber wenigstens wusste der, wie man kämpfte.

»Du kannst Katzenohr mitnehmen«, sagte Blauer Stein grinsend, und Windrufer lachte. Er hatte den Häuptling vorher noch nie scherzen hören.

»Bei allem Respekt, aber vielleicht käme ich dann ohne ihn zurück. Ich hätte gerne, dass Der nur einen Hoden hat mich begleitet und noch ein Mann nach deiner Wahl.«

Blauer Stein dachte nach und sagte dann: »Eichhörnchen.« Er war mit Springendem Reh verwandt und würde Windrufer keine Schwierigkeiten machen.

»Wir werden lange unterwegs sein«, erklärte Windrufer, »vielleicht einen ganzen Mond. Deshalb müssen wir uns darauf verlassen können, dass die anderen Männer für unsere Familien jagen.« Der nur einen Hoden hat war trotz seines Mangels mit mehreren Kindern gesegnet, und Eichhörnchen hatte gerade erst das Mädchen vom Roten Felsen geheiratet und jagte auch noch für seine Mutter und Eulenküken.

»Wenn wir hungrig sind, teilen wir, was wir haben«, sagte Blauer Stein. »Eure Familien werden genauso gut versorgt wie wir alle.«

»Dann wäre da noch etwas. Die Männer sollten Wurfspeere anfertigen, während wir weg sind. Und zwar so viele, dass wir genug haben, um damit nach Belieben werfen zu können. Jeder Mann sollte so viele Speere besitzen wie er Finger hat.«

Blauer Stein legte den Knochen weg und rieb sich die Falte zwischen den Augenbrauen. »Windrufer verlangt zu viel auf einmal von den Leuten vom Gelben Gras.«

»Gestatte meiner Frau, den anderen Frauen beizubringen, wie man mit einer Steinschleuder umgeht. Wenn Springendes Reh Enten erlegen kann, können die anderen auch Wachteln erlegen, vielleicht sogar Hasen.«

»Aber nur, wenn sie welche finden, und dazu müssten die Frauen schon mehr Glück haben, als wir mit dem Wild.« Blauer Stein sah richtig verzweifelt aus. Das hätte Windrufer nie für möglich gehalten. Es war ein ungeschriebenes Gesetz, dass die Leute vom Gelben Gras sich von den Jagdgründen der anderen Stämme ihres Volkes fernhielten – offensichtlich drang man dort genauso wenig ein, wie man die anderen um Hilfe bat. So blieb eigentlich kaum noch unberührte Landschaft übrig, in der man jagen konnte.

Die Gegend, in der sie sich aufhielten, war Ödland mit schwarzem Lavagestein und trockenem Unterholz, das sich hier und da trotz widrigster Bedingungen hielt. Es gab kaum Wasser, von den übel riechenden Rinnsalen, die blasig schäumend aus den Felswänden liefen, einmal abgesehen. Wenn die Leute vom Gelben Gras die *Anderen* nicht besiegen konnten, mussten sie weiterziehen, weit weg, und irgendeinem Stamm, deren Mitglieder für sie keine Menschen waren, das Land wegnehmen.

»Die Frauen sollen ebenfalls Speere machen«, sagte Windrufer jetzt, und Blauer Stein sah ihn entsetzt an. Doch Windrufer schockierte ihn noch mehr, indem er hinzufügte: »Und bringt ihnen das Kämpfen bei.«

»*Was?*«

»Wir brauchen jeden, der kämpfen kann.«

»Frauen?«

»Das hat es auch bei euch schon gegeben. Seher hat mir davon erzählt.«

»Das war in den alten Zeiten, noch bevor unsere Großväter das Licht der Welt erblickten. Heute macht man das nicht mehr.« Blauer Stein rutschte unruhig auf seinem Platz hin und her, als hätte er sich unbeabsichtigt in einen Dornbusch gesetzt. Dabei sah er unbehaglich zu seiner Frau hinüber.

»Wenn Frauen damals gekämpft haben, können sie es heute auch noch«, erklärte Windrufer. »Meine Frau hat mit meinem drittbesten Speer einen Mann getötet, als die *Anderen* angriffen.« Windrufer dachte schon, der Häuptling würde gleich sagen, dass Springendes Reh ja auch keine richtige Frau sei und dem Stamm schon einen Haufen Scherereien gemacht habe – von der Geburt der Zwillinge einmal abgesehen. Aber Blauer Stein schien sich eine entsprechende Bemerkung zu verkneifen und sah noch einmal zu seiner Frau hinüber. Sie war mollig, ihre Schönheit längst verblüht, und ihr Haar wies breite graue Strähnen auf. Nach einem Monat des Hungers hatte sie allerdings an Gewicht verloren, und ihre Brüste hingen schlaff herab; die Handgelenke waren ganz knochig geworden.

»Waschbärin, willst du gegen die *Anderen* kämpfen?«, fragte er mit leiser, erstaunlich sanfter Stimme.

»Lieber sterbe ich im Kampf, als zusehen zu müssen, wie meine Enkelkinder verhungern«, erklärte sie ganz und gar nicht sanft.

Windrufer unterdrückte ein Lächeln und dachte unwillkürlich an Komms Mutter, während er den Coyoten streichelte. Komm hatte sich inzwischen neben ihn gelegt, allerdings außerhalb der Reichweite von Blauem Stein. »Ich habe Komms Mutter erlegt, weil sie mir einen Hasen direkt vom Feuer gestohlen hat, nur um ihre Welpen zu ernähren. Sag den Frauen, dass sie die *Anderen* töten müssen, wenn ihre Kinder nicht verhungern sollen.«

»Das braucht man den Frauen nicht erst zu sagen«, erklärte da Waschbärin, womit sie sämtliche Verhaltensgrundsätze brach, indem sie zugab, das Gespräch der Männer belauscht zu haben und auch noch antwortete, ohne direkt gefragt worden zu sein. Das Ganze war ihr außerordentlich peinlich, und sie errötete. Umgehend konzentrierte sie sich wieder ganz aufs Mahlen der Grassamen, während Blauer Stein aussah, als hätte ein Fels zu ihm gesprochen. »Die Kraft der Frauen schwächt die der Männer«, erklärte er schließlich und sah Windrufer herausfordernd an, als erwartete er von ihm, seine Aussage zu widerlegen.

»Wir verwenden die Kraft der Frauen nur, um die der *Anderen* zu schwächen«, antwortete Windrufer. »Du wolltest mir doch die Gelegenheit geben, euch zu zeigen, wie wir die *Anderen* schlagen können. Hast du da gedacht, dass wir ihnen einfach nur Schimpfworte an den Kopf werfen? In einem offenen Kampf – Mann gegen Mann – können wir sie nicht besiegen. Es sind zu viele, und deshalb brauchen wir die Frauen.«

»Es ist unehrenhaft, Frauen kämpfen zu lassen«, sagte Blauer Stein.

»Wieso? Weil man das bei euch nicht macht?« Windrufer fielen die Truthähne wieder ein, und er war beinahe froh, dass es hier in der Gegend keine gab, denn sonst wären auch sie zum Streitpunkt geworden.

»Es gibt Gründe, warum Dinge so und nicht anders gemacht werden«, erklärte Blauer Stein. »Das hält einen davon ab, unehrenhaft zu handeln.«

»Sind die *Anderen* etwa Menschen?«, versuchte Windrufer nun, den Häuptling mit seinen eigenen Waffen und Worten zu schlagen.

»Nein.«

»Dann können wir uns ihnen gegenüber doch ruhig unehrenhaft verhalten. Wir wollen sie ja schließlich nicht fressen. Und wenn sie uns zum Opfer fallen, brauchen wir noch nicht einmal dankbar zu sein.« Er stand auf, zollte dem Häuptling mit einer entsprechenden Geste seinen Respekt und war verschwunden, bevor Blauem Stein noch ein Gegenargument einfiel.

»Und so bindest du die Speerspitze fest«, erklärte Windrufer Springendem Reh. »Du hast doch schon oft genug gesehen, wie dein Vater und ich das machen.«

Springendes Reh wickelte die Sehne um die Spitze und zog den Knoten fest. Aber Windrufer schüttelte den Kopf. »Viel zu locker. So hält das nicht.«

Springendes Reh murrte, umwickelte die Speerspitze aber noch einmal, bevor sie fragte: »Und wer macht die Speerspitzen? Das ist noch viel schwieriger, als sie nachher festzubinden.«

»Die alten Männer.«

»Und wo bist du, während wir Speere anfertigen?«

»Ich werde einen Platz suchen, an dem es keine so große Rolle spielt, dass wir den *Anderen* zahlenmäßig unterlegen sind.«

»Und wie willst du sie da hinkriegen?«

»Darüber muss ich erst noch nachdenken. Hier, du musst die Sehne so anziehen, damit der Knoten hält.«

»Während du nur nachdenkst soll ich also den anderen Frauen beibringen, mit einer Steinschleuder zu jagen, und die alten Männer sollen uns zeigen, wie man kämpft. Wir sind ganz demütig und dankbar, dass du uns all diese Aufgaben zugewiesen hast.«

»Klapperschlange«, sagte Windrufer. »Warum bist du denn so böse? Ich weiß doch, dass du Hunger hast.«

»Das haben wir alle, aber die Männer erfahren wenigstens, wie es weitergehen soll. Sie halten wichtige Versammlungen ab, während die Frauen nur dabeisitzen dürfen und sich von kleinen Jungen, die noch nicht einmal trocken hinter den Ohren sind, sagen lassen müssen, dass sie den Mund zu halten haben.«

»Und wann hast du einmal nicht deine Meinung kundgetan, Weiseste aller Frauen?«, fragte Windrufer liebevoll. »Du darfst doch immer sagen, was du auf dem Herzen hast. Und deshalb redest du auch, wenn es dir eigentlich nicht erlaubt wäre. Aber das steht einer Zauberfrau ja wohl zu.«

»Was bringt es denn, etwas zu sagen, wenn die Männer einem gar nicht zuhören? Ihr lasst uns reden und führt euer Gespräch dann weiter, als hätte nur ein Hund gebellt. Tanzender Bär, dieser Flegel, hört nicht auf mich, und du auch nicht. Hast du uns Frauen etwa gefragt, ob wir kämpfen wollen?«

»Und, willst du kämpfen?«

Die Beifußbüschel, mit denen sie die Reisighütte gedeckt hatten, raschelten im warmen Wind, und einzelne Blätter wehten Springendem Reh ins Haar. Böse zupfte sie sie heraus und zerrieb sie in der Hand, sodass Windrufer ein intensiver Geruch in die Nase stieg. »Ich will schon gegen jemanden kämpfen. Im Augenblick am liebsten gegen dich. Nun ja – vielleicht sollte ich meine Wut da lieber an den *Anderen* auslassen.«

»Ja, das solltest du vielleicht.« Vorsichtig legte er ihr einen Arm um die Schultern. »Du hast doch gesagt, dass du sie töten wolltest, als sie uns aus den Höhlen vertrieben haben.«

»Ich weiß«, sagte Springendes Reh betrübt und ballte die Hände zu Fäusten. »Vorher hatte ich noch nie den Wunsch, jemanden umzubringen.«

Windrufer konnte das zwar nicht begreifen, aber er verstand die Leute vom Gelben Gras ja auch sonst nicht. »Du willst doch nur diese Leute töten und nicht jeden, der dir über den Weg läuft.«

»Aber was geschieht danach? Werden mich die Hirsche immer noch erhören? Man soll nichts töten, das man nicht auch essen will oder sonstwie nötig hätte. Und selbst dann muss man noch respektvoll mit der Beute umgehen.«

»Erhören dich die Hirsche denn jetzt?«, fragte Windrufer, aber Springendes Reh stellte ihm eine Gegenfrage: »Könnten wir die *Anderen* nicht einfach vertreiben, so wie sie uns vertrieben haben?«

»Es gibt zu viele von ihnen. Sie würden zurückkommen. Nein, wir müssen sie töten.«

Mit dem neuen Speer kratzte Springendes Reh ein Bild in den Sand, das sie zuvor noch nie gezeichnet hatte: einen Mann, der in einer Hand einen Speer hielt, den er einem anderen in den Bauch rammte. Einen Moment starrte sie entsetzt auf ihre Zeichnung, bevor sie sie rasch wegwischte.

Dass Windrufer mit Eichhörnchen und Dem der nur einen Hoden hat auf eine mehrere Wochen dauernde Erkundungsreise ging, um einen Platz zu finden, an dem man den *Anderen* auflauern konnte, mochte Springendes Reh aufbringen, aber Eichhörnchen hielt das Ganze für eine ausgezeichnete Idee; auch wenn er dazu seine neue Frau allein lassen musste, was Anlass zu zahlreichen anzüglichen Scherzen gab. Doch als sich die drei Männer auf den Weg machten, kam Eichhörnchen alles wie ein großes Abenteuer vor, das einem Mann normalerweise nicht vergönnt war. Er folgte Windrufer ohne zu murren oder auch nur zu fragen, wohin sie nun gingen.

Am ersten Abend steckten Windrufer und Der nur einen Hoden hat die Köpfe zusammen und legten wieder Kieselsteinhäufchen neben das Feuer, während Eichhörnchen dafür sorgte, dass es nicht ausging. Es gab nicht viel zu verbrennen, und der Wind fegte durch die Flammen, als wollte er sie ausblasen. Hustend gelang es Eichhörnchen schließlich, auch die etwas größeren Holzstücke zum Flackern zu bringen. Sie hatten eine Schlange erlegt, die er nun abzog, um das Fleisch über dem Feuer zu braten. Schlange schmeckte gar nicht so schlecht, auf jeden Fall besser als Eidechse.

Der Coyote hatte sich davongemacht, um auf eigene Faust zu jagen. Wahrscheinlich war er davon ausgegangen, dass die Menschen ihm ohnehin nichts von ihrem Abendessen abgeben würden. Womit er Recht hatte. Von dort, wo die letzten Ausläufer des Roten Sandsteingebirges allmählich in die Wüste übergingen, hörte Eichhörnchen jetzt noch mehr Coyoten heulen, und dabei stellten sich ihm die Nackenhaare. Dann sah er zu Windrufer hinüber und fragte sich, ob er denn wirklich ein Mensch war und ob er sich wohl noch daran erinnerte, wie er mit den anderen Coyoten im Rudel gejagt hatte? Plötzlich zitterte Eichhörnchen vor Aufregung bei dem Gedanken, mit jemandem wie Windrufer in die Schlacht zu ziehen.

»Wir brauchen also eine Schlucht«, sagte da Der nur einen Hoden hat. »Wir postieren die Hälfte von uns ans eine Ende, um auf die *Anderen* zu warten, und den Rest der Leute vom Gelben Gras ans andere, um den Feind weiter in die Schlucht zu treiben.«

»Es sind trotzdem zu viele«, sagte Windrufer. »Wir müssen mehr tun, als sie nur zu überraschen.«

»Außerdem stellt sich auch noch die Frage, wie wir sie in die Schlucht locken können.«

»Das überlegen wir uns, wenn wir einen geeigneten Platz gefunden haben«, beschloss Windrufer. »Ich denke dabei an eine Stelle mit vielen großen Steinen hoch oben. So wie am Platz, an dem der Fluss rückwärts fließt, bevor der Fels hinuntergefallen ist.«

»Oho«, machte Der nur einen Hoden hat, denn ein solches Gelände war viel leichter zu beschreiben, als zu finden. Von der Stelle aus, an der sie an diesem Abend lagerten, brauchten sie allein zehn Tage bis zum Platz, an dem der Fluss rückwärts fließt. Und dabei galt es, die karge Ödnis zu durchqueren, ohne dabei zu verhungern oder zu verdursten. In der ganzen Gegend ragten zahlreiche steinerne Türme in die Höhe – die, überdimensionalen Fingerspitzen gleich, große Felsbrocken zu balancieren schienen. Es handelte sich um Gesteinsformationen, die Wind und Wasser – Letzteres gab es hier schon lange nicht mehr – geformt hatten. Dabei waren die weicheren Gesteinsschichten einfach zwischen den festeren herausgewaschen worden. Während seiner Wanderschaft hatte Windrufer derartige Gebilde immer wieder gesehen und sie für Totems der Götter gehalten – Landmarken, die etwas zu bedeuten hatten. Wenn er nur lange genug suchte, würde er bestimmt eine Schlucht finden, in der sie häufig anzutreffen waren.

Auf ihrer Suche waren Windrufer, Eichhörnchen und Der nur einen Hoden hat sehr vorsichtig, um nicht auf die *Anderen* zu treffen. Trotzdem wären sie einmal beinahe einer kleinen Gruppe Frauen in die Arme gelaufen, die Beeren pflückten. Komm bemerkte die Frauen als Erster und legte sich flach ins Unterholz. Windrufer hatte längst gelernt, auf Komms Reaktionen zu achten und sich entsprechend zu verhalten. Auch Der nur einen Hoden hat und Eichhörnchen begriffen schnell. Die drei ließen sich fallen und spähten nun über die Hügelkuppe, auf der Komm zuvor entlanggetrottet war.

Auf der anderen Seite befanden sich vier Frauen, die, wie Eichhörnchen erklärte, eindeutig zu den *Anderen* gehörten, obwohl sie Windrufers Meinung nach genauso aussahen wie die Leute vom Gelben Gras. Sämtliche Völker im Norden unterschieden sich so sehr von den Kindern der Sonne, dass er sie kaum auseinander halten konnte. Die Frauen hatten mehrere Kinder dabei, darunter einen gut genährten Jungen im Krabbelalter und zwei Säuglinge in Tragsäcken. Ein viertes Kind, ein Mädchen mit einem betrübten Gesichtsausdruck, stand ein wenig abseits, starrte auf den Boden und bewegte sich nur, wenn die Frauen es anschrien.

»Das ist Morgentaus Tochter«, flüsterte Eichhörnchen. »Wir könnten sie …«

»Nein!«, fiel Der nur einen Hoden hat ihm ins Wort. »Sie gehört zu uns!«

»Und sie ist nicht das einzige Kind, das sie uns weggenommen haben«, erklärte Der nur einen Hoden hat und bekräftigte noch einmal: »Wir holen sie uns jetzt nicht zurück. Was glaubst du wohl, wie weit wir mit ihr kämen?«

Windrufer legte Eichhörnchen beruhigend eine Hand auf den Arm. »Die *Anderen* haben dem Mädchen bisher nichts getan. Also ist es vorerst in Sicherheit.«

»Sie haben ihr allein dadurch wehgetan, dass sie die Kleine zu einer von ihnen gemacht haben«, sagte Der nur einen Hoden hat unglücklich. »Ich hatte eine Tante, die von den *Anderen* gefangen genommen wurde. Als sie zurückkehrte, war sie verrückt und wollte nicht bei uns bleiben, sondern wieder zu den *Anderen.*«

»Wie ist sie zurückgekommen?«, fragte Eichhörnchen und ließ sich einen Augenblick von seinem ursprünglichen Vorhaben, das Mädchen den Frauen zu entreißen, ablenken.

»Ihr Vater und ihre Onkel holten sie sich. Es gab einen großen Kampf, denn meine Tante hatte schon lange bei den *Anderen* gelebt. Bei einem Großen Treffen erzählte jemand, der mit den *Anderen* gehandelt hatte, ihrem Vater, wo sie war.«

»Dann sind die *Anderen* also nicht erst seit kurzem hier«, murmelte Windrufer.

»Nein, aber es waren nie so viele wie jetzt.«

»Und ihr handelt mit ihnen?«

»Manche von uns, aber ich nicht«, sagte Der nur einen Hoden hat. »Es ist gefährlich, sich mit Leuten einzulassen, die keine Menschen sind.«

»Hm«, machte Windrufer und bedeutete ihnen, sich von der Hügelkuppe zurückzuziehen, obwohl Eichhörnchen heftig den Kopf schüttelte. Morgentau gehörte zum gleichen Clan wie er und Springendes Reh. Windrufer wusste zwar noch nicht genau, wodurch sich diese Verbindungen erklären ließen, aber er verstand allmählich einige der Beziehungen. »Wir werden versuchen, uns die Kinder zurückzuholen, wenn wir die *Anderen* geschlagen haben«, sagte er. »Wenigstens kannst du Morgentau schon einmal sagen, dass ihre Tochter am Leben ist.«

Windrufer und die beiden anderen Männer vom Gelben Gras trennten sich tagsüber, sodass sie bis zum Einbruch der Nacht so viel Fläche wie möglich absuchen konnten. So hofften sie, die ideale Schlucht, die die Götter hoffentlich irgendwo für sie bereithielten, schneller zu finden.

Sie fanden wieder mehr zu essen, als sie sich ihren ursprünglichen Jagdgründen näherten, obwohl sie viel Zeit damit verbrachten, den Jagdverbänden der *Anderen* aus dem Weg zu gehen. Sobald sie ihre Gegner entdeckten, folgten sie ihnen heimlich und stellten fest, dass auch die *Anderen* neue Wildwechsel beschreiten mussten. Die fremden Jäger stürmten immer von zwei Seiten auf das Wild zu, was die Hirsche völlig verschreckte und teilweise ganz von ihren angestammten Pfaden vertrieb.

»Welchen Gott sollen wir eigentlich bitten, dass er uns die Schlucht zeigt, nach der wir suchen?«, fragte Eichhörnchen eines Abends, und Der nur einen Hoden hat antwortete: »Wenn du mich fragst, würde sich Gott Coyote so eine Schlucht erschaffen. Deshalb verstehe ich eigentlich überhaupt nicht, dass wir sie noch nicht gefunden haben, wo Windrufer doch bei uns ist.«

»Ich schon«, sagte Windrufer. »Gott Coyote erscheint mir nur manchmal.« Wie sollte er seinen Gefährten auch klar machen, dass es sich bei ihm nicht um Gott Coyote handelte, wo er sich dessen selbst nicht sicher war? Immerhin hatte er als einziger Mensch einen Coyoten gezähmt, und das auch nur, weil Gott Coyote es so wollte. Aber mit Komm zusammen bildete er doch höchstens einen Teil von ihm. Und wie sollte der Teil eines Ganzen finden, was die übergeordnete Einheit geschaffen hatte?

Windrufer dachte weiter darüber nach, während Der nur einen Hoden hat leere Schneckenhäuser hin und her schob, und Eichhörnchen zu erraten versuchte, unter welchem der Kieselstein versteckt war. Das ging so lange, bis Der nur einen Hoden hat dadurch eine Hirschlederhaut von Eichhörnchen gewann.

»Ich habe aber gar keine Hirschlederhaut«, sagte Eichhörnchen.

»Dann gibst du sie mir eben, wenn du wieder eine hast.«

»Du hast mit mir um einen Lendenschurz aus Luchsfell gewettet und das Fell selbst auch nicht gehabt.«

»Ich hätte dir eins besorgt, wenn ich verloren hätte.«

»Du verlierst doch nie«, meinte Eichhörnchen misstrauisch, und Windrufer erklärte: »Deshalb solltest du ja auch nicht mit ihm spielen. Seine Finger sind zu schnell.«

»Also gut«, sagte Eichhörnchen zu Dem der nur einen Hoden hat. »Dann bring mir bei, wie das geht.«

»Warum sollte ich? Dann kann ich ja nichts mehr von dir gewinnen.«

»Ich spiele sowieso nicht mehr mit dir, aber ich gebe dir zwei Hirschlederhäute, wenn du mir zeigst, wie das Spiel funktioniert.«

»Gibst du mir die Häute, sobald du sie hast?«

»Ja.«

»In Ordnung. Was sollen wir auch sonst tun?«

Windrufer beobachtete, wie sich Eichhörnchens Finger hin und her bewegten als flögen sie. Manchmal vertat sich Eichhörnchen, und dann kippte eines der Häuschen um. Der nur einen Hoden hat stellte es wieder hin, und erneut schob Eichhörnchen sie hin und her. Windrufer beobachtete ihn dabei, bis sich ihm alles vor den Augen zu drehen begann.

»So«, sagte Eichhörnchen, »weiß du jetzt, unter welchem Häuschen der Stein ist?«

»Unter diesem.« Der nur einen Hoden hat, drehte das entsprechende Schneckenhaus um, warf den Stein hoch und fing ihn wieder auf.

Eichhörnchen versuchte es noch einmal. Wieder bewegte er seine Finger so schnell, bis die Spur der Häuschen nachzuleuchten schien, als handelte es sich um Fackeln, die man in der Dunkelheit bewegte. Windrufer sah ihm weiter zu und verkündete schließlich: »Ich lege mich hin. Eurem Spiel zuzusehen, hat mich ganz müde gemacht.«

Er rollte sich unter der dünnen Hirschlederhaut zusammen, die als Decke genügen musste, und rückte näher an Komm heran, so wie früher, bevor sie zu den Leuten vom

Gelben Gras gekommen waren. Komms Fell roch leicht nach Rauch und Beifuß, was seinen typischen Coyotengeruch aber nicht überdecken konnte. Trotzdem barg Windrufer das Gesicht in seinem Fell und dachte noch schläfrig: *Vielleicht hilft mir sein Geruch, den richtigen Platz für einen Hinterhalt zu finden.*

Windrufer träumte, dass sich Leuchtstreifen durch die Dunkelheit zogen wie brennende Flussläufe. Zwischen ihnen rollte ein großer Stein, und überall, wo er den Boden berührte, entstand ein neuer Leuchtstreifen. Windrufer stand dazwischen in der Dunkelheit. Er hatte versucht, dem Licht zu folgen, sich aber die Fußsohlen verbrannt, weil er nicht auf Feuer gehen konnte wie ein Medizinmann. Er erkannte auch das Muster noch nicht, das die Leuchtstreifen beschrieben. Es war ihm nie in die Haut geritzt worden. Seine Narben waren alle ganz anders – leichte Erhebungen, die dem Süden entstammten. Aber hier konnte man sie nicht gebrauchen. Selbst im Dunkeln sah man, wie der große Stein beim Rollen Staub aufwirbelte und Funken stoben, die dann die Schneckenspur aus Licht bildeten. Wieder machte Windrufer einen Schritt und wieder verbrannte er sich die Fußsohlen, aber er ließ den Fuß, wo er war. Dann machte er noch einen Schritt und noch einen und erkannte, dass Gott Coyote mit den Vorderpfoten den großen Stein rollte, denn sein buschiger Schwanz sah dahinter hervor. Die Ohren hatte er nach vorn gestellt, als hörte er da etwas, und er rollte den Stein in diese Richtung.

Windrufer rief Gott Coyote zu, er solle auf ihn warten. Aber das tat er nicht. Also rannte Windrufer ihm nach, bis der Stein in unzählige kleine Stückchen zerbarst, die hell wie Funken in den Himmel stoben und sich dort unter die Sterne mischten, woraufhin Gott Coyote hinterhersprang.

Als Windrufer erwachte, wusste er, wo sich der Platz befand, den sie suchten. Er erinnerte sich jetzt wieder daran, weil er von dort aus direkt an die Stelle am Fluss gegangen war, an der er Springendes Reh getroffen hatte.

Das enge, tiefe Tal hatte die Form des Weges, den Gott Coyote in Windrufers Traum markiert hatte. Es war eine Schlucht mit zwei scharfen Kehren, ein jetzt ausgetrockneter Flusslauf, entstanden durch ehemals rauschendes Wasser. Oberhalb der Steilwände, genau an der Stelle, an der sich die erste Biegung befand, lagen vom Wind geformte große Steine, an der Auflagefläche so weit erodiert, dass sie dadurch kopflastig geworden waren und leicht wackelten.

Windrufer erzählte Dem der nur einen Hoden hat und Eichhörnchen von seinem Traum, und die beiden zeigten sich beeindruckt. Die Leute vom Gelben Gras akzeptierten Träume als mögliche Quelle des Wissenszuwachses. Doch obwohl der Weg zur Schlucht nicht nur in Windrufers Träumen existierte, brauchten sie ganze zwei Tage, um die Stelle wieder zu finden. Als sie endlich da waren, fragten sie sich, warum sich Windrufer nicht schon gleich daran erinnert hatte.

»Ich wusste nicht, dass ich diesen Platz hier einmal benötigen würde«, sagte Windrufer. Er hatte die Hände in die Hüften gestemmt und sah an den Wänden der Schlucht hinauf. Über ihren Köpfen schienen die großen roten Sandsteinfindlinge zu ihnen herunterzunicken. »Ich hatte auch noch nie vor, auf jemanden Felsbrocken zu werfen.«

»Lasst uns da hochsteigen!«, rief Eichhörnchen aufgeregt.

»Und wie?«, wollte Der nur einen Hoden hat wissen. Die Felswand war sehr steil und nirgends wuchs ein Baum, an dem man hätte hinaufklettern können.

»Wir müssen die Schlucht wieder verlassen und von der anderen Seite den Berg hoch«, meinte Windrufer, und als Der nur einen Hoden hat murrte, sagte er lachend: »Du brauchst nicht mitzukommen, schließlich benötigen wir jemanden, den wir mit Steinen bewerfen können.«

»Sehr witzig!« Der nur einen Hoden hat war aber doch froh, im Schatten bleiben zu können, während die anderen sich einen Weg zwischen den Kakteen und Dornenbüschen hinaufbahnen mussten. Er füllte seinen Wasserbeutel am dünnen Rinnsal auf, das die Schlucht durchzog. Windrufer hatte sich nicht die Mühe gemacht zu erwähnen, dass das

Wasser hier sauer war und nach den Felsen schmeckte, über die es strömte. Das würde Der nur einen Hoden hat schon selbst herausfinden. Jetzt setzte er sich an eine knorrige Pinie, von wo aus er den Eingang der Schlucht im Auge behalten konnte, und rief den anderen noch hinterher: »Sagt Bescheid, wenn ihr oben seid!«

Aber stattdessen warfen sie einen Stein nach ihm, wenn auch nur einen ganz kleinen. Doch Der nur einen Hoden hat schreckte aus einem Traum hoch, in dem er die Brüste seiner Frau in Form des Wasserbeutels geknetet hatte und schüttelte die Fäuste gegen sie.

»Siehst du!«, rief Windrufer ihm zu. »Die *Anderen* hätten einfach so kommen können und dich auffressen. Du hättest es erst bemerkt, wenn sie bei deinem Kopf angelangt wären.«

»Ich habe die ganze Zeit Wache gehalten!«, schrie Der nur einen Hoden hat nach oben. »Hier sind nur ein paar Frauen vorbeigekommen, die nach dir gesucht haben, weil dein bestes Stück *so* lang sein soll.« Er hielt die Hände etwa eine Armlänge breit auseinander. »Ich habe ihnen gesagt, dass deine Frau jede mit Steinen bewirft, die sich auch nur nach dir umdreht.«

»Dafür bewerfen wir jetzt dich mit Steinen«, sagte Windrufer. Er und Eichhörnchen kauerten am Abgrund, und Eichhörnchen zog sich Kaktusstacheln aus der Handfläche. »Geh zu den abgestorbenen Pappeln an der ersten Biegung und lauf die Schlucht entlang.«

»Wie schnell?«

»Als würdest du die *Anderen* verfolgen.«

»Will ich sie auch fangen?«

Windrufer warf noch einen Stein nach ihm, und Der nur einen Hoden hat ging die Schlucht ein Stück weit zurück und rannte dann wieder auf die Stelle zu, an der er gesessen hatte. Dabei behielt er die Kante im Auge.

»Wir müssen wissen, wann wir Steine von unterschiedlicher Größe werfen sollen«, sagte Windrufer zu Eichhörnchen, wählte einen faustgroßen Stein und ließ ihn herunterkullern, achtete aber darauf, Den der nur einen Hoden hat diesmal nicht zu treffen. Als der Stein aufkam, war Der nur einen Hoden hat schon an der Stelle vorbei.

»Geh zurück und lauf noch einmal!«, rief Windrufer ihm zu.

Der nur einen Hoden hat rief etwas, das Windrufer nicht verstand. Aber er ging davon aus, dass es sich um einen Fluch handelte.

Als Der nur einen Hoden hat erneut durch die Schlucht rannte, sah er misstrauisch zu Windrufer hinauf, der einen ähnlich großen Stein jetzt ein wenig früher fallen ließ. Er kam direkt hinter Dem der nur einen Hoden hat auf und zersplitterte.

»Nah dran! Noch einmal!«

»Mach's doch selbst!«, rief Der nur einen Hoden hat, ging aber noch ein drittes Mal zurück. Dabei entdeckte er Komm. Der Coyote lag im feuchten Sand am Ufer des Rinnsals und beobachtete ihn. Der nur einen Hoden hat lachte und schrie nach oben: »Selbst dein dummer Coyote hat mehr Verstand als du und ist hier geblieben, anstatt da hinaufzuklettern! Also gut, noch einmal. Ich lauf jetzt los! Wenn du mich triffst, komme ich zu dir hoch und stoße dich in den Abgrund.«

Der nur einen Hoden hat stampfte durch die Schlucht, während Windrufer mit einem Stein in der Hand wartete. Als er ihn fallen ließ, kam der Stein einen Fuß vor Dem der nur einen Hoden hat auf, und Windrufer jubelte begeistert. Der nur einen Hoden hat blieb keuchend stehen, nahm einen Schluck aus dem Wasserbeutel und verzog das Gesicht. Dabei beobachtete er, wie Windrufer oben an der Kante der Schlucht mit Eichhörnchen gestikulierte.

»Die Felsbrocken müssen über die Kante gerollt werden, wenn die Ersten bei der knorrigen Pinie sind«, sagte Windrufer. »Es wird ein bisschen länger dauern, um große Steine da hinunterzubefördern.«

»Wir könnten doch einen auf Den der nur einen Hoden hat fallen lassen«, schlug Eichhörnchen scherzhaft vor, »nur, um sicherzugehen.«

»Sagen wir ihm lieber, dass er für einen *richtigen* Test hier hochklettern und Steine auf uns werfen muss.«

»Das macht er womöglich noch.«

»Was ist jetzt?«, rief Der nur einen Hoden hat.

»Wir kommen runter!«

Bemüht, den Kakteen auszuweichen, rutschten sie ein Stück auf dem groben Geröll, das über den ganzen Abhang verteilt war, wieder zu Tal. Es war ein langer Weg bis ganz nach unten, und dann mussten sie auch noch um den Berg herum zum Eingang der Schlucht gehen. Als sie dort ankamen, hatte Der nur einen Hoden hat ein Feuer gemacht und war dabei, ein halbes Eichhörnchen zu braten. »Er hat seine Hälfte roh gegessen«, sagte er und zeigte auf Komm, der sich die graue Schnauze leckte und ein bisschen näher ans Feuer heranrobbte.

Blauer Stein begutachtete die Frauen, die vor ihm in einer Reihe standen. Springendes Reh, Läuferin und Vier Finger umfassten ihre Speere wie Männer, und der Häuptling hätte im Ernstfall nicht gegen sie antreten wollen. Beigabe und Mondfängerin hielten ihre wie tote Ratten. Waschbärin, seine Frau, hatte ihren Speer zwar fest umklammert, hielt die Hand aber falsch herum, sodass ihr die Waffe bei einem richtigen Kampf wahrscheinlich selbst in den Bauch gedrungen wäre. Blauer Stein seufzte und überlegte, ob er überhaupt einen Stamm wollte, dessen Frauen zu kämpfen verstanden. Einige der Männer beschwerten sich jetzt schon darüber.

Der Häuptling berichtigte den Griff der Frauen und sagte: »Denkt immer daran, dass ihr den Speer nicht nur halten sollt, sondern dass er eine Verlängerung eures Armes darstellen muss.«

»Warum können wir nicht Speerschleudern benutzen so wie die Männer?«, wollte Läuferin wissen, und Blauer Stein antwortete: »Das werdet ihr auch.« Für diesen Kampf gäbe es genug Speere. Jedes Stammesmitglied war dabei, Speere anzufertigen, und das schwarze Lavagestein hier gab gute Spitzen ab. »Aber zuerst einmal müsst ihr lernen, wie man einen Speer in der Hand hält. Tut so, als wäre ich der Feind. Greif mich an, Läuferin!«

Läuferin holte aus und stieß zu, und Blauer Stein wehrte ihren Speer ab. Doch er hatte einen Augenblick zu lange gewartet, und eine dünne Blutspur zog sich über seine Brust, dort wo Läuferins Speerspitze seine Haut geritzt hatte.

»Ha!«, machte Läuferin.

»Selber ha«, sagte der Häuptling, und dann: »Sehr gut. Waschbärin, jetzt bist du dran. Versuch es.«

»Wie oft habe ich das schon vorgehabt«, erwiderte seine Frau augenzwinkernd, und die anderen Frauen grinsten. Jede von ihnen spielte gelegentlich mit dem Gedanken, auf ihren Mann loszugehen.

Nachdem sie alle einmal gegen den Häuptling angetreten waren, rief Blauer Stein die anderen Männer herbei, damit sie mit den Frauen übten. Dabei widerstand er der Versuchung, Katzenohr Springendem Reh gegenüberzustellen.

Unbehaglich beobachtete er, wie die Frauen immer besser wurden. Sie lernten das Kämpfen von Männern, die es selbst kaum gewohnt waren und deshalb erst ganz groß taten. Aber es dauerte nicht lange, bis den Männern das Lachen verging und sie die Frauen mit Respekt behandelten, zumindest solange sie Speere in Händen hielten. Aber die Frauen wollten auch danach respektvoll behandelt werden, und wieder beschwerten sich die Männer bei Blauem Stein.

»Es ist ja nur für diesen Kampf«, versuchte er sie zu beruhigen und unterdrückte das eigene ungute Gefühl. »Danach werden eure Frauen wieder genauso sein wie vorher.«

Als Windrufer schließlich mit Dem der nur einen Hoden hat und Eichhörnchen zurückkehrte, sagte Blauer Stein zu ihm: »Du hast das Gleichgewicht zerstört. So wollen wir eigentlich nicht leben. Jetzt kann alles Mögliche geschehen.«

Das musste auch Springendes Reh feststellen. Als sich die Stammesmitglieder darauf vorbereiteten, zur Schlucht zu wandern, in der sie um ihr Land kämpfen sollten, entdeckte sie, dass Komm aus unerfindlichen Gründen beschlossen hatte, Dem der nur einen Hoden hat aus der Hand zu fressen. Da sich der Coyote immer noch weigerte, etwas von ihr anzunehmen, ärgerte sie das umso mehr.

»Er mag Den der nur einen Hoden hat«, sagte sie zu Windrufer, »und tut immer so, als wären meine Kinder seine eigenen! Aber was hat er bloß gegen mich?«

»Wahrscheinlich stört es ihn, dass du mir gehörst«, meinte Windrufer grinsend. »Er ist eifersüchtig.«

»Ich gehöre dir gar nicht, du gehörst mir. Ich habe dich gefunden.«

Windrufer lachte. Er wollte sich nicht mit ihr streiten und sagte: »Entschuldige bitte, du Weiseste aller Frauen.« Springendes Reh vergaß ihre Verärgerung und erwiderte sein Lächeln. Beide waren ungewöhnlich guter Laune – denn es ging nach Hause. Dass sie vorher noch gegen die *Anderen* kämpfen mussten, hatten sie im Augenblick vergessen, genauso wie die Stammesmitglieder. Zielsicher marschierten sie los, und mit jedem Schritt in nördlicher Richtung wurde die Sehnsucht nach ihrem Zuhause größer und auch die Bereitschaft, dafür zu sterben.

»Ich kann hier nicht atmen«, sagte Springendes Reh, während der Stamm vorsichtig schwarze Lavagesteinsschichten überquerte. Man hatte fast den Eindruck, als seien die alten brennenden Steine, aus denen die Berge entstanden waren, immer noch dicht unter der Erde, während ihr Dampf sich einen Weg an die Oberfläche bahnte und die reine Luft vertrieb. Es war, als atmete man warme Schwefeldämpfe ein, nur dass es nicht so roch. Als sie die Lavaschichten hinter sich ließen, holte Springendes Reh beim Gehen tief Luft, und die anderen Frauen taten das Gleiche.

Sie kamen nur langsam voran, weil die Alten und Kinder mit ihnen zogen, die man in der Ödnis nicht hatte allein lassen wollen. Außerdem konnten die Großeltern mit ihren Enkeln wenigstens noch zu Verwandten bei anderen Stämmen flüchten, wenn die jungen Frauen und Männer im Kampf starben. Das zumindest ließ die Ehre zu.

Die Reise nach Hause dauerte einen Mond, und damit fast so lange wie die Flucht und die halbherzige Annäherung an ihr Winterquartier. Aber es war, als habe sich ein Knoten gelöst. Irgendwie hatten sich die Leute vom Gelben

Gras verändert, selbst wenn sie den Kampf verlieren würden. Unterwegs erlegte Beigabe mit ihrer Steinschleuder einen Hasen und tanzte vor Freude damit durch die Steppe, während Schildkrötenpanzer ihr anerkennend auf die Schulter klopfte, als sei sie ein Mann.

Schließlich lagerten die Leute vom Gelben Gras so weit von der Schlucht entfernt, wie ein Mensch von Sonnenaufgang bis Mittag gehen konnte. Das erschien Windrufer sicher genug. Aber drei Monde, nachdem sie von ihrem Land vertrieben worden waren, mussten sie die *Anderen* immer noch irgendwie in die Falle locken.

»Es gibt nur eine Möglichkeit«, sagte Windrufer schließlich, bevor er in die Runde fragte: »Wer von euch kann am schnellsten laufen?«

Läuferin hieß nicht umsonst so. Sie, Windrufer und ein Junge namens Fliegenfänger machten sich noch vor Sonnenaufgang auf den Weg, um den *Anderen* neben dem Wildwechsel, den sie zur Zeit bejagten, aufzulauern. Er führte nah an der Schlucht vorbei, aber die Hirsche gingen nur selten hinein, denn das bisschen Wasser, das auf halber Höhe des tiefen Tales im Sand versickerte, schmeckte nicht gut. Man konnte es trinken, aber das Wild kannte bessere Wasserstellen. Nur ein Fremder, der sich in der Gegend nicht auskannte, würde sich in die Schlucht verirren. Deshalb musste man den *Anderen* einen Grund liefern, um sich dorthin zu begeben.

Läuferins Ehemann hatte es überhaupt nicht gefallen, dass seine Frau als Lockvogel dienen sollte, genauso wenig wie er gewollt hatte, dass sie das Kämpfen erlernte. Aber sie hatte gar nicht auf ihn geachtet. Windrufer vermutete, dass es auch seiner Frau nicht lieb war, dass Läuferin ihn begleitete.

Springendes Reh hatte nichts dazu gesagt. Sie selbst war nicht schnell genug, um Läuferin zu ersetzen, außerdem zählte für sie im Augenblick einzig und allein, nach Hause zurückzukehren. Dort konnte sie Läuferin immer noch eifersüchtig beobachten. Davon abgesehen durfte sie sich

Windrufers Treue ziemlich sicher sein. Kein Mann würde sich vor einem Kampf mit einer Frau einlassen, um seine Kräfte nicht zu schwächen. Das hatte Windrufer ihr auch noch einmal versichert, obwohl es sie letztlich ärgerte, dass er es überhaupt erwähnt hatte.

Die drei Lockvögel versteckten sich in den Büschen und hofften, dass die *Anderen* an diesem Tag auf die Jagd gingen. Die Chancen standen gut, denn es gab frische Wildfährten. Als Windrufer auf die Spuren zeigte, die er schon am Vortag entdeckt hatte, sagte Fliegenfänger grollend: »Von unseren Hirschen.« Selbst im Ruhezustand schien sich der Junge schneller zu bewegen als jeder andere, und er war immer hungrig.

»Ihr springt erst auf, wenn ich es euch sage«, wies Windrufer die beiden noch einmal an, wobei er jeden am Handgelenk packte, um sicherzugehen, dass man ihn auch verstand.

Sobald die Sonne aufging, wurde es richtig heiß. Windrufer spürte, wie ihm der Schweiß den Rücken hinunterlief, was zahlreiche Mücken anzog, nach denen er in regelmäßigen Abständen schlug. Als ihn brummend eine Hornisse umschwirrte und sich wohl nach einem Landeplatz umsah, begann ein Muskel in seinem Bein nervös zu zucken. Windrufer wünschte, dass das Insekt fortflöge, aber es setzte sich auf eine Stelle an seinem Rücken, an der er es mit der Hand nicht erreichen konnte. Mit einem Stock wollte er auch nicht danach schlagen, weil die Gefahr zu groß war, dass er die Hornisse verfehlte und sie ihn dann stach. Er fühlte das Insekt auf seinem Rücken krabbeln, aber noch bevor er einen der anderen bitten konnte, es zu vertreiben, erstarrte Fliegenfänger und machte: »Pst!«

»Sie kommen«, flüsterte Windrufer. »Oder zumindest irgendetwas.« Aber es mussten die *Anderen* sein. Ein Rudel verursachte ganz andere Geräusche in der Umgebung als ein einzelnes Raubtier. Das war bei Menschen genauso. Windrufer kauerte sich zusammen und zwang sich, die Hornisse zu vergessen. Von seinem Platz aus konnte er den Wildwechsel ein ganzes Stück weit einsehen. Die Spuren ließen auf ein großes Rudel schließen, und da sich der Sommer schon dem Ende zuneigte, hofften die *Anderen* sicher auf große Beute, die sie bis in den Herbst hinein ernähren würde.

Allmählich ließ sich leises Stimmengemurmel vernehmen, obwohl es jemand, der nicht darauf achtete, immer noch nicht gehört hätte. Dann kamen die *Anderen* in Sicht. Wie Windrufer vermutet hatte, waren fast alle Männer dabei – und sie waren doppelt so zahlreich wie die Jäger der Leute vom Gelben Gras. Neben ihm wollte Fliegenfänger schon aufspringen und Fersengeld geben, aber Windrufer hielt ihn zurück. »Noch nicht. Verhalt dich ruhig.«

Läuferin schien kein Problem damit zu haben, noch abzuwarten. Sie atmete nur tief durch, um ihre Lungen mit Luft zu füllen. Man konnte jetzt schon Gesichter unterscheiden, und Windrufer sagte sich immer wieder, dass die *Anderen* auch nicht anders aussahen als die Leute vom Oberen Flusslauf: ein Feind, gegen den man in einer Welt voller Feinde kämpfen musste, jemand, den man den Göttern opfern konnte.

Jetzt waren die *Anderen* etwa auf einen Speerwurf herangekommen. Als Windrufer aus dem Dickicht sprang, bohrte ihm die Hornisse ihren Stachel in den Rücken, sodass er lauter als beabsichtigt brüllte: »Jetzt!« Fliegenfänger und Läuferin sprangen ebenfalls kreischend auf und riefen den *Anderen* wie abgesprochen Beleidigungen zu, die sie wahrscheinlich nur teilweise verstanden.

»Pah, ihr seid wie herrenlose Hunde!«, fiel auch Windrufer mit ein, während er rückwärts laufend vor den *Anderen* hertänzelte und Läuferin ihren Speer gegen sie schüttelte. »Unsere Frauen schlagen eure Krieger! Eure Krieger sind alle weibische Männer! Schickt das nächste Mal lieber eure Frauen!«

Die *Anderen* brüllten vor Wut und stürzten auf sie zu, während die drei den Pfad entlangrannten, den das Wild ausgetreten hatte. Solange die Jäger des fremden Stammes nicht zum Nachdenken kamen, würden sie weiterlaufen, dachte Windrufer. Deshalb hatten sie ihnen auch Beleidigungen an den Kopf geworfen, damit sie vor Zorn gar nicht auf die Idee kamen, die Leute vom Gelben Gras wollten sie womöglich nur ablenken und dann auf die Frauen losgehen, die sich allein bei den Höhlen aufhielten. Denn ähnlich hatten sich die *Anderen* ja auch verhalten.

Wieder drehte sich Windrufer um, tänzelte einen Augenblick lang rückwärts und machte eine obszöne Geste. »Hirschflöhe! Räuberisches Gesindel! Ihr kriegt uns ja doch nicht! Flöhe können ja nicht rennen!« Dann drehte er sich um und eilte weiter, während er die *Anderen* hinter sich den Pfad entlangtrampeln hörte.

Fliegenfänger und Läuferin liefen vor ihm, und sie folgten noch einen Moment dem Pfad, bevor sie sich seitlich in die Büsche schlugen und auf die Schlucht zustürzten. Der Hornissenstich brannte, als hätte man Windrufer eine Fackel in den Rücken gehalten, und am liebsten wäre er in einen kühlen Fluss gesprungen. Aber wenn er schnell genug rannte, schien der Schmerz immer einen Fingerbreit hinter ihm zu bleiben.

Als Läuferin stolperte und beinahe gefallen wäre, heulten die *Anderen* begeistert und liefen gleich noch schneller. Doch sie richtete sich grinsend wieder auf und warf Windrufer einen Blick zu, der ihm sagte: *Nur, damit sie nicht den Mut verlieren.* Gleich darauf rutschten die drei einen Abhang hinunter, auf dem Schieferbruchstücke lagen, und rannten dann durch ein kleines Tal, in dem trockenes Büffelgras flüsterte. Über ihnen zog ein Bussard mit weit ausgebreiteten Flügeln interessiert seine Kreise. Raubvögel erkannten schon von weitem, dass etwas gejagt wurde, selbst wenn es sich bei der Beute um Menschen handelte.

Windrufer schmerzte mittlerweile jeder Atemzug, aber er wusste, dass die *Anderen* auch erschöpft waren und nachher noch kämpfen mussten. Er drehte sich um und sah, wie sie mit grimmigem Gesicht weiterrannten, auch wenn einige den Eindruck machten, als hätten sie am liebsten aufgegeben.

Um die *Anderen* noch einmal anzustacheln, nahm Windrufer seine letzten Kräfte zusammen und schrie: »Erbärmliche Würmer, Dreck sollt ihr fressen! Das Volk der Menschen verflucht euch! Ihr seid ja viel zu dumm, um als menschlich zu gelten.«

Die *Anderen* waren für ihren Stolz bekannt. Jetzt waren sie von Leuten beleidigt worden, die in ihren Augen weniger wert waren als sie selbst. Man hatte sich über sie lustig gemacht, und diese Schande musste mit Waffengewalt ausgemerzt werden. Dass dem wirklich so war, zeigte sich, als ein Speer auf Windrufer zugesegelt kam, der sich aber kurz hinter ihm ins Gras senkte. Bisher hatten sich Windrufer, Läuferin und Fliegenfänger mit Bedacht außerhalb der Reichweite der Speere gehalten, doch Windrufers kleines Spektakel hatte die Wut des Gegners erneuert, und die *Anderen* waren ihnen jetzt ganz dicht auf den Fersen. Dabei rannten die drei durchs Tal auf die Schlucht zu und taten so, als flüchteten sie kopflos vor ihren Verfolgern.

Schließlich gelangten sie in die Schlucht, und Windrufer suchte beim Laufen nach Anzeichen, dass die Leute vom Gelben Gras auf sie warteten. Aber er konnte nichts dergleichen erkennen – das sollte er auch nicht –, doch sofort überkamen ihn Gedanken an Verrat. Was, wenn Katzenohr den Rest des Stammes davon überzeugt hatte, ihn im Stich zu lassen? Bei jedem Atemzug, der ihm in den Lungen schmerzte, wurden diese Ängste schlimmer. Die meisten Leute vom Gelben Gras hatten sich am Eingang der Schlucht verstecken sollen. Eine Hand voll war hoffentlich in die Schlucht hineingelaufen, um die *Anderen* zurückzutreiben, nachdem die Felsbrocken auf sie herniedergegangen waren, und wieder einige sollten oben an der Felskante stehen, um die Steine in die Schlucht zu stoßen.

Windrufer sah unwillkürlich nach oben. Wenn sie sich falsch verhielten, würden er, Fliegenfänger und Läuferin nur zu leicht auch von einem herunterstürzenden Gesteinsbrocken getroffen. Aber Windrufer hatte Vier Finger, die zu alt zum Kämpfen war, dort oben postiert, weil sie Vernunft besaß, und Tanzenden Bär, weil er niemand hatte, der stark genug war, um die Felsbrocken zu rollen. Der nur einen Hoden hat und Blauer Stein waren für die Kämpfer verantwortlich, die sich am Eingang der Schlucht versteckt hielten. Eichhörnchen führte die Hand voll Männer innerhalb der Schlucht an, worauf er sehr stolz war. Komm hatte Windrufer bei Dem der nur einen Hoden hat gelassen, auch wenn es ihn einiges an Überzeugungsarbeit gekostet hatte. Doch der Coyote war einfach besser geeignet, die Beute zu jagen, anstatt vor ihr davonzulaufen.

Insgeheim dachte Windrufer jetzt: *Großer Jaguar, bitte, führe das hier zum Erfolg*. Dann schickte er pflichtschuldig auch noch ein Gebet an Gott Coyote, der ihm die Schlucht gezeigt hatte. Während Windrufer zwischen den drohend aufragenden Gesteinsköpfen hindurchrannte, hatte er den Eindruck, als schwebten sie bereits über dem Abgrund und warteten nur darauf, ihn unter sich zu begraben. Die *Anderen* johlten hinter ihm und waren ihm jetzt wirklich dicht auf den Fersen, während Läuferin und Fliegenfänger gerade einmal einen Schritt vor ihm liefen. Windrufer wagte noch einen Blick über die Schulter. Dem anführenden Jäger der *Anderen* lief der Schweiß nur so übers wutverzerrte Gesicht. Er war nah genug, um einen Speer auf ihn zu werfen. Aber Windrufer ging davon aus, dass sie ihn lebend haben wollten, damit er ihnen sagte, wo sich die Leute vom Gelben Gras aufhielten. Außerdem konnte man einen Toten nicht mehr martern, was die *Anderen* den Erzählungen nach zu urteilen hin und wieder taten.

Jetzt rannte Windrufer an der knorrigen Pinie vorbei und dachte: *Wo bleiben bloß die Steine?* Genau in diesem Augenblick hörte er hinter sich ein lautes Krachen, das die Felswände und den Boden der Schlucht erzittern ließ wie bei einem Erdbeben. Einige Läufer an der Spitze der *Anderen* wurden von einem großen Felsbrocken zermalmt, als seien sie aus Ton. Auch Windrufer saß die Angst im Nacken, und er wich einem herabfallenden Findling aus und prallte dabei gegen Läuferin und Fliegenfänger. Als er sich umdrehte, ging der Anführer der *Anderen* gerade unter einem neuerlichen Felsbrocken zu Boden. Immer mehr Steine lösten sich scheinbar aus der Steilwand und bildeten einen wahren Findlingregen, der Knochen und Schädel bersten ließ und die Schmerzensschreie der Verletzten unter sich begrub.

Windrufer hörte, wie Vier Finger und seine Leute ihre Zufriedenheit über den gelungenen Hinterhalt hinausbrüllten.

Eichhörnchen und seine Gefährten kamen jetzt die Schlucht entlanggelaufen und rannten an Windrufer und den beiden anderen vorbei. Sie hatten ihre Speere in die Speerschleudern gelegt; diesmal hatten sie ja genug, um sie zu werfen, während die *Anderen* höchstens einen oder zwei besaßen. Eichhörnchens Leute schleuderten ihre Speere, sprangen über die Steine und Körper und mussten teilweise über die größeren Findlinge klettern. Diejenigen der *Anderen,* die von der Steinlawine nicht erfasst worden waren, hatten kehrtgemacht. Kopflos flohen sie auf den Eingang der Schlucht zu und stolperten gegeneinander, wenn sie von den Speeren getroffen wurden. Aber Eichhörnchen ließ nicht locker und trieb sie weiter, sodass sie gar keine Zeit hatten, sich umzudrehen und zu kämpfen, und den Leuten von Dem der nur einen Hoden hat und Blauem Stein direkt in die Arme liefen.

Windrufer beugte sich vor und stützte die Hände auf die Knie. Während er tief ein- und ausatmete, brannte es in seiner Lunge wie Feuer. Läuferin hatte sich gegen einen Gesteinsbrocken gelehnt und hielt sich die Hand auf die Brust, in der ihr Herz wie wild schlug. Fliegenfänger beobachtete nervös die Kante der Schlucht. Sie sah sehr wackelig aus, als fielen gleich noch mehr Steine herunter.

Windrufer richtete sich wieder auf und bedeutete den beiden, ihm zu folgen. »Wir müssen hier weg!«

Auf Händen und Knien kletterten sie über die durcheinander liegenden Findlinge und hörten die sterbenden Männer darunter jammern und schreien, als sprächen die Steine zu ihnen. Windrufer berührte etwas Feuchtes und stellte fest, dass es sich um das völlig zerschmetterte Gesicht eines Mannes handelte. Er kletterte hastig weiter und an der anderen Seite des Findlings wieder hinunter, wobei er auf die Brust eines Toten trat, dessen Gliedmaßen unter anderen Steinen begraben lagen. Der Geruch von Blut und Kot ließ Übelkeit in ihm hochsteigen; er floh regelrecht die Schlucht entlang und ließ die scheinbar stöhnenden Steine hinter sich.

Springendes Reh hatte sich im Gebüsch versteckt, den Rücken an die warme Felswand gelehnt. Hier war sie sicher. Umgeben von den anderen Leuten vom Gelben Gras wartete sie auf das Erzittern der Erde. Wenn sie es spürte, würde sie diesen Hort der Sicherheit verlassen und sich den *Anderen* stellen müssen, die aus der Schlucht flohen. Sie hatte Windrufer an sich vorbei in das enge Tal hineinlaufen sehen und ihn noch von ihrem Versteck aus schwer atmen hören. Jetzt war sie fast krank vor Angst, dass Tanzender Bär in seiner grenzenlosen Dummheit die Zeit falsch einschätzte, die ein Stein brauchte, um unten aufzuschlagen. Wie schnell konnte Windrufer den Tod finden.

Endlich hörte sie das Geräusch, das die Felswand hinter ihr zum Beben brachte. Blauer Stein stand auf und rief: »Jetzt!«, woraufhin seine Leute aus dem Versteck im Unterholz stoben. Auf der gegenüberliegenden Seite erhoben sich die Leute von Dem der nur einen Hoden hat ebenfalls mit lautem Gebrüll. Zusammen strömten sie in die Schlucht hinein, bis sie Schulter an Schulter standen und den Eingang blockierten wie ein Korken einen Wasserbeutel. Springendes Reh sah Katzenohr, dessen Zorn auf Windrufer für den Moment verflogen schien. Der Plan hatte funktioniert, und Katzenohr tat, was er am besten konnte: jagen.

Die *Anderen* stoben durch die Schlucht und kamen wie Hirsche auf sie zugesprungen. Springendes Reh hakte einen Speer in ihre Speerschleuder, warf den Arm zurück und ließ den Speer sausen. Ein Mann griff sich an die Kehle und ging zu Boden, während ihm das Blut an den Händen herablief. Eichhörnchens Männer trieben die *Anderen* jetzt vor sich her, und Blauer Stein rief ihnen zu, dass sie genau zielen sollten. Nach dem ersten Schwung Speere drangen die Leute vom Gelben Gras auf die *Anderen* ein und erstachen jeden, der zu entkommen versuchte, während sie den Rest mit erhobenen Speeren zusammentrieben. Komm hatte einem Mann die Zähne ins Bein gegraben, und Der nur einen Hoden hat trieb dem Gegner seinen Speer durch die Brust. Dann suchte sich Komm ein neues Opfer, und Der nur einen Hoden hat folgte ihm. Die Frauen standen Schulter an Schulter mit den Jägern, und die *Anderen* schienen vor ihnen noch mehr Angst zu haben als vor den Männern. Springendes Reh konnte es in ihren Augen sehen: *Frauen kämpften nicht*, dachten sie, *vielleicht sind das hier Dämonen.*

Dann beobachtete Springendes Reh, wie ein Mann der *Anderen* versuchte, seine Männer um sich zu scharen. Er war bestimmt der Häuptling. Seine Halskette war noch schöner als die von Blauem Stein und sein Speer am Schaft mit Adlerfedern geschmückt. Katzenohr beobachtete ihn ebenfalls und wartete offensichtlich auf seine Chance.

In der Schlucht waberten Staubwolken, und es roch nach Blut und den Ausscheidungen der Sterbenden, die im Tod ihre Körperfunktionen nicht mehr unter Kontrolle hatten. Die Überlebenden der *Anderen* kreischten sich gellend etwas zu – Worte, die Springendes Reh nicht verstand. Als sie Windrufer sah, war sie so erleichtert, dass sie beinahe hingefallen wäre. Dreck- und schweißverschmiert schlängelte er sich seitlich an den Kämpfenden vorbei und gab den Leuten vom Gelben Gras Anweisungen, ihren Kreis enger zu ziehen.

»Haltet sie zusammen! Ihr dürft sie nicht an euch vorbeilassen!«

Die *Anderen* stießen mit ihren Speeren wild zu und versuchten, sich einen Durchgang zu erzwingen. Sie waren nur schwer in Schach zu halten, denn die Verzweiflung verdoppelte ihre Kräfte. Schon bald begannen die Leute vom Gelben Gras in Richtung Tal zurückzuweichen.

»Ihr müsst sie einkreisen! *Tötet sie!*«, schrie Windrufer. Aber da sprang Katzenohr auf den fremden Häuptling zu, dessen Adlerfedern ihn zu einer Beute machten, der Katzenohr einfach nicht widerstehen konnte. Zwei oder drei Jäger vom Gelben Gras folgten ihm, und Windrufer schrie: »Zurück mit euch! Zurück in eure Reihe!« Vor ungläubiger Wut war sein Mund verzerrt, denn natürlich drängten die *Anderen* sogleich auf die Lücke zu, die Katzenohr in den Reihen der Leute vom Gelben Gras hinterlassen hatte. Katzenohr kämpfte sich durch die Gegner hindurch – sein Ziel war der Häuptling, den er gleich darauf niederstreckte.

»Jaguar soll dich fressen, du hirnlose Natter! *Zurück mit dir!«* Windrufer stürzte auf die Lücke zu, die Katzenohr hinterlassen hatte. Aber es war zu spät. Der Feind nutzte bereits seine Chance. Schildkrötenpanzer, der neben Katzenohr gestanden hatte, lag nach einem Schlag auf den Kopf bewusstlos am Boden, und nun trampelten sie über ihn hinweg. Ein Mann vom Gelben Gras versuchte ihm aufzuhelfen, und wieder schrie Windrufer: »Zurück in die Reihe!«, aber die Linie war nun endgültig in Auflösung begriffen. Springendes Reh warf einem Mann, der an ihr vorbeilief, einen Speer hinterher, und Komm brachte einen der *Anderen* zu Fall, damit Windrufer ihn töten konnte. Aber zehn oder mehr rannten weiter, während ihre immer noch in der Falle sitzenden Stammesbrüder die Leute vom Gelben Gras davon abhielten, ihnen zu folgen.

Langsam zogen die Leute vom Gelben Gras den Kreis um die verbliebenen Feinde enger, umtanzten sie triumphierend und streckten einen nach dem anderen nieder.

Katzenohr hielt den mit Adlerfedern geschmückten Speer des Häuptlings hoch und vollführte einen Freudentanz. Aber Windrufer bespuckte ihn. »Wegen deiner grenzenlosen Dummheit sind sie entkommen, du Schwachkopf!« Mit bloßen Händen ging er auf Katzenohr los, aber Blauer Stein rief: *»Nein!«*

Einen Schritt vor Katzenohr blieb Windrufer keuchend stehen und warf ihm wenigstens noch weitere Schimpfwörter an den Kopf.

15. Kapitel

Die Flötenvögel

Die Leute vom Gelben Gras überließen die Toten der *Anderen* den Bussarden und machten sich mit ihren eigenen Toten auf den Nachhauseweg. Außer Sichtweite der Höhlen ließen sie sie liegen und gingen daran, die fremden Frauen und Kinder aus den Tuffsteinhöhlen zu vertreiben. Wie Frauen, die mit einem Besen sauber machten, fegten sie sie mit ihren Speeren hinaus.

»Raus! Raus aus meinem Haus!«, kreischte Springendes Reh und stieß mit ihrem Speer auf ein entsetztes Mädchen ein, das einen Säugling auf dem Arm hielt. »Raus mit dir! Eure Männer sind tot!« Das Mädchen floh und ließ ihre Besitztümer zurück so wie Springendes Reh das vor drei Monaten getan hatte.

Entlang des Abhangs vor den Höhlen wurden überall alte Männer und Frauen davongejagd, und die Kinder liefen ihnen weinend hinterher. Die rachsüchtigen Leute vom Gelben Gras stießen sie das Gefälle hinunter und entdeckten dabei einen kleinen Jungen, den sie wieder erkannten und den Armen der Frau entrissen, die ihn trug. Aber niemand sah Morgentaus Tochter. Entweder hatten die *Anderen* sie bei ihrer Flucht mitgenommen, oder sie war ihnen schon vorher entkommen. Morgentau rannte mit einem Speer durchs Getümmel der Flüchtenden und tötete jede Frau, die ihr nicht ausweichen konnte. Schließlich packte sich Der komisch läuft ein Mädchen der *Anderen* im Alter von Morgentaus Tochter und stieß es ihr in die Arme. »Hier, nimm dieses!« Aber das brachte Morgentau nur noch mehr auf, und Springendes Reh musste sie davon abhalten, auch noch das Kind zu töten.

»Bist du denn verrückt geworden!«, schrie sie danach Den der komisch läuft an – natürlich konnte nur ein Mann auf so eine Idee kommen. Sie zog das zu Tode erschrockene Kind mit in ihre Höhle und wies es an, sich in dem Durcheinander auf den Boden zu setzen. Die *Anderen* waren schon zu weit weg, als dass das Kind sie noch hätte einholen können. »Ich will dich nicht«, sagte sie zu ihm, wusste aber genau, dass sie es jetzt am Hals hatte. Halbwegs hoffte sie, dass es davonlaufen würde und ließ es allein in der Höhle.

Draußen töteten Windrufer und Der nur einen Hoden hat erbarmungslos die Verletzten des fremden Stammes. Ohne mit der Wimper zu zucken durchschnitt Windrufer einer verwundeten Frau die Kehle, während sich Seher um die Verwundeten der Leute vom Gelben Gras kümmerte. Der Stamm hatte drei seiner Kämpfer in der Schlucht verloren, und bei den Höhlen waren fünf verletzt worden, darunter auch Beigabe. Ihr lief eine Schnittwunde quer über die linke Brust, und sie wusste nicht, ob sie nun stolz darauf sein oder vor Schmerz heulen sollte.

Keiner konnte sagen, wohin sich die entkommenen Männer der *Anderen* geflüchtet hatten; anzunehmen war nur, dass sie sich irgendwo in den Ausläufern des Roten Sandsteingebirges aufhielten. Bei der Rückkehr zu den Höhlen hatte man darauf geachtet, zwischen den Flüchtenden und den Tuffsteinhöhlen zu bleiben, damit die Gegner nicht zu ihren Behausungen zurückkehren konnten. *Was jetzt nicht mehr ihre Behausungen sind,* dachte Springendes Reh befriedigt. Die Tuffsteinhöhlen gehörten wieder den Leuten vom Gelben Gras – sie mussten nur noch vom Geruch der *Anderen* befreit werden.

Springendes Reh beobachtete Windrufer, um festzustellen, ob sich seine Laune gebessert hatte. Nur das Einschreiten des Häuptlings hatte ihn davon abgehalten, auf Katzenohr loszugehen. Jetzt trug er einen höhnischen Gesichtsausdruck zur Schau. Das tat er immer, wenn er eigentlich vor Wut kochte, es sich aber nicht leisten konnte, ihr freie Bahn zu lassen. Gemeinsam mit Dem der nur einen Hoden hat zerrte er mittlerweile die Toten der Gegner zum Tanzplatz, wo andere Männer vom Gelben Gras bereits ein großes Feuer schürten. Ihre eigenen Toten bekämen eine ordentliche Verbrennung, später, wenn der Platz sauber war.

Tanzender Bär sah inzwischen außerordentlich zufrieden aus. Er war böse gewesen, dass man ihn nach oben geschickt hatte, um Steine auf den Feind zu werfen, anstatt ihn am Kampf teilnehmen zu lassen. Aber hier bei den Höhlen hatte er zwei Frauen und einen zahnlosen alten Mann getötet, und jetzt fühlte er sich besser. »Ja!«, rief er immer wieder und stampfte mit den Füßen auf. »Wir sind großartige Kämpfer! Wir haben sie alle getötet!«

Windrufer, blutverschmiert und ganz rußig, hustete von dem schweren dunklen Rauch, der in die Luft stieg, und wirbelte wütend zu Tanzendem Bär herum. »Wir haben sie alle getötet!«, ahmte er ihn nach und tanzte genauso wie er herum. »Pah! Wir haben so viele von ihnen entwischen lassen!« Er hielt Tanzendem Bär die Hände mit abgespreizten Fingern vors Gesicht, sodass der junge Mann ängstlich einen Schritt zurücktrat. »So viele!« Wieder fuchtelte Windrufer ihm vor dem Gesicht herum. »Wir haben selbst nicht einmal doppelt so viele Krieger! Oder sollen unsere Frauen ewig für uns kämpfen?«

»Ich war von Anfang an dagegen, die Frauen kämpfen zu lassen«, erklärte Tanzender Bär einfältig, und Windrufer fuhr ihn an: »Du denkst ja auch mit deinem Hintern!« Dann sah er zu den Leuten vom Gelben Gras hinüber, die sie interessiert beobachteten. Alle waren erschöpft, aber nicht so sehr, als dass sie nicht zwei Streithähnen hätten zusehen können. »Verstehst du überhaupt, was das bedeutet? Nur weil irgendein Narr den Speer eines Häuptlings erbeuten wollte, mit dem er, wenn er einmal alt und zahnlos ist, am Feuer angeben kann, ist uns der Rest der Männer entkommen! Und nun werden sie sich mit ihren Frauen zusammentun und wahrscheinlich irgendwann auch mit anderen Vertriebenen ihres Volkes.«

»Jetzt sind sie aber noch nicht zahlreich genug, um uns gefährlich zu werden«, mischte sich nun Schlangenfänger ärgerlich ein. Er wusste genau, dass Windrufer eigentlich mit Katzenohr sprach, der in einiger Entfernung grollend seinen Speer säuberte. Blauer Stein hatte verboten, dass die beiden direkt miteinander redeten.

»Nein, dieses Jahr werden sie wohl nicht zurückkommen«, sagte Windrufer höhnisch, »vielleicht auch noch nicht in den kommenden Jahren – es sei denn, sie sind nicht so ehrenhaft wie wir und bitten ihresgleichen sofort um Hilfe.« Diesmal schloss er auch Blauen Stein in seine Wut ein. »Aber sie werden zurückkommen! Ich habe euch doch gesagt, dass wir sie alle töten müssen.«

»Und was sollen wir jetzt tun, Allwissender?«, fragte Schlangenfänger spöttisch, und Tanzender Bär lachte übertrieben laut.

»Kämpfen lernen.« Verächtlich deutete Windrufer zu Katzenohr hinüber und machte außerdem noch eine rüde Geste. Direkt durfte er ja nicht mit ihm sprechen. Dann schritt er davon und warf noch mehr Holz ins Feuer auf der Tanzfläche, das allmählich die entstellten Körper der *Anderen* verzehrte.

Als Katzenohr ihm hinterher wollte, rief Blauer Stein: »Lass ihn in Ruhe!«, und Seher sagte: »Wir sollten diesen Ort reinigen.«

Die Leute nickten. Die Welt war aus dem Gleichgewicht geraten. Sie musste wieder ins Lot gebracht werden, aber das ging nicht durch Streit. Seher hatte seinen Riesenzahn wieder gefunden, stand jetzt unter dem gebogenen Elfenbein und entfernte daraus die Zauberkraft der *Anderen.* Wenn der Zahn gereinigt wäre, könnte der Medizinmann damit wieder für die Leute vom Gelben Gras zaubern. Dann würden die Männer sich ihm anschließen, um die Heilige Höhle neu zu weihen, während die Frauen den Geruch der *Anderen* mit Wasser, Yucca-Seife und vielen Grasbüscheln aus ihren Höhlen schrubbten.

Springendes Reh kehrte in ihre zurück, um in dem Durcheinander nach einem Wasserbeutel zu suchen. Das Mädchen war immer noch da. Sie nahm es bei der Hand und zog es hinter sich her zu Tante Vier Finger, die auch schon Tochter und Sohn bei sich hatte, und sagte: »Da!«

»Wer ist denn das?« Misstrauisch betrachtete Vier Finger

das Mädchen. Komm, den der beißende Rauch auf der Tanzfläche den Abhang hinaufgetrieben hatte, war kurz zuvor in der Höhle eingetroffen, um sicherzugehen, dass Tante Vier Finger den Zwillingen nichts tat. Nun stand er neben einem Steinregal und beschnüffelte das Mädchen. Die Kleine schrie wie am Spieß und versuchte, sich von Springendem Rehs Griff loszureißen.

»Jemand hat versucht, das Mädchen Morgentau zu geben, als sie vergeblich nach ihrer Tochter gesucht hat«, erklärte Springendes Reh. »Es war irgend so ein Narr von einem Mann, und Morgentau wollte die Kleine schon töten. Also habe ich sie mitgenommen.«

»Du hättest sie besser Morgentau überlassen«, sagte Vier Finger. »Was sollen wir denn jetzt mit ihr machen?«

»Ich weiß es nicht. Aber sie ist doch noch ein Kind, und ich lasse nicht zu, dass man Kinder tötet. Ich habe meine Hände heute schon blutig genug gemacht.«

»Auch sie wird einmal erwachsen, genau wie der Coyote hier einmal ein Welpe war.« Irgendwie kam Vier Finger das Mädchen genauso wild vor wie Komm. Als Waschbärin den Kopf in die Höhle reckte und fragte: »Wer ist denn das?«, erklärte Vier Finger abfällig. »Noch ein Coyote?«

Die Frau des Häuptlings sah sich das Kind an, das nach wie vor an Springendem Rehs Arm zappelte. Dann schnalzte sie mit der Zunge.

»Der komisch läuft dachte, dass Morgentau die Kleine haben wollte«, erklärte Springendes Reh, und Waschbärin erwiderte prompt: »Männer sind Dummköpfe.« Der Haushalt und die Kinder waren Frauensache. In diesen Bereichen besaßen sie Macht. »Nun«, meinte sie dann, nachdem sie das Kind eingehend gemustert hatte, »wer will es haben?«

»Ich nicht«, erklärte Springendes Reh säuerlich. »Ich habe Morgentau nur davon abgehalten, es umzubringen.«

Waschbärin lachte leise. Es gefiel ihr, dass auch Springendes Reh einmal mit etwas belastet war, das ihr nicht passte. Die junge Frau bekam ihrer Meinung nach viel zu oft ihren Willen. Deshalb sagte Waschbärin nun: »Du hast die Kleine gerettet, deswegen gehört sie dir.«

»Ich habe doch schon zwei Kinder«, meinte Springendes Reh abwehrend.

»Und einen Mann, der nicht von unserem Volk ist. Dadurch bist du doch am besten geeignet, das Mädchen der *Anderen* in deine Obhut zu nehmen.«

Springendes Reh ließ das Kind los, das daraufhin mit dem Po auf dem Höhlenboden landete. Als Komm ihm die Schnauze ins Gesicht steckte, fing es wieder an zu jammern. Aber da der Coyote nicht zubiss, schniefte es nur noch ein bisschen und starrte das Tier bald interessiert an.

»Da hast du's!«, rief Waschbärin. »Die beiden verstehen sich schon.«

»Ich will das Mädchen genauso wenig, wie ich den Coyoten wollte.«

Aber Waschbärin rieb sich die Hände und erklärte aufgeräumt: »Manche Dinge sollen eben so sein.« Dann eilte sie davon, um festzustellen, ob sie noch irgendwo etwas geradebiegen konnte.

Tante Vier Finger brach in schallendes Gelächter aus. Als sie sich wieder einigermaßen beruhigt hatte, prustete sie: »Du solltest mal dein Gesicht sehen!«

Springendes Reh bückte sich seufzend und klemmte sich ihre Kinder unter die Arme wie Hasen. »Geh mit mir«, sagte sie dann und bedeutete dem Kind der *Anderen,* ihr zu folgen. Doch das Mädchen sah sie nur verständnislos an, bis der Coyote es mit der Schnauze zum Höhleneingang bugsierte. Schließlich kam es mit und krallte sich dabei in Komms Nackenfell.

»Na, so was«, meinte Vier Finger noch, »sie ist wohl tatsächlich eine Coyotin.«

Wahrscheinlich, dachte Springendes Reh und überlegte dann plötzlich, ob ihre Stiefmütter bei ihr wohl die gleichen ablehnenden Gedanken gehegt hatten. Ganz bestimmt. Auf einmal tat ihr sogar Junge Füchsin Leid, die sterben musste, weil sie versucht hatte, ihren Kindern die Flucht zu ermöglichen. Jetzt würde sie nicht einmal mehr erfahren, dass die Leute vom Gelben Gras ihre Sommerunterkünfte wieder in Besitz genommen hatten.

Bei ihrer Höhle angekommen, blickte sich Springendes Reh nach dem Mädchen um, das zitternd am Eingang stehen geblieben war. Wie gefährlich war es wohl? Würde es das Essen vergiften, wenn sie es unbeaufsichtigt ließ? Wie gefährlich war sie selbst mit sechs Jahren gewesen, als sie festgestellt hatte, dass sie Tiere herbeirufen konnte?

»Gib auf sie Acht«, sagte sie zu Komm, der überrascht, so direkt von ihr angesprochen zu werden, kurz schnaubte. Aber er stieß das Mädchen mit der Schnauze in eine Höhlenecke, und Springendes Reh legte Sohn und Tochter neben ihn, bevor sie anfing sauber zu machen.

»Ihr seid vielleicht dreckige Leute«, sagte sie dabei über die Schulter zu dem Kind. Aber eigentlich traf sie selbst ein Großteil der Schuld an dem Durcheinander. Beim Vertreiben des jungen Mädchens mit dem Säugling hatte sie Körbe mit Samen umgeworfen und die von der Decke hängende Hirschlederhaut zerschlitzt, die den vorderen vom hinteren Teil der Höhle trennte. Ansonsten war der Boden sauber gefegt, und es lagen nur einige wenige Knochen und etwas Abfall auf einem Haufen.

Jetzt wünschte Springendes Reh, nicht so wütend gewesen zu sein. Noch einmal sah sie zum Mädchen der *Anderen* und beschloss, dass es die Hirschlederhaut wieder zusammennähen sollte.

Dann wühlte sie in den Vorratskörben und fand getrocknetes Fleisch und Esslilienknollen. In der erloschenen Feuerstelle lag ein umgestoßener Korb mit Kürbissen und irgendeinem Fleischrest – wahrscheinlich Eichhörnchen. Springendes Reh befand, dass das Essen gar war, verspürte allerdings eine Abneigung, es zu sich zu nehmen. Womöglich war es für richtige Menschen gefährlich. Deshalb stellte sie es vor das fremde Mädchen und den Coyoten hin. Den beiden könnte es sicher nichts anhaben. Sie selbst aß eine Hand voll rohe Esslilienknollen und fing an, die Sachen dorthin zu räumen, wo sie sie immer aufbewahrt hatte.

Die anderen Frauen taten das Gleiche, fegten die Höhlen mit Binsenbesen und wuschen die Böden mit Wasser, das sie vom Fluss herbeischleppten. Als Seher und die Männer aus der Heiligen Höhle kamen, gingen sie singend von Behausung zu Behausung und dankten den Göttern, dass sie wieder zu Hause waren. Auch Windrufer mit seiner Flöte war bei ihnen. Während Springendes Reh einen Wasserbeutel an den Männer vorbeischleppte, überlegte sie, wie lange sie wohl brauchen würden, um zu vergessen, dass die Frauen mit ihnen gekämpft hatten. Wahrscheinlich nicht besonders lang. Die Hunde stolzierten mit steifen Beinen vor den Höhlen auf und ab, beschnüffelten alles und markierten ihr Territorium neu. Springendes Reh musste da unwillkürlich lächeln.

Inzwischen stand die Sonne schon tief am Himmel – ein orangefarbener Feuerball. Heute Abend würden sie alle Feuer löschen und neu entfachen. Das war der letzte Schritt zur Reinigung des Platzes. Windrufer setzte die Flöte an die Lippen, und Springendes Reh fühlte sich plötzlich leicht wie ein Blatt im Wind. Sie ließ sich von der Melodie tragen, als könnte auch sie durch die Luft tanzen. Dabei fiel die ganze Verärgerung von ihr ab. Das fremde Mädchen kam mit Komm zum Höhleneingang und starrte Windrufer fasziniert an, der ihren Blick ebenso verwundert erwiderte und die Flötentöne nur noch stockend hervorbrachte.

Wir sind alle umherirrende Fremde, dachte Springendes Reh. *Einer mehr oder weniger macht da keinen Unterschied.*

Die Prozession zog weiter, und Windrufer blickte sich noch einmal über die Schulter nach Springendem Reh und dem Mädchen um, das die Hand nach wie vor in Komms Fell vergraben hatte. Als die Männer zu Tante Vier Fingers Höhle kamen, stellte Springendes Reh fest, dass Katzenohr am Ende des Zuges lief, obwohl er bei den Leuten vom Gelben Gras doch wichtig genug war, um einen der vorderen Plätze einzunehmen. Und das, obwohl er es mit diesen Dingen immer sehr genau nahm! Als er die wichtige Zeremonie nun auch noch verließ, wusste Springendes Reh, dass etwas im Busch war.

In diesem Augenblick kam Eule mit einem schweren Wasserbeutel den Abhang zu den Höhlen herauf, und Springendes Reh rief ihr zu: »Hier, pass auf sie auf!« Bevor Eule noch etwas einwenden konnte, deutete Springendes Reh auf ihre Kinder und das Mädchen und rannte davon.

Katzenohr sah aus, als sei er auf der Jagd. Bald war er in der bläulichen Dämmerung entschwunden. Aber dann entdeckte Springendes Reh, dass sich zwischen den Weiden am Fluss etwas bewegte und schlich Katzenohr nach, um herauszufinden, warum er die Prozession verlassen hatte. Bestimmt ging er nicht zu den *Anderen.* Selbst bei Katzenohr hätte sich Springendes Reh das nicht vorstellen können. Hatte er irgendetwas versteckt, das er jetzt holen wollte? War er auf ihrer Rückreise über ein Gift gestolpert? Oder ein Amulett oder irgendeinen Zauber, mit dem er jemanden krank machen konnte? Er verursachte kein Geräusch, und seine Haut schimmerte im Zwielicht beinahe genauso bläulich wie die Schatten der Bäume. Aus Angst, dass er sie hören könnte, hielt Springendes Reh gebührenden Abstand von ihm.

Die Weiden wurden immer lichter und wichen schließlich dem Unterholz. Als das Gelände neben dem Fluss in eine flache Ebene überging, wusste Springendes Reh, was Katzenohr hier wollte. Aber bis sie ihn eingeholt hatte, war er bereits auf dem Feld. Der Mais war höher als Katzenohrs Schulter, mit langen, leicht nach innen gewölbten Blättern, die ein wenig von den Stängeln abstanden, und dicken Kolben, die dazwischen herausragten. Die *Anderen* hatten die Pflanzen offensichtlich gepflegt, genau wie Windrufer gesagt hatte. Nur hier und da sah man ein wenig Unkraut zwischen den Reihen, das nachgewachsen war.

Als Springendes Reh klar wurde, was Katzenohr machte, hielt sie erschrocken den Atem an, und Katzenohr drehte sich zu ihr um. Er hatte die Kolben mit dem Messer aufgeschlitzt, und nun bahnte sich Springendes Reh mit klopfendem Herzen einen Weg zwischen den Reihen hindurch auf ihn zu. »Dieb! Elende, schleichende Ratte! Du wirst nie wieder ruhig schlafen, bis du alt und grau bist und dir die Zähne ausfallen! Dafür werde ich schon sorgen!« Mit dem Messer in der Hand kam sie auf ihn zu, und Katzenohr sah ihren wilden Gesichtsausdruck.

»Geh weg«, sagte er. »Glaubst du etwa, du kommst mit einem Messer gegen mich an, bloß weil du heute an der Seite der Männern gekämpft hast? Pah!« Verächtlich spie er aus.

»Ich brauche kein Messer, um dir die Hoden abzuschneiden«, erwiderte Springendes Reh, »oder sonst einen Körperteil, den ich verschrumpeln lassen will, als hättest du ihn abgeworfen wie ein Geweih.«

»Geweihsprossen wachsen nach, und zwar größer als vorher«, versuchte Katzenohr zu scherzen.

»Deine nicht.«

»Geh nach Hause, Weib! Ich entferne den Fluch aus den Pflanzen, damit er uns nicht mehr vergiften kann. Und dann töten wir deinen Mann. Wenn du Glück hast, wirst du vielleicht noch einmal die Frau eines richtigen Menschen«, fügte er hinzu und griff wie selbstverständlich nach dem nächsten Kolben.

»Hör auf damit!«

»Du sollst nach Hause gehen«, sagte Katzenohr, ließ Springendes Reh aber nicht aus den Augen, da sie ihn inzwischen umkreiste und die Messerspitze auf Höhe seines Herzens hielt. In der Dämmerung sah er das Weiße in ihren Augen und ihre zusammengebissenen Zähne, als führten sie ein Eigenleben und könnten jeden Augenblick aus dem dunklen Gesicht hervorspringen, um ihn zu beißen. Er hatte den Eindruck, als seien ihre Zähne die Verkörperung des Fluches, den sie über ihn ausgesprochen hatte, und schwebten jetzt zwischen seinem und ihrem Gesicht, bereit, sich in seine Kehle zu senken.

»Du gehst besser nach Hause«, sagte Springendes Reh. »Begib dich zu Blauem Stein und sag ihm, was du getan hast. Sonst bringe ich dich um.«

Einen Augenblick erstarrte Katzenohr, und dann – als habe er einen Entschluss gefasst – nahm er seinen ganzen Mut zusammen und versetzte Springendem Reh einen Kinnhaken, wobei er sich die Hand an ihrem Messer ritzte. Sie stolperte zurück und fiel auf den Boden, und Katzenohr schlitzte weiter die Kolben auf. Da bahnte sich etwas seinen Weg durch die Maisreihen, und sowohl Katzenohr als auch

Springendes Reh zuckten erschrocken zusammen. Gleich darauf stampfte Windrufer an Springendem Reh vorbei und stürzte sich auf Katzenohr.

Heulend und mit dem Messer aufeinander einstechend, rollten sich die beiden Männer im Staub zwischen den Reihen, während Springendes Reh sich aufrappelte und mit einer Hand das schmerzende Kinn rieb. Sie schmeckte Blut und konnte es auch an ihren Fingern fühlen. Als ihr bewusst wurde, dass sie ihr Messer verloren hatte, kniete sie sich wieder hin und tastete fluchend den Boden ab.

Inzwischen saß Katzenohr auf Windrufer und hielt ihm die Arme fest, aber Windrufer stieß ihm mit dem Knie in die Lenden, rollte ihn herum und schlug ihm den Kopf auf den Boden. Daraufhin biss Katzenohr seinem Gegner in die Schulter und zwang ihn so, sein Messer fallen zu lassen. Springendes Reh ließ ihr Messer Messer sein und suchte nach einem Stein, den sie Katzenohr auf den Kopf schlagen konnte. *Wo ist nur dieser Coyote?*, dachte sie dabei. Wenn man ihn einmal brauchte, war er nicht da. Aber sie hatte den Gedanken noch nicht zu Ende gedacht, als sie Komms warmen Atem im Nacken spürte. Unwillkürlich schrie sie auf, aber er sprang zielsicher an ihr vorbei, während ihm der ganz eigene Duft nachwehte.

Auch in der Dunkelheit hatte Komm kein Problem, die beiden Männer auseinander zu halten; er biss Katzenohr in den Oberschenkel, sodass er laut aufschrie. Windrufer nutzte seine Chance, entwandt sich Katzenohrs Griff und drehte ihm den Arm mit dem Messer auf den Rücken.

Katzenohr wandte den Kopf und schrie Windrufer wütend ins Gesicht: »Ich bring dich um, du Hexer! Lass mich los!« Dann trat er nach Komm, aber der Coyote ließ nicht locker und knurrte.

»Wenn ich wirklich ein Hexer wäre, wüsstest du es gar nicht«, sagte Windrufer keuchend, wobei er Mühe hatte, Katzenohr festzuhalten. Schließlich gelang es ihm, ihn zu Boden zu zwingen und sich auf seinen Rücken zu knien. In dieser Position verdrehte er ihm den Arm, bis Katzenohr das Messer endlich fallen ließ. Inzwischen hatte Springendes

Reh ihres wieder gefunden und kam damit auf die beiden zu. Immer noch tropfte ihr Blut vom Kinn, das sie ärgerlich fortwischte.

»Geh zurück!«, rief Windrufer und stieß Katzenohrs Messer zur Seite.

»Wieso?«

»Weil ich es dir sage«, erwiderte Windrufer und fügte hinzu: »Nur dieses eine Mal, du Wichtigste aller Frauen. Bitte tu, was ich dir sage!« Er rang mit dem sich windenden Katzenohr und konnte ihn schließlich in den Schwitzkasten nehmen.

Springendes Reh blieb stehen, ließ aber das Messer nicht los. Katzenohr schrie und fluchte, und in der Dämmerung sahen Windrufer und er aus wie ein sich windendes Ungeheuer, das nur aus Armen und Beinen bestand. Windrufer hielt Katzenohr seine Messerspitze an den Rücken und rief Komm zu: »Aus!«

Der Coyote öffnete den Fang und wartete, während ihm Katzenohrs Blut aus dem Maul lief. Diesmal hatte Komm nicht gespielt. Aber Windrufer wollte Katzenohr nicht töten.

»Dein Tod würde nur Unruhe stiften«, sagte er keuchend. »Außerdem hat der Häuptling gesagt, ich soll dich in Ruhe lassen.«

»Aber du hast mich angegriffen«, höhnte Katzenohr, »und das werde ich Blauem Stein erzählen.«

Doch Windrufer ging gar nicht darauf ein. »Der Mais kann jetzt bald geerntet werden, und wenn ich dich noch einmal hier erwische – selbst während der Ernte –, stopfe ich dir fünf Kolben ins Maul und genauso viele in deinen Hintern. Hast du mich verstanden?«

Katzenohr sagte nichts dazu, sondern versteifte sich nur wütend.

»Geh weg«, sagte Windrufer noch einmal zu Springendem Reh, und diesmal zog sie sich zurück. Dann stieß er Katzenohr von sich, sodass er die Böschung hinunterstolperte. »Geh nach Hause. Sag deinem Vater, dem Medizinmann, er soll dir was auf die Wunde tun, falls du dich traust, ihm zu erklären, wie du sie dir zugezogen hast.«

Böse starrte Katzenohr zu ihm hoch und knurrte: »Eines Tages bringe ich dich um.« Aber Windrufer entgegnete nur: »Eines Tages tun wir alle große Dinge.«

Katzenohr wirbelte herum und hinkte zum Pfad, der zu den Tuffsteinhöhlen führte. Springendes Reh spürte, wie Komm an ihr vorbeistrich und sah ihn hinter Katzenohr hertrotten. Bestimmt wollte der Coyote sich davon überzeugen, wohin Katzenohr ging, dachte sie und sagte zu Windrufer: »Jetzt wird Katzenohr wieder anfangen, Geschichten zu erzählen. In seinen Augen hast du ihn lächerlich gemacht. Warum hast du nicht einfach zugelassen, dass ich ihn töte?«

»Vielleicht, weil ich mich nicht ständig hinter meiner Frau verstecken möchte. Du hast mir schon einmal das Leben gerettet. Das ist mehr, als die meisten Männer ertragen könnten.«

»Woher wusstest du überhaupt, dass wir hier sind?«

»Von Eule. Sie hat mir gesagt, du wärst Katzenohr hinterhergerannt und hättest ihr die Kinder überlassen. Sie war ganz aufgelöst und dachte, er würde dir etwas antun.«

»Nein, nicht mir, dem Mais.«

»Als ich gesehen habe, in welche Richtung ihr gelaufen seid, dachte ich mir das auch.« Dann fragte Windrufer plötzlich: »Was ist das eigentlich für ein Mädchen bei uns in der Höhle?«

Springendes Reh lachte. »Ich glaube, Gott Coyote hat es uns geschickt.«

Einen Augenblick sah Windrufer seine Frau sehr merkwürdig an, bevor er meinte: »Könnte schon sein.«

Springendes Reh drehte einen der Kolben, die Katzenohr aufgeschlitzt hatte, vom Stängel und reichte ihn Windrufer mit den Worten: »Das hat Katzenohr getan.«

Ihr Mann besah ihn sich mit zusammengekniffenen Augen. Das Haarbüschel an der Spitze war trocken und braun, also war der Mais reif. Windrufer schälte ihn, und gleich darauf lag der nackte, pralle Kolben in seiner Handfläche und leuchtete gelblich im Schein des aufgehenden Mondes. Windrufer biss hinein, und der Saft lief ihm am Kinn hinunter. »Hier, probier du auch mal«, sagte er langsam zu Springendem Reh.

Mit den Vorderzähnen nagte sie die noch weichen Maiskörner vom Kolben, so wie sie es bei Windrufer gesehen hatte. Der Mais schmeckte süß, roch ähnlich wie ein heißer Sommertag und erinnerte auch ein wenig an Gras. Dabei dachte sie an den gelbgrünen Maisgott, von dem Windrufer ihr erzählt hatte, er schliefe in jedem Korn. Der Wind trieb ihr die Haarsträhnen ins Gesicht und brachte die Blätter an den Maisstauden zum Rascheln, als flüsterten sie ihr zu: *Wir bedeuten Leben.*

Die Leute vom Gelben Gras würden den Mais ernten, die Kolben rösten und essen, während ihnen der Saft gleich einem Zaubertrank am Kinn hinunterliefe. Sie würden den Mais trocknen, einen Teil zu Mehl mahlen und den Rest als Saatgut fürs nächste Jahr aufbewahren. Wenn sich das Wild dann wieder einmal nicht zeigen wollte, hätten sie trotzdem zu essen. Keine der wilden Grassorten, die die Frauen sammelten, verfügte über so große Körner. Keine davon spross ganz brav, weil der Mensch es so wollte und die Pflanze aus dem Boden hervorrief wie sie das Wild. Springendes Reh sah ihren Mann an, hörte die Stauden um sich herum rascheln und fragte ehrfürchtig: »Bist du wirklich ein Gott?«

Windrufer zog die Flöte aus dem Gürtel und setzte sie sich an die Lippen. Dann blies er einige Töne darauf, die sich aus den Flötenlöchern erhoben wie Vögel und auf der Flöte sitzen zu bleiben schienen. »Ich weiß nicht«, sagte er schließlich kopfschüttelnd, und die Töne flogen davon und flüsterten im Mais. »Wissen die Götter denn, dass sie Götter sind?«

Springendes Reh überlegte und kam zu dem Schluss, dass sie es vielleicht nicht wussten. Nicht nur Traum und Wirklichkeit wechselten einander ab, bis man sie kaum noch auseinander halten konnte – auch ihre eigene Welt und die der Götter.

»Bist du denn eine Göttin?«, fragte Windrufer ganz unerwartet, und Springendes Reh dachte: *Vielleicht.* Hier, zwischen den Maisreihen mit den Flötenvögeln, die um sie herum trällerten, schien das durchaus möglich. Vielleicht war sie wirklich mehr als nur das Behältnis, das die Zauberkraft umschloss; vielleicht war sie selbst die Zauberkraft. Das war irgendwie furchterregend, aber es gefiel ihr.

»Vielleicht«, sagte sie schließlich und fasste Windrufer bei der Hand. »Vielleicht.«

Epilog

»Ist das alles?«, rufen die Kinder empört, als die alte Frau geendet hat. Im Licht des Feuers sehen sie Windrufer und Springendes Reh jetzt ganz deutlich vor sich, wie sie Hand in Hand im Maisfeld stehen. Die Flötentöne flattern hoch und lassen sich auf den Füßen der Frau nieder, die ihre alten Glieder ausstreckt und erklärt: »Es gibt immer mehr zu erzählen. Aber die Zeit vergeht nur langsam. Die beiden sind zum größten Teil noch Menschen, und eine Weile wird nichts Weltbewegendes geschehen.«

»Was machen sie denn jetzt?«

»Essen. Sich lieben. Im Fluss baden. Kinder bekommen. Am Ende sterben.«

»Und wann werden sie zu Göttern?«

»Oh, nachdem sie tot sind. Es dauert lange, bis man ein Gott wird.« Die alte Frau lacht und erschreckt damit die kleinen Flötenvögel – silbrig gefiederte Töne, die sich mit ihrem Lachen mischen. »Aber Gott Coyote hat es immer schon gegeben. Er verkörpert das Verlangen in uns und die Gier nach dem, was es bisher noch nicht gegeben hat, was aber noch geschehen könnte, selbst wenn wir es dann lieber ungeschehen machen würden. Gott Coyote wahrt das Gleichgewicht. Sogar die abenteuerlustige Mondgöttin muss sich an ihren festgelegten Weg am Himmel halten; nur Gott Coyote durchstreift die Wildnis, ganz wie es ihm gefällt. Er kommt, wenn wir ihn rufen, und manchmal wissen wir auch gar nicht, dass wir ihn gerufen haben. – Seht nur«, sagt die alte Frau noch, und die Kinder beobachten, wie Gott Coyote die Muskeln der Hinterbeine anspannt, zu den Sternen hinaufspringt und sich überschlägt. Während er wieder auf die Erde fällt, wird er immer kleiner, bis er Komms Größe erreicht hat und in der Dunkelheit hinter Katzenohr hertrottet.

Es ist schwerer, mit den Augen Komms zu sehen. Die Welt wirkt kleiner und flacher, und viele seiner Erinnerungen ergeben keinen Sinn. Komm läuft Katzenohr hinterher, bis Katzenohr im Haus der jungen Männer verschwindet. Ihn zu bewachen, ist

Komms Aufgabe. Dann kehrt er um und trottet in die Höhle, in der Eule immer noch auf Tochter, Sohn und das Mädchen der Anderen *aufpasst. Die Kleine ist nach wie vor wütend und versucht, sich gegen ihr Schicksal aufzulehnen, indem sie sich Zauberkunststücke ausdenkt, aber Gott Coyote legt sich neben sie.*

Danksagung

Es gibt genauso viele Varianten der alten Mythen und Legenden der amerikanischen Ureinwohner wie von *Aschenputtel* und *Rotkäppchen.* Geschichten entwickeln sich. Sie werden immer wieder erzählt, ausgeschmückt und ergänzt. Die Fabeln von Gott Coyote, der Mais pflanzt, und von ihm und Tod bringender Frau sind dem Sammelband *American Indian Myths and Legends,* herausgegeben von Richard Erdoes und Alfonso Ortiz, entlehnt. Für dieses ergiebige und wunderbar aufschlussreiche Buch bin ich den beiden zu großem Dank verpflichtet.

Ebenfalls danken möchte ich Sonja Halsey für ihre Anregungen und Informationen und dafür, dass sie immer Nervenstärke bewiesen hat. Auch Lynn Dunbar vom amerikanischen archäologischen Institut *Archaeological Conservancy* gilt mein Dank, genauso wie meiner außergewöhnlich hilfreichen Lektorin Pamela Lappies von *Book Creations, Inc.* und Ellen Edwards von *Avon Books.* Und natürlich meinem Ehemann Tony Neuron für alles und dafür, dass er mich Gott Coyote vorgestellt hat.